国家出版基金项目

三國戲曲集成

第一卷 元代卷

○ 胡世厚 主編

○ 校理 胡世厚

復旦大學出版社

元代卷	胡世厚 校理
明代卷	楊　波 校理
清代雜劇傳奇卷（上下）	胡世厚　衛紹生 校理
清代花部卷	衛紹生　楊　波　胡世厚 校理
晚清昆曲京劇卷	胡世厚 校理
現代京劇卷（上中下）	胡世厚 校理
山西地方戲卷	王增斌　田同旭　啜希忱 校理
當代卷（上下）	胡世厚 校理

《三國戲曲集成》編委會

顧　問　劉世德

主　任　胡世厚

副主任　范光耀　關四平　鄭鐵生　衛紹生　張蕊青

委　員　（按姓氏筆畫排列）

　　　　　王增斌　毛小曼　田同旭　啜希忱　康守勤

　　　　　張競雄　楊　波　趙　青　劉永成

主　編　胡世厚

◎**畫像** 元代戲曲作家關漢卿◎
選自《關漢卿戲曲集》

◎書影《元刊雜劇三十種・古杭新刊關大王單刀會》◎

◎書影　覆元槧古今雜劇刻本《關張雙赴西蜀夢》◎

新镌古今名剧酹江集

隔江斗智

元　　著　　明孟称舜评点　刘启胤订正

正目
两军师隔江斗智
刘玄德巧合良缘

第一折

〔冲末扮周瑜领卒子上云〕幼习兵书苦用功,鏖兵赤壁显威风,曹刘岂是无雄将,只俺周郎名振大江东。某姓周名瑜字公瑾庐江舒城人也,辅佐江

欲事说意
绝无粉泽
尤妙在女
子口中出
得雄爽快
利为孙夫

壽亭侯怒斬關平雜劇

頭折　沖末扮簡雍領卒子上　簡雍

幼小曾將儒業攻　後習呂望

正判都堂為太守　行兵帷幄掌三軍

小官姓簡名雍字獻和自中甲第以來頗有
政聲所除荊州太守之職想當日玄德公弟
兄三人自卧龍岡請孔明先生來拜為軍師
博望燒屯赤壁鏖兵勦捕四郡五虎牧川之
後令玄德公坐於西川三將軍張飛居於閬
州澹元帥雲長鎮守荊州今月五月十三日

◎書影〔明〕脈望館抄本《壽亭侯怒斬關平》◎

◎插圖〔明〕臧懋循《元曲選·兩軍師隔江鬥智》◎

◎插圖 〔明〕臧懋循《元曲選·醉思鄉王粲登樓》◎

◎插圖 〔明〕臧懋循《元曲選·錦雲堂暗獻連環計》◎

◎**插圖** 明崇禎六年《古今名劇合選・酹江集・隔江鬥智》◎

◎**插圖** 明崇禎六年《古今名劇合選·酹江集·王粲登樓》◎

◎**插圖** 明崇禎年間《三國演義·莽張飛怒鞭督郵》◎

◎版畫 明建安《虎牢關三戰呂布》◎

◎**插圖**　明崇禎年間《三國演義·雲長三鼓斬蔡陽》◎

◎版畫 明建安《曹操大宴銅雀臺》◎

◎版畫　明建安《三顧茅廬》◎

◎版畫 明建安《關雲長單刀赴會》◎

◎插圖　明刊《三國演義・孔明上出師表》◎

◎插圖 明刊《三國演義‧孔明智退司馬懿》◎

◎楊柳青年畫　清刻《取桂陽》◎

◎楊柳青年畫　清刻《讓成都》◎

◎楊柳青年畫　清刻《讓成都》(局部)◎

◎山东平度年画 《华容道》◎
选自湖北美术出版社《中国最美年画》

◎陝西鳳翔年畫 《回荊州》◎
選自湖北美術出版社《中國最美年畫》

◎**書影** 元刊《三國志平話》(1294年)◎

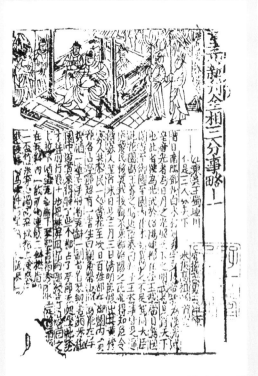
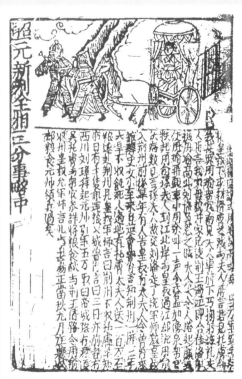

◎書影　元刊《三分事略》◎

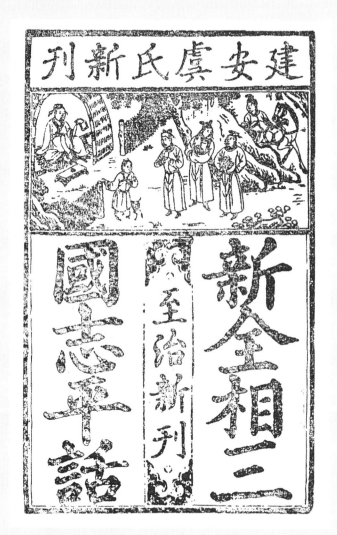

◎書影　元刊《三國志平話》◎

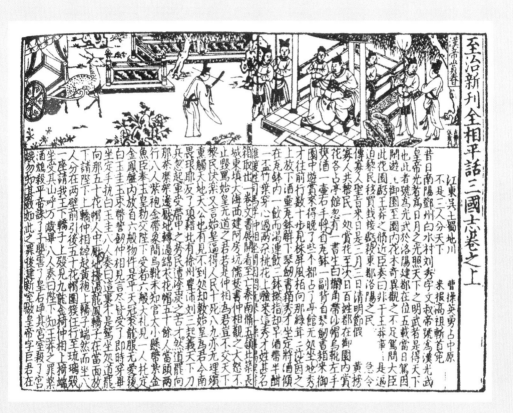

◎**書影**　元刊《三國志平話·漢獻帝賞春》◎

總　　序

　　魏、蜀、吳三國形成經鼎立至滅亡，即從漢靈帝中平元年(184)黄巾起義起，到吳亡於晉武帝太康元年(280)一統，共九十七年，是我國歷史上一個獨具特色的時代。這一時期，漢室傾頹，天下大亂，群雄爭霸，割據稱强，戰爭頻仍，生靈塗炭，然而時勢造英雄，湧現出一大批文韜武略功績卓著的英雄人物。他們南征北戰，鬥智鬥勇，演繹出了一場國家從統一到分裂再從分裂到統一的可歌可泣、有聲有色、威武雄壯的活劇。

一

　　記載這一段歷史比較完整的史書，有晉陳壽的《三國志》和南朝宋裴松之的注、南朝宋范曄的《後漢書》、北宋司馬光的《資治通鑑》以及南宋朱熹的《通鑑綱目》。西晉以來，豐富多彩的三國故事在民間流傳。魏晉六朝的筆記小説，如裴啟的《裴子語林》、南朝宋劉義慶的《世説新語》和南朝梁殷芸的《小説》都記載了不少有關以三國人和事爲對象的故事，特別是有關曹操、諸葛亮、劉備等人的故事。到了唐代，三國故事已很流行。唐初道宣的《四分律删繁補闕行事鈔》、唐開元時大覺的《四分律行事鈔批》和晚唐景霄的《四分律行事鈔簡正記》，都記述了忠貞智慧的孔明爲劉備重用和"死諸葛怖生仲達"的傳説故事。到了宋代，三國故事流傳更廣，而且出現了專門説三國故事的藝人。宋蘇軾的《東坡志林》、孟元老的《東京夢華録》都記有專門"説三分"的，但脚本没有流傳下來。今天只能看到宋人話本中提到的三國人物和事件。

　　中國戲曲從萌芽到成熟的各個時期，三國歷史故事都是重要的題材來源，作品數量衆多，影響巨大，搬上舞臺也較早。據舊題顔師古《大業拾遺記・水師圖經》記載，隋煬帝時，就已用木偶戲的形式扮演三國故事。唐人李商隱《驕兒詩》"或謔張飛胡，或笑鄧艾吃"的詩句，説明當時已使用某種藝術形式表演了三國故事，爲兒童所模仿。宋人高承《事物紀原》與張耒《明道雜志》都記載有傀儡戲、影戲表演情節連貫、人物形象鮮明的三國故事戲。隨着宋雜劇的出現，由藝人扮演三國人物的三國故事登上了戲曲舞臺。今見最早著錄三國劇目的是陶宗儀《南村輟耕錄》，記載金院本三國戲劇目有5種：《赤壁鏖兵》《刺董卓》《襄陽會》《大劉備》《罵吕布》；宋元南戲三國戲劇目中有10種：《貂蟬女》《甄皇后》《銅雀妓》《周小郎月夜戲小喬》《關大王古城會》《劉先主跳檀溪》《何郎敷粉》《瀘江祭》《劉備》《斬蔡陽》。然而這些作品的劇本都没有流傳下來，今僅存宋元南戲3種劇本的幾支殘曲。儘管如此，從中也可以看出金、南宋時代的戲曲藝人，根據史書記載和民間傳説，已把三國故事搬上了戲曲舞臺。

　　元代，雜劇已經成熟，出現繁盛景象。元代戲曲作家特別是戲曲大家關漢卿、王實甫、高文秀、鄭光祖等對三國故事題材十分青睞，他們在宋、金三國戲文和院本的基礎上，以三國史籍和廣爲流傳的三國故事以及稍後的《三國志平話》爲題材，以自己的歷史觀、社會觀、戲曲觀、審美觀創作了大量的三國戲，曲折地反映了元代現實生活，具有鮮明的時代精神。據元鍾嗣成《錄鬼簿》、明賈仲明《錄鬼簿續編》、明朱權《太和正音譜》、清黄丕烈《也是園藏書古今雜劇目錄》和近人傅惜華《元人雜劇全目》、邵曾祺《元明北雜劇總目考略》、莊一拂《古典戲曲存目彙考》、陳翔華《三國故事戲考略》等記載，元代（含元明之間）三國雜劇有62種，現存劇本有21種：關漢卿的《關大王單刀會》《關張雙赴西蜀夢》、高文秀的《劉玄德獨赴襄陽會》、鄭光祖的《虎牢關三戰吕布》《醉思鄉王粲登樓》、朱凱的《劉玄德醉走黄鶴樓》、無名氏的《錦雲堂暗定連環計》《諸葛亮博望燒屯》《關雲長千里獨行》《兩軍師隔江鬥智》《劉關張桃園三結義》《關雲長單刀劈四寇》《張翼德大破杏林莊》《張翼德單戰吕布》《張翼德三出小沛》《莽張飛大鬧石榴園》《走鳳雛龐統掠四郡》《曹操夜走陳倉路》《陽平關五馬破曹》《壽亭侯怒斬關平》《周公瑾得志娶小喬》。又存劇本殘曲7種：高文秀的《周瑜謁魯肅》、王仲文的《諸葛亮軍屯五丈原》、武漢臣的《虎牢關三戰吕布》、花李郎的《相府院曹公勘吉平》、無名氏的《千里獨行》《斬蔡陽》《諸葛亮挂印氣張飛》。今存劇目34種。在這62種今存劇目中，三國時期的重要歷史事件和重要人物劉備、關羽、張飛、趙雲、諸葛亮、孫權、周瑜、魯肅、曹操、袁紹、董卓、吕布、馬超、蔡琰、貂蟬、王粲、司馬懿、司馬昭等都被寫進了劇本，登上了戲曲舞臺。從這些劇目敷演的故事來看，元代的戲劇作家已把最精彩的三國故事搬上了戲曲舞臺，而且以蜀漢爲正統、尊劉貶曹抑孫、崇尚仁義忠孝智勇的思想傾向已很突出，故事情節已相當連貫和完整，人物形象亦相當鮮明，特別是一些主要人物性格特徵、造型已定格，成了範式，如劉備、關羽、張飛、諸葛亮、曹操、周瑜等。

明代三國戲，在繼承元雜劇、宋元南戲的三國戲的基礎上又有了新的發展，尤其是生活於元明之際羅貫中《三國志通俗演義》在明代中期刊刻問世後，不僅給廣大讀者提供了喜愛的讀物，而且爲戲曲作家提供了創作三國戲的素材。據《古典戲曲存目彙考》、陳翔華《明清三國故事戲考略》記載，明代雜劇寫三國故事的有18種，今存劇本有5種：朱有燉《關雲長義勇辭金》、汪道昆《陳思王洛水生悲》、陳與郊《文姬入塞》、徐渭《狂鼓吏漁陽三弄》、無名氏《慶冬至共享太平宴》；今存殘折1種：丘汝成《諸葛平蜀》；今存劇目12種：張國籌《茅廬》、諸葛味水《女豪傑》、凌濛初《禰正平》、蔣安然《胡笳十八拍》、凌星卿《關岳交代》、鄧雲霄《竹林小紀》、無名氏《銅雀春深》《黃鶴樓》《碧蓮會》《竹林勝集》《斬貂蟬》《氣伏張飛》。明傳奇寫三國故事的32種，今存劇本7種：王濟《連環記》、鄒玉卿《青虹嘯》、無名氏《古城記》《草廬記》《七勝記》《東吳記》《三國志大全》；今存殘曲14種：無名氏《桃園記》(七齣)、《草廬記》、沈璟《十孝記》中的《徐庶見母》(一齣)、《古城記》、《連環記》、無名氏《青梅記》(一齣)、《赤壁記》、《單刀記》(一齣)、《三國記》、《四郡記》、《關雲長訓子》、《魯肅請計喬公》、《五關記》(一齣)、《興劉記》(一齣)；今存劇目14種：馬佶人《借東風》、金成初《荊州記》、長嘯山人《試劍記》、許自昌《報主記》、王異《保主記》、穆成章《雙星記》、黃粹吾《胡笳記》、彭南溟《玉珮記》、汪宗臣《續緣記》、劉藍生《雙忠孝》、孟稱舜《二橋記》、無名氏《猇亭記》《射鹿記》《試劍記》。

從現存的三國戲劇本內容和劇目可以看出，明代的三國戲又有了新的發展，不僅內容豐富，而且表現形式也有突破，出現了敷演複雜故事的多達幾十齣的傳奇，其故事情節更加曲折動人，結構更加緊湊出奇，人物形象更加生動鮮明，曲文典雅富有文采，念白通俗易懂。

二

到了清代，三國戲呈現出相當繁榮的局面，編演三國戲的不僅有雜劇、傳奇，還有花部各種地方劇種，衆多的劇目，幾乎把《三國演義》的主要人物和精彩情節都改編爲戲劇，搬上了舞臺。清代的三國戲，思想內容更加豐富，人物形象更加鮮明，藝術樣式更加多樣，觀衆更多。據《曲海總目提要》

《清代雜劇總目》《古典戲曲存目彙考》記載,清代雜劇三國戲有 22 種,其中存本 15 種:南山逸史的《中郎女》、來集之的《阮步兵鄰廨啼紅》、鄭瑜的《鸚鵡洲》、尤侗的《弔琵琶》、徐石麟的《大轉輪》、嵇永仁的《憤司馬夢裏罵閻羅》、邊汝元的《鞭督郵》、唐英的《笳騷》、楊潮觀的《諸葛亮夜祭瀘江》《窮阮籍醉罵財神》、周樂清的《定中原》(《丞相亮祚綿東漢》)、《真情種遠覓返魂香》(《波弋香》)、黃燮清的《凌波影》、無名氏的《祭瀘江》《耒陽判事》;存目 7 種:萬樹的《罵東風》、許多嵩的《梅花三弄》、張維敬的《三分案》、張瘦桐的《中郎女》、無名氏的《反西涼》《文姬歸漢》《黃鶴樓》。清傳奇三國戲有 25 種,其中今存劇本有 13 種:范希哲的《補天記》、曹寅的《續琵琶》、夏綸的《南陽樂》、維安居士的《三國志》、無名氏的《錦繡圖》《平蠻圖》(中國國家圖書館藏清鈔本)、《西川圖》、《賢星聚》、《雙和合》、《世外歡》、《平蠻圖》(綏中吳氏藏鈔本)、《樊榭記》、周祥鈺的《鼎峙春秋》;今存劇目有 12 種:劉晉充《小桃園》、李玉《銅雀臺》、劉百章《七步吟》、容美田《古城記》、雲槎外史《桃園記》、鳳凰臺上吹簫人《斬五將》、顧彩《後琵琶記》、石子斐《龍鳳衫》、無名氏《八陣圖》《青鋼嘯》《三虎賺》《古城記》。

  有一些劇作家,不滿於現實,不滿於《三國演義》三分一統於晉的結局,他們為泄胸中之氣,翻歷史事實及小說所寫的結局,創作了一些補恨翻案戲。如周樂清的雜劇《丞相亮祚綿東漢》,范希哲的傳奇《補天記》,夏綸的傳奇《南陽樂》,漢為正統的思想與擁劉貶曹抑孫傾向明顯加強。《丞相亮祚綿東漢》讓諸葛亮滅魏、吳統一天下,《補天記》讓曹操下阿鼻地獄受苦,《南陽樂》讓諸葛亮殺司馬師、擒司馬懿、下許昌囚曹丕、戮曹操屍、收東吳、囚孫權,劉禪禪位給北地王劉諶、諸葛亮功成辭歸南陽。

  還有一些劇本,取三國時人名,杜撰故事,反映社會生活,抒發胸中塊壘,曲折地反映針砭時弊的情懷。如嵇永仁的雜劇《憤司馬夢裏罵閻羅》與楊潮觀的雜劇《窮阮籍醉罵財神》。

  縱觀清代雜劇、傳奇三國戲,繼承了元明雜劇、傳奇三國戲傳統,但又有自己的特點。這些劇本大多是清初至道光間文人創作的作品,雜劇多側重抒情,表達劇作家的思想理念;傳奇則長於敘述故事,特別是情節複雜、人物眾多、跨度時間長的內容,寫成多本百餘齣甚至二百四十齣劇本。然而,清代的雜劇、傳奇僅知《鼎峙春秋》在宮廷全部連演過兩次,宮廷與民間則選演過其中的一些單齣戲,《南陽樂》及少數劇目演出過,大多未見演出的記載,實際成為案頭戲曲文學。

上述元明清雜劇、傳奇三國戲的收錄情況，囊括了今知的全部劇本，是戲曲文學的珍貴文獻資料。

三

清初，我國戲曲除以昆腔、京腔演唱傳奇之外，又出現了許多新興的聲腔劇種，據乾隆六十年（1795），李斗《揚州畫舫錄》載："兩淮鹽務，例蓄花雅兩部，以備大戲。雅部即昆山腔；花部爲京腔、秦腔、弋陽腔、梆子腔、羅羅腔、二簧調，統謂之亂彈。"花、雅兩部，後來演變爲對一類劇種的總稱，雅部專指昆曲，花部成爲新興的地方戲。花、雅經歷了長期的競爭，儘管宮廷官府崇尚保護昆曲，但難阻慷慨激昂、通俗易懂的花部贏得廣大民衆的喜愛，蓬勃興盛，昆曲則逐漸衰落。而傳統三國戲，亦爲花部諸腔青睞，尤其是花部諸腔以老生爲主，因而改編、創作了許多以老生、武生爲主的三國戲，使花部三國戲更爲豐富興盛。花部三國戲劇目衆多，且都是經過舞臺實踐、邊演邊改的演出本。據金登才《清代花部戲研究》"花部劇作"考查，乾隆年間三國戲有 5 種：《斬貂》《博望坡》《漢陽院》《龍鳳呈祥》《截江救主》；嘉慶年間三國戲有 21 種：《桃園結義》《四（汜）水關》《賜環》《戰宛城》《白門樓》《白逼宮》《斬顏良》《關公挑袍》《過五關》《薦諸葛》《三顧茅廬》《長坂坡》《三氣周瑜》《黃鶴樓》《單刀會》《祭江》《斬馬謖》《葫蘆峪》《五丈原》《鐵籠山》《哭祖廟》；道光年間三國戲有 59 種：《温明園》《捉放曹》《虎牢關》《磐河戰》《借趙雲》《戰濮陽》《轅門射戟》《奪小沛》《鳳凰臺》《許田射獵》《聞雷失箸》《擊鼓罵曹》《卧牛山》《馬跳檀溪》《金鎖陣》《漢津口》《祭風臺》《舌戰群儒》《臨江會》《群英會》《借箭打蓋》《祭東風》《赤壁記》《華容道》《取南郡》《取桂陽》《取長沙》《戰合肥》《討荊州》《柴桑口》《斬馬騰》《反西凉》《戰渭南》《西川圖》《取雒城》《冀州城》《戰歷城》《葭萌關》《獻成都》《百壽圖》《瓦口關》《定軍山》《陽平關》《收龐德》《玉泉山》《戰山》《受禪臺》《興漢圖》《造白袍》《伐東吳》《白帝城》《英雄志》《渡瀘江》《鳳鳴關》《天水關》《駡王朗》《失街亭》《隴上麥》《葫蘆峪》，三朝共有三國戲 85 種，其中有一種《葫蘆峪》相重。這些劇本大多收錄在《故宮珍本叢刊》《昇平署檔案集成》《車王府藏曲本》與《楚曲十種》中。我們從中得到 88 種，另有 5 種劇目內容相重未收，而《花部戲曲研究》考查的劇目，尚有 24 種，而未找到劇本。從搜集到的花部三國戲劇本看，劇本都是鈔本或轉錄本，大多無標點，文字差錯較多。劇本有長有短，長者有十本九十六齣，短者一齣。其思想傾向，仍然繼承了以前雜劇傳奇的宗漢尊劉、貶曹抑孫，頌忠義仁孝智勇，斥奸佞專橫殘暴不仁不義；在藝術上突出的是"音樂慷慨動人，文詞直樸易懂"，舞臺動作性強，人物性格鮮明。

清乾隆五十五年(1790)，四大徽班中的三慶班首先進京，爲慶祝乾隆八十大壽演出之後，留京演出，徽班的四喜班、和春班、春臺班亦相繼進京演出。徽班以唱二簧、昆腔爲主。19世紀初的嘉、道年間，湖北漢調藝人進京加入徽班，漢調以唱西皮爲主，於是出現了徽、漢合流。徽班爲了與昆曲、秦腔、京腔爭勝，在繼承徽、漢二調基礎上，廣泛吸取其他聲腔劇種之長，於道光二十年(1840)前後，逐步形成了藝術風格和表演方式相當完整的皮黃戲，即後來的京劇。同、光年間，京劇已經趨於成熟，呈現出繁榮局面。三慶班主程長庚請盧勝奎執筆，據《三國演義》和其他三國戲，編寫了連臺戲三十六本的京戲《三國志》，從劉備投荊襄起到取南郡止。遺憾的是劇本未能全部保留下來，留藏在藝人之手的尚有十九本。這些劇本，經多年舞臺實踐，邊演邊改，如今已成京劇經典作品。除此之外，四大徽班還各有自己名伶擅演的代表性三國劇目，收錄在《梨園集成》《醉白集》《繪圖京都三慶班真正京調全集》中。清末京劇改良先驅汪笑儂還改編創作了四部刺世貶時富有時代精神的三國戲：《獻西川》《受禪臺》《罵王朗》《哭祖廟》。

我們從上述京劇集中選錄京劇三國戲47種，這些劇本有一個非常突出的特點，是伶人編寫、演出的文本，代表了京劇形成繁榮時期的文學藝術水平，起着承前啓後的作用，既將傳統三國戲整飾加工，使其更加精彩，又針對現實創作了一些針砭時弊、喚醒民衆發奮、救亡強國的戲曲劇本。這些劇本不僅爲現代京劇和各種地方戲提供了文學劇本和創作經驗，而且有許多劇至今仍活躍在舞臺上。

昆曲到晚清，已呈衰落之勢，三國戲雖未出現有影響的新創劇作，但藝人們從元雜劇關漢卿的《關大王單刀會》和明傳奇王濟的《連環記》、無名氏的《古城記》等傳統劇目中，選擇一些精彩片段改編爲單齣戲，常演出於宮廷與民間戲曲舞臺。流傳下來的劇本，均係手鈔本，收錄在《故宮珍本叢刊》《昇平署檔案集成》《車王府藏曲本》等戲曲文獻中。我們從中收錄三國戲30種。雖然多是單齣折子戲，但匡扶漢室、擁劉貶曹的思想傾向突出，故事情節生動精彩，人物形象性格鮮明，言語文雅，唱腔動聽，不僅是流傳下來的藝術精品、珍貴的戲曲文獻，而且有些戲如《單刀會》《貂蟬拜月》《梳妝擲戟》《灞橋餞別》《古城相會》《徐母擊曹》等仍演出於當今舞臺。

四

　　從1919年五四運動起,到1949年中華人民共和國成立,這一時期,文學界多稱爲現代。這一時期的二三十年代,京劇名家輩出,流派紛呈,是京劇的鼎盛時期。就是在八年抗日戰爭期間,有些京劇名家爲抗日明志罷演,但京劇仍然活躍在國統區、淪陷區、敵後抗日根據地的解放區。抗日戰爭勝利之後,京劇舞臺又活躍起來。因此可以説,這一時期,京劇興盛繁榮,流布於大江南北、長城内外,被譽爲"國劇"。在舊中國日漸淪於半封建、半殖民地的境況下,長於急管繁弦、慷慨激越的京劇,在民生凋敝、國勢艱危、日寇入侵之際,承擔起"歌民病""唤民醒"的重任,涌現出許多借古諷今、切中時弊的優秀劇目,生動、深切地折射出國家政局的演變與廣大民衆的心聲。而三國故事尤爲京劇作家和藝人青睞,他們在繼承前代三國戲的基礎上,改編、移植、創作了許多三國戲。據陶君起《京劇劇目初探》著録三國戲劇目有154種,曾白融《京劇劇目辭典》著録三國戲劇目511種(其中有一些是一劇多名)。流傳下來的三國戲劇本極其豐富。從這一時期前後出版的劇本集來看,1915年的《戲考》,收録三國戲劇本77種;1933年的《戲學指南》,收録三國戲劇本23種;1948年的《戲典》,收録三國戲劇本18種;1955年的《京劇叢刊》,收録三國戲劇本20種;1957年的《京劇彙編》,收録三國戲109種;1957年的上海市《傳統劇目彙編》京劇集,收録三國戲劇本42種;1962年的《關羽戲集·李洪春演出本》,收録關羽戲27種。此外,尚有民國年間出版的《京調大觀》《戲曲大全》《舊劇集成》等京劇劇本集,也收録一些三國戲劇本。有些劇本集,雖然是中華人民共和國成立以後出版的,但收録的却是民國年間的藝人演出本。現從衆多刊印的京劇劇本集中遴選出146種。這些劇本中有許多是清代名伶編演,傳給弟子、家人或戲班,爲現代京劇名家演出所用而收藏。並且京劇名家在演出過程中,根據本人及時代情况,又進行加工修飾,使情節更加合理,結構更加緊湊,人物性格更加鮮明,語言更加曉暢易懂,且不失文采。

　　這一時期劇本創作出現了一種可喜的新情况,劇作家與藝人合作編劇,而且是一位劇作家專爲某位名伶或幾位名伶編劇。他們量體裁衣,針對某個藝術家的特點,創作出適合該藝術家演出的劇本,這不僅提高了劇本的文學性,也增强了劇本的動作性。比如劇作家齊如山,專爲梅蘭芳寫戲,爲梅蘭芳改編、創作了30多個劇目,其中有三國戲《洛神》。作者依據《洛神賦》和明雜劇《陳思王洛水生悲》、清雜劇《凌波影》進行改編,塑造了超凡脫俗、冷豔情深的宓妃,鑄造了宓妃與曹植"若有情""似無情""欲笑還顰,最斷人腸"的境界。又如劇作家金仲蓀專爲程硯秋寫戲,針對程硯秋的特點量體裁衣,特別注重立意,反映現實。1931年,金仲蓀針對蔣、馮、閻、桂軍閥開戰給民衆造成的災難,創作了《春閨夢》,描寫漢末公孫瓚與劉虞爲爭疆土開戰,強徵兵丁,迫使新婚的王恢從軍戰死。其妻張氏獨守空房,思念丈夫,憂思成夢。夢見丈夫回來,夫妻重温舊情;又夢見戰場刀光劍影、尸横遍野,丈夫戰死沙場。劇作家借此情揭露痛訴軍閥戰爭的殘酷與罪惡,深切同情遭受苦難的民衆。1933年,金仲蓀針對"九一八"事變之後,國民政府實行不抵抗政策,東北三省很快淪入敵手的情況,根據地方戲《江油關》改編爲京劇《亡蜀鑒》,批判了蜀漢江油守將馬邈在強敵壓境之際,不思抵抗、投敵叛國的罪行;歌頌了馬妻李氏深明大義,苦苦勸夫抵抗,後得知丈夫出城投降、江油失守、悲傷欲絕、自盡而亡的民族氣節和愛國情懷,表達了對日本侵略者必須抵抗的决心,唤起民衆反對投降、寧死不做亡國奴的愛國思想,反映了當時民衆的心聲。

　　山西地方戲歷史悠久,源遠流長,從漢代到宋代,經過一千多年的孕育演變,戲曲日趨成形。北宋時晉南、晉東南的一些鄉村已出現了大戲臺專供演員演戲。元代雜劇盛行,山西的平陽(今臨汾)與大都(今北京)是並列的雜劇藝術中心,平陽的雜劇演出盛況無與倫比。

　　山西地方戲劇種,有50多種,居全國省市之首。然最著名的有四大梆子:蒲劇、中路梆子(晉劇)、北路梆子、上黨梆子。山西地方戲劇目甚多,傳本亦豐,三國戲亦然。據《山西地方戲彙編》收録三國戲147種。另有一些劇本收藏在某劇團或藝人手中。今從《彙編》和劇團、藝人所藏中遴選三國戲64種,其中有晉劇、蒲劇、北路梆子、上黨梆子、鄘鄂、鐃鼓雜戲等。這些劇本的寫作年代不知,大多是清代、民國流傳下來的傳統的三國戲,也有新改新編和創作的三國戲,其思想傾向爲尊劉貶曹、張揚忠義,貶斥奸佞不道之行。而部分新改新編的劇本如晉劇《關公與貂蟬》《貂蟬軼事》,描寫細膩,注重心理刻畫,與傳統三國戲以叙述故事情節爲主、粗綫條表現人物有所不同。

　　中華人民共和國成立之後,我國戲曲文學在"百花齊放,推陳出新"方針和"發展現代戲,改編傳統戲,創作歷史劇"三並舉政策的指導下,前十七年出現了繁榮的喜人局面，可以説是我國戲曲發展的黃金時期。"文革"期間，我國戲曲遭受嚴重摧殘，新創作的現代戲、已經改編出新的傳統戲和新編歷史劇統統成爲"封、資、修"的東西，遭到批判和禁演。各地京劇和地方戲改編、新創的劇本極少，除八個樣板戲之外，幾乎無戲可演。粉碎"四人幫"之後，特别改革開放以來，我國戲曲又迎來陽光明媚的春天，戲曲文學呈現出百花争艷的繁榮景象。這期間儘管受到影視藝術、通俗歌曲的影响，戲曲文學仍然改編創作出一批反映生活貼近時代的優秀劇目。

三國戲隨着時代的變化，戲曲的發展，也出現了令人欣喜的繁榮景象，改編整理許多傳統三國戲，新創作一批富有時代精神的三國戲。我們從1949年中華人民共和國成立到2014年六十五年間出版的戲曲文學書刊中，遴選出18個劇種改編或創作的39部三國戲。其中改編的19部、新創的20部。無論是改編傳統三國戲，還是新創三國戲，劇作家都以現代觀念、審美理想，觀照歷史，既尊重歷史事實，又虚構歷史細節和人物，力求在思想內容、人物形象方面出新、創新，使其貼近生活，貼近時代，寓教於樂，以古鑒今，給人以新的認識和啓迪。當代這39部戲，突破了以往以蜀漢爲主的題材，改變了尊劉貶曹抑孫的思想傾向，給曹操、周瑜以公正的評價，擦掉了曹操臉上的白粉，去掉了周瑜心胸狹窄、妒賢嫉能的性格缺陷，並且塑造了許多新的女性形象。

五

綜上所述，我們從歷代三國戲中，彙集587種，其中完整劇本471種，殘曲、存目116種，編爲《三國戲曲集成》，内分八卷：《元代卷》、《明代傳奇卷》、《清代雜劇傳奇卷》（上下卷）、《清代花部卷》、《晚清昆曲京劇卷》、《現代京劇卷》（上中下卷）、《山西地方戲卷》、《當代卷》（上下卷）。縱觀《三國戲曲集成》，亮點有三：

第一，開荒創新，填補空白。我國古代長篇小説有四大名著：《三國演義》《水滸傳》《西遊記》《紅樓夢》，編演、留存戲曲劇本最多的是三國戲。然而，《水滸戲曲集》《西遊記戲曲集》《紅樓夢戲曲集》都已先後出版，唯獨《三國戲曲集》没有問世。也許因爲歷代三國戲多，版本複雜，存本分散，搜集整理難度大，工程浩繁，因而學界無人問津。如今，《三國戲曲集成》的整理出版，作爲一項拓荒創新性的工作，填補了這一領域的空白。

第二，劇本衆多，彙集完備。元代以降的三國戲曲存本、存目衆多。存目分別著錄在許多古籍、書目著作中，有的未見著錄。存本分藏全國各地，版本十分複雜，有刻本、覆刻本、鈔本、轉鈔本，其中有許多是罕見的善本、孤本。有的孤本長期深藏某地書庫，幾乎没人見過。我們從北京、上海、南京、杭州、鄭州、太原等地的圖書館、博物館，查遍記述戲曲劇目及學界研究論著，搜集劇本的各種版本。因而，該集元明清雜劇、傳奇搜集齊全，清花部、京戲、現當代戲曲甚多難以盡録，即便如此，也是當今彙集三國戲最多、最全、最爲完備的一部文獻價值極高之書。

第三，版本較好，校勘精細。今存劇本，元雜劇有所整理，但其版本較多，校勘甚難。明清三國戲劇本刊本少，鈔本多，僅有個别劇本經過整理，絶大部分未經整理，因而，曲白異文多，錯别字多，簡寫字不規範，文字有脱落、字迹漫漶不清、錯簡缺頁，多未斷句標點。因而，我們選用較好的版本作底本，精細審慎，務求存真地進行校勘，凡屬異文、誤字、漫漶、空缺、墨丁、脱漏、衍文、倒錯、妄增、誤删等處，皆分别校正，記入校記。凡不明者，注明待考。該集可謂是一部版本較好、校勘精細、存真少誤、可讀可用的戲曲集，而且又具極高的學術價值。

我國人民群衆了解三國歷史、三國人物，並非是因爲讀過陳壽《三國志》和羅貫中《三國演義》，大多是從看三國戲而獲知的。因而，我們校勘整理《三國戲曲集成》，是一件功在當代、澤被後世的工作，將爲繼承傳統優秀文化遺産、爲廣大專家學者提供寶貴的研究文獻資料，爲全國衆多的戲曲劇團和戲曲作家提供資料創作、改編、移植、演出的劇本，爲廣大戲曲愛好者及廣大群衆提供一個完備的三國戲曲讀本，爲衆多文藝形式提供創作素材，爲繼承弘揚優秀傳統戲曲文化，促進當代戲曲振興，推動文化大發展大繁榮都有重要意義。

鑒於我們的學識水平、時間精力所限，收録劇本或有遺珠，校勘有不妥之處，懇請學界專家學者和廣大讀者批評指正。

凡　　例

一、本書所收劇本敷演三國故事的時間自東漢靈帝中平元年（184）黃巾起義起，至晉武帝太康元年（280）吳亡三國統一于晉止。凡敷演這段歷史故事的戲，統稱三國戲。本書廣泛搜集三國戲曲資料，訂其訛誤，補其缺佚，爲廣大讀者和研究者整理出一部完整的《三國戲曲集成》。

二、本書校勘，以保留原本面貌爲主要原則，訂正文字時，既校異同，又校是非。即從諸本中選用善本作爲底本，以其他版本作爲參校本，對於確屬訛誤衍脱需要校訂改正者，均出校記。若原本有塗改之處，且不知何人所校，未睹真迹，不辨朱墨，又須採其説入校者，均稱"原校"。殘本處理情况同上。劇本若僅存孤本，無他本參校，則用本校法、理校法進行校勘。

三、校勘過程中出現的訛、脱、衍、倒等情况，採取統一格式處理。凡認爲某字爲訛字，則于正文中直接訂正；凡認爲某字脱去，則在正文中增加此字；凡認爲某字爲衍字，則刪去；凡出現文字前後倒置的現象，則直接在對應處乙正，上述情况均出校記加以説明；凡是不辨正誤者，則一律注明待考。

四、劇本作者，依前人考定，一一補題。原本劇本多用簡稱，今均依題目正名改用全稱。原本未標楔子、折數、唱詞宫調曲牌名者，一仍其舊，一般不出校記。有些劇本過長，未分折、齣，今依劇情分折、分齣，出校説明。唱、白、科介或曲牌等提示，置於括弧之内。

五、區別對待異體字、通假字和通用字。全書中異體字加以統一。通假字不校不改。反映元明時期特殊用字習慣的通用字，如"們"作"每"，"杖"作"仗"，"賠"作"倍"或"陪"，"跟"作"根"，等等，一般不作改動；若爲避免發生歧義而有所改動，則一律出校記説明。

六、關於劇中角色的唱詞、賓白和科介的次序，一般按照"××唱""曲牌名""唱詞"（或"唱詞＋賓白"）的格式處理。若賓白或科介未標明所屬角色者，則需補充清楚並出校記；若遇"××唱"置於"曲牌名"之後，則在校記中注明"依例前移"。

七、本書採用通行的新式標點符號，版式爲繁體橫排，曲、白分開排。曲牌用黑月牙【 】；唱詞用五號宋體，賓白用五號仿宋體；襯字一般不特別標出，與唱詞字體同，若原本已標出，則用五號仿宋體；上下場詩同唱詞，用五號宋體；唱、念、白、科介等説明性文字用五號仿宋，置於圓括弧之内。

八、曲文斷句，均以曲譜定格，間遇文義斷裂之處，酌情改從文讀。雜劇、傳奇、花部、昆曲唱詞與賓白自然分段；同一支曲，唱中有夾白不分段，换曲牌則另起一段。京劇、現代戲唱詞與賓白，則按《後六十種曲》中京劇《曹操與楊修》體例分段分行。

九、劇本按元、明、清、現、當代分卷，若一卷劇本多，則分上、下册。每卷先雜劇，後戲文、傳奇；先完本、殘本，後存目。元、明、清雜劇傳奇諸卷每卷均以作者年代先後爲序。清代花部、晚清昆曲京劇、現當代京劇及地方戲諸卷，以三國故事發生的時間先後排列。有的劇本時間跨度較長，或故事發生時間難以考定，則酌情處理。

十、每劇解題，略述劇種、作者姓名及其簡介、劇目著錄情况、劇本內容、本事來源、版本情况、以何種版本作底本、參校何種版本、歷年校點情况等，力求簡明扼要。戲曲存目，則須寫明作者、年代、著錄、劇情、本事、版本情况等。清代部分某些劇目聲腔不詳者，一律按花部處理。

十一、每劇均按劇名、作者、解題、正文爲序排列。作者不知姓名者，清代之前署"無名氏"，現、當代署"佚名"。

十二、歷代三國人物故事畫、劇本書影，置於每卷正文之前，作爲扉畫，不作插圖，標明出處。

2015 年 7 月 31 日　校理者識

《三國戲曲集成》總目

第一卷　元代卷

元代雜劇
今存劇本

關大王單刀會	關漢卿　撰	《元刊雜劇三十種》
附：關大王獨赴單刀會	關漢卿　撰	《脉望館鈔校本古今雜劇》
關張雙赴西蜀夢	關漢卿　撰	《元刊雜劇三十種》
劉玄德獨赴襄陽會	高文秀　撰	《脉望館鈔校本》
虎牢關三戰呂布	鄭光祖　撰	《脉望館鈔校本》
醉思鄉王粲登樓	鄭光祖　撰	《元曲選》
附：醉思鄉王粲登樓	鄭光祖　撰	《脉望館鈔校本古今雜劇》
劉玄德醉走黃鶴樓	朱　凱　撰	《脉望館鈔校本》
諸葛亮博望燒屯	無名氏　撰	《元刊雜劇三十種》
錦雲堂暗定連環計	無名氏　撰	《元曲選》
附：錦雲堂美女連環記	息機子　撰	《元人雜劇選》
關雲長千里獨行	無名氏　撰	《脉望館鈔校本》
兩軍師隔江鬥本智	無名氏　撰	《元曲選》
劉關張桃園三結義	無名氏　撰	《脉望館鈔校本》
關雲長單刀劈四寇	無名氏　撰	《脉望館鈔校本》
張翼德大破杏林莊	無名氏　撰	《脉望館鈔校本》
張翼德單戰呂布	無名氏　撰	《脉望館鈔校本》
張翼德三出小沛	無名氏　撰	《脉望館鈔校本》
莽張飛大鬧石榴園	無名氏　撰	《脉望館鈔校本》
走鳳雛龐掠四郡	無名氏　撰	《脉望館鈔校本》
曹操夜走陳倉路	無名氏　撰	《脉望館鈔校本》

陽平關五馬破曹	無名氏 撰	《脉望館鈔校本》
壽亭侯怒斬關平	無名氏 撰	《脉望館鈔校本》
周公瑾得志娶小喬	無名氏 撰	《脉望館鈔校本》

殘曲

周瑜謁魯肅	高文秀 撰	《詞林摘豔》
諸葛亮秋風五丈原	王仲文 撰	《元人雜劇鉤沉》
虎牢關三戰呂布	武漢臣 撰	《北詞廣正譜》
相府院曹公勘吉平	花李郎 撰	《元人雜劇鉤沉》
千里獨行	無名氏 撰	《雍熙樂府》
斬蔡陽	無名氏 撰	《雍熙樂府》
諸葛亮掛印氣張飛	無名氏 撰	《群音類選》

今存劇目

終南山管寧割席	關漢卿 撰	《錄鬼簿》
徐夫人雪恨萬花堂	關漢卿 撰	《錄鬼簿》
曹子建七步成章	王實甫 撰	《錄鬼簿》
作賓客陸績懷桔	王實甫 撰	《錄鬼簿》
七星壇諸葛祭風	王仲文 撰	《錄鬼簿》
東吳小喬哭周瑜	石君寶 撰	《錄鬼簿》
司馬昭復奪受禪臺	李壽卿 撰	《錄鬼簿》
白門樓斬呂布	於伯淵 撰	《錄鬼簿》
試湯餅何郎傅粉	趙天錫 撰	《錄鬼簿》
司馬昭復奪受禪臺	李取進 撰	《錄鬼簿》
莽張飛大鬧相府院	花李郎 撰	《錄鬼簿》
燒樊城糜竺收資	趙善慶 撰	《錄鬼簿》
蔡琰還朝	金仁傑 撰	《錄鬼簿》
臥龍崗	王 曄 撰	《寶文堂書目·樂府》
馬孟起奮勇大報仇	無名氏 撰	《寶文堂書目·樂府》
趙子龍大鬧塔泥鎮	無名氏 撰	《寶文堂書目·樂府》
劉玄德私出東吳國	無名氏 撰	《寶文堂書目·樂府》
諸葛亮火燒戰船	無名氏 撰	《寶文堂書目·樂府》

張翼德力扶雷安天	無名氏 撰	《寶文堂書目·樂府》
董卓戲貂蟬	無名氏 撰	《寶文堂書目·樂府》
破黃巾	無名氏 撰	《寶文堂書目·樂府》
志登仙左慈飛杯	無名氏 撰	《寶文堂書目·樂府》
三氣張飛	無名氏 撰	《寶文堂書目·樂府》
關大王月夜斬貂蟬	無名氏 撰	《寶文堂書目·樂府》
諸葛亮石伏陸遜	無名氏 撰	《也是園藏書古今雜劇目錄》
壽亭侯五關斬將	無名氏 撰	《也是園藏書古今雜劇目錄》
老陶謙三讓徐州	無名氏 撰	《也是園藏書古今雜劇目錄》
關雲長古城聚義	無名氏 撰	《也是園藏書古今雜劇目錄》
摔袁祥	無名氏 撰	《也是園藏書古今雜劇目錄》
米伯通衣錦還鄉	無名氏 撰	《也是園藏書古今雜劇目錄》
黃鶴樓	無名氏 撰	《遠山堂劇品·具品》
陳思王洛浦懷舊	無名氏 撰	《紅雨樓書目》
勘問呂蒙	無名氏 撰	《紅雨樓書目》
烏林皓月	無名氏 撰	《三國故事劇考略》

金院本
今存劇目

赤壁鏖兵	無名氏 撰	《南村綴耕錄》
刺董卓	無名氏 撰	《南村綴耕錄》
襄陽會	無名氏 撰	《南村綴耕錄》
大劉備	無名氏 撰	《南村綴耕錄》
罵呂布	無名氏 撰	《南村綴耕錄》

宋元戲文
今存殘曲

貂蟬女	無名氏 撰	《宋元戲文輯佚》
甄皇后	無名氏 撰	《宋元戲文輯佚》
銅雀妓	無名氏 撰	《宋元戲文輯佚》

今存劇目

何郎敷粉	無名氏 撰	《傳奇彙考標目》別本
瀘江祭	無名氏 撰	《傳奇彙考標目》別本
關大王獨赴單刀會	無名氏 撰	《宦門子弟錯立身》
劉先主跳檀溪	無名氏 撰	《宦門子弟錯立身》
劉　備	無名氏 撰	《傳奇彙考標目》
斬蔡陽	無名氏 撰	《海澄樓藏書目》
周小郎月夜戲小喬	無名氏 撰	《傳奇彙考標目》

第二卷　明　代　卷

雜劇
今存劇本

關雲長義勇辭金	朱有燉 撰	《雜劇十段錦》本
陳思王洛水生悲	汪道昆 撰	《盛明雜劇》本
文姬入塞	陳與郊 撰	《盛明雜劇》本
狂鼓史漁陽三弄	徐　渭 撰	《古本戲曲叢刊》初集
慶冬至共享太平宴	無名氏 撰	《孤本元明雜劇》本

今存殘折

諸葛平蜀	丘汝成 撰	《雍熙樂府》本

今存劇目

茅　廬	無名氏 撰	《今樂考證》
女豪傑	諸葛味水 撰	《遠山堂劇品》
禰正平	凌蒙初 撰	《遠山堂劇品》
關岳交代	凌星卿 撰	《遠山堂劇品》
竹林小記	無名氏 撰	《遠山堂劇品》
銅雀春深	無名氏 撰	《遠山堂劇品》
黃鶴樓	無名氏 撰	《遠山堂劇品》
碧蓮會	無名氏 撰	《遠山堂劇品》

竹林勝集	無名氏 撰	《遠山堂劇品》
斬貂蟬	無名氏 撰	《祁忠公日記》
氣伏張飛	無名氏 撰	《祁忠公日記》
胡笳十八拍	蔣安然 撰	《祁忠公日記》

傳奇
今存劇本

連環計	王　濟 撰	《古本戲曲叢刊》初集
古城記	無名氏 撰	《古本戲曲叢刊》初集
草廬記	無名氏 撰	《古本戲曲叢刊》初集
七勝記	無名氏 撰	《古本戲曲叢刊》初集
东吳記	無名氏 撰	百本張抄本傅惜華藏
青虹嘯	鄒玉卿 撰	《古本戲曲叢刊》二集
三國志大全	徐文昭 輯	《風月錦囊》

今存殘曲

桃園記	無名氏 撰	《群音類選》
草廬記	無名氏 撰	《群音類選》
十孝記	沈　璟 撰	《群音類選》
青梅記	無名氏 撰	《樂府萬象新》
古城記	無名氏 撰	《新刻京板青陽時調詞林一枝》
連環記	無名氏 撰	《群音類選》
三國記	無名氏 撰	《樂府萬象新》
關雲長訓子	無名氏 撰	《樂府萬象新》
魯肅請計喬公	無名氏 撰	《善本戲曲叢刊》
五關記	無名氏 撰	《鼎鐫玉谷調簧》
赤壁記	無名氏 撰	《時調新昆》
單刀記	無名氏 撰	《樂府紅珊》
四郡記	無名氏 撰	《怡春錦》
興劉記	無名氏 撰	《大明天下春》

今存劇目

借東風	馬佶人 撰	《傳奇彙考標目》
荆州記	金成初 撰	《遠山堂曲品》
試劍記	長嘯山人 撰	《今樂考證》
試劍記	無名氏 撰	《遠山堂曲品》
報主記	許自昌 撰	《曲錄》
保主記	王異 撰	《遠山堂曲品》
雙星記	穆成章 撰	《遠山堂曲品》
胡笳記	黃粹吾 撰	《遠山堂曲品》
玉佩記	彭南溟 撰	《遠山堂曲品》
續緣記	汪宗姬 撰	《傳奇彙考標目》
雙忠孝	劉藍生 撰	《傳奇彙考標目》
二喬記	孟稱舜 撰	《今樂考證》
猇亭記	無名氏 撰	《祁氏讀書樓書目》
射鹿記	無名氏 撰	《遠山堂曲品》

第三卷　清代雜劇傳奇卷

上冊
雜劇
今存劇本

中郎女	南山逸史 撰	清《雜劇三集》
阮步兵鄰瓂啼紅	來集之 撰	《秋風三疊》傅惜華藏本
鸚鵡洲	鄭瑜 撰	清《雜劇三集》
弔琵琶	尤侗 撰	清《雜劇三集》
大轉輪	徐石麒 撰	《坦庵詞曲》之一
憤司馬夢裏罵閻羅	嵇永仁 撰	《清人雜劇初集》
鞭督郵	邊汝元 撰	《桂岩嘯客雜劇二種》
笳騷	唐英 撰	《古柏堂傳奇》
諸葛亮夜祭瀘江	楊潮觀 撰	清刊《吟風閣雜劇》
窮阮籍醉罵財神	楊潮觀 撰	清刊《吟風閣雜劇》

丞相亮祚綿東漢	周樂清 撰	《補天石傳奇》之一
真情種遠覓返魂香	周樂清 撰	《補天石傳奇》之一
凌波影	黃燮清 撰	《倚晴樓七種曲》
祭瀘江	無名氏 撰	《輕清雅韻》
耒陽判事	無名氏 撰	《清宮昇平署檔案集成》

今存劇目

罵東風	萬樹 撰	《今樂考證》
梅花三弄	許名崙 撰	鄭振鐸《劫中得書讀記》
三分案	張雍敬 撰	《古本戲曲存目彙考》
蔡文姬歸漢	張塤 撰	《清客居士行年錄》
反西涼	無名氏 撰	李修生《古本戲曲劇目提要》
文姬歸漢	無名氏 撰	清姚燮《大梅山莊書目》
黃鶴樓	無名氏 撰	《重訂曲海總目》

傳奇
今存劇本

補天記	范希哲 撰	康熙間《繡刻傳奇八種》
續琵琶	曹寅 撰	《古本戲曲叢刊五集》
新編三國志傳奇	維庵居士 撰	傅惜華藏靜遠堂本
南陽樂	夏綸 撰	《惺齋新曲六種》
附錄：南陽樂	夏綸 撰	綏中吳氏藏抄本戲曲叢刊
錦繡圖	無名氏 撰	《清宮昇平署檔案集成》
平蠻圖	無名氏 撰	中國國家圖書館藏清抄本
西川圖	無名氏 撰	中國戲曲學院藏抄本
賢星聚	孤嶼學人 撰	上卷傅惜華藏抄本 下卷中國國家圖書館藏抄本
雙和合	無名氏 撰	《古本戲曲叢刊三集》
世外歡	吳震生 撰	《太平樂府》《玉勾十三種》之三
平蠻圖	無名氏 撰	綏中吳氏藏抄本戲曲叢刊
樊榭記	無名氏 撰	浙江圖書館藏本

今存劇目

銅雀臺	李　玉　撰	《傳奇彙考標目》別本
小桃園	劉晉充　撰	《新傳奇品》
後琵琶記	顧　彩　撰	《傳奇彙考標目》
七步吟	劉百章　撰	《傳奇彙考標目》
古城記	無名氏　撰	《重訂曲海總目》
古城記	容美田　撰	《今樂考證》
桃園記	雲槎外史　撰	《古本戲曲存目彙考》
斬五將	鳳凰臺上吹簫人　撰	《傳奇彙考標目》別本
八陣圖	無名氏　撰	《傳奇彙考標目》
龍鳳衫	石子斐　撰	《傳奇彙考》
青鋼嘯	無名氏　撰	《曲海總目提要》
三虎賺	無名氏　撰	《傳奇彙考》

下冊

《鼎峙春秋》	允　祿　撰	《古本戲曲叢刊》九集

第四卷　清代花部卷

目錄

前出劫	無名氏　撰	清《車王府藏曲本》
溫明園	無名氏　撰	《清宮昇平署檔案集成》
陳宮記	無名氏　撰	清《車王府藏曲本》
斬華雄	無名氏　撰	清《車王府藏曲本》
虎牢關	無名氏　撰	清《車王府藏曲本》
磐河戰	無名氏　撰	清《車王府藏曲本》
賜　環	無名氏　撰	《故宮珍本叢刊》
獻連環	無名氏　撰	清《車王府藏曲本》
謝　冠	無名氏　撰	《故宮珍本叢刊》
戰濮陽	無名氏　撰	清《車王府藏曲本》
借　雲	無名氏　撰	《故宮珍本叢刊》

神亭嶺	無名氏 撰	清《車王府藏曲本》
鳳凰臺	無名氏 撰	《故宮珍本叢刊》
轅門射戟	無名氏 撰	清《車王府藏曲本》
戰宛城	無名氏 撰	《故宮珍本叢刊》
白門樓	無名氏 撰	《故宮珍本叢刊》
罵　曹	無名氏 撰	清《車王府藏曲本》
罵曹餞行	無名氏 撰	清《車王府藏曲本》
問安說降	無名氏 撰	清《車王府藏曲本》
小　宴	無名氏 撰	清《車王府藏曲本》
奉　馬	無名氏 撰	清《車王府藏曲本》
白馬坡	無名氏 撰	清《車王府藏曲本》
斬貂蟬	無名氏 撰	清《車王府藏曲本》
辭　曹	無名氏 撰	清《車王府藏曲本》
挑　袍	無名氏 撰	清《車王府藏曲本》
古　城	無名氏 撰	清《車王府藏曲本》
三國志	無名氏 撰	清《車王府藏曲本》
薦諸葛	無名氏 撰	清《車王府藏曲本》
三顧茅廬	無名氏 撰	清《車王府藏曲本》
博望坡	無名氏 撰	清《車王府藏曲本》
漢陽院	無名氏 撰	《故宮珍本叢刊》
長坂坡	無名氏 撰	清《車王府藏曲本》
河　梁	無名氏 撰	清《車王府藏曲本》
臨江會	無名氏 撰	《故宮珍本叢刊》
群英會	無名氏 撰	《故宮珍本叢刊》
盜　書	無名氏 撰	《故宮珍本叢刊》
祭風臺	無名氏 撰	《新鐫楚曲十種》
擋　曹	無名氏 撰	《故宮珍本叢刊》
擋曹交令	無名氏 撰	清《車王府藏曲本》
取南郡	無名氏 撰	清《車王府藏曲本》
取四郡	無名氏 撰	清《車王府藏曲本》
取桂陽	無名氏 撰	清《車王府藏曲本》
戰合肥	無名氏 撰	清《車王府藏曲本》

黃鶴樓	無名氏 撰	清《車王府藏曲本》
甘露寺	無名氏 撰	《故宮珍本叢刊》
美人計	無名氏 撰	《故宮珍本叢刊》
討荊州	無名氏 撰	清《車王府藏曲本》
柴桑記	無名氏 撰	清《車王府藏曲本》
反西涼	無名氏 撰	清《車王府藏曲本》
戰渭南	無名氏 撰	清《車王府藏曲本》
西川圖	無名氏 撰	清《車王府藏曲本》
攔　江	無名氏 撰	《故宮珍本叢刊》
過巴州	無名氏 撰	清《車王府藏曲本》
取雒城	無名氏 撰	清《車王府藏曲本》
取冀州	無名氏 撰	清《車王府藏曲本》
葭萌關	無名氏 撰	清《車王府藏曲本》
夜　戰	無名氏 撰	《故宮珍本叢刊》
讓成都	無名氏 撰	《故宮珍本叢刊》
求　計	無名氏 撰	清《車王府藏曲本》
百壽圖	無名氏 撰	清《車王府藏曲本》
瓦口關	無名氏 撰	《故宮珍本叢刊》
定軍山	無名氏 撰	《故宮珍本叢刊》
水淹龐德	無名氏 撰	清《車王府藏曲本》
受禪臺	無名氏 撰	清《車王府藏曲本》
滾鼓山	無名氏 撰	清《車王府藏曲本》
造白袍	無名氏 撰	清《車王府藏曲本》
伐東吳（帶）擒潘璋	無名氏 撰	《故宮珍本叢刊》
抱靈牌	無名氏 撰	清《車王府藏曲本》
連營寨	無名氏 撰	清《車王府藏曲本》
白帝城	無名氏 撰	清《車王府藏曲本》
別　宮	無名氏 撰	清《車王府藏曲本》
祭　江	無名氏 撰	清《車王府藏曲本》
孝節義	無名氏 撰	清《車王府藏曲本》
英雄志	無名氏 撰	《新鐫楚曲十種》
安五路	無名氏 撰	清《車王府藏曲本》

雍涼關	無名氏 撰	清《車王府藏曲本》
鳳鳴關	無名氏 撰	《故宮珍本叢刊》
天水關	無名氏 撰	清《車王府藏曲本》
罵王朗	無名氏 撰	清《車王府藏曲本》
六出祁山	無名氏 撰	《故宮珍本叢刊》
戰北原	無名氏 撰	清《車王府藏曲本》
出祁山	無名氏 撰	清《車王府藏曲本》
葫蘆峪	無名氏 撰	清《車王府藏曲本》
七星燈	無名氏 撰	清《車王府藏曲本》
探　營	無名氏 撰	清《車王府藏曲本》
姜維推碑	無名氏 撰	清《車王府藏曲本》
定中原	無名氏 撰	清《車王府藏曲本》
度陰平	無名氏 撰	清《車王府藏曲本》

第五卷　晚清昆曲京劇卷

晚清昆曲

夜看春秋	無名氏 撰	《清宮昇平署檔案集成》
王允賜環	無名氏 撰	《故宮珍本叢刊》
起　布	無名氏 撰	《故宮珍本叢刊》
議　劍	無名氏 撰	《故宮珍本叢刊》
獻　劍	無名氏 撰	《故宮珍本叢刊》
問　探	無名氏 撰	《故宮珍本叢刊》
貂蟬拜月	無名氏 撰	《故宮珍本叢刊》
梳妝擲戟	無名氏 撰	《故宮珍本叢刊》
勘問吉平	無名氏 撰	《清宮昇平署檔案集成》
張飛落草	無名氏 撰	《清宮昇平署檔案集成》
計說雲長	無名氏 撰	《清宮昇平署檔案集成》
小宴却物	無名氏 撰	《清宮昇平署檔案集成》
秉燭待旦	無名氏 撰	《清宮昇平署檔案集成》
灞橋餞別	無名氏 撰	《清宮昇平署檔案集成》

古城相會	無名氏 撰	《清宮昇平署檔案集成》
徐母擊曹	無名氏 撰	《清宮昇平署檔案集成》
徐庶見母	無名氏 撰	《故宮珍本叢刊》
婆媳全節	無名氏 撰	《清宮昇平署檔案集成》
戰長江	無名氏 撰	《車王府曲本》
蔣幹盜書	無名氏 撰	《故宮珍本叢刊》
改　妝	無名氏 撰	《車王府曲本》
河　梁	無名氏 撰	《車王府曲本》
華容釋曹	無名氏 撰	《清宮昇平署檔案集成》
教　刀	無名氏 撰	《車王府曲本》
三　氣	無名氏 撰	《故宮珍本叢刊》
入吳弔孝	無名氏 撰	《清宮昇平署檔案集成》
訓　子	無名氏 撰	《故宮珍本叢刊》
單刀赴會	無名氏 撰	《清宮昇平署檔案集成》
天水關	無名氏 撰	《故宮珍本叢刊》
戰歷城	無名氏 撰	《車王府曲本》

晚清京劇

捉放曹	無名氏 撰	《繪圖京都三慶班京調全集》
濮陽城	無名氏 撰	《繪圖京都三慶班京調全集》
白門樓	無名氏 撰	《醉白集》
斬貂蟬	無名氏 撰	《醉白集》
打鼓罵曹	無名氏 撰	《梨園集成》
戰宛城	無名氏 撰	《梨園集成》
投劉表	盧勝奎 撰	馬連良藏本《京劇彙編》
襄陽宴	盧勝奎 撰	馬連良藏本《京劇彙編》
水鏡莊	盧勝奎 撰	馬連良藏本《京劇彙編》
取樊城	盧勝奎 撰	馬連良藏本《京劇彙編》
薦諸葛	無名氏 撰	《繪圖京都三慶班京調全集》
三顧茅廬	盧勝奎 撰	馬連良藏本《京劇彙編》
漢陽院	盧勝奎 撰	馬連良藏本《京劇彙編》
長坂坡	盧勝奎 撰	《梨園集成》

漢津口	盧勝奎 撰	馬連良藏本《京劇彙編》
祭風臺	無名氏 撰	《梨園集成》
舌戰群儒	盧勝奎 撰	蕭長華藏本《蕭長華演出劇本選》
激權激瑜	盧勝奎 撰	蕭長華藏本《蕭長華演出劇本選》
臨江會	盧勝奎 撰	蕭長華藏本《蕭長華演出劇本選》
群英會	盧勝奎 撰	蕭長華藏本《蕭長華演出劇本選》
橫槊賦詩	盧勝奎 撰	蕭長華藏本《蕭長華演出劇本選》
借東風	盧勝奎 撰	蕭長華藏本《蕭長華演出劇本選》
火燒戰船	盧勝奎 撰	蕭長華藏本《蕭長華演出劇本選》
華容道	盧勝奎 撰	蕭長華藏本《蕭長華演出劇本選》
取南郡	盧勝奎 撰	《戲考》本
取南郡	無名氏 撰	《梨園集成》
戰長沙	無名氏 撰	《戲考》本
三氣周瑜	無名氏 撰	《繪圖京都三慶班京調全集》
黃鶴樓	無名氏 撰	《繪圖京都三慶班京調全集》
柴桑口	無名氏 撰	《繪圖京都三慶班京調全集》
反西涼	無名氏 撰	《梨園集成》
獻西川	汪笑儂 撰	《汪笑儂戲曲集》
取成都	無名氏 撰	《繪圖京都三慶班京調全集》
喬府求計	無名氏 撰	《梨園集成》
定軍山	無名氏 撰	《繪圖京都三慶班京調全集》
陽平關	無名氏 撰	《繪圖京都三慶班京調全集》
受禪臺	汪笑儂 撰	《汪笑儂戲曲集》
白帝城哭靈	無名氏 撰	《醉白集》
別宮祭江	無名氏 撰	《繪圖京都三慶班京調全集》
天水關	無名氏 撰	《繪圖京都三慶班京調全集》
罵王朗	汪笑儂 撰	《汪笑儂戲曲集》
失街亭	無名氏 撰	《繪圖京都三慶班京調全集》
空城計	無名氏 撰	《繪圖京都三慶班京調全集》
斬馬謖	無名氏 撰	《繪圖京都三慶班京調全集》
戰北原	無名氏 撰	《繪圖京都三慶班京調全集》
七星燈	無名氏 撰	《繪圖京都三慶班京調全集》

哭祖廟　　　　　汪笑儂　撰　　　《汪笑儂戲曲集》

第六卷　現代京劇卷

上冊

斬熊虎　　　　　王鴻壽　撰　　　《關羽戲集》李洪春演出本
桃園結義　　　　王鴻壽　撰　　　《關羽戲集》李洪春演出本
造刀投軍　　　　王鴻壽　撰　　　《關羽戲集》李洪春演出本
鞭打督郵　　　　佚　名　撰　　　《傳統劇目彙編》產保福藏本
斬丁原　　　　　佚　名　撰　　　《京劇彙編》北京市藝術研究所藏本
捉放曹　　　　　佚　名　撰　　　《戲典》本
斬華雄　虎牢關　佚　名　撰　　　《京劇彙編》本
罵董卓　　　　　佚　名　撰　　　《傳統劇目彙編》產保福藏本
鳳儀亭　　　　　佚　名　撰　　　《京劇彙編》趙桐珊藏本
絕糧返境　　　　佚　名　撰　　　中國國家圖書館藏本
盤河戰　　　　　佚　名　撰　　　《京劇彙編》王連平藏本
春閨夢　　　　　金仲蓀　撰　　　《程硯秋演出劇本選集》本
典韋耀武　　　　佚　名　撰　　　中國國家圖書館藏本
路謀劫殺　　　　佚　名　撰　　　中國國家圖書館藏本
借趙雲　　　　　佚　名　撰　　　《戲考》本
戰濮陽　　　　　佚　名　撰　　　《京劇彙編》劉硯芳藏本
三讓徐州　　　　佚　名　撰　　　《京劇彙編》馬連良藏本
打曹豹　　　　　佚　名　撰　　　《京劇彙編》潘俠風藏本
鳳凰臺　　　　　佚　名　撰　　　《京劇彙編》馬連良藏本
神亭嶺　　　　　佚　名　撰　　　《京劇彙編》潘俠風藏本
周瑜　　　　　　翁偶虹　撰　　　《京劇彙編》蕭連芳藏本
轅門射戟　　　　佚　名　撰　　　《戲考》本
奪小沛　　　　　佚　名　撰　　　《京劇彙編》趙桐珊藏本
袁呂結親　　　　佚　名　撰　　　《傳統劇目彙編》吳春霖藏本
戰宛城　　　　　佚　名　撰　　　《京劇彙編》潘俠風藏本
白門樓　　　　　佚　名　撰　　　《京劇彙編》蕭連芳藏本

許田射鹿	佚　名　撰	《京劇彙編》馬連良藏本
衣帶詔	佚　名　撰	《傳統劇目彙編》產保福藏本
青梅煮酒論英雄	佚　名　撰	《郝壽臣演出劇本選集》本
斬車冑	佚　名　撰	《京劇彙編》潘俠風藏本
擊鼓罵曹	佚　名　撰	《戲考》本
鬧長亭	佚　名　撰	《京劇彙編》劉硯芳藏本
鸚鵡洲	佚　名　撰	中國國家圖書館藏本
屯土山	王鴻壽　撰	《關羽戲集》李洪春演出本
賜袍贈馬	王鴻壽　編撰	《關羽戲集》李洪春演出本
月下斬貂蟬	佚　名　撰	《京劇彙編》潘俠風藏本
月下贊貂蟬	佚　名　撰	《傳統劇目彙編》劉少春藏本
白馬坡	王鴻壽　撰	《關羽戲集》李洪春演出本
誅文醜	王鴻壽　撰	《京劇彙編》潘俠風藏本
閱軍教刀	王鴻壽　編撰	《關羽戲集》李洪春演出本
破汝南	王鴻壽　撰	《關羽戲集》李洪春演出本
芒碭山	佚　名　撰	《京劇彙編》潘俠風藏本
灞橋挑袍	王鴻壽　撰	《關羽戲集》李洪春演出本
附：灞橋挑袍	佚　名　撰	《京劇彙編》本
過五關	王鴻壽　編撰	《京劇彙編》北京市藝術研究所藏本
收周倉	王鴻壽　編撰	《關羽戲集》李洪春演出本
古城會	佚　名　撰	《京劇彙編》北京市藝術研究所藏本
收關平	王鴻壽　編撰	《關羽戲集》李洪春演出本
斬于吉	佚　名　撰	《京劇彙編》北京市藝術研究所藏本
戰官渡	佚　名　撰	《京劇彙編》王連平藏本
文姬歸漢	金仲蓀　撰	程硯秋演出本

中冊

奪古城	李洪春　編撰	《京劇彙編》北京市藝術研究所藏本
馬跳潭溪	佚　名　撰	《戲考》本
徐母罵曹	佚　名　撰	《京劇彙編》馬連良藏本
徐母失束	佚　名　撰	《傳統劇目彙編》何潤初藏本
薦諸葛	佚　名　撰	《戲考》本

徐庶勸友	佚　名　撰	《京劇彙編》馬連良藏本
徐母訓子	佚　名　撰	《傳統劇目彙編》何潤初藏本
曹營見母	佚　名　撰	《傳統劇目彙編》產保福藏本
一請諸葛	佚　名　撰	《京劇彙編》馬連良藏本
三顧茅廬	佚　名　撰	《戲考》本
三求計	佚　名　撰	《京劇彙編》馬連良藏本
火燒博望坡	王鴻壽　撰	《關羽戲集》李洪春演出本
長坂坡	佚　名　撰	《京劇彙編》馬連良藏本
漢津口	王鴻壽　編演	《關羽戲集》李洪春演出本
舌戰群儒	佚　名　撰	《京劇彙編》馬連良藏本
臨江會	佚　名　撰	《京劇彙編》馬連良藏本
群英會	佚　名　撰	《戲考》本
借東風	佚　名　撰	《戲考》本
華容道	王鴻壽　編演	《關羽戲集》李洪春演出本
取南郡	佚　名　撰	《戲考》本
取桂陽	佚　名　撰	《京劇彙編》劉硯芳藏本
戰長沙	王鴻壽　編演	《關羽戲集》李洪春演出本
戰合肥	佚　名　撰	《京劇彙編》王連平藏本
龍鳳呈祥	佚　名　撰	《京劇彙編》北京戲曲藝術職業學院藏本
破石兆	佚　名　撰	《傳統劇目彙編》產保福藏本
黃鶴樓	佚　名　撰	《戲考》本
三氣周瑜	佚　名　撰	《京劇彙編》李萬春藏本
討荊州	佚　名　撰	《戲考》本
柴桑口	佚　名　撰	《京劇彙編》余勝蓀藏本
耒陽縣	佚　名　撰	《京劇彙編》李萬春藏本
反西涼	佚　名　撰	《京劇彙編》李萬春藏本
戰潼關	佚　名　撰	《京劇彙編》王連平藏本
戰渭南	佚　名　撰	《京劇彙編》王連平藏本
反難楊修	佚　名　撰	《京劇彙編》李萬春藏本
張松罵曹	佚　名　撰	《傳統劇目彙編》產保福藏本
獻西川	佚　名　撰	《京劇彙編》李萬春藏本
對算薦雛	佚　名　撰	《傳統劇目彙編》產保福藏本

截江奪斗	佚　名　撰	《傳統劇目彙編》李人俊藏本
荊襄府	佚　名　撰	《傳統劇目彙編》范叔萍藏本
過巴州	白玉春　錢鳴業 口述	《京劇彙編》本
取雒城	佚　名　撰	《京劇彙編》王連平藏本
鼎足三分	佚　名　撰	《傳統劇目彙編》産保福藏本
戰冀州	蘇連漢　口述	《京劇彙編》本
賺歷城	佚　名　撰	《京劇彙編》王連平藏本
葭萌關	佚　名　撰	《京劇彙編》王連平藏本
喬府求計	佚　名　撰	《京劇彙編》馬連良藏本
單刀會	王鴻壽　編劇	《關羽戲集》李洪春演出本
逍遥津	魏紫秋　撰	《京劇彙編》本
甘寧百騎劫魏營	清逸居士　撰	《京劇彙編》劉硯芳藏本

下册

左慈戲曹	佚　名　撰	《傳統劇目彙編》産保福藏本
百壽圖	佚　名　撰	《京劇彙編》馬連良藏本
收姚斌	佚　名　撰	《京劇彙編》北京市藝術研究所藏本
瓦口關	佚　名　撰	《京劇彙編》孫盛武藏本
定軍山	佚　名　撰	《中國京劇戲考》本
陽平關	佚　名　撰	《戲考》本
五截山	佚　名　撰	《京劇彙編》王連平藏本
取襄陽	王鴻壽　撰	《關羽戲集》李洪春演出本
水淹七軍	王鴻壽　撰	《關羽戲集》李洪春演出本
刮骨療毒	王鴻壽　撰	《關羽戲集》李洪春演出本
關羽之死	馬少波　撰	《馬少波戲劇代表作》本
走麥城	王鴻壽　撰	《關羽戲集》李洪春演出本
關公顯聖	夏月潤　夏月珊 夏月恒　撰	《戲考》本
七步吟	佚　名　撰	《京劇彙編》北京市藝術研究所藏本
滾鼓山	佚　名　撰	《戲考》本
造白袍	佚　名　撰	《京劇彙編》北京大學圖書館藏本

伐東吳	佚　名　撰	《京劇彙編》馬連良藏本
連營寨	佚　名　撰	《京劇彙編》孟小如藏本
洛　神	齊如山　撰	《梅蘭芳演出劇本選》本
白帝城	佚　名　撰	《傳統劇目彙編》産保福藏本
別宮・祭江	佚　名　撰	《京劇彙編》臧嵐光藏本
孝節義	佚　名　撰	《戲考》本
安居平五路	佚　名　撰	《京劇彙編》馬連良藏本
撲油鼎	佚　名　撰	《京劇彙編》李萬春藏本
七擒孟獲	佚　名　撰	《戲考》本
雍涼關	佚　名　撰	《戲考》本
鳳鳴關	佚　名　撰	《戲考》本
天水關	佚　名　撰	《京劇彙編》北京市藝術研究所藏本
賢孝子	佚　名　撰	《傳統劇目彙編》産保福藏本
罵王朗	佚　名　撰	《京劇彙編》馬連良藏本
失街亭	佚　名　撰	《戲考》本
空城計	佚　名　撰	《戲考》本
斬馬謖	佚　名　撰	《戲考》本
割麥裝神	貫洪林　撰	《京劇彙編》孫盛文藏本
戰北原	佚　名　撰	《京劇彙編》安舒元藏本
胭粉計	佚　名　撰	《京劇彙編》劉硯芳藏本
七星燈	佚　名　撰	《戲考》本
鐵籠山	佚　名　撰	《戲考》本
司馬逼宮	佚　名　撰	《戲考》本
鑵山谷	佚　名　撰	《京劇彙編》劉硯芳藏本
渡陰平	佚　名　撰	《京劇彙編》劉硯芳藏本
取江油	佚　名　撰	《京劇彙編》劉硯芳藏本
亡蜀鑒	金仲蓀　改編	《程硯秋演出劇本選集》本
戰綿竹	佚　名　撰	《京劇彙編》劉硯芳藏本
哭祖廟	佚　名　撰	《京劇彙編》李萬春藏本
假投降	佚　名　撰	《京劇彙編》劉硯芳藏本

第七卷　山西地方戲卷

鞭督郵	佚　名　撰	《山西地方戲曲彙編》第十二集
捉放曹	佚　名　撰	《山西地方戲曲彙編》第十二集
虎牢關	王　錦　整理	山西晉中青年晉劇團田素芳提供
戰磐河	佚　名　撰	《山西地方戲曲彙編》
賜　環	佚　名　撰	太原市實驗晉劇團演出本
小　宴	王辛路　整理	《山西戲曲折子戲薈萃》
鳳儀亭	佚　名　撰	《山西地方戲曲彙編》第八集
神亭嶺	佚　名　撰	晉南專區蒲劇二團演出本
轅門射戟	佚　名　撰	大寧縣人民劇團1956年抄本
戰宛城	佚　名　撰	《山西地方戲曲彙編》第十二集
白門樓	佚　名　撰	《山西地方戲曲彙編》第十二集
擊鼓罵曹	佚　名　撰	《山西地方戲曲彙編》第十二集
屯土山	佚　名　撰	新絳泉掌蔡明實存的手抄本
貂蟬軼事	劉穎娣　編劇	山西呂梁晉劇團演出本
關公與貂蟬	呂永安　編劇	山西美錦貫中藝術團演出本
關公挑袍	佚　名　撰	《山西地方戲曲彙編》第十六集
古城會	佚　名　撰	《山西地方戲曲彙編》第十二集
馬跳檀溪	佚　名　撰	《山西地方戲曲彙編》第十二集
徐母罵曹	佚　名　撰	《山西地方戲曲彙編》第十二集
三　請	佚　名　撰	《山西地方戲曲彙編》第一集
孔明點將	佚　名　撰	太原戲劇研究所趙威龍提供的手抄本
闖轅門	佚　名　撰	《山西地方戲曲彙編》第十二集
長坂坡	佚　名　撰	《蒲州梆子傳統劇本彙編》第一集
火攻計	佚　名　撰	芮城縣黃河蒲劇團演出本
華容道	王　錦　整理	山西晉中青年晉劇團演出本
取桂陽	佚　名　撰	晉南專區蒲劇第一團抄錄本
取長沙	佚　名　撰	《山西地方戲曲彙編》第十二集
龍鳳配	佚　名　撰	《山西地方戲曲彙編》第七集
黃鶴樓	員冠英　口述	《山西地方戲曲彙編》第七集

銅雀臺	佚　名　撰	《山西地方戲曲彙編》第一集
討荊州	張　欽　段雲貴	山西省貫中晉劇團演出本
	李明山　整編	
諸葛亮弔孝	佚　名　撰	山西省文化局存抄本
三江口	佚　名　撰	手抄本
反西涼	佚　名　撰	晉南專區蒲劇第一團抄錄本
張松獻地圖	佚　名　撰	《山西地方戲曲彙編》第十二集
截　江	佚　名　撰	《山西地方戲曲彙編》第十集
金雁橋	佚　名　撰	《山西地方戲曲彙編》第十二集
取成都	高玉貴　口述	《山西地方戲曲彙編》第四集
魯肅求計	佚　名　撰	太原戲劇研究所趙威龍提供手抄本
單刀會	佚　名　撰	《山西地方戲曲彙編》第十六集
關羽斬子	佚　名　撰	太原戲劇研究所趙威龍提供影印本
白逼宮	佚　名　撰	《山西地方戲曲彙編》第十二集
關羽走麥城	泥　浪　整理	甘肅省劇目工作室排印本
玉泉山	王　錦　整理	山西晉中青年晉劇團演出本
周倉守廟	梁兆玉　撰	《劇本選》本
滾鼓山	佚　名　撰	《山西地方戲曲彙編》第十集
大報仇	佚　名　撰	《山西地方戲曲彙編》第十二集
書生拜將	山西清徐嫦娥文化藝術有限公司　改編	
別宮祭江	山西清徐嫦娥文化藝術有限公司　改編	
祭　江	佚　名　撰	《山西地方戲曲彙編》第十集
七擒孟獲	佚　名　撰	《山西地方戲曲彙編》第十二集
燒藤甲	佚　名　撰	《山西地方戲曲彙編》第十二集
天水關	佚　名　撰	《山西地方戲曲彙編》第五集
失街亭	佚　名　撰	《山西地方戲曲彙編》第五集
空城計	佚　名　撰	《山西地方戲曲彙編》第五集
斬馬謖		啜希忱據孫紅麗演出本音像資料整理
取北原	佚　名　撰	《山西地方戲曲彙編》第五集
葫蘆峪	佚　名　撰	《山西地方戲曲彙編》第十二集
五丈原	佚　名　撰	《山西地方戲曲彙編》第十六集
紅逼宮	佚　名　撰	《山西地方戲曲彙編》第十二集

孫綝篡位　　　　一根葱 撰　　趙龍威提供的史育林抄本

第八卷　當代卷

上冊

連環記（昆劇）	余懋盛 改編	《中國昆曲精選劇目曲譜大成》
曹營戀歌（潮劇）	郭克貴 翁曉明 撰	《劇本》
火燒濮陽（川劇·胡琴）	戴德源 許金門 整理	《紀念改革開放三十周年四川戲劇選》
廉吏風（京劇）	孫方山 撰	單行本上海雜誌公司1951年版
鳳凰二喬（京劇）	阿 甲 翁偶虹 編劇	單行本北京出版社1959年版
曹操·關羽·貂蟬（徽劇）	周德平 撰	《安徽優秀劇作選》（1990—2004年）
曹操與關羽（戲曲）	方同德 撰	《新劇本》
關　羽（京劇）	王昌言 楊 利 撰	《王昌言劇作選》
官渡之戰（京劇）	孫承佩 編劇	單行本
曹操父子（京劇）	賈 璐 編劇	《賈璐劇作選》
三曹父子（秦腔）	蔡立人 編劇	《西安秦腔劇本精編》
洛神賦（豫劇）	姚夢松 撰	《劇本》
初出茅廬（京劇）	馬少波 范宏鈞 呂瑞明 改編	單行本
赤壁之戰（京劇）	任桂林 李 綸 翁偶虹 阿 甲 馬少波 改編	單行本
赤壁周郎（婺劇）	姚金城 王衛國 撰	《劇本》
小喬初嫁（黃梅戲）	盛和煜 撰	《劇本》
諸葛亮弔孝（越調）	閔 彬 張鄉樸 整理	《中國當代百種曲》

下冊

蔡文姬（昆劇）	鄭拾風 改編	《中國昆曲精選劇目曲譜大成》

建安軼事（京劇）	羅懷臻 撰	《劇本》
迎賢記（漢劇）	蘭天明 撰	《劇本選刊》
曹操舉賢（錫劇）	周竹寒 撰	《江蘇戲劇叢刊》
曹操與楊修（京劇）	陳亞先 撰	《後六十種曲》
關羽斬子（秦腔）	胡文龍 改編	《西安秦腔劇本精編》
金殿阻計·單刀赴會（京劇）	周信芳 整理	《周信芳全集》
水淹七軍（昆劇）	王　亘　陳　奔 編劇	《中國昆曲精選劇目曲譜大成》
陸遜拜將（川劇）	劉鳴泰　陳澤愷 撰	《陳澤愷戲劇選》
鼓滾劉封（滇劇）	楊　明 整理	《雲南十年戲劇劇目選》（滇劇集）
御前侍醫（閩劇）	吳金泰 撰	《新時期福建戲劇文學大系》
七步吟（桂劇）	呂育忠 撰	《劇本》
彝陵之戰（京劇）	任桂林　樊　放 編劇	《任桂林劇作選》
白帝托孤（川劇·胡琴）	張廷秀 整理	《附譜川劇》
東吳郡主（潮劇）	范莎俠 撰	《國家舞臺藝術精品工程劇作集6》
孫尚香（河北梆子）	高文瀾 編劇	《新劇本》
祭長江（漢劇）	佚　名 改編	《湖北地方戲叢刊》
瀘水彝山（京劇）	吳　江　呂　慧　高牧坤 編劇	國家京劇院提供（打印本）
收姜維（越調）	李　蘇 改編	《河南戲曲名家叢書》
孫權與張昭（閩劇）	周祥光　吳永藝 撰	《劇本》
夕照祁山（川劇）	魏明倫 撰	《紀念改革開放三十周年四川戲劇選》
北地王（越劇）	莊　志 編劇　張　勇 整理	杭州越劇院提供（打印本）

《元代卷》前言

胡世厚

《三國戲曲集成·元代卷》收録元代（含元明間）創作的以三國人物和故事爲題材的雜劇三國戲六十二種。其中今存劇本二十一種，殘曲七種，劇目三十四種。

一、著録版本

元鍾嗣成《録鬼簿》著録關漢卿《關張雙赴西蜀夢》《徐夫人雪恨萬花堂》《終南山管寧割席》《關大王單刀會》，高文秀《劉先生獨赴襄陽會》《周瑜謁魯肅》，王實甫《曹子建七步成章》《作賓客陸績懷橘》，武漢臣《虎牢關三戰吕布》，王仲文《諸葛亮秋風五丈原》《七星壇諸葛祭風》，李壽卿《司馬昭復奪受禪臺》，石君寶《東吴小喬哭周瑜》，于伯淵《白門樓斬吕布》，趙天錫《試湯餅何郎敷粉》，李取進《司馬昭復奪受禪臺》，花李郎《相府院曹公勘吉平》《莽張飛大鬧相府院》，鄭光祖《虎牢關三戰吕布》《醉思鄉王粲登樓》，金仁傑《蔡琰還朝》，趙善慶《燒樊城糜竺收資》，朱凱《黄鶴樓》，王曄《卧龍崗》等二十四種；明賈仲明《録鬼簿續編》著録無名氏《博望燒屯》《斬蔡陽》等兩種；清黄丕烈《也是園藏書古今雜劇目録》除上述重複劇目外，著録無名氏《錦雲堂美女連環計》《劉玄德醉走黄鶴樓》《關雲長千里獨行》《曹操夜走陳倉路》《陽平關五馬破曹》《走鳳雛龐掠四郡》《周公瑾得志娶小喬》《張翼德單戰吕布》《莽張飛大鬧石榴園》《關雲長單刀劈四寇》《壽亭侯怒斬關平》《劉關張桃園三結義》《張翼德三出小沛》《張飛大破杏林莊》《諸葛亮挂帥氣張飛》《諸葛亮石伏陸遜》《諸葛亮隔江鬥智》《老陶謙三讓徐州》《壽亭侯五關斬將》《關大王月下斬貂蟬》《關雲長古城聚義》《朱伯通衣錦還鄉》《摔袁祥》等二十五種；明朱權《太和正音譜》著録無名氏《千里獨行》一種；明晁瑮《寶文堂書目》著録無名氏《馬孟起奮起大報仇》《趙子龍大鬧塔尼鎮》《劉玄德私出東吴國》《諸葛亮火燒戰船》《張翼德力扶雷安天》《董卓戲貂蟬》《破黄巾》《志登仙左慈飛杯》

《三氣周瑜》等九種；明徐𤊹《紅雨樓書目》著錄無名氏《陳思王洛浦懷舊》《勘問呂蒙》等兩種；今人陳翔華《三國故事戲考略》著錄無名氏《烏林皓月》。此外，清姚燮《今樂考證》、近代王國維《曲錄》等都著錄有元雜劇三國戲，但劇目多與前重複。從以上諸書著錄中，得知元（含元明間）雜劇三國戲共有六十三種，數量之多，爲歷代歷史故事戲之首。此外，尚有元明間無名氏雜劇《關雲長大破蚩尤》《十樣錦諸葛論功》二種劇本和元尚仲賢雜劇《武成廟諸葛論功》、元戴善甫雜劇《關大王三捉紅衣怪》二種劇目，是否稱三國故事戲？學界意見不一，未予收錄。

元明間創作的雜劇三國戲，我們把它放在元代雜劇卷，理由有三：一是不知作者及其創作的準確年代；二是劇本的內容與形式、主要人物的性格特徵與元雜劇三國戲相似；三是尊重學界大多同仁的共識，如王季思主編的《全元戲曲》將元明間雜劇三國戲全部收錄，鄧紹基主編的《中國古代戲曲文學辭典》把這部分作品歸入"元代雜劇作品"，沈伯俊、譚良嘯主編的《三國演義辭典》把這部分作品稱之爲元雜劇。

元代雜劇三國戲存目雖多，但留傳下來的劇本只有二十一種，其中關漢卿《單刀會》（以下均用簡名）、《西蜀夢》、無名氏《博望燒屯》三種收在《元刊雜劇三十種》；《王粲登樓》《連環計》《隔江鬥智》三種收在明臧懋循《元曲選》；高文秀《襄陽會》、鄭光祖《三戰呂布》、朱凱《黃鶴樓》、無名氏《千里獨行》《桃園三結義》《刀劈四寇》《大破杏林莊》《大鬧石榴園》《龐掠四郡》《夜走陳倉道》《五馬破曹》《怒斬關平》《娶小喬》《大破蚩尤》等十六種收存在明《脉望館鈔校本古今雜劇》。另有劇本殘曲七種：元高文秀《周瑜謁魯肅》一折曲文，收存在明嘉靖《詞林摘艷》；元武漢臣《三戰呂布》殘句、王仲文《五丈原》殘曲、花李郎《勘吉平》殘曲收存在清康雍年間《北詞廣正譜》；無名氏《千里獨行》一折曲子，無名氏《斬蔡陽》一折曲子收存在明嘉靖間《雍熙樂府》；無名氏《氣張飛》兩折曲文收存在明萬曆年間《群音類選》。

這些劇本，大多爲孤本、手抄本，然而後世整理、刊刻者甚多，版本繁雜。《元刊雜劇三十種》是現存元代雜劇唯一的元代刊本。此本係元末書商彙集各地劇本而合刻，保存了元劇本色，但因是坊間所刻，訛誤甚多，又大量採用俗字異體，版片多處殘缺漫漶。像《單刀會》《西蜀夢》就是如此，且僅有唱詞，未有科白提示。該書今藏國家圖書館，《古本戲曲叢刊》第四集據以影印。校本今有徐沁君《新校元刊雜劇三十種》（中華書局，1980年）、寧希元《元刊雜劇三十種新校》（蘭州大學出版社，1989年）。另有鄭振鐸編《世界文庫》本、盧冀野編《元人雜劇全集》本、鄭騫《校訂元雜劇三十種》本，均未見。

《元曲選》，係明臧懋循編，萬曆年間刊刻。該本收録三國戲三種，體例統一，科白完整，曲辭通暢，每劇皆有音釋。但臧氏往往以己意改動曲文，致使所刻有失真之處。《續修四庫全書·戲劇集》據原刊本影印。校本有隋樹森《元曲選》（中華書局，1958年）。此外，明息機子編、萬曆年間刊刻的《古今雜劇選》收録有《連環計》，明孟稱舜編、崇禎年間刊刻的《古今名劇合選·酹江集》收録有《王粲登樓》《隔江鬥智》。

《脉望館鈔校本古今雜劇》，原爲明萬曆年間趙琦美脉望館收藏的一批元明雜劇。清初爲錢曾也是園收藏，故又稱《也是園古今雜劇》。該本收三國戲十六種，有刻本、抄本，有些抄本係内府演出本，附有穿關。今藏中國國家圖書館，《古本戲曲叢刊》第四集據以影印。1941年王季烈將其中的一百四十四種編校爲《孤本元明雜劇》，由商務印書館出版，而十六種三國戲均在其中。

此外，今人對元雜劇整理校勘較多，既有專集、選集，又有全集，如《關漢卿戲曲集》就有吳曉鈴等編校本、北京大學中文系編校本；馮俊傑校注《鄭光祖集》、隋樹森《元曲選外編》《元人雜劇選》、王季思主編《全元戲曲》、張月中等主編《全元曲》等，這些作品集都收録有元代雜劇三國戲。本卷以《元刊雜劇三十種》本、《元曲選》本、《脉望館鈔校本古今雜劇》本爲底本，以明息機子《古今雜劇選》本、明孟稱舜的《酹江集》本參校，並在繼承現代《孤本元明雜劇》本、《元曲選外編》本、《全元戲曲》本及上述諸本校勘成果的基礎上進行校勘整理。

二、故事源流

元雜劇敷演的三國故事，從現存的二十一種劇本内容來看，主要描寫東漢末年三國鼎立前後各路諸侯和政治集團之間的矛盾和鬥争。

首先是寫東漢末年，黄巾起義，群雄兼併的鬥争。東漢末年，朝政日衰，爆發了黄巾起義。各路諸侯借鎮壓黄巾起義之機，擴大勢力，擁兵自重，割據稱雄，妄圖奪取天下。董卓專權，欲謀漢鼎，引起十八路諸侯會盟討伐，致使吕布兵敗虎牢關，董卓被誅，四寇被殺，吕布被戮。表現這一時期尖鋭複雜鬥争的戲有《桃園結義》《大破杏林莊》《三戰吕布》《單戰吕布》《連環計》

《單刀劈四寇》《三出小沛》。

　　其次是寫劉備集團與曹操集團之間的矛盾與鬥爭。除董卓、滅呂布之後,曹操以漢大丞相之名,獨攬朝綱,上欺天子,下壓群臣,號令諸侯,欲稱雄天下,這樣他與劉備集團及其他集團的矛盾就突出、尖銳起來,鬥爭日益激烈。今存雜劇主要表現劉曹鬥爭,戲有《大鬧石榴園》《千里獨行》《襄陽會》《博望燒屯》《龐掠四郡》《夜走陳倉路》《五馬破曹》。

　　第三是寫劉備集團與孫權集團之間的矛盾與鬥爭。新野、樊城之戰,劉備寡不敵衆,敗走漢江,曹操帶兵百萬,乘勝追擊。孫權爲保江東,與劉備聯合,共同抗曹。赤壁之戰,曹操大敗,孫、劉之間爲爭奪作爲勝利果實的荆州明爭暗鬥,矛盾日益激化。反映孫劉兩家爭鬥的戲有《黃鶴樓》《隔江鬥智》《單刀會》《西蜀夢》。

　　第四是寫其他内容的三國戲,内容更加豐富。如《王粲登樓》寫王粲不得志,窮困潦倒,後因給漢皇上萬言書得授兵馬大元帥,飛黃騰達;《娶小喬》寫周瑜懷才不遇,後經魯肅幫助,得到孫權重用,娶了小喬。《怒斬關平》寫關羽的功德。如果加上殘曲和存目所寫内容,再加上劇中所提到的人物和事件,内容更加豐富。如關漢卿的《單刀會》,喬公提到漢君軟弱,群雄並起,"併了董卓,誅了袁紹","存的孫劉曹操,平分一國作三朝",赤壁鏖戰,吳蜀爭荆州,周瑜歸天,關羽誅文醜、刺顏良、挂印封金、灞橋挑袍。三國歷史的重大事件,精彩的故事,生動的情節,大多都被劇作家精心編寫入劇本之中,再現於舞臺之上。

　　元代雜劇三國戲敷演的故事,既有真實的歷史人物與歷史事件,又有民間傳說的人物和故事,其故事來源,從現存的二十一種劇本來看,大概有以下四個方面。

　　一、取材於史書《後漢書》、《三國志》及裴松之注、《資治通鑑》。取材於此的又分三種情況。一是史書記載故事較詳,如《襄陽會》,《三國志·蜀書·先主傳》載:"曹公既破紹,自南擊先主。先主遣麋竺、孫乾與劉表相聞,表自郊迎,以上賓禮待之,益其兵,使屯新野。荆州豪傑歸先主者益多,表疑其心,陰禦之。"裴松之注引《世語》曰:"備屯樊城,劉表禮焉,憚其爲人,不甚信用。曾請備宴會,蒯越、蔡瑁欲因會取備,備覺之,僞如廁,潛遁出。所乘馬曰的盧,騎的盧走,墮襄陽西檀溪水中,溺不得出。備急曰:'的盧,今日厄矣,可努力!'的盧乃一踴三丈,遂得過,乘桴渡河,中流而追者至,以表意謝之,曰:'何去之速乎!'"又如《單刀會》,《三國志·吳書·魯肅傳》與裴松之注引《吳書》，記載較詳。二是史書有其人，史載事迹簡單或者僅有隻言片語，故事情節基本上是虛構的，這種情況的劇本有十一種，如《三戰吕布》《三出小沛》《博望燒屯》《連環計》《千里獨行》《隔江鬥智》《桃園三結義》《夜走陳倉路》《五馬破曹》《娶小喬》《龐掠四郡》。三是史書有其人，故事情節純屬虛構的有八種，如《西蜀夢》《王粲登樓》《黄鶴樓》《單刀劈四寇》《大破杏林莊》《單戰吕布》《大鬧石榴園》《怒斬關平》。

二、取材於《三國志平話》。"平話"刊於元至治年間（1321—1323），但其"話本"早在民間流傳。金代已有説三分的話本，元代早期劇作家可能看到説三分的話本，元代中後期劇作家大多從"話本"中選取素材，創作三國戲。以現存的二十一種劇本看，有十二種取材於"平話"，有些劇名甚至與"平話"中某節的用語都相同，雖然人物、情節有所不同。如《三戰吕布》，"平話"卷上有《三戰吕布》；《黄鶴樓》，"平話"卷中有《玄德黄鶴樓私遁》；《連環計》，"平話"卷上有《王允獻董卓貂蟬》《吕布刺董卓》；《千里獨行》，"平話"卷上有《曹操贈羽長袍》《雲長千里獨行》；《桃園結義》，"平話"卷上有《桃園結義》；《大破杏林莊》，"平話"卷上有《張飛見黄巾》《破黄巾》；《單戰吕布》，"平話"卷上有《張飛獨戰吕布》；《三出小沛》，"平話"卷上有《張飛三出小沛》；《大鬧石榴園》，"平話"卷中有《曹操勘吉平》；《走鳳雛龐掠四郡》，"平話"卷下有《龐統謁玄德》《張飛刺蔣雄》《孔明引衆見玄德》；《夜走陳倉路》與《五馬破曹》，"平話"卷下有《黄忠斬夏侯淵》《張飛捉丁昶》《諸葛亮使計破曹操》。

三、取材於民間傳説。三國歷史故事早已在民間廣爲流傳。不僅元雜劇從中選取題材，就是《三國志平話》也從中選取了不少題材。現存元雜劇三國戲有三種，皆是史有其人，劇作家從民間傳説得到啓發，借用其人名虛構故事情節。如《西蜀夢》《王粲登樓》《怒斬關平》。

四、取材于金院本、宋元戲文。三國故事深受民衆喜愛，因而廣爲流傳。金院本、宋元戲文中有許多敷演三國歷史故事的戲，然而它們没能留下一種完整的劇本，流傳下來的僅是一些劇目和極少殘曲。但是元人當時尚能看到許多完整的金院本、宋戲文三國戲劇本，這應該是不爭的事實。據元陶宗儀《南村輟耕録》"院本名目"載，三國戲有《刺董卓》《赤壁鏖兵》《襄陽會》《大劉備》《駡吕布》五種。據《彙纂元譜南曲九宫正始》《傳奇彙考標目》等文獻記載，宋元戲文有殘曲三種：《貂蟬女》《甄皇后》《銅雀妓》；有戲目八種：《何郎敷粉》《瀘江祭》《關大王獨赴單刀會》《劉先主跳檀溪》《劉備》《斬蔡陽》《周小郎月下戲小喬》。上述十五種三國戲劇目，元雜劇三國戲都有，足見其傳承關係。

金院本和宋元戲文由於數量少，留傳下來的僅有三種殘曲和十二種劇目，難以成卷，我們將其收錄在《元代卷》中，以見三國戲的傳承流變情況。

三、思想傾向

縱觀現存二十一種元雜劇三國戲，除《娶小喬》外，無一例外思想傾向都是扶漢擁劉貶曹孫的。

首先是扶持漢室，尊漢室爲正統。《桃園結義》，劉關張結義的目的非常明確，是"同扶漢室之華夷，共輔漢朝之基業"。《三戰吕布》《單戰吕布》，是袁紹、曹操奉漢帝密旨，會同十八路諸侯討伐董卓，征戰吕布，爲漢帝除奸，扶持漢室社稷。《單戰吕布》裏大漢丞相王允奉漢帝旨，賜賞有功之臣，一上場就説："保住山河顯性剛，忠扶漢國定邊疆。調和鼎鼐存忠孝，兩手扶持帝業昌。"《連環計》寫王允用蔡邕所獻美女連環計，以貂蟬美色離間董卓與吕布之關係，除去董卓，旨在爲漢帝除奸，扶保漢室。《王粲登樓》，寫王粲不得志，窮困潦倒，也表示"有一日夢飛熊得志扶炎漢"，並以實際行動上萬言書給漢皇，宣爲兵馬大元帥，"從今後把萬言書作戰場，輔皇朝爲柱石。扶持着萬萬歲當今帝，則願的穩坐定蟠龍餤金椅"。這些劇作扶漢思想傾向十分鮮明。

擁劉的思想傾向更加突出。在以劉備集團爲中心的十二種三國戲中，視劉備爲漢室苗裔，塑造了仁德寬厚、深得民心的蜀漢君王形象，頌揚了劉備集團的文臣武將的忠貞、智謀、武勇。在《單刀會》中，魯肅請喬公和隱士司馬徽商量賺關羽赴會以奪取荆州之事，而喬公自稱"俺本是漢國臣僚"以示心存漢室，喬、司馬二人都誇耀關羽之勇，讚揚諸葛亮多智，其他將領武藝高强，"滅自己的志氣，長他人的威風"，不支持魯肅。關羽稱"俺皇叔合情受漢朝家業"，以漢家劉姓是一體爲武器，和魯肅展開了一場爭奪荆州的唇槍舌劍，使魯肅張口結舌，無言以對。在《黃鶴樓》中，周瑜請劉備過江赴宴，欲暗算劉備，趙雲却理直氣壯地批評周瑜此舉是"興心兒圖謀漢家邦"，把劉備與漢室看成一體。在《隔江鬥智》中，特別肯定讚揚孫安背兄棄吴、保護劉備返回荆州的行動。在孫安的心目中，劉備"本是漢皇帝宗親支派，少不得將吴魏並做了劉家世界"，希望劉備復興漢室，一統天下。特別是在《大鬧石榴園》中,曹操的謀臣楊修,却站在維護漢室的立場上,"秉正立直,安邦定國","扶持着漢家的這宇宙"。他對曹操謀殺劉備不滿,認爲"玄德公是仁德之人",用話語提醒劉備小心,飲酒中幫助劉備,曹操看破其吃裏扒外,欲殺楊修,經劉備講情,"打上四十背花,摙下樓去"。在《夜走陳倉路》中,曹操帶兵四十萬,數戰劉備,不能取勝,問計于楊修,楊修則説:"主公雖然兵多將廣,不如諸葛一人也","那諸葛亮有神機妙術,觀氣象呼風喚雨,善布營盤八陣圖。他可便安日月,定寰區,真乃是擎天玉柱","有一個趙子龍膽氣雄,馬孟起敢戰賭。有一個黄漢升你須知他名譽,張翼德驍勇誰如? 當陽橋虎軀,石亭驛那氣舉,關雲長緊緊的輔助,這五員將收取西蜀,都是些安國定邦忠良將、扶立炎漢大丈夫。一個個志氣雲衢"。勸曹操不要"定計鋪謀施威武,則不如收軍士早歸歟"。在《襄陽會》上,劉琦不幫助弟弟劉琮欲謀害劉備,却冒險洩露機密,暗示劉備逃走。劉琮派去暗算劉備的王孫,也甘願承擔罪責,送劉備出城。在《龐掠四郡》中,寫赤壁之戰後,諸葛亮謀奪四郡,兩軍陣前,諸葛亮勸龐統降劉"同心協力,扶立炎劉",龐統與黄忠商議,認爲"玄德仁者之人","納諫如流,敬賢禮士",擒了太守金全,降了劉備。上述種種,擁劉思想非常鮮明。

至於貶曹,傾向也十分明顯。但是在除董卓、戰吕布的幾種戲中,如《三戰吕布》《單戰吕布》《連環計》《刀劈四寇》《三出小沛》,都是把曹操作爲正面人物,因爲他此時扶持漢室,爲漢帝除奸。然而當他位居丞相、稱魏王之後,上欺天子,下壓群臣,專横跋扈,也就成了漢室奸賊,成了批評的對象。如《大鬧石榴園》,曹操設計,在石榴園凝翠樓設宴、設伏,欲擒殺劉備和來尋兄的關羽、張飛。關羽命校刀手圍住石榴園,張飛扯住曹操,嚴厲怒斥,曹操告饒,毒計未能得逞。曹操對張遼説:"五府宰相皆歸某,三人德性立炎劉。早知不聽吾節制,怎肯舉薦見龍樓。"此戲思想傾向顯然是擁劉貶曹的。在《千里獨行》中,曹操爲籠絡關羽,厚待關羽;待關羽知劉備下落辭曹尋兄時,曹操却與張遼設三計,欲害關羽,其奸詐可見。在《夜走陳倉路》中,寫劉備取西川,奪取了陽平關;曹操統領大軍追襲劉備,兩軍相持;曹操軍無糧草下令退兵,此情爲楊修預知,曹操忌才,以楊修洩露軍機殺之;諸葛亮分派衆將沿途襲擊截殺,曹操損兵折將,夜走陳倉路;又遇馬超伏兵,大敗而逃,曹操割鬚棄袍,狼狽而歸。凡是寫劉備與曹操爭鬥的戲,都是曹敗劉勝,貶曹傾向鮮明。

對孫吴也是貶的。在《三戰吕布》和《單戰吕布》中,醜化了孫堅,由於孫堅怯戰、藐視桃園兄弟，敗於吕布，將盔甲挂在樹上而逃；與張飛打賭輸掉監軍印，張飛把它挂在鞭、槍、劍、馬上，嘲笑羞辱孫堅。在《黄鶴樓》《隔江鬥智》《單刀會》三種戲的孫劉兩家鬥争中，均以孫權、周瑜、魯肅失敗、計謀落空，諸葛亮用妙計保劉備、關羽安然而歸而告終，貶孫吴的思想傾向一目了然。

這種思想傾向的作品，在當時可以唤起元代人民對漢室基業的懷念，對仁德君主的嚮往，有利於當時以漢族爲主的中國各族人民對蒙古統治者進行反抗，要求改變歧視漢族的民族政策，恢復漢族的民族尊嚴和地位，這其中飽含著深厚的民族情感。

四、人物形象

三國時代，戰亂頻仍，英雄輩出。而元雜劇三國戲又以人物爲中心，因而劇作家在人物形象的塑造上，從戲曲藝術的表演特點出發，採取多種藝術手段，使其相貌、思想、性格生動鮮明地表現出來，給讀者觀衆留下深刻印象。在現存二十一種三國戲中，漢末魏蜀吴三國的主要人物紛紛登場，其中尤以張飛、關羽、諸葛亮、曹操的藝術形象塑造得最爲突出、成功，成爲光輝的藝術典型。

張飛在元雜劇三國戲中是勇猛暴躁、粗中有細的典型。在《三戰吕布》《單戰吕布》《三出小沛》中，張飛表現出耿直剛正、驍勇善戰、無所畏懼的英雄氣概；在《千里獨行》中，張飛表現出是非分明、疾惡如仇、深明大義的品德；在《博望燒屯》中，張飛表現出粗豪暴躁、直率坦蕩、有錯必改的人格；在《大破杏林莊》洗馬誘敵、《隔江鬥智》拒吴將入城的情節中，則表現了他粗中有細、胸有謀略的智慧；在《單戰吕布》《隔江鬥智》中，表現了他嘲笑羞辱孫堅、周瑜的幽默個性。

對張飛的塑造，劇作家頗具匠心。在《單刀會》上，司馬徽説：''那條漢虎牢關立伏了十八鎮諸侯。騎一匹千里騅，横一條丈八矛，當陽橋有如雷吼，曾擋住曹丞相一百萬帶甲貔貅。叫一聲混天塵土紛紛的橋先斷，喝一聲拍岸驚濤厭厭的水逆流。''在《西蜀夢》中劉備讚他：''義赦了嚴顔罪，鞭打的督郵死。當陽橋喝回個曹孟德，倒大個張車騎。今日被人死羊兒般剁了首級，全不見石亭驛。''對張飛的外貌特徵，《襄陽會》折三説他''豹頭環眼''，《博望燒屯》折一諸葛亮則説他''早把一對環眼睜開瞅覷誰？查沙起黄髭，顯出那五霸諸侯王氣。不住地叫天吼地,將軍呵!你也做得個莽撞張飛"。

由此,一位豹頭環眼、黃髭須、手執丈八矛、身跨烏騅馬、勇猛無畏、粗獷暴躁、威風凛凛、風趣幽默、忠肝義膽的英雄形象躍然紙上。張飛的藝術形象生動鮮明,立體豐滿,討人喜愛。

在元雜劇三國戲中,關羽是忠義智勇的典型。《單刀會》表現了關羽超凡的勇武,凜然的正氣,清醒的膽識,自負的傲氣。《千里獨行》表現了關羽富貴不淫、威武不屈、不忘桃園結義之情的忠義品格。《三戰呂布》《刀劈四寇》表現了他英勇威武的氣勢。《怒斬關平》則表現了關羽清正愛民、秉公執法、不徇私情的道德風範。

關羽的形貌特徵更是突出。在《博望燒屯》中,從諸葛亮的視角中看到的關羽是"生的高聳聳俊鷹鼻,長挽挽卧蠶眉,紅馥馥雙臉胭脂般赤,黑蓁蓁三綹美髯垂。內藏著君子氣,外顯出磣人威。這將軍生前爲將軍,死後做神祇","仗著青龍刀安社稷,憑著赤兔馬定家邦"。在《西蜀夢》中,劉備讚道:"關將軍但相持,無一個敢欺敵。素衣匹馬單刀會,覷敵軍如兒戲,不若土和泥。殺曹仁十萬軍,刺顏良萬丈威。今日被歹人將你算,暢則爲你大膽上落便宜。"

由此,一個丹鳳眼、卧蠶眉、俊鷹鼻、紅臉膛、三綹長髯、身跨赤兔馬、手執青龍偃月刀,勇冠三軍、威震華夏、剛愎自負、義薄云天的儒雅將軍清晰地呈現在人們面前。

在元雜劇三國戲中,諸葛亮是忠貞智慧的典型。在與曹魏和孫吳的鬥爭中,諸葛亮從容不迫地運籌帷幄,調兵遣將,神機妙算,取得一個接一個的勝利。《博望燒屯》表現了諸葛亮超人的智慧、經天緯地之才。未曾出山就爲劉備謀劃了三分天下的宏偉藍圖,初拜軍師就用兵如神,大敗曹軍,折服了張飛。在《隔江鬥智》中,面對孫吳的求親陰謀,劉備無主,不願冒險,諸葛亮則安排巧計,使劉備過江招親,安然返回荊州。在《黃鶴樓》中,周瑜欲用三計扣留劉備。諸葛亮夜觀天象,預知劉備有難,設下妙計,讓關平送塵拂子(內藏周瑜令箭)、姜維扮漁夫送信、關羽江邊接應,終使劉備脫險,平安返回。在《西蜀夢》中,劉備讚諸葛亮"早晨問占易理,夜後觀乾象。據賊星增焰彩,將星綻光芒","這南陽逃叟村諸葛,輔佐着洪福齊天蜀帝王,一自爲臣不曾把君誆"。既說明諸葛亮算出了關羽和張飛的死,表現了他超人的智慧,也表現了他對劉蜀的忠貞。

劇作家不僅讓諸葛亮神化,還將他的形貌扮成道士,仙風道骨,身"披七星繡雲鶴氅","羽扇綸巾",身跟道童,自稱貧道。在元雜劇三國戲中,諸葛亮都是道家的打扮,無一例外。劇作家用誇張浪漫的手法,把諸葛亮描寫得如此神奇無比,有點"近妖",但人們可以理解、接受。

　　元雜劇三國戲的曹操,是奸雄的典型。其性格具有兩面性,既有雄才大略,又奸詐殘暴。在《連環計》中,曹操與王允定計,謀刺董卓,事雖未成,但表現了他忠於漢室、勇敢機智。在《三戰呂布》《單戰呂布》《刀劈四寇》中,曹操會同十八路諸侯,在虎牢關戰呂布,在黃河邊戰樊稠等四寇,特別是他在虎牢關力排異議,舉薦位卑的劉關張三人,戰勝了呂布,奪取了虎牢關;在黃河邊向董承薦舉關羽,刀劈四寇,表現了他有識人的慧眼,愛才且用人不計門第尊卑。在《三出小沛》中,曹操出兵救助被困於小沛的劉備,表現他扶漢室、除叛逆、救劉備之義舉。然而,當曹操羽翼豐滿、官居丞相、進魏王之後,其性格有很多變化,獨攬朝政,上欺天子,下壓群僚,奸詐殘暴之性畢露。在《大鬧石榴園》中,曹操本欲籠絡劉備,但劉備不聽節制,他便設計在石榴園凝翠樓宴請劉備,乘機謀殺劉備和來接劉備的關羽、張飛,表現了他的順我者昌、逆我者亡的奸詐狠毒。在《夜走陳倉路》中,曹操率四十萬大軍攻劉備,他不聽楊修之勸,中孔明計,怒殺張魯,逼魯弟張恕帶領十萬人馬四十萬糧草投降劉備。曹操無糧退兵,諸葛亮遣將襲擊、截殺,曹操夜走陳倉路,中馬超伏兵,敗後割鬚換袍落荒而逃。這幾種戲將曹操名爲漢相、實爲漢賊的奸雄面貌表現出來。

　　上述三國戲中的四個人物典型,形貌、思想、性格特徵塑造得十分鮮明突出,且已固化,成了定型。

　　特別值得稱道的是,劇作家還塑造了幾個女性形象,各具特色,她們在當時尖銳複雜的政治、軍事鬥爭中,有見識,有膽略,有主見,在一定程度上表現出反叛封建道德的民主精神。

　　一是《連環計》中的貂蟬。貂蟬是我國古代著名的"四大美女"之一,本爲呂布之妻,戰亂中與家人失散,流落王府,被王允認作義女。由於她美貌,願犧牲自己的貞節、幸福,爲義父王允行美人計,"謀圖董卓,整頓朝綱",終於使呂布與董卓反目,除了董卓。貂蟬爲漢室除奸,是漢室功臣、女中丈夫,被誥封爲"國君",這表現了她識大義、勇敢機智、不拘封建道德的性格特徵。

　　二是《千里獨行》中的甘夫人。該劇以甘夫人爲正旦,主唱四折。甘夫人有見識,認爲張飛夜襲曹營之計"不甚好",勸劉備"休要去",劉備堅持要去,甘夫人讓他"小心在意"。結果,劫營失敗,劉張失散,徐州丟失,家小被擄。甘夫人隨關羽降於許昌,心懷國家恨,眉鎖廟堂愁,思念丈夫劉備,埋怨關羽肥馬輕裘、日飲御酒、建節封侯,忘記桃園之義,全不記往日冤仇,誰知惹怒關羽,甘夫人無奈下跪賠禮。特別是曹操餞行時,關羽感曹操之恩,心無防備,是甘夫人識破了曹操毒計,不讓關羽下馬飲酒接袍,使曹操之計落空。在古城外,當劉備、張飛責備關羽忘桃園之盟、投降曹操、拒不相認時,是甘夫人竭力爲關羽辯解,消除誤會。一位知書達理、見識卓越、憂國憂民、情深意厚、顧全大局的光彩照人的女性形象呈現在人們面前。縱觀歷代三國戲包括小說《三國演義》中的甘夫人,也無此動人、完美。

三是《隔江鬥智》中的孫安。該劇以孫安爲正旦,主唱四折。劇作家把她塑造成一位有主見、有遠識、不爲人左右、能自主選擇幸福、具有獨立人格的女性。她出身名門,遵母親和兄長之命,以嫁夫之名奪取荊州。當時,她心中雖有疑慮,還是遵從了母兄之命到荊州,執行其陰謀計劃。行至荊州,張飛不准送親的吳將進城,只許孫安進城,使吳將乘機奪取荊州之第一計失敗。第二計本是讓孫安在成親之時刺殺劉備,然而,孫安看到劉備"目能顧耳,兩手過膝,真有帝王儀表,以爲丈夫,也不辱沒了我孫安小姐",又看到軍師有冠世才,武有虎將神威,可以扶持劉備重興漢室。因此,她爲自己終身考慮,不願犧牲自己替人守寡一世,終於下定決心,背叛母兄,與劉備結成夫妻。其實她想到的並不完全是自己,而是這樣可以立直中間,"着兩下裏干戈不再起"。孫權之計落空,周瑜欲借回門之機,軟禁劉備,而這時的孫安完全站在劉備一邊,爲丈夫的安危、事業著想,希望早回荊州。結果孫權中諸葛亮之計,送其夫婦回轉荊州。孫安的形象塑造得有血有肉,思想性格變化合情合理,十分成功。就是與當代新改編的《龍鳳呈祥》中的孫尚香相比,亦不遜色,甚至更加完美。

總之,元雜劇三國戲,具有故事生動、戲劇衝突尖銳、情節完整合理、人物性格鮮明、語言通俗流暢、內容雅俗共賞的特點,大多適合舞臺演出,非案頭之作。這些劇本是劇作家根據自己的世界觀、歷史觀、美學觀和創作意圖,在金院本、宋元戲文三國戲的基礎上,從史傳和說三分的話本、民間傳說中選取素材,編造故事,虛構情節,塑造人物,充分表現了扶漢擁劉貶曹孫的思想傾向,既反映了當時各族人民特別是漢族人民的民族情緒,具有時代意義,又給後世留下了豐富的三國戲文化遺產。這些劇本對後世三國戲、小說《三國演義》及其他藝術形式的創作產生了重要影響,有些劇目至今仍活躍在舞臺上。

目　　錄

元代雜劇

今存劇本

關大王單刀會	關漢卿　撰	3
附錄　關大王獨赴單刀會		16
關張雙赴西蜀夢	關漢卿　撰	29
劉玄德獨赴襄陽會	高文秀　撰	38
虎牢關三戰呂布	鄭光祖　撰	55
醉思鄉王粲登樓	鄭光祖　撰	86
附錄　醉思鄉王粲登樓		107
劉玄德醉走黃鶴樓	朱　凱　撰	118
諸葛亮博望燒屯	無名氏　撰	138
錦雲堂暗定連環計	無名氏　撰	150
附錄　錦雲堂美女連環記	無名氏　撰	172
關雲長千里獨行	無名氏　撰	192
兩軍師隔江鬥智	無名氏　撰	212
劉關張桃園三結義	無名氏　撰	233
關雲長單刀劈四寇	無名氏　撰	248
張翼德大破杏林莊	無名氏　撰	275
張翼德單戰呂布	無名氏　撰	287
張翼德三出小沛	無名氏　撰	311
走鳳雛龐掠四郡	無名氏　撰	325
莽張飛大鬧石榴園	無名氏　撰	342
曹操夜走陳倉路	無名氏　撰	357
陽平關五馬破曹	無名氏　撰	374

壽亭侯怒斬關平	無名氏 撰	393
周公瑾得志娶小喬	無名氏 撰	409

今存殘曲

周瑜謁魯肅	高文秀 撰	423
諸葛亮秋風五丈原	王仲文 撰	425
虎牢關三戰呂布	武漢臣 撰	426
相府院曹公勘吉平	花李郎 撰	427
千里獨行	無名氏 撰	428
斬蔡陽	無名氏 撰	430
諸葛亮挂印氣張飛	無名氏 撰	432

今存劇目

終南山管寧割席	關漢卿 撰	435
徐夫人雪恨萬花堂	關漢卿 撰	435
曹子建七步成章	王實甫 撰	436
作賓客陸績懷橘	王實甫 撰	436
七星壇諸葛祭風	王仲文 撰	437
東吳小喬哭周瑜	石君寶 撰	437
司馬昭復奪受禪臺	李壽卿 撰	438
白門樓斬呂布	于伯淵 撰	438
試湯餅何郎傅粉	趙天錫 撰	439
司馬昭復奪受禪臺	李取進 撰	439
莽張飛大鬧相府院	花李郎 撰	440
燒樊城糜竺收資	趙慶善 撰	440
蔡琰還朝	金仁傑 撰	441
臥龍崗	王 曄 撰	441
馬孟起奮勇大報仇	無名氏 撰	442
趙子龍大鬧塔泥鎮	無名氏 撰	442
劉玄德私出東吳國	無名氏 撰	442
諸葛亮火燒戰船	無名氏 撰	443
張翼德力扶雷安天	無名氏 撰	443

破黃巾	無名氏 撰	443
董卓戲貂嬋	無名氏 撰	444
志登仙左慈飛杯	無名氏 撰	444
三氣張飛	無名氏 撰	445
關大王月夜斬貂蟬	無名氏 撰	445
諸葛亮石伏陸遜	無名氏 撰	445
壽亭侯五關斬將	無名氏 撰	446
老陶謙三讓徐州	無名氏 撰	446
關雲長古城聚義	無名氏 撰	447
摔袁祥	無名氏 撰	447
米伯通衣錦還鄉	無名氏 撰	447
黃鶴樓	無名氏 撰	448
陳思王洛浦懷舊	無名氏 撰	448
勘問呂蒙	無名氏 撰	448
烏林皓月	無名氏 撰	449

金 院 本

今存劇目

赤壁鏖兵	無名氏 撰	453
刺董卓	無名氏 撰	453
襄陽會	無名氏 撰	454
大劉備	無名氏 撰	454
罵呂布	無名氏 撰	454

宋 元 戲 文

今存殘曲

貂嬋女	無名氏 撰	457
甄皇后	無名氏 撰	458
銅雀妓	無名氏 撰	459

今存劇目

何郎敷粉	無名氏　撰	460
瀘江祭	無名氏　撰	460
關大王獨赴單刀會	無名氏　撰	460
劉先主跳檀溪	無名氏　撰	461
劉備	無名氏　撰	461
斬蔡陽	無名氏　撰	461
周小郎月夜戲小喬	施　惠　撰	462

元代雜劇

今存劇本

關大王單刀會

關漢卿　撰

解　　題

　　雜劇。元關漢卿撰。關漢卿,號已齋,大都(今北京)人,曾任太醫院尹("尹"一作"户")。其籍貫另有兩説:《元史類編》以爲是解州,清乾隆二十年《祁州志》以爲是祁州伍仁村。大約生於金末1225年左右,卒於元大德年間1320年左右。長期居住在北方,晚年曾到過杭州、揚州。著有雜劇六十餘種,今存十八種。另有散曲約七十首行世。是元曲四大家之首。

　　本劇《録鬼簿》著録,題"關大王單刀會";《太和正音譜》著録,題"單刀會";《遠山堂劇品》著録,題"單刀會";《也是園書目》著録,題"關大王獨赴單刀會";《今樂考證》著録,題"關大王單刀會";《百川書志》《寶文堂書目》《元曲選目》《曲録》等亦著録,均署關漢卿撰。劇寫三國時東吳魯肅定計,邀關羽過江赴宴,準備筵席間挾持關羽,索取荆州。喬國老、司馬徽勸阻魯肅。魯肅不聽,執意孤行。關羽接柬,慨然應允,帶領周倉前往赴宴。席間魯肅向關羽索要荆州,被關羽駁回。關羽識破魯肅所設埋伏,以神威震懾魯肅,安然離開東吳。事見《三國志·吳書·魯肅傳》和元刊《三國志平話》,但有所增飾。版本今有《古本戲曲叢刊》影印的《元刊雜劇三十種》本(簡稱原本)、《續修四庫全書》影印的《古今雜劇三十種》本(簡稱復刻本)、《脉望館鈔校本》(簡稱脉本)。另有盧前《元人雜劇全集》本(簡稱盧本)、《孤本元明雜劇》本(簡稱孤本)、隋樹森編校《元曲選外編》本(簡稱隋本)、吳曉鈴等編校《關漢卿戲曲集》本(簡稱吳本)、北京大學中文系編校《關漢卿戲劇集》本(簡稱北本)、徐沁君《新校元刊雜劇三十種》本(簡稱徐本)、寧希元《元刊雜劇三十種新校》本(簡稱寧本)、王季思主編《全元戲曲》本(簡稱王本)。今以《元刊雜劇三十種》本爲底本,參考其他校本校勘,擇善而從。原本未分折,今從諸本分四折。

《脉望館鈔校本》與元刊本故事情節基本相同,但出場人物、曲文、念白多有差異,故將《脉望館鈔校本》作爲附錄收入,以供參考。

第 一 折

(駕一行上,開住)(外末上,奏住[1])(駕云)(外末云住)(正末扮喬國老上,開住[2])(外末云)(尋思云)今日三分已定,恐引干戈,又交生靈受苦。您衆宰相每也合諫天子咱。(過去見禮數了)(駕云)(正末云)陛下萬歲! 萬歲! 據微臣愚見,那荆州不可取。(駕又云)(正末云)不可去! 不可去!

【點絳唇】咱本是漢國臣僚,欺負他漢君軟弱,興心鬧。當日五處槍刀,併了董卓,誅了袁紹。

【混江龍】存的孫劉曹操,平分一國作三朝。不付能河清海宴,雨順風調。兵器改爲農器用,征旗不動酒旗搖。軍罷戰,馬添膘[3];殺氣散,陣雲消;役將校,作臣僚;脫金甲,著羅袍。帳前旗捲虎潛竿,腰間劍插龍歸鞘。撫治的民安國泰,却又早將老兵驕[4]。

(駕云)咱合與他這漢上九州。想當日曹操本來取俺東吳[5],生被那弟兄每擋住。(駕、末云住)

【油葫蘆】他弟兄每雖多軍將少,赤緊的把夏侯惇先困了[6],肯分的周瑜和蔣幹是布衣交。股肱臣諸亮施韜略,苦肉計黃蓋添糧草。那軍,多半向火內燒[7],三停來水上漂。若不是天交有道伐無道,這其間吳國亦屬曹。

【天下樂】銅雀春深鎖二喬! 這三朝,恰定交,不争咱一日錯翻爲一世錯[8]。你待使霸道,起戰討[9],欺負關雲長年紀老!

(等云了)

【那吒令】收西川白帝城,把周瑜送了。漢江邊張翼德[10],把屍靈擋著。船頭上把魯大夫,險幾乎間唬倒。將西蜀地面争,關將軍聽的又鬧,敢亂下風雹。

(外云住)你道關將軍會甚的?

【鵲踏枝】他誅文醜騁粗躁[11],刺顔良顯英豪,向百萬軍中,將首級輕梟。那赤壁時相看的是好。(帶云)今日不比往常,他每怕不口和咱好說話,他每都喜孜孜的笑裏藏刀[12]。

【寄生草】幸然天無禍。是咱這人自招,全不肯施仁發政行王道。你小可如多謀足智雄曹操,豈不知南陽諸葛應難料。你則待千軍萬馬惡相持,全不想生靈百萬遭殘暴[13]。

【金盞兒】上陣處三綹美鬚飄,將九尺虎軀搖[14]。五百個躁關西[15],簇捧定個活神道。敵軍見了,唬得七魄散五魂消。你每多披取幾副甲[16],剩穿取幾層袍。恁的呵,敢蕩翻那千里馬,迎住那三停刀!

【醉扶歸】你當初口快將他保,做的個膽大把身包。你待暗暗的埋伏緊緊的邀?你若是請得他來到,若見了那勇烈威風相貌,那其間自不敢把荊州要[17]。

【金盞兒】你道三條計決難逃,若是一句話不相饒[18],那其間使不著武官粗鹵文官狡[19]。那漢酒中火性顯英豪,吃塔的腰間揸住寶帶,項上按著鋼刀。雖然你岸邊頭藏了戰船,却索與他水面上搭起浮橋。

【後庭花】您子道關公心見小[20],您須知曹公心量高[21]。一個主意爭天下,一個封金謁故交。上的灞陵橋[22],曹操便不合神道,把軍兵先暗了。

【賺煞尾】送路酒手中擎[23],送行禮盤中托[24]。沒亂殺姪兒共嫂嫂。曹孟德心多能做小,欺着漢雲長善與人交[25]。高聲叫[26],險唬殺許褚張遼[27]。那神道須勒著追風騎[28],輕輪動偃月刀。曹操埋伏將校[29],隱隱軍兵,準備下千般奸狡,施窮智力[30],費盡機謀[31],臨了也則落的一場談笑,倒陪了一領西川十樣錦征袍[32]!

(下[33])

(外末云了[34])

校記

[1] 外末上,奏住:"奏住"後,原本衍一"云"字。今刪。
[2] 開住:"開"字原本殘缺。今依前文例補。
[3] 馬添膘:"膘",原本作"漂"。今從徐本改。
[4] 將老兵驕:"驕",原本作"喬"。今據脉本改。
[5] 取俺東吳:"俺東"二字,爲墨丁。今依文意補。吳本、徐本作"咱東"。
[6] 夏侯惇:原本誤作"夏陽城"。今從吳本改。
[7] 多半向:"向",原本作"胸"。今從脉本改。
[8] 一日錯翻爲一世錯:"日",原本作"月"。今從脉本改。
[9] 起戰討:"討",原本作"計"。今從脉本改。
[10] 張翼德:"翼德",原本作"習單"。今從脉本改。
[11] 粗臊:"粗"(麤),原本作"鹿";"臊",原本作"操"。今從脉本改。本劇

下同。

[12] 他每都喜孜孜的笑裏藏刀:"喜孜孜",原本作"喜姿姿"。今從脉本改。

[13] 你則待千軍萬馬惡相持,全不想生靈百萬遭殘暴:此二句原本脱。今據脉本補。

[14] 將九尺虎軀搖:原本"九"字殘,不清晰,脉本、孤本誤改爲"七"。今從徐本據《西蜀夢》"九尺軀陰雲裏惹大"改。

[15] 慄關西:"慄",原本作"爪"。今改。

[16] 多披取:"披",原本作"波"。今從脉本改。

[17] 原本【醉扶歸】曲後,誤衍【金盞兒】曲名及"你道三條計決難逃,若是一句話不相饒,那其間自不敢把荆州要"三句。各本均删。今從。

[18] 不相饒:"饒",原本作"繞"。各本均改。今從。

[19] 武官粗鹵文官狡:"粗鹵"原本作"鹿鹵";"狡"字作"校"。今從脉本改。

[20] 關公心見小:"心"字,原本誤作"公"之重文符號"〈"。徐本從盧本改。今從。

[21] 您須知曹公心量高:"心量",原本作"心亮"。今從徐本改。

[22] 灞陵橋:"陵",原本作"時"。今從徐本改。

[23] 送路酒手中擎:"送"字,原本作"无";"手",原本作"年";"擎",原本作"敬"。今從脉本改。

[24] 送行禮盤中托:"盤",原本作"月"。今從脉本改。

[25] 欺着漢雲長善與人交:"欺",原本作"奇"。今從諸本改。

[26] 高聲叫:"高",原本作"萬"。今從徐本改。

[27] 險唬殺許褚張遼:"險",原本作"得";"唬",原本作"與"。今從脉本改。

[28] 須勒著追風騎:"勒著"二字,原本缺。今從脉本補。

[29] 曹操埋伏將校:"將校",原本作"將役"。今從脉本改。

[30] 施窮智力:"窮",原本作"家"。今從脉本改。

[31] 費盡機謀:"費",原本作"廢"。今從脉本改。

[32] 倒陪了:"陪"即"賠"字。原本形誤爲"倚"。今從徐本改。

[33] 下:原本無。今從脉本補。

[34] 外末云了:"外末"原本無。今從徐本補。

第 二 折

(正末重扮先生引道童上[1],坐定云)貧道是司馬德操的便是了[2]。自襄陽會罷,與劉皇叔相見,本人有高皇之氣。將門生寇封[3],與皇叔爲義子[4],舉南陽臥龍爲軍師[5],分了西川。向山間林下,自看了十年龍爭虎鬥。貧道絶名利,無寵辱[6],倒亦快活[7]。

【端正好】我本是個釣鰲人[8],却做了扶犁叟[9]。嘆英布彭越韓侯!歛我這一身外兩隻拿雲手[10],再不出麻袍袖!

【滾繡球】我如今聚村叟,會詩友。噢的是活魚新酒,問甚瓦盆砂缾磁甌!推臺不換盞,高歌自打手。任從他陰晴昏晝[11],我直喫的醉時眠衲被蒙頭。睡徹窗外三竿日[12],爲的傲殺人間萬户侯,倒大優遊。

【倘秀才】林泉下酒生爽口[13],御宴上堂食惹手,留的前生喝下酒。你道這一粗漢[14],共那壽亭侯[15],是故友。

【滾繡球】你著我就席上央他幾甌,那漢劣性子輸了半籌[16]!問甚麼安排來後,目前鮮血交流。你爲漢上九座州,我爲筵前一醉酒,咱兩個落不得個完全屍首,我共你伴客同病相憂。你爲兩朝作保十年限[17],我却甚一盞能消萬古愁。説起來魂魄悠悠[18]。

【倘秀才】你子索躬著身將他來問候,跪著膝愁愁勸酒[19]。他待吃後吃,側後側,那裏交他受後受[20]?他道東你隨著東去,他道西呵你順著西流,他醉時節你便走。

【滾繡球】他鍾前有半點兒言[21],筵前帶二分酒。那漢酒性躁不中調門[22],你是必挂口兒則休提著那荆州[23]。圓睁開殺人眼[24],輕舒開捉將手。那神道横將卧蠶眉皺[25],登時敢五蘊山烈火難收!若是他玉山低趄你則頻斟酒,若是他寶劍離匣你則準備著頭!枉送了八十一座軍州[26]!

【倘秀才】你道東吴國魯大夫仁兄下手,則消的西蜀郡諸葛亮先生啓口,奏與那海量仁慈的漢皇叔。那先生操琴風雪降,彈劍鬼神愁,則怕您急難措手。

【滾繡球】黄漢升勇似彪,趙子龍膽如斗,馬孟起是殺人的領袖。那殺漢虎牢關立伏了十八鎮諸侯[27]。騎一疋千里驊,横一條丈八矛[28]。當陽坡有如雷吼,曾擋住曹丞相一百萬帶甲貔貅。叫一聲混天塵土紛紛的橋先斷,喝一聲拍岸驚濤厭厭的水逆流。這一夥怎肯干休!

【叨叨令】若是你鼕鼕戰鼓聲相轃,不剌剌戰馬望前驟。他惡暗暗揎起征袍袖,不鄧鄧惱犯難收救[29]。您索與他死去也末哥,索與他死去也末哥。那一柄青龍刀落處都多透!

【煞尾】[30]席條兒子怕勞著我手[31],樹葉兒堤防打破我頭。他千里獨行覓二友,疋馬單刀鎮九州。人似爬山越嶺彪,馬跨翻江混海虯。他輕舉龍泉殺車冑,怒拔昆吾壞文醜,麾蓋下顏良劍梟了首[32],蔡陽英雄立取了頭。這個避是非的先生決應了口,吾兄啊!那殺人的關公更怕他下不的手!

(下)

校記

[1] 正末重扮先生:"先"字原本脫,"生"字形誤爲"正"。元代稱道士爲先生。今依脉本稱司馬德操爲先生。

[2] 司馬德操:"司"字,原本作"同";"德"字,原本作"得"。今從脉本改。

[3] 寇封:原本作"里封"。今從脉本改。

[4] 與皇叔爲義子:"義子",原本"義"誤爲"一"。今改。

[5] 舉南陽卧龍爲軍師:"軍師",原本作"半師"。諸本失校,今改。

[6] 無寵辱:"無",原本作爲"舞";"寵"字,誤作"罢"。今改。

[7] 倒亦快活:"倒亦"原本作"到一"。今從徐本改。

[8] 本是個釣鰲人:"鰲",原本省作"魚"。今從脉本改。

[9] 却做了扶犂叟:"犂",原本省借作"利";"叟"字,形近誤爲"更"。今從脉本改。

[10] 斂我這一身外兩隻拿雲手:"斂"字,原本作"險"。今改。

[11] 陰晴昏晝:原本"陰"字下有一重文符號,"晴"字無。今從脉本改。

[12] 睡徹窗外三竿日:"睡",原本作"也"。今從脉本改。

[13] 林泉下酒生爽口:"林"字,原本作"休";"酒"字,作"濁"。今從徐本改。

[14] 你道這一粗漢:"粗漢",原本作"出漢"。今從寧本改。

[15] 壽亭侯:"亭",原本作"單"。各本均改。今從。

[16] 輸了半籌:"輸",原本作"翰"。今從徐本改。

[17] 你爲兩朝作保十年恨:"作"字,原本作"你"。今從徐本改。

[18] 說起來魂魄悠悠:"魂魄",原本誤作"魂"字下有一重文符號,"魄"字無。今從脉本改。

[19] 跪著膝愁愁勸酒:"跪著膝",原本作"跪膝著"。今從脉本改。

[20] 他待吃後吃,側後側,那裏交他受後受:"待",原本作"侍";三"後"字,均作"候"。"後",猶"呵",語氣詞。今改。

[21] 鍾前有半點兒言:"鍾"字,原本作"終"。今改。

[22] 酒性躁不中調門:"躁",原本作"操"。今從徐本改。

[23] 挂口兒則休提著那荆州："挂"，原本作"桂"。今從徐本改。

[24] 圓睜開殺人眼："圓"，原本作"完"；"睜"字，作"爭"。今從脉本改。

[25] 橫將卧蠶眉皺："橫"，原本作"恒"，"皺"字，原本作"坡"。今從徐本改。

[26] 八十一座軍州："一"字，原本脱。今從脉本補。

[27] 十八鎮諸侯："鎮"字，原本當音假爲"陣"，誤省爲"車"。今改。

[28] 橫一條丈八矛："矛"字，原本作"牟"。今從脉本改。

[29] 不鄧鄧惱犯難收救：原本脱一"鄧"字。今依《宋元語言詞典》補。

[30] 煞尾：原本省題作"尾"。今依《太和正音譜》改。

[31] 席條兒子怕剺著我手："席條兒"原本作"席你兒"；"怕"字，原本作"帕"；"剺"字，原本作"利"；今從徐本改。

[32] 麾蓋下顏良劍梟了首："麾"，原本作"魔"。各本均改。今從。

第 三 折

（净開，一折）（關舍人上，開，一折）（净上）（都下了）（正末扮尊子燕居，將塵拂子上[1]，坐定云）方今天下鼎峙三分[2]，曹公占了中原，吳王占了江東，尊兄皇叔占了西川。封關某爲荆王[3]，某在荆州撫鎮。關某暗想，日月好疾也！自從秦始皇滅，早三百餘年也。又想起楚漢紛爭[4]，圖王霸業，不想有今日。

【粉蝶兒】天下荒荒，却周秦早屬了劉項，定君臣遥指咸陽[5]。一個力拔山，一個量容海，這兩個一時開創。想當日黃閣烏江，一個用了三傑，一個立誅了八將。

【醉春風】一個短劍一身亡，一個浄鞭三下響[6]。想祖宗傳授與兒孫[7]，却都是枉！枉[8]！獻帝又無靠無挨，董卓又不仁不義[9]，吕布又一衝一撞。

【十二月】那時節兄弟在范陽，兄長在樓桑[10]，關某在解梁，諸葛在南陽。一時英雄四方，結義了皇叔關張[11]。

【堯民歌】一年三謁卧龍崗，早鼎足三分漢家邦。俺哥哥稱孤道寡作蜀王[12]，關某定馬單刀鎮荆襄。長江，經今幾戰場，恰便似後浪催前浪[13]。

【石榴花】兩朝相隔漢陽江，寫著道魯肅請雲長。這的每安排著筵宴不尋常[14]！休想道畫堂别是風光，休想鳳凰杯滿捧瓊花釀，決然安排著巴豆砒霜！玳瑁筵擺列著英雄將[15]，休想肯開宴出紅妝！

【鬥鵪鶉】安排下打鳳撈龍，準備著天羅地網。那裏是待客筵席，則是個殺人的戰場！他每誠意誠心便休想，全不怕後人講。既然他謹謹相邀，我與你親身便往。

【上小樓】你道他兵多將廣，人強馬壯？大丈夫雙手俱全，一人拼命，萬夫難當！你道隔漢江，起戰場，急難親傍[16]？交他每鞠躬躬送的我來船上！

【么】你道先下手強，後下手殃[17]。一隻手揝住寶帶，臂展猿猱，劍扯秋霜。他待暗暗藏，緊緊防，都是狐朋狗黨，小可如我千里獨行、五關斬將！

【快活三】小可如我攜親侄訪冀王，引阿嫂覓蜀皇。灞陵橋上氣昂昂，側坐在雕鞍上。

【鮑老兒】戰鼓纔搥斬了蔡陽，血濺在沙場上。刀挑了征袍離了許昌，嚇殺曹丞相[18]。向單刀會上，對兩朝文武，更小可如三月襄陽。

【剔銀燈】折末他雄糾糾軍排成殺場[19]，威凜凜兵屯合虎帳[20]。大將軍氣銳在孫吳上[21]，倚著馬如龍人似金剛。不是我十分強，硬主仗，題著廝殺去磨拳擦掌。

【蔓菁菜】他便有快對兵能征將[22]，排戈戟列旗槍[23]，對仗[24]，三國英雄漢雲長，端的豪氣有三千丈！

【柳青娘】他止不過擺金釵六行，教仙音院奏笙簧[25]，按承雲樂章。教光祿寺準備瓊漿[26]。將他那珍饈百味也尋常，更休題金杯玉觴[27]，暗藏著闊劍長槍[28]。我不用三停刀，千里騎，和那百萬鐵衣郎[29]。

【道和】我商量，我斟量[30]，東吳子敬有謀量[31]，把咱把咱無謙讓[32]，把咱把咱閑磨障。我這龍泉□□□，□□□，□□都只為竟邊，你見了咱擲搜相[33]，交他家難侵傍[34]，□□□□□□，交他交他精神喪[35]，綺羅叢血水似鑊湯[36]。覓□□□□□□□，殺的死屍骸屯滿屯滿漢陽江[37]。

【尾】須無那會臨潼秦穆公[38]，又無那宴鴻門楚霸王。折末滿筵人都列着先鋒將[39]，□□□你前日上。放心！小可如我百萬軍中下馬刺顏良時那一場攘[40]！

校記

[1] 麈拂子："麈"字，原本作"主"。今從徐本改。

[2] 鼎峙三分："峙"字，原本作"時"。今從盧本、徐本改。

[3] 關某："某"字，原本由古作"厶"誤增為"公"。今從徐本改。

[4] 楚漢紛爭："紛"字，原本作"分"。今從徐本改。

［5］定君臣遥指咸陽："定",原本誤爲"庭"。今改。徐本作"建"。不從。

［6］净鞭三下響："響"字,原本作"暗"。今從脉本改。

［7］祖宗傳授與兒孫："傳",原本爲"專"。今從脉本改。

［8］却都是枉！枉："枉"字原本三叠。《南北詞簡譜》云："此曲(【醉春風】)本與詩餘同,但詩餘叠三字,此叠二字而已。"今據此刪一枉字。

［9］董卓又不仁不義："董",原本作"重"。今改。

［10］兄長在樓桑："樓桑",原本作"樓葉"。今從脉本改。

［11］皇叔關張："關張"原本作"關某"。今從脉本改。

［12］稱孤道寡："稱孤",原本作"你吉"。今從脉本改。

［13］後浪催前浪："催"字,原本作"崔"。今從脉本改。

［14］安排："排"字,原本作"非"。今從脉本改。本劇下同,不另出校。

［15］擺列著英雄將："擺"字,原本作"摇";"英",省作"央"。今從脉本改。

［16］急難親傍："親"字,原本作"侵"。今從脉本改。

［17］後下手殃："殃"字,原本作"央"。今從脉本改。

［18］嚇殺曹丞相："嚇殺"二字,原本作"揮子"。今從脉本改。

［19］折末："折",原本作"拆"。今從吳本、徐本改。

［20］威凜凜兵屯合虎帳："威",原本作"滅";"帳"字,作"悵"。今從徐本改。

［21］大將軍氣銳在孫吳上："氣",原本作"奇"。今從徐本改。

［22］快對兵能征將："兵",原本作"不"。今改。徐本改作"才"。不從。

［23］列旗槍："旗槍"二字,原本作"其倉"。今從脉本改。

［24］對仗："仗",原本作"嶂"。今從徐本改。

［25］奏笙簧："奏",原本作"秦";"笙",省作"生";"簧"字雖較模糊,猶可辨認。今從脉本改。

［26］教光禄寺準備瓊漿："寺",原本作"司";"備"字,原本無;"漿",原本作"將"。今從徐本改。

［27］他那珍饈百味也尋常,更休題金杯玉觴："味"字下原本缺六字。今依上下文意從徐本補"也尋常,更休題"。供參考。

［28］暗藏着闊劍長槍："暗"字,原本作"按"。今從吳本、徐本改。

［29］我不用三停刀,千里騎,和那百萬鐵衣郎："刀"字下原本缺約七字。今依文意從徐本補"千里騎,和那百萬"。供參考。

［30］我商量,我斟量:首句"商"字原本模糊,吳本、盧本作"商"。今從改。

［31］東吳子敬有謀量："謀量"二字,原本缺。今從徐本補。

［32］把咱把咱:首"把咱"二字,原本殘缺,下"把咱"二字俱重文符號"＜"。今

[33] 搊搜相你見了咱:"搊搜",原本作"偁俠"。今從徐本改。
[34] 交他家難侵傍:"侵",原本殘存上部;"傍"字缺。今從徐本補。
[35] 交他交他精神喪:原本作"情神袁"。今從徐本改。
[36] 綺羅叢血水似鑊湯:"鑊",原本作"護"。今從吳本、徐本改。
[37] 死屍骸屯滿屯滿漢陽江:"屯",原本作"平"。今從徐本改。
[38] 須無那會臨潼秦穆公:原本僅存"須""公"二字,"無"字殘存上部,中缺六字。今從脉本補。
[39] 折末滿筵人都列着先鋒將:"折末"二字,原本誤作"行下",並缺"列著先鋒將"五字。今從脉本改、補。脉本"折末"作"折麼",同音異寫。
[40] 我百萬軍中下馬刺顏良時那一場攘:"百"字,原本無,"軍"作"尹","刺"以下各字均空缺。今從脉本改、補。"中"字。原本無。今從徐本補。

第 四 折

(舍人云住)(一行都下)(净上,云[1])(正末扮文子席間引卒子[2],做船上坐,云)□□□□□□你是小可。

【新水令】大江東去浪千叠,引著這數十人駕著這小舟一葉[3]。不比九重龍鳳闕,這裏是千丈虎狼穴[4]。大丈夫心別[5],來,來,來!我覷的單刀會似村會社。

【駐馬聽[6]】水湧山叠[7],年少周郎何處也?不覺的灰飛烟滅,可憐黃蓋轉傷嗟[8]。破曹的檣櫓當時絕[9],鏖兵的江水元然熱[10],好交我心慘切[11]。這也不是江水,二十年流不盡英雄血[12]。

【風入松】文學德行與□□,□□□□□。□□□國能謂不休説,一時多少豪傑!人生百年□□,□□□□□□不奢。

【胡十八】恰一國興,早一朝滅,那裏也舜五人,漢三傑[13]?二朝阻隔六年別,不付能見也,却又早老也。開懷的飲數杯,盡心兒笑一夜[14]。

【慶東原】你把我心下待,將筵宴設[15]。你這般攀今攬古閑枝節[16],之乎者也,詩云子曰[17]。這句話早該豁口截舌[18]。有意道説孫劉,生被您般的如吳越[19]。

【沉醉東風[20]】想著俺漢高皇圖王霸業[21],漢光武秉正除邪[22],漢獻帝把董卓誅[23],漢皇叔把溫侯滅[24]。俺皇親合情受漢朝家業[25],則您那吴天子是俺劉家甚枝葉[26]？請你個不克已的先生自說[27]！

【雁兒落】則爲你三寸不爛舌[28]，惱犯這三尺無情鐵[29]。這鐵，饑食上將頭，渴飲仇人血[30]。

【得勝令】子是條龍在鞘中蟄，唬得人向座間呆。俺這故友才相見，劍阿！休交俺弟兄每厮間別。我這裏聽者，你個魯大夫休喬怯。暢好是隨邪[31]，休怪我十分酒醉也。

【攪箏琶】鬧炒炒軍兵列，上來的休遮擋莫攔截。我都交這劍下身亡[32]，目前見血！你好似趙盾，我飽如靈輒[33]。使不著你片口張舌，枉念的你文竭[34]！壯士一怒，別話休提[35]。來，來，來，好生的送我到船上者，咱慢慢的相別！

【離亭宴帶歇指煞】見紫衫銀帶公人列，晚天涼江水冷蘆花謝[36]，心中喜悅。見昏慘慘晚霞收，冷颼颼江風起[37]，急颭颭雲帆扯。重管待多承謝[38]，道與梢工且慢者[39]。早纜解放岸邊雲，船分開波中浪，棹攬碎江心月。笑談有甚盡期，飲會分甚明夜[40]？兩國事須當去也。隨不了老兄心，去不了俺漢朝節[41]。

【沽美酒】魯子敬没道理[42]，請我來吃筵席[43]。誰想你狗行狼心使見識[44]，偷了我衝敵軍的軍騎，拿住也怎支持！

【太平令】交下麻繩牢拴子，行下省會，與愛殺人憨烈關西[45]，用刀斧手施行可忒到爲疾。快將斗來大銅錘準備[46]，將頭稍定起，待腿脡掂只[47]，打爛大腿，尚古自豁不盡我心下惡氣！

題目　　喬國老諫吳帝　　司馬徽休官職[48]
正名[49]　魯子敬索荆州[50]　　關大王單刀會[51]

校記

[1] 净上云："上"字，原本誤作"一"，"云"下有缺文。今從徐本改。
[2] 卒子："卒"字，原本作"辛"。今從徐本改。
[3] 大江東去浪千叠，引著這數十人駕著這小舟一葉："東"，原本誤作"束"；"浪"字下，"舟"字上，缺約十字。今從脉本補。
[4] 千丈虎狼穴："千"字以下原本缺四字。今從脉本補。
[5] 大丈夫心別：原本缺此五字。脉本作"大夫心別"，孤本作"大丈夫心烈"，今據二本補。
[6] 【駐馬聽】：原本此三字缺。今從脉本補。

［7］水湧山叠：原本此四字缺。今從脉本補。
［8］可憐黃蓋轉傷嗟：“可憐”以下原本缺五字。今從脉本補。
［9］破曹的檣櫓：原本此五字缺。今從脉本補。
［10］麈兵：“麈”字，原本作“塵”。今從脉本改。
［11］心慘切：“慘”字，原本作“下”；“切”字殘缺。今從脉本補。
［12］這也不是江水，二十年流不盡英雄血：原本前十字缺。今從脉本補。
［13］那裏也舜五人，漢三傑：原本“那”字以下八字缺。今從脉本補。
［14］開懷的飲數杯，盡心兒笑一夜：原本前七字缺。今從脉本補。
［15］將筵宴設：“將”字，原本殘存上半，下三字缺。今從脉本補。
［16］你這般攀今攬古閑支節：原本前四字缺；“攬”作“□”。今從脉本補改。
［17］詩云子曰：“云”字，原本脫。今從脉本補。
［18］早該豁口截舌：“早”字，原本殘存上半，以下五字缺。今從脉本補。
［19］有意道説孫劉：“有意”二字，原本無。今從脉本補。
［20］沉醉東風：“東”字，原本殘存上半；“風”字缺。今從脉本補。
［21］想著俺漢高皇圖王霸業：“霸”以上原本缺五六字；“霸”字誤作“子”。今從脉本補改。
［22］秉正除邪：“正”，原本作“政”。今從脉本改。
［23］漢獻帝把董卓誅：“獻”原本作“王”，“董”原本作“重”，“誅”原本作“下”。今從脉本改。
［24］漢皇叔把溫侯滅：“漢”字以下六字原本缺。今從脉本補。
［25］俺皇親：“俺”字原本缺，“皇”原本作“王”。今從徐本改。
［26］是俺劉家甚枝葉：“俺”字以下五字原本缺。今從脉本補。
［27］請你個：“請”字，原本缺。今從脉本補。
［28］則爲你三寸不爛舌：“你”殘存上半截，以下五字原本缺。今從脉本補。
［29］惱犯：“惱”字，原本缺。今從脉本補。
［30］渴飲仇人血：“渴”字，殘壞。今從脉本改。
［31］隨邪：“隨”字，原本不清。今從脉本補。
［32］劍下身亡：“身亡”二字，原本誤作爲“江”。今從脉本改。
［33］你好似趙盾，我飽如靈輒：“好”字，原本形誤爲“奸”字；“盾”字，誤作“遁”；“輒”字，誤作“下”。今從徐本改。
［34］枉念的你：“枉”字，原本形誤爲“往”。今從徐本改。
［35］壯士一怒，別話休提：原本爲大字，與曲文相混。今從吳本改爲賓白。
［36］昨天涼江水冷蘆花謝：“冷”字，原本作“一”。今從脉本改。

[37] 冷颼颼江風起:"冷"字,原本省作"令";"颼颼"誤作"颩颩"。今從脉本改。
[38] 重管待多承謝:"重管待",原本誤作"重重待"。今改。
[39] 梢工:"梢",原本作"悄"。今從吳本改。
[40] 笑談有甚盡期,飲會分甚明夜:"笑談""飲會"爲對文。"笑"字,原本誤爲"下"。今從徐本改。
[41] 隨不了老兄心,去不了俺漢朝節:"隨"字,原本寫作"雖";"了"字,形誤爲"下";"兄"字脱;"去不"二字倒誤。今從脉本改。
[42] 没道理:"理"字,原本不清。今從脉本改。
[43] 請我來吃筵席:"請",原本作"也";"筵",原本作"延"。今從徐本改。
[44] 狗行狼心使見識:"狗行",原本作"狗幸";"識",原本作"了"。今從徐本改。
[45] 憨烈關西:"憨"字,原本不清,脉本空缺。今從寧本改。
[46] 銅錘:原本"錘"字不清,左邊金,尚可辨認。脉本空缺。今從徐本補。
[47] 待腿脡掂只:"待"原本作"大","腿脡"二字空缺。徐本據元鄭廷玉《後庭花》第一折"有一日掂折你腿脡,打碎你腦門"補。今從。按《元曲釋詞》:腿脡,即股脛(腿肚子)。俗稱股爲大腿,脛爲小腿。
[48] 司馬徽:"馬徽"二字,原本殘缺。今從吳本補。
[49] 正名:原本無。今從脉本補。
[50] 魯子敬:"魯子"二字,原本缺。今從吳本、徐本補。
[51] 關大王:"關"字,原本缺。今從吳本、徐本補。

附録

關大王獨赴單刀會

第 一 折

（冲末魯肅上[1]，云）三尺龍泉萬卷書，皇天生我意何如？山東宰相山西將，彼丈夫兮我丈夫。小官姓魯，名肅，字子敬。見在吳王麾下爲中大夫之職。想當日俺主公孫仲謀佔了江東，魏王曹操佔了中原，蜀王劉備佔了西川。有我荆州，乃四衝用武之地，保守無虞，分天下爲鼎足之形。想當日周瑜死於江陵，小官爲保，勸主公以荆州借與劉備，共拒曹操。主公又以妹妻劉備。不料此人外親内疏，挾詐而取益州，遂併漢中，有霸業興隆之志。我今欲索取荆州[2]，料關公在那裏鎮守，必不肯還我。今差守將黃文，先設下三計，啟過主公，説關公韜略過人，有兼併之心，且居國之上游，不如索取荆州。今據長江形勢，第一計：趁今日孫、劉結親，已爲唇齒，就江下排宴設樂，修一書以賀近退曹兵，玄德稱主於漢中，贊其功美，邀請關公江下赴會爲慶，此人必無所疑；若渡江赴宴，就於飲酒席中間，以禮索取荆州。如還，此爲萬全之計；倘若不還，第二計：將江上應有戰船，盡行拘收，不放關公渡江回去。淹留日久，自知中計，默然有悔，誠心獻還，更不與呵；第三計：壁衣内暗藏甲士，酒酣之際，擊金鐘爲號，伏兵盡舉，擒住關公，囚于江下。此人是劉備股肱之臣[3]，若將荆州復還江東，則放關公還益州；如其不然，主將既失，孤兵必亂，乘勢大舉，覷荆州一鼓而下，有何難哉！雖則三計已定，先交黃文請的喬公來商議則個。（正末喬公上，云）老夫喬公是也。想三分鼎足已定[4]：曹操佔了中原；孫仲謀佔了江東；劉玄德佔了西蜀。想玄德未濟時，曾問俺東吳家借荆州爲本，至今未還。魯子敬常有索取之心，沉疑未發。今日令人來請老夫，不知有甚事，須索走一遭去。我想漢家天下，誰想變亂到此也呵！（唱）

【仙吕・點絳唇】俺本是漢國臣僚，漢皇軟弱，興心鬧。惹起那五處兵刀，併董卓誅袁紹。

【混江龍】只留下孫、劉、曹操，平分一國作三朝。不付能河清海晏，雨順風調。兵器改爲農器用，征旗不動酒旗搖。軍罷戰，馬添膘；殺氣散，陣雲高；爲將帥，作臣僚；脫金甲，著羅袍；則他這帳前旗捲虎潛竿，腰間劍插龍歸鞘。人強馬壯，將老兵驕。

（云）可早來到也。左右報伏去，道喬公來了也。（卒子報云）報的大夫得知：有喬公來到了也。（魯云）道有請。（卒云）老相公，有請[5]！（末見魯，云）大夫，今日請老夫來，有何事幹？（魯云）今日請老相公，別無甚事，商量索取荊州之事。（末云）這荊州斷然不可取！想關雲長好生勇猛，你索荊州呵，他弟兄怎肯和你甘罷？（魯云）他弟兄雖多，兵微將寡。（末唱）

【油葫蘆】你道"他弟兄雖多兵將少"，（云）大夫，你知博望燒屯那一事麼？（魯云）小官不知。相公試說只[6]。（末唱）赤緊的將夏侯惇先困了[7]。（云）這隔江鬥智你知麼？（魯云）隔江鬥智，小官知便知道，不得詳細，老相公試說只。（末唱）則他那周瑜、蔣幹是布衣交，那一個股肱臣諸葛施韜略，虧殺那苦肉計黃蓋添糧草。（云）赤壁鏖兵，那場好廝殺也！（魯云）小官知道。老相公再說一遍只。（末云）燒折弓弩如殘葦，燎盡旗幡似亂柴。半明半暗花腔鼓，橫著撲著伏獸牌。帶鞍帶轡燒死馬，有袍有鎧死屍骸。哀哉百萬曹軍敗，個個難逃水火災！（唱）那軍多半向火內燒，三停在水上漂。若不是天交有道伐無道，這其間吳國盡屬曹。

（魯云）曹操英雄智略高，削平僭竊篡劉朝；永安宮裏擒劉備，銅雀春深鎖二喬[8]。（唱）

【天下樂】你道是"銅雀春深鎖二喬"。這三朝，恰定交，不爭咱一日錯便是一世錯。（魯云）俺這裏有雄兵百萬，戰將千員，量他到那裏！（末唱）你待要行霸道[9]，你待要起戰討。（魯云）我料關雲長年邁，雖勇無能。（末唱）你休欺負關雲長年紀老。

（云）收西川一事，我說與你聽。（魯云）收西川一事，我不得知。你試說一遍。（末唱）

【那吒令】收西川白帝城，將周瑜來送了。漢江邊張翼德，將屍骸來當著。船頭上魯大夫，幾乎間唬倒。你待將荊州地面來爭，關雲長聽的鬧，他可便亂下風雹。

（魯云）他便有甚本事？（末唱）

【鵲踏枝】他誅文醜逞粗躁，刺顏良顯英豪。他去那百萬軍中，他將那首級輕梟。（魯云）想赤壁之戰，我與劉備有恩來。（末唱）那時間相看的是好[10]，他可便喜孜孜笑裹藏刀。

（魯云）他若與我荊州，萬事罷論；若不與荊州呵，我將他一鼓而下。（末云）不爭你舉兵呵，（唱）

【寄生草】幸然是天無禍，是咱這人自招。全不肯施恩布德行王道，怎比那多謀足智雄曹操？你須知南陽諸葛應難料！（魯云）他若不與荊州呵[11]，我大勢軍馬，好歹奪了荊州。（末唱）你則待千軍萬馬惡相持，全不想生靈百萬遭殘暴！

（魯云）小官不曾與此人相會；老相公，你細說關公威猛如何？（末云）想關雲長但上陣處，憑著他坐下馬、手中刀、鞍上將，有萬夫不當之勇。（唱）

【金盞兒】他上陣處赤力力三綹美髯飄，雄赳赳一丈虎軀搖，恰便似六丁神簇捧定一個活神道。那敵軍若是見了，唬的他七魄散五魂消。（云）你若和他廝殺呵，（唱）你則索多披上幾副甲，剩穿上幾層袍。便有百萬軍，擋不住他不剌剌千里追風騎，你便有千員將，閃不過明明偃月三停刀[12]。

（魯云）老相公不知，我有三條妙計索取荊州。（末云）是那三條妙計？（魯云）第一計：趁今日孫、劉結親，以為唇齒，就於江下排宴設樂，作書一封，以賀近退曹兵，玄德稱主於漢中，贊其功美，邀請關公江下赴會為慶，此人必無所疑；若渡江赴宴，就於飲酒中間，以禮索取荊州。如還，此為萬全之計，如不還，第二計：將江上應有戰船，盡行拘收，不放關公回還。淹留日久，自知中計，默然有悔，誠心獻還，更不與呵，第三條計：壁衣內暗藏甲士，酒酣之際，擊金鐘為號，伏兵盡舉，擒住關公，困於江下。此人乃是劉備股肱之臣，若將荊州復還江東[13]，則放關公歸益州；如其不然，主將既失，孤兵必亂，領兵大舉，乘機而行，覷荊州一鼓而下，有何難哉！這三條計決難逃[14]。（末云）休道是三條計，就是千條計，也近不的他。（唱）

【金盞兒】你道是"三條計決難逃"，一句話不相饒，使不的武官粗懆文官狡。（魯云）關公酒性如何？（末唱）那漢酒中劣性顯英豪，吃塔的揪住寶帶，沒揣的舉起鋼刀。（魯云）我把岸邊戰船拘了。（末唱）你道是岸邊廂拘了戰船，（云）他若要回去呵，（唱）你則索水面上搭座浮橋[15]！

（魯云）老相公不必轉轉議論，小官自有妙策神機。乘此機會，荊州不可不取也。（末云）大夫，你這三條計，比當日曹公在灞陵橋上三條計如何？到了出不的關雲長之手。（魯云）小官不知。老相公試說一遍我聽咱。（末唱）

【尾聲】曹丞相將送路酒手中擎，餞行禮盤中托，沒亂殺侄兒和嫂嫂。曹孟德心多能做小，關雲長善與人交。早來到灞陵橋，險唬殺許褚、張遼。

他勒著追風騎,輕輪動偃月刀。曹操有千般計較,則落的一場談笑。(云)關雲長道:"丞相勿罪!某不下馬了也。"(唱)他把那刀尖兒斜挑錦征袍。(下)

（魯云）黃文,你見喬公說關公如此威風,未可深信。俺這江下,有一賢士,複姓司馬,名徽,字德操。此人與關公有一面之交,就請司馬先生爲伴客,就問關公平昔智勇謀略,酒中德性如何。黃文,就跟著我去司馬庵中相訪一遭去。(下)

校記

［１］沖末魯肅上：本折元刊本多孫權（駕）一人,並由他首先上場,還有他與喬國老折辯場面,故元刊本題目寫明"喬國老讓吳帝"。

［２］我今欲索取荆州：原本倒置爲"取索"。今據下文喬公念白改。本劇下同。

［３］此人是劉備股肱之臣：原本作"股腋"。今從《孤本元明雜劇》本（以下簡稱孤本）改。

［４］想三分鼎足已定夏侯："已"字,原本作"以"。"已""以"義通,爲免歧義,今改。

［５］有請："請"字,原本漏。今從孤本補。

［６］老相公試說只："只"字,原本作"則"。元劇中"則""只"通用,但句尾例用"只"字。今改。下同,不另出校。

［７］赤緊的將夏侯惇先困了："惇"字,原本作"敦",元刊本誤作"夏陽城"。今依《三國志》改。

［８］銅雀春深鎖二喬："春深"二字,原本作"宮中"。今據孤本改。

［９］你待要行霸道：原本作"你則待要",據下句句例改。

［１０］那時間相看的是好：元刊本於此句下有夾白："今日不比往常,他每怕不口和咱好說話。"

［１１］若不與荆州呵："不"字,原本誤爲"可"。今據孤本改。

［１２］閃不過明明偃月三停刀：此句下元刊本有【醉扶歸】【金盞兒】二曲。

［１３］若將荆州復還江東："還"字,原本漏。今從孤本補。

［１４］這三條計決難逃："計"字,原本無此字。今據下文【金盞兒】曲首句補。

［１５］你則索水面上搭座浮橋：此句下元刊本有【後庭花】一曲。

第 二 折

（正末扮司馬徽領道童上，末云）貧道複姓司馬，名徽，字德操，道號水鑑先生。想漢家天下，鼎足三分。貧道自劉皇叔相別之後，又是數載。貧道在此江下結一草庵，修行辨道，是好悠哉也呵[1]！（唱）

【正宮·端正好】本是個釣鰲人，到做了扶犁叟；笑英布、彭越、韓侯。我如今緊抄定兩隻拿雲手，再不出麻袍袖。

【滾繡球】我則待要聚村叟，會詩友，受用的活魚新酒，問甚麼瓦缽磁甌。推臺不換盞，高歌自摑手；任從他陰晴昏晝，醉時節衲被蒙頭。我向這矮窗睡徹三竿日，端的是傲煞人間萬戶侯，自在優遊。

（云）道童，門首覷者，看有甚麼人來。（道童云）理會的。（魯肅上，云）可早來到也，接了馬者。（見道童科[2]，魯云）道童，先生有麼？（童云）俺師父有。（魯云）你去說：魯子敬特來相訪。（童云）你是紫荊[3]？你和那松木在一答哩。我報師父去。（見末，云）師父弟子孩兒……（末云）這厮怎麼駡我！（童云）不是駡；師父是師父，弟子是徒弟，就是孩兒一般。師父弟子孩兒……（末云）這厮潑説！有誰在門首？（童云）有魯子敬特來相訪。（末云）道有請。（童云）理會的。（童出見魯，云）有請！（魯見末科[4]。）（末云）稽首。（魯云）區區俗冗，久不聽教。（末云）數年不見，今日何往？（魯云）小官無事不來，特請先生江下一會。（末云）貧道在此江下修行，方外之士，有何德能，敢勞大夫置酒張筵？（唱）

【倘秀才】我又不曾垂釣在磻溪岸口，大夫也，我可也無福吃你那堂食玉酒，我則待溪山學許由。（云）大夫請我呵，再有何人？（魯云）別無他客，止有先生故友壽亭侯關雲長一人。（末唱）你道是舊相識壽亭侯，和咱是故友。

（云）若有關公，貧道風疾舉發，去不的！去不的！（魯云）先生初聞魯肅相邀，慨然許諾；今知有關公，力辭不往，是何故也？想先生與關公有一面之交，則是筵間勸幾杯酒。（末唱）

【滾繡球】大夫，你著我筵前勸幾甌，那漢劣性怎肯道折了半籌？（魯云）將酒央人，終無惡意。（末唱）你便休題安排着酒肉，他怒時節目前見鮮血交流。你爲漢上九座州，我爲筵前一醉酒，（云）大夫，你和貧道，（唱）咱兩個都落不的完全屍首。（魯云）先生是客，怕做甚麼，（末唱）我做伴客的少不的和你同病同憂,(魯云)我有三條計索取荆州。(末唱)只爲你千年勳業三條計,我可甚"一醉能消萬古愁",提起來魂魄悠悠。

(魯云)既然是先生故友,同席飲酒何妨?(末云)大夫既堅意要請雲長,若依的貧道兩三椿兒,你便請他,若依不得,便休請他。(魯云)你說來,小官聽者。(末云)依著貧道說,雲長下的馬時節,(唱)

【倘秀才】你與我躬著身將他來問候。(云)你依的麼?(魯云)關雲長下的馬來,我躬著身問候。不打緊也,依的。(末唱)大夫,你與我跪著膝連忙的勸酒;飲則飲、吃則吃、受則受。道東呵隨着東去,說西呵順着西流。(云)這一椿兒最要緊也!(唱)他醉了呵你索與我便走。(魯云)先生,關公酒後德性如何?(末唱)

【滾繡球】他尊前有一句言,筵前帶二分酒,他酒性躁不中撩鬥,你則綻口兒休提著索取荆州。(魯云)我便索荆州有何妨?(末云)他聽的你索取荆州呵,(唱)他圓睜開丹鳳眸,輕舒出捉將手;他將那卧蠶眉緊皺,五蘊山烈火難收[5]。他若是玉山低趄,你安排著走,他若是寶劍離匣,準備著頭。枉送了你那八十一座軍州!

(魯云)先生不須多慮,魯肅料關公勇有餘而智不足。到來日我壁間暗藏甲士,擒住關公,便插翅也飛不過大江去。我待要先下手爲強。(末云)大夫,量你怎生近的那關雲長?(唱)

【倘秀才】比及你東吳國魯大夫仁兄下手,則消得西蜀國諸葛亮先生舉口,奏與那有德行仁慈漢皇叔。那先生撫琴霜雪降,彈劍鬼神愁,則怕你急難措手。

(魯云)我觀諸葛亮也小可。除他一人,也再無用武之人,(末云)關雲長他弟兄五個,他若是知道呵,怎肯和你甘罷!(魯云)可是那五個?(末唱)

【滾繡球】有一個黃漢升猛似彪;有一個趙子龍膽大如斗;有一個馬孟起,他是個殺人的領袖;有一個莽張飛,虎牢關力戰了十八路諸侯,騎一匹畢月烏[6],使一條丈八矛,他在那當陽坂有如雷吼,喝退了曹丞相一百萬鐵甲貔貅。他瞅一瞅漫天塵土橋先斷,喝一聲拍岸驚濤水逆流。那一夥怎肯干休[7]!

(魯云)先生若肯赴席呵,就與關公一會何妨?(末云)大夫,不中,不中!休說貧道不曾勸你。(唱)

【尾聲】我則怕刀尖兒觸抹着輕勢了你手,樹葉兒隄防打破我頭。關雲長千里獨行覓二友,匹馬單刀鎮九州,人似巴山越嶺彪,馬跨翻江混海獸。

輕舉龍泉殺車冑,怒扯昆吾壞文醜,麾蓋下顏良劍標了首,蔡陽英雄立取頭。這一個躲是非的先生決應了口,那一個殺人的雲長,(云)稽首。(唱)我更怕他下不得手。(末下)

(道童云)魯子敬,你愚眉肉眼,不識貧道。你要索取荊州,不來問我[8]?關雲長是我的酒肉朋友,我交他兩隻手送與你那荊州來。(魯云)道童,你師父不去,你去走一遭去罷。(童云)我下山赴會走一遭去,我著老關兩手送你那荊州。(唱)

【隔尾】我則待拖條藜杖家家走,着對麻鞋處處遊。(云)我這一去,(唱)惱犯雲長歹事頭,周倉哥哥快爭鬥,輪起刀來劈破了頭,唬的我恰便似縮了頭的烏龜則向那汴河裏走。(下)

(魯云)我聽那先生説了這一會,交我也怕上來了。我想三條計已定了,怕他怎的?黃文,你與我持這一封請書,直至荊州,請關公去來,著我知道。疾去早來者。(下)

校記

[1] 是好悠哉也呵:"悠",原本作"幽"。今從王本改。
[2] 見道童科:"科"字,原本誤作"斜"。今從孤本改。
[3] 你是紫荊:"紫荊"二字,原本作"子敬"。今據孤本改。
[4] 魯見末科:"魯"字,原本作"曾",今從孤本改。
[5] 五蘊山烈火難收:"五蘊",原本作"五云"。今據元刊本改。
[6] 騎一匹畢月烏:"畢月烏",原本作"閉月烏",誤。今依《元劇釋詞》改。
[7] 那一夥怎肯干休:此句下元刊本有【叨叨令】一曲。
[8] 不來問我:"我"字,原本作"他"。今據孤本改。

第 三 折

(正末扮關公領關平、關興、周倉上,云)某姓關,名羽,字雲長。蒲州解良人也。現隨劉玄德,爲其上將。自天下三分,形如鼎足:曹操占了中原;孫策占了江東;我哥哥玄德公占了西蜀。著某鎮守荊州,久鎮無虞。我想當初楚漢爭鋒,我漢皇仁義用三傑,霸主英雄憑一勇。三傑者,乃蕭何、韓信、張良;一勇者,喑嗚叱咤,舉鼎拔山。大小七十餘戰,逼霸主自刎烏江。後來高祖登基,傳到如今,國步艱難,一至於此!(唱)

【中吕·粉蝶兒】那時節天下荒荒,恰周、秦早屬了劉、項,分君臣先到咸陽。一個力拔山,一個量容海,他兩個一時開創。想當日黃閣烏江,一個用了三傑,一個誅了八將。

【醉春風】一個短劍下一身亡,一個靜鞭三下響。祖宗傳授與兒孫,到今日享、享[1]。獻帝又無靠無依,董卓又不仁不義,呂布又一衝一撞。(云)某想當日,俺弟兄三人,在桃園中結義,宰白馬祭天,宰烏牛祭地,不求同日生,只願同日死。(唱)

【十二月】那時節兄弟在范陽,兄長在樓桑,關某在蒲州解良,更有諸葛在南陽,一時出英雄四方,結義了皇叔、關、張。

【堯民歌】一年三謁卧龍岡,却又早鼎分三足漢家邦。俺哥哥稱孤道寡世無雙,我關某匹馬單刀鎮荊襄。長江,今經幾戰場,却正是後浪催前浪。

(云)孩兒,門首覷者,看甚麼人來。(關平云)理會的。(黃文上,云)某乃黃文是也。將著這一封請書,來到荊州,講關公赴會。早來到也。左右,報伏去:有江下魯子敬,差上將拖地膽黃文,持請書在此。(平云)你則在這裏者,等我報伏去。(平見正末,云)報的父親得知:今有江東魯子敬,差一員首將,持請書來見。(正末云)着他過來。(平云)着你過去哩。(黃文見科)(正末云)兀那廝甚麼人?(黃慌云)小將黃文。江東魯子敬,差我下請書在此。(正末云)你先回去,我隨後便來也。(黃文云)我出的這門來。看了關公英雄一個神道相[2]。魯子敬,我替你愁哩!小將是黃文,特來請關公。髯長一尺八,面如掙棗紅。青龍偃月刀,九九八十斤;脖子裏著一下,那裏尋黃文?來便吃筵席,不來豆腐酒吃三鍾。(下)(正末云)孩兒,魯子敬請我赴單刀會,走一遭去。(平云)父親,他那裏筵無好會,則怕不中麼[3]?(正末云)不妨事。(唱)

【石榴花】兩朝相隔漢陽江,上寫着魯肅請雲長。安排筵宴不尋常,休想道是畫堂別是風光。那裏有鳳凰杯滿捧瓊花釀,他安排著巴豆、砒霜!玳筵前擺列著英雄將,休想肯開宴出紅妝。

【鬥鵪鶉】安排下打鳳牢龍,準備着天羅地網;也不是待客筵席,則是個殺人、殺人的戰場。若說那重意誠心更休想,全不怕後人講。既然謹謹相邀,我則索親身便往。

(平云)那魯子敬是個足智多謀的人,他又兵多將廣,人強馬壯。則怕父親去呵,落在他彀中。(正末唱)

【上小樓】你道他兵多將廣,人強馬壯;大丈夫敢勇當先,一人拚命,萬夫難當。(平云)許來大江面,俺接應的人,可怎生接應?(正末唱)你道是隔着江,起戰場,急難親傍,我著那廝鞠躬鞠躬送我到船上。

(平云)你孩兒到那江東,旱路裏擺著馬軍,水路裏擺著戰船,直殺一個血胡同。我想來,先下手的爲強。(正末唱)

【么】你道是先下手强,後下手殃[4]。我一隻手揸住寶帶,臂展猿猱,劍掣秋霜。(平云)父親,則怕他那裏有埋伏。(正末唱)他那裏暗暗的藏,我須索緊緊的防。都是些狐朋狗黨,(云)單刀會不去呵,(唱)小可如千里獨行,五關斬將。

(云)孩兒,量他到的那裏?(平云)想父親私出許昌一事,您孩兒不知,父親慢慢說一遍。(正末唱)

【快活三】小可如我携親侄訪冀王,引阿嫂覓劉皇,灞陵橋上氣昂昂,側坐在雕鞍上。

【鮑老兒】俺也曾摘鼓三通斬蔡陽[5],血濺在殺場上。刀挑征袍出許昌,險唬殺曹丞相。向單刀會上,對兩班文武,小可如三月襄陽。

(平云)父親,他那裏雄赳赳排着戰場。(正末唱)

【剔銀燈】折莫他雄赳赳排着戰場,威凜凜兵屯虎帳,大將軍智在孫、吳上。馬如龍,人似金剛;不是我十分強,硬主張,但提起廝殺呵摩拳擦掌。

【蔓菁菜】[6]他便有快對兵能征將[7],排戈甲,列旗槍,各分戰場。我是三國英雄漢雲長,端的是豪氣有三千丈。

(云)孩兒,與我準備下船隻,領周倉赴單刀會走一遭去。(平云)父親去呵,小心在意者!(正末唱)

【尾聲】[8]須無那臨潼會秦穆公,又無那鴻門會楚霸王,折莫他滿筵人列着先鋒將,小可如百萬軍刺顏良時那一場攘。(下)

(周倉云)關公赴單刀會,我也走一遭去。志氣凌云貫九霄,周倉今日逞英豪。人人開弓並蹬弩,個個貫甲與披袍。旌旗閃閃龍蛇動,惡戰英雄膽氣高。假饒魯肅千條計,怎勝關公這口刀!赴單刀會走一遭去也。(下)(關興云)哥哥,父親赴單刀會去了,我和你接應一遭去。大小三軍,跟着我接應父親去。到那裏古刺刺繡彩磨征旗,撲鼕鼕畫鼓凱征鼙,齊臻臻槍刀如流水,密匝匝人似朔風疾。直殺的苦淹淹屍骸遍郊野,哭啼啼父子兩分離;恁時節喜孜孜鞭敲金蹬響,笑吟吟齊和凱歌回。(下)(關平云)父親兄弟都去也,我隨後接應走一遭去。大小三軍,聽吾將令:甲馬不許馳驟,金鼓不許亂鳴[9]。不許交頭接耳,不許語笑喧嘩;弓弩上弦,刀劍出鞘,人人勇敢[10],

個個威風。我到那裏：一刃刀，兩刃劍，齊排雁翅；三股叉，四楞鐧[11]，耀日爭光；五方旗，六沉槍，遮天映日；七稍弓，八楞棒，打碎天靈；九股索，紅綿套，漫頭便起；十分戰，十分殺，顯耀高強。俺這裏雄兵浩浩渡長江，漢陽兩岸列刀槍，水軍不怕江心浪，旱軍豈懼鐵衣郎。關公殺人單刀會，顯耀英雄戰一場。匹馬橫槍誅魯肅，勝如親父刺顏良。大小三軍，跟著我接應父親走一遭去。（下）

校記

[1] 到今日享、享：元刊本作："却都是枉、枉、枉！"
[2] 看了關公一個神道相：原本誤倒為"看了關公英雄一相個神道"。今從《全元戲曲》本改。
[3] 則怕不中麼："麼"，原本誤作"云"。今從孤本改。
[4] 後下手殃：原本作"央"。《全元戲曲》本改，未出校。今從補記。
[5] 俺也曾摘鼓三通斬蔡陽："摘"，原本作"搞"。今從孤本改。
[6] 【蔓青菜】：此曲牌，原本漏。今據元刊本補。
[7] 他便有快對兵能征將：原本漏。今從《全元戲曲》本補。
[8] 尾聲：此曲之上元刊本有【柳青娘】【道和】二曲。
[9] 金鼓不許亂鳴："不許亂鳴"四字，原本缺。今據孤本補。
[10] 人人勇敢：此句上原有"十分"二字。孤本注：此下似有脫文。"勇"字下原有"戰"字，係衍文。今從孤本刪。
[11] 四楞鐧："鐧"，原本作"鍊"。今據孤本改。

第 四 折

（魯肅上，云）歡來不似今朝，喜來那逢今日。小官魯子敬是也。我使黃文持書去請關公，欣喜許今日赴會。荆襄地合歸還俺江東。英雄甲士已暗藏壁衣之後，令人江上相候[1]，見船到便來報我知道。（正末關公引周倉上，云）周倉，將到那裏也？（周云）來到大江中流也。（正末云）看了這大江，是一派好水也呵！（唱）

【雙調·新水令】大江東去浪千叠，引着這數十人駕着這小舟一葉。又不比九重龍鳳闕，可正是千丈虎狼穴。大夫心別，我覷這單刀會似賽村社。

（云）好一派江景也呵，（唱）

【駐馬聽】水湧山叠,年少周郎何處也?不覺的灰飛烟滅,可憐黃蓋轉傷嗟。破曹的檣櫓一時絶,鏖兵的江水猶然熱,好交我情慘切!(帶云)這也不是江水,(唱)二十年流不盡的英雄血[2]!

(云)却早來到也。報伏去。(卒報科)(做相見科)(魯云)江下小會,酒非洞裏之長春,樂乃塵中之菲藝,猥勞君侯屈高就下[3],降尊臨卑,實乃魯肅之萬幸也!(正末云)量某有何德能,着大夫置酒張筵。既請必至。(魯云)黃文,將酒來。二公子滿飲一杯。(正末云)大夫飲此杯。(把盞科)(正末云)想古今咱這人過日月好疾也呵!(魯云)過日月是好疾也。光陰似駿馬加鞭,浮世似落花流水。(正末唱)

【胡十八】想古今立勳業,那裏也舜五人、漢三傑?兩朝相隔數年別,不付能見者,却又早老也。開懷的飲數杯,(云)將酒來。(唱)盡心兒待醉一夜。(把盞科)

(正末云)你知"以德報德,以直報怨"麽?(魯云)既然將軍言"以德報德,以直報怨",借物不還者謂之怨。想君侯文武全材,通練兵書,習《春秋》、《左傳》,濟拔顛危,匡扶社稷,可不謂之仁乎?待玄德如骨肉,覷曹操若仇讎,可不謂之義乎?辭曹歸漢,棄印封金,可不謂之禮乎?坐服于禁,水淹七軍,可不謂之智乎?且將軍仁義禮智俱足,惜乎止少個"信"字,欠缺未完。再若得全個"信"字,無出君侯之右也。(正末云)我怎生失信?(魯云)非將軍失信,皆因令兄玄德公失信。(正末云)我哥哥怎生失信來?(魯云)想昔日玄德公敗于當陽之上,身無所歸,因魯肅之故,屯軍三江夏口。魯肅又與孔明同見我主公,即日興師拜將,破曹兵於赤壁之間。江東所費巨萬,又折了首將黃蓋。因將軍賢昆玉無尺寸地,暫借荆州以爲養軍之資,數年不還。今日魯肅低情曲意,暫取荆州,以爲救民之急,待倉廩豐盈,然後再獻與將軍掌領。魯肅不敢自專,君侯台鑒不錯。(正末云)你請我吃筵席來那,是索荆州來?(魯云)没、没、没。我則這般道,孫、劉結親,以爲唇齒,兩國正好和諧。(正末唱)

【慶東原】你把我真心兒待,將筵宴設,你這般攀今攬古,分甚枝葉?我跟前使不著你"之乎者也"、"詩云子曰",早該豁口截舌!有意説孫、劉,你休目下翻成吴、越!

(魯云)將軍原來傲物輕信!(正末云)我怎麽傲物輕信?(魯云)當日孔明親言:破曹之後,荆州即還江東。魯肅親爲代保。不思舊日之恩,今日恩變爲仇,猶自説"以德報德,以直報怨"!聖人道:"信近於義,言可復也。""去食去兵,不可去信。""大車無輗,小車無軏,其何以行之哉?"今將軍全無仁義之心,枉作英雄之輩。荆州久借不還,却不道"人無信不立"!(正末云)魯子敬,你聽的這劍戒麼[4]?(魯云)劍戒怎麼?(正末云)我這劍戒,頭一遭誅了文醜,第二遭斬了蔡陽,魯肅呵,莫不第三遭到你也?(魯云)没、没,我則這般道來。(正末云)這荆州是誰的?(魯云)這荆州是俺的。(正末云)你不知,聽我說。(唱)

【沉醉東風】想着俺漢高皇圖王霸業,漢光武秉正除邪,漢獻帝將董卓誅,漢皇叔把溫侯滅,俺哥哥合情受漢家基業。則你這東吴國的孫權,和俺劉家却是甚枝葉?請你個不克己先生自説!

(魯云)那裏甚麽響?(正末云)這劍戒二次也。(魯云)却怎麽説?(正末云)這劍按天地之靈,金火之精,陰陽之氣,日月之形;藏之則鬼神遁迹,出之則魑魅潛踪;喜則戀鞘沉沉而不動,怒則躍匣鏗鏗而有聲。今朝席上,倘有争鋒,恐君不信,拔劍施呈。吾當攝劍,魯肅休驚。這劍果有神威不可當,廟堂之器豈尋常,今朝索取荆州事,一劍先交魯肅亡。(唱)

【雁兒落】則爲你三寸不爛舌,惱犯我三尺無情鐵。這劍饑餐上將頭,渴飲仇人血。

【得勝令】則是條龍向鞘中蟄,唬得人向座間呆[5]。今日故友每纔相見,休着俺弟兄每相間別。魯子敬聽者,你内心休喬怯,暢好是隨邪,吾當酒醉也。

(魯云)臧宫動樂。(臧宫上,云)天有五星,地攢五岳,人有五德,樂按五音。五星者:金、木、水、火、土。五岳者,常、恒、泰、華、嵩。五德者:溫、良、恭、儉、讓。五音者,宫、商、角、徵、羽。(甲士擁上,科)(魯云)埋伏了者。(正末擊案,怒云)有埋伏也無埋伏?(魯云)並無埋伏。(正末云)若有埋伏,一劍揮之兩斷!(做擊案科)(魯云)你擊碎菱花。(正末云)我特來破鏡!(唱)

【攪箏琶】却怎生鬧吵吵軍兵列,休把我擋者。(云)擋著我的,呵呵!(唱)我著他劍下身亡,目前流血!便有那張儀口,蒯通舌,休那裏躲閃藏遮。好生的送我到船上者,我和你慢慢的相別。

(魯云)你去了倒是一場伶俐。(黄文云)將軍,有埋伏哩。(魯云)遲了我的也。(關平領衆將上,云)請父親上船,孩兒每來迎接哩。(正末云)魯肅,休惜殿后。(唱)

【離亭宴帶歇指煞】我則見紫袍銀帶公人列,晚天涼風冷蘆花謝,我心中喜悦。昏慘慘晚霞收,冷颼颼江風起,急颩颩帆招惹。承管待、承管待,多承謝、多承謝。喚梢公慢者,纜解開岸邊龍,船分開波中浪,棹攪碎江心月。正歡娛有甚進退,且談笑不分明夜[6]。説與你兩件事先生記者:百忙裏趁不了老兄心,急切裏倒不了俺漢家節[7]。(下)

題目　孫仲謀獨佔江東地
請喬公言定三條計
正名　魯子敬設宴索荆州
關大王獨赴單刀會[8]

校記

[1] 令人江上相候:此句,原本誤倒爲"令江人上相候",朱筆校删"人"字。今據北大本改。孤本作"令江上相候"。
[2] 二十年流不盡的英雄血:此句之下,元刊本有【風入松】一曲。
[3] 猥勞君侯屈高就下:"猥",原本作"威"。今從孤本改。
[4] 你聽的這劍戒麽:"劍戒"二字,原本作"劍界",今從《全元戲曲》本改,本劇下同。按元王惲《劍戒哀梁子也》云:"百諫之精,或當試人者,則鳴,世傳以爲劍戒。"見《秋澗先生大全集》卷四十四。按:"劍界",《元曲釋詞》釋爲劍鳴,並依此句爲書證。供參考。
[5] 唬得人向座間呆:此句,原本作"虎在坐間蹙"。今據元刊本改。
[6] 且談笑不分明夜:"不"字,原本無。今從王本補。
[7] 急切裏倒不了俺漢家節:此句下,元刊本有【沽美酒】【太平令】二曲。"切"字,原本音假作"且"。今改。
[8] 關大王獨赴單刀會:此題目、正名與元刊本有異。

關張雙赴西蜀夢

關漢卿　撰

解　　題

　　雜劇。元關漢卿撰。《錄鬼簿》著錄,題"關張雙赴西蜀夢";《太和正音譜》著錄,題"西蜀夢";《今樂考證》著錄,題"關張雙赴西蜀夢",均署關漢卿撰。《元曲選目》《曲錄》亦著錄。劇叙劉備思念義弟關羽、張飛,使人赴荆州、閬州召唤二人回朝,不期二人已死。關、張魂歸西川,託夢于劉備,求爲報仇。本事未見史傳。劇本今存《元刊雜劇三十種》(簡稱原本)和復刻《古今雜劇三十種》(簡稱復刻本),二種版本基本相同,前載《古本戲曲叢刊》第四集,後載《續修四庫全書》集部戲劇類,均爲影印本。本劇校勘本較多,有盧前校本(簡稱盧本)、隋樹森《元曲選外編》校本(簡稱隋本)、鄭騫校本(簡稱鄭本)、北京大學校本(簡稱北本)、王季思主編《全元戲曲》本(簡稱王本)、徐沁君校本(簡稱徐本)、寧希元校本(簡稱寧本)。元刊本原題"大都新編《關張雙赴西蜀夢》全"。原本無題目正名,未標明折數,無科白,僅有曲文。今以《元刊雜劇三十種》本爲底本,參閱復刻《古今雜劇三十種》本和諸家校本校勘,擇善而從。

第　一　折

　　【點絳唇】織履編席[1],能勾做大蜀皇帝,非容易。官裏旦暮朝夕[2],悶似三江水。

　　【混江龍】唤了聲關張仁弟,無言低首淚雙垂。一會家眼前活現,一會家口內掂提。急煎煎御手頻槌飛鳳椅,撲簌簌痛淚常淹衮龍衣。每日家獨上龍樓上,望荆州感嘆,閬州傷悲。

　　【油葫蘆】每日家作念煞關雲長張翼德[3],委得俺宣限急。西川途路受驅馳[4]，每日知它過幾重深山谷，不曾行十里平田地。恨征駼四隻蹄[5]，不這般插翅般疾。踢虎驅縱徹黃金轡，果然道心急馬行遲。

【天下樂】緊跐定葵花鐙靿[6]，鞭催。走似飛，墜的雙滴溜腿脡無氣力[7]。換馬處側一會兒身[8]，行行裏吃一口兒食[9]，無明夜不住地。

【醉扶歸[10]】若到荆州內，半米兒不宜遲[11]。發送的關雲長向北歸，然後向閬州路上轉馳驛[12]。把關張分付在君王手裏，交他龍虎風雲會。

【金盞兒】關將軍但相持，無一個敢欺敵。素衣匹馬單刀會，覷敵軍如兒戲，不若土和泥。殺曹仁十萬軍[13]，刺顏良萬丈威[14]。今日被歹人將你算[15]，暢則爲你大膽上落便宜。

【醉扶歸】義赦了嚴顏罪，鞭打的督郵死[16]。當陽橋喝回個曹孟德[17]，倒大個張車騎。今日被人死羊兒般剁了首級，全不見石亭驛。

【金盞兒】鞍馬上不曾離[18]，誰敢鬆動滿身衣[19]？恰離朝兩個月零十日，勞而無役枉驅馳。一個鞭挑魂魄去[20]，一個人和的哭聲回。宣的個孝堂裏關美髯，紙幡兒漢張飛[21]。

【尾】殺的那東吳家死屍骸[22]，堰住江心水，下溜頭淋流著血汁[23]。我交的茸茸簑衣渾染的赤[24]，變做了通紅獅子毛衣[25]。殺的他敢血淋漓[26]，交吳越托推[27]，一霎兒翻爲做太湖石。青鴉鴉岸兒，黃壤壤田地，馬蹄兒踏做搗椒泥。

校記

［１］編席織履："編"，原本作"媥"。今從諸校本改。

［２］官裏旦暮朝夕："旦"字，原本形壞如"口"。今從徐本改。

［３］張翼德："翼"，原本音假爲"翌"。各本均改。今從。

［４］西川途路受驅馳："受"下原本有重文符號。今從徐本改。

［５］恨征駼四隻蹄："駼"，原本作"豌"。各本均改。今從。

［６］緊跐定葵花鐙靿："跐"字，原本字形不清。今從寧本改。鐙靿：原本作"鐙折皮"。今依文意將"折皮"二字改爲一字"靿"。按曲譜此句應爲七字句。

［７］墜得雙滴溜腿脡無氣力："溜"，原本作"留"，形壞如"此"。今從寧本改。

［８］換馬處側一會兒身：原本作"惻"。各本均改。今從。

［９］行行裏："裏"原本作"至"。今從徐本改。

［10］【醉扶歸】：本折中有兩支曲子，原本皆誤題【醉中天】。今依《太和正音

譜》改。

[11] 半米兒不宜遲:"遲",原本作"莘"。今從隋本改。

[12] 閬州路上轉馳驛:"上",原本誤作"十";"轉",原本誤爲"丰辛"。今從隋本改。

[13] 殺曹仁十萬軍:"十",原本誤爲"七"。今從徐本改。

[14] 刺顏良萬丈威:"萬"下原本爲重文符號。今從徐本改。

[15] 歹人將你算:"歹",原本誤爲"不"。今從徐本改。

[16] 鞭打的督郵死:"死"字,原本殘缺難認,復刻本空缺。王本作"廢"。今據《全相三國志平話》上卷"張飛鞭打督郵邊胸,打了一百大棒,身死",改補。

[17] 當陽橋喝回個曹孟德:"喝",原本爲"曷"。今改。"孟",原本壞裂爲"子夕日";"德",作"盛"。今從隋本改。

[18] 鞍馬上不曾離:"鞍",原本作"俺"。今改。

[19] 鬆動滿身衣:"鬆",原本爲"惚"。今從寧本改。

[20] 一个鞭挑魂魄去:"魂",原本誤爲"塊",各本均改。今從。

[21] 紙幡兒張飛:"幡",原本作"播";"兒"字殘。今改。"張飛"原本作"虼飛"。各本均改。今從。

[22] 東吳家死屍骸:"東",原本字壞如"求",各本均改。今從。

[23] 淋流著血汁:"淋",原本作"林"。今從隋本改。

[24] 茸茸簑衣渾染的赤:"渾",原本難以辨認。今從徐本改。

[25] 通紅獅子毛衣:"紅",原本作"江"。今從徐本改。

[26] 殺的他敢血淋漓:"敢",原本作"憨"。今改。"漓",原本作"離"。今從隋本改。

[27] 交吳越托推:"托",原本作"秏"。諸本改爲"托"。今從。

第 二 折

【一枝花】早晨間占《易經》,夜後觀乾象。據賊星增焰彩,將星短光芒。朝野內度星,正俺南邊上,白虹貫日光。低首參詳,怎有這場景象?

【梁州】單注著東吳國一員驍將,砍折俺西蜀家兩條金梁[1]。這一場苦痛誰承望!再靠誰挾人捉將?再靠誰展土開疆?做宰相幾曾做卿相?做君王那個做君王!布衣間昆仲心腸,□□□□□□[2]。再不看官渡口劍刺顏良[3],古城下刀誅蔡陽,石亭驛手拷袁襄!殿上,帝王,行思坐想正南下望,知禍起自天降。宣到我朝下若問當[4],着甚話聲揚[5]?

【隔尾】這南陽耕叟村諸亮[6],輔佐着洪福齊天漢帝王[7],一自爲臣不曾把君誆。這場,勾當,不由我索向君王行醞釀個謊[8]。

【牧羊關】張達那賊禽獸[9],有甚早難近傍?不走了糜竺糜芳[10]!咱西蜀家威風,俺敢將東吳家滅相。我直交金鼓震傾人膽[11],土雨渥的日無光,馬蹄兒踏碎金陵府,鞭梢兒蘸乾揚子江。

【賀新郎】官裏行行坐坐則是關張[12],常則是挑在舌尖,不離了心上。每日家作念的如心癢[13],沒日不心勞意攘[14],常則是心緒悲傷。白晝間頻作念,到晚後越思量。方通道夢是心頭想。但合眼早逢著翼德,纔做夢可早見雲長。

【牧羊關】板築的商傅說,釣魚兒姜呂望,這兩個夢善感動歷代君王[15]。這夢先應先知,臣則是誤打誤撞。蝴蝶迷莊子,宋玉赴高唐。世事雲千變,浮生夢一場。

【收尾】不能夠侵天松柏長三丈,則落的蓋世功名紙半張!關將軍,美形狀;張將軍,猛勢況。再何時,得相訪?英雄歸,九泉壤!則落的河邊堤、土坡上[16],釘下個纜樁[17],坐著條擔杖[18],則落的村酒漁樵話兒講!

校記

[1] 砍折俺:"砍",原本作"坎"。今從隋本改。

[2] □□□□□□□:依譜,此處當脫一上三下四的七字句,與上句"布衣間昆仲心腸"作對。今以七□代。

[3] 劍刺顏良:"劍",原本作"虯"。各本均改。今從。

[4] 朝下若問當:"下",原本作"不";今改。"問",原本作"何"。今從徐本改。

[5] 着甚話聲揚:"話",原本作"括"。今從王本改。

[6] 南陽耕叟村諸葛:原本作"排叟"。今從徐本改。

[7] 洪福齊天蜀帝王:"齊",原本誤爲"吝";"漢",形壞難識。今從隋本改。

[8] 索向君王行醞釀個謊:依譜,【隔尾】末句七字,原脫"向"字。今改。

[9] 張達那賊禽獸:"賊",原本作"貾"。今從徐本改。

[10] 糜竺糜芳:原本作"梅竹梅方",今據《三國志・蜀書》改。下同,不另出校。

[11] 金鼓震傾人膽:"鼓",原本作"破";"傾",原本作"腥"。今從徐本改。

[12] 官裏行行坐坐則是關張:原本爲"行行坐",復刻本"官裏"後兩字空缺,下

爲"行坐"。今從徐本改。原本"則",簡爲"刖",今改。下同,不另出校。
[13] 作念的如心癢:"癢",原本誤作"庠",各本均改。今從。
[14] 心勞意攘:"攘"字,原本作"穰"。今從隋本、徐本改。
[15] 感動歷代君王:"感",原本作"威"。各本均改。今從。
[16] 則落的河邊堤:"落",原本字壞難識。今從隋本改。
[17] 釘下個纜樁:"纜"字,原本作"鏡"。今從徐本改。
[18] 坐著條擔杖:"條",原本字壞難識。今從徐本改。

第 三 折

【粉蝶兒】運去時過[1],誰承望有這場喪身災禍?憶當年鐵馬金戈。自桃園,初結義,把尊兄輔佐。共敵軍搖鼓鳴鑼,誰不怕俺弟兄三個!

【醉春風】安喜縣把督郵鞭,當陽橋將曹操喝,共呂溫侯配戰九十合[2],那其間也是我,我!壯志消磨,暮年折挫[3],今日向匹夫行伏落[4]。

【紅繡鞋】九尺軀陰雲裏偌大,三縷髯把玉帶垂過,正是俺荊州裏的二哥哥。咱是陰鬼,怎敢隨他[5]?唬的我向陰雲中無處躲。

【迎仙客】居在人間世,則合把路上經過,向陰雲中步行因甚麼?往常慄關西[6],把他圍繞合[7],今日小校無多,一部從十餘個。

【石榴花】往常開懷常是笑呵呵[8],絳雲也似丹臉若頻婆[9]。今日卧蠶眉瞅定面沒羅,却是爲何[10],雨淚如梭[11]?割捨了向前先參過[12],見咱呵恐怕收羅。行行裏恐懼明開破[13],省可裏到把虎軀那。

【鬥鵪鶉】哥哥道你是陰魂,兄弟是甚麼?用捨行藏,盡言始末。則爲帳下張達那廝厮噴喝,兄弟更性似火[14]。我本意待侑他[15],誰想他興心壞我!

【上小樓】則爲咱當年勇過,將人折挫。石亭驛上袁裏,怎生結末?惱犯我,拿住他,天靈摔破。虧圖了他怎生饒過[16]!

【幺】哥哥你自暗約,這事非小可。投至的曹操孫權,鼎足三分,社稷山河。筋厮鎖,俺三個,同行同坐,怎先亡了咱弟兄兩個!

【哨遍】提起來把荊州摔破,爭奈小兄弟也向壕中卧[17]!雲霧裏自評薄[18],劉封那廝於禮如何?把那廝碎剮割!糜芳糜竺,帳下張達,顯見的東吳躲[19]。先驚覺與軍師諸葛,後入宮庭,託夢與哥哥。軍臨漢上馬嘶風[20],屍堰滿江心血流波[21]。休想逃亡,沒處潛藏,怎生的躲?

【耍孩兒】西蜀家氣勢威風大,助鬼兵全無坎坷。糜芳糜竺共張達,待奔波怎地奔波?直取了漢上纔還國,不殺了賊臣不講和。若是都拿了,好生的將護,省可裏拖磨。

【三煞】君王素懷痛憂[22],報了仇也快活。除了劉封,檻車裏囚著三個。並無喜況敲金鐙,有甚心情和凱歌?若是將賊臣破[23],君王將咱祭奠,也不用道場鑼鈸[24]。

【二煞】燒殘半橛柴[25],支起九鼎鑊[26]。把那廝四肢梢一節節鋼刀挫。剖開了腸肚饑鴉奪[27],數算了肥膏猛虎拖[28]。咱呵靈位上端然坐[29],也不用僧人持咒,道士宣科。

【收尾】也不煩香共燈[30],酒共果,但得那腔子裏的熱血往空潑[31],超度了哥哥發奠我!

校記

[1] 運去時過:"去"字,原本末劃不清,復刻本作"失"。今從寧本改。
[2] 九十合:"合",原本誤作"今"。今從隋本改。
[3] 暮年折挫:"年",原本誤作"卑"。各本均改。今從。
[4] 今日向匹夫行伏落:"匹夫",原本誤作"四夫"。各本均改。今從。
[5] 怎敢隨他:原本"隨他",作"陷它"。今改。
[6] 往常慄關西:"慄",原本作"爪"。今改。
[7] 把他圍繞合:"圍",原本字壞不識。各本均改。今從。
[8] 開懷常是笑呵呵:"懷",原本作"㑒"。今從隋本改。
[9] 丹臉若頻婆:"臉",原本字殘缺,左半作"甘",右半似"命";復刻本左半作"甘",右半空。今依文意從徐本改。
[10] 却是爲何:"爲",原本作"嗚"。今從徐本改。
[11] 雨淚如梭:"梭",原本作"悛"。今從徐本改。
[12] 割捨了向前先參過:"參",原本作"攙";"過",原本作爲"逐"。今改。
[13] 明開破:原本作"明聞破"。今從徐本改。
[14] 性似火:"性",原本作"往"。各本均改。今從。
[15] 我本意待侑他:"侑"同"宥"。原本字壞難識。今從徐本改。
[16] 虧圖:"圖"字,原本誤作"固",復刻本作"古"。今從隋本改。
[17] 壕中卧:"壕"字,原本爲"豪"。今從隋本、徐本改。
[18] 雲霧裏自評薄:"評薄",原本爲"怦溥"。今從徐本改。

[19] 顯見的東吳躲:"躲"字,原本殘損。今從徐本補。

[20] 軍臨漢上馬嘶風:"軍",原本作"卑"。各本均改。今從。

[21] 屍堰滿江心:"屍"字,原本字不清,復刻本、隋本空缺。今從徐本補。

[22] 素懷痛憂:"素",原本作"索"。今改。

[23] 賊臣破:原本"破",字略有殘缺,復刻本作"報"。今從徐本改。

[24] 也不用道場鑼鈸:原本作"鑌銛",似誤。今從王本改。

[25] 燒殘半橛柴:"殘",原本作"哉";"橛"字難識;"柴"字迹模糊。今從徐本改。

[26] 九鼎鑊:"鼎",原本作"頂"。今從徐本改。

[27] 刳開了腸肚饑鴉奪:"刳",原本作"亏"。今改。"饑鴉奪",原本作"雞鴉朵",應與下句"猛虎拖"為對文。今改。徐本作"雞鴨剁"。不從。

[28] 數算了肥膏猛虎拖:"虎",原本作"虛"。今改。徐本作"猛覷他"。不從。

[29] 咱呵:"呵",原本省寫作"可"。今改。

[30] 也不煩:"煩",原本字壞如"烟"。今從徐本改。

[31] 但得那腔子裏的熱血往空潑:"但"字,原本殘缺。今從徐本補。

第 四 折

【端正好】枉劬勞[1],空生受,死魂兒有國難投[2]。橫亡在三個賊臣手[3],無一個親人救。

【滾繡球】俺哥哥丹鳳之眼[4],兄弟虎豹頭,中他人機縠[5],死的來不如個蝦蟹泥鰍!我也曾鞭督郵[6],俺哥哥誅文醜,暗梟了車冑[7],虎牢關酣戰溫侯。咱人三寸氣在千般用,一日無常萬事休,壯志難酬。

【倘秀才】往常真戶尉見咱當胸叉手,今日見紙判官趨前退後。元來這做鬼的比陽人不自由!立在丹墀內,不由我淚交流,不見一班兒故友。

【滾繡球】那其間正暮秋[8],九月九,正是帝王的天壽,列丹墀宰相王侯[9]。攛的我奉玉甌[10],進御酒,一齊山壽,官裏回言道臣宰千秋。往常擺滿宮綵女在階基下[11],今日駕一片愁雲在殿角頭,痛淚交流。

【叨叨令】碧粼粼綠水波紋皺[12],疏刺刺玉殿香風透。皂朝靴趿不響玻璃甃[13],白象笏打不響黃金獸。元來咱死了也麼哥,元來咱死了也麼哥,耳聽銀箭和更漏[14]。

【倘秀才】官裏向龍床上高聲問候,臣向燈影內恓惶頓首。躲避着君王倒退着走[15]。只管裏,問緣由[16],歡容兒抖擻。

【呆古朵】終是三十年交契懷着舊[17],咱心相愛志意相投。繞著二兄長跟前,不離了小兄弟左右。一個是頡頏雲間鳳[18],一個是威凜山中獸。昏慘慘風內燈,虛飃飃水上漚。

【倘秀才】官裏身軀在龍樓鳳樓,魂魄赴荊州閬州,爭知兩座磚城換做土丘!天曹不受,地府難收,無一個去就。

【滾繡球】官裏恨不休,怨不休,更怕俺不知你那勤厚。爲甚俺死魂兒全不相儔?叙故舊[19],厮問候,想那説來的前咒,桃園中宰白馬烏牛。結交兄長存終始,俺伏侍君王不到頭,心緒悠悠[20]。

【三煞】來日交諸葛將二愚男將引丁寧奏,兩行淚纔那不斷頭。官裏緊緊的相留,怕不待慢慢的等候,怎禁那滴滴銅壺,點點更籌。久停久住,頻去頻來,添悶添愁! 來時節玉蟾出東海[21],去時節殘月下西樓。

【二煞】相逐著古道狂風走,趕定湘江雪浪流。痛苦悲凉[22],少添僝僽。拜辭了龍顏,苦度春秋。今番若不説,後過難求[23],千則千休!丁寧説透,分明的報冤讎。

【煞尾[24]】飽諳世事慵開口,會盡人間只點頭。火速的驅軍校戈矛[25],駐馬向長江雪浪流。活拿住糜芳共糜竺,閬州裏張達檻車內囚。杆尖上挑定四顆頭,腔子内血向成都鬧市裏流,强如與俺一千小盞黄封頭祭奠酒[26]!

校記

［1］枉劬勞:"枉",原本作"任"。今改。
［2］死魂兒:"死魂"二字,原本模糊不辨,復刻本二字空。今從徐本補。
［3］横亡在三個賊臣手:"横"字原本難辨,復刻本作"梗"。今從徐本改。
［4］丹鳳之眼:"丹",原本作"舟";"眼",原本作"具"。今從徐本改。
［5］中他人機彀:"彀",原本作"殻"。各本均改。今從。
［6］我也曾鞭督郵:"鞭"字原本難識,"督"字作"及"。各本均改。今從。
［7］暗梟了車胄:"梟",原本字草難識。今改。
［8］那其間正暮秋:"正"字,原本作"王"。各本均改。今從。
［9］列丹墀宰相王侯:"列",原本作"烈";"侯"字壞不可識。各本均改補。今從。
［10］攘的我奉玉甌:"攘",原本作"襄",且模糊,復刻本作"衮"。今從徐本改。

[11] 擺滿宮綵女:"綵"字原本殘損不清。各本均改。今從。

[12] 碧粼粼緑水波紋皺:"紋"字原本殘缺,"皺"字不清;復刻本"紋"空缺,皺作"忽"。今從王本改。

[13] 皁朝靴趿不響玻璃甃:"皁",原本作"早";"趿",原本作"毗";"甃"字,原本殘缺。今從徐本改。

[14] 銀箭和更漏:"箭",原本作"前"。各本均改。今從。

[15] 躲避着君王倒退着走:"躲",原本作"朵"。各本均改。今從。

[16] 問緣由:原本作"問原因"。今從隋本改。

[17] 懷着舊:"舊"字,原本難辨識。今從徐本改。

[18] 頡頏雲間鳳:與下句"威凛山中獸"爲對文。"頡頏"原本作"吉兀","兀"字形作"点"。今依文意改。隋本作"吉瑞",徐本、王本作"急颫颫",不從。

[19] 叙故舊:"舊"字原本可辨,復刻本誤爲"由"。今仍其舊。

[20] 心緒悠悠:"緒",原本作"暗"。今從徐本改。

[21] 玉蟾出東海:"蟾"字,原本形壞難識。各本均改。今從。

[22] 痛苦悲凉:"凉",原本作"京"。各本均改。今從。

[23] 後過難求:"後過",原本乃"過後"的倒文。今改;"求",原本形誤作"來",失韻。今改。

[24] 煞尾:原本省作"尾"。今依《太和正音譜》改。

[25] 火速的驅軍校戈矛:"校",原本作"恔"。各本均改。今從。

[26] 黄封頭祭奠酒:"酒"字,原本脱。今從徐本補。

劉玄德獨赴襄陽會

高文秀　撰

解　　題

　　雜劇。元高文秀撰。高文秀，約生於1255—1275年前後，卒於1295—1315年前後，東平（今屬山東）人。學府生員，時人稱之爲"小漢卿"。著有雜劇三十四種，今存《襄陽會》等五種。本劇《録鬼簿》《太和正音譜》《今樂考證》著録，均題"劉先生襄陽會"；《也是園書目》著録，題"劉玄德獨赴襄陽會"；均署高文秀撰。劇寫劉備在古城，遣簡雍持書至荆州見劉表，欲借城屯兵，劉備應劉表之請赴會襄陽。劉表讓劉備代領荆州，劉備則推薦劉表長子劉琦。劉表次子劉琮不悦，和蒯越、蔡瑁密謀，打算席間殺害劉備。劉備得信，在王孫幫助下，乘的盧馬跳越檀溪，幸免於難。途遇隱士司馬徽，延請徐庶出山爲軍師。劉備屯兵新野，曹操遣曹仁率兵攻新野。徐庶設計大破之，活捉曹章。劉備設宴爲諸將慶功。事見《三國志·蜀書·先主傳》注引《世説新語》。《三國志平話》亦有此故事，情節略有差異。今存版本《脉望館鈔校本》（簡稱脉本），另有據該本校印的王季烈的《孤本元明雜劇》本（簡稱孤本）和隋樹森編校的《元曲選外編》本（簡稱隋本），還有王季思主編的《全元戲曲》本（簡稱王本）。今以《脉望館鈔校本》爲底本，參閱其他本校勘，擇善而從。

頭　　折

　　（冲末劉備同趙雲上，云）叠蓋層層徹碧霞，織席編履作生涯。有人來問宗和祖，四百年前將相家。某姓劉名備，字玄德，乃大樹婁桑人也。某在桃園結義了兩個兄弟，二兄弟蒲州解良人也，姓關名羽，字雲長；三兄弟涿州范陽人也，姓張名飛，字翼德。俺弟兄三人在徐州失散，三載有餘，不想今日在這古城聚會。某今要與曹操仇殺，無有城池。俺在這古城住月餘也，今日與兩個兄弟眾將商議。與我喚將雲長、張飛來者。

（關末同張飛上）（關末云）帥鼓銅鑼一兩聲，轅門裏外列英雄。一寸筆尖三尺鐵，同扶社稷保乾坤。某姓關名羽，字雲長，蒲州解良人也。三兄弟乃涿州范陽人也，姓張名飛，字翼德。有俺哥哥大樹婁桑人也，姓劉名備，字玄德。自徐州失散，在於古城聚會。今日哥哥呼喚，不知有甚事，須索走一遭去。可早來到也。小校，報復去，有關羽、張飛來了也。

（卒子云）理會的。喏，報的元帥得知，有關羽、張飛來了也。（劉備云）著他過來。（卒子云）著過去。（做見科）（關末云）哥哥呼喚俺二人，有何商議的事？（劉備云）二位兄弟，喚您來別無甚事，只因曹操在徐州與俺交鋒，俺兄弟每失散，今在古城，不為長計。倘曹操又領將兵來征伐俺，爭奈此城地方窄狹，亦無糧草，怎生與他拒敵？（張飛云）哥哥，依着您兄弟，則在古城積草屯糧，招軍買馬。哥哥意下若何？（關末云）兄弟，不中。想着曹操手下，雄兵百萬，戰將千員，他若領兵來時，將古城踏為平地，那其間悔之晚矣！（劉備云）兄弟言者當也。我有一計，和您商議。我如今要差一人，持著我的書呈，直至荊州牧。劉表是吾之宗親，鎮守荊襄九郡。我問他但借城池暫用，咱且屯軍居止。若聚集的些人馬呵，那其間可與曹操廝殺，未為晚矣。您意下若何？（關末云）哥哥言者當也，可着誰去？（劉備云）與我喚的簡憲和來者[1]。（卒子云）理會的。

（簡雍上，云）幼小曾將武藝攻，南征北討顯英雄。臨軍望塵知敵數[2]，四海英雄第一名。某姓簡名雍，字憲和，文通《三略》，武解《六韜》，今佐於玄德公麾下為將。今玄德公呼喚，不知有甚事，須索走一遭去。可早來到也。小校，報復去，道有簡雍在於門首。（卒子云）喏，報的元帥得知，有簡雍在於門首。（劉備云）着他過來。（卒子云）着你過去。（簡雍見科，云）呼喚小官有何事？（劉備云）喚你來別無他事，我今要與曹操廝殺，爭奈這古城無糧草。我如今修一封書，你直到荊州牧，他見了我的書，他自有個主意。你則今日便索長行。（簡雍云）理會的。某不敢久停久住，奉玄德的將令，持著書呈直至荊州，走一遭去。奉命親差不自由，謹馳驛馬驟驊騮。舌劍唇槍成功幹，不分星夜至荊州。（下）（劉備云）簡雍去了也。若借得城池，那其間再與曹操廝殺。若簡雍回來時，報復我知道。（下）

（劉琮上，云）河裏一隻船，岸上八個拽。若還斷了簰，八個都吃跌。某乃劉琮是也。我父劉表，兄乃劉琦。父子三人，武藝不會，所事不知，能吃好酒，快吃肥雞。頗奈劉備無禮，着一首將持一封書，問俺父親借個城子。俺父親差之毫釐，失之千里，掉在壕裏，簽了大腿。我如今想來，則恐怕久以後將荊州奪了。我手下有二將，是蒯越、蔡瑁，叫他來共同商議。小校，喚將蒯越、蔡瑁來者。（卒子云）理會得。（蒯越、蔡瑁二將上）（蒯越云）某乃前部先鋒將，俺家老子是皮匠，哥哥便是輪班匠，兄弟便是芝麻醬。某乃蒯越，兄弟蔡瑁。我又没用，他又不濟。我打的勛陛，他調的百戲。公子呼喚俺二人，不知有甚事，須索見公子去。可早來到也。報復去，道有俺蒯、蔡二人，來見公子。（卒子云）理會的。喏，報的公子知道，有蒯越、蔡瑁，在於門首。（劉琮云）着他過來。（二凈見科）（蔡瑁云）劍甲在身，不能施禮。（蒯越云）公子喚俺二將那廂使用？（劉琮云）蒯越、蔡瑁，喚您二將來別無甚事，今有劉備問俺父親借座城子，俺父親久後必將這荊州讓與劉備，喚您二將來商議。（蒯越云）我有一計。俺這裏安排一席好酒，多着些湯水，多着幾道嘠飯，準備幾碗甜醬，我着他酒醉飯飽，走不動，撑倒了呵，那其間下手拿住，我着他死無葬身之地。公子，此計若何？（劉琮云）此計妙、妙、妙！此計好則好，比及這等，你先撑我不的？（蒯越云）此計已定[3]，何故又撑呼？（劉琮云）既是這等，保守此計。計就月中擒玉兔，謀成日裏捉金烏。（蒯越云）各家自掃門前雪，（蔡瑁云）莫管他家屋上霜。（同下）

（劉表領卒子上，云）駿馬雕鞍紫錦袍，胸中壓盡五陵豪。有人要知吾名姓，附鳳攀龍是故交。某姓劉名表，字景昇，官拜牧守之職。涉獵經史，幼年策馬入夷城，取用南郡蒯梁之謀，南據江陵，北守襄樊、荊州。我有二子，長者劉琦，次者劉琮。能用兵者，乃蒯越、蔡瑁。久據荊州，保守無虞。今有劉玄德，被曹操攻破徐州，屯軍在古城。他遣一將持一封書，問某借一城池，屯軍養馬。今三月三，請玄德公赴襄陽會，玄德公來呵，我自有主意。若來呵，報復我知道。（劉備上，云）小官劉備是也。我著簡雍問俺荊州牧哥哥借一座城池，誰想哥哥果然許諾，就遣一人請某赴襄陽會。可早來到也。左右，接了馬者。小校，報復去，道劉備在於門首。（卒子云）喏，報的主公得知，有劉備在於門首。（劉表云）兄弟來了也，道有請。（卒子云）有請。（見科）（劉備云）哥哥，數年不見，受您兄弟兩拜。（劉表云）兄弟免禮。將坐榻來，兄弟請坐。抬上果卓來。（把盞科，云）兄弟，數年不見，滿飲此杯。（劉備云）哥哥，您兄弟盡醉方回。（劉表云）我有二子，長者劉琦，次者劉琮。與我喚將來者。（正末同劉琮上，云）某劉琦是也，兄弟劉琮。俺父親在荊州，統領着四十萬鐵甲軍，鎮守着這荊裏九郡。今爲襄王劉玄德，來問俺父親借一座城[4]，權且居止。又着人請的玄德來荊州，住了數日也。今日是三月三裏陽會，俺父親請玄德公飲宴，着令人喚俺兄弟二人，須索走一遭去。（劉琮云）哥哥，想咱父子每在此鎮守，久住無虞，無魚則吃羊肉。（正末云）兄弟，想昔日秦失其鹿，豪傑並起，漢祖三載亡秦，五年滅楚，投至今日非同容易也。（唱）

【仙呂・點絳唇】想當日漢祖開基，五年登帝，無虞日。端拱垂衣，則他那肱股能經濟。

【混江龍】中興後諸侯强力，風俗教化漸凌夷。將一個董卓剿滅，將一個呂布遭危。一頭的袁紹興兵行跋扈，可又早曹公霸道騁奸回。見如今民殷國富可便說孫權，端的是這寬仁厚德談劉備。手下有二將軍關羽，和他這三兄弟張飛。

（劉琮云）可早來到也。（正末云）兄弟也，咱過去見父親去來。（做見科）（劉表云）劉琦、劉琮，把體面與你叔父施禮。（正末云）理會的。（做見劉備科）（唱）

【油葫蘆】我這裏叉手躬身施罷禮，數十年遠間離。（劉備云）吾侄，自從與曹操交鋒，數年不見。（正末唱）都則爲苦征惡戰各東西。（劉備云）劉琦，我與你父親都是漢之苗裔。（正末唱）俺須是分形連氣同親戚，叔父是先朝景帝親苗裔。（劉備云）哥哥，你兄弟非爲酒食而來，城池當緊[5]。（正末唱）叔父要借郡州，待將那士馬集。（劉備云）吾侄，奈您叔父身無尺寸之地，怎的與曹操交戰？（正末唱）叔父道時間無尺寸安身地，普天下盡都是漢華夷。

【天下樂】常言道人急偎親我稍知，（劉表云）玄德公，新野、樊城，你弟兄權且居止。（劉備云）謝了哥哥。（正末唱）將新野樊也波城，權駐躍。（劉表云）玄德公，在於新野、樊城，操兵練士，積草屯糧，復興漢室[6]，有何不可？（正末唱）若是那重磨日月扶社稷，平定海內安，更和那烽燧息，恁時節叙親親，行大禮。（劉表云）劉琦，替你叔父遞一杯酒。（正末云）理會的。將酒來，叔父滿飲一杯。（劉備云）大公子，着吾兄先飲。（劉備遞酒科）（劉表飲酒科了，云）着劉琮與他叔父遞一杯酒。（劉琮云）您兒理會的。（做遞酒科）（劉琮云）叔父滿飲一杯。（劉表云）一壁廂與我動樂者。（劉備云）吾兄，酒勾了也。（正末唱）

【那吒令】廣設着，珍羞和美味；高捧着，瓊漿和這玉醴；密排著，歌兒和這舞姬。不弱如公孫弘的東閣筵，須不是楚項羽的鴻門會，盡開懷滿飲金杯。

（劉備云）吾兄，您兄弟飲不的了也。（劉表做將牌印讓與劉備科，云）玄德公，吾今年邁，我也掌把不住這荆襄九郡，將這荆襄九郡牌印，讓與玄德公掌管，你意下若何？（劉備云）吾兄，劉備焉敢受荆州牌印！見有兩個公子，當以承襲荆州牧之職。（劉琮云）父親，飲酒則飲酒。這牌印，叔父是個知理的人，他豈肯受這牌印？（正末唱）

【鵲踏枝】將牌印捧到尊席，多謙讓苦辭推。情願將九郡荆襄，教叔父掌握操持。（劉備云）吾兄，這的是父祖列土分茅之地，子孫堪可而守。（正末唱）你道是父祖業傳留與子息，豈不聞堯舜可便天下賢聖承襲？

（劉表云）玄德公，吾今老矣也。這荆州牌印，你掌了者。（劉備云）哥哥，您兄弟斷然不敢受！吾兄見放着兩個公子哩。（劉表云）玄德公不知，我這兩個小的，他掌管不的。休道不與他，便着他掌管呵，可着誰可承襲？（劉備云）哥哥，您兄弟多聞大公子劉琦，文武雙全，寬仁厚德，可以承襲。（劉琮背云）好無禮！我恰纔阻擋這牌印，他説俺哥哥好。俺兄弟每承襲不承襲，干你甚事？我恨不的咬上他幾口！（正末唱）

【寄生草】叔父那裏休誇獎，莫厮推。你道我忠君孝父行仁義，你道我驅兵領將多謀智，又道我齊家治國能興利。（劉備云）論大公子有經濟之才，顔、閔之德。（正末唱）怎有那經天綸地棟梁才，則是個糞墻朽木兒曹輩。

（劉表云）既兄弟堅意不受，收了牌印者。行盞！（劉琮出門做怒科，云）頗奈大耳漢無禮！好意請你吃酒，俺父親又借與你城池，你怎敢論俺弟兄每那個合做不合做？長別人的威風[7]，滅我的志氣！令人喚蒯越、蔡瑁來。（卒子云）理會的。（蒯越、蔡瑁同上，云）公子喚俺二人，須索走一遭去。兀那小軍，有何事？（卒子云）二位將軍，二公子有請。（蒯越云）在那裏？俺過去見二公子。（見科，云）公子喚俺有何事？（劉琮云）頗奈大耳漢無禮，酒筵間搬調俺父親，論俺弟兄好歹。你如今乘騎兩個鞍馬，手持兵器，務要擒住劉備。先着王孫去盜劉備那的盧馬，若盜了他馬，可來回我的話。（蒯越云[8]）得令！領著公子言語，擒拿劉備，走一遭去。（下）（正末云）嗨，這事怎了！我若不説與叔父知道呵，必然落在這二賊子彀中。兄弟也，我再着叔父飲一杯酒。叔父再飲一杯。（劉備醉科，云）我吃不的了也。（正末云）叔父，你不飲酒呵，你請個果木波。（劉備云）我用不的了也。（正末唱）

【醉扶歸】叔父，這好棗知滋味，（劉備云）勾了也。（正末唱）好桃也可堪食。（劉備云）我吃不的也。（正末唱）這醒酒清涼更好梨。（劉備醉科，云）吃不的了也。（正末唱）這果木本是同根蒂，他傷枝葉擘了面皮，（帶云）叔父醉了,不解其意。(做搖醒科,云)叔父,你看這卓子上,好棗,好桃,好梨也。(劉備醒科,云)是,是,是,我知道了也。(正末唱)你怎生不解我這其中意?

(劉備辭科,云)哥哥,您兄弟多蒙哥哥城池、好酒食,您兄弟告回也。(劉備拜科)(劉表云)留着兄弟休回也,再住幾日去。(劉琮云)父親休管他,你則歇息去。(扶劉表下)(正末云)叔父,劉琮着蒯越、蔡瑁埋伏着人馬,擒拿你哩。你便離了此處,快與我逃命走!(劉備走科,云)吾姪,你不說我怎知也!(正末唱)

【金盞兒】你快離席,莫驚疑。我這裏吐實情洩漏了春消息,疾牽你那戰馬換征衣。則怕你意忙船去慢,心急馬行遲。休尋入地窟,則要你尋覓他那上天梯。

(劉備云)我若知您弟兄不和,我怎肯說這等話!(正末云)叔父,你小心在意者,則要穩登前路也!(唱)

【尾聲】痛離別,愁分袂,我和你再相見知道是何年甚日?望新野樊城去路疾,我則要你善加兵緊護城池[9],則要你用心機將那士馬操習,準備著那滅寇興劉顯氣勢。那其間這干戈定息,我著他四方寧謐,恁時節風雲文武拜丹墀。(下)

(劉備云)劉備也,我想來,是你的不是了也。我虧了軍師的妙計,離了這襄陽會,不敢久停久住,則今日回新野、樊城去也!(下)

校記

[1] 簡憲和:"憲"字,原本作"獻"。今依《三國志》改。下同,不另出校。
[2] 臨軍望塵知敵數:"敵"字,原本作"地"。今從孤本改。
[3] 此計已定:"已",原本作"以"。今從王本改。按"已""以"一義通。爲免歧義,今改。本劇下同,不另出校。
[4] 鎮守着這荆襄九郡。今爲襄王劉玄德,來向俺父親借一座城:原本未斷句。今從《孤本元明雜劇》本斷句。"襄王"指劉玄德。非指劉表,劉表爲"荆王"。第二折,"(劉備云)吾之命在於將軍。(正末云)襄王放心,我送你出城去"。王孫在此稱劉備爲"襄王",下文稱劉表爲"荆王"。
[5] 城池當緊:"緊"字,原本作"謹"。孤本已改。今從。
[6] 復興漢室:"室"字,原本作"世"。孤本已改。今從。
[7] 長別人的威風:"長"字,原本作"獎"。孤本改。今從。
[8] 蒯越云:原本作"劉云"。孤本改。今從。

［9］善加兵緊護城池："善"，原本作"擅"。今從孤本改。

第 二 折

（蒯越、蔡瑁同上）（蒯越云）自家蒯越、蔡瑁便是。奉二公子劉琮之命，今有劉備，在那酒筵間不合説立長不立庶。今奉公子之命，今夜差家將王孫先去驛亭，盜了劉備那的盧馬，走一遭去。可早來到王孫家門首也。（叫科，云）王孫，二公子之命，著你今夜先去驛亭中，盜了劉備那的盧馬，可來回公子的話。小心在意，幹事成功者。（同下）（正末扮王孫上，云）某是這荆王手下家將王孫的便是。因爲劉玄德問俺這荆王借這城池[1]，留下玄德公赴襄陽會，筵間帶酒，問俺索荆州牌印。某奉二公子的命，著某今夜先盜劉玄德的盧馬，須索走一遭去。（唱）

【越調·鬥鵪鶉】直等的漏盡更闌，街衢靜悄。我則見斗轉星移，這其間夢魂未覺。入的這館驛儀門，繞著這虛檐澀道。又則怕遇著從人，撞著後槽。這一匹駿馬的盧，煞如驊騮騕褭。

【紫花兒序】則願的馴良純善，怕的是踢跳彎奔，使不著嘶喊咆哮。馬乃是將之司命，盜了馬步驟難熬。量度，又不是穴隙逾牆做賊盜，蒙差遣怎敢違拗！你正是人急僞親，他可甚善與人交！

【金蕉葉】恰拌上一槽料草，喂飼的十分來飽[2]。悄聲兒潛踪躡脚，我解放了繮繩絆索。

（做盜科）（劉備冲上科，云）小官劉備，來到這館驛裏也。館驛子，牽我那馬來。這館驛裏無人，我自家牽我這馬去。兀那厮，你是甚麽人？（正末云）我比及盜他這馬，我先斬了劉玄德也。（劉備云）兀那將軍，何故如此慄暴，有仗劍殺我之心也[3]？（正末唱）

【寨兒令】你道我休暴慄，逞粗豪，掣紅光劍鋒手搭著。（劉備云）我有甚罪過？（正末唱）你道我犯法違條，盜馬離槽，和你性命似燎鴻毛！

（劉備云）你爲何盜我這馬？（正末云）爲你筵間索討荆州牌印[4]，我奉二公子命，故着我盜你這馬來。（劉備云）將軍不知，因借城子一事，請某飲宴，荆王言曰："吾今老矣，這牌印可着誰掌領？"某言曰："立長不立庶。"以此二公子挾讐，要傷某性命。（正末云）這般呵，是俺二公子的不是。（劉備云）將軍，劉備乃漢之宗親，是荆州牧之弟也。（正末唱）

【么篇】你論親戚是漢祖根苗，論昆仲和劉表知交。破黄巾立大功，誅董卓建功勞。是和非心上自評跋。

（劉備云）吾之命在於將軍。（正末云）襄王放心，我送你出城去。（劉備云）今日之恩，異日必報。（正末唱）

【調笑令】不索窨約，你便快奔逃，呀，再休說他鄉遇故交。（劉備云）將軍，此路往何處去？（正末唱）遙望著新野樊城道，似飛星徹夜連宵。你官道上莫行小路兒抄，豈辭勞水遠山遙！

（劉備云）前有溪河攔路，如之奈何？（正末唱）

【耍孩兒】遙望見綠茸茸莎茵芳草，翻滾滾雪浪銀濤。檀溪大堤水圍繞，無舟渡，共長橋，險慌煞英豪。

（劉備做禱告天科，云）皇天可表，若劉備久後崢嶸之日，馬也，我命在你，汝命在水。（正末唱）

【聖藥王】他將那天地祈，咒願禱，欠彪軀整頓了錦征袍。將玉帶兜，金鐙挑，三山股摔碎了紫藤梢。（劉備做跳過檀溪科）（正末唱）則一跳恰便似飛彩鳳走潛蛟。

（劉備回顧看正末科，云）將軍，後會有期。（下）（蒯越、蔡瑁上，云）某乃蒯越、蔡瑁是也。俺奉着二公子將令，着俺二人追趕劉備。騎着快馬，越趕也趕不上，這馬我不走他也不走。到這檀溪河，兀的不是王孫？王孫，劉備安在？（正末云）劉備是無罪之人，又和俺主公關親，我因此上放了他去也。（蒯越云）這匹夫好是無禮也！你做的個知禮無禮故無禮。（蔡瑁云）舞哩舞哩舞哩舞。（蒯越云）兄弟，執縛住見二公子去來。（正末云）我不怕不怕不怕！（唱）

【尾聲】你將那忠良損害合天道？他一騎馬不剌剌風驅電掃。他得性命且逃災，將我這潑殘生斷送了。（同下）

校記

[1] 因為劉玄德問俺這荊王借這城池："劉玄德"前原衍一"俺"字。今刪。
[2] 十分來飽："來"，原本作"未"。今從王本改。
[3] 有仗劍殺我之心也："有"字，原本無。今從孤本補。
[4] 筵間索討荊州牌印："間"，原本作"開"。今從孤本改。

楔　　子

（司馬徽上，云）寶劍離匣邪魔怕，瑤琴一操鬼神驚。貧道覆姓司馬，名徽,字德操,道號水鏡先生,在於鹿門山辦道修行。俺爲友者有七人,爲江夏八俊。今有劉玄德因赴襄陽會,被劉琮所逼,獨騎跳檀溪而過,誤入鹿門山,迷踪失路,貧道在此,等候劉玄德。這早晚敢待來也。(劉備上,云)某乃劉備是也。因赴襄陽會,劉琮有害吾之心,因此私奔。獨騎跳檀溪河來,迷踪失路,不知那條路往新野、樊城去。(司馬云)兀的不是劉玄德?玄德公,襄陽會煞是驚恐也。(劉備云)這個仙長,他怎生知道來那?(司馬云)玄德公,你可不認的貧道,貧道可識你。(劉備云)仙長,劉備迷踪失路,不知那條路往新野、樊城去?(司馬云)天色晚也。這鹿門山有一道庵,前往那裏投一宿。玄德公,我觀你手下雖有能征之將,則少運籌之士也。(劉備云)敢問師父,何爲運籌之士?(司馬云)豈不聞南卧龍、北鳳雛麽?(劉備云)卧龍、鳳雛何人也?(司馬云)好、好、好。(劉備云)先生通名顯姓咱。(司馬云)好、好、好。你休問我,問兀的那個人去。(下)(劉備云)著某問誰去?可怎生不見了這個仙長?那知他是人也那是鬼!天氣昏晚也。遠遠的一盞燈明,到那裏覓一宿去。(下)

(龐德公引道童上)(龐德公云)養性修真談道德,天文地理講精微。劍揮星斗能驅將,瑤琴一操動玄機。貧道龐德公是也,居於峴山之南。平生不入城府,不貪於奢華,常以清閒爲樂。講習太清妙訣,修煉長生之術。參通大道,學就仙方。隱迹山間,埋名林下。江夏道友,號爲八俊,惟吾爲首,在此鹿門山辦道修真。今有劉玄德因襄陽會遭厄,跳檀溪失路迷途,誤入鹿門山中。貧道今晚指引玄德榮昌之地。若來時,貧道自有個主意。道童,庵門首覷著,玄德公這早晚敢待來也。(劉備云)某離却襄陽會上,被劉琮軍將所逼,檀溪河攔路,託上天護佑,的盧馬擁身跳過檀溪之河。迷踪失路,來到鹿門山,不知去路。見一仙長,言曰"南卧龍、北鳳雛,好好好",騰空而起,其神鬼難辨。天色昏晚,兀那莊兒上覓一宿。(喚門科,云)門裏有人麽?(龐德公云)道童,兀的劉玄德來了也,你開門去,道有請。(道童云)理會的,我開這門。玄德公,俺師父有請。(劉備云)某來到此仙莊,不曾相會,又早知某姓字,此乃非凡也。(做見科)(龐德公云)玄德公,自離新野赴襄陽,被劉琮所謀,索是驚慌來也。(劉備云)上告師父,劉備運拙,不幸如此。萬望尊師有何指教,何不通名顯姓咱?(龐德公云)貧道乃是龐德公是也。在此鹿門山養拙。玄德公,你也有緣,今晚到此庵中。(劉備云)師父,劉備到此山中,遇着個師父,言説"南卧龍、北鳳雛",某問其姓字,言稱道"好好好",騰空而起不見了,未知是神是鬼。(龐德公云)玄德公,此人覆姓司馬,名徽,字德操,乃是好好先生。(劉備云)師父,可憐劉備孤窮,有何道德仙法指教?(龐德公云)玄德公,俺這江夏有二人,南有臥龍,北有鳳雛。此二人時運未到。貧道先與你一子,寇封安在?(寇封上,云)小將有。(見科)(龐德公云)寇封與玄德公相見。玄德公,將此寇封與你爲子。拜了玄德公者。(寇封云)理會的。(做拜科)(劉備云)劉備孤窮,未知何日發達,感承尊師厚德也。(龐德公云)貧道與你舉一人若何?(劉備云)師父,此人在何處?(龐德公云)此人他是這潁川獨樹村人氏[1],姓徐名庶,字元直。(劉備云)師父,此人比這臥龍、鳳雛若何?(龐德公云)此人不在臥龍、鳳雛之下。(劉備云)多謝吾師指教。天色明也,劉備回去也。劉封,跟著我回新野、樊城去來。征戰用英雄,今日得劉封。未投徐元直,先遇龐德公。(同劉封下)(龐德公云)道童,劉玄德去了也。(道童云)劉玄德去了也。(龐德公云)劉玄德先訪徐庶,然後孔明,此二人少不的都在於玄德公麾下。貧道遊山玩水,走一遭去。他各處疆土掌威權,玄德人和號四川。五十四州雄壯地,四十三載太平年。(同下)

　　(卜兒同正末、道童上)(卜兒云)甘心守志樂清貧,教子攻書講道經。侍母安居隨緣過,山村數載受辛勤。老身姓陳,夫主姓徐,潁川獨樹村人也。止遺下此子徐庶,字元直,學通文武,習就大才,不肯進取功名,修行辦道,侍養老身。孩兒也,功名當緊,可以竭力盡忠也。(正末云)母親,您兒多虧母親嚴教,您兒要盡忠不能盡孝,盡孝不能盡忠也。(卜兒云)孩兒也,似這等呵,不誤了你功名?(正末云)你孩兒則要侍奉萱親,修真養性。可不道父母在堂,不可遠遊,遊必有方?(卜兒云)孩兒也,你則待遊山玩水,辦道修行,侍奉老身,幾時是你那發達崢嶸之日也!(正末云)道童,門首覷著,看有甚麼人來。(道童云)理會的。(趙雲上,云)自小曾將武藝攻,幼年販馬走西戎。四海英雄聞吾怕,則我是真定常山趙子龍。某乃趙雲是也。奉俺玄德公將令,著某請徐元直,拜爲軍師,與曹操兩家鬬殺。問人來,則這個莊院便是。小校,接了馬者。道童,報復去,道有玄德公手下趙雲,特來相訪。(道童云)師父,門首有玄德公手下趙雲,在於門首。(卜兒云)孩兒也,是何方來的將軍?(正末云)母親,這趙雲是劉玄德手下的將軍。(卜兒云)孩兒也,有賓客至,我且回避。(虛下)(正末云)道童,有請。(道童云)將軍,俺師父有請。(趙雲做見科)(正末云)將軍貴脚來踏賤地,將軍請坐。(趙雲云)趙雲久聞尊師道德無窮,今日幸遇,實乃趙雲萬幸也。(正末云)將軍爲何到此?(卜兒上,打聽科,云)老身聽他那裏來的將軍,說甚麼。(趙雲云)師父,小將奉俺玄德公將令，聞知師父有經濟之才，伊吕之能，特請下山，拜爲軍師。師父意下若何？（正末云）將軍，貧道是一閒人，並不知兵甲之書。（趙雲云）俺玄德公久聞師父深通兵書，廣覽戰策，遣趙雲特請師父來。（正末云）何人舉薦貧道？（趙雲云）俺玄德公遇好好先生與龐德公，舉薦師父來。（正末云）是司馬徽，道號好好先生。他與龐德公、諸葛亮、龐士元、崔州平、石廣元、孟光威、俺，是這江夏八俊。（趙雲云）師父有神鬼不測之機，安邦調兵之策。師父可憐，下山走一遭去。（正末云）將軍不知，貧道幼年間修行辦道，並然不知兵甲之書。（趙雲云）師父，俺玄德公寬仁厚德，乃漢景帝十七代玄孫，中山靖王劉勝之後，可憐兵微將寡。下山走一遭去！（正末云）將軍言稱道，看漢室之面，救蒼生之急。將軍，貧道實有此心，爭奈我有老母在堂，可不道"父母在，不遠遊，遊必有方"？（卜兒上見科，云）徐庶孩兒，你說的差了也。想玄德公是漢之宗親，我多聽的人說寬仁厚德。既然主公遣子龍將軍請你，你怎生言稱道有老母在堂？孩兒也，你休爲我誤了你一世兒清名。孩兒也，你休顧我，則顧你。（趙雲云）呀、呀、呀，老母言者當也！師父，可不道順父母顏情，呼爲大孝？既老母又這般說，怎生請師父，若到新野，那其間着人來，可取老母到新野同享富貴，有何不可？（正末云）罷、罷、罷！既然老母親着徐庶去，道童，收拾行李，則今日辭別了老母，便索長行。（卜兒云）孩兒也，你這一去，則要你盡心竭力，扶助玄德公。（趙雲云）老母放心，我到的新野，便來取老母。（正末唱）

【賞花時】我本待要養性修真避世塵，今日個厚禮卑辭徵聘緊。我則待奉甘旨侍萱親，（趙雲云）師父此一去，俺主公必然重用師父也。（正末唱）誰羨您高官極品？（卜兒云）孩兒也，用心者。（正末云）母親，你放心也。（唱）你看我扶社稷可兀的立乾坤。（同下）

（卜兒云）孩兒去了也。眼望旌節旗，耳聽好消息。（下）

校記

［1］潁川獨樹村人氏："潁"，原本作"穎"。今據《三國志·魏書》改。本劇下同。

第 三 折

（曹操引卒子上，云）善變風雲曉六韜，率師選將用英豪。旗幡輕捲征塵退,馬到時間勝鼓敲。某姓曹名操,字孟德,沛國譙郡人也。幼而習文,長而習武,文通三略,武解六韜。自破四大寇呂布之後,累建奇功,謝聖人可憐,加某爲左丞相之職。某手下雄兵百萬,戰將千員。頗奈劉關張無禮,自破呂布之後,在聖人跟前,保舉他爲官。他不伏某調,私出許都,奪了徐州。某拜夏侯惇爲前部先鋒[1],戰劉關張在徐州失散。某領雲長到於許都,加爲壽亭侯之職。不想雲長不辭而去,在於古城聚會。我差蔡陽擒拿關雲長,不想雲長斬了蔡陽。今有劉關張在新野、樊城屯軍,更待干罷!我今喚將曹仁、曹章來,擒拿劉關張去。小校,與某喚將曹仁、曹章來。(卒子云)理會的。二位將軍,元帥呼喚。(曹仁上,云)幼小曾將武藝習,南征北討要相持。臨軍望塵知敵數,對壘嗅土識兵機。某乃曹仁是也。我善曉兵書,深通戰策,每回臨陣,無不幹功。正在演武場中操兵練士,父親呼喚,不知有甚事,須索走一遭去。報復去,道有曹仁來了也。(卒子云)喏,報的元帥得知,有曹仁來了也。(曹操云)着他過來。(卒子云)過去。(見科)(曹仁云)父親,喚您孩兒那裏使用?(曹操云)喚你來有事商議,你且一壁廂有者。與某喚將曹章來。(淨扮曹章上,云)某乃是曹章,身凜貌堂堂。廝殺全不濟,則吃條兒糖。某曹章是也。某深知趙錢孫李,我曾收得蔣沈韓楊。三軍大敗,金魏陶姜。若還拿住,皮卞齊康。某正在空地上學打觔陡,有父親呼喚,須索走一遭去。報復去,道有曹章來了。(卒子報云)喏,有曹章來了也。(曹操云)着他過來。(卒子云)過去。(曹章云)父親,喚曹章有甚事?哥哥曹仁也在此。(曹操云)您二人近前來。今有劉關張在於新野、樊城,借起軍來,要與某交鋒。曹仁,我撥與你十萬軍,你爲元戎,曹章前部先鋒,則今日點就雄兵,便索行,行則要成功。您小心在意者,然後某領大軍接應你也。軍隨印轉分直正,罪若當刑先言定。在朝休誤天子宣,莫違闕外將軍令。(曹仁云)某奉俺父親將令,今有劉關張弟兄三人,在於新野屯軍,要與俺相持廝殺。撥與某十萬雄兵,某爲大帥元戎之職,兄弟曹章爲前部先鋒,則今日點就軍校,與劉關張相持廝殺,走一遭去。大小三軍,聽吾將令,三通鼓罷,拔寨起營。大將軍專聽嚴號令,能征戰披甲便長行。吹毛劍打磨雙刃快,出白槍勾引月華明。夾銅斧起處魂飄蕩,狼牙棒落處揭天靈。坐的是七重金頂蓮花帳,更壓著周亞夫屯軍細柳營。(下)(曹章云)曹仁去了也,我點就下本部軍馬,與雲長相持廝殺,走一遭去。今朝一日統戈矛,料想雲長折一籌。隨他身長九尺二,睜開睩將單鳳眸。三軍見了都害怕,若是着刀鮮血流。輪起刀來望我脖子砍,不慌不忙縮了頭。(下)

（劉備同關末、張飛、趙雲上）（劉備云）某乃劉玄德，自到荆州，借了新野、樊城，暫且屯軍。某遣趙雲請下徐庶師父來，今日是吉日良辰，就拜爲元戎。安排酒餚，衆將跟隨着某去，直至元帥府，慶賀元戎走一遭去。（同下）（正末同劉備、關末、張末、趙末、鞏固、劉封、簡雍、糜竺、糜芳上）（劉備云）今日是吉日良辰，拜師父爲元戎。今日大小衆將，都來拜見師父。（正末云）量徐庶有何德能，受主公如此重禮！（劉備云）師父，可憐劉備身無所居，被曹操所逼，在新野暫時屯軍。聞知師父窮經五典，善曉三綱，懷揣日月，袖褪乾坤。呼風喚雨軍兵敗，師父那神機妙策破曹公。（正末云）不才徐庶，我不求聞達，不望功名。我守清貧修真養性，侍老母孝養晨昏。因元帥寬仁厚德，爲漢室徵聘賢人。今日我居帥府運籌帷幄，做元戎領將驅兵。你看我掃十萬里征塵寧静，保四百年錦繡乾坤。想昔日漢祖興隆，掃蕩群雄，肅清海内，投至到今日，非同容易也呵！（唱）

【中吕·粉蝶兒】想當日楚漢争持，任賢能四方雲會，掃群雄定亂除危。投至得滅了强秦，除了壯楚，纔把那生民普濟。若不是漢三傑盡力扶持，怎能勾展封疆肅清海内！

【醉春風】韓元帥憑韜略定乾坤，蕭丞相用機謀安社稷，張子房運籌帷幄看兵書[2]，將沛公扶立起、起。纔能勾漢室興隆，子孫永享，保護着萬年千歲。

（劉備云）方今時世，多有英雄豪傑，師父試説一遍咱。（正末云）主公，想如今英雄强霸，各據疆土。河北袁紹，淮南袁術，荆州劉表，江東孫權。許都曹操，統領百萬之衆，虎視天下諸侯。主公乃漢之宗親，争奈兵微將寡，咱且按兵自守，訪謁賢俊，廣結英豪，久後還有輔佐主公的人物出來哩。（劉備云）師父，想劉備被曹操攻破徐州，今經數載，身無所居之地。今日劉備幸遇尊師之面，請將師父來拜爲元戎，覷曹操易如翻掌，克日而破，指日成功。（正末唱）

【紅繡鞋】可主公道是數十載無有安身之地，奈時間將少兵微，你則去訪覓英賢可便厮扶持。（劉備云）據師父才不在他人之下。（正末唱）人事順賢人出，天心祐氣象齊[3]，那其間會風雲安社稷。

（做起風科）（正末云）主公，你見這陣風麼？（劉備云）師父，此一陣風，主何凶吉？（正末云）這一陣風，不按和炎金朔，是一陣信風，單主着今日午時候，必有軍情事至也。（劉備云）二兄弟，轅門首覷者，若有軍情，報復某知道。（關末云）理會的。在此轅門首等候，看有甚麽人來。（許褚上，云）膽量雄威氣勢豪,曾習武藝學不高。能行戰馬上不去,整整的騙到四十遭。某乃曹丞相手下九牛許褚是也。奉著俺丞相將令,去新野、樊城劉備麾下下戰書去。可早來到也,下的這馬來。(做見科)(關末云)那裏來的?(許褚云)二哥,你不認的?我是曹丞相手下九牛許褚,著我下戰書來。(關末云)將書來。(見科,云)師父,有許褚來下戰書。(看書科)(正末云)曹丞相命曹仁爲帥,曹章爲前部先鋒,領十萬雄兵,前來討戰[4]。道童,你與我將過那筆來,背批四字:選日交鋒。放的那下戰書的去。(許褚云)我出的這門來。我見了關二叔了也。下了戰書,也不敢久停久住,我回曹丞相話,走一遭去。(下)(劉備云)師父,曹操差他手下一將,乃是許褚,下將戰書來,不知他那戰書上,寫著甚麼哩?(正末云)您衆將靠前來。恰纔那曹丞相差九牛許褚,下將戰書來,命他手下大將曹仁爲帥,曹章爲前部先鋒,領他手下十萬雄兵,來攻新野。(劉備云)師父,爭奈劉備手下,兵不滿萬餘,他那裏雄兵百萬,戰將千員,命曹仁爲將,要與俺相持廝殺。我這裏怎生與他拒敵?(正末云)俺這裏兵不滿萬餘,兵書道:寡不敵衆。若是有力呵力戰,若無力呵,可以智取。張飛安在?(張飛云)師父,呼喚張飛來,有何將令?(正末云)今有曹操令許褚下將戰書來,要相持廝殺,我撥與你三千軍馬。你爲前部先鋒。你聽我計者。(唱)

【上小樓】他倚仗著他兵雄將威,你看我便謀爲定計。則要你便敢戰當先,手内長槍,跨下的烏騅。則要你顯氣勢,敢拒敵,施逞你那武藝。(帶云)這一去,則要你小心在意者。(唱)將他那敗殘軍片時間殺退。

(張飛云)得令。出的這帥府門來,我領了這三千人馬,與曹仁相持去。豹頭環眼逞掓搜,人似猛虎馬如龍。拿住曹章親殺壞,報了徐州失散讐。(下)(正末云)喚將糜竺、糜芳、劉封三將近前,撥與你一千軍,你左哨行。曹兵若亂了往後退,你左哨軍殺進去,看計行兵。(唱)

【幺篇】左哨軍編排整齊,則要您公心用意。你與我便領將埋伏,遠觀輸贏,近看虛實。你這三將的威,各自得、施謀用智,你與我便統三軍緊衝他左肋。

(劉封云)得令!俺弟兄三人,領著師父的將令,便索與曹仁交鋒走一遭去。奉令驅兵顯威風,人似蒼蛟馬若熊。三將赤心扶社稷,活捉曹仁建一功。(同下)(正末云)喚鞏固、簡憲和來者。(鞏固云)師父,喚俺二將那裏使用?(正末云)我撥與你一千軍,你往右哨截殺,看計行兵。(唱)

【白鶴子】你行右哨排隊伍,戰曹將逞雄威。則你大杆刀帶肩釤,則你這宣花斧着他天靈碎。

（鞏固云）得令！俺弟兄二人，出的這帥府門來，與曹仁交鋒走一遭去。臨軍對陣把名揚，挾人拿將我爲强。敵兵一見魂先喪，敢勇交鋒戰一場。（同下）（正末云）喚將趙雲來。（趙雲云）師父，喚趙雲那裏使用？（正末云）趙雲，我撥與你一千軍。你先去放過曹兵來，你將許都路上埋伏了你那一千軍，等着張飛先鋒殺退曹兵[5]，你在前路上截住曹兵，可則要你成功而回也。（唱）

【十二月】我將這三軍可便指揮，則你這衆將要心齊。全憑着這先鋒翼德，端的他武藝爲魁。左右哨埋伏著準備，差你個趙子龍追襲。

（關末云）軍師，關某領兵，前往那裏埋伏？（正末唱）

【堯民歌】呀哎，你個雲長英勇有誰及！你與我領將驅兵列旌旗，將千員勇猛似雲齊。我這裏炮響連天若轟雷，殺的他輸也波虧，身無片甲回，他可便豈知俺這神仙計！

（趙雲云）得令。某出的這帥府門來，統領一千軍，與曹仁相持厮殺，走一遭去。牙角長槍争世界，皮楞金鐧立江山。百萬軍中施英勇，殺退曹兵透膽寒。（下）（關末云）大小三軍，聽吾將令。今奉軍師將令，統領一千雄兵，直至許都路上，等候曹兵，擒拿賊將走一遭去。排兵布陣顯雄威，左右編成隊伍齊。撦鼓奪旗千般勇，三停刀上血光飛。（下）（劉備云）衆將都去了也，憑師父神機妙策，必然建功也。（正末云）衆將各領兵都去了也。主公，此一陣我殺曹操膽寒，到來日高峰嶺上，我看您衆將與曹仁交鋒。主公領一千軍，緊守新野。（唱）

【尾聲】到來日遇交鋒催戰鼓，助軍威發喊齊。你看我則一陣着他那十萬曹兵退，恁時節得勝收軍那一場喜。（下）

校記

[1] 夏侯惇："惇"，原本作"敦"。今依《三國志·魏書·夏侯惇傳》改。下同，不另出校。

[2] 張子房運籌帷幄看兵書："運"字後原本爲"機"，乃衍字。今按曲譜删。

[3] 氣象齊："象"，原本作"相"。今從王本改。

[4] 前來討戰："討"字，原本作"奈"，非是。今從王本改。

[5] 等着張飛先鋒殺退曹兵："曹兵"之後原本有"埋伏着軍兵，趕殺曹兵"九字，與上文意重。今從王本删。

楔　　子

　　(曹仁、曹章領卒子上，云)某乃曹仁是也，兄弟曹章。奉俺丞相將令，擒拿劉關張，來到這新野、樊城。遠遠的塵土起處，必然是劉備家軍來也。(張飛上，云)某乃張飛是也。領着三千軍馬，與曹兵相持厮殺走一遭去。來者何人？(曹仁云)某乃曹丞相手下大漢曹仁是也。來者何人？(張飛云)某乃張飛是也。量你何足道哉！操鼓來，某與你交戰。(調陣子一遭科)(劉封領麋竺、麋芳上，云)某乃劉封，兩個兄弟麋竺、麋芳，統領三軍，擒拿曹仁、曹章。大小三軍，擺布的嚴整者。兀的不是張飛，俺一齊殺將去。(四將做混戰科)(曹仁云)曹章，俺近不的他。不中，倒回干戈，與你走。(敗下)(張飛云)曹仁、曹章輸了也。不問那裏，趕將去。(同下)(鞏固、簡雍同上)(鞏固云)某乃鞏固是也。在此許都路上，等待曹兵。塵土起處，敢待來也。(曹章上，云)某乃曹章是也。某與劉、關、張厮殺，被趙雲衝開陣勢，將曹仁趕的不知那裏去了[1]，怎生是好？兀的那前頭又有軍馬來了。(做見正末、關末科)(關末云)兀的不是曹章！小校與我拿住者。師父，拿住曹章也。(正末云)與我下在檻車中，去主公根前獻功去來。(唱)

　　【賞花時】他不合剔蝎撩蜂尋鬥争，我這裏布網張羅打大蟲。俺這裏軍士猛，將英雄。我將他生擒在陣中，這的是我初交戰可兀的建頭功！(衆將同下)

校記

［1］將曹仁趕的不知那裏去了："趕的"，原本無。今從孤本補。

第　四　折

　　(劉備引卒子上，云)歡來不似今朝，喜來那逢今日。誰想徐庶師父，果有神機妙策破曹兵。今日班師回程也，安排下筵席，等待師父。小校，轅門首覷者，若來時，報復我知道。(正末上，云)貧道徐庶是也。被某則一陣，大敗曹仁，生擒斬首。這一場交戰，不同小可也。(唱)

　　【雙調・新水令】統堂堂軍校出襄陽，勝軍回凱歌齊唱。旗摇籠日色，鼓凱撼空蒼。明晃晃劍戟刀槍，殺的那敗殘將五魂喪。

　　(云)可早來到也。接了馬者。報復去，道有元戎下馬也。(卒子報云)

喏,元戎下馬也。(劉備做接科)有請。(正末做見科)(劉備云)有勞師父,有憐劉備孤窮,略施小智,頗用機謀,殺曹兵十萬,片甲不回,不在管、樂之下。實乃劉備萬幸也。(正末云)貧道托主公虎威,則一陣殺退曹兵,生擒斬首,得勝還營。(劉備云)師父怎生排兵布陣,妙策神機,擒拿曹仁、曹章來?(正末唱)

【雁兒落】他那裏領雄兵臨戰場,俺這裏先差個先鋒將。憑著你長槍無對手,更和那烏馬難遮當。

【得勝令】呀,他那裏臨陣的是曹章,俺這裏左右哨暗埋藏。那曹兵大敗輸虧走,趙子龍手持著牙角槍。他無路去潛藏,望着那山谷深林撞。正遇著雲長,恰便似英雄的楚霸王。

(劉備云)師父,俺這裏軍將贏了也。他那曹章在於何處?(正末云)殺的他十萬軍,則賸的百十騎人馬,保著曹仁去了。將他先鋒曹章活拿將來了也。(劉備云)殺退曹兵,走了曹仁也,拿住先鋒曹章。執縛定,與我拿將過來。(衆將拿曹章見劉備科)(劉備云)則這個便是曹章?刀斧手,與我斬了者。(劉備做封衆將科)此一場交戰,殺曹兵大敗而輸。被師父用智行兵,衆將驍勇,今得勝回還。安排筵宴,慶賀軍師,犒賞衆將。可是爲何?因曹操統領戈矛,徐元直廣運機籌。劉玄德兵微將寡,他勝伊呂扶湯立周。手下將盡忠竭力,人似虎馬若蛟虯。加師父軍師之職,能征將拜將封侯。(正末唱)

【沽美酒】今日個重封官,恩賜賞;賀開宴,飲瓊漿。則俺這將帥威風顯氣象,一個個英雄膽量,能挑戰漢雲長。

【太平令】趙子龍驅兵領將,張車騎烏馬長槍。將士勇人人雄壯,掃群雄西除東蕩。今日個宴享,衆將受賞,萬萬載皇圖興旺。

(劉備云)您衆將聽者:則因俺徐州失散數年間,古城聚義再團圓。我持書遠謁荆州地,他留我赴會列華筵。則爲那次子劉琮傷咱命,王孫相引到溪邊。的盧一跳檀溪過,誤入山門見二仙。舉薦尊師多謀智,今朝何幸遇英賢!十萬曹兵登時敗,千古名揚姓字傳。扶持社稷千千載,祝贊吾皇萬萬年。

  題目 徐元直用計破曹仁
  正名 劉玄德獨赴襄陽會

虎牢關三戰呂布

鄭光祖 撰

解 題

雜劇。元鄭光祖撰。鄭光祖,字德輝,平陽襄陵(今山西襄陵)人。生卒年不詳。曾以儒補杭州路吏。爲人方直,不妄與人交,以病卒於杭州,火葬於西湖之濱靈芝寺。著有雜劇十八種,今存《王粲登樓》《三戰呂布》等八種。明代以後被譽爲元曲四大家之一。此劇天一閣本《錄鬼簿》著錄,題目"元帥府單氣張飛",正名"虎牢關三戰呂布",簡名"三戰呂布"。説集本《錄鬼簿》、孟本《錄鬼簿》、《太和正音譜》著錄,簡名"三戰呂布"。曹本《錄鬼簿》、《寶文堂書目》、《也是園書目》、《今樂考證》、《曲錄》著錄,正名"虎牢關三戰呂布"。均署作者鄭光祖或鄭德輝。劇寫東漢末年,袁紹奉旨會同十八路諸侯,與呂布戰于虎牢關,大敗。曹操往青州催運糧草,路經平原縣,薦劉備、關羽、張飛於孫堅。孫堅以三人位卑而蔑視。張飛怒打卒子、譏諷孫堅。孫堅欲殺張飛,曹操勸堅釋飛。適呂布挑戰,孫堅不得已應戰,大敗,將衣甲頭盔挂在樹上逃走。呂布得盔甲,遣楊奉送與董卓報功。張飛劫回盔甲,反遭孫堅誣陷。適呂布又來索戰,孫堅害怕,令張飛同劉備、關羽出戰,大敗呂布。袁紹奉旨封賞曹操與劉、關、張,設宴慶功。事見元《三國志平話》卷上《三戰呂布》一節。今存《脉望館鈔校本》、王季烈《孤本元明雜劇》校點本(簡稱孤本)、隋樹森《元曲選外編》校點本(簡稱隋本)。另有今人馮俊傑校注《鄭光祖集》本(簡稱馮本)、王季思主編《全元戲曲》本(簡稱王本)。今以《脉望館鈔校本》爲底本,以孤本、隋本及其他校本參校,擇善而從。

頭 折

(冲末袁紹領卒子上,云)駿馬雕鞍紫錦袍,臨軍能識陣雲高。等閒贏得食天禄，願竭丹心輔聖朝。某乃冀王袁紹是也。幼而能文，長而閱武。自爲官以來，累立戰功。今在此河北爲理，保一方寧靜無虞。今有呂布，領一標人馬，威鎮在虎牢關下。此人好生英勇，搠戟勒馬，有九牛之力、萬夫不當之勇。累次與他交戰，並不曾得他半根兒折箭。又下將戰書來，搠俺十八路諸侯相持。某今聚集十八路諸侯，領大勢雄兵，直至虎牢關，務要生擒了呂布，以雪前恥。今日是吉日良辰，與同衆將，商議分派行兵。小校，門首覷者，若衆將來時，報復某知道。（卒子云）理會的。（外扮曹操上，云）少年錦帶挂吳鈎，鐵馬西風塞草秋。全憑匣中三尺劍，坐中往往覓封侯。某姓曹名操，字孟德，沛國譙郡人也[1]。幼習先王典教，後看韜略遁甲之書，今官拜兖州太守之職。今有呂布在虎牢關下，搠俺十八路諸侯相持。冀王袁紹，調天下諸侯，聚集于河北，一同行兵，往虎牢關與呂布交戰，須索走一遭去。可早來到也。小校，報復去，道有曹操在於門首。（卒子云）理會的。（做報科，云）喏！報的元帥得知，有曹參謀在於門首。（袁紹云）道有請。（卒子云）理會的。有請。（曹操見科，云）元帥，小官曹操來了也。（袁紹云）參謀使來了也。今日會同天下諸侯，計議擒拿呂布，等衆諸侯來時，俺慢慢的商議也。（净扮孫堅上，云）我做將軍世稀有，無人與我做敵手。聽得臨陣肚裏疼，喫上幾鍾熱燒酒。某長沙太守孫堅是也。自幼而讀了本《百家姓》，長而念了幾句《千字文》，爲某能騎疥狗，善拽軟弓，射又不遠，則賴頂風對南墻，箭箭不空。雖然我爲大將，全無寸箭之功。今有呂布威鎮於虎牢關，搠戟勒馬，可有一關之壯，搠俺天下諸侯與他交戰。某正在本處與小厮每打髀殖，今有冀王袁紹，聚俺十八路諸侯擒拿呂布，須索走一遭去。可早來到也。小校，報復去，道有孫堅來了也。（卒子云）理會的。（做報科，云）喏！報的元帥得知，有孫元帥在於門首。（袁紹云）道有請。（卒子云）理會的。有請。（見科）（孫堅云）元帥小子，在下老孫來了也。（袁紹云）一壁有者，等衆諸侯來全時，一同商議。衆諸侯這早晚敢待來也。（外扮荆州太守劉表、北海太守孔融、益州太守韓昇上）（劉表云）幼習兵書武藝精，龍韜虎略敢施呈。全憑匣中錕鋙劍[2]，敢與皇家定太平[3]。某乃荆州太守劉表是也。這二位是北海太守孔融[4]、益州太守韓昇。因某披堅執銳，卧雪眠霜，累立戰功，各鎮一境。奉冀王將令，調俺十八路諸侯，各領本部下人馬，直至河北。孔將軍，俺行動些，這早晚天下諸侯已到了也。（孔融云）俺今一同見元帥，走一遭去。可早來到也。小校，報復去，道有荆州太守劉表、北海太守孔融、益州太守韓昇在於門首。（卒子云）理會的。（做報科，云）喏！報的元帥得知，有三路太守劉表、韓昇、孔融在於門首。(袁紹云)道有請。(卒子云)理會的。有請。(見科)(劉表云)元帥,俺三路諸侯來了也。(袁紹云)且一壁有者,等衆諸侯來時,一同計議。這早晚敢待來也。(外扮濟州太守鮑信、山陽太守喬梅[5]、河內太守王曠上[6])(鮑信云)雄威赳赳志昂昂,各統雄兵鎮一邦。罄竭忠心扶漢業,英名嬴得遠流芳。某乃濟州太守鮑信是也。這一位是山陽太守喬梅,這一位是河內太守王曠。某等遵奉漢命,各鎮一方。當今之世[7],各路諸侯,統率軍馬,保障無虞。今聞知呂布領兵前來,駐紮于虎牢關下[8],搠俺十八路諸侯相持廝殺。若論俺十八路諸侯,有雄兵百萬,量那呂布便到的那裏也!(喬梅云)元帥,俺雖有百萬人馬,聞知的呂布好生英勇。今主將袁紹聚俺衆諸侯,同破呂布也。(王曠云)俺衆諸侯會兵一處,必然成功。説話中間,可早來到也。令人報復去,道有三路太守鮑信、喬梅、王曠在於門首也。(卒子云)理會的。(做報科,云)喏!報的元帥得知,有三路太守鮑信、喬梅、王曠在於門首也。(袁紹云)道有請。(卒子云)理會的。有請。(見科)(鮑信云)元帥,聚集俺衆將那廂使用也?(袁紹云)一壁有者。衆將來全時,報復我知道[9]。(外扮潼關太守韓俞同滄州太守吳慎、南陽太守張秀上[10])(韓俞云)韜略兵書自幼攻,英名振世有威風。軍前累立功勞大,列土分茅受大封。某乃潼關太守韓俞是也。這一位是滄州太守吳慎,這一位是南陽太守張秀。某等累立功勳,奉命各領一路人馬。近因呂布統兵在於虎牢關下,侵奪俺漢國,如今主將袁紹聚俺天下諸侯,拒戰呂布。二位太守,俺一同去來。(吳慎云)這呂布先奉丁建陽爲父[11],後與董卓爲子。聞知的呂布善能攻城野戰,以少擊衆。俺這一去,必然與他大戰一場[12],決要成功也。(張秀云)元帥,那呂布十八般武藝,無有不拈,無有不會,威震天下。俺如今見了元帥商量,務要與他決戰。説話中間,可早來到也。令人報復去,道有潼關太守韓俞、滄州太守吳慎、南陽太守張秀在於門首。(卒子云)理會的。(做報科,云)喏!報的元帥得知,有三路諸侯韓俞、吳慎、張秀在於門首。(袁紹云)道有請。(卒子云)理會的。有請。(見科)(韓俞云)元帥,俺三路太守來了也。(袁紹云)三位元帥,且一壁有者,等衆太守來全了時,一同商議。(外扮徐州太守陶謙同壽春太守袁術、陝州太守趙莊上)(陶謙云)奉命迢迢千里來,要擒呂布聚英才。一心星火臨河北,專聽將軍袁紹差。某乃徐州太守陶謙是也。這一位是壽春太守袁術,這一位是陝州太守趙莊。俺各守其土數年,兵戈寧息,士馬消閒。今因呂布搠戰,今調俺來與他相持也。(袁術云)元帥,聞得人説呂布十分驍勇也。(趙莊云)便是呂布驍勇,不過一人，俺十八路諸侯，舉大兵齊力攻之，愁他不破也！（陶謙云）俺同去見元帥，自有計策。可早來到也。小校，報復去，道有俺三路太守陶謙、袁術、趙莊來了也。（卒子云）理會的。（做報科，云）喏！報的元帥得知，有三路太守陶謙、袁術、趙莊來了也。（袁紹云）道有請。（卒子云）理會的。有請。（見科）（陶謙云）元帥，俺三路太守特來聽令。（袁紹云）一壁有者，待衆元帥來了時，有事商議。（外扮幽州太守劉羽[13]、鎮陽太守公孫瓚、青州太守田客上[14]）（劉羽云）**無故興兵起殺機，將軍嚴命敢差遲。如今麾下聽差遣，試看軍前奮武威。**某乃幽州太守劉羽是也。這一位乃是鎮陽太守公孫瓚，這一位乃是青州太守田客。今爲吕布搦戰，有河北冀王袁紹，奉命調取十八路諸侯，一同去攻戰吕布，量他到的那裏也！（公孫瓚云）元帥，俺同心共意，併力相攻也。（田客云）太守，俺這十八路諸侯，豈無英傑在其中也！（劉羽云）説的是！俺見冀王袁紹去來。可早來到也。小校，報復去，道有劉羽、公孫瓚、田客三路太守來了也。（卒子云）理會的。（做報科，云）喏！報的元帥得知，有劉羽、公孫瓚、田客三路太守在於門首。（袁紹云）道有請。（卒子云）理會的。有請。（見科）（劉羽云）元帥，俺三路太守來了也。（袁紹云）曹參謀，您衆太守都來了也。常言道：文官不愛財，武將不怕死，乃世之寶也。今董卓手下有一大將，乃是吕布，小覷俺漢國，著吕布爲帥，統領大勢雄兵，在於虎牢關下，單使搦俺漢家十八路諸侯與他交鋒[15]。您天下諸侯，有何計策也？（曹操云）元帥，量他一夯鐵之夫，何足道哉！元帥若運計鋪謀，差遣衆將，統大兵將那吕布圍住，任他英勇，也出不的俺十八路諸侯之手也。（鮑信云）元帥，俺衆諸侯願同心出力，擒拿吕布也。（袁紹云）既然如此，軍分五路，您衆將聽令：荆州太守劉表、北海太守孔融、益州太守韓昇，你三將各領本部下人馬爲前哨，與吕布交戰。小心在意，得勝回營者！（劉表云）得令！某領本部下人馬爲前哨，與吕布交戰走一遭去。**大將英雄非等閒，旌旗招颭似雲翻。馬如猛獸纔離水，人似犇彪初下山。跨下雕鞍金蹀躞，匣中寶劍玉連環。軍馬未曾離寨栅，殺聲先到虎牢關。**（下）（孔融云）某同荆州太守劉表，統領本部下人馬，與吕布交戰，走一遭去。**颭颭旌旗耀日光，紛紛塵土蔽天黄。征雲繚繞千山遠，殺氣氤氲萬里長。密密魚鱗排劍戟，層層雁翅列刀槍。古來雖有相爭戰，試看今番這一場。**（下）（韓昇云）某領本部下人馬，與同荆州太守劉表、北海太守孔融爲前哨，與吕布相持，走一遭去。**戰鼓鼕鼕有若雷，遮天映日列旌旗。馬如猛獸離大海，人似神兵下北極。靄靄征塵迷日色，紛紛殺氣接天齊[16]。虎牢關上施英勇，不捉家奴誓不回！**（下）

（袁紹云）濟州太守鮑信、山陽太守喬梅、河內太守王曠，你三將各領本部下人馬爲左哨，與呂布相持，走一遭去。則要您小心在意，得勝而回者！（鮑信云）得令！某領本部下人馬爲左哨，與呂布交戰，走一遭去。統領雄兵上虎牢，人如猛虎馬如蛟。弓懸秋月彎龍角，箭射流星插鳳毛。殺氣彌漫遮日月，喊聲嘹喨震青霄。休言呂布千般勇，怎比諸侯志氣高！（下）（喬梅云）某同濟州太守鮑信，領本部下人馬爲左哨，與呂布相持，走一遭去。各路諸侯領大兵，甲光流水晃天明。遮雲蕩漾旗幡影[17]，震地悠揚鑼鼓聲。戰馬如龍出大海，征人似虎離山峰。來朝兩陣相持處，我殺的呂布回身走似風。（下）（王曠云）得令！某領本部下人馬，同濟州太守鮑信、山陽太守喬梅爲左哨，與呂布交戰，走一遭去。戰馬奔馳似水流，陣前英勇統貔貅。能征戰將犇如虎，善鬥兒郎猛似彪。鐵馬金戈光燦燦，銅鑼畫角韻悠悠。虎牢關上相持處，不捉溫侯誓不休。（下）（袁紹云）潼關太守韓俞、滄州太守吳慎、南陽太守張秀，你三將各領本部人馬爲右哨，征伐呂布。則要您小心在意，得勝而回者！（韓俞云）得令！某領本部人馬爲右哨，與呂布交戰，走一遭去。戈戟鮮明映日紅，施謀運智顯英雄。能征猛將三千隊，慣戰雄兵十萬重。人如越嶺爬山獸，馬賽翻江混海龍。全憑忠烈威風大，一陣須教立大功。（下）（吳慎云）得令！則今日統領本部人馬，與潼關太守韓俞爲右哨，與呂布相持，走一遭去。劍戟橫空密似麻，戰袍五彩繡團花。震天鑼鼓冲銀漢，映日旗幡蕩碧霞。靄靄征塵籠宇宙，騰騰殺氣滿天涯。任他英勇能征戰，到頭都屬帝王家。（下）（張秀云）某領本部人馬，與潼關太守韓俞、滄州太守吳慎爲右哨，與呂布交戰，走一遭去。各顯威風統大軍，相持廝殺立功勳。鼓聲震動三江水，戰馬衝開萬里塵。斬將寶刀腰間挂，開山鉞斧手中輪。陣前平定誅賊子，竭力攄忠報聖君。（下）（袁紹云）徐州太守陶謙、壽春太守袁術、陝州太守趙莊，您三將統領各部下人馬爲合後，前去虎牢關下，與呂布交戰。小心在意，得勝回營者！（陶謙云）得令！出的這轅門來，某領本部人馬爲合後，與呂布交戰，走一遭去。大小三軍，聽我將令。到來日統領雄兵出虎牢，人人奮勇顯英豪。兵行似虎離山岳，馬驟如龍出海潮。燦燦滲黃金甲晃，飄飄雜彩繡旗搖。明朝一戰安天下，奏凱同將寶鐙敲。（下）（袁術云）某領本部下人馬，同徐州太守陶謙爲合後，與呂布交戰，走一遭去。人如天降馬如龍，衝破軍圍一萬重。殺氣騰騰迷四野，征雲冉冉罩長空。甲挂秋霜明曉日，軍排列宿顯威風。虎牢關上相持處，一陣須教立大功。（下）（趙莊云）某奉元帥將令，與同太守陶謙[18]、袁術，各領本部人馬，與呂布交戰，走一遭去。統軍合後展雄謨，奮勇全忠保帝都。陣列九星排隊伍，兵行五路列軍卒。破陣弓開秋月滿，催軍鼓凱陣雲孤。明朝管取成功效，方顯人間大丈夫。（下）（袁紹云）幽州太守劉羽、鎮陽太守公孫瓚、青州太守田客，各領本部下人馬爲遊兵，前去虎牢關，往來接應各路諸侯人馬。則要您小心在意，成功而回者！（劉羽云）得令！某領本部人馬，與呂布交戰，走一遭去。殺氣彌漫罩太虛，排兵布陣按兵書。槍橫銀蟒開前路，劍挂青蛇斬將軀。將士施威分勝敗，軍卒捨命定贏輸。總饒呂布千般勇，一陣須教盡掃除。（下）（公孫瓚云）得令！某領本部下人馬，與同幽州太守劉羽爲遊騎，與呂布交戰，走一遭去。勇將雄兵密密排，槍刀人馬勝天來。鑼鳴四野千山振，刀砍三軍兩陣開。匝地征塵迷宇宙，冲天志氣捲江淮。來朝大戰驚天地，不輸當年大會垓[19]。（田客云）得令！某領本部下人馬，同幽州太守劉羽、鎮陽太守公孫瓚爲遊騎，與呂布交戰，走一遭去。戰馬彎犇出大營，旌旗招颭統雄兵。錦袍閃爍渾金繡，銀甲光輝耀日明。袋內弓彎如皓月，壺中箭插似寒星。任他呂布千般勇，一陣須教定太平。（下）（袁紹云）衆將教各依陣勢攻取，虎牢關下擒拿呂布，都去了也。長沙太守孫堅、兗州太守曹操，望闕跪者！加孫堅爲監軍之職，曹操爲隨軍參謀使之職，俺一同坐中軍，統領人馬捉拿呂布，走一遭去。一心共把忠誠盡，憑吾執掌元戎印。前臨朱雀按離宮，後依玄武旗幡映。青龍白虎各東西，劍戟槍刀併力進。任教呂布逞英雄，難逃地網天羅陣。（同衆下）

（外扮呂布同八健將楊奉、侯成、高順、李肅、李儒、何蒙、陳廉、韓先領卒子上[20]）（呂布云）畫戟金冠戰馬犇，征袍鎧甲帶獅蠻。天下萬夫難敵勇，端的是英雄獨佔虎牢關。某姓呂名布，字奉先，乃九原人也。自從拜董卓爲父之後，俺父子每聚集下雄兵戰將，馬草軍糧，更兼某之英勇，覷漢國有如兒戲，威鎮于虎牢關下。今下將戰書去了，單搦漢家十八路諸侯與俺相持厮殺。八健將楊奉那裏？（楊奉云）俺八健將有。（呂布云）即今整搠下大勢人馬。頗奈袁紹無禮，帶領十八路諸侯，來攻俺虎牢關，量他何足道哉！您衆將人人奮勇，個個爭強，顯耀你那弓馬熟嫻，施展你那威嚴勇烈[21]。城上城下，密排着甲士層層；陣北陣南，齊列下槍刀滾滾。殺氣騰騰罩碧空，三軍精銳展英雄。營排白虎居金位，陣引青龍坐正東。前隊馬催如烈火，後營兵列按玄宮。元戎穩坐中軍帳，直把那漢陣旌旗血染紅！（同八健將、卒子下）

（袁紹同曹操、净孫堅躧馬兒領卒子上）（袁紹云）陣前陣後列旌旗，戈甲層層望眼迷。擂鼓鳴金催出馬，殺聲直過虎牢西。某乃冀王袁紹是也。同曹參謀中軍壓陣，孫元帥奉命監軍。俺着劉表、孔融、韓昇爲前哨，鮑信、喬梅、王曠爲左哨，韓俞、吳慎、張秀爲右哨，陶謙、袁術、趙莊爲合後，劉羽、公孫瓚、田客爲遊兵，各按方位，率領大勢人馬，攻取虎牢關，活捉呂布。衆將各依將令，擺下陣勢者！（劉表同孔融、韓昇驅馬兒領卒子上）（劉表云）前哨軍行戰霧飄，紛紛殺氣喊聲高。三軍奮勇齊攻取，不放家奴出虎牢。某乃劉表是也，同孔融、韓昇統本部下人馬爲前哨，排下陣勢，則等中軍裏號令[22]，便往前攻戰也。（孔融云）元帥得令。（韓昇云）兀那塵土起處，是俺左哨人馬上來了也。（鮑信同喬梅、王曠驅馬兒領卒子上）（鮑信云）左哨雄兵次第行，位臨甲乙按天星。一心奮勇來攻戰，要與皇家定太平。某乃鮑信是也。同喬梅、王曠軍行左哨。旗幡招颭，戈甲重排，列于左哨。兀的不右哨人馬上來了也。（韓俞同吳慎、張秀驅馬兒領卒子上）（韓俞云）右哨排兵十里長，重重猛士列刀槍。從來自有將軍戰[23]，不似今番這一場。某乃韓俞是也。同吳慎、張秀軍行右哨。征人奮勇，戰馬彎犇，有似那飛雲流水。四下裏大兵，滾滾的圍將上來了也。（吳慎云）俺可早排下陣也。（張秀云）則聽那中軍號令，一齊向前攻戰。兀的不合後的人馬來了也？（陶謙、袁術、趙莊驅馬兒領卒子上）（陶謙云）洌洌喊聲催戰馬，鼕鼕帥鼓趲軍行。陣臨合後非輕小，玄武旗頭起黑雲。某乃陶謙是也。今同袁術、趙莊，奉主將之命，軍行合後。這裏離中軍不遠，列下大營者！（袁術云）俺這合後人馬，委實精銳。你看那一望旌旗蔽塞野，三軍壯氣罩長空，覷虎牢關有若翻掌也。（趙莊云）元帥，衆將齊排陣勢，呂布必落在彀中也[24]。三軍紮住營者！（劉羽、公孫瓚、田客驅馬兒領卒子上）（劉羽云）殺氣愁雲結暮陰，征夫個個逞胸襟。忘生舍死攻城寨，方表英豪一片心。某乃劉羽是也，同公孫瓚、田客率領五千精兵，奉元帥將令，遊擊陣前，生擒呂布也。（公孫瓚云）俺領著本部人馬，往前攻殺一陣如何？（田客云）元帥，不殺他一陣，他也不怕俺。大軍跟將來，俺殺入去者！（呂布領八健將、卒子驅馬兒沖上）（呂布云）某乃呂布是也。兀的不是漢將殺將入來了？八健將跟著我來，三軍與我一齊吶喊者！（見科）（呂布云）來者何人？（劉羽云）兀那三姓家奴，你聽者：某幽州太守劉羽是也。這一位是公孫瓚，這一位是田客。你敢和俺相持麼？（呂布云）這廝好無禮也！（做戰科）（劉羽云）二位元帥，俺敵不住他，須索逃命。撲入中軍去來，走，走，走！（呂布云）這廝輸了也，量他到的那裏！將士每跟着我，撲他左哨去來！（鮑信云）二位將軍，跟着我截殺呂布去來！（見科）（呂布云）無名小將，及早下馬受降！（鮑信云）這匹夫好無禮也[25]！怎敢開如此大言？操鼓來！（做戰科）（鮑信云）這廝甚驍勇，敵不住他，俺逃命走了罷。撲入中軍去來，走，走，走！（呂布云）左哨大敗了也。八健將跟我殺入右哨去來！（韓俞云）你看那呂布，又殺入俺右哨來了也[26]。（呂布云）八健將，漢家軍馬將士，也只如此。跟着我殺入右哨去！（韓俞見科，云）噤！呂布，偏你是英雄好漢，你敢和我交戰麼？（呂布云）八健將，和他說些甚麼，操鼓來！（韓俞云）這廝越發哏了也，敵不住他，走，走，走！（陶謙云）二位將軍，兀的俺各營人馬亂了也，俺出陣殺這家奴去來。（做見科，云）噤！呂布，敢與某交戰麼？（呂布云）你來者何人？（陶謙云）某乃陶謙、袁術、趙莊是也。（呂布云）老賊無禮，量你到的那裏！操鼓來！（做戰科）（陶謙云）這小賊是驍勇，敵不住他。俺撲入中軍裏去，走，走，走！（呂布云）漢家各營人馬大亂，十八路諸侯皆敗了。八健將，跟着某直殺入中軍去來！（袁紹云）眾將您見麼？呂布領八健將往中軍撲入來了。您眾將四下裏拷栳圈、簸箕掌圍住，看我殺這匹夫。三軍吶喊[27]！呂布慢來，有吾久等多時也。（呂布云）你乃何人？（袁紹云）某乃冀王袁紹是也。家奴敢與我廝殺麼？（呂布云）好無禮也！操鼓來！（眾做混戰科）（袁紹云）這家奴十分英勇，漢家諸侯難與他拒敵，撥回馬，眾將逃命去來。（同眾敗科）（呂布云）八健將，我則道十八路諸侯怎生英雄，原來也只如此，被某日不移影，殺十八路諸侯大敗虧輸。今日止不曾見長沙太守孫堅。如今且收兵回營，操軍練士，積草屯糧，整搠人馬，慢慢的再與孫堅交戰，未爲晚矣。**勒馬橫槍力九牛，關前力戰眾諸侯**[28]。**須知呂布英豪將，怎肯尋常折半籌**！（同八健將卒子下）

（淨扮孫堅領漾門卒子上）（孫堅云）湛湛青天不可欺，八個螃蟹往南飛。則有一個飛不動，看了原來是尖臍。某長沙太守孫堅是也。某十八般武藝，無有不拈，無有不會。上的馬去，常川不濟。聽的廝殺，帳房裏推睡。元帥升帳，威勢全別，不知天文，不曉地理。凡爲元帥，須要機謀，批吭搗虛[29]，爲頭說謊，調皮無賽。俺這裏先排百員銜油嘴，密排千隊奶奶軍。轅門戰鼓掉了腔[30]，助陣鐃敲全不響。帳前打兩面引軍旗，旗上描成哈叭狗。左先鋒手持兩面刀，右先鋒拿著精光棍。人人奮勇，吃食拼命當先；個個威風，奸狡賊滑無比。休言人敢帳前喧，便有那蝦蟆過時，他也吖吖的叫。今有呂布威鎭於虎牢關，聚俺這十八路諸侯與呂布交鋒，俺不曾得他半根兒折箭。今有各處糧草已完了，止有青州糧草未完。小校，與我請將曹參謀來者。（卒子云）理會的。（曹操上，云）綽綽胸中智有餘，等閒熟看五車書。恁時列鼎重裀日，方表堂堂大丈夫。某乃曹操是也。今有呂布搊戰勒馬，威鎭在虎牢關,搠天下十八路諸侯相持,不曾得呂布半根兒折箭[31]。此人英勇難敵,止有長沙太守孫堅,未曾與呂布交鋒。今有孫堅元帥著令人來請,須索走一遭去。小校,報復去,道有曹操在於門首。(卒子云)理會的。(報科云)元帥,有曹操在於門首。(孫堅云)道有請。(卒子云)理會的。有請。(曹操見科,云)元帥,請小官來有何事商議也?(孫堅云)請你來別無甚事。今有各處糧草都來了,止有青州糧草未完。你不避驅馳,一來催趲糧草,二來怕有那山間林下隱迹埋名的英雄好漢,就招安將他來,若破了呂布,自有加官賜賞也。(曹操云)小官催運糧草去,若有各處英雄好漢,舉到元帥根前,若見了小官的薦章,元帥可以重用他也。(孫堅云)若有你的薦章來,我便收留他也。(曹操云)則今日辭別了元帥,便索長行。小校,收拾行裝,至青州催運糧草,走一遭去。忙傳將令莫停留,輕弓短箭統戈矛。積草屯糧人馬壯,恁時方破呂溫侯。(下)(孫堅云)曹孟德去了也。我無甚事,小校,牽過馬來,鞍上騾子,跳上駱駝,厨房裏睡去也。(同卒子下)

(劉末領卒子上,云)桑蓋層層徹碧霞,織席編履作生涯。有人來問宗和祖,四百年前旺氣家。小官姓劉名備,字玄德,大樹樓桑人也。當年結義下兩個兄弟:二兄弟姓關名羽,字雲長,蒲州解良人也;三兄弟姓張名飛,字翼德,涿州范陽人也。俺弟兄三人,在桃園結義,宰白馬祭天,殺烏牛祭地,不求同日生,只願當日死,要一在三在,一亡三亡。自破黃巾賊之後,加某爲德州平原縣縣令之職。兩個兄弟,一個是馬弓手,一個是步弓手。今日兩個兄弟巡綽邊境去了。令人門首覷者,若來時,報復我知道。(卒子云)理會的。(曹操領卒子上,云)某乃曹操是也。自離了虎牢關,前往青州催運糧草去,到此德州平原縣,見此處桑麻映日,禾稼連天。問其故[32],原來是劉、關、張弟兄三人在此爲理。某想來,若得了他弟兄三人到於虎牢關,愁甚麽呂布不破?我如今相訪玄德公,走一遭去。我若見了此人,自有個主意。來到也。左右人接了馬者。令人報復去,道曹參謀下馬也。(卒子云)理會的。(報科,云)報的大人得知,有曹參謀下馬也[33]。(劉末云)道有請。(卒子云)理會的。有請。(曹操見劉末科)(劉末云)參謀,數載不能相見,今日貴脚踏於賤地也。(曹操云)玄德公,自京華一別,忽經數載,光陰迅速,間別無恙也?(劉末云)參謀何往?(曹操云)小官前往青州催運糧草去,路打此德州平原縣經過,見此處桑麻映日,禾稼連天,説玄德公在此爲理。小官想來,今有呂布威鎮於虎牢關下,搠天下十八路諸侯相持,不曾得呂布半根兒折箭。您兄弟三人,若到於虎牢關,戰退了呂布,自有加官賜賞,不強似在此處爲理也?

（劉末云）參謀,爭奈俺手下兵微將寡,怎生破的呂布？並然去不的也。（曹操云）二位將軍安在？（劉末云）兩個兄弟巡邊境去了也。（曹操云）等二位將軍來時,報復我知道。（卒子云）理會的。（正末同關末上）（關末云）家住蒲州是解良,面如掙棗美髯長。青龍寶刀吞獸口,姓關名羽字雲長。某姓關名羽,字雲長,蒲州解良人也。大哥姓劉名備,字玄德,大樹樓桑人也；三兄弟姓張名飛,字翼德,涿州范陽人也。俺弟兄三人,自桃園結義之後,宰白馬祭天,殺烏牛祭地,不求同日生,只願當日死,一在三在,一亡三亡。自破黃巾賊張角之後,謝聖人可憐,加俺大哥爲德州平原縣縣令,某爲馬弓手,三兄弟爲步弓手。俺二將巡綽邊境已回,無甚事,見大哥走一遭去。（正末云）哥也,似這般閒居,幾時是了也呵！（關末云）兄弟,俺這等閒居的,倒大來好悠哉也呵！（正末唱）

【仙呂·點絳唇】每日家赤閒白閒,虎軀慵懶。（關末云）兄弟,俺頗攻遁甲之書,久後必有大用也。（正末唱）攻書晚,廝琅琅頓劍搖環。（關末云）兄弟,便好道奮發有時,休得心困也。（正末唱）哥也兀的不屈沉殺俺英雄漢。（關末云）大丈夫生於天地之間,必有崢嶸之日也。（正末唱）

【混江龍】每日家仰天長嘆,看別人荔枝金帶紫羅襴。（關末云）俺這大哥哥,雖爲縣令,頗得民心也。（正末唱）則俺大哥哥雖不稱這綠袍槐簡,生熬的他皓首蒼顏。無福受挂印懸牌金頂帳,則有分投筆班超玉門關[34]。（關末云）俺大哥心懷異志,必有拜相封侯之日也[35]。（正末唱）我則待要將臺上受拜,您怕的是頓劍下遭誅,（關末云）兄弟也,便好道君子待時守分也。（正末唱）則俺這二哥哥能把俺這軍心憚。（關末云）想昔日韓信,若不是蕭何三薦,豈有登壇之日也？（正末云）韓信？（唱）他可甚蒞官清吉,（關末云）俺閒居的倒大來是悠哉也！（正末唱）哥也,俺閒則閒,（唱）則落的個人馬平安。

（關末云）三兄弟,俺來到縣衙門首也。（正末云）這馬是誰的馬？（卒子云）是曹參謀的馬。（正末云）哥,俺見參謀去來。（關末云）三兄弟,原來是隨軍參謀,他是個足智多謀的人。他來俺這縣衙裏,必有個主意。三兄弟,這曹參謀俺見了他呵,少要說話,你則依着您哥哥者。小校,報復去,說俺兩個兄弟巡綽邊境回來了也。（卒子云）理會的。（報科,云）有二位將軍下馬了也。（劉末云）你說去,有曹參謀在此,着他把體面過來[36]。（卒子云）理會的。二位將軍,有曹參謀在此,着你每把體面過去。（關末同正末見科）（劉末云）兩個兄弟,參謀在此,把體面！（曹操云）二位將軍恕罪。（關末云）

呀，呀，呀！參謀，自京華一別，忽經數載，光陰迅速，有勞參謀貴脚來踏賤地，實乃俺弟兄三人之萬幸也！（正末云）喏！參謀爲何至此也？（曹末云）將軍不知，今有呂布威鎮於虎牢關，天下十八路諸侯，不曾得呂布半根兒折箭。我想來，憑着您弟兄三人刀馬武藝，到於虎牢關，破了呂布，愁甚麼高官不做？不強似您在此爲理？將軍意下若何？（正末云）左右，那裏？與我鞍馬者。（劉末云）兄弟，鞍馬往那裏去？（正末云）我戰呂布去。（曹操云）不枉了好將軍也！（劉末云）住，住，住！三兄弟，你好躁暴也！十八路諸侯不曾贏的呂布半根兒折箭，量俺弟兄三人，兵微將寡，怎敢與他相持？並然去不的！（關末云）住，住，住！參謀，想呂布是一員虎將，威鎮於虎牢關，搠戟勒馬，聚雄兵十萬，健將八員，天下十八路諸侯，與呂布交鋒，不曾贏的他戟尖點地，馬蹄兒倒挪。想俺弟兄三人，兵微將寡，難以拒敵，俺斷然去不的也！（正末云）哥也，不趁着這個機會兒去呵，久以後敢遲了也！（唱）

【油葫蘆】少不的一事無成兩鬢斑，恁時節後悔晚[37]。（關末云）我想這爲官的，不如閒居倒好也。（正末唱）做甚早算來名利不如閒？（劉末云）兄弟，俺如何去的也？（正末唱）大哥哥你不肯將男子功名幹，（關末云）俺又不會兵書戰策，斷然不敢去也！（正末唱）二哥哥你枉將《左傳春秋》看。（關末云）依着兄弟，主意如何？（正末唱）我則待惡戰在殺場軍陣中，您則待高卧在竹籬茅舍間。似恁的幾年間夢見周公旦？您則待要睡徹日三竿。

（劉末云）天下諸侯，不曾贏的呂布半根兒折箭，量俺到的那裏也？（正末唱）

【天下樂】哥也，幾時能勾鐵甲將軍夜過關？若是今也波番，今番到那兩陣間，（關末云）呂布英雄，則怕兄弟難敵他麼！（正末唱）但贏的我這馬蹄兒倒褪可也難上難！（關末云）三兄弟，你堅意要去與呂布相持厮殺，兩陣之間，憑着您甚麼武藝，敢與他交鋒？（正末唱）垓心裏手搭着槍，殺場上硬睜着眼，哥也，敢戰兀那三千合我也不倦憚！（劉末云）兄弟，想呂布世之虎將，十八路諸侯不能取勝，量俺弟兄三人，也敵不住那呂布也。（正末唱）

【那吒令】不是這個張翼德，我覷呂溫侯似等閒，（關末云）他使一枝方天畫杆戟，好生利害也！（正末唱）則我這條丈八矛，將方天戟來小看。（關末云）騎一匹捲毛赤兔馬，好生犇劣也。（正末唱）跨下這匹豹月烏，不刺刺把赤兔馬來蕩翻。（劉末云）破呂布憑着你些甚麼那？（正末唱）憑着我這捉將手、挾人慣，兩條臂有似這欄關。

（劉末云）兩陣對圓，旗鼓相望，則怕你贏不得他麼？（正末唱）

【鵲踏枝】上陣處磕搭的摺住獅蠻，交馬處滴溜撲摔下雕鞍。直殺的他敗將投降，戰馬空還。敗殘軍將追也那後趕，他每可都撇漾了些金鼓旗幡。

（曹操云）玄德公，您這裏有多少人馬？報個總數來。（劉末云）量劉備官小職微，那裏得那人馬來？並然去不的也！（正末唱）

【寄生草】俺這裏衙門靜，活計艱，每月家俸錢剛把他這家私辦。除公田又無甚別積趲，都是些個擎鞭執帽關西漢。（曹操云）破呂布可用多少人馬？（正末唱）戰呂布輕弓短箭俺三人，哥也何消的錦衣繡襖軍十萬！

（曹操云）那呂布十分英勇，你敢近不的他麼？（正末唱）

【河西後庭花】哥也我題起那廝殺呵也不打慳，天生的忒耐煩。我則待渴飲刀頭血，困來在這馬上眠。要活的呵將那廝臂牢拴，要死的呵將那廝天靈來打爛：兩樁兒由元帥揀。

（劉末云）既然兄弟堅意的要去，參謀，俺到那裏則怕不用俺麼！（曹操云）三位將軍既然要去呵，我修一封薦章，到於虎牢關下，見了孫堅元帥，他若見是我的書呈，必然重用也。（劉末云）多謝了參謀。則今日持著書呈，領本部下人馬，便往虎牢關去也。（正末云）則今日便索長行也。（唱）

【尾聲】十載武夫閒，九得兵書看。八卦陣如同等閒，七禁令將軍我小看。六丁神不許將我遮攔，者麼是五雲間，四壁銀山，三姓家奴恁意兒反。（關末云）兄弟，想呂布十分英勇，又有八健將，則怕你難敵麼！（正末唱）二哥哥你休將我小看，憑著我這一生得村漢，（關末云）兄弟也，兩陣之間，你可怎生交馬也？（正末唱）我可敢半空中滴溜撲翻過那一座虎牢關。

（正末同劉末、關末下）（曹操云）誰想今日舉薦劉、關、張弟兄三人，到於虎牢關下，必然破了呂布。某不敢久停久住，催運糧草，走一遭去。呂布雄威鎮虎牢，關張劉備顯英豪。三人竭力行忠孝，方顯忠良輔聖朝。（領卒子下）

校記

［1］譙郡人也："郡"，原本作"都"。諸本均改。今從。據《三國志·魏書·文帝紀》裴注載，譙郡改譙都，在魏文帝黃初二年（221）以後。

［2］錕鋙劍："鋙"，原本作"鈐"。孤本改。今從。

［3］定太平："平"，原本作"守"。孤本改。今從。

［4］這二位是："二"原本無，諸本均補。今從。

［5］山陽太守喬梅："喬梅"，應作"橋瑁"，史有其人。《後漢書·袁紹傳》《三國

志·魏書·武帝紀》等皆作"橋瑁",官東郡太守。爲存劇本原貌,今仍從原本。下同。

[6] 河内太守王曠:"曠",應作"匡"。王匡,史有其人。《後漢書·董卓傳》《三國志·魏書·武帝紀》,河内太守皆作王匡。爲存劇本原貌,今仍從原本。下同。

[7] 當今之世:"當"字,原本脱。今從諸本補。

[8] 駐紮于虎牢關下:"駐",原本爲"住"。今從諸本改。

[9] 報復我知道:"報復",原本誤作"報報"。今從諸本改。

[10] 南陽太守張秀:"秀",應作"繡"。張繡,史有其人,《三國志·魏書》有傳。爲存劇本原貌,今仍從原本。下同。

[11] 先奉丁建陽:"奉",原本作"逢"。今從諸本改。

[12] 與他大戰一場:"一場"二字,原本誤作"他傷"。今從孤本改。

[13] 幽州太守劉羽:"羽",應爲"虞"。劉虞,史有其人,爲幽州太守,《後漢書》《三國志》皆有傳。爲存劇本原貌,今仍從原本。下同。

[14] 青州太守田客:"客",應作"楷"。田楷,史有其人,爲青州刺史,見《後漢書·公孫瓚傳》《三國志·蜀書·先主傳》。爲存劇本原貌,今仍從原本。下同。

[15] 單使搦俺:"使"上原本還有一"搦"字,衍。今從諸本删。

[16] 紛紛殺氣:"紛紛",原本作"不紛"。今從諸本改。

[17] 旗幡影:"影"下原本還有一"影"字,衍。今從諸本删。

[18] 與同太守陶謙:"太"字,原本無。今從諸本補。

[19] 不輸當年大會垓:"輸",原本音近誤作"説"。今改。

[20] 陳廉、韓先:應爲"成廉、韓暹",史有其人,見《後漢書·吕布傳》《後漢書·董卓傳》。爲存劇本原貌,今仍從原本。下同。

[21] 施展你那威嚴勇烈:"你"字,原本脱。今據上文補。

[22] 中軍裏號令:"令",原本作"食"。今從諸本改。

[23] 從來自有:原本作"曾來是有"。今從諸本改。

[24] 落在彀中也:"彀",原本作"勾"。今從諸本改。本劇下同。

[25] 這匹夫好無禮也:"禮",原本作"理"。今從孤本改。下同。

[26] 又殺入俺右哨來了也:"又",原本作"不"。今改。

[27] 三軍呐喊:"呐",原本作"納"。今從諸本改。下同。

[28] 關前力戰:"力",原本作"立"。今從孤本改。

[29] 批吭搗虛:"吭",原本作"抗"。今從諸本改。

[30] 掉了腔:"掉",原本作"吊"。今從諸本改。本劇下同。

[31] 半根兒折箭:"折",原本作"拆"。今從諸本改。本劇下同。

[32] 問其故:"其",原本作"此"。今從諸本改。

[33] 有曹參謀下馬也:"下",原本作"人"。今從諸本改。

[34] 則有分:"分"下原本有一"手"字,衍。今刪。

[35] 拜相封侯:"侯",原本作"候"。今從諸本改。

[36] 著他把體面過來:"面"下原本還有一個"著"字,衍。今刪。

[37] 後悔晚:原本作"悔後晚"。今從孤本改。

第 二 折

(吕布領卒子上,云)跨下征騟名赤兔,手中寒戟號方天。天下英雄聞吾怕,則是我健勇神威吕奉先。某姓吕名布,字奉先,乃九原人也。幼而習文,長而演武,上陣使一枝方天戟。寸鐵在手,萬夫不當;片甲遮身,千人難敵。先拜丁建陽爲父。一日丁建陽令吾濯足,丁建陽左足上有一玄瘤,某問其故:"足生一瘤者何也?"丁建陽言曰:"足生一瘤者,有五霸諸侯之分。"某暗想你足生一瘤,尚有五霸諸侯之分,某足生雙瘤,我福分更小似你那?某綽金盆在手,一金盆打殺了丁建陽,就乘騎捲毛赤兔馬而馳[1]。後拜董卓爲父。董卓乃隴西人氏,姓董名卓,字仲英。生的肌肥肚大,臍盛七李,卧高三尺,氣吹簾凹,坐綽飛燕,步走如飛,力能奔馬。俺父子二人,名壓天下英雄。某統領十萬雄兵,威鎮在虎牢關下。漢家聚十八路諸侯,不曾得某半根兒折箭。別的諸侯都與我交鋒過,惟有長沙太守孫堅不曾與某交戰。下將戰書去,單搦長沙太守孫堅與我交戰也。跨下忙騎赤兔奔,方天戟上定江山。殺的那血水有如東洋海,放心死屍骸填滿虎牢關。(下)(净扮孫堅領卒子上,云)朝中宰相五更冷,鐵甲將軍都跳井。則有一個跳不過,跌在裏面撲騺騺。某乃孫堅是也。自從與吕布交戰之後,這裏也無人,我吃他諕出我一樁病來:但聽的吕布索戰,諕的我便肚裏頭疼,上瀉下吐。今有曹參謀青州催運糧草去了,不見回來。小校,轅門首覷者,但有軍情事,報復我知道。(卒子云)理會的。(劉末同關末、正末上)(劉末云)兄弟也,俺來到這元帥府也。這裏可不比俺那德州平原縣,使不的你那懆暴。(關末云)哥哥說的是,你則休懆暴。(劉末云)兄弟,你則依著我者。小校,報復去,有桃園三士在於門首。(卒子云)你則這裏有者。(做報科,云)喏,報的元帥得知[2],有桃園三士在於門首。（孫堅云）今年果子准貴，偌大個桃園，則結了三個柿子。（卒子云）不是了，他是三個人。（孫堅云）問他是甚麼職役。（卒子云）理會的。你是甚麼職役？（劉末云）一個是德州平原縣縣令，一個是馬弓手，一個是步弓手。（孫堅云）他不往兵馬司裏去，來我這裏，有是麼勾當[3]？（卒子云）不是，是他的官職。（孫堅云）你可説弓手。你問他，是諸侯便過去，不是諸侯不要過去[4]。（卒子云）理會的。（問科，云）元帥將令：是諸侯，便過去，不是諸侯，不要過去。（正末云）哥哥，走了馬也！（劉末云）在那裏？（正末打卒子科）（劉備攔科，云）兄弟休懆暴！（正末云）哥也，放手！（唱）

【雙調・新水令】則俺這大哥哥雖不曾道做諸侯，他更歹、歹、歹殺者波，他須是中山靖王之後。你莫不是胎胞兒裏傳將令，搖車兒上做諸侯？兀的不氣堵住我咽喉。哥也赤緊的君子落在您這小兒勾。

（卒子云）哎約！我兒也，你打了也罷，罵了也罷，你又罵俺元帥，我見俺元帥去。元帥的將令，説是諸侯的便過去，不是諸侯的休過去。一個大眼漢，他説："哥哥[5]，走了馬也！"把我拿住打了一頓。他又罵元帥，他説："君子落在小兒勾。"他倒是君子，元帥你倒是小兒！（孫堅云）他倒是君子，我倒是小兒？傳著我的胎骨！（卒子云）臺旨。（孫堅云）呸！是臺旨。著他在轅門外，手捏鞋鼻，打躬施禮。一日不得元帥將令[6]，一日不要放起來；二日不得元帥將令，二日不要放起來[7]；三日不得元帥將令，三日不要放起來[8]。你説去：關前誅董卓，不用綠衣郎。（卒子云）理會的。兀那三、那三個，您聽者：元帥的將令，著您三個在轅門外，手捏鞋鼻，打躬施禮。一日不得元帥將令，一日不許起來；二日不得元帥將令，二日不許起來；三日不得元帥將令，三日不許起來。您聽者：關前誅董卓，不用綠衣郎。打躬，打躬！（劉末云）兄弟，可怎了也？（正末云）哥也，做甚麼？（劉末云）元帥將令，著俺打躬哩！（正末云）好波，二位哥，你打躬，我則輪鮑頭。（劉末云）那個打躬，似那小頑童背不過書來，手捏鞋鼻，打躬施禮！兄弟，咱打躬咱。（正末云）平身。（劉末云）誰説來？（正末云）我説來。（劉末云）好自在性兒也！（正末云）哥也，假似一日不得將令呵呢[9]？（劉末云）一日不得起來。（正末云）假似二日不得將令呵呢？（劉末云）二日不得起來。（正末云）假似三日不得將令呵呢？（劉末云）三日不得起來。（三科了）（正末云）假似一年不得他將令呵呢？（劉末云）那得個一年的理來[10]？兄弟也，元帥將令，俺打躬咱！（正末唱）

【駐馬聽】我可甚麼高枕無憂？空抄定拽硬弓搦長槍阿，呸！我這對捉將手。我可是麼低頭來切肉？怒睜開我這辨風雲別氣色這一對殺人眸。大哥哥羞慚替他羞[11]，二哥哥受苦甘心受，我則怕掉下一個樹葉兒來呵，我則怕倒打破您那頭。（正末云）長沙太守孫堅！（唱）怎麽來早是非只爲多開口。

（劉末云）兄弟不可多言也。（正末唱）

【雁兒落】往常我觀雲間烏兔走，今日個看地下蚍蜉鬥。姜太公渭水河邊執着釣鈎[12]，今日個輪到俺轅門外打鼻鈕。

（劉末云）俺在人矮檐下也。（正末唱）

【得勝令】哥也更兀則這裏怎敢不低頭，似恁的幾時得到摘星樓？别人去省部裏標了名姓，哥也赤緊的俺縣衙裏無甚解憂。（劉末云）但得個大小官職也罷。（正末唱）但得個知州，也是我不待屈不能勾[13]。（劉末云）哎約！哎約！（正末唱）哎約屈的我冷汗便似澆流。（云）劉、關、張弟兄三人，破一百萬黄巾賊，臨了在轅門外與别人打躬。（唱）我可是麼男兒得志秋！

（卒子云）平身。可不早說。喏！報的元帥得知，吕布索戰。（孫堅云）我肚裏疼了！（正末云）哥也，走了馬也！（劉末云）在那裏？（正末見孫堅科，云）喏，我醫元帥肚裏疼也！（孫堅云）你要醫我的病？好個醜太醫！你有甚麼名方妙藥治我的病？你試説一遍[14]，我試聽咱。（正末唱）

【夜行船】你可甚麽一心分破帝王憂？（云）聽的道吕布索戰，哎約，我好肚裏疼也！（唱）你嘴碌都恰便似跌了彈的斑鳩，似鬼綽了你眼光膠粘住你口。你常好是懦臟氣十八路諸侯！你乾請了皇家俸，你可是羞也那是不羞？我則道你是銜鋼槊，呸，你原來是個蠟槍頭！

（孫堅云）這廝好無禮也！他説道我是蠟槍頭，著軟的撲擊就過去了，著硬的就捲回來了。小校，拿出去殺壞了者！（卒子云）理會的。（做斬正末科）（劉末云）似此呵，怎了也？（曹操上，云）某乃曹參謀是也。催運糧草已回，來到元帥府門首也。左右，接了馬者。呀，呀，呀！玄德公，三將軍爲甚麽來？（劉末云）參謀，張飛不知爲何衝撞著元帥，要斬張飛。參謀怎生救張飛一命，可也好也！（曹操云）刀斧手，且留人者！小校，報復去，道有曹參謀下馬了也。（卒子云）報的元帥得知，有曹參謀下馬也。（孫堅云）道有請。（卒子云）理會的。有請。（做見科）（曹操云）元帥，坐帥府不易也。（孫堅云）參謀，鞍馬上勞神也。（曹操云）元帥，曾有甚麽英雄好漢來麽？（孫堅云）没有。（曹操云）曾有桃園三士？（孫堅云）甚麽桃園三士？（曹操云）是劉、關、張弟兄三人。（孫堅云）並無甚麽劉、關、張。（曹操云）爲何要殺壞張飛來？（孫堅云）呸！哦，是那大眼漢無禮，他説大話："君子落在小兒勾。"他是君子，我是小兒。這個也不打緊，我一陣肚裏疼，他來醫我的病，他罵我做蠟槍頭。我是個元帥，他罵我，因此上要殺壞了他也。（曹操云）俺不曾與呂布交戰，先斬了一員上將，做的個於軍不利。看小官之面，饒過張飛，可也好也！（孫堅云）看着參謀的面盆，我饒了他。（曹操云）謝了元帥。小官的薦章，元帥曾見來麽？（孫堅云）若有薦章來時，我可用度了他也。着他一個個過來。（曹操云）小校，喚過那姓劉的來。（卒子云）姓劉的將軍過來。（劉末云）喏！小官劉備。（孫堅云）大河裏淌下卧單來，可知流被哩[15]！我認的你，你是大樹樓桑人也[16]。你家裏孤窮[17]，織席編履，你賣草鞋，我穿了你一雙草鞋，還不曾與你鈔哩。靠後！（曹操云）喚過那姓張的來。（卒子云）張將軍過來。（正末見科，云）喏！張飛。（孫堅云）你是張飛？開了吊窗着他飛，可又飛不的！我認的你，你是涿州范陽人氏，你賣肉爲生，爛頭巾廚子出身，我曾問你買了副血臟吃來。靠後！（關末做搬科，云）踏了關某脚也[18]！（孫堅云）神道許了三牲，還不曾賽哩。（卒子報科，云）喏！報的元帥得知，有呂布索戰。（曹操云）元帥，呂布索戰，怎生帶張飛出去，可也好也。（孫堅云）我與呂布交鋒，着他弟兄三人跟我去，可那裏用他好？（曹操云）元帥，與他每一個執事[19]。（孫堅云）看着參謀面皮，著他去，可則怕帶累我。姓劉的，你是糧草大使；姓關的，你是糧草副使。（正末云）元帥，我是甚麽職事？（孫堅云）你做個打陣將官掠陣使。（正末云）元帥，張飛廝殺了一世，不知怎生是打陣將官掠陣使。（孫堅云）你可又不省的！我當先殺了活的，騰下死的，你割他那鼻子耳朵，來元帥府裏獻功來。我殺活的，你殺死的。（正末云）我殺活的，你殺死的。（孫堅云）我殺活的，你殺死的。（正末云）我殺活的，你殺死的。（孫堅云）你殺活的，我殺死的。呸！顛倒了我的也。（曹操云）張飛，此一去小心在意者。（正末云）參謀，你放心也。（劉末云）兄弟，小心在意者！（正末唱）

【尾聲】你看我水磨鞭帶合頦打綻那賊臣口。我這點鋼槍抹挑皮吃一會生人肉。直殺的他馬困人乏瑨的鑼響軍收。暢道是與那濯足家奴，來、來、來和爺兩個單挑鬥，到來日不剌剌馬打過交頭，我着他綽見，這個張飛撲碌碌着那廝望風兒走。（下）

（孫堅云）張飛去了也。劉備，你爲糧草大使，就統領本部下人馬[20]，與呂布交戰，走一遭去。小心在意者！（劉末云）得令。某統領本部下人馬，與呂布交戰，走一遭去。傳令三軍不憚勞，頂盔貫甲與披袍。兩口龍泉扶社稷,一腔鮮血報皇朝。(下)(孫堅云)關雲長,撥與你三千人馬,你爲糧草副使,則要你得勝而回者。(關末云)得令。則今日與呂布相持廝殺[21],走一遭去。驅軍校敢戰相爭,衆將士顯耀威風。統雄兵揚威耀武,傳將令盡按軍情。人人似爬山猛虎[22],個個如出海蛟龍。中軍帳三軍聽令,擒賊將先建頭功。(下)(孫堅云)參謀使緊守營寨,我領人馬,與呂布交戰,走一遭去。大小三軍,聽吾將令:到來日瘦馬不得馳驟,破鑼不得亂鳴,不許交頭說話,不得語笑喧呼。三通鼓罷,拔寨而起,若少一個,都罰您去惜薪司裏抬炭擔。你知道了麼?到來日大小軍校逞搊搜,今朝一日統戈矛。若還兩家對敵住,一齊下馬打筋陡。交橫十字地下滾,由他刀砍血直流。今世裏隨他殺了俺,那世裏慢慢的報冤仇。(同卒子下)(曹操云)劉、關、張去了也。左右,將馬來,我直至虎牢關下,看元帥與呂布交戰,走一遭去。虎將排兵到陣前,鑼鳴鼓響震天喧。孫堅元帥施英勇,必破奸臣呂奉先。(下)

校記

［1］就乘騎捲毛赤兔馬而馳:"而馳"二字,原本無。孤本疑有脫文。今依文意補。

［2］報的元帥得知:"的元帥"三字,原本無。今從諸本補。

［3］有是麼勾當:"是麼",諸本均改作"甚麼"。陸澹安《戲曲詞語彙釋》云二詞義同,故不從,仍其舊。本劇下同。

［4］不要過去:此句下,原本作"(卒子問科云)理會的"。今依例從孤本改作"(卒子云)理會的。(問科,云)"。

［5］哥哥:原本僅一"哥"字。今從隋本、鄭本補。

［6］一日不得元帥將令:"元帥"二字,原本無,今從諸本補。本劇下同。

［7］二日不要放起來:"放""來",原本無。今從諸本補。

［8］三日不得元帥將令,三日不要放起來:原本無此二句。今從孤本補。

［9］假似一日不得將令呵呢:原本作"假似一日不得起來",非是。今據下句改。此句下,原本尚有"正末云假似二日"七字,衍文。今刪。又,孤本於"二日不得"下,用引號補有四句。今從。

［10］一年的理來:"理",原本作"禮"。今從諸本改。

［11］大哥哥羞慚:"慚",原本作"慘"。今從諸本改。

［12］執着釣鈎:"執",原本形作"報"。今從諸本改。

［13］不待屈不能勾:"屈",原本作"缺"。今依文意改。本劇下同。

［14］你試説一遍："試",原本作"是"。今從諸本改。

［15］可知流被哩："流被",原本作"劉備",非。今從孤本改。

［16］你是大樹樓桑人也："你是",原本無。今從隋本補。

［17］你家裏孤窮："你家裏"三字,原本無。今從諸本補。

［18］踏了關某脚也："踏",孤本、隋本均改爲"踏",不必改。"踏",本義爲踩、踏。故不從,仍其舊。

［19］一個執事："執",原本作"報"。今從隋本改。

［20］就統領本部下："統領"二字,原本無。今從諸本補。

［21］相持廝殺:原本"相"下還有一個"相",衍。今從諸本删。

［22］爬山猛虎："虎"字,原本作"獸"。今從諸本改。

楔　　子

（淨孫堅領卒子上,云）某孫堅是也。大小三軍,擺開陣勢依着我,先擺個衚衕陣。（卒子云）元帥,怎麽叫做衚衕陣？（孫堅云）把這馬軍擺在一邊,把步軍擺在一邊,中間裏留一條大路,我若輸了好跑。擺開陣勢,塵土起處,呂布敢待來也。（呂布領卒子上,云）某乃呂布是也。領著本部下人馬,與孫堅相持廝殺,走一遭去。大小三軍,擺開陣勢。兀那塵土起處,敢是孫堅來了也？（孫堅云）你來者何人？（呂布云）你聽者：呂奉先是你的爹爹。（孫堅應科,云）哦！風大,聽不見。（呂布云）我是你爹爹。（孫堅云）哦！風大,聽不見。（呂布云）呂布是你爹爹。（孫堅云）哦！你怎生是我爹爹[1]？（呂布云）嗯！你來者何人？（卒子云）元帥,他駡陣哩。你還他大著些。（孫堅云）某乃長沙太守孫堅。是你孫子哩。（卒子云）你怎麽不做大？怎麽與他做孫子？（孫堅云）你那裏知道,常贏了便好,若輸了呵,拿住要殺,他便饒了[2],道是我孫子哩！（卒子云）他也殺了。（做調陣子科）（孫堅云）我近不的他,走了罷。走、走、走！（下）（呂布云）孫堅走了也。這廝合死,不往本陣中去,他落荒的走了也。有你走處,有我趕處,走到天涯,趕到海角。不問那裏趕將去！（下）（孫堅上,云）走、走、走！被呂布殺的我魂靈兒也無了,近不的他。兀的一所密林,我入的這密林來。一棵枯樹[3],我脱下這衣甲頭盔來,拴在這樹上,按孫武子兵書曰是脱殼金蟬計。呂布趕將來,則道是我,搠上一戟,寸鐵入木,九牛難拔。投到他拔出戟來,我走過蘆溝橋去也。（下）（呂布上,云）某乃呂布是也。孫堅與某交戰,近不的某,走了。某緊趕着,往這密林中去了。我入的這密林中來,兀的不是孫堅!著這廝吃我一戟!可怎生其屍不倒?哦,原來是脫殼金蟬計,他走了也。寸鐵入木,九牛難拔。我拔出這戟來,將着這衣袍鎧甲,去俺父親根前獻功去。楊奉安在?(淨楊奉上,云)則我是楊奉,廝殺全没用。每日跟元帥,陣前聽將令。某乃楊奉是也。我正在帳房裏吃飯,有元帥呼喚,不知有甚事?可早來到也,我自過去。(見科,云)元帥,呼喚楊奉那廂使用?(吕布云)楊奉,我殺敗了孫堅也。走入這密林中,他用脫殼金蟬計,脫下他的衣袍鎧甲走了也。你拿着他這衣袍鎧甲,先去父親根前報功去,我將這敗殘軍校殺了便來也。你小心在意者!(楊奉云)得令!(吕布云)軍器叢中分外別,拿住孫堅馬上挾。饒君更披三重鎧,寶劍剁做兩三截。(下)(楊奉云)我拿著孫堅太守的衣袍鎧甲,元帥府裏獻功,走一遭去[4]。(正末領卒子冲上,云)來者何人?(楊奉云)我是吕布手下八健將楊奉是也。(正末云)你將着的是甚麽東西?(楊奉云)我拿着的是孫堅的衣袍鎧甲,將着元帥府裏獻功去也。(正末云)將來與我。(楊奉云)好説,你倒省氣力也!你要我怎麽與你?(正末云)你真個不與我,我則一槍。(楊奉云)老叔,你要時你拿了去罷。這衣袍鎧甲,你拿便拿了去罷。你則通個名,顯個姓,你是誰,我到元帥府裏好回話去也。(正末云)兀那廝,你聽者:

【賞花時】你那廝丁建陽身亡可也不駕車,去你那董卓根前深唱喏。(楊奉云)老叔,你去便去,通名顯姓咱。(正末唱)我是您吕布的第三個爺爺。(楊奉云)可知道吕布利害哩,他還有這麽一個老子哩!你姓甚名誰?(正末唱)張飛可便是也。到來日兒出馬可兀的搦您爹爹。(下)

(楊奉云)你來,你來!可怎麽好?衣袍鎧甲被他拿的去了。我也不敢久停久住,元帥府裏回話那,走一遭去。(下)

校記

[1] 你怎生是我爹爹:原本此句爲"吕布云,嚦!你怎生是我爹爹"。隋本從孤本將其移至孫堅"哦"下成爲孫堅的話。按劇情,當是。今從。

[2] 他便饒了:"饒了"二字,原本無。諸本均補。今從。

[3] 一棵枯樹:"棵",原本作"科"。諸本均改。今從。

[4] 走一遭去:"遭",原本作"曹"。今從諸本改。

第 三 折

（呂布領卒子上，云）紫金冠，分三叉；紅抹額，茜紅霞。絳袍似烈火[1]，霧鎖繡團花。袋內弓彎如秋月，壺中箭插衡鋼鐵。跨下南海赤征騘，匣中寶劍常帶血。聲名揚四海，英勇戰三傑。相貌無人比，文高武又絕。畫戟橫擔定，威風氣象別。某乃呂布是也。昨日孫堅與某交戰，不到二十餘合，近不的我，撞入密林，脫殼金蟬計走了也。某得了衣袍鎧甲，著楊奉去俺父親根前獻功去了，不見回話。小校，關上看者，這其間敢待來也。（淨楊奉上，云）見元帥回話去。可早來到也。不必報復，我自過去。（見科）（楊奉云）元帥，禍事也！（呂布云）禍從何來？你將著衣袍鎧甲獻與俺父親，他說甚麼來？（楊奉云）我領着元帥將令，將着衣袍鎧甲，正走中間，可可的撞着個大眼漢當住我。他說："你拿的是甚麼東西？"我說："我是呂布手下八健將楊奉，我拿的是孫堅太守的衣甲頭盔，我去元帥府裏獻功去也。"他說道："將來與我。"我說："不與你。"他說："你不與我，我則一槍。"諕的我那戰……我說："老叔，你要便拿了去罷。"我就丟下，他拿了去也。（呂布云）是誰奪將去了？（楊奉云）我問他來。我說："你通名顯姓，你可姓甚名誰？"（做意兒科，云）等我想，哦，想起來了。（唱）"丁建陽身亡不駕車。"（呂布云）哏！你怎麼唱？（楊奉云）他是這等唱來。（唱）"董卓跟前深唱喏。"（做怕科，云）可不好說的。是他說來，不干我事[2]。（呂布云）他說甚麼來？（楊奉唱）他說："我是呂布的第三個爺爺。"（呂布云）他怎生是我的爺爺？（楊奉云）我還是第四個老子哩。（唱）"張飛可便是也[3]。到來日兒出馬搦您爹爹。"（云）我可想起來了也。元帥，是張飛奪的去了也。（呂布云）頗奈張飛無禮！我和你往日無冤，近日無讐，你將衣袍鎧甲奪的去了，又在某跟前稱爺道字，更待干罷！下將戰書去，單搦張飛與某相持廝殺，走一遭去。與我喚將李肅來者。（卒子云）理會的。李肅安在？（李肅上，云）胸中韜略運機籌，箭插寒星射斗牛。帷幄之中施巧計，坐間談笑覓封侯[4]。某乃李肅是也。今佐於呂奉先麾下，為八健將之職。十八般武藝，無有不拈，無有不會，寸鐵在手，有萬夫不當之勇。坐籌帷幄之中，決勝千里之外。每回臨陣，無不幹功。正在教場中操兵練士，元帥呼喚，不知有甚事？須索走一遭去。可早來到也。小校，報復去，道有李肅來了也。（卒子云）理會的。（報科，云）喏！報的元帥得知，有李肅來了也。（呂布云）着他過來。（卒子云）理會的。過去。（李肅見科，云)元帥,呼喚李肅那廂使用?(呂布云)且一壁有者。小校,與我喚將侯成者。(卒子云)理會的。侯成安在?(侯成上,云)六韜三略顯威風,排兵布陣統三軍。驅兵領將施謀略,答報吾皇爵禄恩。某八健將侯成是也。佐於呂布手下爲將。正在教場中操兵練士,元帥呼喚,不知有甚事?須索走一遭去。可早來到也。小校,報復去,道有侯成來了也。(卒子云)理會的。(報科,云)喏!報的元帥得知,有侯成來了也。(呂布云)着他過來。(卒子云)理會的。着過去。(侯成見科,云)元帥。呼喚侯成那廂使用?(呂布云)且一壁有者。小校,喚將李儒來者。(卒子云)理會的。李儒安在?(李儒上,云)深通武略顯英豪,出馬交鋒殺氣高。陣前敢與敵兵戰,忘生捨死見功勞。某八健將李儒是也。佐於呂奉先麾下爲將。某深通兵書,廣知戰策,每回臨陣,無不幹功。正在帳下演習韜略之書,元帥呼喚,不知有甚事?須索走一遭去。可早來到也。小校,報復去,道有李儒來了也。(卒子云)理會的。(報科,云)喏!報的元帥得知,有李儒來了也。(呂布云)着他過來。(卒子云)理會的。着過去。(見科)(李儒云)元帥,呼喚俺八健將有何將令?(呂布云)且一壁有者。小校,與我喚將高順來者。(卒子云)理會的。高順安在?(高順上,云)三十男兒鬢未斑,好將英勇展江山。馬前自有封侯劍,何用區區筆硯間?某乃高順是也。佐於呂布手下爲八健將之職。正在教場中操兵練士,今有元帥呼喚,不知有甚事?須索走一遭去。可早來到也。小校,報復去,道有高順來了也。(卒子云)理會的。(報科,云)喏!報的元帥得知,有高順來了也。(呂布云)着他過來。(卒子云)理會的。着過去。(見科)(高順云)元帥,呼喚某那廂使用?(呂布云)且一壁有者。小校,喚將何蒙來者。(卒子云)理會的。何蒙安在?(何蒙上,云)英雄大將有聲名,南征北討苦相爭。博得青史標名姓,圖像麒麟第一人。某乃何蒙是也。十八般武藝,無有不拈,無有不會,寸鐵在手,有萬夫不當之勇,佐於呂布麾下爲將。元帥呼喚,不知有甚事?須索見元帥去。可早來到也。小校,報復去,道有何蒙來了也。(卒子云)理會的。(報科,云)喏!報得元帥得知,有何蒙來了也。(呂布云)着他過來。(卒子云)理會的。着過去。(見科)(何蒙云)元帥,呼喚何蒙那廂使用?(呂布云)你且一壁有者。小校,喚將陳廉來者。(卒子云)理會的。陳廉安在?(陳廉上,云)武藝精熟智量能,排兵布陣顯威風。坐籌帷幄真壯士,決勝千里定輸贏。某乃大將陳廉是也。因某威風赳赳,狀貌堂堂,正在教場中操兵練士,元帥呼喚,不知有甚事?須索走一遭去。可早來到也。小校,報復去,道有陳廉來了也。(卒子云)理會的。(報科,云)喏！報的元帥得知,有陳廉來了也。(呂布云)着他過來。(卒子云)理會的。着過去。(見科)(陳廉云)元帥,呼喚小將那廂使用？(呂布云)且一壁有者。小校,與我喚將韓先來者。(卒子云)理會的。韓先安在？(韓先上,云)幼小曾將武藝習,南征北討慣相持。臨軍望塵知敵數,對壘嗅土識兵機。某乃韓先是也。佐於呂布麾下爲八健將。今有元帥呼喚,不知有甚事？須索走一遭去。可早來到也。小校,報復去,道有韓先來了也。(卒子云)理會的。(做報科,云)喏！報的元帥得知,有韓先來了也。(呂布云)着他過來。(卒子云)理會的。着過去。(韓先見科,云)元帥,呼喚韓先有何將令也？(呂布云)喚您來別無甚事。只因昨日孫堅與某交戰,近不的某,脫殼金蟬計走了。某着楊奉將着孫堅的衣袍鎧甲,去我父親根前獻功去,不期被張飛奪的去了,又在某根前稱爺道字,更待干罷！李肅、侯成,撥與你三千人馬,你爲前哨,與張飛相持廝殺去。小心在意者。(李肅云)得令！奉元帥將令,領三千人馬,與劉、關、張相持廝殺,走一遭去。到來日蕩散征塵殺氣開,陣雲隊裏顯英才。鳴鑼擊鼓驚天地,征人戰馬踐塵埃。傍牌遮箭魚鱗砌,硬弩雕弓密密排。輕舒捉將挾人手,放心我生擒賊寇獻功來。(下)(侯成云)奉元帥將令,領三千人馬,與劉、關、張相持廝殺,走一遭去。炮響催軍起大營,人人奮勇顯英雄。人如越嶺爬山虎,馬似翻江出水龍。弓弩箭鏃如流水[5],槍刀劍戟若寒冰。拿住三軍親殺壞,方顯男兒建大功。(下)(呂布云)李儒、高順,撥與你三千人馬,截殺劉、關、張去。小心在意者！(李儒云)得令！統領本部下人馬,與劉、關、張交戰,走一遭去。大小三軍,聽吾將令：到來日東西列左軍右軍,前後擺合後先鋒。鴉翎般蹬開硬弩,秋月般拽滿雕弓。斬上將湯澆瑞雪,殺敵兵風捲殘雲。托賴著真天子百靈咸助,大將軍八面威風。(下)(高順云)則今日領三千人馬,與劉、關、張弟兄三人相持廝殺,走一遭去。忙傳將令便長行,賞罰直正要公平。甲光燦燦如流水,槍刀閃爍若寒冰。人似南山白額虎,馬如北海赤鬚龍。兩陣交鋒分勝敗,班師得勝獻頭功。(下)(呂布云)何蒙、陳廉,撥與你三千人馬,與劉、關、張交戰,小心在意者！(何蒙云)得令！奉元帥將令,領三千人馬,與劉、關、張相持廝殺,走一遭去。大小三軍,聽吾將令。到來日出馬當先臨陣中,施逞武藝顯威風。掃蕩征塵干戈息,試看今番建大功。(下)(陳廉云)得令！領三千人馬,與劉、關、張相持廝殺,走一遭去。大小三軍,聽吾將令。到來日百萬雄兵出帝都,齊排隊伍列征夫。銀盔燦燦紅纓舞,金甲輝輝襯戰服。撞陣衝圍能取勝,安營下寨善埋伏。敵軍拍馬聞風走,永保皇圖顯智謀。(下)(呂布云)韓先、楊奉，撥與你三千人馬，擒拿劉、關、張。小心在意者！（韓先云）得令！奉元帥將令，領兵擒拿劉、關、張，走一遭去。大小三軍，聽吾將令：鼓響鑼鳴軍將排，行雲靄靄繡旗開。散散金花衝陣角，騰騰殺氣罩賢才。馬如北海蛟出水，人似南山虎下崖。軍將未知多共少，捨死忘生戰敵來[6]。（下）（楊奉云）得令！奉元帥將令，領着人馬，趁打哄耍耍子兒，走一遭去來。大小三軍，聽吾將令，到來日統領雄兵不可遲，營裏先揀好馬騎。若還野外安營寨，則偷人家肥草雞。（下）（呂布云）衆將都去了也。某親率三軍，擒拿張飛，走一遭去。大小三軍，聽吾將令，到來日頗奈你個環眼張飛，怎將我小覷低微！你罵我是三姓家奴，你不是關張劉備？不答話來回便戰，垓心內比並個高低。輕舒我這挾人手段，活拿你個莽撞張飛。（下）

（曹操同劉末、關末上）（曹操云[7]）某乃曹參謀是也。孫堅元帥領三將軍張飛，與呂布相持去了，未知輸贏。小校，轅門首覷者，元帥來時，報復我知道。（淨孫堅上，云）夾著無鞴馬，兩脚走如飛。正是鞭敲金鐙響，我可甚人唱凱歌回！某乃孫堅是也。提起來惶恐，昨日着呂布殺的我魂不附體，早是我脫殼金蟬計走了。別人都不知道，則有張飛知道，我說我贏了，誰敢說甚麼？來到了也。（見卒子科，云）小校，報復去，說元帥得勝回營也。（卒子云）理會的。（報科，云）喏！報的參謀知道，元帥得勝回營也。（曹操云）道有請。（卒子云）理會的。元帥有請。（做見科）（曹操云）元帥，鞍馬上勞神也。（孫堅云）參謀，劍甲在身，不能施禮了。（曹操云）呂布安在？（孫堅云）呂布那廝不合死，我本待要活拿過來，他繫著一條多年的舊帶鞓爛了，他挣斷皮條走了。（曹操云）張飛安在？（孫堅云）張飛這早晚敢着馬躧死了。（劉末云）嗨！可怎了也？（曹操云）玄德公放心，張飛回來了。小校，轅門首看著，若來時，報復我知道。（卒子云）理會的。（正末領卒子上，云）小校，將着衣袍鎧甲，收的牢者，元帥府裏白那廝個謊去。（唱）

【中呂·粉蝶兒】又不敢東轉西移，守着那甲杖庫也不似這般費心勞力。將元帥那護身符在意收者。猛然間，纔聽罷，三通鼓擂，猛可裏觀窺，我看那孫太守氣也那不氣。

【醉春風】惱的我惡向膽邊生，不由我怒從心上起。（正末云）我不惱他別，（唱）自從那早晨間打躬到日平西。孫堅咦，那裏取這個禮、禮？道不的個千戰千贏，百發百中，他則落的一人一騎。

（正末云）小校，報復去，道張飛來了也。（卒子云）理會的。（報科，云）喏！張飛來了也。（曹操云）元帥，你聽的說麼？張飛回來了也。（孫堅云）

你這厮,你眼花,敢錯認了他,敢不是他?着他過來。(卒子云)過去。(正末見净科)(孫堅唱喏科,云)三叔恕罪。你昨日見我和吕布厮殺來麽?(正末云)元帥,好厮殺!好厮殺!(孫堅云)怎麽好厮殺?(曹操云)張飛,元帥與吕布好相持麽?(正末云)好厮殺不好厮殺,那軍前有兩句言語,是説的好。(孫堅云)人都説甚麼來?(正末云)他道:"人中吕布,馬中赤兔。"一個好吕布也!(曹操云)元帥,你聽的説麽?説道一個好吕布哩!(孫堅云)參謀,吕布雖好,也則是他一人。敢問我可如何?(正末云)元帥你也好。(曹操云)元帥怎生也好?(孫堅云)也好也者,呼為好也,好之極好。張飛,那吕布怎生好?穿甚麽衣袍?披甚麽鎧甲?戴甚麽頭盔?騎甚麽鞍馬?使甚麽兵器?怎生打扮?你説與參謀試聽者。(正末云)我先説了吕布,後敷演元帥也。(唱)

【迎仙客】吕布那三叉紫金冠上翎插著那雉雞,他那百花袍鎧是唐猊。那一匹衝陣馬遠觀恰便似火炭赤。(孫堅云)他怎麽與我厮殺?使甚麼兵器來?(正末唱)陔心裏馬馱着人,鞍心裏手搭定戟。(孫堅云)我看來,那厮力怯膽薄也。(正末唱)覷了他英勇神威,(云)那吕布似一員神將。(孫堅云)可是那一員神將?(正末唱)恰便似托搭李天王下兜率臨凡世。

(孫堅云)這個是吕布了。我可怎生威嚴擺布,披袍貫甲?我戎裝貫帶[8],結束威風,騎甚麽鞍馬?使甚麽兵器?老三,你賣弄的好了,打酒請你。(劉末云)元帥與吕布怎生交戰來?你試説一遍咱。(正末云)元帥,你也狠那!(孫堅云)厮殺哩,説個狠,可不道無毒不丈夫?(正末唱)

【紅繡鞋】見元帥惡狠狠手執着兵器[9],(孫堅云)可也古怪,我剛披挂了,我那會兒惱,不知從那裏來。(正末唱)見元帥不鄧鄧氣吐虹蜺。(正末云)元帥,你也似一員神將。(孫堅云)我似那一員神將?(正末唱)恰便似護法諸天可便立在門旗。(孫堅云)護法諸天立在門旗?我恰好不曾動手也。(正末云)元帥昨日厮殺處,張飛眼花,不曾見元帥甚麽披挂。(唱)元帥你那虎筋縧你勒來也那不曾勒?(孫堅云)我繫着來。(正末唱)龍鱗鎧你披來也那不曾披?(孫堅云)我披着來。(正末唱)則你那頂鳳翅盔戴來也那不曾戴者?

(孫堅云)張飛,你説俺兩家在虎牢關下,怎生排兵布陣,吶喊摇旗。三將軍,你説與參謀聽麽!(曹操云)那壁厢吕布出馬,俺元帥臨陣,怎生與吕布相持來?(正末云)聽張飛慢慢的説一遍咱。(唱)

【石榴花】則聽的數聲寒角一似老龍悲,撲簌簌的征鼙鼓響似震天雷。

（孫堅云）你可瞧見我那一會兒傳令，怎麼支撥人馬來？（正末唱）馬軍步軍鞭梢一點雁行齊，各排着陣勢，吶喊搖旗。（孫堅云）呂布出馬，教我就敵住他了。（正末唱）則見呂溫侯勒馬垓心內，來、來、來，不怕死的與吾兩個相持。見元帥你不剌剌縱馬到垓心內，您兩個不答話便相持。

（孫堅云）那一會兒惱哩，答甚麼話！恨不的一刀抓了他首級哩[10]。看來那廝也慌了。（正末唱）

【鬥鵪鶉】元帥閃霍霍刀晃動銀蓋朱纓[11]，呂溫侯赤力力戟擺動那金錢豹尾。（孫堅云）早則還是我的刀哩，纔敵住他的戟，第二個也輸在他手裏了。（正末唱）元帥將刀刃斜鈠。（云）那呂布見刀來，出的躲過。（唱）他將那戟尖、戟尖來便刺。（孫堅云）俺兩個揪住袍，撙住帶，就交成一團，打做一塊。怎麼肯放了他，饒了他？饒蠍子的娘哩！（正末唱）你兩個一來一往一上一下有似飛。見元帥打鬧哩。（正末云）一個道："休來趕，休來趕！"（唱）你可暗暗的私奔。（云）那呂布道："住者！"（唱）腦背後高聲可便叫起。

（孫堅云）參謀使，你可不曾見那廝殺：兩匹馬滾在一處，我要下馬出恭，百忙哩拴了個關門鐙絆住脚，急的我要不的。他叫我做甚麼來？（正末唱）

【上小樓】元帥將那脖駿枕者，呂溫侯將龍駒不勒。我則見二馬相交，嘴尾相銜，不曾相離。見元帥你，打鬧哩，先撞入林中躲避。（孫堅云）是村裏。（正末云）是林裏。（孫堅云）是村裏。我覓涼漿吃去來。（正末云）是林裏。（唱）見放着孤椿上是你脫身之計。

（孫堅云）這廝怎麼瞧見來？你不知道，都是我那匹馬戀槽，把我就調的走了[12]，着我怎麼扯的住呢？你可在那裏來？（正末唱）

【幺篇】恰離了軍陣中，早來到林琅裏。可又早解開貫帶[13]，鬆開戎裝[14]，脫下征衣。呂溫侯他縱玉勒，再趕到，十里田地。（孫堅云）這個是我使的計來。（正末云）你那計，（唱）廝殺不到兩三合脫的赤條條的。

（孫堅云）這廝好無禮也，着言語譏諷我！你是一個掠陣使，別人都報了功也，你這早晚纔來，你有甚麼功勞？（正末云）張飛有功勞來。（孫堅云）有甚麼功勞來？（正末唱）

【滿庭芳】昨宵晚夕，長空淡淡，涼月輝輝，張飛來往巡綽拿住個奸細，手中將着幾件東西。（孫堅云）莫不是兩事家使的槍刀劍戟麼？（正末唱）也不是兩事家使的槍刀劍戟。（孫堅云）可是甚麼那？（正末云）左右，將來！（做將衣甲頭盔丟在當面科）（唱）那一個諸侯王的這衣甲頭盔？（孫堅云）哎唷,嗨!一個好先生,買命算卦,説我不合破財,果然今日還送將來了。(正末唱)諕的他一個呆癡的。(云)元帥,你不道來,(唱)快將你那兒郎準備。(云)這衣袍鎧甲,被別人奪將去了。(唱)這的是你那人和着凱歌回!

(孫堅云)參謀使,你不知道,這廝無禮。我將這衣袍鎧甲脱在樹上,我是脱殼金蟬計來。我裏面安排著陷馬坑、絆馬索,要拿呂布,這廝破了我的計,拿出去,與我殺壞了者!(曹操云)住、住、住!元帥看小官之面,饒過張飛者。(孫堅云)斷然饒不的!(卒子云)喏!報的元帥得知,有呂布索戰。(孫堅云)我肚裏又疼起來了。(曹操云)他搦誰哩?(卒子云)住,住,住!元帥,他不搦元帥,單搦他第三個爺爺哩。(孫堅云)我若是説一句話,我這嘴上就生碗來大個疔瘡!(正末云)是張飛説來。(孫堅云)三叔,你發付他去[15],不干我事。(正末云)我敢去,我敢去!(唱)

【耍孩兒】我道來、我道來,不是我説強嘴、説強嘴,則我這點鋼槍分付在那廝鼻凹裏。遮截架解難投奔,則我這刺搠簽創槍法疾。我是個好廝殺的天魔祟。從虎者應無善獸,好鬥者必遇強敵。

(曹操云)玄德公,您弟兄三人若破了呂布,自有加官賜賞也。(正末云)參謀,你放心也。(劉末云)俺弟兄三人,同破呂布走一遭去。(正末唱)

【尾聲】説與那交遼王呂奉先,正撞見英雄張翼德。跨下這匹豹月烏,不剌剌便蕩翻赤兔追風騎。則我這丈八矛,咭叮生扛折那廝方天畫桿戟[16]。(同劉末、關末下)

(曹操云)劉、關、張去了也。他弟兄三人,必然破了呂布。元帥,俺與他壓着陣,看他弟兄三人與呂布交鋒,走一遭去。款縱烏騅豹月犇,長槍闊劍定江山。劉備關張施勇躍[17],三人喊殺虎牢關。(同下)

校記

[1] 絳袍似烈火:"烈火",原本作"伙火"。諸本均改。今從。
[2] 不干我事:"事",原本作"是"。今從諸本改。
[3] 張飛可便是也:"是",原本作"去"。今從諸本改。
[4] 坐間談笑覓封侯:原本作"坐間談覓封侯侯"。今從隋本補、改。
[5] 弓弩箭鏃:"鏃",原本作"鏨"。諸本均改。今從。
[6] 捨死忘生戰敵來:"敵",原本誤作"他"。諸本均改。今從。
[7] 曹操同劉末、關末上,曹操云:"曹操"二字原無。今依例補。
[8] 我戎裝貫帶:"裝"字,原本作"粧"。諸本均改。今從。

〔9〕見元帥惡狠狠："原本只有一個"狠"字。諸本均補。今從。

〔10〕抓了他首級哩："抓"，原本作"爪"。諸本均改。今從。

〔11〕閃霍霍刀："閃霍"二字，原本無。諸本均補。今從。

〔12〕調的走了："調"，原本作"鵰"。今改。諸本均改爲"掉"字。不從。

〔13〕解開貫帶："貫"，原本作"慣"。諸本均改。今從。

〔14〕鬆開戎裝：原本作"惚開絨妝"。諸本均改。今從。

〔15〕你發付他去："付"字，原本無。今從諸本補。

〔16〕扛折那廝："折"，原本誤爲"拆"。諸本均改。今從。

〔17〕劉備關張施勇躍："躍"，原本作"耀"。今改。

楔　　子

（呂布領八健將上，云）某乃呂布是也。領著本部下人馬，與張飛相持廝殺，走一遭去。大小三軍，排開陣勢者。塵土起處，張飛敢待來也。（正末上，云）某乃張飛是也，與呂布交戰，走一遭去。來者何人？（呂布云）某乃呂布是也。你來者何人？（正末云）某乃張飛是也。（呂布云）兀那張飛，你將我衣袍鎧甲奪的去了，又在我根前稱爺道字，量你到的那裏！操鼓來！（做戰科）（三科了）（呂布架住槍科，云）住者！張飛，我和你小歇一小歇！（正末云）兀那家奴，我放你小歇去。（呂布在場，正末回身科）（劉末、關末在古門道，關末舉刀喝科，云）張飛，你往那裏去也？（正末云）家奴告小歇哩。（關末云）兄弟，你不知他靴尖點地，有九牛二虎之力？休要放他小歇！（正末喝科，云）嗯！家奴住者！（呂布云）環眼漢，要戰便戰，不戰便罷，你叫怎的？（正末云）我喊叫三聲，有九牛二虎之力也。（呂布云）這環眼漢是強。操鼓來！（做戰科）（正末唱）

【賞花時】不是張飛誇大口，（呂布云）某仗方天戟，要奪取江山。量你到的那裏也！（正末唱）則你那方天戟難敵丈八矛。（劉末躧馬兒上，云）三兄弟放心，看某與呂布交戰咱。（正末唱）大哥哥雙股劍冷颼颼，（二人交戰一合科）（關末躧馬兒上，云）家奴少走，吃吾一刀！（戰科）（正末唱）二哥哥三停刀可便在手。（呂布云）他三人十分英勇，某近不的他。撥回馬逃命，走，走，走！（同八健將下）（劉末云）家奴走了也！（正末云）二位哥哥放心。（唱）我可直趕上呂溫侯。（下）

（劉末云）二兄弟，俺不問那裏，趕呂布去來。（同關末下）

第 四 折

（冲末袁紹領卒子上[1]，云）一統山河帝業昌，文臣武將盡忠良。八方拜表朝金闕，萬國來朝贊聖皇。某乃河北冀王袁紹是也。今有太守孫堅與呂布交戰，大敗虧輸。因有曹操青州催運糧草去，路打德州平原縣經過，舉薦劉、關、張弟兄為將，直至虎牢關下，與呂布相持廝殺去了。今有飛報前來，得勝班師。奉聖人的命，著某在此元帥府加官賜賞。令人門首覷者，曹參謀來時，報復我知道。（卒子云）理會的。（曹操上[2]，云）將軍賀凱敲金鐙，得勝班師到許都。某曹孟德是也。今有劉、關、張弟兄三人，到於虎牢關下，戰退呂布，得勝回還。某已奏知，聖人大喜。今在此帥府加官賜賞。可早來到也。小校，報復去，道有曹參謀在於門首。（卒子云）理會的。（報科，云）報的元帥得知，有曹參謀在於門首。（袁紹云）道有請。（卒子云）有請。（做見科）（曹操云）元帥，誰想劉、關、張果然戰退了呂布也。（袁紹云）曹參謀，此一件大功，皆是聖人齊天洪福，二賴參謀舉薦之能。今日劉、關、張戰退呂布，真乃棟梁之才也！某奉聖人的命，在此元帥府加官賜賞。小校，門首覷者，劉、關、張三個將軍下馬呵，報復我知道。（卒子云）理會的。（正末同劉末、關末上）（劉末云）兩個兄弟，今日託聖皇洪福齊天，得勝回還也。（關末云）哥哥，想十八路諸侯不曾得呂布半根兒折箭[3]，誰想被俺殺的他大敗虧輸也。（正末云）二位哥哥，此一番征戰，若不是俺弟兄三人戰退呂布，豈有今日也呵！（唱）

【正宮·端正好】今日個奉聖敕戰溫侯，驅士馬擒賊將，俺弟兄每盡忠心志氣昂昂。（劉末云）三兄弟今日戰退呂布，肅靖邊關[4]，俺保社稷之堅固，立家邦之永昌，方顯大將之能也。（正末唱）俺將這漢朝社稷重開創，顯耀處八面威風像。（關末云）憑著兄弟戰陣有勇，拒敵當先，今擊破呂布，真乃是世之虎將也！（正末唱）

【滾繡球】則這個張翼德性氣剛，（劉末云）俺二兄弟雲長，勇烈剛強也。（正末唱）更和這關雲長武藝強[5]。（劉末云）這一場征戰，皆託二兄弟之威也。（正末唱）若不是劉玄德一衝一撞，俺端的逞英雄惡戰在殺場。（劉末云）那呂布恃強獨霸，攪擾中原，威鎮於虎牢關下，仗八健將之勇猛，誰想今日大敗虧輸，力不能敵也。（正末唱）逼的個呂溫侯逃命慌[6]，八健將已中傷，殺的那敗殘軍盡皆失喪。（劉末云）俺殺的那呂溫侯倒戈卸甲，血染黃沙。這場大戰，非同小可也！（正末唱）恰便似卧麻般撇漾了些劍戟刀槍。殺的他冠斜獬豸將軍敗，血染征袍馬帶傷，四海名揚。

（正末云）可早來到轅門首也。左右，接了馬者。小校，報復去，道有劉、關、張弟兄三人得勝而回也。（卒子云）報的元帥得知，有劉、關、張弟兄三人得勝而回也。（袁紹云）道有請。（卒子云）理會的。有請。（見科）（劉末云）元帥，想劉備才德俱薄，兵微將寡，託賴聖人洪福、元帥之威，方得戰退吕布也。（袁紹云）據玄德公聲播寰區，名傳海宇，德勝英傑，才超俊士，況其二弟相扶，譬如猛虎加之羽翼。因賊子反亂中原，四海之民，受其殘暴，殺敗十八路諸侯，拱手而伏，無能拒禦。誰想三位將軍到於虎牢關，汗馬之勞，戰退了吕布，以解聖主之憂，救蒼生塗炭之苦。今主上大喜，命某在此帥府封官賜賞。這一場非同小可也！（曹操云）三位將軍勇於一戰，溫侯大敗，餘兵盡皆殘滅。一賴聖恩洪福，二託將軍之威也。（正末唱）

【倘秀才】託賴著聖明主寬洪大量，二來是十八路諸侯伎倆，因此上耀武揚威託上蒼。（袁紹云）此一場上答天心，下合人意，以此上剿除賊衆也。（正末唱）這的是天心順，國榮昌，平除了寇黨。

（袁紹云）您弟兄三人在那虎牢關，怎生角聲助戰，畫鼓添威，排兵布陣，調遣三軍，戰退溫侯，剿除賊黨？有勞三將軍略說一遍咱。（正末云）試聽張飛說一遍咱。（唱）

【脫布衫】虎牢關排軍校殺氣飄揚，鳴金鼓聲震穹蒼。（袁紹云）門旗開處，玄德公使的是那一般兵器？（正末唱）大哥哥雙股劍實難措手，（袁紹云）雲長公用那一般器械來？（正末唱）二哥哥三停刀怎生遮當。

（袁紹云）三將軍，你那槍到處人人失命，個個皆亡也。（正末唱）

【小梁州】張飛我躍馬橫擔丈八槍，舞梨花攪海翻江。（袁紹云）吕布可怎生對敵來？（正末唱）吕溫侯方天畫戟怎堤防？殺的他無歸向。今日個一陣定興亡。

（袁紹云）今日個肅靖海宇，保祚山河，道泰歌謠，黎民樂業也。（正末唱）

【幺篇】今日個中原清靜昇平像，保山河臣宰賢良。（袁紹云）您弟兄三人，有如此大功，正當食君之祿也。（正末唱）怎消的祿位遷，加俺爲邊庭將。（袁紹云）今日共享太平之福也。（正末唱）端的是太平之世，願聖壽永無疆！

（袁紹云）曹參謀並劉、關、張望闕跪者[7]。聽聖人的命：因董卓獨霸專權，仗吕布虎視中原。十萬兵揚威耀武，八健將勇敢當先。威鎮在虎牢關下,一心謀漢室山川[8]。曹參謀催糧擧將,劉關張立國安邦。憑驍勇戰退呂布,奉君命極品陞遷。曹操加你爲左丞相之職,整朝綱執掌兵權。封劉備爲越殿裏王之位,享天恩每聽皇宣。關雲長加你爲蕩寇將軍之職,真義勇文武雙全。張飛加你爲車騎將軍之職,萬人稱四海名傳。賜御酒群臣慶賀,金鑾殿大設華筵。齊祝贊千千載皇圖永固[9],萬萬年聖壽齊天!

　　題目　轅門外單氣張飛
　　正名　虎牢關三戰呂布

校記

[1] 冲末袁紹領卒子:"冲末袁紹"二字,原本作"河北冀王"。隋本爲前後統一,改之。今從。
[2] 曹操上云:"上"字,原本無。今補。
[3] 想十八路諸侯:"想",原本作"相"。諸本均改。今從。
[4] 蕭靖邊關:"靖",原本作"静"。諸本均改。今從。本劇下同。
[5] 關雲長武藝强:"關",原本作"漢"。今從孤本改。
[6] 逼的個呂溫侯逃命慌:"慌",原本作"荒"。今從孤本改。
[7] 望闕跪者:"闕",原本作"關"。諸本已改。今從。
[8] 漢室山川:"室",原本作"世"。今從諸本改。
[9] 皇圖永固:"圖",原本作"都"。今從孤本改。

醉思鄉王粲登樓

鄭光祖　撰

解　　題

　　雜劇。元鄭光祖撰。天一閣本《録鬼簿》著録,題目"不納賢蔡公閉閣",正名"醉思鄉王粲登樓",簡名"王粲登樓"。曹本《録鬼簿》、《也是園書目》、《今樂考證》、《曲録》著録,正名"醉思鄉王粲登樓"。説集本《録鬼簿》、孟本《録鬼簿》、《太和正音譜》、《徐氏家藏書目》、《曲海總目提要》著録,簡名"王粲登樓"。均署鄭光祖或鄭德輝撰。劇寫王粲家貧,學成滿腹經綸,驕矜傲世。丞相蔡邕曾與粲父指腹爲婚,召粲入京。蔡邕爲煞其傲氣,故意冷落,月餘不容放參。蔡邕在宴會上,當着學士曹植之面羞辱王粲。王粲憤而辭去。蔡邕暗使曹子建贈送銀兩衣馬,作書薦粲投奔荆州劉表。王粲藐視而得罪劉表大將蒯越、蔡瑁,與劉表談論兵法,竟然睡著。表嫌其傲慢,不用。粲淹留荆襄,鬱鬱不得志,登樓思鄉,悲憤不已,因而爲賦。後因上萬言策,被朝廷召爲兵馬大元帥。粲至京師,有意冷落蔡邕。經曹植説明蔡邕暗助真相,粲方知岳父一片苦心,遂拜謝,於是翁婿和好。事見《三國志・魏書・王粲傳》、王粲《登樓賦》,但故事情節,多爲虚構。今存《脉望館鈔校本》(簡稱脉本)、陳與郊《古名家雜劇》本(簡稱陳本)、臧晉叔《元曲選》本、孟稱舜《酹江集》本(簡稱孟本)。此外,《雍熙樂府》(簡稱雍熙)還有第一折曲文,《中原音韻》《太和正音譜》各收有一支零曲,李開先《詞謔》選有第三折曲文,但改竄過多。如今還有王季思主編《全元戲曲》本(簡稱王本)、張月中等主編《全元曲》本、馮俊傑校注《鄭光祖集》本(簡稱鄭本)。今以臧晉叔《元曲選》本爲底本(稱原本),參閱陳本、孟本、雍熙等本校勘,擇善而從。

　　另有鄭騫校勘的《脉望館鈔校本古今雜劇》。該本有清何煌據李開先藏元刊本所作的校記,與今傳諸本曲文賓白不同,當爲另一種版本。因此,將《全元戲曲》收録的鄭騫校勘本迻録於本劇之後,作爲附録,供讀者參考。

楔　　子[1]

（老旦扮卜兒上[2]），（詩云[3]）急急光陰似水流，等閒白了少年頭。月過十五光明少，人到中年萬事休。老身姓李，夫主姓王，曾爲太常博士之職，不幸病卒於官。先夫在日，止生一個孩兒，名喚王粲，學成滿腹文章，只是胸襟驕傲，不肯曲脊於人。有他叔父蔡邕丞相，數次將書來取，此子不肯前去。今日好日辰，我喚他出來，上京求的一官半職，光耀門閭，有何不可。王粲那裏？（正末扮王仲宣上，云）小生姓王名粲，字仲宣，高平玉井人也。先父曾爲太常博士，病卒於官，止存老母在堂。小生正在攻書，忽聽母親呼喚，不知有甚事，須索走一遭去。呀，母親，拜揖。母親喚你孩兒那壁廂使用？（卜兒云）孩兒，有你叔父蔡邕丞相，數次將書取你。今日好日辰，你上京去，求的一官半職，光耀門閭，有何不可？（正末云）母親，你孩兒去不的。（卜兒云）你因甚去不的？（正末云）孔子有云：“父母在，不遠遊，遊必有方。”所以爲人子者，出不易方，復不過時，乃是個孝道。孩兒爲此去不的。（卜兒云）孩兒放心前去，家中事務，我自支持。（正末云）既是母親尊命，孩兒怎敢有違！今日便索長行也。（卜兒云）孩兒，你去則去，只慮一件。（正末云）母親慮的是那一件？（卜兒云）慮的是豚犬東行百步憂。（正末唱）

【中呂·賞花時】母親道豚犬東行百步憂。（卜兒云）孩兒，你趁着這鵬鶚西風萬里秋。（正末唱）趁着這鵬鶚西風萬里秋。非拙計，豈狂遊？憑着我高才和這大手。（卜兒云）孩兒疾去早來。（正末云）母親，恁孩兒常存今日志，必有稱心時。（唱）穩情取談笑覓封侯。（下）

（卜兒云）孩兒去了也。我掩上這門兒。正是：眼望旌捷旗，耳聽好消息。（下）

校記

[1] 楔子：孟本依例楔子前有正目：假託名蔡邕薦士，醉思鄉王粲登樓。原本、陳本無，但有題目正名，置於句尾。

[2] 老旦扮卜兒上：陳本無“老旦扮”三字。諸本人稱、名諱，有全簡之別，有的則無，陳本比孟本簡，今皆從原本。下不出校。

[3] 詩云：孟本作“云”字，無“詩”。陳本無此二字。本劇陳本概無“云”字道白提示，孟本則僅在人物上場時有“云”。今從原本。下不出校。

第 一 折

（丑扮店小二上，詩云）酒店門前三尺布，人來人往圖主顧。好酒做了一百缸，倒有九十九缸似滴醋。自家店小二是也。有那南來北往，經商客旅，做買做賣的人，都在我這店中安下。一個月前有個王粲，在我店肆中居住，房宿飯錢，都少了我的。我便罷了，大主人家埋怨我。我如今叫他出來，算算帳，討還我這房宿飯錢。王先生，出來！（正末云）小生王粲，自離了母親，來到京師，有叔父蔡邕丞相，個月期程，不蒙放參。小生在這店肆中安下，少了他許多房宿飯錢。小二哥呼喚，多分爲此。小二哥，做甚麼大呼小叫的？（小二云）王先生，你少下我許多房宿飯錢不還我，我便罷了，大主人家埋怨我。你幾時還我這錢？（正末云）兀那店小二，我見了我蔡邕叔父呵，稀罕還你這幾貫錢！（小二云）你今日也說你叔父，明日也說你叔父，你這錢幾時還我？（正末云）你休小覷我！（唱）

【仙吕·點絳唇】早是我家業凋殘，少年可慣！我被人輕慢，似翻覆波瀾，貧賤非吾患。

（小二云）王先生，你既是讀書人，何不尋幾個相識朋輩？（正末唱）

【混江龍】我與人秋毫無犯。（小二云）則爲你氣高志大，見是如此。（正末唱）則爲氣昂昂誤得我這鬢斑斑。久居在箪瓢陋巷，風雪柴關。窮不窮甑有蛛絲塵網亂。（小二云）看了你這嘴臉，火也沒一些爐的。（正末唱）寒不寒爐無烟火酒瓶乾。剗的在天涯流落，海角飄零，中年已過，百事無成，捱不出傷官破祖窮愁限。多只在閭閻之下，眉睫之間。

（小二云）王先生，我看你身上有些兒單寒麼？（正末唱）

【油葫蘆】小二哥你休笑書生膽氣寒，赤緊的看承的我如等閒。則俺這敝裘常怯曉霜殘，端的可便有人把我做兒曹看。堪恨那無端一郡蒼生眼。（小二云）看你這模樣，也沒些志氣膽量。（正末唱）我量寬如東大海，志高如西華山。則爲我五行差没亂的難迭辦，幾能勾青瑣點朝班？

【天下樂】因此上時復挑燈把劍彈，有那等酸也波寒[1]，可着我怎挂眼，只待要論黃數黑在筆硯間。（小二云）你既是讀書之人，何不訓幾個蒙童，討些錢鈔還我，可不好？（正末唱）你着我教蒙童數子頑，（帶云）據王粲的心呵，（唱）我則待輔皇朝萬姓安。哎！你可便枉將人做一例看。

（小二云）巧言不如直道，買馬須索雜料。閒話休說，好歹要房宿飯錢還我。(正末云)小生没甚麼還你。小二哥,我將這口劍當與你,待我見了叔父,便來取討。(小二云)也罷,我收了這劍,有錢時便贖與你。(詩云)饒君總使渾身口,手裏無錢説也空。(下)(外扮蔡邕引祇從上,詩云)龍樓鳳閣九重城,新築沙堤宰相行。我貴我榮君莫羨,十年前是一書生。老夫姓蔡名邕,字伯喈[2],陳留郡人氏。自中甲第以來,累蒙擢用,謝聖人可憐,官拜左丞相之職。有一故人,乃是太常博士王默,曾指腹爲親:若生二女,同攀繡床;若生二子,同舍攻書;若生子女,結爲夫婦。不想老夫所生一女,小字桂花,王默所生一子,喚名王粲。因爲居官,彼此天涯,不得相聚。後來連王默也亡過了,一向耽閣這親事,不曾成得。聞知王粲學成滿腹文章,只是矜驕傲慢,不肯曲脊於人。老夫數次將書調取來京,個月期程,不容放參。可是爲何?則是涵養他那鋭氣。今日早朝下來,已與曹子建學士説知向上之事。這早晚敢待來也。左右,門首覷者,學士來時,報復我知道。(冲末扮曹子建引祇從上,詩云)滿腹文章七步才,綺羅衫袖拂香埃。今生坐享來生福,都是詩書换得來。小官姓曹名植,字子建,祖居譙郡沛縣人也。謝聖人可憐,官拜翰林院學士之職。今日早朝,蔡邕老丞相説令婿王粲,雖有出衆文才,只是胸襟太傲,須要涵養他那鋭氣,好就功名。如今老丞相暗將白金兩錠、春衣一套、駿馬一匹、薦書一封,投託荆王劉表。封皮上寫著某家的名字,齎發他起身。等待後來榮顯之時,着小官做個大大的證見。説話中間,可早來到丞相府了。左右,報復去,道有子建學士在於門首。(報見科)(蔡相云)學士來了也。學士,今早朝中所言王粲之事,可是這等做的麼?(曹學士云)老丞相高見,正該如此。但小官虚做人情,不無惶愧。(正末上,云)這是丞相府門首。左右,報復去,道有高平王粲特來拜見。(做報科,云)有高平王粲特來拜見。(蔡相云)你看他乘甚麼鞍馬?(祇候云)脂油點燈。(蔡相云)這怎麼説?(祇候云)布撚。(正末云)説話的是我叔父?我是姪兒,那裏有叔叔接姪兒不成。我自過去。(見科,云)叔父請坐,多年不見,受您孩兒兩拜。(蔡相云)住者。左右,將過那錦心拜褥來。(正末云)叔父,要他何用?(蔡相云)拜下去,只怕污了你那錦繡衣服。(正末云)有甚麼好衣服!(蔡相云)王粲,母親安康麼?(正末云)母親託賴無恙。(蔡相云)有你這等崢嶸發達的孩兒,我那賢嫂有甚不安康處!翰林院學士在此,把體面相見。(正末做見曹學士科)(曹學士云)久聞賢士大名,如轟雷貫耳,今得撥雲霧見青天,實乃曹植萬幸。(正末云)學士,恕小生一面。(蔡相云)説此人矜驕傲慢,果然。學士在此,下不得一拜。學士勿罪。可不道:錦堂客至三杯酒,茅舍人來一盞茶。我偌大個相府,王粲遠遠而來,豈無一鍾酒管待?令人,將酒過來。(遞酒科)(蔡相云)這杯酒當與王粲拂塵,王粲近前接酒。(正末云)將來。(蔡相云)住者,這酒未到你哩!老夫年邁了,也有失禮體,放著翰林學士在此,那裏有王粲先接酒之理!學士滿飲此杯。(曹學士接酒,云)賢士先飲此杯。(正末云)學士請。(曹學士云)賢士勿罪。(飲科)(蔡相云)這杯酒可到王粲。王粲接酒!(正末云)將來。(蔡相云)住者,未到你哩!學士一隻脚兒兩隻脚兒,來飲個雙杯。(曹飲科)(蔡相云)這杯酒可到王粲。王粲接酒!(正末云)將來。(蔡相云)住者,未到你哩!學士飲個三杯和萬事。(曹飲科)(正末云)叔父,王粲不曾自來,你將書呈三番兩次調發小生到此,蕭條旅館,個月期程,不蒙放參。今日見了小生,對著學士,將一杯酒似與不與,輕慢小生,是何相待?(蔡相云)王粲,你發酒風哩!(正末云)我吃你甚酒來?(蔡相云)王粲,你在我跟前你來我去!你聽著:(詞云)你看我精神顔色捧瑤觴,你那裏有和氣春風滿畫堂。你這等人不明白凍餓在顔回巷,你看爲官的列金釵十二行。你儘今生飄飄蕩蕩,便來世也則急急忙忙。你那裏有江湖心量,衡一片齏鹽肚腸。令人攛過了酒,非干我與而不與,其實你飲不的我這玉液瓊漿!(正末云)叔父,我王粲異日爲官,必不在你之下!(詩云)男兒自有冲天志,不信書生一世貧!(唱)

【那吒令】我怎肯空隱在嚴子陵釣灘?我怎肯甘老在班定遠玉門關?(帶云)大丈夫仗鴻鵠之志,據英傑之才,(唱)我則待大走上韓元帥將壇。我雖貧呵樂有餘,便賤呵非無憚,可難道脫不的二字"饑寒"!

【鵲踏枝】赤緊的世途難,主人慳。那裏也握髮周公,下榻陳蕃?這世裏凍餓死閒居的范丹。哎,天呵,兀的不憂愁殺高臥袁安!

(云)叔父,不止小生受窘,先輩古人也多有受窘的。(蔡相云)王粲,與你比喻:你那積雪成阜,怎熬俺有力之松?磨墨成池,怎染俺無瑕之玉?明珠遭難,豈列雕盤?素絲蒙垢,難成美錦。小見人萬種機謀,總落得俺高人一笑。先輩那幾個古人受窘,你試說一遍聽咱。(正末唱)

【寄生草】伊尹曾埋没在耕鋤內,傅說也劬勞在版築間。有寧戚空嗟白石爛,有太公垂釣磻溪岸,有靈輒誰濟桑間飯。哀哉堪恨您小人儒,嗚呼不識俺男兒漢。

(蔡相云)王粲,你來做甚?(正末唱)

【六幺序】[3]我投奔你爲東道。(蔡相云)我可也做不的東道。(正末唱)倚仗你似泰山。(蔡相云)我可也做不的那泰山。(正末唱)劃的似驚弓烏葉冷枝寒。好教我鏡裏羞看,劍匣空彈!前程事非易非難,想蟄龍奮起非爲晚,赤緊的待春雷震動天關。有一日夢飛熊得志扶炎漢,纔結果桑樞甕牖,平步上玉砌雕欄。

【幺篇】要見天顏,列在鴛班,書嚇南蠻,威鎮諸藩,整頓江山,外鎮邊關,內剪姦頑。有一日金帶羅襴,烏靴象簡,那其間難道不着眼相看?如今個旅邸身閒,塵土衣單,耽着饑寒,偏沒循環。只落得不平氣都付與臨風嘆,恨塞滿天地之間。想漫漫長夜何時旦,幾能够斬蛟北海,射虎南山!

(云)這等人只好不辭而回罷。(出科)(祗候報云)報老爺得知,王粲不辭而去了。(蔡相云)學士,王粲不辭而歸,都在學士身上。(曹學士出要住科,云)賢士,適間勿罪。(正末云)學士,這不是小生自來投託,是丞相數次將書調發。小生來到京師,旅館安身,個月期程,不蒙放參。今日對著學士,將一杯酒似與不與,輕慢小生,是何禮也!(曹學士云)賢士,此一去何往?(正末云)自古道:"士屈于不知己,而伸于知己。"今世無知者,小生在此何益?不如回家去罷。(唱)

【金盞兒[4]】雖然道屈不知己不愁煩,不知伸於知己恰是甚時間。只落得一天怨氣心中攢,空教我趨前退後兩三番。又不是絕糧陳蔡地,又不是餓死首陽山。只不如挂冠歸去好,也免得叉手告人難。

(曹學士云)賢士差矣。却不道學成文武藝,貨與帝王家。又道是十年窗下無人問,一舉成名天下知。憑著賢士腹有才,神有劍,口能吟,眼識字,取富貴如反掌相似,何不進取功名,可怎生便回家去也?(正末云)爭奈小生家寒,無有盤費。(曹學士云)却不道寶劍贈烈士,紅粉贈佳人。小官有白金兩錠、春衣一套、駿馬一匹、薦書一封,送賢士去投託荆王劉表。劉表見了小官的書呈,必然重用。賢士若得官呵,則休忘了曹植者。(正末云)多謝學士!小生驟面相會,倒賫發我金帛、鞍馬、薦書。異日若得峥嵘,此恩必當重報!(唱)

【賺煞[5]】我持翰墨謁荆王,展羽翼騰霄漢。夢先到襄陽峴山,楚天闊爭如蜀道難。我得了這白金駿馬雕鞍,則願的在途間人馬平安,穩情取峥嵘見您的眼。(曹學士云)賢士,常言道人惡禮不惡,還辭一辭老丞相。(正末云)看學士分上,我辭他一辭。叔父,承管待了也。(蔡相云)王粲,你去了罷,又回來做甚麽?(正末云)我吃你甚麽來?(唱)我略別你個放魚的子產。(蔡相云)放魚的子產,臊磕老夫不識賢哩!(正末唱)你休笑我屠龍的王粲,(云)雖是今日之貧,安知無他日之貴。有一日官高極品,位列三公,食前方丈,

禄享千鍾,武夫前擁,錦衣後隨。學士恕罪了。(曹學士云)賢士,穩登前路。(正末唱)你看我錦衣含笑入長安。(下)

(蔡相云)王粲去了也。學士,此人莫不有些怪老夫麽?(曹學士云)時下便有些怪,到後來謝也謝不及哩!(蔡相詩云)從來賢智莫先人,小子如何妄自尊。(曹學士詩云)今日雖然遭折挫,異時當得報深恩。(並下)

校記

[1] 酸也波寒:雍熙無"也波"二字。陳本作"酸也波醎"。

[2] 字伯喈:"喈",原本、陳本、孟本音假爲"皆",今改。

[3] 【六幺序】:此曲前,雍熙有一【幺】曲:"哎,你一個田文傲,不將劍客安。待賢情急早心先憚,學雞鳴落得人輕慢,食無魚贏得自悲嘆。你雖然紫袍金帶禄千鍾,養不的錦衣繡襖軍十萬。"何校陳本,將此曲附錄於書眉,文字略異。

[4] 【金盞兒】:雍熙作"屈不知己豈愁煩,伸於知己有何難,他無心濟魚龍江漢何愁晚。空教我趨前退後兩三番,困于陳蔡地,餓死首陽山。我想那挂冠歸去好,叉手告人難"。陳本無此曲,何校陳本補錄於書眉,文字與雍熙略同。此曲下,雍熙尚有【醉扶歸】"論文呵筆掃烟雲散,論武呵劍射斗牛寒,掃蕩妖氛不足難。則磨得掌帥府居文翰,不消我羽扇綸巾坐談,敢破虜軍十萬"。《太和正音譜》亦有此曲,注云:"鄭德輝《王粲登樓》頭折"。然其"烟雲"作"雲烟","則磨得"作"折末得","坐談"作"坐間",末句作"破強虜三十萬"。鄭本認爲此曲,"較《雍熙》整飭、意勝"。當是。何校陳本亦錄此曲,曲文同《太和正音譜》,唯"破"上多一"敢"字。何錄此曲前後,皆有"外云了"句,故知此曲後置,當在蔡邕說白中間。原本、孟本、陳本均無此曲,鄭本以此認爲此曲出處當是另一種舊本。待考。

[5] 賺煞:陳本、雍熙皆作"尾聲"。下同。

第 二 折

(外扮荆王引卒子上)(詩云)高祖龍飛四百年,如今兵甲漸紛然。區區借得荆襄地,撑住西南半壁天。某姓劉名表,字景升,本劉之宗親、漢之苗裔。因見天下多事,兵戈競起,某策馬馳入儀城,取了南郡,皆蒯良之力也。如今南據江陵,北控樊鄧,西占長沙,東距桂陽,地方千里,帶甲軍卒四十餘萬。愛民養濟，憐恤軍士，少壯者勤於農桑，班白者不負戴於道路。於是一境之內，軍民稍安。某有二子，長曰劉琦，次曰劉琮。有兩員上將，操練水兵三萬，乃是蒯越、蔡瑁，巡綽邊境去了。善文者蒯良、杜夔，善武者蒯越、蔡瑁，爲其羽翼，復何憂哉！小校，轅門覷者，二將來時，報復我知道。（卒子云）理會的。（正末上，云）小生王粲，被蔡邕恥辱了一場，多虧子建學士齎發我白金、鞍馬。小生好命薄也，不想中途得了一場病症，金銀、鞍馬、衣服都盤費盡了。這幾日方纔稍可，將著這封書，見荆王走一遭去。王粲也，人人都有那功名二字，惟有我的功名好難遇也呵！（唱）

【正宮・端正好】則有分鞭羸馬，催行色，拂西風滿面塵埃。想昨朝風送烟波側，今日個落日在青山外。

【滾繡球】我比那買官的省些玉帛，求仕的費些草鞋。赤緊的好難尋紫袍金帶。（云）今日見荆王呵，（唱）便是我苦盡甘來。他聽得我扣宅，他將那書拆開，多應是把我來降階接待。豈不聞"有朋自遠方來"？（帶云）那荆王若問我兵法呵，（唱）你看坐間略展安邦策，便索高築黃金拜將臺，不索疑猜。

（云）說話中間，可早來到門首也。左右，報復去，道有高平王粲，持曹子建學士書呈，特來拜見。（卒子云）將書來，我與你報去。喏！報的大王得知，今有高平王粲，持曹子建學士書呈，特來拜見。（荆王云）將書來我看："翰林學士曹植拜書。"我拆開這書看："蔡邕拜上麾下。"元來封皮上是曹子建之名，書内是蔡邕丞相舉薦，書中意我盡知了也。久聞此人是一代文章之士。道中門相請！（請見科）（荆王云）久聞賢士大名，今至俺荆襄之地，如甘霖潤其旱苗，似清風解其酷暑，何幸，何幸！（正末云）小生聞知大王豁達大度，納諫如流，因此不遠千里，持子建學士書，特來拜見。（荆王云）動問賢士，何不在帝都闕下求取功名，如何遠涉江湖，徒步至此？俺這荆襄土薄民稀，兵微將寡，只怕展不得仲宣之志，如之奈何？（正末云）大王。（唱）

【倘秀才】如今那有錢人沒名的平登省臺，那無錢人有名的終淹草萊。（荆王云）據賢士如何？（正末唱）如今他可也不論文章只論財。（荆王云）賢士可曾投託人麼？（正末唱）赤緊的難尋東道主，（荆王云）向在何處？（正末唱）久困在書齋。非王粲巧言令色。

（荆王云）賢士，自古道：（詩云）寒窗書劍十年苦，指望蟾宮折桂枝。韓侯不是蕭何薦，豈有登壇拜將時！曾有人言，謂賢士胸次驕傲，以至如此。

（正末唱）

【滾繡球】非是我王仲宣胸次高，赤緊的晏平仲他那度量窄。（云）小生遠遠而來，他道："老兄幾時到？"我回言："恰纔到此。"他道："休往別處去，來俺家裏住。"（唱）我和他初相見廝親廝愛。（云）他問道："老兄此一來，有何貴幹？"我回言道："特來投託，求些盤費。"他聽得道罷，（唱）早諕得他不擡頭口倦難開。（云）那人推託不過，則索應付。（唱）至少呵等到有十朝將半月，多呵賫發銀一兩錢二百，那一場賫發的心大驚小怪。（云）大王，久以後不得第便罷，若得第時，一時間顧盼不到，他便道："黑頭蟲兒不中救，俺也曾賫發你來。"（唱）怎禁他對人前朗朗的花白。如今那友人門下難投託，因此上安樂窩中且避乖，倒大來悠哉。

（荊王云）賢士既有大才，當不次任用。到來日會衆將，聚三軍，拜賢士統領荊襄九郡兵馬大元帥。（詩云）可惜淮陰侯，曾來撇釣鈎。不消三舉薦，指日便封侯。小校，鑄下元帥印者。（正末云）小生半生流落，一介寒儒，安敢遽然望此[1]！（唱）

【呆骨朵】若論掌荊襄帥府威風大，我是白衣人怎敢望日轉千階。我又不曾驅六甲風雷，又不曾辨三光氣色，又不曾寫就論天表，又不曾草下甚麼平蠻策。（荊王云）賢士乃簪纓世胄，堪為元戎帥首也。（正末唱）我雖是個簪纓門下人，怎做的斗牛星畔客[2]？

（荊王云）賢士知天文，曉地理，觀氣色，辨風雲，何所不通，何所不曉？有大才，受大任，固其宜也。（正末唱）

【倘秀才】止不過曲志在蓬窗下，守著霜毫的這硯臺。我又不曾進履在圯橋下，收的甚兵書戰策。如今那有志的屠龍去南海。古今無賢士，前後少英才，非王粲疏狂性格。

（荊王云）賢士，請坐。某有二將，乃蒯越、蔡瑁，能調水兵三萬，巡綽邊境去了。小校，轅門外覷者，二將來時，報復我知道。（卒子應科）（二淨扮蒯越、蔡瑁上，云）自家蒯越的便是，這位是蔡瑁。我和他巡綽邊境回還。小校，通報去，蒯越、蔡瑁下馬。（卒子報科，云）喏！報大王得知，蒯越、蔡瑁見在門首。（荊王云）說出去，賓客在此，把體面相見。（卒子云）二位，大王說賓客在此[3]，教你把體面相見。（蒯、蔡云）我知道。（見科，云）大王，邊境無事。（荊王云）蒯越、蔡瑁，你見此人高平玉井人氏，姓王名粲，字仲宣，天下文章之士。我欲用此人，你可把體面相見。（蒯、蔡云）知道。那壁莫非仲宣否？（卒子云）怎麼是"仲宣否"？（蒯越云）你不知道，"不"字底下著個

"口"字是個"否"字。他見了我老蒯,教他不開口。(蒯、蔡見末云)久聞賢士大名,如雷貫腿。(卒子云)怎麼是"如雷貫腿"?(蒯越云)我盤盤他的跟脚,把文溜他一溜。賢士,你知道"禮之用,和為貴",先王之道打折腿。我這裏有一拜,不勞還禮。(拜科)(卒子云)不曾還禮,你再拜起。(蒯、蔡云)你可曉得那鶴非染而自白,鴉非染而自黑。既讀孔聖之書,必達周公之禮。我二人有一拜。(拜科)(末不理科)[4](蒯越云)王粲好是無禮,拜著他全然不應!氣出我四句來了:(詩云)王粲生的硬,拜着全不應。定睛打一看,腰裏有梃棍。(蔡瑁云)我也有四句:王粲生的歹,拜着全不睬。這世做了人,那世變螃蟹。(蒯越云)大王,王粲好是無禮!俺二人拜他,全然不動。倘有人見,可不先失了你的門風?大王問他孫武子兵書十三篇,他習那一家?(荆王云)靠後!人說此人矜驕傲慢,果然話不虛傳。某兩員上將拜着,他昂然不理。賢士,我問你,孫武子兵書十三篇,不知賢士習那一家?(正末云)《六韜》《三略》,淹貫胸中,唯吾所用,何但孫武子十三篇而已哉!(荆王云)論韜略如何?(正末云)論韜略呵,(唱)

【滾繡球】[5]我不讓姜子牙興周的顯戰功。(荆王云)你謀策如何?(正末云)論謀策呵,(唱)我不讓張子房佐漢的有計畫。(荆王云)你紮寨如何?(正末云)論紮寨呵,(唱)我不讓周亞夫屯細柳安營紮寨。(荆王云)你點將如何?(正末云)論點將呵,(唱)我不讓馬服君仗霜鋒點將登臺。(荆王云)你膽氣如何?(正末云)論膽氣呵,(唱)我不讓藺相如澠池會那氣概。(荆王云)你才幹如何?(正末云)論才幹呵,(唱)我不讓管夷吾霸諸侯那手策。(荆王云)你行兵如何?(正末云)論行兵呵,(唱)我不讓霍嫖姚領雄兵橫行邊塞。(荆王云)你操練如何?(正末云)論操練呵,(唱)我不讓孫武子用兵法演習裙釵。(荆王云)你智量如何?(正末云)論智量呵,(唱)我不讓齊孫臏捉龐涓則去馬陵道上施伏埋。(荆王云)你決戰如何?(正末云)論決戰呵,(唱)我不讓韓元帥困霸王在九里山前大會垓,胸捲江淮。

(做睡科)(荆王云)好兵法!將酒來,慶兵法!賢士,滿飲此杯。呀!纔和俺攀話,又早睡著了也。便好道德勝才為君子,才勝德為小人。俺未曾重用,先失左右之門風,正是那才有餘而德不足。等此人睡覺來問我,只說我更衣去了。(詩云)德勝才高不可當,才過德小必疏狂。縱然胸次羅星斗,豈是人間真棟梁[6]!(下)(蒯越云)點湯!(正末醒科,云)大王安在?(蒯越云)點湯!(正末云)點湯,呼遣客,某只索回去。(蒯越云)點湯!(正末云)我出的這府門。(蒯越云)點湯!(正末云)我來到這長街上。(蒯越云)點湯！（正末云）我來到這酒肆中。（蒯越云）點湯！（正末云）我來到這裏，你還叫點湯？（蒯越詩云）非我閉賢門，因他傲慢人。（蔡瑁詩云）點湯呼遣客，依舊受孤貧。（並下）（正末嘆科）罷，罷，罷！（唱）

【煞尾】他年不作文章伯，異日須爲將相材。待與不待總無礙，時與不時且寧耐。説地談天口若開，伏虎降龍志不改。穩情取興劉大元帥，試看雄師擁麾蓋。恨汝等將咱廝禁害，（帶云）我若得志呵，（唱）把你擄掠中軍帳門外。似這等跋扈襄陽吃劍才，（帶云）將二賊擒至馬前斬首報來！（唱）那其間纔識俺長安少年客。（下）

校記

［1］小生半生流落，一介寒儒，安敢遽然望此：陳本作"小生那半生流落，一介寒儒，走將來官高極品，位至三公"四句，並將其竄入【呆骨朶】曲中。

［2］賢士乃簪纓……斗牛星畔客：陳本曲白相間，作"賢士乃簪纓門下人，（末）我本是一個簪纓門下人，（荆）堪做元戎帥首。（末）大王也，怎做的斗牛星畔客"。

［3］大王説賓客在此："大王"，原本作"元帥"。今依前文"報大王得知"改。

［4］末不理科：原本無此四字，今從陳本補。

［5］【滾繡球】：原本曲文與陳本有所不同，陳本作："論武呵，我不讓姜太公伐無道一戰功。（荆）論謀略呵，（末）論謀略呵！我不讓孫武子減灶法下營寨。（荆）論邊征呵？（末）論邊征呵，我不讓周亞夫領雄師過雁門紫塞。（荆）論迎敵若何？（末）論迎敵呵，我不讓藺相如澠池會上那氣概。（荆）論膽量呵？（末）論膽量呵，我不讓管夷吾霸諸侯那手策。（荆）論屯住呵？（末）論屯住呵，我不讓燕樂毅仗雙鋒走上將臺。（荆）論智量呵？（末）論智量呵，我不讓齊孫臏捉龐涓則去那馬陵道上兀的便誅了讒佞。（荆）論行兵呵？（末）論行兵呵，我不讓韓元帥困霸王在九里山前大會垓，胸捲江淮。"鄭本認爲此"問答不相稱，用典也有不確者，不足據"。可參考。本劇下同。原本"馬陵道上施埋伏"，失韻。今改爲"伏埋"。

［6］德勝才……真棟梁四句詩：陳本作"德勝才過乃棟梁，才高意大必疏狂。縱然胸次盤龍錦，豈是人間真棟梁"。此下，陳本又有"咳，非我閉賢門，因你傲慢人。點湯呼遣客，依舊受孤貧。（下）"。原本將此四句，改爲蒯、蔡下場詩，每人兩句，更妙。孟本從之。

第　三　折

（副末扮許達引從人上）（詩云）壯氣如虹貫碧空，塵埃何苦困英雄。假饒不得風雷信，千古無人識臥龍。小生姓許名達，字安道，乃荆州饒陽人也。先父許士謙，曾爲國子監助教，年僅六十，病卒於官。止存老母在堂，訓誨小生，頗通詩禮。不想老母亡化，小生學業因此荒廢，有負先人遺教，至今愧之。小生賴祖宗蔭下，就此城市中建一座樓，名曰溪山風月樓。左有鹿門山，右有金沙泉，前對清風霽嶺，後靠明月雲峰，端的是玩之不足，觀之有餘。但凡四方官宦，到此無可玩賞，便登此樓飲酒，中間常與小生論文。有等文學秀士，未經發迹，小生置酒相待，臨行又贈路費而歸。人見小生有此度量，皆呼小生爲東道主。近日有一人，乃高平人氏，姓王名粲，字仲宣。此人是一代文章之士，持子建學士書呈，投託荆王劉表，劉表不能任用。後劉表辭世，此人淹留在此。小生深念同道，常與他會飲此樓。只一件，此人不醉猶可，醉呵，便思其老母，想其鄉間，不覺淚下。今日時遇重陽登高節令，下次小的每，安排酒果，請仲宣到此，共展登高之興，聊抒望遠之懷。只等來時，報復我知道。（小應科[1]）（正末上，云）小生王粲，將子建學士書呈投託荆王劉表，劉表聽信蒯越、蔡瑁讒言，不能任用，流落於此。小生只得將萬言長策，寄與曹子建學士，央他奏上聖人，至今不見回報，多分又是没用的了，使小生羞歸故里，懶睹鄉間。此處有一人許安道，幸垂顧盼，時與小生尊酒論文，稍不寂寞。今日重陽佳節，治酒於溪山風月樓，請我登高，須索走一遭去。（嘆介）時遇秋天，好是傷感人也！【鷓鴣天[2]】（詞云）一度愁來一倚樓，倚樓又是一番愁。西風塞雁添愁怨，哀草凄凄更暮秋。情默默，思悠悠，心頭纔了又眉頭。倚樓望斷平安信，不覺腮邊淚自流。（唱）

【中吕・粉蝶兒】塵滿征衣，嘆飄零一身客寄。往常我食無魚彈劍傷悲，一會家怨荆王，信讒佞，把那賢門來緊閉。（帶云）從那荆王辭世呵，（唱）不爭你死葬在墳園[3]，越閃得我不存不濟。

【醉春風】我本是未入廟堂臣，倒做了不着墳墓鬼。想先賢多少困窮途，王粲也，我道來命薄的不似你、你！我比那先進何及，想昔人安在？（帶云）小生三十歲也，（唱）我可甚麼後生可畏！

（云）説話中間，可早來到也。樓下的，報復去，王粲來了也。（從人報科）報的東人得知，王仲宣來了也。（許達云）道有請。（見科，云）仲宣請。

（做上樓科，詩云）欲窮千里目，（正末云）更上一層樓。（許達云）家童，將酒過來。仲宣，蔬食薄味，不堪供奉，請滿飲此杯。（正末云）敢問安道，此樓何人蓋造？（許達云）仲宣不問，許達也不道，此樓是先父許士謙蓋造。（正末云）因何造此[4]？（許達云）因四方官宦到此，無可玩賞，故建此樓。（詩云）一座高樓映市廛，玉欄十二鎖秋烟。捲簾斜眺天邊月，舉眼遙觀日底仙。九醖酒光斟琥珀，三山鸞鳳舞翩躚。停杯暢飲纔歌罷，倒卧身軀北斗邊。（正末詩云）安道，你看：危樓高百尺，手可摘星辰。不敢高聲語，恐驚天上人。（唱）

【迎仙客】雕檐外紅日低，畫棟畔彩雲飛，十二欄杆，欄杆在天外倚。（許達云）這裏望中原，可也不遠。（正末唱）我這裏望中原，思故里，不由我感嘆酸嘶。（帶云）看了這秋江呵，（唱）越攪的我這一片鄉心碎。

（許達云）仲宣為何不飲？（正末云）小生一登此樓，就想老母在堂，久闕奉養，何以為人！（許達云）仲宣不登樓便罷，但登樓便思其老母，想其鄉閭。母子，天性也。母思其子，慈也；子思其母，孝也。故母子為三綱之首，慈孝乃百行之原。我想大舜古之聖人，父頑、母嚚、弟傲，嘗設計害舜，舜盡孝以合天心，終不能害舜，終能使一家底豫。（詩云）歷山號泣自躬耕，青史長傳大孝名。今日登高頻悵望，豈能無念倚閭情。（正末詩云）旅客逢秋苦憶歸，可堪鴻雁正南飛。倚門老母應頭白，何日重來戲綵衣[5]？（唱）

【紅繡鞋】淚眼盼秋水長天遠際，歸心似落霞孤鶩齊飛，則我這襄陽倦客苦思歸。我這裏憑欄望，母親那裏倚門悲。（許達云）仲宣，既然如此感懷，何不早歸故里？（正末云）吾兄怕不說的是哩！（唱）爭奈我身貧歸未得。

（許達云）仲宣，滿飲此杯。你看此樓，下臨紫陌，上接丹霄，宴海內之高賓，會寰中之佳客。青山綠水，渾如四壁開圖；紅葉黃花，絕似滿川鋪錦。寒雁影搖搖曳曳，數行飛過洞庭天；寒蛩聲唧唧啾啾，幾處叫殘江浦月。俺這裏鱸魚正美，新酒初香。橙黃橘綠可開樽，紫蟹黃雞宜宴賞。對此開懷，何故不飲？（詩云）風送潮聲過遠洲，雨收山色上危樓。美玉不換重陽景，黃金難買菊花秋。（正末云）憶昔離家二載過，鬢邊白髮奈愁何。無窮興對無窮景，不覺傷心淚點多。（唱）

【普天樂】楚天秋，山疊翠，對無窮景色，總是傷悲。好教我動旅懷，難成醉。枉了也壯志如虹英雄輩，都做助江天景物淒淒。（云）老兄，小生有三椿兒不是。（許達云）可是那三椿兒不是？（正末云）是這氣、這愁和這淚。（許達云）氣若何？（正末唱）氣呵做了江風淅淅。（許達云）愁若何？（正末唱）愁呵做了江聲瀝瀝。（許達云）淚若何？（正末唱）淚呵彈做了江雨霏霏。

（許達云）仲宣，時遇清秋，階下有等草蟲，名寒蛩，又名促織，此等草蟲叫動，家家捶帛搗練。小生不才，作《搗練歌》一首，則是污耳。（歌云）忽聞簾外杵聲搖，聲上聲低聲轉高。羅袖長長長繞腕，輕輕播播播風飄。看看看是誰家女，巧巧巧手弄砧杵。停停聽是兩娉婷，玉腕雙雙雙擎舉。灣灣灣月在眉峰，花花花向臉邊紅。星眼眼長長出淚，多多多滴擣衣中。挜開挜入挜紋波，叠叠重重重數多。相相相喚鄰家女，欲裁未裁裁綺羅。秋天秋月秋夜長，秋日秋風秋漸涼。秋景秋聲秋雁度，秋光秋色秋葉黃。中秋秋月旅情傷，月中砧杵響噹噹。噹噹響被秋風送，送到征人思故鄉。故鄉何在歸途遠，途遠難歸應斷腸。斷腸只在紗窗下，紗窗曾不憶徬徨。休玩休玩中秋月，月到中秋偏皎潔。此夜家家家擣衣，添入離愁愁更切。寒露初寒寒草邊，夜夜孤眠孤月前。促織促織叫復叫，叫出深秋砧杵天。誰能秋夜聞秋砧，切切悲悲悲不禁。況是思歸歸未得，聲聲捶碎故鄉心。（正末嘆云）好高才也！其思遠，其調悲，使人聞之，不覺潸然淚下。（詩云）寒蛩唧唧細吟秋，夜夜寒聲到枕頭。獨有愁人聽不得，愁人聽了越添愁。（唱）

【石榴花】[6]現如今寒蛩唧唧向人啼，哎，知何日是歸期？想當初只守著舊柴扉，不圖甚的，倒得便宜。（許達云）大丈夫得志食於鐘鼎，不得志隱於山林。（正末唱）則今山林鐘鼎俱無味，命矣時兮！哎，可知道枉了我頂天立地居人世。（許達云）仲宣，今年貴庚了？（正末唱）老兄也恰便似睡夢裏過了三十。

【鬥鵪鶉】又不在麋鹿群中，又不入麒麟畫裏。白死了吐哺周公，枉餓殺採薇伯夷。自洛下飄零到這裏，剗的無所歸棲。（帶云）小生當初投奔劉表的意呵，（唱）指望待末尾三稍，越閃的我前程萬里。

（許達云）仲宣，想昔日孔子投於齊景公，景公不能用，復投魯哀公，封孔子為魯司寇，三日而誅少正卯。齊景公故將美女數十人，習成女樂，獻與哀公。哀公受了女樂，三日不朝。孔子棄職而歸。投於衛靈公，與之言治國之道。衛靈公仰視飛雁。孔子知其不能用，投於陳國。其時陳國被吳國征伐，孔子遂困於陳、蔡之間，糧食都絕，從者皆病不能起。聖人尚然如此，何況今日乎！老兄，（詩云）詩酒當前且盡情，功名休問幾時成。天公自有安排處，莫為憂愁白髮生。（正末詩云）三尺龍泉七尺身，可堪低首困風塵！王侯將相元無種，半屬天公半屬人。（唱）

【上小樓】一片心扶持社稷，兩隻手經綸天地。誰不待執戟門庭，御車郊原，舞劍尊席？（許達云）仲宣，當初肯與蒯、蔡同列為官，可不好來？（正末唱）我怎肯與鳥獸同群、豺狼作伴、兒曹同輩？兀的不屈沉殺五陵豪氣！

（許達云）仲宣，想你辭老母，離陳蔡，謁蔡邕於京師，不能取其榮貴[7]。又持子建學士書呈，投託荊王劉表[8]，內妨蒯、蔡，不肯同列為官。先生主見，小生盡知。但他自幹他的事，你自幹你的事，便好道黍則黍，麥則麥，涇則涇，渭則渭。雖后稷之聖，不能化穗而成其芒；雖大禹之功，不能澄清而變其濁。芒穗清濁，尚然不變，何況於人乎！既託迹於劉表，何苦不同官於蒯、蔡？（詩云）嗟君志氣本超群，爭奈朝中多忌人。所以獨醒千古恨，至今猶自泣纍臣。（正末詩云）有志無時命矣夫，老天生我亦何辜？寧隨澤畔靈均死，不逐人間乳臭雛。（唱）

【幺篇】據著我慷慨心，非貪這潋灩杯。這酒呵便解我愁腸，放我愁懷，展我愁眉。則為我志願難酬，身心不定，功名不遂。（云）吾兄將酒過來。（許達云）酒在此。（正末飲科，云）再將酒來。（許達云）仲宣，為何橫飲幾杯？（正末唱）倒不如葫蘆提醉了還醉。

（云）小生為功名不遂其心，不如飲一醉，墜樓而亡。（做跳下[9]，許達驚扯住科，云）呀，早是小生手眼快，螻蟻尚且貪生[10]，為人何不惜命？古人有云：存其身而揚其名，上人也；將其身而就其名，中人也；捨其身而滅其名，下人也。吾想此中屈原、卞和二人，雖得其名，卒捨其身。如吾兄為功名不遂，要墜樓身死，是為不知命矣。昔呂望有經綸濟世之才，雖在貧窘，意不苟得，年登八旬，垂釣于渭水。後文王夢非熊之兆，出獵西郊，至磻溪，見呂望，同載而歸，以為上賓。至武王時，成功立業，封號太公。今老兄發悲，不為別故，止為家中老母無人侍養。小生到來日會江下父老，收拾青蚨，賣為路費，送老兄還歸故里，有何難哉！（詩云）只為你高堂有母鬢斑斑，客舍淹留甚日還。橐裏黃金願相贈，免教和淚倚欄杆。（正末詩云）恥向人間乞食餘，登臺一望淚沾裾。可憐飄泊緣何事？不寄平安問母書。（唱）

【滿庭芳】我如今羞歸故里，則為我昂昂而出，因此上快快而歸。空學成補天才，却無度饑寒計。幾曾道展眼舒眉，則被你誤了人儒冠布衣，熬煞人淡飯黃齏。有路在青霄內，又被那浮雲塞閉。老兄也百忙裏尋不見上天梯[11]。

（許達云）仲宣，你看那一林紅葉，三徑黃花；一林紅葉傲風霜，如亂落火龍鱗；三徑黃花擎雨露，似潤開金獸眼。登高望遠，人人懷故國之悲；撫景傷情，處處灑窮途之泣。老兄，（詩云）暑退金風覺夜長，蟬聲不斷送秋涼。東

籬滿目黃花綻,雁過南樓思故鄉。(正末詩云)采采黃花露未稀,他鄉誰爲授寒衣?獨憐作客人南滯,不似隨陽雁北飛。(唱)

【十二月】幾時得似賓鴻北歸,倒做了烏鵲南飛。仰羨那投林倦鳥,堪恨那舞甕醯雞。方信道垂雲的鵾鵬羽翼,那藩籬下燕鵲爭知!

(帶云)老兄也!(唱)

【堯民歌】真乃是鶴長鳧短不能齊,從來這烏鴉彩鳳不同棲。挽鹽車騏驥陷淤泥,不逢他伯樂未能嘶[12]。只爭個遲也麼疾,英雄志不灰,有一日登鰲背。

(做睡科)(外扮使命上)(詩云)雷霆驅號令,星斗煥文章。聖主賢臣頌,今朝會一堂。吾乃天朝使命是也。今有王仲宣獻上萬言長策,聖人見喜,宣他爲天下兵馬大元帥[13]。打聽得在許安道樓上飲酒。許安道在麼?(許達見科,云)那裏來的大人?(使命云)小官天朝來的使命,宣王仲宣爲天下兵馬大元帥,快報復去!(許達云)王仲宣,王仲宣!(正末云)做甚麼大呼小叫的?(許達云)今有天朝使命,宣你爲天下兵馬大元帥。(正末云)來了不曾?(許達云)見在樓直下哩!(正末云)慌做甚麼,忙做甚麼!既來了,怕他回去了不成?(許達云)則吃你這般傲慢!(正末唱)

【煞尾[14]】從今後把萬言書作戰場,輔皇朝爲柱石。扶侍著萬萬歲當今帝,則願的穩坐定蟠龍餕金椅。(同使命下)(許達云)那王仲宣別也不別,竟自去了,有這般傲慢,可知道荊王不肯用他。(詩云)一片雄心大似天,可知不肯受人憐。今朝身佩黃金印,纔識登樓王仲宣。(下)

校記

[1] 小應科:原本無此三字提示。今從陳本補。

[2] 鷓鴣天:陳本、孟本皆無此詞牌名。

[3] 死葬在墳園:原本作"死喪之威"。今從陳本改。

[4] 因何造此:"此"字,原本空缺。今依文意補。

[5] 旅客逢秋……戲綵衣四句詩:"戲"字,原本字跡不清。王本作"戯"。今暫從。待考。

[6] 【石榴花】:此曲前,何校陳本還附有【喜春來】曲:"淡烟漠漠添秋意,黃葉瀟瀟聽擣衣,秋聲秋色兩相宜。我便如鐵石,對此也心灰。"

[7] 謁蔡邕於京師,不能取其榮貴:"不"字,原本墨丁不識。今從陳本改。此二句陳本作"謁蔡邕,以望榮顯之貴,因遜讓間不能取其榮貴"三句。

［8］投託荆王劉表："表",原本作"衣"。今改。

［9］做跳下："做跳"二字,原本墨丁。今從陳本補。

［10］螻蟻尚且貪生:"蟻"字,原本墨丁;"尚",原本誤作"向"。今從陳本改。

［11］尋不見上天梯:"不見",原本作"元"。孟本改。今從。

［12］不逢他伯樂未能嘶:"未能嘶",原本作"不應嘶"。今從陳本改。

［13］宣他爲天下兵馬大元帥:原本"元帥"後有"兼管左丞相事",陳本無此六字。今依後文情節删。

［14］【煞尾】:此曲前,何校陳本補有四曲。依次是:【哨遍】則爲一紙書,飄零到楚地,數年間困殺英雄輩。非自己不能爲,待賢心言行相違,信著二逆賊,我做了鷦鷯巢葦。他便是餓虎當塗,没亂殺成何濟。一自荆王歸世。酷醑酒消除慰悶,鎮登樓佇立金梯。恨離愁不趁漢江流,怨身世難同野雲飛。這裏叛亂將興,政事難行,異端並起。(外云了)【耍孩兒】若收伏了漢上荆州地,何患山圍故國。利兵堅甲不須多,談笑間烟滅灰飛。鞭醮乾一江漢水清波漲,馬吃盡三月襄陽綠草齊。不足與挾仇氣,兒曹之輩,疥癬之疾。【幺】紫泥宣詔到都堂內,八輔相教言稱職。整朝綱,薄賦敛,省刑罰,新號令,四海傳檄記。驟遷東漢三公位,不教人道依舊中原一布衣。男子漢崢嶸日,撇了一瓢而飲,受用列鼎而食。臣事君以忠,君使臣以禮。把姦讒誡首干戈息。若教我但居相位府十餘載,強似你高築長城千萬里。太平兆,無多日,我治的桃林野耕牛閒卧,華陽山戰馬空嘶。【二煞】我治的花(蒼)生解倒懸,我治的山河壯帝居,我治的兩輪日月光天德,我治的四夷玉帛朝南面,我治的萬象森羅拱北辰。極無瑕玉,堪作皇家器,爕理陰陽氣序,調和鼎鼐鹽梅。

第 四 折

(蔡相引祗從上[1],云)老夫蔡邕是也。今有王粲獻上萬言長策,聖人見喜,着他做天下兵馬大元帥,只在早晚將到。左右,與我請將曹子建學士來者。(祗從云)理會的。(曹學士上,云)小官曹植。今有蔡邕丞相著人相請,須索走一遭去。左右,報復去,道有曹子建在於門首。(祗從報科,云)報的老爺得知,曹學士來了也。(蔡相云)道有請。(見科)(曹學士云)老丞相,賀萬金之喜!(蔡相云)喜從何來?(曹學士云)今有令婿王仲宣,獻上萬言長策,得了天下兵馬大元帥,小官特來賀喜。(蔡相云)比及學士説呵,老夫

已知道了也。如今俺二人牽羊擔酒,十里長亭,接新官走一遭去。(下)(正末引卒子上,云)王粲,誰想有今日也呵!(唱)

【雙調·新水令】一聲雷震報春光,(卒按喝科)(正末唱)起蟄龍九重天上。蔡邕也你便似臧倉毀孟軻,王粲也我却做了貢禹笑王陽。則道我甘老在荊襄,今日個崢嶸日豈承望?

(蔡、曹同上)(蔡相云)此間是他轅門外了。學士,你先進去。(曹學士云)令人,報復去,道有翰林學士曹子建在於門首。(報科)(正末云)大恩人來了也!道有請。(見科)(曹學士云)元帥崢嶸有日,奮發有時。(正末云)當日不虧學士大恩,豈有今日?學士請上,受小官一拜。(拜科)(曹學士云)元帥請起。論小官有甚麼恩在那裏?(正末唱)

【沉醉東風】[2]想當日到京師將誰倚仗?多虧你曹學士助我行裝。雖然是一封書死了荊王,還得你萬言策奏知今上,纔得個元戎印掌。這都是你義海恩山不可當,再休題貴人健忘。

(蔡相云)令人,報復去,道有蔡丞相在於門首。(卒報科)(正末唱)

【喬牌兒】不由我肚兒裏氣夯,他有甚臉來俺門上!(云)他可不是蔡邕丞相麼?(曹學士云)他可是誰?(正末唱)他是舉韓侯三薦的蕭丞相。往日的情我和他今日講。

(云)令人,說出去,他是個丞相,我是個元帥府衙門,爾我無干。他進來便進來,不進來我也接待他不成?(卒子云)理會的。老丞相,俺元帥說來:你是個丞相,他是元帥府衙門,爾我無干,你進去便進去,不進去他也接待你不成?(蔡相公)可早一句兒也!也罷,我自己進去。(見科)元帥,幾年不見,受老夫一拜。(正末云)住者。左右,將過錦心拜褥來。(蔡相云)要他做甚麼?(正末云)則怕拜下去污了你那錦繡衣服!(蔡相云)可早兩句兒也!(正末云)却不道錦堂客至三杯酒,茅舍人來一盞茶。我是個新帥府,豈無一杯酒管待?令人,將酒來。(卒子云)酒在此。(正末云)這一杯酒,當從丞相飲。老丞相接酒。(蔡相云)將來。(正末云)住者,小官有失禮體,放著翰林院大學士在此,當從學士請酒。(曹接酒科)(正末云)這杯酒可到老丞相,丞相接酒。(蔡相云)將來。(正末云)住者,慌做甚麼!學士飲個雙杯。(曹飲科)(正末云)這杯酒可該老丞相飲,丞相接酒。(蔡相云)將來。(正末云)住者!兩隻手撈菱般相似,大缸家釀下酒,缽盂裏折的你也吃不了。枕著青石板睡,餓破你那臉也。學士飲個三杯和萬事。(蔡相云)可早三句了也!王粲,你將一杯酒似與不與,對著翰林學士在此,羞辱老夫。是何道理?(正末

云）你發甚麼酒風哩！（蔡相云）我吃你甚麼酒來？（正末云）當初曾道來。（蔡相云）我道甚麼來？（正末唱）

【水仙子】你道你精神顏色捧瑤觴，和氣春風滿畫堂。你道我不明白凍死在顏回巷，我今日也列金釵十二行。盡今生急急忙忙，你那裏有江湖心量？衡一片齏鹽肚腸，（帶云）令人，抬過了酒餚者。（唱）飲不的我玉液瓊漿。

（蔡相云）王粲，你強殺者波，則是個兵馬大元帥；我歹殺者波，是當朝左丞相，調和鼎鼐，燮理陰陽。你把我這般看待，敢不中麼？（正末唱）

【甜水令[3]】你道是位列三台，調和鼎鼐，燮理陰陽，丞相府氣昂昂。覷的我元帥衙門，無過是點些士伍，排些刀仗，與文臣本不同行。

【折桂令[4]】你不來呵但憑心上，我也不差着人來，請你登堂。（帶云）你今日既來呵，（唱）誰着你鳥故趨籠，魚偏入網，人自投湯。既受你這許多好情親向，我豈可沒半句惡語相傷。（蔡相云）可知你與我也沾些親來？（正末唱）從今後星有參商，人有雌黃。你做不的吐哺周公，我也拚不做坦腹王郎。

（蔡相云）學士，你這裏不說，那裏說？（曹學士云）老丞相休慌。元帥請暫息雷霆之怒，略罷虎狼之威，聽小官明明的說破，著元帥細細裏皆知。人不說不知，木不鑽不透，冰不搦不寒，膽不嘗不苦。當初老丞相曾與令尊老先生爲金蘭契友[5]，二人指腹成親：若生二女，同攀繡床；若生二子，同舍攻書；若生子、女，結爲夫婦。不想令尊生下元帥，丞相所生一女。因爲官守所絆，彼各天涯，間隔親事。老丞相聞知元帥學成滿腹文章，只是驕矜傲慢，不肯曲脊於人。以此數次將書調取至京，蕭條旅館，個月期程，不蒙放參。可是爲何？只是涵養你那銳氣。及至相見，將那三杯酒耻辱元帥，一席話激發將軍。豈知春衣、白金、雕鞍、書札，都不是小官的，老丞相暗暗的與我，著我明明的與你，齎發你投託荊王劉表。誰想劉表不能任用，淹留在彼。你將萬言長策，寄與小官，小官轉與老丞相，老丞相獻與聖人，聖人見喜，今得此官。自從元帥去後，老丞相將老夫人搬至京師，一般蓋下畫堂，又陪房奩斷送，將小姐聘與元帥爲妻。說兀的做甚！（詩云）則爲你襄陽久困數年間，今日撥開雲霧見天顏。非干我這舉賢曹子建，則拜你那恩人老泰山。（正末拜科，云）則被你瞞殺我也，丈人！（蔡回禮科，云）則被你傲殺我也，女婿！（正末唱）

【雁兒落】又不曾趨蹌天子堂，又不曾圖畫功臣像。止不過留心在筆硯間,又不曾惡戰在沙場上。

【得勝令】呀,怎做得架海紫金梁,則消得司縣綠衣郎。今日個樞府新元帥,還只是長安舊酒狂。騰驤,端的有豪氣三千丈;遊揚,這的是功名紙半張。

(蔡相云)天下喜事,無過子母夫婦團圓。就今日卧翻羊、窨下酒,做個大大慶喜筵席者!(詞云)我兩姓結婚姻原在生前,難道我今日敢違背初言。因此上屢移書接來到此,本待將加官職指引朝天。只爲你生性子十分驕傲,並不肯謙謙的敬老尊賢。我特將三杯酒千般折挫,無非要涵養得氣質爲先。暗地裏具書呈白金駿馬,封皮上明寫著子建相傳。豈知道到荆州依然不遇,遂淹留不得返荏苒三年。想登樓這一點思鄉客淚,多應是長飄灑似雨漣漣。萬言策又是我轉聞今上,纔得授大元帥入掌兵權。早先期高平去迎將老母,預蓋下大宅院供具俱全。專等待你回來選其吉日,與小女結花燭夫婦團圓。此皆由我老夫殷勤留意,非學士能出力爲你周旋。到如今纔一一從頭說破,大家的開笑口慶賞華筵。(正末唱)

【離亭宴煞】[6] 你元來爲咱氣銳加涵養,須不是忌人才大遭魔障。端的個這場,收拾了龍争虎鬥心,結果了鴞薦鵬搏力,表明了海闊天高量。安排下玳瑁筵,準備著葡萄釀,做一個團圓的慶賞。早匹配了青春女一生歡,穩情取白頭親百年享。(同下)

題目　　假託名蔡邕薦士
正名[7]　醉思鄉王粲登樓

校記

[1] 蔡相引祇從上:"從"字下,原本有一"人"字,衍。今刪。
[2] 【沉醉東風】:陳本無此曲,何校陳本補錄八曲(詳後),亦無此曲。
[3] 【甜水令】:陳本無此曲。何校陳本補有此曲,然曲文大異,詳後。
[4] 【折桂令】:孟本同,惟曲中"既受你這許多好情親相"句中無"這"字。陳本無此曲。何校陳本補錄此曲,然曲文大異,見後。
[5] 爲金蘭契友:原本"金"上,無"爲"字。今從陳本補。
[6] 離亭宴煞:陳本無此曲。
[7] 題目正名:陳本作"題目　窮書生一志綢繆,望中原有國難投;正名　薦賢士蔡邕背稿,醉思鄉王粲登樓"。孟本例無"題目正名",而作"正目",置於劇前。

按：陳本第四折何校補錄八曲，今與原文五曲統一編次，今據馮本迻錄于下（原文五曲只錄曲名，曲文從略）：一、【雙調·新水令】。二、【駐馬聽】一封詔赴闕來王，糾糾威風壯紀綱。萬言策出朝爲將，輝煌星斗煥文章。墨痕奸佞血淋浪，筆端鼓角聲悲壯。男兒當自強，虹霓氣吐三千丈。三、【雁兒落】。四、【得勝令】。五、【甜水令】也不是福（禍）不單行，悶的我心無所向，恰便是風外柳花狂。子爲歸計難酬，憑欄凝望，望不斷烟水茫茫。六、【折桂令】因此上醉登樓王粲思鄉，子爲囊篋俱乏，因此上酒債尋常。受過了客旅淹留，且放些酒後疏狂。那酒本澆我羈懷浩蕩，消磨了塵世愴惶，少年科場。殢殺魷觸，恐怕春光，却憂成鏡裏秋霜。七、【喬牌兒】。八、【水仙子】。九、【川撥棹】書嚇得反賊降，抵多少鞭敲金凳（鐙）響？九層壇上，百萬兒郎，戈戟旌幢，弓箭刀槍。便有八面威風，將軍氣象，金鼓鳴驚上蒼。十、【七兄弟】振春雷霆勢況，動關山鄉音亮，珂珮韻鏘鏘。七重圍裏元戎將，五方旗號合堪傍，一輪皂蓋飛頭上。十一、【梅花酒】今日我見帝王，志節昂昂，喜氣洋洋，相貌堂堂。得意也王仲宣，待賢也漢君王。陛下且莫過獎，君仁德賽文王。臣虛負作賢良，比昭列（烈）武成王。十二、【收江南】又不曾落梅風裏釣寒江，高宗夢裏築岩墻，得白金驕馬錦韉香，薦微臣表章，此恩生死不能忘。十三、【鴛鴦煞】張儀若不是當時一度懷惆悵，蘇秦怎能勾今朝六國知名望！填還了萬里驅馳，報答了十載寒窗。過道執着百萬軍權，三臺印掌。卧雪眠霜，雄糾糾（赳赳）驅兵將。再不對樓外斜陽，望斷天涯舊鄉黨。

附錄

醉思鄉王粲登樓

楔　　子

（蔡邕一折了）（正末同卜兒上）（卜兒云了）（末云）母親放心！既丞相寄書來，到那裏，看俺父親面，也好歹覷當您孩兒。況兼文章不到得落於人後，取皇家富貴，如同掌上觀文。母親休憂，您孩兒須索走一遭去。

【仙呂・賞花時】豚犬東行百不憂，趁著雕鶚西風萬里秋。非拙計便狂遊。憑著雄才大手，談笑間覓封侯。（下）

第　一　折

（駕一折了）（蔡邕上開住）（子建上坐定）（外飲酒住）（末上小二推上）（小二云住）（云）你休小覷我，我是蔡丞相親眷，我便不這般受窮來。（小二云了）

【仙呂・點絳唇】雖是我家業凋殘，少年可慣，人輕慢，長鋏空彈，貧賤非吾患。（小二云了）

【混江龍】我與人秋毫無犯，子被這氣昂昂誤得我鬢斑斑。久居在簞瓢陋巷，風雪柴關。飯甑有塵蛛網亂，地爐無火酒瓶乾。剗地向天涯流落，海角飄零，中年已過，百事無成，捱不出傷官破祖窮愁限。在人閭閻之下，眉睫之間。

【油葫蘆】你休笑我書生膽氣寒，看承我如等閒，子爲敝裘常怯曉霜寒。（云）只重衣衫不重人，□有之。有人也作兒曹看，恨無端一郡蒼生眼。我量寬如東大海，志高如西華山，則爲五行差斡運難迭辦，不能得隨聖主展江山。

【天下樂】因此上時復挑燈把劍看，那的每酸寒，怎挂眼，都待要論黃數黑在筆硯間。他教童蒙數子頑，我輔皇朝萬姓安，枉將人一例看。

（小二云下）（末云）我不和這廝合口；丞相請著我哩，怕怪來遲。（到科）（見外報了）（過去見外科）（外把盞）（三科）（外不□酒云了）（末背云）這漢好無道理也！著書叫我來，一月也不曾放參，今日請將我來，對衆與我一盞酒。不與我呵□□□□□漫我。□不回他幾句話，喚道我怎生般不出才。等再□著我時，看我□□這□□□。（外云了）（怒云）丞相，凡人不得□□相，海水不可□□□，□□□□生不過時，您侄兒它□它發福，也不□□相之不□。

【那吒令】我怎肯空隱在嚴子陵釣灘，我怎肯甘老在班定遠玉關。（云）大丈夫仗鴻鵠之志，據英濟之才，我則待大走上韓元帥將壇。我雖貧呵，樂有餘，心無憚，脱不得二字饑寒。

【鵲踏枝】赤緊的仕途難，主人慳，那裏取握髮周公，下榻陳蕃。□凍餓死閒居的范丹，憂愁殺高卧袁安。

【寄生草】伊尹埋没在耕鋤内，傅説劬勞在版築間。今日有寧戚慢嘆白石爛，有太公空釣在磻溪岸，有靈輒誰濟桑間飯？哀哉堪恨小人儒，嗚呼不識男兒漢。（外云了）

【幺篇】你個田文傲，怎做劍客看？待賢知得伊辭憚，學雞落得人輕慢，無魚贏得咱悲嘆。你雖然紫袍金帶禄千鍾，不敢養錦衣繡襖軍十萬。（外云了）

【六幺序】投奔你爲東道，倚靠你如泰山。似驚烏月冷枝寒。鏡裏空看，冠上空彈。前程事非易非難，蟄龍奮起非爲晚，待春雷震破天關。有一日應非熊得志扶炎漢。離了桑樞甕牖，平步上玉砌雕欄。

【幺篇】得見天顔，列在朝班，書嚇南蠻，威懾諸藩，内併奸讒，外振邊關，整頓江山，平治塵寰。紫綬烏靴象簡，不教人下眼看。這□□身閒，塵土衣單。（帶云）我不常如是，也須有個天數循環。輪還我不平奮氣空長歎，充塞乎天地之間。那漫漫長夜何時旦？看斬蛟北海，射虎南山。

（云）投人須投大丈夫。雖爲卿相□無寬容量，和你説甚末。（做不忿出）（子建上云了）（云）老兄，先年不罪。蔡相與先父乃刎頸之交，父死之後，小生困於長安，雖貧呵，不曾失於學問。不期蔡相書取我到此，一月不放參。今日請小生來，對衆反以言語相傲。此人情理。（外云了）

【金盞兒】屈於不知己豈愁煩，伸于知己有何難。他無意濟轍魚江漢。愁何晚，空教我趨前退後兩三番。我能可困於陳蔡地，餓死首陽山。我想挂冠歸去好，誰待叉手告人難。（外云了）

【醉扶歸】論文呵，筆掃云烟散；論武呵，劍射斗牛寒。掃蕩妖氛不足難。遮莫待掌帥府居文翰，不消我羽扇綸巾坐間，敢破强虜三十萬。

（外云了）（子建分付與末了）（末云）小生與老兄往日無舊，□賜黄金鞍馬書呈，薦我荊州，此事未敢相忘。

【尾聲】持翰墨謁荊州，似展羽翼騰霄漢。子今夜夢先到襄江峴山，楚天闊寧如蜀道難。得了白金駿馬雕鞍，我若是到荊樊，則願得人馬平安，穩情取崢嶸□眼。□別波放魚子産，是看取屠龍王粲，有一日錦衣含笑入長安。（下）

第 二 折

（二淨一折）（荊王上云住）（正末背劍上，云）自從離洛陽，一路上感得一場天行病，爭些送了性命。將鞍馬賣了，盤纏使盡，不付能較。每日三二家捱着行前進，又早數月，今將到荊州。嗨！好窮命呵！

【正宮・端正好】穿草履踐長途，幾時得鞭贏馬催行色，拂西風滿面塵埃。昨朝風送烟波側，今日個落日青山外。

【滾繡球】我比那買官的省玉帛，我比那求仕的費草鞋。好難尋呵，紫袍金帶，今日見荊王便是苦盡甘來。如還到院宅，把書拆開，多管是降階而接待，豈不聞有朋自遠方來。你看我坐間略陳素稿安邦策，荊王呵！你子索高築黃金拜將臺，更不索疑猜。

（提到門首見外了）（報了）（荊王云了）（接見禮了）（坐定把盞科）（看書畢荊王云了）（末云）不是談是非，今日難行。

【倘秀才】如今布衣人平登省臺，真乃是挾太山以超北海。如今他可也不問文才子論財，難尋東道主，因此上久困在書齋，別無甚利害。

（外云了）

【滾繡球】非是王仲宣胸次高，赤緊的晏平仲度量窄。咱遠遠地謁他夫初相見，弟兄情怕不厮親厮愛。（云）他問道：老兄此一來，有何貴幹？咱實訴：知得老兄崢嶸，特來投奔。則一句，唬的他不擡頭口便難開。（云）便待推託，怎違相知面皮。好！好！等三日賣發老兄。少呵，等十朝待半月；多呵，得賣發銀一兩錢二百，那一場賣發人大驚小怪。（云）當得無話休，或一句差。這厮没飯生受時，我曾賣發他盤纏來。對相知朗然花白。如今友人門下難投託，因此上安樂窩中且避乖，到大幽哉。

（荊王云了）

【呆骨朵】半生牢落，一介寒儒，走將來權臨極品，印掌三台。掌荊襄帥府威風大，不想白衣中日轉千階。又不曾驅六甲風雷，辨三光氣色，至如寫下論天表,草下平蠻策。王粲子是簪纓門下人,怎做得斗牛星畔客。

(外云了)(二淨上見了)(做背科,云)荆王門下賢士多[1],我若不輕傲著呵,便小小看我,我且傲者。

(二淨把盞云)(傲飲了)(荆王云了)(末云)不是王粲為口。(荆王云了)

【倘秀才】止不過屈志在蓬窗下,侵近著管城硯臺,又不曾進履在圯橋下,收得甚兵書戰策?然如此有志屠龍去南海,古今無壯士,前後少英才,非王粲疏狂性格。

【滾繡球】論用武呵,不讓姜太公伐無道一戰功;論謀略呵,不讓孫武子滅竈法下營寨;論邊征呵,不讓周亞夫領雄師過雁門紫塞;論迎敵呵,不讓齊田單縱火牛即墨城開;論心力呵,不讓藺相如澠池會那氣概;論智量呵,不讓管夷吾霸諸侯那計策;論屯駐呵,不讓班定遠久鎮在玉門關外;論英勇呵,不讓燕樂毅仗霜鋒走上燕臺;論智力呵,不讓齊孫臏馬陵上誅讒佞;論行兵呵,不讓韓元帥九里山前大會垓,席捲江淮。

【尾聲】他年不作文章客,異日能為將相材。待與不待總無礙,時與不時命將耐;論地談天口若開,伏虎降龍志不改。有一日拜取興劉大元帥,試看雄師擁麾蓋,記汝等將咱斯窺害,把恁擄掠到中軍帳門外,兩個跋扈襄陽記劍材,那時節纔識長安少年客。(下)

校記

[1] 賢士:《全元戲曲》本作"土",今改。

第 三 折

【中呂·粉蝶兒】塵滿征衣,嘆飄零一身客寄。往常食無魚彈鋏傷悲,今日個怨荆王信讒佞,把賢門緊閉。你今日死墳園,越悶得我不存不濟。

【醉春風】我本是未入廟堂臣,到做了不著墳墓鬼。想前賢多少困窮途,王粲呵!命薄的不似你、你。我比先進難及,子那昔人安在?王粲呵!你可甚後生可畏。

(外見了)(上樓做了)(外把盞)(云)好高樓呵!

【迎仙客】雕檐外紅日低,畫棟畔彩雲飛,十二欄杆在天外倚。我這裏望中原,思故國,不由我感嘆傷悲,越惱得一片鄉心碎。

(外云了)(云)本待不煩惱來,覷了這山河形勢,不由小生不煩惱。

【紅繡鞋】淚眼伴秋水長天遠際,歸心逐落霞孤鶩齊飛。倦客襄陽苦思歸。我這裏憑欄望,又感起倚門悲。母親呵!爭奈我身貧歸未得。

【普天樂】楚天秋,山叠翠,對無窮景色,總是傷悲。動旅懷,關心地,壯志離愁英雄淚,助江天景物凄凄。氣吁做江風淅淅,愁隨做江聲瀝瀝,淚彈做了江雨霏霏。

(外云了)(云)老兄不失家地,不知此況。爭奈眼前身畔,總是離愁。

【喜春來】淡烟漠漠添秋意,黃葉蕭蕭聽擣衣,秋聲秋色兩相宜,我便如鐵石,對此也心灰。

(外云了)

【石榴花】見如今滿林春筍蕨芽肥,猶兀自無處覓山溪。劍花生蕊馬空嘶,又不曾戰敵,虎倦龍疲。山林鐘鼎俱無濟,便休說命矣時分。頂天立地居人世,恰便似睡夢裏過了三十。

【鬥鵪鶉】既不處麋鹿群中,又不入麒麟畫裏;爲死了吐哺周公,險餓殺採薇的叔齊。從洛下飄零到這裏,剗地無所歸,又不見末尾三梢,閃得我前程萬里。

(外云了)(云)老兄不知王粲心。

【上小樓】我一片心扶持社稷,兩隻手經綸天地。誰待要執戟門庭,御車郊原,舞劍尊席。怎知鳥獸同群,豺狼同列,兒曹同位。兀的不屈沉殺五陵豪氣!

(外云了)(云)老兄這裏。

【幺篇】未稱俺慷慨心,我非貪瀲灩杯;這酒澆我愁懷,洗我愁腸,放我愁眉。壯志難酬,身心無定,功名不遂,因此上葫蘆提醉了還醉。

(外云了)(云)一自離家,倏忽數載,名利皆不如意,衣敝緼袍,囊無日用之金。正是:到闕不沾新雨露,還家猶帶舊風塵。

【滿庭芳】須是我羞歸故里,只爲我昂昂而已,怏怏而回。空學的贍天才,無度饑寒計。又不曾展眼舒眉,子被你誤了我也儒冠布衣,傲煞人也淡飯黃齏。本有路到青霄內,奈浮雲蔽日,百忙裏尋不見上天梯。

(外云了)(聽雁聲叫科)(云)頭上雁過,飛禽尚自知寒暑;王粲那,何況你!

【十二月】幾時似賓鴻北歸,我便似烏鵲南飛。仰羨投林倦鳥,堪恨舞甕醯雞。方表咱螢能夜飛,鴻鵠志燕鵲爭知。

【堯民歌】真乃是鶴長鳧短幾時齊,從來雕鶚鸞凰不同棲。挽鹽車騏驥陷淤泥,不遇孫陽未能嘶。只爭個遲疾,遲疾心英雄志不移,異日登鰲背。

(外上開了)(與外見了)(外云了)

【哨遍】則爲一紙書飄零到楚地,數年間困殺英雄輩。非自己不能爲,待賢心言行相違。信著二逆賊,我做了鷦鷯巢葦,他便是餓虎當塗,沒亂殺成何濟。一自荆王歸世,酷殢酒消除鬱悶,鎮登樓竚立金梯。恨離愁不趁漢江流,怨身世難同野雲飛。這裏叛亂將興,政事難行,異端並起。(外云了)

【耍孩兒】若要收伏了漢上荆州地,何患山圍故國,利兵堅甲不須多,笑談間烟滅灰飛。鞭蘸乾一江漢水清波漲,馬吃盡三月襄陽綠草齊。不足與挾讐氣,兒曹之輩,疥癬之疾。

【么篇】紫泥宣詔到都堂內,八輔相都言稱職。整朝綱薄賦斂省刑罰,新號令四海傳檄。記驟遷東漢三公位,不教人道依舊中原一布衣。男子漢崢嶸日,撇了一瓢而飲,受用列鼎而食。

【三煞】臣事君以忠,君使臣以禮。我把奸讒鹹首干戈息。若教我但居相府十餘載,強似你高築長城千萬里。太平兆無多日。我治的桃林野耕牛閒臥,華山陽戰馬空嘶。

【二煞】我治的蒼生解倒懸,我治的山河壯帝居。我治的兩輪日月光天德,我治的四夷玉帛朝南面,我治的萬象森羅拱北極。無瑕玉堪作皇家器,燮理陰陽氣序,調和鼎鼐鹽梅。

【尾聲】看我事君王如腹心,輔皇庭作柱石,扶持得萬乘當今帝,穩坐蟠龍亢金椅。(下)

第 四 折

(駕一折)(子建上云住)(正末整扮元帥上)(做見住)(奏樂住)(子建把盞云了)

【雙調·新水令】一聲雷震報春光,起蟄龍九重天上。蒯越呵,你便似臧倉毀孟軻,王粲呵,你做了貢禹嘆王陽。我則道老死在襄陽,崢嶸日不承望。

【駐馬聽】一封詔赴闕來王,糾糾威風壯紀綱。萬言策出朝爲將,輝輝星斗煥文章。墨痕奸佞血淋浪,筆端鼓角聲悲壯。男兒當自強,虹霓氣吐三千丈。

（太保送宣上）（謝恩了）（外把盞）（問了）

【雁兒落】又不曾扶持劉廟堂，便怎彩畫入功臣像。止不過留心在筆硯間，又不曾苦戰沙場上。

【得勝令】怎做得架海紫金梁，則消的司縣裏綠衣郎。臣曾夜宿孫康巷，暮登天子堂。一封書謁荆王，引得人海波三千丈；萬言策對吾皇，兀的是功名紙半張。

【甜水令】也不是禍不單行，閃的我心無所向。恰便是風外柳花狂，子爲歸計難酬，憑欄凝望，望不斷烟水茫茫。

【折桂令】因此上醉登樓王粲思鄉，子爲囊篋俱乏，因此上酒債尋常。受過了客旅淹留，且放些酒後疏狂。那酒本澆我羇懷浩蕩，消磨了塵世愴惶。少年科場，殢殺鵷鶴，恐怕春光，却憂成鏡裏秋霜。

（外云了）

【喬牌兒】不由人肚裏氣夯，有甚臉來到俺筵上。你個引韓侯三薦蕭丞相，那時情今日想。

【水仙花】我不合精神顏色勸瑤觴，你恰甚和氣春風滿畫堂。我只道不明白餓倒在顏回巷，幾曾見列金釵十二行。盡今生劫劫忙忙，又無那江湖心量，只是齏鹽肚腸，吃不得玉液瓊漿。

【川撥棹】書嚇得反賊降，抵多少鞭敲金凳響。九層壇上，百萬兒郎，戈戟旌幢，弓箭刀槍。便有八面威風，將軍氣象，金鼓鳴驚上蒼。

【七弟兄】振雷霆勢況，動關山響亮，珂珮韻鏘鏘。七重圍裏元戎將，五方旗號合堪傍，一輪皂蓋飛頭上。

【梅花酒】今日我見帝王，志節昂昂，喜氣洋洋，相貌堂堂，得意也王仲宣，待賢也漢君王。陛下且莫過獎，君仁德賽文王，臣虛負作賢良，比昭烈武成王。

【收江南】又不曾落梅風裏釣寒江，高宗夢裏築岩墻。得白金驕馬錦韉香，薦微臣表章，此恩生死不能忘。

（卜兒引旦兒上云了）（謝外）

【鴛鴦煞】張儀若不是當時一度懷惆悵，蘇秦怎能夠今朝六國知名望。填還了萬里驅馳，報答了十載寒窗。唱道執着百萬軍權，三台印掌，卧雪眠霜，雄糾糾驅兵將，再不對樓外斜陽，望斷天涯鄉黨。

（散場）

```
題目　窮書生一志綢繆
　　　望中原有國難投
正名　薦賢士蔡邕閉閣
　　　醉思鄉王粲登樓
```

鈔本王粲登樓跋

鄭　騫

《脉望館鈔校古今雜劇》所收《王粲登樓》，爲《古名家雜劇》本，其上有何煌（仲子）校録李中麓鈔本全文，與《古名家》及《元曲選》大異。後有何氏跋云："雍正三年乙巳八月十八日，用李中麓鈔本校，改正數百字，此又脱曲二十二，倒曲二，悉據鈔本改正補録。鈔本不具全白，白之繆陋不堪更倍于曲，無從勘正。冀世有好事通人，爲之依科添白，更有真知真好之客，力足致名優演唱之，亦一快事。書以俟之。小山何仲子記。"騫按：中麓爲李開先別號，李家所藏詞曲甚富，有詞山曲海之稱，元刊三十種即李舊藏。細觀此一鈔本，不僅與三十種同出李氏，其體裁形式亦完全相同。一、只有正末之白，且甚爲簡略質俚，其他角色之白皆僅以"某云"或"某云了"代之，又多"某人一折了"或"某上開住"等語。二、各曲文字簡勁，所用襯字遠較《古名家》及《元曲選》二本爲少。三、曲數多於上述二本，全劇合計，較《古名家》多十七曲（何校云多二十二曲，計數錯誤），較《元曲選》多十二曲，又有數曲文字與《元曲選》完全不同。凡此三者，皆爲元刊本雜劇與一切明人刊本之主要區別。可知此鈔本若非元鈔，即是自元刊或元鈔傳録，蓋與元刊三十種可以等量齊觀者。其文字勝於《古名家》及《元曲選》處甚多，不僅多出若干曲爲可貴，洵善本也。何校分列書眉及行間，不便閱讀，乃重加校録，附於三十種之後。予素嗜讀元本元劇，常恨傳世之數僅有三十，今又多見一種，其喜可知。何跋之後列有《㑳梅香》《竹葉舟》《倩女離魂》《漢宮秋》《梧桐雨》《梧桐葉》《留鞋記》《借屍還魂》等八劇名目，未詳何意，或係與此類似之鈔本，不知尚在天壤間否？果爲同類鈔本，則甚惜何氏之僅校其一也。

王粲登樓校勘記

據何煌校李中麓鈔本轉錄,以《元曲選》及《古名家雜劇》參校。《酹江集》全同《元曲選》。

楔　　子

原本似未分楔子及折數,今依前三十種之例分開。

第　一　折

【油葫蘆】"迭辦"原本及名家均誤作"迭辨",形近之誤,今從《元曲選》改正。

【天下樂】"數子頑""皇朝"原缺"頑"字、"朝"字,據《元曲選》及《名家》補。(枉將)"枉"原作"在",形近之誤。據《元曲選》及《名家》改。

【那吒令】前科白"請著我哩""哩"原作"裏",據文義改。"漫我","漫"當作"慢"。"過時"過當作遇。"它□它發福"此五字待校。此劇缺字方格之數目,皆依何煌原校。

【寄生草幺】《古名家》么下有"篇"字,何校未圈去;但元刊三十種凡么篇皆作么,今據刪篇字。後仿此。"伊辭憚","憚"原作"旦",同音假借,據文義改。

【六幺序幺】"外振"應從《元曲選》及《名家》作"外鎮"。

【金盞兒】"江漢"原作"紅漢",形近之誤,據文義改。

【賺煞】前科白"與未了"與字原本不清晰,存疑。

【賺煞】"調名"原作尾聲,據律改題。"穩情取崢嶸□眼"此句有脫誤。《元曲選》及《名家》俱作"穩情取崢嶸見您的眼",亦不甚通順。

第 二 折

【端正好】前科白"洛陽","洛"原作"駱",音同形近致誤。

第一支【滾繡球】"院宅"原作"宅院"。按:此句末一字平上均可,從無用去聲者,故改訂。宅字入聲作平。

第二支【滾繡球】"謂他夫","他夫"二字待校。"大驚"原重大字,今據文義刪去其一。

第二支【倘秀才】"性格"原缺格字,據《元曲選》及《古名家雜劇》補。

第三支【滾繡球】"藺相如澠池會那氣概"原無"藺池會那氣"五字,文義不全,句法不合,據《元曲選》及《古名家》補。

【尾聲】"麾蓋"原作"揮蓋"。按:"麾""揮"二字作動詞可通用,作名詞須用麾字,故從《元曲選》及《古名家》改。

第 三 折

【粉蝶兒】"墳園"此句須協韻,"園"當作"圍","墳圍"一詞見於《楚昭王疏者下船》劇第四折《水仙子》曲。但墳園文義亦通,《古名家》亦作墳園,或是原作偶然失韻,故仍舊未改。《元曲選》為求協韻而將全句改為"不爭你死喪之威",牽強不通。

【醉春風】"朝堂臣","朝"應從《元曲選》及《古名家》作"廟",以避免一連三字平聲。

【喜春來】"調名"原作"喜春天",據律改題。"兩相宜","兩"字原本不清楚,又似"雨"字。"兩""雨"二字義均可通,姑作"兩"字。

【石榴花】"猶兀自","猶"原作"由",同音假借。"命矣時兮"原無"矣"字,文義不通,句法不合,據《元曲選》及《古名家》補。

【上小樓】"怎知"當作"怎和"。

【滿庭芳】前科白"到闕"原缺"闕"字,今補。此兩句係成詩。

【十二月】前科白"王粲那","那"字原本不清晰,又似"耶"字。"那"即"哪"字,與"耶"字義均可通,姑作"那"字。

【哨遍】"歸世"應作"辭世"。"鬱悶","鬱"原作"慰",音近借用,今改。

【要孩兒么】"記驟遷","記"字待校,疑是衍文。

【三煞】"華山陽"原作"華陽山",今改。"歸馬于華山之陽,放牛于桃林之野。"見《尚書·武成篇》。

【二煞】"蒼生"原作"花生",據文義改。

第 四 折

【得勝令】"孫康巷"原無"巷"字,據文義句法及韻補。

【甜水令】"甜"原作"憩",形近致誤。

【七弟兄】原作"七兄弟",今改。

【鴛鴦煞】"唱道"原作"過道"。按:此二字是"鴛鴦煞"中常用之語,或作"唱道",或作"暢道",從無作"過道"者。今依習慣校改。

尾題 原無今補。

附注一:何校僅將鈔本科白錄出,並未將《古名家》本之各段科白勾去;但何跋有"鈔本不具全白……無從勘正"之語,可知此各段科白皆鈔本所無。

附注二:何校題目正名後有字一行云:"一本《水仙子》下有《殿前歡》《喬牌兒》《挂玉鈎》《沽美酒》《太平令》五曲。"按:《古名家》《元曲選》《酹江集》諸本俱無此五曲。此一行字究爲鈔本所原有或何氏所見別本如此,今不可考。

劉玄德醉走黃鶴樓

朱 凱 撰

解 題

　　雜劇。元朱凱撰。朱凱，字士凱，居里無考。自幼孑立不俗，與人寡和。小曲極多。與鍾嗣成交厚，其所編《昇平樂府》及隱語《包羅天地》《謎韻》，皆鍾氏爲序。著有雜劇《黃鶴樓》《孟良盜骨》二種，今皆存，另有散曲存世。

　　本劇曹本《録鬼簿》著録，簡名"黃鶴樓"，署朱凱撰。《太和正音譜》著録，簡名"醉走黃鶴樓"，署無名氏撰。《也是園書目》著録，正名"劉玄德醉走黃鶴樓"，署無名氏撰。《今樂考證》《古典戲曲存目彙考》著録，正名"劉玄德醉走黃鶴樓"。《曲録》著録，簡名"黃鶴樓"。由於該劇同名者有二種，今一存一佚，因而學界對本劇作者意見不一，一説爲元朱凱撰（見《孤本元明雜劇》），一説爲元無名氏撰（見《脉望館鈔校本》）。今暫署朱凱。末本。劇寫赤壁之戰後，諸葛亮率關羽、張飛追擊曹操。周瑜設計遣魯肅請劉備過江，到黃鶴樓赴碧蓮會，擬於席間加害。劉備在劉封慫恿下，不聽趙雲勸阻，執意過江赴會，被周瑜困於黃鶴樓。周瑜傳令，無他的令箭不許下樓。諸葛亮知此事，令關平以送暖衣、麈拂子爲名，將祭東風時周瑜所給令箭送給劉備，又令姜維扮漁夫給劉備送信。劉備用諸葛亮信中之計，把周瑜灌醉，手執從麈拂子中取出的東吳令箭，下樓逃走。事見元刊《三國志平話》卷中《玄德黃鶴樓私遁》一節，但人物、情節有所不同。今存《脉望館鈔校本》。另有王季烈《孤本元明雜劇》本（稱孤本）、隋樹森《元曲選外編》本（稱隋本）、王季思主編《全元戲曲》本（稱王本）。今以《脉望館鈔校本》爲底本（稱原本），參閲其他本校勘。

頭　　折

（冲末諸葛亮領卒子上，云）前次春花桃噴火，今日東籬菊綻金。誰似豫州存大志，求賢用盡歲寒心。貧道覆姓諸葛，名亮，字孔明，道號臥龍先生，琅琊陽都人也。在於臥龍岡辦道修行。自玄德公請貧道下山，拜爲軍師，頭一陣博望燒屯，殺夏侯惇十萬雄兵[1]，片甲不回。不想曹操不捨，親率領八十三萬雄兵，來取新野。來至三江夏口[2]，主公命某過江，問東吳借水兵三萬，周瑜爲帥，黃蓋爲先鋒。俺兩家合兵一處，拒敵曹操。貧道祭風，周瑜舉火，黃蓋詐降，燒曹兵八十三萬，片甲不回。今曹操敗走華容路，貧道領關、張二將，追趕曹操。説與趙雲衆將，緊守赤壁連城，休要有失。則今日追曹操走一遭去。施謀略平欺管樂，領雄兵密排軍校。先拿住百計張遼，直趕上奸雄曹操。（下）

（外扮周瑜領卒子上，云）腹中韜略隱黃公，匣藏寶劍徹青龍。坐籌帷幄真壯士，決勝千里作元戎。某姓周名瑜，字公瑾，乃廬江舒城人也。某幼習先王典教，後看韜略遁甲之書，某每回臨陣，無不幹功。幼年間曾與長沙孫策同堂學業，孫策已亡，後佐於江東孫權麾下，爲大將之職。因劉、關、張着孔明軍師過江，問俺江東借俺赤壁連城，暫且屯軍。俺主公拜某爲帥，黃蓋爲先鋒，領水軍數萬，戰於赤壁之間。某與孔明併力而攻，將曹兵八十三萬，一火焚之，皆某之功。又折了俺手將黃蓋。誠恐此人久後乘勝必取荆州。某想赤壁之戰，非干己仇，折某虎牙之將[3]，某常懷深恨，未曾報讎。某聞知諸葛孔明領衆將往華容路，追趕曹兵去了。乘此機會，某設一計：俺這江東有一樓，名曰是黃鶴樓；設一會，乃是碧蓮會。我修一封書，差手將魯肅[4]，直至赤壁連城，請劉玄德過江赴會。若劉玄德來時，某暗設三計：頭一計，酒至半酣，席間問其強弱，應答不合某心，用劍斬之；第二計，著大將于樊，把住樓門，一切人等，不放上下，若無某令箭，不許下樓；第三計，酒酣之際，要劉備順情歸吾，意有不從，擊金鍾爲號，伏兵盡舉，擒住劉備，困於江東，不放回赤壁連城，方稱某平生之願。設計已定。小校，與我喚將魯肅來者。（卒子云）理會的，魯肅安在？（魯肅上，云）自小曾將武藝習，南征北討慣相持。臨軍望塵知敵數[5]，對壘嗅土識兵機。某乃魯肅是也。某文通三略，武解六韜，十八般武藝，無有不拈，無有不會。今佐於江東孫權手下爲將。正在教場中習演武藝，元帥呼喚，不知有甚事，須索走一遭去。説話中間，可早來到也。小校，報復去，有魯肅在於門首。（卒子云）理會的。喏，報的元帥得知，有魯肅在於門首。（周瑜云）着他過來。（卒子云）過去。（做見科，云）元帥呼喚小將，那裏使用？（周瑜云）喚你來別無甚事。我與你這封書，你過江直至赤壁連城，請劉玄德去。若見了玄德，你道俺元帥在黃鶴樓上安排筵宴,請玄德公過江赴碧蓮會。你小心在意,疾去早來。(魯肅云)小將得令。則今日領着元帥將令,直至赤壁連城,請玄德公過江赴碧蓮會,走一遭去。雲山水陸俱完備,定計鋪謀驅鐵騎。赤壁相邀玄德公,謹請早赴碧蓮會。(下)(周瑜云)玄德公也,若你不來時,萬事罷論;若來呵,便插翅也飛不過這大江去。排兵布陣用心機,魯肅疾去莫延遲。玄德若赴碧蓮會,不還荊州不放回。(下)(劉備領卒子上,云)駿馬雕鞍紫錦袍,胸襟壓盡五陵豪。有人來問宗和祖,附鳳攀龍是故交。小官姓劉名備,字玄德,大樹樓桑人也。某有兩個兄弟,二兄弟姓關名羽,字雲長,是這蒲州解良人也;三兄弟姓張名飛,字翼德,是這涿州范陽人也。俺三人結義在桃園,曾對天盟誓:不求同日生,則求當日死;一在三在,一亡三亡。俺弟兄三人,自從南陽臥龍岡請下孔明師父來,拜爲軍師。自博望燒屯,殺夏侯惇十萬雄兵,片甲不回。曹操不捨,親領雄兵百萬,來取新野。某遣孔明軍師,過江結好於東吳,借起軍馬數萬[6]。拜周瑜爲帥,與曹操戰於赤壁,火燒曹兵百萬,大敗而回。某屯軍於赤壁城中,有俺孔明師父,言先取荊州爲本,後圖西蜀,未爲晚矣。今孔明軍師領雲長、張飛追趕曹操去了[7],未見回還。小校,門首覷者,看有甚麼人來。(卒子云)理會的。(魯肅上,云)某乃魯肅是也。奉著周瑜元帥的令,持着書呈,前來赤壁連城,請玄德公黃鶴樓上赴碧蓮會去。可早來到也。小校,報復去,有周瑜元帥差魯肅持書,在於門首。(卒子云)理會的。(做報科,云)喏,報的元帥得知,有東吳國周瑜元帥手下魯肅,持書來見。(劉末云)周瑜持書呈來,不知主何意?着那下書的人過來。(做見科)(劉末云)來者何人?(魯肅云)小將乃東吳國周瑜手下魯肅是也。奉俺元帥的將令,持書一封,請玄德公過江,黃鶴樓上赴碧蓮會去。(劉末云)將那書來,我看這書咱。(看書科,云)越殿裏王大德劉公閣下開拆,周瑜謹封。(拆書科,云)我拆開這封皮。書曰:高皇創業,良將安邦,立明君二十四帝,統國祚四百餘年,目今獻皇在位。建安十三年歲在戊子,因曹操乃是奸臣,欲圖漢室。天時不順,大率雄師,戰於赤壁。明公乃王室之胄,英才蓋世,衆士慕仰,若水之歸海。用諸葛之神機,憑關張之智勇,借瑜吳主江東水軍,恃長江險阻之勢,納部將黃蓋之能,火烈風猛,雷鼓大振,北軍大敗。瑜與明公水陸並進,追至南郡。曹仁敗於夷陵,孔明等追操未還,仗公之威德也。今因武昌有黃鶴樓,瑜設碧蓮會,敬請明公以賀近退曹兵,共享清平之世,坐叙契闊之情。俯賜降臨,幸勿間阻,伏惟高照不宣。東吳大帥周瑜頓首百拜書。越殿裏王玄德公府下。(看畢書科,云)書中的意,我盡知道了也。兀那魯肅,你先回去，說與你元帥，我便來也。（魯肅云）出的這門來，不敢久停久住，回元帥的話去。蒙差遣心勞意攘，劉玄德須當一往。黃鶴樓暗釣鯨鰲，難逃這天羅地網。（下）（劉末云）魯肅去了也。（卒子云）去了也。（劉末云）今有周瑜請我赴宴，我待不去來，想當初赤壁鏖兵之時，多虧了周瑜元帥助俺破曹；我待去來，爭奈孔明師父與兩個兄弟不在。我喚劉封來，與他商議。小校，與我喚將劉封來者。（做喚劉封科）（淨劉封上，云）六韜三略不曾習，南征北討要相持。高頭戰馬牽過來，從早到晚上不得。某乃劉封是也。我十八般武藝，件件不通，諸般不會。自破曹之後，俺屯軍在赤壁連城。俺二叔叔雲長，三叔叔張飛，同軍師諸葛，西征曹軍去了，止有趙雲和某，鎮守著赤壁連城。正在窰窩裏打盹，父親呼喚我，想來左右是着我喫酒。見父親一遭去。可早來到門首也。小校，報復去，有劉封來了也。（卒子報科，云）喏，報的主公得知，有劉封來了也。（做見科）（劉封云）父親喚您孩兒，有何事商議？（劉末云）劉封，喚你來別無甚事。今有江東周瑜，差人持書呈來，請我黃鶴樓上赴宴，喚你來商議，你意下如何？（劉封云）父親，想東吳國周瑜，好意請父親赴會，若不去呵，不惹的他怪？不妨事，則管去。若有好歹，您孩兒來接應父親。（劉末云）雖然這等，我還不曾與趙雲商議。（劉封云[8]）父親，你沒正經，您孩兒主張了便罷，又叫他來怎的？（劉末云）小校，與我喚將趙雲來者。（正末扮趙雲上，云）某乃真定常山人也。姓趙名雲，字子龍，見佐玄德公麾下為上將之職。今日玄德公請俺眾將，不知有甚事商議，須索走一遭去。可早來到也。小校，報復去，道有趙雲在於門首。（卒子云）喏，報的主公得知，有子龍將軍來了也。（劉末云）着他過來。（卒子云）過去。（做見科）（正末云）元帥喚趙雲，有何事商議？（劉末云）趙雲，喚你來別無甚事，今有周瑜，請我過江黃鶴樓上赴碧蓮會，我特來請你商議，我去好，不去好？（正末云）元帥要赴碧蓮會，敢不可去麼。（劉末云）怎麼不可去？（正末云）則怕周瑜有歹意。（劉末云）周瑜他便有歹心，憑著俺孔明師父用計，眾將英雄，量他到的那裏？（劉封云[9]）父親，想周瑜無歹意。他助咱軍馬，赤壁鏖兵，破了曹兵百萬。如今他請父親飲酒，有甚麼歹意？便有歹意呵，憑著俺二叔叔雲長，三叔叔張飛，又有老官人趙雲，又有侄兒劉封，又有諸葛軍師，俺人強馬壯，量他到的那裏？（正末云）噤聲！（唱[10]）

【仙呂・點絳唇】賣弄你馬壯人強，驅兵領將，東吳往。咱可便同共商量，商量的都停當。

（劉末云）周瑜請我飲酒，他豈有歹意？（劉封云）哎，老趙想俺父親在裏

陽會上,也不同小可也。(正末唱)

【混江龍】不比那襄陽會上,他則待興心兒圖謀漢家邦。(劉封云)想周瑜破了百萬曹兵,他正是擎天玉柱,架海金梁,他有甚歹意?父親你赴宴走一遭去,有甚麼事!(正末唱)你道他是擎天的玉柱,架海金梁,纔殺退霸道奸雄曹孟德,那周瑜不若如興劉滅楚的這漢張良。索仔細,莫荒唐,涉大水,渡長江。看了這黃鶴樓勝似他那宴鴻門,覷了他這碧蓮會更狠如臨潼上。(劉封云)他見俺父親,不得不敬,務要走一遭去。(正末唱)他遣來使相請,咱可便不去,落的這何妨?

(劉封云)老趙,你閒言剩語的。父親休聽他,你赴宴走一遭,料着不妨。(劉末云)子龍將軍,劉封也說的是。那周瑜他敬意請我,若不去呵,則道我怕他哩。(正末云)元帥,道的個筵無好筵,會無好會,不可去也。(劉封云)老趙,你越老的糊突了。憑著我十八般武藝,無有不拈,無有不會。他若有歹心呵,我殺的周瑜片甲不回。(正末云)嗓聲!劉封,你說差了也。(劉封云)我怎麼說的差了也?(正末唱)

【油葫蘆】哎!你個一勇性的劉封不忖量,你做不的些好勾當。(劉封云)想周瑜請俺父親飲酒,你左攔右當,必有僥倖。(正末唱)惱的我氣撲撲忿怒夯胸膛,咱正是低着頭往虎窟龍潭闖[11],卻正是合着眼去那地網天羅裏撞。(劉末云)子龍將軍,那周瑜安排筵宴,請我飲酒,豈有歹意?(正末唱)你道他飲玉甌,在畫堂。(劉封云)父親說的是。他若有歹意呵,憑著父親坐下的盧馬,把檀溪河也跳過去了,料着不妨事。(正末唱)憑着這的盧戰馬十分壯,怎跳過那四十里漢陽江[12]?

【天下樂】無撚指黃鶴樓敢番做戰場,我想,那周瑜有智量,明晃晃列着刀共槍。魚不可離了水,虎不可離了岡,他可敢安排着惡戰場。

(正末云)主公,周瑜差誰來請主公來?(劉末云)周瑜差手將魯肅下請書來。趙雲,怕你不信,請書在此。(正末云)將書來我看。(唱)

【後庭花】拿着這虛飄飄的紙一張,上寫着黑真真字幾行。他則是仗劍施威計,埋伏打鳳凰。這件事不尋常,那裏有風波千丈,我言語不是謊。

(劉末云)憑着俺三兄弟張飛英勇,可量他到的那裏也?(正末唱)

【金盞兒】你道是張翼德氣昂昂,性兒剛,(劉封云)俺三叔叔張飛,十八騎人馬,在那當陽橋上,喝了一聲,橋塌三橫水逆流,諕的曹兵倒退三十里遠。(正末唱)在那當陽橋喝退了曹丞相,據著他一衝一撞賣弄高強。(劉封云)憑着俺三叔叔坐下烏騅馬,手中丈八矛,萬夫不當之勇。(正末唱)倚仗着當三軍不剌剌烏騅騎,敵萬夫光燦燦丈八點鋼槍。(劉封云)俺三叔安喜縣鞭督郵,又在石亭驛中,將袁祥提起腿撌的花紅腦子出來。不妨事,父親走一遭去。(正末唱)你休賣弄安喜縣鞭督郵,石亭驛摔袁祥。

(劉末云)子龍將軍,你放心。想周瑜當此一日,助俺破曹。他與俺結爲唇齒之邦。他今日請我赴會,豈有歹心?你緊守城池,我赴罷宴便來也。(正末云)我勸元帥不聽,堅意的要去,你小心在意者。(劉末云)子龍將軍,你放心,不妨事。(劉封云)老趙,你多慮,料着不妨事。(正末唱)

【尾聲】他那裏明明的捧着瑤觴,暗暗的藏着軍將。用計鋪謀怎防?着主公坐在那難走難逃筵會上。你心下自索參詳,自度量,不比尋常。他則待賺虎離窩入地網。(劉封云)哎,趙叔,你不知道,那黃鶴樓近在水邊。若水長呵,我安排戰船,搭起浮橋,接應我父親。他便跌下水去,落的他睡一覺。(正末唱)那黃鶴樓接天水長,翻波滾浪,(正末云)若主公不聽趙雲諫當呵,(唱)知他是甚風兒吹過漢陽江?(下)(劉封云)老趙,你去,我父親他也不聽你説。父親走一遭,則管嚼食去。(劉末云)劉封,你與趙雲緊守着城池,則着三五騎人馬,跟我過江,直至黃鶴樓上赴宴,走一遭去。子龍心下莫躊躇,今朝上馬踐程途。過江親赴碧蓮會,直至那黃鶴樓上見周瑜。(下)

(劉封云)父親去了也。爲甚麼我齋發的俺父親過江去?那周瑜是個足智多謀的人,俺父親若有些好歹,他這個位,就是我承襲。憑着我這般好心腸,天也與我半碗飯吃。(下)

校記

[1] 夏侯惇:"惇",原本作"敦"。今從孤本改。本劇下同。
[2] 來至三江夏口:"至"字,原本已刪。孤本補。今從。
[3] 折某虎牙之將:"某"字,原本作"其"。孤本改。今從。
[4] 差手將魯肅:"魯肅",原本誤作"曾蕭"。孤本改,今從。本劇下同。
[5] 臨軍望塵知敵數:"敵"字,原本作"地"。孤本、隋本改,未出校。今從。
[6] 借起軍馬數萬:"馬"字,原本無。諸本均補,未出校。今從。
[7] 追趕曹操去了:原本作"取荆州去了"。因下文多次説是追趕曹操,故改。
[8] 劉封云:原本誤作"劉末云"。諸本均改,未出校。今從補記。
[9] 劉封:"封"字,原本作"峰"。今從孤本改。本劇下同。
[10] 唱:原本無。孤本補。下曲前,孤本補爲"正末唱"。諸本從,未出校。今從。
[11] 往虎窟龍潭闖:"闖"字,原本作"創"。今依文意改。

[12] 四十里漢陽江:"陽"字,原本作"洋"。今從諸本改。本劇下同。

第 二 折

（諸葛亮領卒子上,云）筆頭掃出千條計,腹內包藏萬卷書。貧道諸葛亮是也。領關、張二將,追趕曹操於華容路上。我夜觀乾象,玄德公有難。誰想周瑜請玄德公黃鶴樓上飲宴去了。周瑜他要傷害玄德公,量你怎出貧道之手。想當日赤壁之間,貧道問周瑜要一枝令箭鎮壇,貧道留到今日。我將此箭藏在拄拂子裏面,憑此箭著主公無事而回。令人,與我喚將關平來者。（卒子云）理會的。關平安在？（關平上,云）善變風雲曉六韜,將門累世顯英豪。能征慣戰施勇猛,父子堅心輔聖朝。某乃大將關平是也。俺父親是關雲長。頗奈曹操無禮,追趕俺至三江夏口,孔明師父求救於孫權,孫權助俺水軍三萬。俺師父將曹操百萬雄兵,在赤壁之間,一火焚之。今曹操脫命而走,師父同俺父親,追趕到華容路,安營下寨。今有軍師呼喚,不知有甚事,須索走一遭去。可早來到也。小校,報復去,道有關平來了也。（卒子云）理會的。喏,報的軍師得知,有關平來了也。（諸葛亮云）著他過來。（卒子云）理會的。著過去。（見科）（關平云）師父呼喚關平,那廂使用？（諸葛亮云）關平,則今日將著暖衣、拄拂子,直至黃鶴樓上,與伯父送暖衣,走一遭去。小心在意,疾去早來。（關平云）理會的。則今日辭別了師父,直至黃鶴樓上,與伯父送暖衣、拄拂子,走一遭去。胯下征駿有似風,黃金甲襯錦袍紅。關平豈敢違軍令,不分星夜到江東。（下）（諸葛亮云）關平去了也。令人,說與姜維,扮做一漁翁,手上寫八個字,是"彼驕必褒,彼醉必逃"。主公見了,自有脫身之計。隨後著雲長、張飛,蘆花深處,接應玄德公去。一枝箭頃刻成功,八個字救出英雄。蘆花岸張飛等候,周公瑾恥向江東。（下）（淨伴姑兒上）（唱）

【豆葉黃】那裏,那裏,酸棗的林兒西裏。您娘教你早來家,早來家,恐怕那狼蟲咬你。來摘棗兒,摘棗兒,你道不曾摘棗兒,口裏核兒那裏來？張羅,張羅,見個狼呵,跳過牆呵,諕殺你娘呵。

（云）我做莊家不須誇,厭著城裏富豪家。吃的飯飽無處去,水坑裏面捉蝦蟆。（唱）

【禾詞】春景最為頭,綠水青泉繞院流。桃杏爭開紅似火,王留。閒來無事倒騎牛,村童扶策懶凝眸。為甚莊家多快樂？休休,皇天不負老實頭。

（云）自家村姑兒的便是。清早晨起來,頭不曾梳,臉不曾洗,喝了五六碗茶，阿的們大燒餅，吃了六七個，纔充了饑也。我要看些田禾去，那小厮每說，兀那田禾裏有狼。我是個女孩兒，怎麼不怕那狼虎？我不免叫伴哥兒，同走一遭去。伴哥兒行動些兒[1]。（正末扮禾俫上，云）伴姑兒，你等我一等波。（唱）

【正宮·端正好】則聽的二姑把三哥來叫，（禾旦云）俺看田苗去來。（正末唱）東莊裏看取些田苗。落荒休把這山莊繞，咱可便尋一條家抄直道。

（禾旦云）俺這江南，青的是山，綠的是水。你看那漁舟唱晚，響窮彭蠡之濱；雁陣驚寒，聲斷衡陽之浦。家家採下茶苗，杜鵑春啼曉；夏蟬高噪綠楊枝，秋蟬晚噪。俺莊家好快活也！（正末唱）

【滾繡球】俺這裏對青山堪畫描，端的是景物好。你覷那紅葉兒秋蟬晚噪，俺這裏家家採下茶苗。（禾旦云）俺江南好暖和也。（正末唱）則這江南地暖風寒少，俺這裏春夏秋冬草不凋，綠水千條。

（禾旦云）你看那黃菊近東籬，村老忙將塞驢騎。牛金牛表扶策走，只吃的東歪西倒醉如泥，受用有誰知？紫袍金帶雖然貴，其實不如俺淡飯黃齏粗布衣。伴哥兒，我打莊東裏過來，看了幾般兒社火，吹的吹，舞的舞，擂的擂。不是我聰明，我一般般都記將來了也。（正末云）伴姑兒[2]，我恰纔打那東莊頭過來，看了幾般兒社火，我也都學他的來了也。（禾旦云）伴哥兒，我不曾見，你試學一遍咱。（正末云）試聽我說一遍咱。（唱）

【叨叨令】那禿二姑在井口上將轆轤兒乞留曲律的攪，（禾旦云）瞎伴姐在麥場上，將碓兒搗也搗的。（正末唱）瞎伴姐在麥場上將那碓臼兒急並各邦的搗。（禾旦云）那小厮們手拿著鞭子，哨也哨的。（正末唱）小厮兒他手拿著鞭杆子他嘶嘶颼颼的哨。（禾旦云）牧童兒倒騎著水牛，叫也叫的。（正末唱）那牧童兒便倒騎着個水牛呀呀的叫。（禾旦云）俺莊家好快活也。（正末唱）一弄兒快活也麼哥，一弄兒快活也麼哥，（禾旦云）俺莊家五穀收成了，甚是安樂。（正末唱）正遇着風調雨順民安樂。

（關平驟馬兒上，云）自幼攻習學六韜，南征北討建功勞。下寨安營依三略，赤心敢勇保皇朝。某乃關平是也。父乃關雲長。俺父親隨軍師諸葛、同叔父張飛，追襲曹兵去了。某奉軍師將令，有俺伯父往江東黃鶴樓上，請赴碧蓮會去了，軍師差某與俺伯父送暖衣去。來至這半途之中，遇著這三條路，不知那一條路往江東去。正行之間，兀的不是兩個莊家，我問他一聲咱。（禾旦云）伴哥兒，一個官人來也，你向前答應答應。（正末唱）

【倘秀才】那匹馬緊不緊疾不疾蕩紅塵一道，風吹起脖項上絳毛纓一似火燎。他斜拽起團花那一領錦戰袍，端的是人英勇，馬咆哮[3]。（關平云）

兀那莊家你住者,我和你有說的話。(正末唱)他那裏高聲兒叫住著。

(關平云)兀那莊家,你休驚莫怕,你近前來,我不是歹人。我問你,這三條路,不知那一條路,往江東黃鶴樓上去。你試說與我。(正末云)官人,你往江東黃鶴樓上去?我說與你這一條路,你則牢牢的記着。(關平云)你說,我記着。(正末唱)

【貨郎兒】你過的這乞留曲律蚰蜒小道,聽說罷官人你記着。你過的一橫澗搭一橫橋,更有那倒塌了的山神廟。(關平云)再有甚麼記號?(正末唱)破牆匡草團瓢,轉山坡過嶺橋。河裏魚兒水不着,春夏秋冬草不凋。貪看雲中鶻打雁,你可休離俺這山莊,可便錯去了。

(關平云)兀那莊家,你這江南地面,一年四季,怎生春種夏鋤,秋收冬藏,從頭至尾,慢慢的說一遍,我試聽咱[4]。(正末唱)

【尾聲】俺這裏風調雨順民安樂,百姓每鼓腹謳歌賀聖朝。則這一帶青山堪畫描,四野田疇景物好。倒大來無是無非,(關平云)多生受你,慢慢的去。(唱)可兀的快活到老。(下)

(禾旦云)官人,恰纔俺伴哥唱了去也,我也唱一個官人聽。(禾旦唱)

【楚天遙】重重叠叠山,曲曲灣灣水。山水兩相連,送伊十萬里。送你幾時回,兩行恓惶淚。莊家每快活,枕著甜瓜睡。

(云)官人忙便罷,若閒時,家來教你打幾個掙拾。(下)(關平云)問了路徑也。將著這暖衣,直至黃鶴樓上見伯父,走一遭去。漫辭憚途路艱難[5],也不怕江水潺潺。送暖衣黃鶴樓上,着伯父急早回還。(下)

校記

[1] 伴哥兒行動些兒:"伴哥兒"後原本有"道"字。諸本均刪。今從。
[2] 伴姑兒:原本後有"道"字,文意不順,因刪。
[3] 馬咆哮:"咆"字,原本作"跑"。今從孤本改。
[4] 我試聽咱:"試"字,原本作"是"。諸本改均。今從。
[5] 漫辭憚途路艱難:"漫",原本作"每"。諸本改。今從。

第 三 折

(周瑜領卒子上,云)安排打鳳牢籠計,準備興邦立國機。某乃周瑜是也。我遣魯肅持書一封,直至赤壁連城,請劉玄德赴會,此人欣然而來。某今日在此黃鶴樓上,安排筵宴,等待劉玄德。他此一來中吾之計。英雄甲士,暗藏在壁衣之後。令人,樓下覷者,若劉玄德來時,報復我知道。(卒子云)理會的。(劉末上,云)憶昔當年涿郡東,桃園結義會英雄。紛紛四海皆兄弟,誰似三人有始終。某乃劉玄德是也。今有周瑜元帥,差魯肅請我黃鶴樓上赴碧蓮會。離了赤壁連城,可早來到這江東黃鶴樓下。令人,報復去,道有劉玄德至此也。(卒子報科,云)喏,報的元帥得知,劉玄德至此也。(周瑜云)道有請。(卒子云)理會的。有請。(周瑜見科,云)呀、呀、呀,玄德公!一自霜松露菊,鴻雁秋風,大戰於赤壁之下,彼各兩分。嘆光陰迅速,日月逡巡,奈關山迢遞,途路跋涉,恨不能一面之會,使某刻石而記於心懷,雕木而印於肺腑。某常思玄德公信義愈明,德服內外,嚴正而不失其道。追景昇之顧,則情感三軍;戀義兵之隨,則甘於同敗,終濟大業。某常思玄德公往昔之好,今具濁酒菲餚[1],敢勞玄德公,屈高就下,枉駕來臨,誠爲周瑜萬幸也!(劉末云)元帥,自赤壁相別,久不得會。元帥破曹操百萬雄師,有如此重恩,未能答報。今日感蒙置酒張筵,劉備何以克當?(周瑜云)玄德公,自建安之秋,九月既望,猛風烈火,水陸並進,人馬燒溺,北軍大敗。曹操引軍步走,某與玄德公襲至南郡,曹操殘兵饑疫,死者甚衆。某想當時共討曹操,正所謂扶三綱,立人極,誅亂臣賊子於千百載之下,使古今信義,無時而不明也。若非除殘去穢,今日個焉能坐視江陵?某常思玄德公,無時不挂於心。某故此遠勞尊體也。(劉末云)元帥深通虎略,善曉龍韜,展濟世之神機,運安邦之妙策,掃除殘暴,剿滅奸邪,真乃天下英雄,誠爲廟堂偉器。今日重會尊席,實乃劉備萬幸也。(周瑜背云)某着軍兵四面埋伏,威懾劉備,看此人有懼怯之心麼?玄德公,俺江東鄙瑣,雖是個微末境界,你看那江濤嶮峻,山勢嵯峨。今日俺宴會此樓,四圍眼景,觀之不足。玄德公,你看俺這樓外之景咱。(劉末看科,云)元帥,黃鶴樓乃江南之勝景。某推開這吊窗,我試倚欄觀看咱。好是奇怪也!他既請我赴會,可怎生四面八方兵山相似?劉備也,你尋思波,早是不來呵,也罷。我自有個主意。元帥,是好景致也!元帥,此樓外四圍之景,山川秀麗,草木清奇,西北有大江之險,東南望翠嶺之巔,乃吳主興隆之地,真乃爲霸業之鄉,誠爲虎踞龍蟠之勢也。(周瑜云)玄德公可休要作疑,某周瑜我並無歹心。俺盤桓數日,慢慢的回去。小校,擡上果桌來者。(卒子云)理會的,果桌在此。(周瑜云)令人,將酒來,斟滿者。玄德公,量周瑜有何德能,有勞玄德公遠遠而來,蔬食薄味,不堪奉用,玄德公滿飲此盃。(劉末云)劉備碌碌庸才,著元帥置酒張筵,元帥先請!(周瑜云)玄德公請!

（劉末云）將酒來，元帥滿飲一盃！（周瑜云）酒且慢行，看有甚麽人來。（關平上，云）某乃關平是也，奉軍師將令，直至黃鶴樓，與伯父送暖衣去。可早來到也。小校，報復去，我是關雲長的孩兒，奉俺軍師將令，着某與俺伯父送暖衣來。（卒子云）你則在這裏等候著，我報復去。（報科，云）嗏，報的元帥得知，有關平在於樓下，來見元帥。（周瑜云）關平此一來有何事？着他上樓來。（卒子云）着你上樓去。（關平做見科）（周瑜云）關平，你此一來有何事？（關平云）小將奉俺軍師將令，與伯父送暖衣來。（周瑜云）既然與你伯父送暖衣來，將酒來，着關平飲一盃酒。（關平云）小將不能飲酒。（劉末云）關平，你回去見孔明軍師，你説道元帥請我赴碧蓮會，飲宴罷，我可便來也。（關平云）伯父飲罷宴，早些兒回來，您侄兒先回去也。下的樓來，不敢久停久住，回軍師話，走一遭去。（下）（周瑜云）關平去了也。令人，將酒來，玄德公滿飲此盃。（劉末云）元帥請。（周瑜云）再將酒來，玄德公滿飲一盃。（周瑜放盃科，云）小校，與我喚一個精細伶俐的來。（卒子云）理會的。兀那樓下有聰明伶俐的，着一個上樓去，答應元帥。（淨扮俊俏眼兒上，云）**若論乖覺非是謅，跳下床來不洗臉。精細伶俐敢爲頭**，道我是**智慧聰明俊俏眼**[2]。自家于樊的便是。元帥見我聰明伶俐，與了我個異名兒，叫做俊俏眼。不問遠方那裏來的人，我就認的他。我把他的膽認破了，我着他苦一世。元帥此一喚我來，則是賞我幾鍾酒喫罷了。我見元帥去。（做見科，云）元帥，喚小的有何事？（周瑜云）我道是誰，原來是于樊。玄德公，這小的喚做于樊。我見他聰明乖覺，別的不打緊，他一雙好眼，不問遠方來的人，不是我這國的，他便認將出來。我見他精細伶俐，與了他個異名兒，喚做俊俏眼。（劉末云）這小的是一對好眼。（俊俏眼云）我頗頗兒的。（周瑜云）兀那俊俏眼，我與玄德公飲酒，替我掌着令。你見我這對令箭麽？（俊俏眼云）小的每見。（周瑜云）你將着一枝，我收着一枝。你與我把着樓門，一切人等，不許放上放下。如有下樓的，對上我這枝箭的，你便放他下樓去；如無令箭的，休道是別人，就是我，你也不許放下樓去。（俊俏眼云）得令！就是我老子，我也不放他。（做下樓科，云）爲什麽俺元帥不着別人把這樓門？別人不會幹事。元帥見我精細伶俐，喚我做俊俏眼。我這兩個眼，不問甚麽人，我便就認出他來，他怎生瞞的過我？我把住這樓胡梯，有令箭的，放下樓去。無令箭的，休想我放他下樓去。（正末扮姜維上，云）某乃大膽姜維是也。因周瑜請俺主公黃鶴樓上赴會去了，孔明軍師在我手裏，寫着兩行字。我扮做個漁夫，將著這對金色鯉魚，黃鶴樓上推獻好新，走一遭去。（唱）

【雙調‧新水令】我將這錦鱗魚斜穿在綠楊枝,舞西風晚涼恰至。殘荷凋翡翠,紅葉染胭脂。景物宜時。(云)我纜住船者。(唱)我這裏上江岸步行至。

(云)我來至這黃鶴樓也。我打聽的周瑜差他那心腹人,喚做俊俏眼,把着樓胡梯。我怎生推一個詐熟兒[3],他說我姓張,我便姓張,他說我姓李,我便姓李。我則得上的這樓去呵,我自有個主意。先見他去者。(俊俏眼做盹睡科)(正末云)這廝睡著也,我着這廝吃一個巴掌道。(做打淨科)(俊俏眼做驚科,云)是誰打我來?(正末云)道你認的我麼?(俊俏眼云)我認的你,有些面熟,你敢是魚兒張麼?(正末云)誰道是蝦兒李來?(俊俏眼云)你那裏去來?(正末云)我聽的元帥在這黃鶴樓上筵宴,我將着這一對金色鯉魚,元帥根前獻口味來。(俊俏眼云)是一對好金色鯉魚也。你前日許了鮮魚兒[4]、鮮蝦兒,你許下我,你怎生不送來與我?(正末云)你怎生舉薦我一舉薦,我把這魚元帥根前獻了,到明日你來我那船上來,我着你蝦兒、魚兒挑一擔來,可不好?(俊俏眼云)休說謊,我如今便替你說去。你明日好鮮蝦兒、鮮魚兒可與我挑一擔來。你則在這裏,我替你說去。(俊俏眼做上樓見科)(周瑜云)這廝做甚麼?(俊俏眼云)樓下有一個打魚的,見元帥這裏飲酒,獻一對金色鯉魚,與元帥根前獻好新來。(周瑜云)打魚的獻口味,你認的他麼?(俊俏眼云)小的每認得,他每日在這江邊打魚,他喚做魚兒張。(周瑜云)既然你認的,着他過來。(俊俏眼做下樓見正末科,云)我替你說過了也,着你過去哩。休忘了我的鮮魚兒、鮮蝦兒,明日送來。(正末云)我這蓑衣斗笠,放在這裏。(俊俏眼云)你放下,我替你看着。(正末上樓科)(周瑜云)兀那廝,你是甚麼人?(正末云)小人是這打魚兒的小張兒。(周瑜云)你來做甚麼來?(正末云)聽知的元帥在此筵宴,小的每無甚麼孝順,將着這一對金色鯉魚,元帥根前獻口味來。(周瑜云)玄德公,他知道俺在此飲酒,將這一對魚來獻新。(劉末云)也是他孝順的心腸。(周瑜背云)我如今指着這魚,雙關二意,亂道數句。我譏諷這大耳漢,看他知道麼。(周瑜對劉末云)玄德公,俺今日在此樓上飲酒,感的這野人來獻新,不才周瑜亂道數句,玄德公根前呈醜咱。(劉末云)劉備洗耳願聞。(周瑜云)這魚他在那碧波中遊戲,不隄防撒網垂鉤,則為他失計吞食,今日落在俺漁翁之手。魚也,你也難回淵浪,自損你那殘生。你若是做小伏低,我着你活撥撥的遠趁江湖;你若是弄巧呈乖,我着你須臾間除鱗切尾。你可也難逢子產,今日個正遇着楊胥。魚也,你若是肯隨順呵,我着你享崢嶸獨步過龍門;你若是施逞能強,着你受金刀肝腸皆粉碎。(劉末云)元帥,高才,高才。(劉末背云)這匹夫好無禮也! 他指著此魚譏諷我。則除是這般。元帥,小官也有數句亂談,單題著此魚。元帥污耳! (周瑜云)某願聞咱。(劉末云)這魚生於水底,長在烟波,趁風濤滾滾入東吳,不隄防誤落在漁翁手。這魚他將那絲綸垂鈎,怎牽萬丈鯨鼇? 鱗甲生輝,斬眼着江翻海沸;錦鱗隨浪,湧身發忿跳龍門。若遇春雷,試看蟄龍歸大海,吐霧噴雲入大淵,騰身雷震動山川。那時頭角崢嶸際,攪海翻江上九天。(周瑜背云)這廝好無禮也! 他着言語譏諷我。如今待要走向前去,一劍揮之兩段,着人便道,周瑜乃江陵大帥,酒酣之際,殺了劉備,着後代史官點筆,罵名不朽。待不如此來,可不乾走了這大耳漢! 我如今將機就計,著這漁翁推切鱠,走向前去,一劍刺了劉備,着後人便道劉備着個漁翁殺了,可也不干我事。兀那漁翁,你近前來,你是土居也那寄居? (正末云)孩兒每是這江東部民土居。(周瑜云)哦,原來是俺這江東的部民。孩兒也,你再近前來,你與我做個心腹人,可是恁的。(正末云)小人理會的。(周瑜云)兀那漁翁[5],你這魚是針鈎上釣來的,是網索上打來的? (正末云)元帥,這魚也不是扳罾撒網,聽小人說一遍。(周瑜云)你說,我試聽咱。(正末唱)

【殿前歡】這魚兒他自尋思,可是他爲吞香餌可便中鈎兒。(周瑜云)這魚可在那裏來? (正末唱)他,在那水晶宮裏相傳示,(周瑜云)兀那漁翁,你將這魚除鱗切尾,短鹽加醬[6],當面製造,急忙下手。某帶酒也。(睡科)(正末唱)誰承望命在參差,任漁公自三思。空有翻波志,他可便眼見的在鋼刀下死。這魚兒比並著,玄德,你與我仔細尋思。

(劉末低問科,云)姜維,敢是軍師教你來? (周瑜醒科,云)兀那廝,你不切鱠,說什麼哩? 切鱠。(又睡科)(正末唱)

【夜行船】小可漁夫該萬死,又不曾差說了言詞。進忠言玄德可也無不是。(周瑜怒科,云)你則依着我,下手切鱠。(又睡科)(劉末驚科,云)兀那小張兒,好生的切鱠。(正末云)小人理會的。(正末切鱠科,云)元帥,小人切了銀絲鱠也。(周瑜不醒科)(正末云)他睡著了也。(正末舒手科)(唱)你休看手梢兒,我手心裏公事。

(劉末看,云)寫著道"彼驕必褒,彼醉必逃"。軍師的計策,我知道了也。(正末唱)

【水仙子】你休戀那玉簫銀管飲金巵,你將這碧蓮會筵席且告辭。(劉末云)軍師說甚麼來? (正末唱)俺軍師把元帥多傳示,(劉末云)關、張二弟曾說甚麼來？（正末唱）這其間在江邊敢沒亂死。（劉末云）軍師再說甚麼來？（正末唱）俺軍師細說言詞。（劉末云）俺軍師可怎生不着人接應我那？（正末唱）這其間敢排著軍校，（劉末云）可在那裏接應？（正末唱）在堤圈楊柳枝，（劉末云）我怎生得過這江去？（正末唱）先安排下個漁船兒。

（周瑜醒科，云）兀那廝，你說甚麼哩？其中有奸詐。小校那裏？把這廝拿下樓去，殺壞了者。（卒子云）理會的。（劉末云）元帥息怒，量他則是個打魚的人，有甚麼奸詐處？看小官面皮，饒了他罷。（周瑜云）看玄德公面皮，將這廝搶下樓去。這廝敢泥中隱刺。（正末唱）

【尾聲】小人怎敢泥中刺？（周瑜云）若不看玄德公的面皮，殺了這廝多時了。（正末唱）休、休、休，可不道大官不覷簾下事。（正末云）我下的這樓來。（俊俏眼云）你獻了那口味也？（正末云）我獻了口味也。我那蓑衣斗笠呢？（俊俏眼云）兀的不是。明日替我送將蝦兒、魚兒來！（正末唱）恰便似火上澆油，命掩參差。暢道萬語千言，三回兩次。若不是玄德公言詞，險些兒三尺龍泉劍下死。（下）

（周瑜云）將酒來，玄德公滿飲一盃。（劉末云）元帥先飲。（周瑜云）接了盞者。玄德公，你出一酒令，俺橫飲幾盃咱。（劉末云）小官不敢。（周瑜云）便好道東家置酒客製令。（劉末云）哦，着小官行個酒令？元帥差矣。正是以能問於不能，以多問於寡。小官焉敢在元帥根前行令？正是弄斧於班門。小官行一盃酒，請元帥行個令，小官依令而聽之。（周瑜云）既然玄德公不肯出令，某不敢違命。某周瑜出一令，單爲席間取一笑耳。論這古往今來，誰是英雄好漢？言者當，理當敬酒；言者不當，罰涼水飲之。玄德公請開談。（劉末云）元帥不問，小官也不敢多言。若論自古英雄，昔日魯公項羽，謂之好漢。（周瑜云）項羽他怎生是英雄好漢？（劉末云）昔日魯公姓項名羽，字籍，乃臨淮下湘人也。幼失父母，雄威少壯，力能舉鼎，勢勇拔山，喑嗚叱咤，目有重瞳。劉項相持，共立懷王。統兵北路，虎視咸陽。詐設鴻門會，火燒阿房宮。渡河交戰，九敗章邯。滎陽城火焚紀信，倚勇烈威鎮諸侯。贏沛公七十二陣，左有龍且，右有范增。楚漢元年五月五日，自號爲西楚霸王。豈不爲好漢也？西楚重瞳獨霸強，喑嗚叱咤志軒昂。拔山舉鼎千斤力，自古英雄說霸王。元帥，一個好霸王也。（周瑜云）玄德公差矣。項羽乃項燕之子，項梁之侄。雖力舉千斤，能勇而不能怯，固也[7]。那項羽鷗心蹈簋，向惡從鄙，徵利不時[8]，毒苦天下。殺宋義奪印，後入關背約；坑新安無辜之卒，殺軹道已降之主。劫墓取財，開宮戀女。屠虜咸陽士庶，燒阿房宮院。

弑义帝于江中,左迁诸侯於别地[9]。他称爵称尊,所过无不残灭,无所容於天地之间。那项羽不听韩生之谏,不纳范增之言,被淮阴胯夫盗粟韩信,逼至乌江,自刎阴陵,他岂为英雄好汉?霸王英雄兮自刎乌江。玄德公,你道的差了,你罚凉水,某则饮酒。(刘末云)元帅息怒,是小官差了也。元帅上酒,小官罚凉水。(周瑜云)玄德公,俺不论古往英杰,则论方今之世,谁是英雄好汉?(刘末云)元帅言道,不论古往英杰,则说方今之世,谁是英雄好汉?元帅,想方今之世,曹操为之好汉。(周瑜云)曹操怎生是英雄好汉?(刘末云)想曹操筹谋运广,智略多端。心如曲珠,意有百幸。夜卧丸枕,日服鸩酒三盃,威伏汉室。自为大将军,封武平侯,挟天子以擅征伐。寻为丞相,赞拜不名,入朝不趋,剑履上殿。自立为魏公,加九锡,纳其三女为贵人,进位於诸侯之上。宫禁侍卫,莫非曹氏之人。曹操以雄兵百万,虎将千员,左有百计张辽,右有九牛许褚,独霸许昌,虎视中原。岂不谓之好汉?豪杰滚滚竞山川,孟德奸雄掌大权。战将千员兵百万,一个曹公英勇佔中原。元帅,一个好曹操也!(周瑜云)玄德公,你又差了也。想曹操奸雄足智,任侠放荡。然託名汉相,实为汉贼,功非扶汉,意在篡君。仗兵势雄威,霸许都之地。虽然讨袁绍,破吕布,下关西,定荆州,他那其事虽顺,其情则逆。他夜卧丸枕,日服鸩酒,不离了许昌之地。某等合兵,一举而焚於赤壁之下,他岂为英雄好汉?曹操奸雄兮不离许昌。玄德公,你又道的差了。你再罚凉水,某则饮酒。(刘末云)是、是、是,小官又差了也。元帅饮酒,小官罚凉水。(周瑜云)玄德公,俺不论古往今来英雄好汉,则说俺二人,谁是英雄好汉?(刘末云)哦,元帅言道不论古往今来,也不论方今之世,则说今日俺二人饮酒,谁是英雄好汉?(背科,云)可着我说甚么的是?则除是这般。元帅,非小官饶舌,不才刘备,乃景帝玄孙,中山靖王刘胜之後。然汉之宗叶,奈懦弱孤穷,纷纷世乱,因未遇隐於楼桑;今发忿峥嵘,受天恩官居越殿。堪恨曹操奸雄,威权太重,群臣皆惧,汉室宗枝,尽皆隐姓埋名。然刘备将寡兵微,我则待立刘朝,复兴汉世。非小官之能,一託军师诸葛神机,二赖关、张二弟之勇。非小官自夸,曹兵百万,称羽、飞二弟为万人敌也。若论汉室英雄,小官刘备我是英雄好汉。(周瑜云)玄德公,你怎生是好汉?你又差了也。你既然有盖世之才,而无应卒之机。斩之不能禁释,谁不知你是孤穷刘备?你在新野被曹操领兵追袭,不敢领兵攻拒,弃妻子而奔於夏口,若不是关、张二弟扶持,这其间定死在奸雄之手。刘备孤穷兮倚仗关、张。玄德公,你又道差了也。(刘末云)是、是、是,小官失言,元帅是好汉。(周瑜云)我怎生是好汉!(刘末云）想曹操統一百萬雄兵，到此三江夏口，被元帥則一陣，破曹於赤壁之間，殺得曹操片甲不回，元帥豈不是好漢？（周瑜云）則這一句，纔合著我的心，玄德公言者當也。昔日霸王英雄兮自刎烏江，曹操英雄兮獨佔許昌。劉備英雄兮倚仗關、張，赤壁鏖兵兮美哉周郎。（做笑科，云）將酒來，你也飲一盃，我再飲一盃。（劉末云）元帥再飲一盃。（周瑜云）且住者，我恰纔貪歡喜，多飲了幾盃酒，覺我這酒上來了，我權時歇息咱。（做猛醒科，云）周瑜也，你好粗心也！我若睡著了呵，倘或玄德公盜了我這箭呵，不乾走了他？則除是這般。玄德公，你慢慢的住幾日去，我與你身上無歹意。周瑜若是有歹心呵，你見我這一枝箭麼？我摁箭爲誓，丟在這江裏。（周瑜做摁箭、丟在江裏、睡科）（劉末做慌科，云）嗨，我指望盜他這枝令箭下樓去，誰承望他摁折了，丟在這江裏。我怎能勾下這樓去？軍師也，你既然差關平來，送暖衣、拄拂子來與我，可怎生無計救我回去？（劉末做拿拄拂子掤地科，云）我何日得過這江去？（劉末見拄拂子響科，云）好奇怪也，這拄拂子裏面，可怎生這般響？我試仔細看咱。原來是兩截兒的。我把你拔開看咱[10]。兀的不是一枝箭？我看咱，這箭不是周瑜的箭？可怎生得到軍師手裏？軍師，你好強也。有了這箭也，我與你下這樓去。（做下樓科）（俊俏眼云）那裏去？（劉末云）有元帥將令，着我回去。（俊俏眼云）你有令箭麼？（劉末云）我無令箭呵，怎生能勾下樓去？（俊俏眼云）將來我看！（劉末云）兀的不是令箭？（俊俏眼云）正是一對。既有了令箭，你去。（劉末云）我下的這樓來。劉備也，你好險也！若不是軍師之計，我幾時能勾過這江去？軍師也，則你這彼驕必褒真良將，彼醉必逃思故鄉。周瑜也，比及一醉酒醒尋玄德，那其間我片帆飛過漢陽江。（下）（周瑜做醒科，云）霸王英雄兮自刎烏江，曹操奸雄兮獨佔許昌。劉備孤窮兮倚仗關、張，赤壁鏖兵兮美哉周郎。皇叔！（俊俏眼云）黃鼠做了添換了。（周瑜云）劉備安在？（俊俏眼云）他下樓去了。（周瑜云）誰着你放他下樓去了？（俊俏眼云）他傳着元帥將令，將着元帥的令箭，因此上我放他去了。（周瑜云）住、住、住，我的令箭，我記的摁折了，丟在這江裏，他怎生又有這枝令箭來？（俊俏眼云）他將着元帥的令箭，小的不敢不放他回去。（周瑜云）他怎生又有這枝令箭來？（猛見拄拂子科，云）兀那個是甚麼東西？（俊俏眼云）這個是諸葛亮差關平送來的拄拂子。（周瑜云）你將來，我試看。（做看科，云）元來這拄拂子是空的，這裏面藏着令箭。他那裏得我這枝令箭來？阿，我想起來了也！他祭風時，問我要枝令箭鎮壇。我又中這懶夫之計也。我正是使碎自己心，笑破他人口。既然走了，更待干罷？我如今便差甘寧、凌統、韓當、程普四將,領兵追趕劉備去,務要擒拿將他來。忙差軍校去如飛,統兵領將急忙追。若還趕上劉玄德,永困江東世不回[11]。(同下)

校記

[1]今具濁酒菲餚:"濁",原本作"茹"。諸本均改。今從。

[2]道我是智慧聰明俊俏眼:"道",原本似"到",已塗爲墨丁。諸本均補爲"道"。今從。

[3]推一個詐熟兒:"詐",原本作"乍"。今從王本改。

[4]你前日許了鮮魚兒:"了",原本作"子"。諸本均改。今從。

[5]兀那漁翁:"翁",原本作"公"。諸本均改。今從。

[6]短鹽加醬:原本"短"字,諸本從孤本改作"逗"。今不從。

[7]能勇而不能怯,固也:"固"字,孤本改作"故"。王本不從。當是。

[8]徵利不時:"徵",原本作"微"。王本改。今從。

[9]左遷諸侯於別地:"左",原本作"佐"。王本改。今從。

[10]我把你拔開看咱:"把",原本作"與"。諸本均改。今從。

[11]永困江東世不回:孤本、隋本改爲"永困江東誓不回"。可參考。

第 四 折

(劉封領卒子上,云)帥鼓銅鑼一兩敲,轅門裏外列英豪。三軍報罷平安喏,買賣歸來汗未消。某乃劉封是也。自從我的父親過江黃鶴樓上赴宴去了,音信皆無。俺父親本不去,可是我送的父親去了。若是軍師來呵,我自有言語支對他。左右那裏?門首覷者,軍師來呵,報復我知道。(卒子云)理會的。(孔明上,云)決勝千里施謀略,坐籌帷幄掌三軍。幼年隱迹南陽野,覆姓諸葛號臥龍。貧道諸葛孔明是也。頗奈曹操無禮,他領八十三萬雄兵,與某交戰。俺主公結好於江東。吳王遣周瑜爲帥,黃蓋作先鋒,貧道祭風,周瑜舉火,黃蓋詐降,關、張伏路,殺曹兵大敗虧輸。亂軍中走了曹操,貧道領關、張追趕。某夜觀乾象,見主公有難。某急差關平,後差姜維,接應主公去了。某料俺主公無事回還,貧道今日收兵,回於赤壁連城。可早來到也。左右,接了馬者,報復去,道有軍師下馬。(卒子云)理會的。報的將軍得知,軍師下馬也。(見科)(劉封云)呀、呀、呀!早知軍師來到,只合遠接,接待不着,勿令見罪。(孔明云)劉封,俺主公安在?(劉封云)苦、苦、苦!我父親麼,正在帳中閒坐,不想周瑜使魯肅將書來,請我父親過江黃鶴樓上飲宴。我便道:父親不可去,軍師又不在,則怕父親有失。我左右當不住,俺父親一人一騎過江,黃鶴樓上赴會去了。(孔明云)誰着你父親一人一騎過江,黃鶴樓上赴會?假若你父親有失呵怎了?我不和你説,等你兩個叔叔來,看你怎生回話!(劉封云)這個,軍師,干我什麽事[1]?(關末上,云)憑吾義勇扶劉主,一桿青龍立漢朝。某關雲長。奉軍師的將令,着某在華容路等曹操,不想亂陣間走了曹操也。今日回營見哥哥、軍師去。可早來到也。小校,接了馬者,報復去,道有關某來了也。(卒子云)理會的。喏,報的軍師得知,有二將軍來了也。(孔明云)道有請。(卒子云)有請。(見科)(孔明云)雲長,曹操安在?(關末云)關某在華容路上,等着曹操交戰,亂陣中不想走了曹操也。(孔明云)既是他走了,也不必追趕。(關末云)住、住、住,我哥哥玄德公安在?(孔明云)二將軍,你休問我,問你侄兒劉封去。(關末云)劉封,你父親安在?(劉封云)二叔息怒。自從叔叔同軍師去之後,不想周瑜遣魯肅持一封書,請我父親過江黃鶴樓上赴會去。我便道:他那裏筵無好筵,會無好會,則怕周瑜那厮生歹心,你休去。我父親惱了,扯出劍來要殺我,我害慌躲避了,俺父親不想就上馬,一人一騎過江去了。(關末怒,云)好也落,你怎生齎發哥哥過江去?若有疏失怎了?把這厮拿住,一壁等三兄弟來,俺一同的問這厮。(劉封云)二叔叔,不干孩兒事。若三叔叔來,勸一勸。(孔明云)左右那裏?門首覷者,等張飛來,報復我知道。(卒子云)理會的。(正末扮張飛上,云)某乃張飛是也。奉軍師將令,華容路上追趕曹操,不想曹操見某,走了也。回軍師話,走一遭去。左右那裏?接了馬者。(卒子云)理會的。(正末唱)

【南吕·一枝花】撥回獬豸身,滴溜撲跳下烏騅騎。舒開狻猊爪,(正末見劉封走科,云)劉封那裏去?(唱)我這裏揝住錦征衣。嘴縫上拳搥,手指定奸讒嘴,我拷你個忤逆賊。(劉封云)三叔息怒。(正末云)你父親那裏去了?(劉封云)周瑜請的過江飲宴去了也。(正末唱)你怎生齎發的我哥哥,去他那四十里長江那壁!

【梁州】則爲那周公瑾兩三盃酒食,更壓著那一千個他這黨太尉的筵席。我跟前莫得誇强會。若還他無災無難,無是無非;若有些個爭競,半米兒疏失,來、來、來,我和你做一個頭敵。則我這村性子不許收拾!割捨了,喝曹操諕了他那三魂,鞭督郵拷折你這脊背[2]。休惱番,石亭驛摔袁祥撞塌頭皮。若還得回，俺哥哥無事來家內，使心量有奸細，船到江心數十里，則怕他背後跟追。

（劉封云）三叔，您孩兒當不住父親，他堅意的要去，不干我事。（正末唱）

【隔尾】休得要臨崖勒馬收繮急，直等的船到江心那其間補漏遲。點手兒旁邊喚公吏。你與我麻繩子綁者，柳樹上高高的吊起，直等的俺哥哥無事來家，恁時索放了你。

（正末云）令人，與我將劉封吊起來者。（做吊淨科）（劉封云）三叔，我又不曾欠糧草，怎生吊起我來？（正末云）令人，報復去，道有張飛來了也。（卒子云）理會的。喏，報的軍師得知，有三將軍張飛來了也。（孔明云）道有請。（卒子云）理會的，有請。（見科）（正末云）軍師，張飛來了也。（孔明云）一壁有者。（正末云）二哥勿罪也。（孔明云）小校，門首覷者，看有甚麼人來。（卒子云）理會的。（劉末上，云）歡來不似今朝，喜來那逢今日。小官劉備是也。誰想周瑜有傷害某之心，酒酣之際，盹睡着了，多虧軍師妙計，小官以此得脫回還。可早來到也，左右，接了馬者。兀的不是三兄弟張飛？兄弟也，咱爭些兒不得相見也。（正末云）哥哥來了也。（唱）

【隔尾】俺哥哥到黑龍江流的是潺潺水，（淨云）爹爹救我咱。（正末唱）紅蓼堤邊吖吖的叫喚誰？（劉末云）兀那吊的是誰？（正末唱）是你那孝子曾參可人意。（劉末云）三兄弟，爲甚麼吊起他來？（正末唱）見哥哥無些個信息，怕有些個疏失，因此上將他在柳樹梢頭，着他便吊望着你。

（劉末云）兄弟，不干劉封事，饒了他者。（孔明云）主公煞是驚恐也。（劉末云）若不是軍師神機妙策，鋪謀定計呵，劉備怎能勾回還也。（正末云）收拾戰船，我和他交戰去，務要拿住周瑜，與俺哥哥報仇，有何不可？（孔明云）三將軍，既然今日主公回來了也，休得躁暴。（正末唱）

【絮蝦蟆】軍將便似魚鱗砌，槍刀便似雁翅般齊，我又索與你迎敵。自從桃源結義，又在徐州失配。不曾相持對壘，不曾翻天倒地[3]，我無處發付氣力。付能逢著今日，紅錦征袍喜披，黃錦腰帶緊繫，再把烏騅扣鞁，又把包巾整理。我聽的冬冬鼓擂，忽的搖旗，出的相持。美也，兀的不歡喜煞愛厮殺的張飛！迎敵，馬蹄兒蹅碎了東吳國[4]。你是那周公瑾，我是這張翼德，眼兒裏見了，耳朵兒聽者。

（孔明云）住、住、住，三將軍息怒，衆將休鬧。比及周瑜來請主公赴會，貧道已知多時了也。某先差關平，後差姜維，我料周瑜怎出貧道之手，今日主公果然無事回還,三將軍可以饒免劉封,貧道今勸三將軍休兵罷戰。可是爲何?近日間俺向東吴家借軍破了曹操,不争俺與他交鋒呵,則顯的俺忘恩背義也。既今日主公無事回來了,當以殺羊宰馬,做一個慶喜的筵席。則爲那三江夏口列英雄,赤壁焚燒百萬兵。周瑜慢使千條計,怎比南陽一卧龍。領兵先借荆州地,後取西川白帝城。四方寧静干戈息,永保皇圖享太平。

校記

[1] 干我什麼事:"事",原本作"是"。諸本均改。今從。本劇下同。
[2] 鞭督郵拷折你這脊背:"折",原本誤作"拆"。諸本均改。今從。
[3] 不曾翻天倒地:"翻",原本作"番"。諸本均改。今從。
[4] 馬蹄兒躥碎了東吴國:"躥",義爲踩、踏。孤本改作"踏"。今不從,仍其舊。

諸葛亮博望燒屯

無名氏 撰

解 題

　　雜劇。元無名氏撰。《錄鬼簿續編》著錄，題"博望燒屯"，題目作"關雲長白河放水，諸葛亮博望燒屯"；《太和正音譜》著錄，題"博望燒屯"；《也是園書目》《今樂考證》《曲錄》著錄，題"諸葛亮博望燒屯"，均署無名氏撰。劇叙劉備三顧草廬，諸葛亮爲其分析天下形勢，判定三國鼎立，出山輔佐劉備。曹操令夏侯惇領兵攻新野。軍師諸葛亮調撥兵馬，準備火燒博望，水淹潺陵，但却故意不用張飛。經劉備説情，諸葛亮方准張飛去截夏侯惇退往許昌之路，並斷言張飛不能擒獲夏侯惇。張飛不服，立下軍令狀。劉備諸路兵馬大勝而回，惟張飛中夏侯惇之計，讓其走脱。諸葛亮爲諸將慶功，張飛袒臂負荆請罪。曹操遣管通來勸諸葛亮降曹，管通看到關張等將領皆神勇之將，劉備更有天子之相，甚爲驚佩。事見元刊《三國志平話》。今存《元刊雜劇三十種》本、《古今雜劇三十種》復刻本、《脉望館鈔校本》。另有《孤本元明雜劇》校刻本、隋樹森《元曲選外編》校刻本。元刊本與脉抄本情節基本相同，曲詞差異較大。元刊本原題"新刊關目諸葛亮博望燒屯"。原本未標明折數，科白簡略。本劇今見寧希元、徐沁君、王季思主編《全元戲曲》校本（稱寧本、徐本、王本）。今以元刊本爲底本（稱原本），參閱《脉望館鈔校本》（稱脉本）和《孤本元明雜劇》校刻本（稱孤本）及其他校本校勘，擇善而從。

第 一 折

　　（末扮諸葛上，開）貧道覆姓諸葛名亮，字孔明，道號卧龍。於南陽鄧縣，在襄陽西二十里，號曰隆中，有一岡名曰卧龍岡，好耕鋤隴畝。近有新野太守劉備，來謁兩次，於事不曾放參。蓋爲世事亂，龍虎交雜不定，正每日向茅廬中,松窗下,卧看兵書。哎,諸葛幾時是出世處呵!

【點絳唇】數下《皇極》[1],課傳《周易》,知天理。飽養玄機,待龍虎風雲會。

【混江龍】有朝一日,出茅廬指點世人迷。憑着我腸撑星斗[2],如還我志遂風雷。立起天子九重龍鳳闕[3],顯俺那將軍八面虎狼威。(做失驚科)見風篩竹影,日射松窗,袖中發課,門外觀窺。道童,安排接駕,準備烹茶。這的又是那一個未發迹的潛龍帝。(做尋思科)你休鋪藤簟,且掩柴扉。

(做看書科)(等皇叔一行上)(張飛叫住)(道童報兩次了)(云)既然一年中來謁三番,兼此人有皇帝分[4],和他相見咱[5],怕甚!道與那姓劉的將軍過來。(做接待科)(劉備施禮了)

【醉中天】我與你火速挪身起,挪步下堦基,煞是兩次三番勞動體[6]。將貧道權休罪,請皇叔安然坐地。(等云了)口聲聲道孤窮劉備。休胡道,那一個村莊家生得舜目堯眉[7]!

(做交皇叔坐地科)(等劉備不肯坐科)(云)問公來訪諸葛,有您甚事?(劉備云了)(云)將軍少罪。貧道是南陽一耕夫,且於此中避世,那裏管您這人間興廢?去不得!去不得!

【油葫蘆】俺則待訪學巢由洗是非,習道德,喜登呂望釣魚磯。誰要蝸牛角上爭名利?誰待蜘蛛網内求官位?(劉云了)但穿些布草衣,但吃些藜藿食。日高三丈蒙頭睡,一任交烏兔走東西。

【天下樂】貧道除睡人間總不知。(劉云了)其實,沒意智。你本待告貧道下山,與您出些氣力。其實當不得寒,濟不得饑,請下這卧龍岡待則甚的。

(劉云了)(云)貧道想您求賢的,没一個用到頭的。那一個是有下梢的!(劉云了)

【那吒令】常想起卞和般獻璧,能可學韓信般乞食[8]。你也枉了似子房進履。用人時河泊裏尋,山林裏覓,這般做小伏低。

【鵲踏枝】一投定了華夷,一投罷了相持,那裏想困難之時,用人之際[9]!早安排下見識,便剝官罷職,早向未央宫裏,萬剮凌遲。

(劉云了)(云)去不得!去不得!

【寄生草】能可耕些荒地,撥些菜畦。和這老猿野鹿爲相識,共山童樵子爲師弟,伴著清風明月爲交契。則這藥爐經卷老生涯,竹籬茅舍人家住。

(劉云了)(正末冷笑科)將軍,你好小覷人!

【么篇】張子房知興廢,嚴子陵識進退。一個日頭出扶立高皇位,一個日頭正策定中興帝,你道日頭斜怎立劉家國?可不一雞死後一雞鳴,只有後輩無前輩!

(劉云了)(云)貧道作要來。(道童云了)(喝)嗻聲!(劉云了)(云)既然有二兄弟同來,交請那姓關的來。(關見了)(云)是個五霸諸侯,生得奇哉!

【金盞兒】生的高聳聳俊鷹鼻[10],長挽挽卧蠶眉,紅馥馥雙臉胭脂般赤,黑蓁蓁三綹美髯垂[11]。內藏著君子氣,外顯著碜人威。這將軍,生前爲將相,死後做神祇[12]。

(劉云了)(張飛云了)(云)也交請將姓張的來。(張飛叫住了)(云)又是個五霸諸侯。三將軍直恁般哏[13]!

【醉中天】直恁般無道理無廉恥,失上下沒尊卑。早把一對環眼睜開瞅覷誰?查沙起黃髭髯[14],顯出那五霸諸侯王氣。不住的叫天吼地,將軍呵!你也做得個莽撞張飛[15]。

(劉云了)(云)也交請來。(趙雲見了)(云)這將軍是家將降將?(劉云了)(劉封見了)(云)這將軍是嫡子庶子?(劉云了)

【金盞兒】這是個庶子有心機,這個須降將顯忠直。都向那諸侯王裏安插應當那職。趙雲堪中交掌計,劉封也征敵。這將軍殺場上交戰馬,這將軍陣面上磨征旗。穩情取鞭敲金鐙響,人和凱歌回。

(劉云了)(云)貧道去呵去,你待與誰爭天下?(劉云了)(云)且論曹操,今已擁百萬之衆[16],挾天子而令諸侯,此勢大不可與爭鋒。(劉云了)(云)若論孫權,據着江東,已定三世,國險而民附[17],賢能用之,此勢大不可敵,可以爲援而不可圖也[18]。(劉云了)(云)公有可圖之國,宜取荆州爲本,益州爲利。(劉問了)(云)先論荆州,北據漢沔,利盡南海,東連吳會[19],西通巴蜀,此乃用武之國,其主劉表不能守[20],此殆天所以資將軍也[21]。再論益州,據益州險塞,沃野千里,天府之土,劉璋暗弱,張魯在北,民殷國富而不知存恤,智能之士,思得明君。將軍既漢室之冑[22],信義著在四海,若跨有荆益[23],保其岩阻,撫和戎夷[24],結好孫權[25],內修政治,外觀時變。此霸業可成[26],漢室可興矣!

【後庭花】我直智降了黃漢昇,威伏了馬孟起。我委實戰不得周公瑾,委實贏不得曹孟德。(覷劉了)徹口下相了容儀[27],可惜剛做得三年皇帝!(做意放)休爭,常言道饒人不是癡。

(劉云了)(做不去的科)(外抱徠兒過來見住了)(做猛驚科)(云)道童,準備去來,這裏却有四十年天子!(等劉備一行謝了)

【收尾】把您這孫劉曹,立做了吳蜀魏。却便似鼎足三分社稷。(劉云了)雖然地利天時奪了第一,咱仗人和創業開基[28]。道童你快收拾,咱龍虎相隨,先佔了西蜀四千里。(張飛云了)(做對關唱)對着個雲長說知,單共你張將軍賭氣[29]。(劉備云了)主公放心,你看我笑談間分付與那衮龍衣。(下)

校記

[1] 數下皇極:"皇",原本作"黄",今從脉本改。

[2] 腸撑星斗:脉本作"劍揮星斗"。

[3] 龍鳳闕:"闕",原本作"関"。今從脉本改。

[4] 有皇帝分:"帝",原本諱作"O"。今補。本劇下同,不另出校。

[5] 和他相見咱:"他"字,原本脱。今從徐本補。

[6] 煞是兩次三番勞動體:"勞動體",脉本作"勞貴體"。

[7] 舜目堯眉:"堯眉"二字,原本缺空。今從脉本補。

[8] 乞食:"乞",原本作"吃"。今從徐本改。

[9] 用人之際:"際",原本作"濟"。今從王本改。

[10] 生的高聳聳俊鷹鼻:"鷹",原本作"鶯",脉本作"英"。今從王本改。

[11] 黑蓁蓁三綹美髯垂:"蓁蓁",原本作"真真";"綹",作爲"柳"。今從脉本改。

[12] 死後作神祇:"祇",原本作"祈"。今從脉本改。

[13] 三將軍:"三",原本作"王"。今改。

[14] 查沙起黄髭髯:"髯",原本作"力"。今從脉本改。

[15] 莽撞張飛:"撞",原本作"壯"。今從脉本改。

[16] 今已擁百萬之衆:"擁"字,原本脱。今據《三國志·蜀書·諸葛亮傳》"隆中對"補。以下簡稱"隆中對"。

[17] 國險而民附:"附"字,原本作"富"。今據"隆中對"改。

[18] 可以爲援而不可圖也:"可以爲"三字,原本脱;"圖也"二字,誤作"網之"。今據"隆中對"改。

[19] 束連吳會:"連",原本作"通"。今據"隆中對"改。

[20] 不能守:"守"字,原本脱。今據"隆中對"補。

[21] 天所以資將軍也:"資",原本作"此"。今據"隆中對"改。

[22] 將軍既漢室之胄:"將軍"二字,原本脱;"既",作"記"。今據"隆中對"補改。

[23] 若跨荆益："跨",原本作"誇"。今改。
[24] 撫和戎夷："夷"字,原本脱。今據"隆中對"補。
[25] 結好孫權："結",原本作"能"。今據"隆中對"改。
[26] 此霸業可成："業可成"三字,原本脱。今據"隆中對"補。
[27] 徹吓相了容儀："儀",原本作"易"。今從徐本改。
[28] 創業開基："基",原本作"公"。今從徐本改。
[29] 單共你張將軍賭氣："賭",原本作"覩"。今從脉本改。

第 二 折

（曹操、夏侯惇云了[1]）（末扮軍師共劉備上）（劉云了）（云）諸亮無能,賴主公洪福,衆將軍虎威,交貧道做人。

【一枝花】遮天雜彩旗,震地花腔鼓。青龍偃月刀,銀莽點鋼突。齊臻臻鐙棒柯舒。朱紅漆花梢弩,獸吞頭金蘸斧。有五十員越嶺奔彪,二萬隻爬山劣虎。

【梁州第七】投至坐這中軍帳七重禁圍,虧殺您卧龍岡三顧茅廬。覷寰中草寇如無物。運乾坤手段,安社稷權術[2]。憑著我這一條妙計,三卷天書,顯神機單注着東吳,仗□風獨霸西蜀[3]。則仗著主公前關將張飛,那裏怕他曹操下張遼許褚,更共那孫權行魯肅周瑜！（外報了）（劉備云了）（冷笑科）我則道有何事報復,元來是夏侯惇瞎漢驅軍伍,覷貧道似泥土。叵耐無徒領土卒,怎敢單搦這耕夫！

（劉備云了）（云）主公放心。

【牧羊關】託賴著日月光天德,山河壯帝居。請我主暫把眉舒。看貧道握霧拿雲,看貧道呼風喚雨。我似兒戲般先收了魏,笑談間併吞了吳。我直交功蓋三公位,名成八陣圖。

（張飛云了）（做喝了）一壁去,不用你！趙雲來聽吾將令。

【四塊玉】呼趙雲,休停住。你與我貫甲披袍統征夫,快與我橫槍跨馬爲前部。（張飛云了）趙雲,你依吾將令聽我差,休睬這個言那個語[4],我交你手裏不要贏則要輸[5]。

（張飛云了）（云）不用你！叫劉封聽吾將令[6]。

【牧羊關】則要你魚鱗般排軍陣,雁行般擺隊伍。依著我運計鋪謀。則要你吶喊搖旗,則要你篩鑼擂鼓。他若走向軍垓裏撞[7],他若趕向草坡裏伏。直鬥得逆子心頭怕,常唬得賊兒膽底虛。

（張飛云了）（云）一壁去！不用你。喚麋竺、麋芳聽吾將令[8]。

【賀新郎】則向這博望城多準備下些火葫蘆,賺入來先燎斷糧車,得空便後燒着窩鋪。交車輪大火砲虛空裏舞。火逼得神號鬼哭,交火焚得馬死人無。都交火垓中逃性命,都交火陣內喪了殘軀。（張飛云了）張將軍不索階前怒。則這的是黃公《三略》法,呂望《六韜》書。

（張飛云了）（云）一壁去！不用你。喚關某聽吾將令。

【罵玉郎】關公與我牢把白河渡,差軍役堰江湖[9]。夜深勒馬向高岡上覷。把水驟住,若軍過去,到低渺處。

【感皇恩】便與我放開溝渠,交淹了軍卒,向浪濤中,波面上,狗扒伏。便休誇壯士,都喂了蝦魚[10]。便逃災難,躲性命,也中機謀。

【採茶歌】一半火燒得沒,一半水淹得無,抵多少一鈎香餌釣鰲魚。（張飛云了）拿取呵何須施英武[11],我得來全不費工夫。

（張飛叫住了）（劉備告住了）（云）看主公面用你。聽我將令。直等交趙雲引鬥,劉封追趕,麋芳、麋竺火燒,關公水淹了,四十萬大軍則落得二十個敗卒,殺得筋衰力盡,中箭着刀,怎時節用你相持。我這般,這般。

【紅芍藥】不要你揎拳捋袖放粗疏[12],不要你大叫高呼。則要你吞聲窨氣莫囂浮[13],則要你暗地埋伏。直等到風清過二鼓,都不到二十個敗殘軍卒,殺得東歪西倒中金鎚,剛剛的強整立的身軀。

【菩薩梁州】却待盼望程途,肯分截着走路。正打你行過去,若拿不着怎地支吾[14]？（等云了）那二十來個敗殘軍,你敢拿不住[15]？（張飛云了）張將軍咱兩個立了文書,那夏侯惇你手裏若親拿住,（張飛云了）則怕踏盡鐵鞋無覓處？（張云了）若違犯後不輕恕！（張云了）若得勝,交你腰間挂了虎符,若不贏交你識我斬砍權謀[16]。

（劉云了）主公,看這一陣厮殺咱。衆將軍每,小心在意著！

【隨煞尾】不爭三二千虎豹離窩峪[17],情取那四十萬豺狼卧道途。呼趙雲記心腹,喚劉封莫疑誤,差關公使麋竺,則有張飛好囑咐。依我差排,聽我言語。若是你失誤了軍情,休想我肯耽負！諸亮有耳目,使不着你弟兄如同手足。張飛聽者！若拿不着呵,我交你莽撞的殘生做不得主！（下）

校記

［1］夏侯惇："惇",原本作"敦"。今從孤本改。下同,不另出校。

［2］安社稷權術："權",原本作"拳"。今從王本改。

［3］仗□風獨霸西蜀:缺字原本爲墨丁。徐本作"仗威風"。

［4］休睬這個言那個語："睬",原本作"採"。今改。

［5］不要贏則要輸："不""則"二字,原本誤倒。此處諸葛亮令趙雲詐敗。今依脉本改。

［6］叫劉封聽吾將令："封",原本誤作"備"。今從脉本改。

［7］他若走向軍垓裏撞："垓",原本作"該"。今改。

［8］糜竺糜芳:原本音假作"梅竹梅芳"。今從脉本改。下同,不另出校。

［9］差軍役堰江湖："堰",原本作"偃"。今從徐本改。

［10］都喂了蝦魚："喂",原本作"偎"。今從徐本改。

［11］拿取呵何須施英武："取",原本作"去";"呵"字空缺。今從寧本改、補。

［12］揎拳捋袖放粗疏："捋"字,原本作"將"。今從徐本改。

［13］則要你吞聲嗒氣莫囂浮："莫"字上端原本微有殘迹;"囂"字殘存下部。今從徐本補。

［14］若拿不着怎地支吾："若拿"二字,原本空缺。今據脉本"你若是拿不住怎的支吾"補。

［15］你敢拿不住："敢"字,原本空缺。今補。

［16］交你識我斬砍權謀："你"字,原本無。今依文意補。

［17］三二千虎豹："千",原本作"年"。今從徐本改。

第 三 折

(等衆將各一折了)(張飛云了)(末扮上)(皇叔云了)(云)這其間都建功也,主公不須憂念。

【新水令】管着二千員敢戰鐵衣郎[1],只除是莽張飛不伏諸亮。爲爭奪飛鳳闕,直請下卧龍岡。則今番成敗興亡,都没半個時辰見明降。

(趙雲上,見住了)(云)好將軍能掌吾計,將酒來。

【步步嬌】捨死忘生先鋒將,怎禁那一匹坐下馬似龍離浪,使一條緑沉牙角槍[2]。哎!能掌計的英雄漢你委實強!有一日掌了朝綱[3],你做取那領着頭廳相。

（把酒了）（劉封上，見住了[4]）（云）劉封，吾計中用來末？（劉封云了）（把盞了）

【風入松】想劉封武藝有誰當？天生的狀貌堂堂[5]。得空便猛望著軍心撞，似鬧垓垓的虎蕩群羊。飲過酒今番不枉，你若不爲帝決爲王。

（把酒了）（糜芳、糜竺上，見了）（把盞了）

【水仙子】哎！糜芳糜竺鎭邊疆，喜得您無是無非出戰場。博望城交鹿角叉了街巷，賺得他入城來好近傍。四下裏火燒著積草屯糧。明晃晃逼殺軍將，焰騰騰燎著上蒼，恁的敢馬死人亡。

（關上，見住了）（云）將軍治水勢神。（關公云了）

【川撥棹】不枉了喚雲長，更壓著襲車冑斬蔡陽。依著我水壅沙囊，堰住長江[6]，白河水淹淹越漲[7]。夏侯惇心內慌，敗殘軍腹內忙。

【七弟兄】放開這廂，刨開那廂[8]，則你道怎遮當[9]？海漫漫水勢從天降，馬和人都在蘆花蕩[10]。

【梅花酒】殷勤捧玉觴，煞謝你展土開疆。不爭你救駕勤王[11]，後來入廟陞堂。仗着青龍刀安社稷，憑着赤兔馬定家邦。想你自許昌，自許昌將曹操降，將曹操降見君王，見君王賜朝章，賜朝章坐都堂，坐都堂做丞相，做丞相領親將，領親將上高岡，上高岡見軍將，見軍將不商量，不商量縱絲韁，縱絲韁入沙場，入沙場對兒郎，對兒郎氣昂昂[12]。

【收江南】氣昂昂勒馬刺顏良，刺顏良天下盡談揚。左右！準備酒者，張將軍也見功也！（唱）主人公準備捧瓊漿。張將軍莽撞，若來時決共我定興亡。

（張飛上，見了）（云）張將軍，你這般爲甚？（張云了）

【雁兒落】將軍！你早則不鞭敲金鐙響，可不將得勝歌齊聲唱。見緊邦邦剪了臂膊，直停停舒著脖項[13]。

【得勝令】可不是架海紫金梁，那將軍須不是托塔李天王。可不先敗了贏我頭，可不我不贏了不姓張！去時節村桑，恨不得一跳三千丈。今日你着忙，將軍！可不男兒當自強！

左右推轉，斬訖報來！

【沽美酒】喚軍卒擺法場，呼左右列刀槍，快擁出轅門休問當。可不人不得滅相，死屍骸臥在雲陽。

【太平令】交磣可可簽頭在槍上，強如你叫吖吖賭賽在階旁。（劉備告住了)見有這張翼德招伏文狀,交識鋤田漢行軍的膽量。(交斬,告住了)張飛!你經了這場,我行,須拜降。(張云了)看主公面權時免放。

(皇叔云了)(與張飛把壓驚盞科,云)既贏了這一陣,再不敢這覷咱也。

【鴛鴦尾】[14]今日坐領三軍金頂蓮花帳,披七星錦繡雲鶴氅。早定了西蜀,貧道却再返南陽。唱道覷曹操孫權,似浮風癝癢。(劉云了)請我主共關張[15],休休何須託講。主公洪福無疆,直等我扶立了你劉朝恁時節賞。(下)

校記

[1] 管着二千員敢戰鐵衣郎:"敢",原本作"憨"。今從脉本改。
[2] 綠沉牙角槍:"綠",原本作"六"。今從徐本改。
[3] 有一日掌了朝綱:"綱",原本作"崗"。今從徐本改。
[4] 劉封上,見住了:此六字原本無。今據孤本文意補。
[5] 狀貌堂堂:"狀",原本作"壯"。今從脉本改。
[6] 水壅沙囊,堰住長江:"壅",原本作"擁";"堰",作"偃"。今從徐本改。
[7] 白河水淹淹越漲:"漲",原本作"長"。今從王本改。
[8] 刨開那廂:"刨",原本作"袍"。今從徐本改。
[9] 則你道怎遮當:"怎",原本作"則"。今從王本改。
[10] 馬和人都在蘆花蕩:"蕩",原本作"畔"字。徐本、寧本認爲不叶韻,改"蕩"字。今從。
[11] 不爭你救駕勤王:"勤",原本音假爲"擎"。今從王本改。
[12] 對兒郎氣昂昂:"氣"字前,原本涉上誤衍一"對"字。今從王本刪。
[13] 直停停舒著脖項:"脖"字,原本作"孛"。今改。
[14] 鴛鴦尾:"鴛鴦"二字,原本省作"夗央"。今改。
[15] 請我主共關張:"主",原本誤爲"住"。今從王本改。

第 四 折

(曹操、管通一折)(正末與皇叔一行上)(皇叔開,設宴了)

【粉蝶兒】今番和曹操爭鋒,却渾如一場春夢。怎禁這一班兒蓋國英雄,一個個善相持[1],能挑鬥,超群出衆,都建了頭功。真乃是立乾坤世之梁棟。

【醉春風】當日周天子夢飛熊，今日主人公請臥龍。爲甚兩三番不肯出茅廬？委實俺倦冗冗。向這三國當權，一人前爲帥，不如半坡裏養種。

（見風起，做意了，云）主公休飲酒，今日有細作來。（張飛云了）（劉云了）（云）不到午時至。（劉云了）（云）衆將依吾行事者。（喚趙雲云了）（喚劉封云了）（喚張飛、關公云了）（云）主公也索離了這裏，貧道這般行。（耳云住了）[2]（却喚劉再云了）那件事休忘了。（都下）（云）麋芳、麋竺，您二人休離我左右。（再耳云了）轅門外望著，折末有甚人來，報與我者。（等管通上云了）（外報了）（慌接科，云）是俺哥哥，將酒來。

【迎仙客】快排玉斝，捧金樽，元來是俺二十年布衣間親弟兄。（做拜科）這幾年你是住在江東？是居在漢中？（外云了）不想今日相逢，爲弟兄途路上煞勞台重。

衆將休息慢，是我的哥哥，天下一人而已。我的學藝他會[3]，他的學藝我不會。多把盞者！弟兄每快活一日！（外云了）

【朱履曲】您兄弟誰待隨着龍王打哄？誰待般着虎將爭功？怎禁咱徐庶，向人前把我強過從！這的未曾尋著龐統，投至請得伏龍，更壓著渭河邊姜太公。

（囑付外賣弄科）（交外指麋芳、麋竺科）（云）您二人或揣着或搭着，折末甚物，俺哥哥十猜十個着。（等麋芳、麋竺交猜科[4]）（云）哥哥，你猜着。

【剔銀燈】非是我廳階前賣弄[5]，你看構欄中撮弄。怕他誤猜衆將休驚恐，看俺這老哥哥變化神通。（交猜着了）這的真術藝，休道是脫空，您却睁着眼並不敢轉動。

【蔓菁菜】你却把那兩隻手拳得沒縫，真個將黑白子暗包籠。俺哥哥端的曾用功。（覷棋子了）將軍每俺這死共活，則在他手心中，意裏道不殺了成何用。

（做起來催飯科）（麋芳問了）

【快活三】他興心忒不中，我主意更難容。他興心張網下窩弓，被我主意引入迷魂洞。

【鮑老兒】咱這將在謀而不在勇，被我打住丹山鳳。（却賣弄科）對衆將哥哥非賣弄，咱也消得他皇家俸。據論天撥地，移星換斗，另有神功。奪旗扯鼓，排軍布陣，別是家風。

（等衆云了）（云）俺哥哥恰使小伎倆，比及飯上，交你看些撥天關手段咱[6]。（領管通手云）咱出帳房，試看兄弟住的宅舍咱。（轉一遭科，云）這一所強如那茅廬。（管通問了）（做交二將軍背科，云）哥哥，這西壁南間鎖着甚物？你猜咱。（猜云了）（開門了）（趙雲上了）（云）這將軍是五霸諸侯王末？（外云了）（云）這將軍曹操手裏有末？（外云了）（指兄弟二間房子問）（外云了[7]）（依前都是逐一個問了）（同前審了）（指第五個房子問外末[8]）這西頭間裏是甚物？（外猜云）（開門了）（皇叔上了）（云）這個是真命天子。（等問了）（云）我説與，一個一句。（指外科）

【十二月】這個是常山子龍，這個是義子劉封，這個是英雄翼德，這個是義勇關公。（管通云了）你如識真命呵哥哥管通，爭奈這劉備孤窮。

（外相見了）（東間外交開門了）（云）東間住[9]，休開！

【堯民歌】休！則怕頓開金鎖走蛟龍！（開門科了）（抱徠兒上了[10]）這的做得俺後代劉朝主人公[11]。（等云了）見如今荆州劉表獻了江東，益州劉璋壞了皇宮。崢嶸，崢嶸，西川一望中，似人世蓬萊洞。

（都審了，是真命科）（云）哥哥，你更待那裏去來？有真命皇帝，咱弟兄厮守，只不好那？（外云了）（云）沒三日前準備下。（外問了）（快行上了，拿曹操出[12]）（駕斷出）（散場）

    題目 曹丞相發馬用兵
        夏侯惇進退無門
    正名 關雲長白河放水
        諸葛亮博望燒屯

校記

[1] 一個個善相持："個"，原本失重符。今從脉本補。

[2] 耳云住了："耳云"，即耳語，"云"字原本脱。今補。

[3] 我的學藝他會："學"，原本殘作"文"。今從王本改。

[4] 交猜科："交"，原本作"六"。今從徐本改。

[5] 廳階前賣弄："廳"，原本作"聽"。今從脉本改。

[6] 撥天關手段咱："段"，原本無。今補。

[7] 外云了："外"，原本誤作"末"。今從王本改。

[8] 指第五個房子問外末：原本作"第五個問末"，疑有脱誤。今依文意補。

[9] 東間住："東"，原本空缺；"間"字猶可辨認。今從徐本補。

[10] 抱徠兒上了："徠兒上"三字，原本殘缺難辨。今從脉本何煜過錄元刊

本補。

［11］這的做得俺後代劉朝主人公："朝",原本作"相"。今從徐本改。

［12］拿曹操出：疑誤。徐校本改作"拿管通出",寧校本改作"拿夏侯惇出"。供參考。

錦雲堂暗定連環計

無名氏 撰

解 題

　　雜劇。元無名氏撰。《太和正音譜》著録，簡名"美女連環計"，《元曲選目》《寶文堂書目》《曲海目》《曲海總目提要》著録，簡名"連環計"，《也是園書目》《今樂考證》著録，正名"錦雲堂美女連環記"，《曲録》著録，正名"錦雲堂暗定連環計"。劇寫東漢末年，董卓專權，荒淫殘暴。太尉楊彪（息本作吳子蘭）與司徒王允合謀除董，蔡邕獻上"美女連環計"。王允犯愁怎施此計，在花園巧遇貂蟬拜月。貂蟬本乃吕布之妻，戰亂中與吕布失散，流落允府，被允收養。允得知其情大喜，與貂蟬商定連環計。王允先請吕布赴宴，令貂蟬遞酒唱曲，布與貂蟬當堂相認。允許以選定吉日良辰，倒賠房奩，讓其夫妻團圓。而後，王允復請董卓赴宴，令貂蟬爲卓打扇。卓爲其色所迷，允乃許送貂蟬與卓爲妾。次日，允親送貂蟬至董府，出見吕布，告知董卓已强納貂蟬。布大怒，乘卓酒醉，與貂蟬私語。卓醒，疑布調戲貂蟬，怒欲捉之，被布一拳打倒。卓令李肅追拿。布逃允府中，誓殺卓。李肅追吕布至王允府。王允説動李肅，肅願助布除卓。三人與楊彪共議，遣蔡邕誑董卓，詐稱獻帝欲禪位。卓至銀臺門受禪。王允命蔡邕宣讀除卓詔書。卓欲逃，爲吕布所殺。楊彪代帝封賞吕布、李肅、王允，褒獎貂蟬。事見《三國志平話》上卷《王允獻董卓貂蟬》《吕布刺董卓》二節，但情節有所豐富發展。版本今存明息機子《元人雜劇選》本（簡稱息本）和明臧晉叔《元曲選》本。另有今人王季思主編《全元戲曲》本（簡稱王本）。今以臧晉叔《元曲選》本爲底本，參考息本及其他本校勘。明息機子《元人雜劇選》本，爲明萬曆年間趙琦美收入《脉望館古今雜劇》，該劇尾有"四十三年正月朔旦起，朝賀待漏之暇校完，清常道人"。四十三年，即明萬曆四十三年；清常道人，即趙琦美。劇後有各折出場人物穿關，當係演出本。該本與明臧晉叔《元曲選》本情節基本相同，但個別人物名諱不同，曲文、賓白差異甚大，故將息機子《元人雜劇選》本加以校點，附錄於《元曲選》本之後。

第 一 折

（净扮董卓領外扮李儒、李肅、卒子上，詩云）擁兵入衛立奇功，文武群臣避下風。九錫恩深猶未厭，私心不老漢朝中。某姓董名卓，字仲穎，乃隴西臨洮人也。自幼爲將，頗有邊功。比因十常侍作亂，何進薦某入朝，遂至官封太師之職。如今又加九錫：一車馬，二衣服，三樂器，四朱户，五納陛，六虎賁，七斧鉞，八弓矢，九秬鬯。出稱警，入稱蹕。頒曰詔，降曰制。言曰宣，語曰敕。某每入朝，但將這腰間的寶劍微露霜刃，嚇的文武百官人人失色。且莫説我手下許多謀臣戰將，則這個叫做李儒，這個叫做李肅，也都勇過賁育，智賽孫吴。名馬數千群，雄兵十萬隊。以此横行京兆，威震長安。覬奪漢家天下，直如反掌耳。止有王允那廝，多有詭計，一心常對着我。我也常常防備他，但是他行住坐卧，我就着人跟隨着，看他動静，早來通報。今日俺在太師府閑坐，有人來説，那廝出了朝門，不回私宅，徑往太尉楊彪家去了。則怕他兩個商量出甚麽計較來，俺不免親身直至楊彪家，覷破那廝，走一遭去。（詩云）從來此賊多奸計，教咱如何不防備？雖則人無害虎心，争奈虎有傷人意。（下）（外扮楊彪領祗從上，云）老夫姓楊名彪，字文先，弘農華陰人也，現爲殿中太尉之職。方今漢朝獻帝在位，被那董卓專權，擅作威福，生殺由己。文武百官，皆凛凛不敢正目而視。因此聖人懷憂，無可奈何。便好道主憂臣辱，主辱臣死。若不與主上分憂，豈爲臣子之道！老夫欲待乘其機會，剿滅奸雄，争奈他家奴吕布，英勇過人，一時難以下手。老夫想來，則除是司徒王允，此人足智多謀，可與共事，我如今約他來商議，早間着人請去了，不見到來。左右，門首覷著，若王司徒來時，報復俺知道。（祗從云）理會的。（正末扮王允上，云）老夫姓王名允，字子師，太原祁人也。自舉孝廉以來，謝聖恩可憐，加爲大司徒之職。争奈董卓弄權，將危漢室，群臣畏懼，莫敢誰何。今有太尉楊彪令人來請，不知爲着甚事，須索走一遭去。慚愧老夫年邁無能，虚叨爵禄也呵！（唱）

【仙吕·點絳唇】俺可也虚度春秋，强捱昏晝。空生受，肥馬輕裘，爲甚事擔消瘦？

【混江龍】則爲這漢家宇宙，好着俺兩條眉鎖廟廊愁。恰便似花開值雨,怎的個葉落歸秋!俺只問鴛鷺班中怎容的諸盜賊,麒麟閣上是畫的甚公侯?做官時都氣勃勃待超前,立功處早退怯怯甘居後。若得他一人定國,也不枉萬代名留。

(云)可早來到門首也。令人,報復去。(祇從做報科)(楊彪云)道有請。(祇從云)請進。(做見科)(正末云)太尉請老夫來,有何事商議?(楊彪云)請司徒來,別無甚事。想楚漢爭雄,創立江山,四百餘載,流傳至俺主獻帝,艱難極矣!今有董卓專權,欺壓群臣,無計可奈。老夫遍觀朝中,足智多謀無如司徒者。不知怎生出個妙策,共立大功。司徒意下如何?(正末唱)

【油葫蘆】想當日楚漢興兵爭戰秋,君與臣猶未剖。他也曾中分天下指鴻溝。(楊彪云)既然中分天下,怎獨是我漢朝成其王業,流傳四百餘年,這都誰人之力也?(正末唱)這其間多虧了張子房說地談天口,韓元帥握霧拿雲手。那一個能戰敵,那一個善計謀。他把千年基業扶持就,端的是分破帝王憂。

(楊彪云)如今董卓專權,威振中外。想起當日各處諸侯,勒兵百萬,在於虎牢關下,不曾得他一根折箭。似此強橫,如何剿除也?(正末唱)

【天下樂】我則怕煩惱皆因強出頭,想十八路諸也波侯,題起來滿面羞。(楊彪云)若不是劉關張三人破呂布一陣,天下諸侯可不羞死也!(正末唱)想當日虎牢關一時難措手,到如今文官每盡拜降,武將每皆遁走,慣的那廝呵千自在百自由。

(楊彪云)今日小官奉聖人的命,請司徒來商議,怎生出個計較,擒拿董卓。(正末云)太尉,噤聲!那賊臣董卓權重勢大,非可容易剿滅。況他耳目佈滿朝端,我等計議,倘或漏泄,豈不反取其禍?(楊彪云)雖然如此,奈吾等世為漢臣,誓不與這賊並立!但有可圖,拚以身命殉之,他非所懼也。(董卓領卒子冲上,云)某乃董卓是也。我今日直至楊彪家中,覷破這老賊去。令人,報復去,道有董太師在於門首。(祇從做報科)報的老爺得知,有董太師來了也。(楊彪做驚科,云)果如司徒所料,董太師來了也。吾等便當出迎。(同出迎,董卓見科,云)哦,王司徒也在此。你兩個這裏商議些什麼哩?(楊彪云)小官與王司徒偶因朝罷相過,敘些閒話而已,並不曾商議甚的。(董卓云)王允,你兩個見我到門,似有驚駭之色,莫非要害我麼?(正末云)俺等軀命皆在太師掌握,豈敢有此!(唱)

【後庭花】沒阿只你個董太師掌大權,(董卓做笑科,云)我這權元也不小。(正末唱)呂溫侯為帥首。俺可也同商議,待擇個好日頭。(董卓云)元來你們要擇個好日頭,敢是商量請我吃酒麼?(正末云)非也,待請太師早登大位耳。(董卓笑云)只怕孤家到不得這地位。(正末唱)見說的話相投,(董卓云)若果有此日呵,你等但說的,我便依卿所奏也。(正末唱)便道是依卿所奏,(做背科,唱)只怕你這狠心腸無了休。

(董卓云)楊太尉,俺問你,從古以來,也有將平天冠讓人戴的麼?(楊彪云)古語有云:有道伐無道,湯放桀,武王殺紂是也;無德讓有德,堯禪舜,舜禪禹是也。(董卓云)王司徒,這等看來,今日之事,亦可知矣。(正末唱)

【那吒令】有一個虞舜帝,他承唐祚溫恭自守。有一個秦始皇,他併周家強梁不久。有一個新巨君,他篡漢室狂乖出醜。(董卓云)孤家爲這一事,用了多少機謀,一時不得成就,以此心中好生著惱!(正末唱)你如今怕甚麼計不成,怕甚麼謀難就?便待要一勇性亂舉戈矛。

(董卓云)孤家看來,朝裏朝外,唯我獨尊。若要舉事之時,那一個敢道個不字兒的,俺就著他立生災禍,身家難保,九族不留。(正末云)王允夜觀乾象,漢家氣數已盡。太師功德巍巍,當代漢而有天下也,只在這早晚了。(唱)

【鵲踏枝】你可也強承頭,大睜眸,豈不見天象璇璣,氣運周流。(董卓做笑科,云)既然天象如此,只怕孤家沒這福分。(正末云)元來太師不知,近日銀臺門內築一高臺,此非爲禪授而何?(唱)早築下高臺禪授,休忘了俺兩個王允、楊彪。

(董卓云)孤家要圖大事,這文武重臣,順我者爲恩,逆我者爲讐,豈不切切的謹記於心也?(正末唱)

【寄生草】這本是服德非關力,你休便將恩認做讐。則願你仗龍泉掃蕩風塵垢,按龍韜補盡乾坤漏,坐龍庭穩佔江山秀。(董卓云)此事只宜疾,不宜遲也。(正末唱)則願你順人和有麝自然香,休得要逆天心無禍誰能勾?

(董卓云)這事全仗你衆公卿扶持一扶持,孤家自有重報。(楊彪云)請太師放心,略寬三五日,選得吉辰,衆公卿便來奉迎也。(董卓云)太尉、司徒,孤家入朝以來,手握重兵,數百餘萬;勇猛之將,如呂布者非止一人。生殺廢置,但憑孤口。要奪漢家天下,如探囊取物,亦有何難?既是銀臺門已有築臺授禪之意,俺如今且回府去,整備平天冠等候便了。雖然如此,恐防日久變生,只是早幾日的好。(詩云)觀乾象漢已天亡,況孤家久握朝綱。也終防別生事故,休遲緩自取其殃。(下)(楊彪云)這匹夫好無禮也,一心要侵奪漢家天下!司徒,計將奈何?(正末唱)

【金盞兒】我本是一重愁,翻做了兩重愁,方信道是非只爲多開口。(楊彪云)司徒怎生定計擒拿此賊,方可保安漢室江山。(正末唱)待教我神機妙策苦搜求,怎做的姜子牙能伐紂,張子房會興劉?(楊彪云)小官覷司徒也不弱於先賢,只要先算計了呂布一人,那董卓便易擒矣。(正末唱)你待要剿除了董太師,甚法兒所算了呂溫侯?

(楊彪云)此事全仗司徒用計。(正末做沉吟科,云)太尉,你且放心,容小官思忖來。(唱)

【賺煞】攬這場強熬煎,自尋些閒僝僽,少不的三五夜蒼顏皓首。(楊彪云)人年不滿百,常懷千歲憂。司徒,我和你這煩惱何時是了也?(正末唱)那些個百歲常懷千歲憂,搜尋遍四大神州。運機籌,這功績難收,可惜萬里江山一旦休。(楊彪云)適在老賊之前,約下三五日間,便有分曉。司徒,須要早圖,休得誤事。(正末唱)眼見的烏飛兔走,爭奈這龍爭虎鬥,將一個悶弓兒拽扎在我心頭。(下)

(楊彪云)王允此一去,必然用計擒拿董卓,保安漢室天下。老夫悄悄的自去回聖人話便了。(詩云)漢室江山誓共扶,肯容賊子有狂圖?計就月中擒玉兔,謀成日裏捉金烏。(下)

第 二 折

(董卓、李儒、李肅、卒子上,詩云)文武朝臣不見過,銀臺門事竟如何?只爲龍床難得坐,一夜心焦白髮多。某乃董卓是也。頗奈王允等衆官好生無禮!他每說早晚選定吉日,便來迎俺登其大位。我看黃曆上盡有好日子,怎麼還不見來相請?令人,門首覷者,若王允等衆官來時,報復我知道。(卒子云)理會的。(外扮太白星官抱布上,云)世俗的人,跟貧道出家去來,我著你個個成仙,人人了道。這裏也無人,貧道乃上界太白星是也。生居金地,出在庚方。鑒人間善惡無差,辨世上榮枯有準。因朝天帝回來,觀見下方董卓弄權,要謀漢家天下。上蒼致怒,衆神不喜,故差貧道點化此人,看他省的也不省的。這是董卓門首。(做三笑科,云)董太師,你好個大志氣也!(做三哭科,云)董太師,你這早晚死也!(卒子做報科,云)報太師爺,門首有個風魔的先生,望著府門大笑三聲,大哭三聲,打着他不去。特來報知。(董卓云)有這等事!待我親自出去試看咱。(做見科)(太白云)呵、呵、呵,董卓,你這早晚死也!(董卓云)這個正是風僧狂道。令人,與我拿住者!(做拿不住科)(董卓云)我自己拿這厮去。(做擲布科,下)(董卓云)哎喲,打殺我也!他怎生不見了?且看打我的是甚麼物件。(做取看科,云)元來是一匹布。兩頭兩個口字,中間裏有兩行字,寫著道:"千里草青青,卜曰十長生。"李儒,你知道麼?(李儒云)太師,李儒仔細參詳,不解此意。則除是蔡邕學士,他可懂的。(董卓云)吾兒言者當也。李肅,與我喚將蔡邕來者。(李肅云)蔡學士安在?(外扮蔡邕上,云)小官姓蔡名邕,字伯喈,祖居陳留郡人氏,官拜學士之職。有太師相請,不知爲着甚事,須索見去。(做報見科,蔡邕云)太師呼喚小官,有何見諭?(董卓云)蔡學士,我正在府中閒坐,有一個風魔的先生,望著府門哭三聲,笑三聲。我出去看他,被他拿一物件當頭打將過來。正要着人拿他,早化一道金光不見了。如今他這物件現在於此。我不解其意,喚學士來試看咱。(蔡邕云)既如此,請借一看。(做看科,云)哦,是一匹布,可長一丈,上面有兩行字:"千里草青青,卜曰十長生。"(做背科,云)這老賊當來必死在呂布之手,則除是這般……(回云)太師,據蔡邕看來,布上有兩行字:"千里草青青,卜曰十長生。""千"字下面著個"里"字,"千"字上面着個草頭,可不是個"董"字?"卜"字下面着個"曰"字,"曰"字下面着個"十"字,可不是個"卓"字?這是包藏着太師的尊諱。這是一匹布,兩頭兩個口字,上下叠起,可不是個"呂"字?這是包藏著"呂布"二字。布可長一丈,是報太師有十全之喜,皆憑呂布英雄。此乃天意,亦人力也。(董卓做笑科,云)學士言者當也。我若成其大事,這左丞相位兒就是你坐。(蔡邕云)則怕太師忘了。(董卓云)說的是。常言道:貴人多忘事。就將此布你收的去,我若成其大事,拿將這布來,這左丞相就是你的了也。(蔡邕云)多謝太師,小官告退。出的這門來。我蔡邕本爲父母之故,不得已投託董卓門下。如今拿這布悄悄的到王司徒府中,與他商量,走一遭去。(下)(董卓云)蔡邕去了麼?兀的不歡喜殺老夫也!(詩云)憑着俺呂布孩兒,成大事今日今時。方信道人有善願,果然是天必從之。(同衆下)(正末上,云)老夫王允是也。昨日楊太尉口傳密詔,着老夫定計擒拿董卓。老夫想來他權勢重大,況兼呂布有萬夫不當之勇,輾轉尋思,並無一計,怎生是好?天色晚了也,不免掩上宅門,再思想波。(蔡邕上,云)這是司徒門首。我試喚門咱。(做喚門科)(正末出看科,云)喚門的是誰?(蔡邕云)是小官蔡邕。(做見科)(正末云)學士爲何至此?(蔡邕云)丞相,小官無事也不來。那董太師在私宅中閒坐,忽有一個乞化先生,望着他府門大笑三聲,大哭三聲。太師大怒,着人拿他,被他將一物件望着太師打來,化一道金光不見了。這就是打的那物件,司徒請看。(正末做接看科,云)原來是一匹布,布上有兩行字:"千里草青青,卜曰十長生。"那草字著個"千"字"里"字,"卜"字著個"曰"字"十"字,可不是"董卓"二字?(蔡邕云)解的是。(正末做再看科,云)布上兩頭一個"口"字,分明是藏著"呂布"二字。但這布不長九尺,又不長一丈一尺,主何意思?這個却解不過來。(蔡邕云)有甚難解處?這布足足一丈,單主著董卓數足,早晚死也,若死必在呂布之手。(正末云)學士差矣,那呂布是董卓的養子,他如何肯殺董卓?(蔡邕云)董卓比丁建陽如何?司徒,你怎生立一人之下,坐萬人之上,調和鼎鼐,燮理陰陽,但能使呂布生心,董卓不足圖矣。小官不才,願獻一策,名曰"連環計"。天色已晚,小官告回。(下)(正末云)學士去了也。他說便說的好,只是這連環計將何下手?丟下一樁悶公事在俺心上,兀的不傸倖殺人也呵!(唱)

【南呂·一枝花】急切裏稱不的王允心,酬不了吾皇願,擒不到董太師,立不起漢山川。則着我算後思前,將百計搜尋遍,奈一時難布展。憂的我神思竭默默無言,愁的我魂膽喪兢兢打戰。

(云)似這等憂愁,著俺何時是了也!(唱)

【梁州第七】憂的是防禍亂似防天之墜,愁的是傍奸雄似傍虎而眠。赤緊的翻騰世事雲千變。霎時間朱顏易改,皓首相纏。憋懆的我渾如癡掙,直似風顛。恰便似悶弓兒在心下熬煎,快刀兒腹內盤旋。空着我王司徒實丕丕忠孝雙持,怎當他董太師惡狠狠威權獨擅。更和那呂溫侯氣昂昂智勇兼全。幾番告天,奈天、天相隔人寰遠[1],偏不肯行方便。可憐我一點丹心鐵石堅,落的徒然。

(云)心中困倦,且到後花園消散一回咱。這是牡丹亭子上,家僮,取琴過來者。(家僮上,遞琴科,云)琴在此。(正末做嘆科,云)哀哉!漢室將傾,非人力可挽。不免對月彈琴,作歌一首。(做撫琴科,歌曰)吁嗟炎漢兮末運否,奸臣弄權兮干戈起。呂布驍勇兮為爪牙,虎牢一戰兮衆皆靡。天子遷都兮入長安,如鳥離巢兮魚失水。三百餘年兮基業傾,二十四帝兮今已矣。老夫慷慨兮懷國讐,恨不拔劍兮梟其頭。爭奈年華兮值衰暮,況復朝臣兮無可謀。空承密詔兮在衣帶,竟乏奇計兮能分憂。日夜躊躇兮心欲碎,臨風浩嘆兮淚橫流。(旦兒扮貂蟬領梅香上,云)妾身貂蟬是也。自從與呂布失散,不想流落於此,幸遇司徒老爺看待如親女一般。只是這樁心事,難以剖露。如今月明人靜,不免領着梅香,後花園中燒香走一遭去。(梅香云)姐姐,你行動些。(正末做見避科,唱)

【隔尾】我則道忒楞楞宿鳥在花陰串，原來是嬌滴滴佳人將竹徑穿，把玉露蒼苔任踐踏。（梅香云）姐姐，在這芍藥闌邊放下香桌兒好麼？（正末唱）俺掩在湖山石這邊，他行到芍藥闌那邊，（旦兒做氣喘科）（正末唱）我見他手纖纖搭扶著丁香樹兒喘。

（旦兒云）梅香，將香來者。（梅香云）姐姐，請上香咱。（旦兒云）池畔分開並蒂蓮，可堪間阻又經年。鴛鴦比翼難成就，一炷清香禱告天。妾身貂蟬，本呂布之妻。自從臨洮府與夫主失散，妾身流落司徒府中，幸得老爺將我如親女相待。爭奈夫主呂布不知下落。我如今在後花園中燒一炷夜香，對天禱告，願俺夫妻每早早的完聚咱。柳影花陰月半空，獸爐香裊散清風。心間多少傷情事，盡在深深兩拜中。（梅香云）我替姐姐再燒一炷香。天那，俺曾聽的有人說來，道是人中呂布，女中貂蟬，不枉了一對兒好夫妻。若能得早早成雙，可也拖帶梅香咱。（正末唱）

【四塊玉】我則道他瘦懨懨苦病纏，却元來悄促促耽閨怨。方信道色膽從來大似天，（旦兒做泣科）（正末唱）則見他淚痕兒界破殘妝面。我可甚治家如治國，他也不能守禮似守身，都做的顧後不顧前。

（云）貂蟬，你在這裏做甚麼？敢如此大膽也！（梅香云）決撒了，老爺都聽見了也。（旦兒云）你孩兒在此不曾說甚麼，則為身子不快，特來燒香。（正末云）嗟聲！（唱）

【罵玉郎】還待要花言巧語將咱騙，你恰纔個焚香拜告青天，深深頂禮親發願。似這等心又虔，意又堅，可則是保你身無倦？

（旦兒云）你孩兒並無別願，見此好天良夜，一心則是拜月焚香，不曾敢說些甚麼。（正末唱）

【感皇恩】呀，你說甚麼再遞絲鞭，重整良緣。是誰人打散了你這錦紋鴛，分開了雙飛燕，斫斷了並頭蓮？害的你一生恨惹，則為這兩下情牽。（旦兒云）你孩兒並無此言。（正末云）你還賴哩！（唱）我則問你遭間阻，經離別，是何年？

（旦兒云）你孩兒則為身子不快，因此拜月焚香，委實的並無別意。（正末唱）

【採茶歌】則你這腹中冤，口中言，聲聲道天公怎不把人憐。（梅香云）俺姐姐並不曾說甚麼。我若說謊，就變一個哈叭狗兒。（正末云）唉！（唱）你道是呂布人中多俊雅，貂蟬世上最妖妍。

（旦兒云）你孩兒端的不曾說甚麼來。（正末云）貂蟬，我聽的你說"則願夫妻每早早團圓"。那一個是你丈夫？從實的説來！若一字不實，我打死你這小賤人，決無干罷！（貂蟬跪，云）望老爺停嗔息怒，暫罷虎狼之威，聽您孩兒慢慢的説來。您孩兒不是這裏人，是忻州木耳村人氏，任昂之女，小字紅昌。因漢靈帝刷選官女，將您孩兒取入宫中，掌貂蟬冠來，因此唤做貂蟬。靈帝將您孩兒賜與丁建陽，當日吕布爲丁建陽養子，丁建陽却將您孩兒配與吕布爲妻。後來黄巾賊作亂，俺夫妻二人陣上失散，不知吕布去向。您孩兒幸得落在老爺府中，如親女一般看待，真個重生再養之恩，無能圖報。昨日與奶奶在看街樓上，見一行步從擺著頭踏過來，那赤兔馬上可正是吕布。您孩兒因此上燒香禱告，要得夫婦團圓。不期被老爺聽見。罪當萬死！（正末云）貂蟬，此言是實麽？（旦兒云）老爺，您孩兒並不敢説謊。（正末云）嗨，蔡學士，你好能也！兀的不是連環計却在這妮子身上？（唱）

【絮蝦蟆】這的是天意隨人轉，也顯得我忠心爲國專。背地裏自欣然，何須别尋空便，何須更圖機變！不索共他陣面，不索和他交戰。我這條妙計久遠，我這條妙計長便。蒼生要解倒懸，社稷從此保全。賊臣董卓弄權，端的勢焰薰天。若有半點風聲漏傳，可不滅盡滿門良賤。憂的咱，憂的咱意攘情顛，心似油煎。誰承望俺家裏，搜尋出這美女嬋娟。到來日開筵，向脂粉叢中倒暗暗的藏着征戰。這計謀，怎脱免？（帶云）貂蟬。（唱）我着你夫妻美滿，永遠團圓。

（云）孩兒，你若肯依着您父親一椿事呵，我便着你夫妻每團圓也。（旦兒云）老爺休道是一椿事，就是十椿事，您孩兒也依的。但不知是那一椿事。（正末云）我想春秋時節，有個專諸之妻，力贊夫主，助成大功。到我朝有個王陵之母，伏劍而死，遣其子事漢，無生二心。後來俱名登史册，人人傳頌。你如今肯替父親出此一計，使我得陰圖董卓，重整朝綱，便當着你夫妻們永遠團圓。兒也，你休顧那胖董卓一時春點污，博一個救帝王萬代姓名香。（旦兒云）父親，我隨你，要孩兒怎的？（正末云）既然這等，孩兒，你且歸後堂中去。（旦兒云）理會的。欲教青史留遺迹，敢惜紅顔别事人。（下）（正末云）季旅那裏？（净扮季旅上，云）自家不是别人，是這王司徒堂候官季旅的便是。老爺呼唤，不知有甚事，須索見來。（做見科，云）老爺呼唤季旅，那廂使用？（正末云）季旅，你與我一面吩咐掌酒宴的安排筵席伺候，一面到太師府傍温侯的私宅，請吕布來者。（季旅云）理會的。（下）（正末云）季旅去了。我料吕布必然來赴席也。若來時，我自有個主意。正是：不施萬丈深潭計，怎得鰲魚上釣鈎？（下）（冲末扮吕布領卒子上，詩云）人又英雄馬又驍，太師親賜赤麟袍。世人問我名和姓，曾見橫行出虎牢。某姓呂名布，字奉先。在於虎牢關上，殺退十八路諸侯，威振天下，官封溫侯之職。見佐董太師門下，名爲養子，寵冠群臣。除了征戰之外，無過是吃酒耍子。今日營中無事，且看甚麼人來請我。（季旅上，云）自家季旅，奉着司徒的言語，請呂溫侯走一遭去。可早來到私宅門首。門上的，報復去，説有王司徒差官季旅要見。（卒子做報科）（呂布云）着他過來。（卒子云）差官進。（季旅做見科）（呂布云）季旅，你此來有甚事？（季旅云）奉司徒之命，道近日邊報頗稀，特治小筵，屈溫侯爺一敘。（呂布笑，云）我道這老匹夫強不過。你先去，我便來也。（季旅云）我季旅就回話去，只望溫侯爺早些命駕。（下）（呂布云）季旅去了也。左右，收拾鞍馬，就到王允府中赴宴走一遭去來。（下）（正末引季旅、祗候上，云）老夫王允，早間着季旅請呂布去，他説就來。令人，門外覷者，若溫侯來時，快報知道。（季旅云）理會的。（呂布引卒子上，云）這是王司徒府門首了。左右，接了馬者。（季旅做報科）（正末忙接科，云）早知溫侯來到，只合遠接，接待不及，勿令見罪。（呂布云）你是朝中老臣，怎生行這等禮？忒謙遜了，只怕不當麼！（正末云）不敢，得溫侯慨臨，我老夫增光多矣。令人，擡上果桌來者。（做擡果桌，正末遞酒科，云）奉先，請滿飲此杯。（呂布云）量呂布有何德能，着老宰輔置酒張筵，如此重待？呂布何以克當？（正末唱）

【牧羊關】想王允官銜小，才藝淺，怎當的公子登筵。（呂布云）老宰輔，你請我有何主意？（正末云）我王允也別無他意，只重奉先的威名耳。（唱）願溫侯家給千兵，願溫侯户封八縣。願溫侯早掌元戎印，願溫侯早受帝王宣。願溫侯皂蓋飛頭上，願溫侯朱衣列馬前

（呂布做笑科，云）多謝老宰輔盛意！只怕呂布沒福。（正末云）老夫幼習天文，見漢家氣數盡矣。太師功德巍巍，指日之間，必登高位，只望溫侯提拔王允咱。（呂布云）老宰輔，你但放心，若太師成了大事，這左丞相少不得是你做。（正末做遞酒科，云）多謝，多謝！請奉先滿飲此杯。（呂布云）酒忒緊了，待俺慢慢的飲幾杯。（正末云）便好道筵前無樂，不成歡樂。令人，傳語後堂中，請出貂蟬小姐來者。（旦兒領梅香上科，云）父親，呼喚您孩兒有何事？（正末云）孩兒也，呂布現在前廳上，他帶了酒也。你只推不認的，與他遞一杯，就歌一曲，看他説甚麼。（旦兒云）理會的。（正末領旦兒見呂布科，云）小姐，把體面見了溫侯者。（旦兒做拜科，云）溫侯萬福。（呂布忙回禮科，云）小姐免禮。（正末云）孩兒，與溫侯遞一杯兒酒。（旦兒云）將酒來。（梅香云）酒在此。（旦兒做送酒科，云）溫侯，請滿飲此杯。（呂布做接酒飲

科,云)老宰輔,呂布已醉,有失禮體。酒勾了也。(正末云)奉先,請寬懷暢飲,便醉也何妨?孩兒,你唱個曲兒奉溫侯的酒。(旦兒唱)

【雙調·折桂令】幼年間曾事君王,不甫能出賜英雄,得配鴛鴦。只為那半路風波,三年阻隔,兩地分張。想當初避兵時干戈擾攘,到如今太平年黎庶安康。但願美滿成雙,拜謝穹蒼。早難道對面相逢,便劃的忘了紅昌?

(呂布做打認科,云)這不是貂蟬?他怎生得到這裏來?(正末背云)果有此事。這廝中計了也!(唱)

【隔尾】一個眼傳情羞掩芙蓉面,一個坐不穩難登玳瑁筵。則見他伴帶酒推更衣且寬轉。(呂布云)老宰輔,乞恕呂布疏狂之罪。(正末唱)請溫侯穩便,(呂布做嘔科,云)呂布酒醉了,混踐華堂,豈不得罪?(正末唱)有甚麼混踐!(云)奉先請坐,老夫前後執料去咱。(唱)我口兒裏說話,將身軀倒退的遠。(虛下)

(呂布低云)老宰輔去了也。貂蟬!(旦兒應科)(呂布云)妻也!你怎生却在這裏?(旦兒云)自從俺臨洮失散,流落在司徒府中,不想今日纔得相見。奉先,則被你痛殺我也!(旦兒做哭、呂布掩泣科,云)貂蟬,兀的不想殺我也!(正末冲上,云)你兩個說甚麼哩?(呂布同旦兒跪科)(正末唱)

【哭皇天】被我偷睛兒早瞧見,(呂布云)我呂布實是酒醉了也!(正末唱)那兩個私情的忔自專。(旦兒云)您孩兒並不曾敢說甚麼。(正末云)噤聲!(唱)你這賤媳婦無斷送,(呂布云)這都是呂布之罪,不干他事。(正末唱)你這新女婿省財錢,覰的咱渾如芥蘚。俺好意的張筵置酒,你走將來賣俏行奸。暢好是廝踏踏、廝踏踏也波呂奉先。(呂布云)老宰輔不知,聽呂布慢慢的說一遍。他本忻州木耳村人氏,任昂之女,小字紅昌。因漢靈帝選入宮中,掌貂蟬冠來,故名貂蟬。後靈帝賜與丁建陽。當日呂布與建陽為養子,建陽將貂蟬配與呂布為妻。因黃巾賊作亂,在陣上失散,一向不知下落,元來在老宰輔處。因此呂布不勝分離之感。只望老宰輔怎生可憐見,著俺夫妻再得團圓。呂布至死也不忘大德,當效犬馬之報!(正末云)我兒,你有何言?(旦兒云)委實如此,只望父親恕罪。(正末云)既如此,溫侯請起。(唱)說甚麼單絲不綫,我著你缺月再圓。

(云)孩兒,你自回後堂中去。(旦兒同梅香下)(正末唱)

【烏夜啼】俺只道侯門一入如天遠,(云)這個不是老夫的私宅。(呂布云)不是老宰輔私宅,可是那裏?(正末唱)誰承望漢劉晨誤入桃源。枉著你佳人受盡相思怨,早兩個攜手挨肩,共枕同眠。則待要寶驊騮再接紫絲鞭,怎肯教錦鴛鴦深鎖黃金殿。美前程,新姻眷,一任的春風院宇,夜月庭軒。

（云）溫侯,你若不說,老夫怎生得知？我尋也尋不着這門親事！我便選吉日良辰,倒賠三千貫奩房斷送,將貂蟬配與溫侯為妻,你意下如何？（呂布云）多謝了老宰輔。貂蟬的父親,便是呂布的父親哩！此恩必當重報也。（正末云）溫侯,可則一件,則怕太師知道,見王允之罪麼。（呂布云）不妨事,俺父親知道,更是歡喜。（正末云）既然這等呵,將軍,你放心,老夫到來日,再安排一個筵席,敬請太師。一來商議大事,二來就提你這門親事,有何不可？（呂布云）太山,為您孩兒如此般用心,呂布至死也不敢忘報！酒勾了也,呂布告回。（正末云）將軍勿罪。（呂布云）不敢,不敢。我出的這門來,還俺私宅去也。（詩云）偶赴侯門宴,依然逢故妻。重諧雙鳳侶,不似五羊皮。（下）（正末云）呂布去了也。季旅,你再到太師府中,道王允請太師飲宴。他若不來時節,你便道王允專請太師商議大事,願他無阻。（季旅云）理會的。（正末云）我料董卓一武夫耳,見說商議大事,必然肯來。（唱）

【黃鐘尾】到明朝安排下鴻門擺設重瞳宴,準備著打鳳機關呂后筵。用心腸,使機見,這權術,要巧便。奏笙歌,列管弦,花如錦,酒似川,我更謙下,做軟善。董太師,酒性顛,見紅顏,決顧戀。那其間我把這美貌貂蟬偽託獻,暗暗的對天說咒願。（帶云）你道我願甚的來？（唱）則願的早滅了賊臣,將俺那聖明來顯。（同季旅、祗候下）

校記

［1］幾番告天、奈天、天相隔人寰遠：此句王本作"幾番、告天、奈天公相隔人寰遠"。

第 三 折

（董卓領祗候上,云）某董卓是也。前日太尉楊彪,司徒王允,他兩個說銀臺門築起一座高臺,只在三五日間請某授禪。怎麼這幾時還不見回話？那楊彪老賊,元是個崛強的人,便也罷了,難道王允也來欺我？令人,門首覷者,但有衆公卿來時,報復我家知道。（祗候云）理會的。（季旅上,云）自家季旅的便是,奉着俺老爺言語,著我請董太師。可早來到府門首。左右,報復去,道有王司徒差官季旅在於門首。（祗候做報科）（董卓云）着他進來。（祗候云）着過去。（見科,董卓云）季旅,你來怎麼？（季旅云）俺丞相著季旅來請太師爺飲宴。(董卓云)季旅,我心中自有大事,要與衆公卿計議,量你那一席酒打甚麼緊?你回去與那王允老頭兒道,我不要你那酒吃。(季旅云)太師爺,俺丞相曾說來,道此酒不爲他設,單請太師爺要商議大事哩。(董卓云)哦,原來要請我商議大事。季旅,你先回去,我隨後便來也。(季旅云)理會的。出的府門來,不敢久停久住,回老爺的話去。(下)(董卓云)季旅去了也。令人,安排車駕,親到王允宅上赴宴走一遭去。(做暗笑科,云)若是酒筵間有些好歹,就將這老匹夫結果了罷。(下)(正末領祇候上,云)老夫王允,差季旅往太師府中請董卓去了。想那老賊這早晚敢待來也。(唱)

【正宮・端正好】仗才能,憑謀量,不須動闊劍長槍,無非是倩紅倚翠如屏障,早擺設的都停當。

【滾繡球】爐焚著寶篆香,酒斟著玉液漿。奏笙歌樂聲嘹喨,今日個畫堂中別是風光。雖然是錦繡鄉,暗藏著戰鬥場。則爭無虎賁郎將,玳筵前擁出紅妝。我只待窩弓藥箭擒狼虎,布網張羅打鳳凰,不比尋常。

(季旅上,云)自家季旅的便是。适纔請了太師。回俺老爺的話去。(做見科)(正末云)季旅,你請董太師如何?(季旅云)奉老爺的言語,去請董太師,他初意甚是不喜,見說商議大事,他的面色就轉過來了,說道:"你先去,我隨後便來也。"(正末云)季旅,你到門外覷者,遠遠的望見太師頭踏,快來報復我知道。(季旅云)理會的。(董卓引李儒、李肅、卒子上,詩云)王家設宴莫猜疑,就裏機關我自知。若有半聲言不合,踹平宅第作污池。某乃董太師是也。今日王允請某飲酒,衆將就屯軍在門首者。(衆應科)(季旅慌報云)報的老爺得知,有董太師來了也。(正末云)老夫親自接待去咱。(跪見科,云)有勞太師貴脚來踏賤地,王允不及遠迎,乞恕死罪。(董卓云)王司徒,你偌大的官職,當街裏跪著,外人觀看不雅,請起。(正末云)小官理當。王允早是今日請的太師赴宴,若遲三五日呵,太師登了九五之位,那時君臣名分,就如天地隔絕,再也不能展其像象之歡。故此斗膽奉邀,只望太師勿罪。(董卓做大笑科,云)只怕老夫到不得這地位。(正末云)令人,與我擡上果桌來者。(季旅做擡果桌,正末遞酒科,云)太師,請滿飲此杯。(董卓云)住者,酒也要吃,話也要說的明白。你那銀臺門這事,準在何日?你若說的明白,我便吃。(正末科,云)稟太師,此事已有成議,不出三日矣。(董卓云)若只是三日,打甚麼緊?司徒,將酒來,我吃,我吃!(做接飲,正末再遞科,云)請太師連飲三杯,做個定席酒。(董卓三飲科,云)我觀朝中公卿,有不如意者,輕則抉其眼,割其舌,重則斷其頭,再重則滅其族。唯有你這老頭兒禮

度謙恭，言詞卑遜，甚合吾意。古語有云：謙謙終吉。司徒之謂也。（正末云）謝太師擡舉！（唱）

【伴讀書】見太師言分朗，教王允聽明降。說道是指日當朝多興旺，百司文武皆陞賞。那其間新情舊意休偏向，願太師福壽無疆！

（董卓云）司徒，孤家若成了大事，管着你身居極品，位列諸侯之上。（正末唱）

【笑和尚】願太師暮登天子堂，（董卓云）若果有這日，李肅加爲甚麼官？（正末唱）李肅做先鋒將。（董卓云）是了。吾兒呂布，可加爲甚麼官？（正末唱）呂布坐金頂蓮花帳。（董卓云）這個正當。（做笑科，云）司徒，你可要做甚麼官？（正末唱）臣則是掌圖書佐廟廊，又不曾擐甲冑戰沙場，（董卓云）雖然如此，你可端的要做甚麼官？（正末唱）望太師著王允做一個頭廳相。

（董卓云）我道你爲甚麼請我，可原來則爲這個官兒。打甚麼緊，我若是三五日成其大事，這左丞相一定是你做。（正末做拜謝科，云）只願太師無忘今日之言也。令人，將酒來！（季旅云）酒在此。（正末做奉酒科，云）太師，請滿飲此杯。（董卓云）住者，這酒忒緊了。天氣暄熱，我身上有些困倦，暫且歇息咱。（做眄科）（正末云）季旅，太師帶了酒也。傳報後堂，著梅香伏侍貂蟬小姐出來，與太師打扇波。（季旅做喚科）（旦兒引梅香持扇上，云）父親，喚您孩兒有何事？（正末云）兒也，董卓現在前廳上，帶酒睡着了也，你與他打扇去。（旦兒云）理會的。（打扇科）（正末唱）

【滾繡球】油掠的鬆髻兒光，粉搽的臉道兒香。畫的來月眉新樣，穿的是藕絲嫩新織仙裳。若是這女艷妝，勸玉觴，殷勤的滿斟低唱，十指露春筍纖長，我則要削除漢帝心頭病，便是你醫治奸邪海上方，不索商量。

（董卓做醒科，云）呀，這般透骨的涼風，打扇的是甚麼人？（做見旦兒科，云）好女子也！似此顏色，人間少有，敢則是天仙麼？好女子也！好女子也！近前來，我與你同飲幾杯。（旦兒做羞科）（正末背云）這老賊兀的不中計了也！（唱）

【叨叨令】見董卓廝琅琅將酒盞躬身放，（董卓云）好美貌的女子！我府裏雖有千數丫鬟，並無一個能及之者。怎麼這老頭兒有那等好的？（正末唱）他把那嬌滴滴艷質從頭相。（董卓做扯旦兒科，云）你便近着我些，有何妨礙？（正末唱）見貂蟬羞答答身子兒難親傍，（董卓做看旦兒科，云）好女子也！（正末唱）那老賊涎鄧鄧的眼腦兒偷睛望。（董卓云）好女子也！你靠前些。（正末唱）這廝早則中計也波哥，早則中計也波哥，我推個支分廚下離了筵上。

（董卓云）我看這女子，生的有沉魚落雁之容、閉月羞花之貌。好女子也呵！呀，好涼風也呵！小姐，你近前來，扇的緊着。（旦兒做摔扇科，下）（董卓做趕科，云）王允，恰纔那打扇的可是誰家女子？（正末云）是王允的女孩兒，未曾許配他人哩。（董卓云）呀，原來是司徒的女孩兒。這等，你怎着他與我打扇？（正末云）古人敬客，往往出妻獻子，不以爲嫌，何況王允已將身許太師，豈惜一女子乎？（董卓云）司徒，我三五日間成其大事，則少這麽一個好夫人。司徒，你若肯與了我呵，堪可兩全其美也。（正末云）若不嫌小女殘妝貌陋，願送太師爲妾。（董卓云）怎麽說做妾？便做夫人，只怕老夫消受不起。（顧取玉帶科，云）蒙司徒許諾，敢以玉帶爲聘。（正末受科，云）多謝太師。（董卓云）司徒，今日難同往日，既是你的令愛與了我做夫人，你久後就是國老皇丈哩！我就是你的女婿，女婿就是兒子，你就是我的父親哩！父親請坐，受你兒子兩拜咱。（做拜，正末忙答拜科）（董卓云）我有一句不揣的話敢説麽？（正末云）太師有何分付？（董卓云）你既然將女孩兒許了我，他就是我家的人了。著他再出來遞一杯酒，可不好那？（正末云）太師分付，敢不唯命？季旅，傳語後堂，快喚貂蟬小姐出來。（旦兒上）（正末云）兒也，把體面與太師遞一杯酒者。（旦兒做遞酒科）（董卓笑云）夫人遞酒，休道是酒，便是尿我也吃。拿大鍾子來，若沒大鍾子，便脚盆也罷。好女子！好女子！越看越生的好。岳丈，今日難同往日，多承款待，酒已勾了，我吃不得了。看定明日是個吉辰，就送令愛過了門罷。我則在太師府裏坐下，專等岳丈送夫人來。我也備一個小小席面，管待岳丈。休得錯過了佳期，使我懸望。（正末云）既然太師看得來日是個吉日良辰，老夫倒賠三千貫房奩斷送，將小女送過太師府中來也。（董卓云）岳丈，我聽的你對堂候官説，喚什麽刁舌小姐？恰纔見他説話是好好的，舌頭一些也不刁。（正末云）不是刁舌，小字喚做貂蟬。（董卓笑云）公侯帶的冠是貂蟬冠，令愛小字貂蟬，這是明明該做我家夫人了。（梅香云）俺小姐如今做了太師爺夫人，太師爺戴了平天冠，俺小姐也不叫貂蟬了。（董卓云）我明日在太師府裏，專等岳丈送貂蟬來過門，我告回也。（下）（正末云）董卓去了也。季旅，收拾車輛，到來日傍晚，送貂蟬小姐到太師府去來。（同下）（董卓領李儒、李肅、祗候、女使上，云）李儒、李肅，我昨日分付你每安排筵席，可齊整了麽？（李儒云）齊備多時了。（董卓云）王司徒今日送貂蟬小姐來，與我做夫人，就急的我一夜不曾睡。早準備下拜堂過門的物件，没一些兒不停當。天色漸晚，敢待來也。（正末領旦兒奏鼓樂上)(正末云)鼓樂響著,令人,報與太師知道,有王允在於門首。(李儒做報科,云)報的太師得知,有王司徒送親來也。(董卓云)快有請。(做入見科)(董卓笑云)岳丈,你不失信,我說你是個好人。如今我夫人在那裏?(正末云)在車兒上哩。(董卓云)請下車來,專房,好好伏侍夫人到後堂中插戴去。(女使出迎旦兒下)(董卓云)令人,將酒來。今日難同往日,你便是我泰山岳丈。(做遞酒科,云)岳丈,請滿飲此杯。(正末云)王允不敢,太師先請。(董卓云)岳丈請。(正末飲科,云)王允飲過了。(回酒科,云)請太師滿飲一杯。(董卓云)將來。我飲一鍾遞一鍾,吃到天明也不妨。只是今晚還有些生活,容老夫改日再做筵席罷。(正末云)酒也勾了。王允告回。(下)(董卓云)岳丈勿罪。李儒,後堂中開宴,我與夫人吃交杯酒去來。(同衆下)(呂布上,云)某乃呂布是也。王司徒說道,今夜送貂蟬來與我爲妻。不想到府門外,細車兒、盒擔、鼓樂都進去了,連王司徒也不出來,莫非這老賊敢胡做麼?我則在門首等著,且待王允出來,看他說甚麼。(正末上,云)那老賊回後堂中去了也。(唱)

【快活三】見董卓帶春風入後堂,(呂布做迎科,云)老宰輔,呂布在此等候多時也。(正末云)囃聲!(唱)劃的你和夜月待西廂,父子每都要帽光光,做出這喬模樣。

(呂布云)老宰輔,你令愛原是呂布之妻,流落在你府中。昨日酒席上親口許了呂布,今日可送進太師府裏去了,是何道理?(正末唱)

【鮑老兒】你這裏鼓舌搖唇說短長,則俺那新媳婦在車兒上。盼不見畫戟雕鞍舊日郎,咒罵殺王丞相。柱了你揚威耀武,盡忠竭節,定國安邦。偏容他鴟鴞弄舌,烏鴉展翅,強配鸞凰。

(呂布云)老司徒,你令愛端的何處?(正末云)溫侯不知,昨日我請太師飲酒,題你這椿親事,太師十分大喜,道喚媳婦出來,我看看咱。老夫不合喚出貂蟬,拜了太師四拜。誰想這老賊看見貂蟬顏色,起了那一點禽獸的肚腸。今日車兒來到府門首,他就撥著許多女使,將貂蟬邀下車兒,擁入後堂去了。溫侯也,柱了你是一個大丈夫,與妻子做不的個主,要你何用?那裏有做公公的將媳婦兒強納爲妾?呸!兀的不羞殺我也!(呂布云)若是老宰輔不說,我怎生得知?這老匹夫原來行這等不仁的勾當,兀的不氣殺我也!(正末唱)

【耍孩兒】覷你個呂溫侯本是英雄將,則這條方天戟有誰人抵當!也曾虎牢關外把姓名揚,嚇的衆諸侯膽落魂亡。你本是扶持社稷擎天柱,平定乾坤架海梁。你有仁義,他無辭讓,怎將那連雲相府,生扭做行雨高唐?

（呂布云）董卓老匹夫,好無禮也！我呂布與貂蟬,本是縮角兒夫妻。那老匹夫既認呂布為義子,豈有這等家法？（正末云）可知道沒有這等家法。（唱）

【二煞】他斂黃金盡四方,怕沒紅顏滿洞房？怎麼禽獸般做的能淫蕩。你當初把離愁泣訴華筵畔,到今日將密愛輕分半壁廂。還顧甚多恩養,便不想臣能報國,也索要夫與妻綱。

（呂布云）老宰輔且請回府去。我今夜晚間,若見了貂蟬,問他緣故,我不道的饒了那老賊哩！（正末唱）

【煞尾】雖然是女娘家不氣長,從來個做男兒當自強。若要你勃騰騰怒髮三千丈,則除今夜裏親見貂蟬細細的訪。（下）

（呂布云）叵奈這老賊無禮,強奪了我貂蟬,更待干罷！如今直到後堂中,尋那老賊去。（虛下）（董卓領旦兒、女使上,云）我好快活也！專房,抬上果桌來,等夫人與我遞一杯酒,吃個爛醉,也好助些春興。（旦兒做遞酒、董卓連飲科,云）我再飲一杯。夫人,你也飲一杯。專房,一壁廂收拾鋪陳,我與夫人歇息咱。（做睡科）（呂布上,云）這是老賊臥房前,怎生得貂蟬出來,我見一面,可也好也。（旦兒云）這老賊醉了也。我聽的人說,這花園中有一個小角門兒,通着呂布的私宅,我試看咱。果然有個小角門兒。我推開這門來。（呂布云）這來的莫不是貂蟬麼？待我叫他一聲：貂蟬！（旦兒云）兀的不是奉先？（做見科,呂布云）兀的不是貂蟬？（旦兒云）呂布,羞殺我也！我的車兒來到你私宅門首,被太師著許多人將我邀進府中去。那裏有公公納媳婦的道理？奉先,你是個男子漢,頂天立地,噙齒戴髮,與老婆做不的主,要你何用？呸！你羞麼？（詩云）我是年少青春一女流,今番說與你因由。縱然掬盡西江水,呸,難洗今朝臉上羞。（呂布云）妻也,這事我盡知道了。轉過這角門兒,那壁是我宅子,咱兩個說話去來。（董卓做醒科,云）夫人！夫人！可怎生不見夫人？他往那裏去了？（做尋科,云）呀,這小角門可怎生開著？這壁卻是吾兒呂布的私宅。我試尋咱,夫人那裏？（旦兒云）奉先,兀的不是老賊來了也？（呂布云）不妨事,我躲在這影壁邊,聽他說甚麼。著這老賊吃我一拳。（董卓云）夫人,你可怎生到呂布宅裏去？莫非這畜生敢來調戲你麼？（做見科,云）元來這畜生在這裏。呂布,我不殺你,誓不姓董！（呂布做打董卓科,云）着打倒這老賊也。不中,我索走、走、走！（下）（董卓做倒）（旦兒忙扶起董卓科,云）哎呀,這畜生打死我也！李肅安在？（李肅上,云)太師呼喚李肅,有何分付?(董卓云)李肅,可奈呂布這畜生無禮,公然來調戲我的夫人,被我撞見,他倒把我一拳打倒在地。他走了也,你與我拿那畜生去!小心在意,疾去早來。(李肅云)得令。怎麼有這等事?我如今擒拿呂布走一遭去。正是:恨小非君子,無毒不丈夫。(下)(董卓云)李肅拿這畜生去了也,不怕這畜生不來。夫人,我渾身跌得疼痛,你好生扶著我回後堂中去。(旦兒云)幸得太師早來,不曾被那廝點污。太師且自保重者。(做扶下)

第 四 折

(李肅戎裝上,詩云)太山頂上刀磨缺,北海波中馬飲枯。男兒三十不遂意,枉做堂堂大丈夫。某乃白袍李肅是也。王允將貂蟬許了俺太師做夫人,誰想呂布這畜生窺見美色,公然敢來調戲。他被俺太師撞破,他倒打上一拳,逃走去了。沒些尊卑,端的情理難容!如今太師著我披袍貫甲,插箭彎弓,務要擒拿呂布,以雪其恨,不免沿路尾着他馬迹追趕去來。(下)(正末上,云)老夫王允,設此連環之計,未知如何也呵。(唱)

【雙調·新水令】空著我兩頭三面用心機,則爲這漢江山有人希覬。偏生的銅壺傳漏永,皓月上窗遲。徹夜徘徊,睡不到眼兒內。

(云)這早晚夜半也,可怎生無個信息來?(唱)

【駐馬聽】董太師燕約鶯期,歡喜殺肉重千斤新女婿。呂溫侯鶯孤鳳隻,煩惱殺情分兩處舊嬌妻。貂蟬女淚珠兒滴滿了鳳凰杯,呂溫侯怒風兒吹散了鴛鴦會。因此上自驚疑,則怕那一枝洩漏春消息。

(呂布上,云)俺呂布一拳打倒那老賊,他必然差人來拿我。俺且躲在王司徒府中,與他商議,務要殺了那老賊,奪回貂蟬,纔稱我平生之願。這是司徒府門首,待我喚咱。開門來!開門來!(正末云)這喚門的好似呂布的聲音,這廝敢中計也!(唱)

【步步嬌】猛聽的門外人聲自慚愧,若不是中了咱家計,怎這等廝琅琅連扣擊?(再做聽科,唱)現如今夜靜更闌是阿誰?忙出去問真實。(云)我開開這門,看是誰咱。(呂布云)老宰輔,是您孩兒呂布。(正末唱)則見他氣丕丕的斜倚着門兒立。

(云)溫侯,請入家裏來説話。這早晚爲何事到此?(呂布云)老宰輔,因爲那老賊不仁,被呂布一拳打倒了也,特來和老宰輔説知。似這等奸臣賊

子,要他何用?不若商量一個計策,使我呂布得報此仇。(正末唱)

【胡十八】據著我王允的心,怎不替你個奉先氣?柱了你廝幫助,廝扶持,普天下不似那個老無知,行這般所爲,驢馬的見識!這便是出氣力、出氣力落來的!

(呂布做憤怒科,云)我如今一不做,二不休,這老賊必死於呂布之手!(正末云)奉先且不要發惱,再慢慢的商議波。(李肅上,云)某李肅奉太師的將令,著我擒拿呂布,一路尾着他追來。這是王允的私宅,想是他躲在這裏。我試喚門咱。司徒,開門來!開門來!(呂布云)老宰輔,兀的不是李肅喚門哩?必然那老賊着他來拿我。怎生是了?(正末云)不妨事,你且躲在壁衣後面,待我開門去。(做出見科)(李肅云)王司徒是何道理?你的女孩兒送與太師,便則與太師;若與呂布,便則與呂布。怎麼不明不白,着他父子每胡廝鬧了一夜,被呂布一拳將太師打倒在地,半晌爬不起來。如今奉太師的命,着我領兵擒拿呂布。一路趕着,見他進你這宅子裏來了。你快快獻出來,休要庇護他。莫説太師了不得着惱,便是我李肅也不道的饒了你這老頭兒哩!(正末云)將軍息怒,我想你祖公公李通,也曾在雲臺門聚二十八將,漸臺上誅了王莽,扶立起後漢一十二帝。到今二百餘年天下,多虧了你那祖公公李通將軍。你本是忠臣之後,怎生在那賊臣手下?久後擔着萬代臭駡,可不連你那祖公公李通忠孝之名都沾污了?想貂蟬原是呂布之妻,董卓見他生得有些顏色,強要納他爲妾。將軍,若是你的妻子,董卓也強奪了,你可意下如何?(李肅云)老司徒,你若不説,我怎得知道?原來是這老賊無恥。倒是呂布兄弟還容忍得過,若我白袍李肅呵,殺了那老賊多時也!如今呂布兄弟在那裏?待我助他一臂之力,同殺那老賊去!(正末云)温侯,你此時還不出來,待要怎的?(呂布做出見拜科,云)哥哥,你兄弟險氣殺了也!(李肅做扶起科,云)兄弟,原來是這老賊無禮。我助你一臂之力,同殺那老賊去。(正末云)將軍既有此心,可隨我同見聖人去來。(同下)(楊彪領卒子上,云)老夫楊彪是也。只爲董卓專權,謀遷漢室,着老夫晝夜躊躇,無計所出。這幾日連王司徒也不見來,好是煩惱人也!(正末同呂布、李肅上,云)此間是楊太尉門首。令人,報復去,道有王司徒要見。(卒子做報,入見科)(楊彪云)司徒,這等慌慌促促而來,却是爲何?(正末云)今有呂布、李肅,共肯出力擒拿董卓。老夫特來和老太尉計議。二位將軍現在門外。(楊彪云)既如此,何不請進?(呂布、李肅做入見科)(楊彪云)難得二位將軍有如此忠義之心。若肯扶助漢家,擒拿董卓,小官即當奏知聖人,自有加官重賞。(李肅云)告老太尉得知,俺呂布兄弟將董卓打上一拳,已做騎虎之勢,不兩立了。但是董卓威權太盛,滿朝中那一個不是他爪牙心腹?此舉若非萬全,反取其禍。老太尉當與司徒作速定計,如迅雷一發不及掩耳,方能成事。我兩個無過是一勇之夫,但有出力去處,自當效命,生死不辭。(楊彪云)將軍說的極是,吾與司徒已有密計了。請先到銀臺門下藏伏,只等宣出詔書,二位將軍便一齊向前,誅討漢賊,則莫大之功成,不朽之名立矣。(李肅同呂布先下)(楊彪云)喜得呂布與董卓有隙,豈非天敗?只是銀臺門授禪的事,須要著人去迎請董卓入朝,還該著那一個官兒去纔好?(正末云)必須蔡邕學士去,此賊纔不生疑。(楊彪云)是。令人,快請蔡邕學士來者。(卒子云)蔡學士有請。(蔡邕上,詩云)自小生來好撫琴,高山流水號知音。當時不見螳螂事,錯怪東君有殺心。小官蔡邕是也。楊太尉著人相請,須索走一遭去。(卒子做報科)(蔡邕見,云)二位大人召小官來,有何事也?(楊彪云)今日特奉密詔,着學士迎請董卓入朝授禪。若得賺入朝門,擒拿了董卓,學士之功,非同小可。(蔡邕云)大人放心!小官憑三寸不爛之舌,說董卓入朝,必無他阻。只要二位大人小心着意,共立大功便了。(正末云)且喜蔡學士肯去迎請董卓。吾等即當奏知聖人頒下詔書,不可遲也。(同楊彪下)(蔡邕做行科,云)驀過長街,轉過短陌。此間是太師府門首,我索喚門咱。門裏有人麼?(董卓引李儒、祗候上,云)李儒,是誰喚門哩?(李儒做聽科,云)是學士蔡邕喚門。(董卓云)是蔡邕喚門,李儒,開了這角門兒,着他入來。(李儒云)我開開這門,學士請進。(做見科)(董卓云)蔡邕,此一來爲何?(蔡邕做跪科,云)稟上太師,今日是黃道吉日,滿朝衆公卿都在銀臺門敦請太師入朝授禪。(董卓做笑科,云)好、好、好,我也有這一日!學士,你是第一功。令人,將朝服來。(李儒做看朝服科,云)今日不可入朝!這朝服都被蟲鼠咬壞了也,若入朝,必然不利。(董卓云)蔡邕,我不入朝去了。我這朝服遍身都著蟲鼠咬壞,恐不中麼?(蔡邕云)太師,此乃是鼎新革故,欲換袞龍袍耳。(董卓云)蔡邕,你是我心腹之人,言者當也。我到銀臺門內,便當換了袞龍袍,要那舊朝服何用?蔡邕說的是,李儒說的不是。令人,開了中門者。(李儒做看科,云)太師,今日不可出門!被蜘蛛羅網罩定府門內外,此一去恐遭羅網之災。(董卓云)蔡邕,我不去了。這其間必然有甚麼詐僞,故見此不吉之兆。(蔡邕云)太師,這也喚做鼎新革故。若到的銀臺門登了寶位,便當遮羅天下,這一座私宅也不要他了。(董卓云)學士說的是,李儒說的不是。令人,與我輛起車來。(李儒做看,云)呀,怎麼駟馬車折其一輪?此事大不利。太師,今日不可登車！這一去敢有去的路,無有來的路也。(蔡邕云)太師到的銀臺門,衆公卿接着,便乘五輅之車,何止駟馬？這個也喚做鼎新革故。(董卓云)學士説的是,李儒説的不是。若敢再言,必當斬首！(李儒云)罷、罷、罷！我百般的阻當,不肯聽從。你此一去必遭喪身滅族之禍,那其間休説李儒不曾諫你。(做嘆科,云)你的事敗,我也要這性命做甚麽？就今日辭別了太師,不如撞車而死,免遭賊人之手。(做撞死科)(下)(祗候報云)報的太師得知,有李儒撞車而死也！(董卓云)嗨,李儒撞車死了！李儒孩兒也,你好没福,你好没福！(做行科,云)蔡邕,來到朝門之外,怎麼不見百官接駕？(蔡邕云)文武百官都在銀臺門裏接待哩。(董卓云)這等,我下了車,步行進銀臺門去。(蔡邕云)蔡邕先去報知,領大小官員出來迎接也。(董卓云)你説的是,你説的是。(蔡邕云)我入的這門來。令人,關上門者。(下)(董卓云)可怎生蔡邕進去,將門倒關上了？此事有變,我且回去。(正末同楊彪、蔡邕領卒子上)(正末云)兀那賊臣董卓,你那裏去！你知罪麽？(董卓云)兀那王允,我有何罪？(正末云)蔡邕,你高高的讀那詔書,賊臣聽者。(蔡邕讀詔書科,云)皇帝詔曰："朕以涼德,忝嗣丕基,常隕墜是懼。往者大將軍何進謀除閹宦,妄召賊臣,遂擁兵入朝,竊弄威柄。朕實悔悼於厥心。幸賴祖宗之靈,天殛其惡。可著焚屍通衢,以警中外。其餘徒黨,咸赦勿問。故兹詔示。"(董卓云)這事不中。只索逃命,走、走、走！(李肅領卒子上,云)兀那老賊,走那裏去！吃我一槍。(董卓云)好李肅,好李肅,你怎敢刺我？吾兒吕布安在？(吕布衝上,云)老賊休走,吃我一戟！(吕布做刺,董卓跌倒科,云)呸,好悔氣！遇這等兩個孝順兒子。一發連夫人貂蟬也着他拿繩子來捆縛了我罷。(李肅、吕布做綁董卓科)(楊彪云)今日誅了董卓,保安了漢室江山,多虧了老司徒的妙計也！(正末唱)

【雁兒落】他下的你下的,你有義他無義。人無害虎心,虎有傷人意[1]。

(楊彪云)那董卓自謂威權在手,覷得漢家天下旦夕可圖。豈知有這今日？(正末唱)

【得勝令】方信道天網自恢恢,業重禍相隨。他認做威福長堪假,怎知道江山不可移？今日個燃臍,也是他自做下滔天罪。我和你揚眉,不枉了捨殘生救主危。

(楊彪云)今日此舉,若非司徒定計,豈能成功？小官即當奏知聖人,重加封賞。(正末云)託賴天子洪福,王允何功之有？(唱)

【挂玉鈎】這都是天地神靈暗護持,因此上感動的英雄輩。(楊彪云)我想董卓倚恃吕布，結爲養子，怎麼就肯歸順朝廷，共討此賊，却是爲何？（正末唱）誰承望義女貂蟬正是吕布妻，他不合相調戲。（楊彪云）這事我已盡知了。但吕布一個便要報仇，那李肅也是董卓的養子，爲何都肯順俺？（正末云）那董卓爲貂蟬之故，差李肅擒拿吕布，到我府中，被我把幾句忠義的説話激發他，連李肅也不忿其事，因此拔刀相助。得成大功，皆二人之力也。（唱）吕布有蓋世威，李肅有冲天氣。若非他歸順了皇朝，誰與咱剿滅這奸賊？

（楊彪云）既如此，小官便當奏知聖人，叙功行賞者。（下）（蔡邕云）當日蔡邕曾説來，道這董卓必死於吕布之手。若要離間他父子，必用美女連環之計。不知老司徒可還記得否？（正末云）果然如學士所料。（唱）

【水仙子】元來那風道人擲布本仙機，蔡學士你爲謀蚤預知。董太師果斷送在連環計，吕温侯有膽力，如今個楊太尉奏上丹墀。（楊彪上，云）你衆官望闕跪者，聽聖人的命。（正末同衆跪科）（楊彪云）卓本關西一武騎，自恃雄豪足蓋世。親提健卒入朝來，眼底全無漢皇帝。攬權擅威行不道，納用子妻如狗彘。腹心牙爪盡崩離，已知此虜爲天棄。即今斬首銀臺門，焚屍長安正厥罪。蔡邕學士多智謀，往來其間用遊説。特加禮部侍郎銜，兼掌中書知誥制。吕布討賊建首功，封王出鎮幽燕地。其妻貂蟬亦國君，隨夫之爵身榮貴。李肅曾是卓家奴，晚能自拔來歸義。可以驃騎大將軍，仍領羽林作環衛。老臣王允懷主憂，當筵巧使連環計。是用報卿左丞相，與國同休永無替。（衆謝恩科）（王允云）臣允老矣，恐不能久在朝端，扶助主上。（唱）願聖主千年壽，保皇家萬代基，容王允可便拂袖而歸。（衆下）

　　　　題目　銀臺門詐傳授襌文
　　　　正名　錦雲堂暗定連環計

校記

[1] 虎有傷人意："有"字，原本、息本均作"無"。今從王本改。

附錄

錦雲堂美女連環記

無名氏　撰

第 一 折

（冲末、净董卓領祗從上，云）官封九錫位三公，走追奔馬顯英雄。文武官員聞我怕，某中心不老漢朝中。某姓董名卓，字仲英，乃隴西臨洮人也。幼年多虧大將何進，薦某入朝，累任爲官，今封太師之職，又加了九錫。九錫者：一車馬，二衣服，三樂器，四朱户，五納陛，六虎賁，七斧鉞，八弓矢，九秬鬯。某出稱警，入言蹕。頒曰詔，降曰制。言稱宣，語稱敕。某每回臨朝，將我這腰間的劍鋒露四指雪刃，諕文武群臣人人失色[1]。手下有吕布、李肅並八健將等智勇兼全，雄兵四十萬精鋭絶倫，以此名揚天下，威鎮八方。看來止有王允那老賊，他心中不順也。但行住坐卧，我着人跟隨着他，恐防他别生歹心。我正在太師府閑坐，令人來説道，這老賊離了朝門，不回家去，便往吴子蘭家去了。則怕他别生奸計，我親身直至吴子蘭家，覷破這老賊走一遭去。（下）（外扮吴子蘭領祗從上，云）老夫乃殿前太尉吴子蘭是也。方今漢朝聖人在位，惟有董卓專權，内壓群臣，外鎮諸侯，衆官凜凜不敢正目而視，因此上聖人懷憂，無可奈何。便好道主憂臣辱，不與主上分憂，豈爲臣子之道！老夫欲待除邪去暴，剿滅奸雄，争奈他家奴吕布英勇過人，老夫想來則除是王允丞相，此人足智多謀，我今請他來商議。早間着人請去了，不見到來。左右，門首覷着，若有王允丞相來時，報復知道。（祗從云）理會的。（正末扮王允上，云）老夫王允是也。幼年一舉進士及第，累任以來，謝聖恩可憐，加老夫爲大漢司徒之職。今有董卓弄權，將危漢室，群臣畏懼，莫敢誰何？今有吴子蘭令人來請，不知有甚事，須索走一遭去。想老夫年邁，亦無才能，愧食重爵也呵！

【仙侣・點絳唇】俺如今虚度春秋，强捱昏晝。空相守，枉教俺肥馬輕裘。這些時憂慮擔消瘦。

【混江龍】則爲俺漢家宇宙，教我兩條眉鎖廟堂愁。恰便似花開值雨，不見個葉落歸秋！不爭似飛絮飄堤取次看,枉變做浮萍流水恁時休。我請了這皇家貴爵難消受,若一朝施謀定國,博的個萬古名留。

（正末云）可早來到門首也。令人,報復去。（祇從做報科）（吳子蘭云）道有請。（祇從云）有請。（見科）（正末云）太尉請老夫來,有何事商議？（吳子蘭云）請老丞相別無甚事。想楚漢爭雄,創立江山,四百餘年,流傳至今,非同容易。今有董卓專權,欺壓群臣,無計可施,特請老丞相商議,怎生做個計較,不知老丞相意下何如也？

【油葫蘆】想楚漢爭鋒春又秋,君臣每多智謀。誰不知**兩分天下指鴻溝**。（吳子蘭云）若不是賢臣賢相扶立漢朝四百餘年,到今日休矣也！多虧了漢張良論天談天口,全憑那韓元帥握霧拿雲手。韓元帥能戰敵,張子房善計籌。他兩個扶持的漢世皆成就,端的是**分破帝王憂**。

（吳子蘭云）今日董卓專權,想當日聖人宣詔各處諸侯,在於虎牢關下,不曾贏的他一,似此如何剿除也？

【天下樂】我則怕煩惱皆因強出頭,想十八路諸侯,題起來**滿面羞**。（吳子蘭云）若不是劉關張三人破呂布一陣,天下諸侯怎生回兵也。想當日**虎牢關**那一時難措手,到今來有勢豪即漸的無休。慣的那廝千自在百自由。

（吳子蘭云）今日董卓專權,小官奉聖人的命,請老丞相來商議,怎生計較,擒拿董卓也。（正末云）太尉,賊臣董卓權重勢大,量老夫有何才能,可請眾官來商議,共滅此賊方可也。（吳子蘭云）似此怎了,俺且慢慢的商議。令人,門首覷者,看有甚麼人來,報復我知道。（祇候云）理會的。（淨董卓冲上,云）某乃董卓是也。我今直至吳子蘭家中,覷破這老賊去。可早來到也。令人,報復去,道有董太師在於門首。（祇候云）理會的。（做報科,云）報的大人得知,有董太師來了。（吳子蘭云）董太師來了,似此怎了也！道有請。（祇候云）理會的。有請！（董卓做見科,云）王允您眾人在此商量甚麼哩？（吳子蘭云）小官不曾敢說甚麼。（董卓云）王允你每在此商量,莫非要害我麼？（正末云）太師,俺每並無此意也。

【後庭花】沒阿,待教你個董太師掌大權,（董卓云）我掌着大權,呂布可做甚麼官那？呂溫侯為帥首,俺可也同商議,（董卓云）恁眾人商議甚麼哩？**待擇個好日頭**,（董卓做笑科,云）呵呵呵,你則這個話,纔合着我的心也。見說的話相投,（董卓云）我若成了大事呵,你但說的我便准你也。他道是**依卿所奏**,更怕他心兒裏不順流。

（董卓云）吳子蘭,自古來有謙讓無謙讓那？（吳子蘭云）太師,自古以來,堯舜禹湯有道而相讓。古人云:一家仁,一國興仁;一家讓,一國興讓也。(董卓云)王允,既然有謙讓,怹多官在此,這件事則宜疾不宜遲也。(正末云)太師,常言道事寬則完也。

【那吒令】你知法度行正條,可循常耐久。安黎庶秉正心,要存誠固守。理綱常立正身,且少謙莫嗨。(董卓云)若成其大事,我要行便行,要做便做,誰敢當我,就着他目下見血也。你一生最軒昂,萬事皆成就,要分個善惡剛柔。

(董卓云)某看來,朝裏朝外,除我一人,再有誰敢和我做對手,我就着他立生禍殃,身家也不保,九族不留。既有謙讓,王允你怎麼説?您衆官在此,這事則宜疾不宜遲也!

【鵲踏枝】你一心待強承頭,大睁眸,豈不見天象璇璣,氣運周流。(董卓云)憑某手下有呂布、李肅、李儒,更有八健將,兵有數十萬,某若行時,有如翻掌也。不要你一勇性出乖弄醜,兇頑心斬斫權謀。

(董卓云)您衆官扶我一人,自便了也。

【寄生草】將吉兆翻爲禍,把恩榮變做讐。則要你道之行以政應天佑,命之真一旦風雲候,位之尊萬里江山秀。(董卓云)依着您這事可怎麼行?則要你順人和有麝自然香,不要你逆天心無福誰能勾。

(董卓云)哥你每衆人扶持我扶持兒,某將您衆官自有加官賜賞也。(正末云)太師且容三五日,俺若選得吉日良辰,便來請太師也。(董卓云)既然如此,您若商量定了時,便來回我的話。我回府中去也。不必計較,若一言已定,久而敬之,若一言不准,劍而斬之。您二人仔細商議,不要遲了。(下)
(吳子蘭云)董卓去了也,這匹夫好無理也,一心要侵奪漢室天下,老丞相此事可怎生了也?

【金盞兒】我本是一重愁,翻做了兩重愁,方信道飽諳世事慵開口。(吳子蘭云)老丞相怎生用心定計,擒拿賊子,可安漢室江山也?待教我神機妙策苦搜求,我便會姜呂望伐紂國,張子房立炎劉。(吳子蘭云)小官覷丞相,不弱似先賢用計鋪謀也。怎能勾剿除了董太師,甚法兒所算了呂溫侯。

(吳子蘭云)此事都在老丞相用計。(正末云)大人,你放心也。

【賺煞尾】攬一場強熬煎,自尋些閑僝僽,少不的三五夜蒼顏皓首。(吳子蘭云)我這煩惱,何時是了也!方信道人生百歲憂,憂的是搜尋遍四大神州。運機籌,肺腑搜求,萬里江山總是愁。(吳子蘭云)丞相,則宜疾不宜遲也。一任教烏飛兔走,看了這龍爭虎鬥,將一個悶弓兒拽損在我心頭。

（吳子蘭云）此一去必然用計剿除董卓，安了漢室天下，另有加官賜賞，老夫回聖人話走一遭去。雄威赳赳顯英昂，董卓權勢不可當。王允施謀會用計，專心扶立漢家邦。（下）

校記

［１］諕文武群臣人人失色：此二句后，原本校筆有"揚名天下，威震八方"，此八個字，與下文重復。今不取。

第 二 折

（净董卓同李儒領張千上，董卓云）威權赫赫勢薰天，玉陛朱門錦繡連。賞罰盡出吾之手，鎮日謳歌樂歲年。某乃董卓是也。頗奈王允等衆官好生無禮也！他每説商量定了大事與我説，這早晚不見來，張千，門首看者，若王允等衆官來時，報復我知道。（張千云）理會的。（外扮太白上，云）世俗的人，也跟貧道出家去來，我着你人人成仙，個個了道也。貧道乃上界太白星是也。生居金地，長在庚辛。分人間善惡無差，辨高低榮祿貴賤。因赴天齋已回，觀見下方董卓弄權，要謀漢宗社。上蒼致怒，衆神不喜，故差貧道點化此人，看他省的也不省的。來到董卓門首也。（做哭三聲笑三聲，云）董太師，你死也！（做哭笑科）（張千做慌報科，云）報的太師得知，門首有個瘋魔的先生，望着太師府門，哭三聲笑三聲，特來報知也。（董卓云）這先生好無禮也。我親自出去試看咱。（見科，太白云）董卓，你今年今月今日今時你死也，呵呵呵！（董卓云）這個正是瘋僧狂道。左右，人與我拿住者。（張千拿不住科）（董卓云）我自己拿這厮去。（太白拿布打科，下）（董卓做躲科，云）哎呀打殺我也。他怎生不見了，打我的是甚麽物件？是一疋布，兩頭兩個口字，中間裏兩行字，寫着道：千里草青青，卜曰十長生。李儒，知意麽？（李儒云）父親，您孩兒解不過此意來。（董卓云）這椿事可怎了，有誰解得此意來？（李儒云）父親，則除是蔡邕學士解的此意也。（董卓云）言者當也。令人，與我喚將蔡邕來者。（李儒云）蔡學士，太師有請。（外扮蔡邕上，云）絲綸閣下文章静，鍾鼓樓中刻漏長。獨坐黃昏誰作伴，紫薇花對紫衣郎。小官姓蔡名邕，字伯喈，祖居陳留郡人氏，官拜學士之職。正在私宅中閑坐，有太師來請，不知爲有甚事，須索走一遭去。可早來到也。張千報復去，道有蔡邕來了也。（做報科，董卓云）着過來。（張千云）理會的。過來。（蔡邕見科,云)太師呼喚小官,有何事也?(董卓云)蔡邕,我正在府中閑坐,有一個風魔的先生,望着我這太師府裏,哭三聲,笑三聲。我出府去看,他罵我道,你死也。我打他一拳,他拿一物打將來,着人拿,他化道香風不見了。這一物,我不解其意,喚你來試看咱。(蔡邕云)太師,將來我看咱。是一疋布,可長一丈,上面有兩行字,千里草青青,卜日十長生。這裏必有包藏,千字下面着個里字,千字上面着個草頭,可不是個董字,卜字着個日字,下面着個十字,可是個卓字,包藏着董卓名字。這一疋布,可長一丈,兩頭兩個口字,並排着兩個口字,不成字,上下兩個口字可不是個呂字。(背科云)嗨,這老賊當來必死在呂布之手,則除是這般。太師,這一疋布有兩行字,千里草青青,卜日十長生。千字下面着過里字,千字上面着個草頭,可不是個董字,卜字着個日字,下面着個十字,可不是個卓字,包藏着太師名字。這一疋布可長一丈,兩頭兩個口字,上下疊起,可不是個呂字,包藏着呂布二字。太師,萬千之喜。憑着呂布英勇,太師必然成其大事也。(董卓云)言者當也。我若成其大事,這左丞相位兒,就是你做。(蔡邕云)則怕太師忘了。(董卓云)説的是,常言貴人多忘事,就將此物你收的去,我若成其大事,拿將這布來,這左丞相就是你做也。(蔡邕云)多謝太師,小官告回。出的這門來。我不敢久停久停,我暗暗的去王允丞相府中,與他商量,走一遭去。(下)(董卓云)蔡邕去了也。兀的不歡喜殺老夫也!無甚事,後堂中喫慶喜酒去來。(同衆下)(正末上,云)老夫王允是也。今日早間聖人的命,着老夫定計,要擒拿董卓。老夫想來董卓權勢重大,仗呂布之威,難以擒獲,無計可施,天色晚了也,我掩上這宅門,閑坐,看有甚麽人來。(蔡邕上,云)小官蔡邕是也。天色晚了,早至王允丞相門首也,前後可也無個人,我試喚門咱。(做喚門科)(正末出看科,云)喚門的是誰?(蔡邕云)是小官蔡邕。(正末云)呀呀呀,原來是學士,有請,有請。(做開門見科,云)學士有何事至此也[1]?(蔡邕云)丞相,小官無事也不來。有賊臣董卓正在私宅中閑坐,門外有一個乞化先生,望着他門首大笑三聲,大哭三聲。董卓問那先生主何意思,那先生不答應一語。董卓大怒,着令人與我拿住者。那先生也不慌也不忙,取出一件物來,望着董卓打將去。董卓害慌了,側身躲過。那先生化一道金光不見了。董卓拿將那物件來看,原來是一疋布,中有兩行字,寫着道:千里草青青,卜日十長生。(正末云)學士,這兩行字主何意思?(蔡邕云)這千里草青青,丞相,你尋思波?這千字着個里字,上面着個草頭,可不是董字;卜日十長生,卜字着個日字,下頭着個十字,可不是個卓字。這不是董卓的姓名。(正末云）這疋布可是爲何？（蔡邕云）這疋布可怎生不長九尺，不長一丈一尺，足足一丈，單主着董卓數足，早晚死也。兩頭兩個口字，重垛在一處，可不是個呂字，有這是呂布二字。丞相，董卓無數日，必死在呂布之手也。（正末云）學士道的差了也，家奴呂布是董卓的養子，他如何肯殺他父親也。（蔡邕云）董卓比丁建陽如何？丞相，你怎生立一人之下，坐萬人之上，調和鼎鼐，燮理陰陽的宰輔，這些事省不過來。小官不才，願獻一計，我有五個字：美女連環計。天色晚也，小生告回。咱今番用意施計謀，斥去奸邪立漢朝。（下）（正末云）學士去了也，撇下這一樁悶公事，兀的不僕倖殺人也！（唱）

【南呂·一枝花】急切裏稱不的王允心，酬不了吾皇願，滅不了董太師，立不起漢江山。使碎我意馬心猿，空教我百計思量遍，一時難運轉。憂的我肺腑相煩，愁的我眉頭不展。

（正末云）似這等豺狼當道，幾時得平定也！

【梁州】憂的是傍兇頑如毒蛇害己，愁的是近奸雄似抱虎而眠。恨不的翻騰世事雲千變。霎時間蒼顏易改，須臾裏皓首相纏。憋憋的我猶如癡掙，尋思的有似風顛。悶弓兒在肚裏熬煎，恰便似尖刀兒在腹內盤旋。只因他董太師惡狠狠父子三人，怎教這漢王允實丕丕忠誠兩全。赤緊的呂溫侯氣昂昂將相雙全。我這裏告天又遠，天公不與人方便。若是你得機籌稱心願，憑着我一點丹衷似石鐵堅。今日個晝夜無眠。

（正末云）心中困倦，我去後花園中散心咱，來到這後花園亭子上。家童，將過琴來者。（家童上，做遞琴科，云）琴在此。（正末做撫琴科，云）老夫歎漢室傾摧，對月彈琴，作歌一首，歌曰：漢室傾摧兮奸臣起，董卓弄權兮諸侯伏。倚仗呂布兮奪家國，獻帝軟弱兮無依倚。老夫年邁兮無能爲，臨風作吊搜長策，對月彈琴覓奇計。四百餘年到此身，二十四帝到今日。幾時再把漢朝興，何日復將賊子廢。問天兮屠龍，手握兮虹霓，天邊日月重磨盡，幾時得復照乾坤十萬里。（旦兒領梅香上，云）眉蹙春山巧樣鬟，濃妝粉臉襯朱唇。只因爲妾嬌容面，選入皇宮奉紫宸。妾身貂蟬是也。自從與呂布失散，不知在於何處，誰想流落到此，如今領着梅香，後花園中燒香走一遭去。（梅香云）姐姐你行動些。（正末慌起身科）

【隔尾】我則道忒楞楞宿鳥在花陰中串，原來是嬌滴滴佳人將竹徑穿，把玉露蒼苔任踏踐。（梅香云）姐姐，來這芍藥園這邊好。俺掩在湖山石這邊，他在芍藥園那邊，（旦兒氣喘科）我見他手搭扶着丁香樹兒喘[2]。

（旦兒云）梅香將香燭兒來者。（梅香云）理會的。我撥過這香燭兒來，姐姐,兀的不是香燭兒! 姐姐,請上香咱。(旦兒云)池畔分開並蒂蓮,雙雙間阻久經年。鶼鶼比翼難成就,一炷清香禱告天。妾身貂蟬,自幼年間與呂布爲妻。自從在臨洮府與夫主失散,妾身落於丞相府中,多謝父親將我如親女相待。我想夫主呂布不知下落。如今天色晚也,我來到這後花園中燒一炷夜香,對天禱告,願俺夫妻每早早的完聚咱。柳影花陰月移宮,獸爐香裊散清風。心間多少傷情事,盡在深深兩拜中。(梅香云)姐姐燒了香也,我替姐姐再燒一炷香。天那,天那! 則願的俺姐姐姐夫早早的完聚咱。人都道:人中呂布,女中貂蟬,不枉了是一對兒夫妻。若是早能勾成雙了呵,可也帶攜梅香咱。

【四塊玉】我則道他爲疾病,卻原來躭閨怨。方信道色膽從來大如天。(旦兒做泣科)我見他淚痕界破殘妝面。我可甚治家能治國,敬愚不敬賢,顧後不顧前。

(正末云)貂蟬,你在那裏做甚麼哩? 敢似此大膽也。(梅香云)撒下了,父親都聽見了也。(旦兒云)父親,你孩兒不曾做甚麼,你孩兒爲身體不安,特來燒香來。(正末云)噤聲!

【罵玉郎】不要你花言巧語隨機變,你恰纔焚香拜告青天。你那裏丹誠敬禮親發願,則爲你心又虔,意又堅,可便身無倦。

(旦兒云)你孩兒並無別願,見此好天良夜,一心則是拜月焚香,不曾説些甚麼。

【感皇恩】呀,你道是再結姻緣,重整絲弦,拆散了錦鴛鴦,生分開于飛燕,斫斷了並頭蓮。也是你半生恨惹,又被那一點情牽。(旦兒云)你孩兒並無此事也。你道是遭間阻,自離別,久經年。

(旦兒云)你孩兒深居畫閣蘭堂,一時遣悶焚香,並無別意也。(正末唱)

【採茶歌】則爲你腹中冤,口中言,聲聲分訴要團圓。(梅香云)俺姐姐並不曾説甚麼,我要説謊,梅香就是狗骨兒零丁。(旦兒云)父親,您孩兒並不曾説甚麼。你道是呂布人中多俊雅,貂蟬世上最芳妍。

(旦兒云)父親,您孩兒端的不曾説甚麼來。(正末云)貂蟬,你怎生道夫妻每早早的團圓,那個是你丈夫,從實的説,若不説,令人,准備着大捧子者。(貂蟬跪科,云)父親停嗔息怒,暫罷虎狼之威,聽您孩兒慢慢的説一遍。您孩兒不是這裏人,是忻州寒燕木耳村人氏,任昂之女,小字紅昌。因漢靈帝刷官女,將您孩兒選入官中,管貂蟬冠來就喚做貂蟬。靈帝將您孩兒賜與丁建陽。當日呂布與丁建陽爲養子,丁建陽將您孩兒匹配與呂布爲妻。因黄巾賊作亂，俺夫妻每失散了，您孩兒流落在父親宅中，將你孩兒如親女一般相待，父親之恩您孩兒未曾得報。昨日與母親在看街樓上，見一行步從，擺着頭搭過來，原來可是呂布。您孩兒因此上燒香說禱告。（正末云）孩兒是實麼？（旦兒云）父親，您孩兒並不敢說謊也。（正末云）嗨，蔡邕學士你好能也。則這的便是那美女連環計，兀的不有了也。

【絮蝦蟆[3]】這的是天道隨人變，忠心得意專，我暗暗的便忻然。何須別尋空便，何須再尋機見。不索共他陣面，不索和他交戰。我這條妙計久遠，我這條妙計長便。蒼生要解倒懸，家國可稱良善。賊臣董卓弄權，滅盡滿門良賤。乾坤社稷保全，日月山河光現。穩取皇家授宣，久後須成姻眷。憂的咱，憂的咱意攘情顛心似油煎，誰承望俺家裏搜尋出這美女連環。到來日開筵，我脂粉內暗暗的藏着征戰。我施計謀，他怎脫免。貂蟬，我着你夫妻美滿，永遠團圓。

（正末云）孩兒也，你若肯依着你父親一樁事呵，我便着你夫妻每團圓也。（旦兒云）父親，休道是一樁事，就是十樁事，也依父親。是那一樁事？（正末云）想春秋之間，有鱄諸之妻，替夫主成其大名。公孫勝妻舉夫應夢，乃得世代光輝。你如今替你父親掌此一計，若智過董卓，我着你夫妻們永遠團圓。兒也，你休顧那胖董卓一時春點汗，博一個救君王萬代姓名香。（旦兒云）父親，你孩兒理會的。（正末云）既然這等，孩兒，你且歸後堂中去。（旦兒云）理會的。妾身無甚事，我且回後堂中去也。（下）（正末云）天色明了也。踏盡鐵鞋無覓處，得來全不費工夫。季旅在那裏？（淨季旅上，云）自家不是別人，我是這王允丞相家門管先生季旅的便是。丞相呼喚，不知有甚事，見丞相走一遭去。可早來到也。（見科，云）丞相呼喚季旅，那廂使用？（正末云）季旅，便着人安排筵席，你與我請的呂布來者。（季旅云）理會的。一壁廂令人安排筵席，奉着丞相的言語，請呂布走一遭去。（下）（正末云）季旅去了也。此一去呂布必然來赴席也。若來時我自有個主意。我且回後堂中去來。（下）（呂布領卒子上，云）赳赳威風勢勇驍，劍揮牛斗氣冲霄。男兒奮發平生志，貫世聲名戰虎牢。某姓呂名布，字奉先。曾在虎牢關上，戰退十八路諸侯，威振天下，官封温侯之職。見佐於董太師門下，爲養子。我正在私宅中閑坐，看有甚麼人來。（季旅上，云）自家季旅是也。奉着丞相的言語，請呂布走一遭去。來到門首也，報復去，道有官季在於門首。（卒子云）理會的。（做報科）（呂布云）着他過來。（卒子云）理會的。過去。（見科）（呂布云）季旅，此一來有甚事？（季旅云）奉王允丞相言語，敬請元帥飲酒也。(吕布云)我道這老匹夫强不過。你先行,我便至也。(季旅云)理會的。我請知吕元帥也,回丞相話,走一遭去。(下)(吕布云)季旅去了也。令人,收拾鞍馬,王允丞相府中赴宴走一遭去。**相府排筵情懇切,即當赴宴醉霞觴。**(同下)(正末領净季旅、祇候上,云)老夫王允。早間令人請吕布去了,這早晚敢待來也。令人,門首覷者,若來時,報復我知道。(季旅云)理會的。(吕布上,云)**英雄貫世聲名大,威鎮諸侯天下聞。**某吕布是也。有王允丞相請某赴會,須索走一遭去。可早來到也。報復去,道有吕布來了也。(季旅做報科)(正末云)道有請。(季旅云)理會的。有請。(見科)早知溫侯來到,只合遠接,接待不着,勿令見罪。(吕布云)您是個老人家,怎生倒與我施禮也。(正末云)不敢,不敢。令人,擡上果桌來者。(祇候做擡果桌科,云)理會的。(正末做遞酒科,云)將酒來,奉先滿飲此盃。(吕布云)量某有何德能,着老宰輔置酒張筵,吕布何以克當也。

【牧羊關】想王允官最小才藝淺,怎消的公子登筵。(吕布云)老宰輔,你請我有何主意也?願溫侯家給千兵,願溫侯户封八縣。願溫侯早掌元戎印,願溫侯早受帝王宣。願溫侯皂蓋飛頭上,願溫侯列朱衣馬前。

(吕布做笑科,云)老宰輔,某有何德能,有勞重意,設如此般筵會也。(正末云)王允別無甚事,怕太師登其高位,望溫侯提拔王允咱。(吕布云)老宰輔,你但放心,若三五日之間,我父親成了大事呵,這左丞相還是你做。(正末做遞酒科,云)多謝了。溫侯,滿飲此盃也。(吕布云)酒忒緊,俺慢慢的飲也。(正末云)便好道筵前無樂不成歡,令人,轉報後堂中,請出小姐來者。(季旅云)理會的。(正末做起身科)(旦兒領净、梅香上,云)妾身貂蟬是也。父親呼唤須索走一遭去。可早來到也。(見科,云)父親,呼唤你孩兒有何事?(正末云)孩兒也,吕布見在前廳上,帶酒也。你則推不認的,與他遞一盃酒,就歌一曲,看他説甚麽。(旦兒云)理會的。(正末同旦兒見吕布科)(正末云)小姐,把體面。(旦兒做拜科,云)大人萬福。(正末云)孩兒與溫侯遞一盃兒酒也。(旦兒做遞酒科,云)將酒來。(梅香云)酒在此。(旦兒云)大人滿飲此盃。(吕布做飲酒科,云)老丞相,吕布有失禮體,酒勾了也。(正末云)溫侯寬懷暢飲也。(旦兒云)妾身歌一曲也。(旦兒唱)

【雙調·折桂令】當日個幼年間須結鸞凰,則爲那別離分散鴛鴦。半路裏遭危,三年無幸,兩處分張。想當日士馬荒干戈嚷嚷,今日個太平年黎庶安康。但願的美滿成雙,拜謝穹蒼。不付能今日相逢,你怎生忘了紅昌。

(吕布做打認科,背云)這不是貂蟬,他怎生得到這裏來!(正末背科,云）果有此事,這廝中計了也。

【隔尾】一個眼傳情將鮫綃羞掩芙蓉面,一個坐不穩難登玳瑁筵。我與你佯帶酒推更衣且寬轉。（呂布云）老丞相多多的定害,恕呂布之罪也。請將軍穩便,有甚麼混踐。（正末云）溫侯請坐,老夫前後執料去咱。我口說話將身軀倒褪的遠。

（正末虛下）（呂布云）老丞相去了也。貂蟬！（旦兒云）諾。（呂布云）妻也,你怎生在這裏來？（旦兒云）自從俺臨洮府失散,流落在丞相府中,不想今日纔得相見。奉先,則被你痛殺我也。（旦兒做哭科）（呂布哭科,云）貂蟬,兀的不想殺我也。（正末冲上,云）你兩個說甚麼哩？（呂布云）呀呀呀,父親聽見了。俺兩個不曾說甚麼。（呂布同旦兒做跪科）

【哭皇天】被我偷睛兒見,（呂布云）並不曾敢說甚麼。你暢好是私情的忒自專。（旦兒云）父親,您孩兒不曾敢說甚麼。你這個賤媳婦無斷送,（呂布云）不干他事也。喏聲波新女婿好省財錢,你覷的咱渾如芥蘚。俺好好的張筵置酒,你走將來賣俏行奸。你暢好是廝踏踏、廝踏踏也波呂奉先。（呂布云）老丞相不知,聽呂布慢慢的說一遍。他是忻州寒燕木耳村人氏,任昂之女,小字紅昌。因漢靈帝選入宮中,管貂蟬冠來,故曰貂蟬。漢靈帝賜與丁建陽,當日呂布與丁建陽爲養子。丁建陽將貂蟬配與呂布爲妻。因黃巾賊失散了,可不知怎生流落在丞相府中。恰纏呂布偶然遇着,老丞相可怎生可憐見,着俺夫婦團圓呵,呂布至死也不忘大恩也。你和他單絲不線,我着你月缺再圓。

【烏夜啼】這一對錦鴛鴦不鎖黃金殿,（正末云）這個不是老夫私宅。（呂布云）不是老丞相私宅,可是那裏也？誰想這劉晨誤入桃源。佳人道盡長門怨,您兩個攜手挨肩,共枕同眠。我怎肯碧波中分散並頭蓮,畫梁間拆散雙飛燕。好前程,新姻眷,一任教春風院宇,夜月庭軒。

（正末云）溫侯,你若不說,老夫怎生得知。我尋也尋不着這門親事。我便選吉日良辰,倒賠三千貫奩房斷送,將貂蟬配與溫侯爲妻,你意下如何？（呂布云）多謝了老丞相。貂蟬的父親,便是呂布的父親哩,此恩必當重報也。（正末云）溫侯,可則一件,則怕太師知道,見王允之罪麼。（呂布云）不妨事,俺父親知道,更是歡喜也。（正末云）既然這等呵,將軍你放心,老夫到來日再安排一個筵席,敬請太師。一來商議大事,二來題您這門親事,看您父親意下如何？（呂布云）父親爲您孩兒如此般用心,呂布至死也不忘大恩。酒勾了也,呂布告回。（正末云）將軍勿罪。（呂布云）不敢,不敢。我出的這門來,還私宅中去也。不期今日重相會,有似南柯一夢中。(下)(正末云)呂布去了也。季旅,你直至太師府中,道王允請太師飲宴。他若不來時,便道請太師商議大事也。(季旅云)理會的。我則今日請董太師赴宴走一遭去。(正末云)季旅請董太師去了也。

【黃鐘尾】到來日安排下周瓊姬王母蟠桃宴,准備着打鳳機關呂后筵。用心腸使機見,這權術要巧便。看功勞莫褒貶,列尊席設珉筵。奏笙歌列管弦,花如錦酒似川。我更謙下做軟善,董太師酒性顛。見佳人決美戀,那其間我把這美貌的貂蟬做托獻。暗暗的對天說咒願。則願的早滅了賊臣,將俺那聖明來顯。

(同季旅、祇候下)(旦兒云)父親去了也。誰想今日見了俺夫主呂布,好是歡喜也。(梅香云)姐姐,誰想今日會見姐夫這等標致,梅香也喜歡了。(旦兒云)無甚事,俺且回後堂中去來。兒夫今日重相會,有似鸞膠續斷弦。(同下)

校記

[1] 學士有何事至此也:"士",原本作"生"。今改。
[2] 手扶着丁香樹兒喘:"丁",原本作"下"。今改。
[3] 【絮蝦蟆】:原本字迹不清。今從《元曲选》本补。

第 三 折

(净董卓領祇候上,云)某董卓是也。這王允等眾官商議大事,不見回話。令人,門首覷者,但有人來,報復我知道。(祇候云)理會的。(季旅上,云)自家季旅的便是。奉着俺丞相的言語,着我請董太師。可早來到府門首。左右,報復去,道有王允丞相差季旅在於門首。(祇候做報科)(董卓云)着他過來。(祇候云)理會的。過去。(見科,董卓云)季旅,你來意若何?(季旅云)俺丞相着季旅來,請太師飲宴也。(董卓云)季旅,我心中有些事,量你那一席酒打甚麼緊。你説與那老賊,説我不去。(季旅云)太師,俺丞相説來,量那酒席值甚麼,請太師要商議大事哩。(董卓云)原來請我商議大事,季旅你先回去,我隨後便至也。(季旅云)理會的。辭別了太師,不敢久停久住,回丞相話走一遭去。(下)(董卓云)季旅去了也。令人,跟着我,王允宅上赴席走一遭去。酒筵間有些好歹,就將這老賊結果了罷。(下)(正末領祇候上,云)老夫王允是也。今差季旅前往太師府中,請董卓去了。這早晚怎麼不見來。令人,門首覷者,若來時,報復我知道也。

【正宮·端正好】仗才能憑心量,不須動闊劍長槍。擺列着紅裙翠袖如屏障,把果桌盃盤放。

【滾繡球】爐焚着寶篆香,酒斟着玉液漿。奏笙歌樂聲嘹喨,今日個畫堂中別是風光。雖然是錦繡鄉,暗藏着戰鬥場。則爭無虎賁郎將,玳筵前擁出紅妝。我則待下窩弓藥箭擒狼虎,布網張羅打鳳凰,不比尋常。

(正末云)令人,門首覷者,若季旅來時,報復我知道。(祇候云)理會的。(季旅上,云)自家季旅的便是。我回俺丞相的話去。(見科)(正末云)季旅,幹事如何?(季旅云)我奉着丞相的言語,着我請董太師去,隨後便來也。(正末云)季旅,門首覷者,若董太師來時,報復我知道。(季旅云)理會的。(淨董卓上,云)某董太師是也。今日王允丞相請某飲酒,衆將就屯兵在門首者。這老賊若有半星兒差遲,我踏平了他宅舍。令人,報復去,道有董太師來了也。(季旅云)理會的。(做報科,云)報的丞相得知,有董太師來了也。(正末云)老夫親自接待去咱。(跪見科,云)有勞太師貴腳來踏賤地,恕王允之罪也。(董卓云)王允,你偌大的個左丞相,當街裏跪着,着外人看着不雅,起來。(正末云)小官理當。王允早是今日請太師,再遲三五日呵,太師成了大事,怎肯到此賤宅。有請,有請。令人,與我擡上果桌來者。(季旅云)理會的。(做擡果桌科)(正末做遞酒科,云)太師滿飲此盃也。(董卓云)住者,這一席酒也要喫,話也要說的明白。你今日安排酒肴,你可爲甚麼?你若說的明白呵,我便吃。(正末遞酒科,云)太師,異日成其大事也,滿飲此盃。(董卓云)王允,則爲這樁事打甚麼不緊。若三五日成其大事,左丞相就還是你做者。

【伴讀書】對太師言分朗,教王允聽明降。若太師指日當權多興旺,百司文武得陞賞。願新情舊意休偏向,願太師福壽無疆!

(董卓云)老宰輔,我若成了大事,我着你官高極品,位諸侯之上。您衆官都是陞賞,你有甚麼事,趁如今一發説了罷。

【笑和尚】願太師暮登天子堂,(董卓云)某居了正位,李肅加爲甚麼官?李肅做先鋒將。(董卓云)好!吾兒呂布,可加爲甚麼官?呂布坐金頂蓮花帳。(董卓云)好!正當如此。你可要做甚麼官?臣不願做侍郎,臣不願做平章。(董卓云)你可端的實要做甚麼官?望太師着王允做一個頭廳相。

(董卓云)我道爲甚麼請我,可原來則爲這個官位,打甚麼不緊。我若是三五日成其大事,這左丞相便是你做。(正末云)多謝太師。令人,將酒來。(祇候云)理會的。(正末做遞酒科,云)太師,滿飲此盃。(董卓云)住者,這酒忒緊。天氣暄熱,我身子困倦,暫且歇息咱。(做睡科)(正末云)太師帶酒也,天氣暄熱,着梅香傳報,喚將貂蟬來,與太師打扇咱。(季旅云)理會的。(做喚科,云)梅香,傳報後堂中,請出小姐來。(旦兒拿扇子上見科,云)妾身貂蟬是也。正在後堂中悶坐。父親,呼喚您孩兒有何事?(正末云)孩兒也,董卓見在前廳上,帶酒睡着了也。你與他打扇去。(旦兒云)理會的。

【滾繡球】着油掠的鬆髻兒光,粉搭的臉道兒香。畫的那月眉新樣,方信道藕絲嫩新織仙裳。若是這女豔妝,勸玉觴,則要你滿斟低唱。更那堪十指露春笋纖長。我則要你削除漢帝心頭病,則你是醫治奸讒海上方,不索商量。

(旦兒做打扇科)(董卓做醒科,云)哎呀,這般透骨的涼風,打扇的是甚麼人?(董卓做見旦兒科,云)好女子也!如此般顏色,人間少有,天仙一般?好女子也!好女子也!近前來,我與你同飲幾盃也。(旦兒做羞科)(正末云)這老賊兀的不中計了也。

【叨叨令[1]】見董卓斯琅琅將酒器躬身放,(董卓云)好個美貌的女子也!頭挽黑雲髻,身穿錦繡衣,恰便是月裏嫦娥一般。便把那嬌滴滴豔質從頭兒相。見貂蟬羞答答身子兒無處撞,(董卓做打戰科)那老子涎鄧鄧的眼腦兒偷睛兒望。(董卓云)好女子也,你近前來。這廝早則中計也波哥,中計也波哥,我這裏推支分廚下離了筵上。

(董卓云)好女子也,生的沉魚落雁之容,閉月羞花之貌。好涼風也。哎呀好女子也!小姐,近前來,扇的緊着。(旦兒做摔扇子科,下)(董卓做趕科,云)王允,恰纔那打扇的小姐,可是誰家的?(正末云)是王允的女孩兒,未曾許娉他人哩。(董卓云)哦,原來是老丞相的女孩兒。老丞相,我三五日成其大事,我則少這麼一個好夫人。老丞相,若肯與了我呵,你便是泰山岳丈,堪可兩全其美也。(做跪科)(正末云)太師請起,若不嫌孩兒殘妝貌陋,與太師為妻也。(董卓云)多謝了老丞相。今日難同往日,既是你的女孩兒與了我,你久後便是國老皇丈哩,我就是你的女婿,女婿便是兒子哩,你便是我的父親哩。父親請坐,受您兒子兩拜咱。我有一句話敢說麼?既然父親將你的女孩兒許了我也,就着我夫人出來,遞一盃酒可不好。(正末云)可矣,可矣。令人,與我喚將貂蟬出來。(旦兒上,云)妾身貂蟬是也。父親呼喚,須索走一遭去。可早來到也。自己過去,父親喚孩兒做甚麼?(正末云)

貂蟬，與太師遞一盃酒，把體面。（旦兒做遞酒科）（董卓云）夫人遞酒，休道是酒，便是惡水，我也喫幾鍾，拿大鍾子來，腳盆也罷。好女子也！越越生的好也。父親，今日難同往日，酒勾了。明日就是吉日良辰，就過了門罷。我則在太師府裏等候，則等父親送夫人來過門。夫人且請回後堂中去。（旦兒云）理會的。（下）（董卓云）酒勾了也。父親，多承管待，我依着你，這親事幾時過門也？（正末云）太師，日子不可以遠。來日是個吉日良辰，老夫倒陪三千貫房奩斷送，將孩兒送到太師府中來也。（董卓云）就過門，我則在太師府等候，則等父親送貂蟬來。父親，多承管待，我告回也。貂蟬閉月羞花貌，明朝與我做夫人。（下）（正末云）董卓去了也。季旅，收拾車輛，到來日牛羊入圈時，送貂蟬孩兒與太師去來。（同下）（淨董卓領李儒上，云）某董卓是也。李儒，安排筵席整齊，着父親今日送貂蟬來，與我做夫人，我一夜就不曾睡着，老夫准備拜堂過門的物件，收拾的停當着，這早晚敢待來也。（正末領旦兒嗚鼓樂上）（正末云）鼓樂響着，早至府門首也，李儒報與太師知道，有王允在於門首。（李儒云）太師久等多時也。你則在這裏有者，我報復去。（做報科，云）報的太師得知，有王允在於門首。（董卓云）道有請。（見科）老丞相，你不失信，我說你是個好人。父親，夫人在那裏？（正末云）在車兒上哩。（董卓云）請下車兒來，夫人請後堂中去。令人，將酒來，今日難同往日，你便是我泰山岳丈哩，則是果盒酒，執手三盃。（做遞酒科，云）父親，滿飲此盃。（正末云）王允不敢，太師先請。（董卓云）丞相請，丞相請。（正末云）老夫飲過，太師滿飲一盃。（董卓云）將來，我飲。一遞一鍾，喫到天明。我改日便安排筵席，今日有些忙。（正末云）酒勾了也，王允告回咱。（董卓云）父親勿罪。改日我慢慢的請你喫酒，你慢去。李儒後堂中擺酒，我與夫人慶喜喫酒去來。（同旦兒、李儒下）（呂布上，云）某乃呂布是也。王允丞相說道，今日送貂蟬來與我爲妻。不想到此處，細車兒、盒擔、鼓樂并王允都進太師府裏去了，莫非這老賊敢行不仁麼？我則在門首等着，若王允出來，看他說甚麼。（正末云）太師回後堂中去了，老夫索告回咱。

【快活三】見董卓迎風兒等玉娘，（正末做出門科）（呂布云）老丞相，呂布在此等候多時也。嗏聲波，剗的你和月待西廂，子父每都要做新郎，雙倚定門兒望。

（呂布云）本是呂布之妻，流落在丞相府中，你在酒席筵間許了呂布，今日可怎生往太師府內去了那？

【鮑老兒】你叉手躬身話短長，則他那新媳婦在車兒上。恰便似啞婦傾盃反受殃,咒罵殺王丞相。枉了你存忠盡節,開疆展土,立國安邦。可惜了**春蔥玉指**,**纖腰嫩柳**,錯配鸞凰。

(呂布云)老丞相,端的是怎生也?(正末云)溫侯不知,昨日我請你父親飲酒,題你這椿親事,你父親十分大喜。你父親言道:喚孩兒出來,我看看咱。老夫不合喚出貂蟬來,拜了你父親四拜。你父親見貂蟬有些顏色,誰想這老賊行這等不仁的勾當。今日車兒來到您門首,你父親領着許多人,將貂蟬車兒強邀截的太師府裏去了。溫侯,枉了你是個大丈夫,與妻室做不的個主,要你何用,那裏有個公伯大人,將媳婦兒納爲妻!呸!兀的不羞殺我也。(呂布云)若是丞相不說,我怎生得知,這老匹夫原來行這等不仁的勾當,兀的不氣殺我也!

【般涉調‧耍孩兒】[2]覰了你個呂溫侯本是人中樣,清耿耿名揚四方。虎牢關下顯英昂,貌堂堂不比尋常。你本是個立安社稷擎天柱,平定乾坤架海梁。你有仁義,他無謙讓,你若肯滅賊臣重扶漢室,博得個萬代名揚。

(呂布云)老丞相,董卓這老匹夫好是無禮也。貂蟬與呂布是綰角兒夫妻,董卓是呂布的義父,豈有這般家法?

【二煞】這孩兒高堂款步行,深閨誰見訪。他這般行奸賣俏喬模樣。你當初相逢在王允前廳上,今日被董卓分離在兩下廂。你正是於家不整無名項,全不想臣能報國,那些個夫與妻綱。

(呂布云)老丞相放心,我今夜晚間,若見了貂蟬,問他緣故,我不道的饒了那個老賊哩!

【煞尾】你若肯向天朝無禍危,扶明君有顯昂。你若揚威耀武成名望,則除是**寶劍離匣滅奸黨**。

(呂布云)叵奈這老賊無禮,你強要了我貂蟬,更待干罷。我直到後堂中,尋那老賊走一遭去。(下)(淨董卓領旦兒上,云)今日歡喜殺我也,小的每擡上果桌來,夫人你與我遞一盃酒,我滿飲一盃。(旦兒做遞酒科)(董卓云)我再飲一盃。夫人你也飲一盃。擡了果桌打鋪,我與夫人歇息咱。(做睡科)(呂布上,云)某乃呂布是也。天色晚了也。怎生得貂蟬出來,我見一面可也好也。(旦兒云)這老賊醉了也,我聽的人說,這花園中有一個小角門兒[3],通着呂布的私宅。我試看咱,果然有個小角門兒,我推開這門。(呂布云)這來的莫不是貂蟬麼?我叫他一聲,貂蟬!(旦兒云)兀的不是奉先?(見科,呂布云)兀的不是貂蟬?(旦兒云)呂布也,羞殺我也。我的車兒來到你門首,你父親着許多人將我邀截在他府中去,那裏有個公伯大人納媳婦爲妻,是何道理?奉先,你是個男子漢,頂天立地,嚙齒戴髮,與妻做不的主,要你何用!呸,你羞麼?我是個年少青春一女流,今番說與你因由,總得四海三江水,呸,難洗今朝臉上羞。(呂布云)妻也,我盡知道了。轉過這角門兒,那壁是我宅子,咱兩個那壁說話去來。(旦兒云)不妨事,我趂在這影壁邊。(董卓做醒科,云)夫人,貂蟬,貂蟬!可怎生不見。夫人可往那裏去了也?這小角門兒,可怎生開着,敢往這裏去了,我試尋咱,貂蟬安在?(旦兒云)奉先,兀的不是那老賊來了也。(呂布云)不妨事,我趂在這影牆邊,聽他說甚麼,着這老賊喫我一拳。(董卓云)貂蟬可怎生和呂布說話,莫非這小賊敢行不仁麼?我殺了這廝,呂布少走,喫我一劍。(呂布做打董卓科,云)着去,打倒這老賊也,不中,我與你走、走、走。(下)(董卓做倒科)(旦兒做扶董卓科)(董卓云)哎呀,這小賊打死我也。李肅安在!(李肅上,云)某乃李肅的便是。這早晚更深了,父親呼喚,不知有甚事。(董卓云)李肅,頗奈呂布小賊無禮,貂蟬是我的夫人,這小賊行不仁,將我打倒在地,他走了也。你與我拿那小賊去,小心在意,疾去早來。(李肅云)得令。奉父親的將令,領數騎人馬,擒拿呂布走一遭去。(下)(董卓云)李肅拿呂布去了也,若來時,報復我知道。我渾身疼痛,夫人扶着我,且回後堂中去來[4]。(同旦兒下)

校記

[1]【叨叨令】:原本字跡不清。今從《元曲選》本改。
[2]般涉調・耍孩兒:原本六個字,字跡不清。《元曲選》作"耍孩兒"。今據《太和正音譜》補。
[3]這花園中有一個小角門兒:"有"字,原本無。今依下文補。
[4]且回後堂中去來:原本"且回"之後,有一"去"字,衍。今依文意刪。

第 四 折

(李肅領卒子上,云)太山頂上刀磨缺,北海波中馬飲枯。男兒三十不立名,枉做堂堂大丈夫。某乃李肅是也。王允將貂蟬許了俺父親做夫人,誰想呂布這小賊,欲生歹意,欺枉俺父親,有失尊卑,情理難容,又把俺父親打倒在地。他如今走了也。父親着我領數十騎人馬[1],披袍擐甲,插箭彎弓,務要擒拿住呂布,以雪其恥。小校,我打聽的往這條路上去了,我往前追趕將去來。(下)(正末上,云)老夫王允是也。將貂蟬設這計,未知如何也呵!

【雙調·新水令】空教我兩頭三面用心機，則爲這漢江山半生勞力。偏今宵玉蓮閑漏滴，皓月上窗遲。進步徘徊，動與靜在這才藝。

（正末云）這早晚夜半也，可怎生無個信息來那！

【駐馬聽】董太師燕侶鶯期。歡喜殺肉重千斤新女婿。呂溫侯鷙孤鳳隻，煩惱殺情分兩處舊夫妻。貂蟬女淚珠兒滴滿了紫金盃，呂溫侯怒風兒吹散了鴛鴦會。因此上夜眠遲，我則怕一枝洩漏春消息。

（正末云）老夫關上門，在此悶坐，看有甚麼人來。（呂布上，云）某乃呂布是也。一拳打倒那老賊，他必然差人來拿我來。我且趲在王允丞相宅中，與他商議，我務要殺了這個老賊，纔稱我平生願足。可早來到也，我喚門咱。開門來，開門來！（正末云）這喚門的莫不是呂布麼？這厮敢中計也！

【步步嬌】則聽的敲響宅門言慚愧，我這裏暗暗的深歡喜。氣呸呸的你是誰？如今便夜靜更闌是阿誰？我這裏便問真實。（正末云）我開開這門。（呂布云）老丞相，是你孩兒呂布。他悄可可的半倚着門兒立。

（正末云）溫侯，請入家裏來説話。這早晚有何事到此也？（呂布云）老丞相，因爲那老賊不仁，被呂布打倒了也，我特來與老丞相説知。似這等奸臣賊子，要他何用？我特來商量，我好歹要報了此讐也。

【胡十八】據着這個王允的心，替你個奉先氣。枉了你便斯扶助斯扶持，普天下不似這個老無知。行這般所爲，驢馬的見識。這的是你出氣力出氣力落來的！

（呂布云）老丞相放心，這老賊必死在呂布之手也。（正末云）奉先，咱慢慢的商議，看有甚麼人來。（李肅領卒子上，云）某乃李肅是也。奉俺父親的命，領數十騎人馬，着我擒拿呂布。正趕着不見了，我試看咱，這個是王允的私宅，則怕趲在這裏，我試叫門咱。老丞相，開門來，開門來！（呂布云）老丞相，兀的不是李肅喚門哩，怎生是好也？（正末云）不妨事，你且趲在壁衣後，我開門去。（見科）（李肅云）老丞相是何道理？你的女孩兒與太師，便則與太師；與呂布，便則與呂布，與的不明白，着他父子每胡厮鬧了一夜，呂布把太師打倒也。奉太師的命，着我擒拿呂布來，緊趕着進你這宅子裏來了。你快獻出來，若不獻出來，不道的饒了你也。（正末云）將軍全不想你祖公公李通，在雲臺門聚二十八將，漸臺上誅了王莽，又立起後漢一十二帝。二百餘年天下，多虧了你那祖公公李通。老夫想來，將軍你是忠臣之子，如今在於賊子手下？你久後萬代罵名不朽，連你那祖公公李通忠孝之名都展汙了。想貂蟬本是呂布之妻，董卓見他生得有些顏色，強要了他爲妻。將軍，若你的妻董卓強要了,你意下何如也?(李肅云)老丞相,你若不說呵,我怎得知道。原來是這老賊不仁。呂布哥哥還好,若是白袍李肅呵,殺了那老賊多時也。我若見呂布哥哥,我助他一臂之力,同殺那老賊去。(正末云)呂布你還不出來怎的?(呂布做見科,云)兄弟也,你豈不知就裏也!(李肅云)哥哥,你兄弟不知,原來是這老賊不仁,我助哥哥一臂之力,同殺那老賊去。(正末云)將軍既有此心,跟我見聖人去來。(同下)(吳子蘭領卒子上,云)**除危定亂存忠節,方顯男兒得志秋。**老夫吳子蘭是也。因爲董卓專權,着老夫晝夜無眠,身心不安。今日在此閑坐,看有甚麼人來。(正末同呂布、李肅上)(正末云)老夫王允是也。俺同着呂布、李肅見吳子蘭去。可早來到也。令人,報復去,道有王允同呂布、李肅在於門首。(卒子云)理會的。(做報科,云)報的大人得知,有王允丞相同呂布、李肅在於門首。(吳子蘭云)道有請。(卒子云)理會的。有請。(見科)(吳子蘭云)丞相,此一來有何事商議也?(正末云)今有呂布、李肅擒拿董卓。老夫特來計議。二位將軍,見在門首也。(吳子蘭云)道有請。(卒子云)理會的。有請。(呂布、李肅見科)(吳子蘭云)二位將軍有如此忠孝之心,若擒拿了董卓,名標青史,立萬載不朽之功。小官奏知聖人,自有加官賞賜也。(李肅云)既是這等,大人放心,這老賊不仁,我助呂布一臂之力,擒拿董卓,走一遭去。(同呂布下)(吳子蘭云)老丞相,此計絶妙,可怎得董卓入朝,可也好也?(正末云)可着蔡邕學士請他去,此人必無所疑也。(吳子蘭云)令人,與我請將蔡邕學士來者。(卒子云)理會的。蔡學士有請。(蔡邕上,云)**巧定拖刀計,同心除佞臣。**小官蔡邕是也。大人有請,須索走一遭去。可早來到也,報復去。(卒子做報科)(吳子蘭云)道有請。(卒子云)理會的。有請。(見科)(蔡邕云)大人,喚小官有何事也?(吳子蘭云)今日特請學士商議擒拿董卓。你可請董卓入朝,賺入朝門,若擒拿了董卓,自有加官賞賜也。(蔡邕云)大人放心。俺一壁厢奏知聖人,修寫詔書,小官憑三寸不爛之舌,説董卓務要進朝,就此擒拿,有何不可也。(吳子蘭云)此計大妙,學士小心在意,疾去早來,不敢久停久住,俺同回聖人話走一遭去。(同正末下)(蔡邕云)我出的這門來,説話中間,可早來到太師府門也。我索唤門咱,門裏有人麽?(董卓同李儒領卒子上,云)老夫董卓是也。李儒,是誰唤門哩?(蔡邕云)是蔡邕唤門哩。(董卓云)是蔡邕唤門!李儒開了這角門兒,着他入來。(李儒云)理會的。我開開這門,學士有請。(見科)(董卓云)蔡邕,此一來爲何?(蔡邕做跪科,云)太師,俺衆官商議,今日是吉日良辰,衆官都在銀臺門等候,請太師入朝成其大事也。

（董卓做笑科，云）好、好、好！我都與你重賞封官，將朝服來。（李儒云）理會的。將朝服來。呀、呀、呀！父親今日不可入朝，這朝服都着蟲鼠咬壞了也。此事大不利，父親入朝必然有禍也。（董卓云）蔡邕，我不去。我這朝服遍身都着鼠咬了，我去不的。（蔡邕云）太師，此乃是鼎新革故。（董卓云）怎麼是鼎新革故？（蔡邕云）這個是臣子之衣，到的銀臺門，太師自有那等的朝服，這個是鼎新革故。（董卓云）言者當也。蔡邕説的是，李儒説的不是，開了中門者。（李儒云）理會的。父親禍事也，被蜘蛛羅網罩定府門也，此一去必遭羅網之災也。（董卓云）蔡邕，我不去。這其間必然有詐也。（蔡邕云）李將軍言者不當，這個也喚做鼎新革故，若到的銀臺門成其大事呵，遮羅天下也。（董卓云）學士説的是，李儒説的不是。令人，與我輛起駟馬車來。（李儒云）駟馬車折其一輪，此事大不利。你這一去，敢有去的路，無有來的路也。（蔡邕云）將軍言者不當。這個是太師乘的駟馬車，到的銀臺門，衆官接着，更有五輅之車，這個也是鼎新革故也。（董卓云）學士説的是，李儒説的不是。再言，必當斬首。爾退。（李儒云）罷罷罷！我百般的諫當不從，你此一入朝去，必遭喪身之禍，那其間休説李儒不曾勸你，要我這性命做甚麼？就今日辭別了父親，不如我撞車身死也。（死科，下）（卒子報科，云）報的太師得知，有李儒撞車而死也。（董卓云）嗨，李儒撞車死了也，李儒孩兒也，你好無福也！蔡邕，往那個門裏入去？（蔡邕云）大小官員都在銀臺門裏接待哩。（董卓云）好好好！行來到銀臺門也。蔡邕，可怎生不見一個人來接待我也？（蔡邕云）衆官都在銀臺門裏面伺候着哩。蔡邕先去報知，領大小官員出來迎接也。（董卓云）你也説的是，你先去。（蔡邕云）我入的這門來，令人，關了門者。（下）（董卓云）可怎生蔡邕進去，將門倒關上了！此事有變也，不中，我與你回去。（正末同吳子蘭、蔡邕領卒子上）（正末云）兀那董卓老賊，走的那裏去！爾知罪麼？（董卓云）兀那王允，我有何罪？（正末云）蔡邕，你高高的讀那詔書，兀那老賊你聽者。（蔡邕做讀詔書科，云）奉天承運，皇帝詔曰：朕自興隆掌握皇基，托賴祖先克伏四夷，全憑文武，嗣登寶位。今賊臣董卓專權，欺朕年幼，廣殺群臣，大肆猖獗，謀爲不軌。上命中郎將呂布、李肅等誅殺賊臣董卓，以戒其後，故茲詔示。（董卓云）這事不中也。我與你逃命，走、走、走！（李肅領卒子上，云）兀那老賊，走的那裏去，喫吾一槍。（董卓云）好李肅也。你怎敢刺我那？吾兒呂布安在？（呂布沖上，云）兀那老賊休走，喫吾一戟！（呂布做戟刺科，董卓做倒科，云）呸，好悔氣也！（呂布、李肅做綁住董卓科，衆打得勝鼓科）（吳子蘭云）今日誅了董卓也，聖主萬安,漢世江山如磐石之固,萬載榮昌,多虧了老丞相用計也。

【雁兒落】他下的你下的,你有義他無義。人無害虎心,虎有傷人意[2]。

(吳子蘭云)今日誅了董卓,皆是老丞相之功也。

【掛玉鉤】我則爲漢世江山儘力爲,多虧了你這英雄輩。(吳子蘭云)當初這貂蟬怎生到的這丞相宅中也?怎承望我義女貂蟬是呂布的妻,他不合相調戲。呂布有貫世才,李肅有冲天氣。今日個剿滅了奸臣,顯耀的萬里光輝。

(吳子蘭云)多虧了王允丞相定計,今日個誅了董卓,安了天下,您衆人望闕跪者,聽聖人的命。(衆做跪科)(吳子蘭云)董卓專權施豪勢,背主欺臣行惡意。奸心僥倖更狂爲,納用子妻絶天意。滿門良賤盡誅絶,剉屍萬段梟首級。呂布改正建忠良,封王鎮守交遼地。貂蟬用盡女流心,名標青史三千世。王允極品禄千鍾,不枉了定國安邦連環記。

校記

[1] 父親着領數十騎人馬:"數十騎",原本作"十萬騎"。今依下文改。
[2] 虎有傷人意:"有",原本作"無"。今從王本改。

　　　　　　題目　　銀臺門呂布刺董卓
　　　　　　正名　　錦雲堂美女連環記

關雲長千里獨行

無名氏　撰

解　　題

　　雜劇。無名氏撰。《太和正音譜》《元曲選目》《今樂考證》著録,簡名"千里獨行"。《也是園書目》《曲録》著録,正名"關雲長千里獨行"。均署元無名氏撰。劇寫曹操率大軍攻徐州,打敗劉備、張飛,詐稱備軍,賺開徐州城擄備家室,復至下邳招降關羽。關羽爲保全劉備家室,約定"降漢不降曹"等三事而降。劉備、張飛向袁紹借兵,因關羽爲曹操斬顔良、誅文醜,只得離開袁紹,奪取古城落脚。曹操設宴爲關羽慶功。筵席間,關羽得知劉備、張飛下落,推醉而返,挂印封金,保護劉備家室甘、糜二夫人前往古城。曹操聞知,請張遼商議。張遼設三計擒殺關羽,在甘夫人提醒下,皆被關羽識破,復保二嫂來到古城。劉備、張飛出城,斥關羽背義降曹。關羽及甘夫人辯解,張飛不信。適曹操部將蔡陽奉命追殺關羽至古城,關羽斬蔡陽,劉、張方知其心,兄弟三人喜慶團聚。劇爲旦本。事見《三國志・蜀書・關羽傳》和《三國志平話》卷中《曹公贈雲長袍》《雲長千里獨行》兩節。今存《脉望館鈔校本古今雜劇》本。另有王季烈《孤本元明雜劇》校刻本(簡稱孤本)、隋樹森《元曲選外編》校刻本(簡稱隋本)、王季思主編《全元戲曲》本(簡稱王本)。今以《脉望館鈔校本古今雜劇》本爲底本(稱原本),參閱孤本、隋本、王本校勘,擇善而從。

楔　　子[1]

　　(冲末曹操同張文遠上,開云)幼小曾將武藝攻,馳驅四海結英雄。自從掃滅風塵息,身居宰相禄千鍾。某乃曹操,字孟德,沛國譙郡人也。幼年曾爲典軍校尉,因破黄巾賊有功,官封都尉。後因破吕布、除四寇,累建奇功,謝聖恩可憐，官拜左丞之職。某手下軍有百萬，將有千員。近有劉、關、張無禮，我在聖人根前保奏過，將他加官賜賞。他今不從某調，弟兄三人私奔，暗出許都，直至徐州，殺了徐州牧車冑，奪了徐州。更待干罷。我今奏過聖人，某親自爲帥，著夏侯惇爲先鋒，統領十萬雄兵，直至徐州，擒拿劉、關、張，走一遭去。今朝一日統戈矛，野草閒花滿地愁。拿住三人必殺壞，恁時方表報冤讐。（下）

（劉末同關末上）（劉末云）桑蓋層層徹碧霞，織席編履作生涯。有人來問宗和祖，四百年前王氣家。某姓劉名備，字玄德。二兄弟姓關名羽，字雲長。三兄弟姓張名飛，字翼德。俺三人在桃園結義，曾對天盟誓，不求同日生，只願當日死。俺弟兄三人，自破黃巾賊之後，某在德州平原縣爲理。不期有這徐州太守陶謙，請將俺弟兄三人到此，三讓徐州。某在此後，有淮南袁術遣紀陵軍兵，頗奈呂布無禮，他將俺徐州賺了。俺軍屯於小沛，後被呂布圍了小沛。某着兄弟張飛打此陣去。兄弟三出小沛，至許都問曹丞相借起十萬軍來，破了呂布。曹丞相領俺兄弟三人見了聖人。不想聖人知某名姓，將兄弟三人都封官賜賞，就在許都居住。某暗想曹操奸雄之人，某因此不從他調。俺兄弟三人，暗出許都，來到徐州。有徐州刺史車冑，不順俺兄弟，雲長襲了車冑。某在這徐州鎮守。今日兄弟教場中去了。小校門首覷着，看有什麼人來。（淨扮張虎上，云）朝爲田舍郎，暮登張子房。出的齊化門，便是大黃莊。某姓字不巧，巧字不姓。打一個吹盆，喑了個大甑。我是這徐州衙門將張虎的便是。我當初是這徐州太守陶謙的手將，今佐於玄德公手下。今日差某巡邊境去來。誰想哨著曹丞相大勢軍兵，見在清風嶺安營下寨。我不敢久停久住，報與玄德公知道。小校報復去，說這張虎巡邊境回來見元帥。（卒子云）你則在這裏。（卒子報科，云）喏，報元帥知道，有張虎巡邊境回來見元帥。（關末云）哥哥，張虎巡邊境回來見哥哥，必然有甚麼話說。（劉末云）叫他過來。（卒子云）理會的。叫你過去。（張虎做見劉末科，云）元帥，禍事了也！（劉末云）張虎，禍從何來？（張虎云）今曹丞相領大勢軍，見在清風嶺安營下寨。（劉末云）是誰那般道？（張虎云）小人親自哨着見來。（劉末云）兄弟，我道這曹賊必不捨，今日果然領兵來。如之奈何？（關末云）哥哥，不妨事，不比在那許都[2]，是他的地面。今日這裏，他領兵前來，料想不妨。等兄弟張飛來，再做商量。（劉末云）二兄弟道的是。一壁廂叫小校去教場中請的三將軍來。（卒子云）理會的。（張飛上，云）泰山頂上刀磨缺，北海波中馬飲枯。男兒三十不立名，枉作堂堂大丈夫。某姓張名飛，字翼德，涿州范陽人也。某與俺兩個哥哥，在桃園結義，曾對天盟誓，一在三在，一亡三亡。俺自破呂布之後，聖人加某爲車騎上將軍。爲因曹操奸雄，俺兄弟三人，離了許都，來到這徐州鎮守。今日某正在教場中，聽的小校來報，説道哥哥呼喚，不知有甚事，須索見哥哥去。來到也。小校報復去。（卒子云）喏！有三將軍下馬也。（劉末云）叫過來。（卒子云）理會的。將軍有請。（張飛云）喏，哥哥，呼喚你兄弟有何事？（劉末云）兄弟，今有曹操統領十萬軍兵，在清風嶺安營，離徐州不遠，似此，如之奈何？（張飛云）哥哥，不妨事。道不的個軍至將敵，水來土堰？者麽他那曹操領多少軍將來，您兄弟我和他相持厮殺去。（關末云）住，住，兄弟也，可不道將在謀而不在勇？俺如今假如多有些軍兵，便可與他拒敵。俺如今兵微將少，怎生與他拒敵？（張飛云）哥哥，似起你這般説呵，俺如今不與他交鋒，咱丢了徐州城，走了罷。（關末云）兄弟，不然如此説。我如今有一計。（張飛云）哥哥有何計？（關末云）咱如今分軍在三處，哥哥領着三房頭家小，並大小軍將，守着這徐州；我領着五百校刀手，守着這下邳；兄弟你領着你那十八騎烏馬長槍，守着這小沛。咱就是個陣勢。（張飛云）哥哥，是個甚麽陣？（關末云）兄弟，唤做一字長蛇陣。假若那曹操的軍兵，來圍這小沛，哥哥這徐州軍兵，我這下邳的軍兵，都來救小沛；若圍着下邳，這徐州、小沛兵，可來救這下邳；若是他圍了這徐州城，我和你下邳、小沛的軍兵，可來救這徐州。便比喻這徐州似個蛇身，俺這兩處，便如那蛇頭蛇尾，似這般呵，方可與曹操拒敵。（劉末云）此計大妙。（張飛云）哥也，這計不好，是不是先折了腰。哥哥，我有一個陣。（劉末云）三兄弟，你有何陣勢？（張飛云）哥哥，我這陣勢喚做熱奔陣。（劉末云）怎生喚做熱奔陣？（張飛云）哥也，那曹操偺近遠領將軍兵，來到這裏，安營下寨，也正人困馬乏也。我今夜晚間，領着軍兵，直殺入曹營，尋着曹操殺了也，可不好？我殺他個措手不及，這個陣勢何如？（張虎云）三將軍，你這個陣，不如二將軍的陣勢好。（張飛云）我這陣，怎生不如俺二哥的陣？（張虎云）二將軍的陣，是兵書裏面擇出來的。三將軍，兵書裏面，那裏有個甚末熱奔陣？三將軍委實不好。（張飛云）這厮無禮，我的陣勢不好？小校把這厮推出去，斬訖報來。（劉末、關末做勸科，云）兄弟息怒，俺未曾與曹操交鋒，先殺了一員將，也做的個於軍不利也。且饒他這遭。（張飛云）我若不是兩個哥哥勸了呵，我殺了這個匹夫。把那厮拿過來，洗剝了打上四十，搶出去。（張虎云）頗奈這環眼漢無禮。我好意説他，到打了我這四十。恰纔若不是玄德公勸住了呵，争些兒被這環眼漢殺了。更待干罷。你度我爲讐[3]，我如今投奔曹丞相去，將這計策都說與曹丞相，著他做個準備。拿住環眼漢殺了，那其間便是我平生願足。（下）（關末云）兄弟，你依著我，咱分軍三處好救應。（張飛云）二哥，我好也不離俺哥哥，歹也不離了哥哥。二哥，你自往下邳去，我與俺哥哥領著三房頭家小[4]，守著徐州。二哥哥，你不去罷，我和哥哥今夜晚間，領著軍兵，直至曹營劫寨走一遭[5]。我則殺他一個措手不及。二哥，你則去下邳城去。（劉末云）二兄弟，三兄弟也說的是。俺兄弟兩個共家小在這徐州城，你去保守著下邳。（關末云）既然兄弟堅意要去，兄弟，你則小心在意者。（張飛云）二哥，不是我不道的有失[6]，你則守你那下邳。（關末云）哥哥與兄弟謹守徐州，關羽領著五百校刀手，往下邳去鎮守去也。曹操興師起大兵，三人各自逞英雄。張飛謹保徐州地，今朝獨守下邳城。（下）（劉末云）二兄弟去了也。（張飛云）二哥去了也。哥也，咱今晚間，領著百十騎人馬，偷營劫寨，走一遭去，殺他個措手不及！（劉末做喚卒子請夫人科）（正旦上，云）妾身甘、糜二夫人的便是。正在後堂中，有主公呼喚，不知有甚事商議，須索見主公去。（見科）（正旦云）主公，呼喚俺有何事商議？（劉云前事科）（正旦云）主公，三叔叔這計策不甚好。主公，你休要去罷。（劉末云）計已定了，不妨事。（正旦云）主公，你去則去，則要你小心在意者。（唱）

【正宮・端正好】我則怕他用心機，敢可兀的鋪謀定計，我想這曹操是那智足奸雄，信著俺小叔莽戇多英勇。（帶云）主公，哎！（唱）你則合操士馬、教三軍，明隄備、破曹兵。則怕他排隊伍，暗伏兵。則要你得勝也把他這干戈來定。

（劉末云）這般呵，咱留下些軍兵，緊守著這徐州城，保著三房頭家小，則今晚出城。大小三軍，聽吾將令：人人銜枚，馬須勒嘴，勿得人語馬嘶。則今夜晚間，偷營劫寨，走一遭去。（下）

（曹末上，云）某曹操是也。今領十萬雄兵，來到這裏，離徐州不遠，清風嶺安營下寨。小校喚將張文遠來。（卒子云）理會的。（張遼上，云）筆頭掃出千條計，腹內包藏七字書。小官姓張名遼，字文遠。幼習儒業，頗看韜略之書。先曾在呂布之下為健將，後在於曹丞相手下為參謀。今因劉、關、張弟兄三人不從俺丞相調，私奔暗出許都，來到這徐州，又殺了徐州刺史車冑，佔了徐州。如今俺丞相統領十萬雄兵，親自為帥，與劉、關、張交鋒，今日到此清風嶺安營。丞相呼喚，不知有甚事，須索走一遭去。報復去，說道張遼來了也。（卒子云）理會的。喏！報的丞相知道，有張遼在轅門首[7]。（曹末云)叫他過來。(卒子云)理會的。叫你過去。(張遼做見科,云)丞相呼喚小官有何事?(曹末云)張文遠,今日俺安營在此,離徐州不遠。俺如今怎生定計,擒拿劉、關、張弟兄三人?特喚你來商議。(張遼云)丞相,俺如今見領十萬雄兵,那劉、關、張兵微將少。俺如今將領軍兵,圍了那徐州城,覷他則是一鼓而下,有何難哉!(曹末云)你傳與眾將軍,今日少歇,到明日起營。(張遼云)理會的。小校,轅門首覷著,看有甚麼人來。(張虎上,云)恨小非君子[8],無毒不丈夫。自家張虎的便是。頗奈張飛無禮,我好意的説他,倒打了我這四十。更待干罷!我如今投降曹丞相去。將他那個熱奔陣,我説與曹丞相,交他做個準備,拿住這個匹夫。那其間報了冤讎,便是我平生願足。可早來到也。(卒子云)那裏來的?(張虎云)報復去,道徐州劉玄德手下小將張虎,特來投降。(卒子云)你則在這裏。喏!我報的丞相知道,有徐州劉玄德手下小將張虎,見在轅門首,特來投降丞相。(曹末云)劉備手下小將來投降,必然有話説,教他過來。(卒子云)理會的。俺丞相叫你過去。(淨見科)(曹末云)你是何人?(張虎云)小將是劉玄德手下張虎,特來投降。(曹末云)你爲何來投降於某?(張虎云)丞相不知,俺劉玄德聽的丞相領兵前來,聚俺眾將商議。有二將軍言道,我擺個一字長蛇陣,分三處,劉玄德守徐州,張飛守小沛,雲長守下邳。若曹丞相軍來呵,俺三下裏軍兵好救應。有張飛不肯依他。張飛言道,我擺個熱奔陣。(曹末云)怎生唤做熱奔陣?(張虎云)張飛言道:曹丞相軍馬,偌近遠來到這裏,人困馬乏,他要今晚夜間,領兵來偷營劫寨。小將言道,三將軍,你這計策,不如二將軍計策。張飛怒了,要殺小將。玄德公勸了,打了我四十。小將因此上特來投降與丞相。(曹末云)張文遠,那雲長的計策是好。若劉備依着他呵,將軍分三處,俺是難與他拒敵。(張遼云)丞相,雲長的計雖然好,若不是這張虎來説呵,今晚張飛來偷營劫寨,俺是不做準備。(曹末云)張文遠,這張虎也是個孝順的人。兀那張虎,我如今着你去古城鎮守。那裏面糧多草廣,我教你那裏受用快活去,則今日便行。(張虎云)謝了丞相。今日不敢久停久住,便索往古城鎮守去也。(曹末云)張文遠,今夜晚間,張飛來偷營劫寨,咱怎生做準備?(張遼云)丞相,容易。俺今夜倒下個空營,着懸羊擊鼓,餓馬提鈴,將這十萬軍兵,四下裏埋伏了。等張飛來入的營中,俺這裏一聲信炮響,四下裏伏兵盡舉圍上來,那其間方可拿得張飛。(曹末云)便傳令與軍將,都與我四下埋伏了者。我着那懸羊擊鼓,餓馬提鈴,埋伏四面隱軍兵。拿住張飛必殺壞,方顯曹公智量能。(下)

（劉末同張飛領卒子上）（張飛云）來到這曹營也。這廝每都熟睡着也，待咱殺入去。哥哥，不中了也，劫着個空營也。（劉末云）咱倒干戈走。（曹末領卒子上，云）大小三軍圍了者，休着走了劉備、張飛！（做調陣子科）（劉末、張飛做輸科，慌走科[9]）（同下）（曹末云）衆將休着走了劉備、張飛，咱趕將去來。（下）（劉末慌上，云）如之奈何！我不信二兄弟之言，今日果中曹操的計也！後面曹操趕至，亂軍中又不見了兄弟張飛。來到這河邊，罷、罷，我做個脫殼金蟬計。我將這衣甲頭盔放在這河邊。若曹兵來見了呵，則道我跳在這河裏也。我不問那裏，尋兄弟張飛去也。（下）（張遼上，云）俺緊趕着劉備，又早不見了。兀的不是劉備衣甲頭盔放在河邊，見俺追的近也，跳在這河裏去也。將着這劉備衣甲頭盔，丞相跟前獻功去來。（下）（曹末上，云）某差張文遠趕拿劉備、張飛去了，這早晚不見來。（張遼上，云）某將這個劉備衣甲頭盔，丞相跟前獻功去也。報復去，道張遼回來了。（卒子云）喏，有張遼回來了也。（曹末云）着他過來。（卒子云）叫你過去。（做見科）（曹末云）張文遠，劉備安在？（張遼云）丞相，張遼趕着那劉備到一河邊，將他那衣甲頭盔都脫在河邊，劉備跳在河裏去了。衣甲頭盔，被張遼拿將來了。（曹末云）在那裏？（張遼云）小校將的來，這的便是。（曹末云）正是劉備的衣甲頭盔。劉備跳在河裏，張飛不知所在，眼見都無了也[10]。（張遼云）丞相，雖然這弟兄二人無了，如今還有二將軍雲長哩。此人寸鐵入手，萬夫不當之勇。（曹末云）俺如今怎生拿這雲長？（張遼云）丞相，不可與他交鋒，則可智取。（曹末云）怎生智勝[11]？（張遼云）丞相，如今關雲長在下邳，他那家小都在徐州城中。劉備、張飛和他那些軍校，都被俺殺的無了也。他那徐州城中家小，不知道無了劉備和張飛。俺廝殺了一夜，如今天明也，咱打着他的旗號，必然開門也。那其間咱把他那三房頭家小，擄在營中，却去下邳城招安關雲長去。這雲長文武雙全，他若肯降於丞相呵，可强似得徐州。（曹末云）張文遠，你說的也是。我也有心待要這雲長，說此人好生英雄。咱如今領百騎人馬，打着劉備旗號，去徐州城，走一遭去。（下）

校記

［1］楔子：原本不分折，孤本依劇情與雜劇例分爲楔子和四折。今從。
［2］不比在那許都："比"，原本作"必"。今從孤本改。
［3］你妒我爲讐："妒"，原本作"度"。今從王本改。
［4］我與俺哥哥："與"，原本作"兵"。今從孤本改。

〔5〕曹營劫寨："劫"，原本作"揭"。今從孤本改。本劇下同。
〔6〕不是我不道的有失："道"，原本作"到"。諸本已改，未出校記。今從補記。
〔7〕有張遼在原門首："張"字，原本漏。今從孤本補。
〔8〕恨小非君子："小"，原本作"消"，誤。諸本未改。今依文意改。
〔9〕慌走科："慌"，原本作"荒"。今從孤本改。本劇下同。
〔10〕眼見都無了也："無"字前，原本有一"不"字，衍。今從孤本刪。
〔11〕怎生智勝："智勝"，隋本改為"智取"。亦可。今不從。

第 一 折

（關末上，云）某關雲長是也，守着這下邳城。昨日三兄弟和哥哥，曹操營中劫寨去了[1]。小校，城頭掩着[2]，看有甚麼人來。（曹末同張遼上）（曹末云）某早晨間打着劉備旗號，賺開徐州城門，將他三房頭家小都擄在軍中。俺如今去下邳城，招安關雲長，走一遭去。可早來到城下也。（張遼云）兀那城上軍校，報與您那關將軍知道。有曹丞相在此，請你雲長打話。（卒子云）喏。報的將軍知道，有曹丞相領兵在城下，請將軍打話。（關末上城，云）我與他打話去。丞相，你為何領兵來？（曹末云）關將軍，你卻的不知道哩？為你弟兄每忘恩背義，私奔來到此，我今領十萬雄兵前來。夜來晚間，你那哥哥劉玄德和兄弟張飛，都被某殺了也。（關末云）我哥哥和兄弟，不道的落在你那彀中哩[3]。（曹末云）怕你不信呵，張文遠，將那劉備衣甲頭盔叫過看。（張遼云）小校，將那鞦轡板來吊上去，你試看。（關末云）兀的真個是俺哥哥的衣甲頭盔，可怎生落在他手裏？（曹末云）雲長，你哥哥兄弟，都被我殺了也。你若肯投我呵，聖人根前保奏過，我交你列坐諸官之右；你若不肯投降呵，你那三房家小，被我都拿在營中，你徐州城也被俺佔了。你不降呵，等到幾時？（關末云）我不信。（曹末云）既是他不信，張文遠，將他那三房頭家小領出來，着他看。（張遼云）理會的。小校領過那三房家小來。（正、小旦扮甘、糜二夫人、卒子上）（正旦云）妾身二人，是這甘、糜二夫人的便是。不想玄德公與小叔叔張飛，與曹操交戰，弟兄二人，不知所在。不想丞相詐打俺玄德公的旗號，賺了徐州，將俺三房頭家小，都擄在曹營。今日說二叔叔雲長，在下邳城與曹丞相打話，喚俺去城下，見俺二叔叔去。誰想有這場事也呵！（唱）

【仙呂·點絳唇】俺可便奔走東西，氣冲兩肋，心生計。恨不的插翅如飛,飛不出劍洞槍林內。

（小旦云）姐姐,玄德公信着三叔叔的計策,全不是了也。（正旦唱）

【混江龍】誰想這徐州失利[4],送的俺弟兄子母兩分離[5]。閃殺我也仁慈的玄德,送了我也莽撞張飛。本來也無戰爭平白的起戰爭,你正是得便宜翻做了落便宜。（小旦云）姐姐,你見麼,兀的城頭上不是二叔叔雲長也？（正旦唱）我這裏猛抬頭見二叔叔在城頭上立,曹丞相倚強壓弱,俺如今受困遭危。

（曹末云）張文遠,將他那家小簇在那城下,叫雲長看。（張遼云）二將軍,你見麼？（關末云）真個是我三房頭家小,可怎生落在曹營？嫂嫂,俺哥哥兄弟安在？（正旦云）二叔叔,自你來下邳來,當夜晚間,你哥哥和張飛去劫曹營,不想曹操得知,倒下空寨,四面圍住,軍兵都折了[6]。你哥哥兄弟,不知所在。曹丞相詐打著你哥哥的旗號,賺了徐州,擄的俺到這曹營。叔叔,似這般如之奈何？（關末云）原來是這般。想兄弟那般武藝,可怎生落在他彀中？（正旦唱）

【油葫蘆】則俺這兄弟張飛誰近的？他端的有見識,使一條點鋼槍敢與萬人敵。他便安排着打鳳撈龍計,誰着他便搜尋出劫寨偷營智？（小旦云）姐姐,玄德定計,曹操他怎生便知道來？（正旦唱）曹丞相暗地裏,他可早先準備。打了個拷栳圈圍在垓心內,人和馬怎生走,不能飛？

（關末云）嫂嫂,當初依着關羽呵,今日不道的有失也！（正旦唱）

【天下樂】可正是船到江心補漏遲。（關末云）嫂嫂,如今曹丞相要招安我,我不降他來,則怕曹丞相傷害着你性命也。（正旦云）叔叔,俺可打是麼不緊也。（正旦唱）則這曹也波賊,恐害着你。（關末云）我想哥哥兄弟之情,我怎生歸降他？（正旦唱）你若是不歸降,他怒從心上起。一壁廂統着士卒[7],一壁廂探着陣勢,（云）叔叔,你若不肯投降,曹丞相將俺這三房頭家小,叫聲殺壞了！（唱）你那其間敢眼睜睜怎近得？

（關末云）嫂嫂,我待投降來,想俺兄弟三人,對天盟誓,一在三在,一亡三亡;我若不降來,這三房家小,見在曹營,倘若有些好歹呵,如之奈何？（張遼云）二將軍你見麼？你這三房頭家小,都在俺曹營。你若不降呵,這三房頭家小,怎生了也？（關末云）張文遠,你說與你那曹丞相,他若依我三樁事,我便投降。（張遼云）二將軍,你但言的事,俺丞相都依著。（關末云）我頭一樁,我雖然投降,我可不降你丞相,我是降漢不降曹;第二樁,我和俺哥哥兄弟家屬,一宅分兩院;第三樁,我若打聽的俺哥哥兄弟信息,我便尋去,可不許您攔當。你說去。(張遼云)我知道。丞相,雲長投降,叫丞相依他三樁事,他便降。(曹末云)那三樁事?(張遼云)頭一樁,他降漢不降曹;第二樁,他和他嫂嫂家小一宅分兩院;第三樁,他但是打聽的他哥哥兄弟信息,他便去尋去。(曹末云)這其間知道他那哥哥兄弟有也無,都依的他。開了門,我和他廝見咱。(張遼云)二將軍,俺丞相都依了也。你開門和俺丞相廝見咱。(關末云)小校,開了城門。(曹末云)俺入的這城來。張文遠,教他那三房頭老小與他廝見咱。(張遼云)理會的。請兩個夫人與二將軍廝見咱。(正旦做見關末打悲科)(關末云)嫂嫂,誰想今日有這場也!當初張飛依着我不去呵,無此事也。看了曹兵那般勢大,兄弟是難逃也!(正旦云)想三叔他是一勇性也[8]。(唱)

【金盞兒】刀劍一時催,弓弩似電光飛。伏兵四面一齊起,饒你有通天武藝,怎施威?驟征駞尋家計,插翅走如飛。他可甚鞭敲金鐙響,人和凱歌回。

(曹末與關末相見科)(曹末云)雲長,一別許久也。則今日咱便往京師,見了聖人,將你重重賜賞加官。一壁廂準備車乘,老小每上車。(關末云)嫂嫂,您上車兒先行。(正旦云)多謝叔叔。(關末云)嫂嫂,關羽不敢。(小旦云)姐姐,若不是二叔叔,俺豈有今日也!(正旦唱)

【尾聲】今日個救出我這亂軍中,不枉了結義在桃園內。救了俺這姊妹殘生頃刻,俺便似太山般一家兒倚靠着你。從今後照顧您這親戚。則今後信音稀,要見他容易,則除是一枕南柯夢兒裏。誰想我與玄德公廝離,俺可也是關着前世。玄德公也,你正是要便宜翻做落便宜[9]。(同下)

(曹末云)雲長,則今日咱同到許都,見了聖人,別有加官賜賞。咱則今日班師回程去來。(下)

校記

[1] 曹操營中劫寨去了:此句,原本作"曹操營寨去了"。今從孤本改。
[2] 城頭掩着:"掩"字,原本作"俺"。今從孤本改。
[3] 不道的落在你那彀中哩:"彀",原本作"勾"。今從孤本改。本劇下同。
[4] 誰想這徐州失利:"失利",原本作"失離"。今從孤本改。
[5] 送的俺弟兄子母兩分離:"子母",孤本作"姊妹"。
[6] 軍兵都折了:"折",原本作"析"。今從孤本改。

〔7〕一壁廂統着士卒:"一"字前,原本有一"我"字,衍。今從孤本刪。
〔8〕他是一勇性也:"性",原本作"住"。諸本改,今從補記。
〔9〕落便宜:"便",原本作"更"。今從孤本改。

第 二 折

　　(張飛上,云)某張飛是也。不想被張虎那個匹夫走透了消息,曹操倒下了空營,四下裏埋伏了軍。俺整廝殺一夜到天明,混戰間不見了哥哥,如是奈何?(劉末上,云)不想曹操倒下空營,將軍兵折盡,亂戰不見了兄弟張飛。某到徐州,不想被曹操佔了徐州,可怎生是好?兀的不是兄弟?(張飛云)兀的不是哥哥?(做認哭科)(張飛云)哥哥,你在那裏來?(劉末云)兄弟,我到天明得脫,撞出陣去,往徐州去。不想被曹操打着我的旗號[1],佔了徐州也。(張飛云)似這般怎了?(劉末云)兄弟,咱去下邳,尋二兄弟雲長去來。(張飛云)哥也,咱尋二哥去來。(同下)(淨上,云)帥鼓銅鑼一兩敲[2],轅門裏外賣花糕。烏江不是無船渡,買賣歸來汗未消。某是這古城太守張虎是也。自從降了曹丞相,着某古城守鎮。俺這裏糧多草廣,我每日飲酒快活。小校,看有甚末人來。(劉末、張飛同上,云)事有足詫[3],物有固然。當日俺兩個到的下邳,誰想雲長降了曹操。俺兄弟二人,直到河北,問太守袁紹借起軍來,與曹操交鋒。誰想雲長刺了顏良,誅了文醜。俺兩個瞞著袁紹,私奔離了河北。兄弟,不是俺走的快呵,俺兩個性命不保。(張飛云)哥也。誰想二哥不想咱桃園結義之情,今日順了曹操。(劉末云)兄弟,俺如今往那廂去也。(張飛云)哥也,我聽的前面這古城裏,可是您兄弟打了四十那張虎。這廝走透消息,曹操着他古城鎮守。哥也,俺如今到的這古城,拿住匹夫殺壞了,可不報冤讐?(劉末云)兄弟言者當也。(張飛云)哥也,咱去來。可早來到古城也。兀那城上軍校,叫你那張虎打話。(卒子云)喏,報的將軍知道,城下有兩個將軍,叫着將軍的名姓,交與他打話。(淨云)甚末人來叫我的名字?這廝正是尋死,抹着閻王鼻子,在那裏?(卒子云)在城下面,兀的不是!(張飛云)叫你那張虎來打話。(淨做見科,云)那裏走將他來?(張飛云)兀那匹夫,是你當初走透了消息,今日你可在這裏,更待干罷。你快出來受死。(淨云)罷、罷,事到這裏也,大小三軍跟我來,出城與他交戰。先與我擺下個胡同陣。(卒子云)怎生是湖洞陣?(淨云)我常贏了他便好,若是輸了呵,我便往胡同陣裏走。(張飛云)張虎交馬來。(做調陣子科)(淨云)

不中，我近不的他，走、走、走。（净下）（张飞云）这厮走了，我赶将去。（刘末云）兄弟也，量他个无名的小将，赶他做甚末！兄弟也，咱见今无处归着，这古城中粮多草广，咱在此住些时。那其间咱可往荆州[4]，问荆王刘表借起军来，与曹操交锋，也未为晚矣。（张飞云）可惜走了这厮，我赶上去杀了这匹夫好来。罢、罢，既哥哥说，咱入这古城去来。（同下）

　　（曹操同张辽上，云）事有足诧，物有固然。自从云长降了某，来到这许都，我奏知圣人，封云长寿亭侯之职。某待云长非轻，我与云长上马一提金，下马一提银，每日筵席管待。近日有河北袁绍，遣颜良、文丑为帅，领兵前来，与某交战，被云长百万军中，刺了颜良，又诛了文丑，得胜还营。今日在此安排筵席[5]，犒劳云长。张文远，与我请将寿亭侯来。（张辽云）理会的。（关末上，云）某关云长自到许都，见了圣人，封某为寿亭侯之职。着曹丞相待某甚厚，上马一提金，下马一提银。虽然如此，我心中则是想我那哥哥兄弟，未知有也是无。近日袁绍手下有二将[6]，是颜良和文丑，领十万兵与曹丞相交锋。被某十万军中，刺了颜良，后诛了文丑。今日曹丞相请某赴宴，须索走一遭去[7]。（张辽云）寿亭侯，俺丞相久等多时也。（关末云）报复一声。（张辽云）丞相，寿亭侯下马也。（曹末云）有请。（张辽云）有请。（做见科）（曹末云）呀，寿亭侯鞍马上劳神[8]！（关末云）丞相，关羽托丞相虎威，则一阵被关羽刺了颜良，又诛了文丑也。（曹末云）今日在此安排筵宴，管待将军。左右将酒来，寿亭侯满饮一杯。（做递酒科）（关末云）丞相先请。（曹末云）慢慢的行酒，交寿亭侯尽醉而归。（张辽云）理会的。（净上，云）杀的我那碎屁儿支支的流[9]，我可那里近的他。若不是我走的快呵，险被他杀了。今日来到许都也，到的曹丞相府门首。把门的报与丞相，说古城镇守张虎来见丞相。（卒子做报科）（净做见科）（曹末云）张虎你为何来？（关末做认的科[10]，背云）兀的不是张虎。咳，谁想这厮降了曹操。我则推醉了，我听他说甚末。（净云）丞相着张虎在古城，不想近日间有刘玄德和张飞走将来，将我杀退了，夺了俺古城也。（关末做惊云）元来是我哥哥和兄弟！（曹末云）无也！这厮说差了。张文远，把这厮推出去斩了者！（做斩净科）（净云）好也。我正是躲了点钢枪，撞见丧门剑。（下）（关末推醉科）（曹末云）寿亭侯再饮一杯。（关末醉云）丞相，关羽酒醉了也。（曹末云）呀，呀，呀，寿亭侯是醉了也！张文远，扶着寿亭侯还宅去。（卒子做扶关末下）（张辽云）丞相，寿亭侯无酒也。（曹末云）您怎生知道？（张辽云）一头里不醉，云长一见了张虎说他玄德、张飞，云长就推沉醉。则怕此人要去寻刘玄德、张飞去。

（曹末云）頭裏休放那厮進來也罷。張文遠，你如今宜陽宅看雲長一遭，看雲長一個動静，你可來回話。（下）（張遼云）小官往宜陽宅看雲長，走一遭去。（下）

（甘、糜二夫人上，云）自從俺在徐州失散，俺二叔叔不得已，降了曹丞相。到的許都，聖人封俺二叔叔爲壽亭侯。我和二叔叔一宅分兩院，俺在這宜陽宅住坐。不知玄德公如何。俺姊妹兩個怎了也呵？（小旦云）姐姐，想俺二叔叔如今降了曹丞相，受了封贈。他如今一身榮顯，他那肯想他那哥哥玄德公。這其間知他在那裏也呵！（正旦唱[11]）

【南吕‧一枝花】今日個難除我腹内憂，怎解我眉間皺？我可也心懷家國恨，則我這眉鎖他這個廟堂愁。我可便有信難投，眼睁睁無人救，今日個這凄涼何日休？（小旦云）當日都是三叔叔張飛的不是了也。（正旦唱）你當日逞英雄與曹操做敵頭，則被他倒空營俺着他機縠。

【梁州】則俺這姊妹淹留在許昌，則被那兄弟每失散在徐州。（小旦云）姐姐，俺想玄德公何日相見也？（正旦唱）我想這英雄玄德仁慈厚[12]，他端的忠直慷慨，壯志難酬，豁達大度[13]，納諫如流。我這裏撲簌簌淚滿星眸，俺可便看他何日樂矣忘憂。我、我、我折倒的骨挓挓身似柴蓬[14]，是、是、是俺可也病懨懨黄乾黑瘦。呀、呀、呀俺可便每日家緑慘紅愁。怎生做個解憂？半生勤苦乾生受。俺叔叔花也成蜜也就，可便地久天長怎了救？（小旦云）姐姐省煩惱。俺好歹有一日見玄德公也。（正旦唱）好教我無了無休。

（正旦云）妹子，俺這裏閒攀著話，看有甚人來。（關末上，云）歡來不似今朝，喜來那逢今日？關羽也，我恰纔本無酒，我聽的那厮説我哥哥兄弟在古城，我故意推醉。來到這宅中，有俺嫂嫂逐日煩惱，他則説俺哥哥兄弟不見，每日思念。誰想哥哥兄弟，如今見在古城。我如今到於嫂嫂宅中，我且不説哥哥兄弟還有哩，我則推醉，看他説甚末。報復去，道有關羽在於門首。（報復科）（正旦云）呀，既然二叔叔來了也，叔叔請坐。（關末推醉科，云）嫂嫂，關羽不必坐，好酒也，我醉了也。（正旦云）妹子，你看俺二叔叔好快活也。（關末云）我怎末不快活？我如今封官爲壽亭侯，每日筵宴管待，正好受用也。（正旦云）叔叔你的是也。（唱）

【紅芍藥】你道是新來加你做壽亭侯，（關末云）我上馬一提金，下馬一提銀。（正旦唱）枉受了些肥馬輕裘。這的是你桃園結義下場頭，枉了宰白馬殺烏牛。（關末云）我三日一小宴，五日一大宴。（正旦唱）你每日吃堂食飲玉酒,你全不記往日的冤讎。想着您同行同坐數年秋,到如今一筆哎都勾!

(關末云)我如今官封爲壽亭侯哩!(正旦唱)

【菩薩梁州】今日個你建節來封侯,登時間忘舊。知書的小叔,你可便枉看了些《左傳》《春秋》。我這裏聽言說罷淚交流,弟兄今日難相守,甚日個得完就。誰想你結義賓朋不到頭,則他這歲月淹留。

(關末云)我將這條凳椅桌都打碎了,幔帳紗櫥都扯掉了。

(正旦云)叔叔煩惱了也!妹子,咱與叔叔陪話去來。(唱)

【罵玉郎】則我這心中負屈應難受,不由我便撲簌簌淚交的流。我見他撲登登忿怒難收救。他那裏踢翻椅桌,扯了幔幕,緊揎起那征袍袖。

(小旦云)姐姐,二叔叔不知爲何至怒也?(正旦唱)

【感皇恩】呀,我見他並不回頭,怒氣難收。我這裏自躊躕,自埋怨,我這裏自僝僽。您嫂嫂言語的是緊,叔叔你惱怒無休。我陪有十分笑,叔叔你千般恨[15],我懷着九分憂。

【採茶歌】叔叔你早則么皺着眉頭,休記冤讎。叔叔你與我停嗔息怒。壽亭侯,則你那失散了的哥哥不知道無共有,方信道知心的這相識可也到頭休。

(云)妹子,俺跪著。二叔叔,可憐見俺姊妹二人。(正旦、小旦都做跪科)(關末云)嫂嫂請起。你休煩惱,你歡喜咱。(二旦云)我有甚末歡喜?(關末云)嫂嫂,你不知俺哥哥兄弟見在古城有哩。(正旦云)叔叔,誰那般道?(關末云)嫂嫂,今日曹丞相請我赴宴。有一個張虎來說,我哥哥兄弟殺退了他。哥哥兄弟如今見在古城。我故意推醉,我特來報與嫂嫂知道。(二旦云)[16]是真個?(關末云)是真個。我將曹丞相賜與我的金銀和這壽亭侯牌印,我都鎖在宜陽宅。不分星夜,便出許都。(正旦云)是真個?慚愧也。叔叔,則今日收拾行李,便索長行。(唱)

【尾聲】則你那忠直勇烈依了你口,誰想這劉備、張飛見在有。打聽的兄弟哥哥有時候,忙離了許州,盼不到地頭,俺遙望著千里的這紅塵路兒上走。(下)

(關末云)如今便收拾車乘鞍馬,尋我哥哥,走一遭去也。我驅馳不避路迢遙,我是個忠臣豈肯順降曹?想著俺相隨數載恩情厚,我因此上棄印封金謁故交。(下)

校記

［1］被曹操打着我的旗號："着",原本作"者"。今從孤本改。

［2］一兩敲："一",原本誤爲"二"。今從孤本改。

［3］事有足詫：原本作"事有足濁"。今從孤本改。

［4］那其間："間"字,原本漏。今從孤本補。

［5］今日在此安排筵席："筵"字,原本漏。今從孤本補。

［6］二將：原本作"三將"。今從孤本改。

［7］走一遭去："遭",原本作"曹"。今改。

［8］鞍馬上勞神："神",原本作"身"。諸本改,今從。

［9］碎屄兒支支的流："屄",原本作"庇"。諸本改,今從。

［10］關末做認的科："科"字,原本無。今補。

［11］正旦唱："正旦"二字,原本無。今從孤本補。

［12］我想這英雄："想",原本作"相"。孤本改。今從。

［13］豁達大度："豁",原本作"諮";"大",原本作"太"。今從孤本改。

［14］折倒的骨捱捱身似柴蓬："捱捱",原本作"埋埋"。今從孤本改。

［15］叔叔你千般恨："恨",原本作"哏"。今從隋本改。

［16］二旦云："二"字,原本無。今從孤本補。

第 三 折

（曹末上,云）某着張文遠去看雲長去了,怎生這早晚不見來？（張遼上,云）某乃張文遠是也。奉丞相將令,去宜陽宅看雲長去。不想此人將領着他那三房頭老小,往古城去了也。我索報與丞相去咱。報復去,道張文遠求見。（卒子云）喏！報的丞相知道,有張文遠來見。（曹末云）着過來。（做見科）（曹末云）張文遠,雲長如何？（張遼云）關雲長將丞相賜與他的上馬一提金,下馬一提銀,並他那壽亭侯牌印,都封在宜陽宅內。雲長引三房頭老小,往古城尋玄德公、張飛去了也。（曹末云）誰想雲長領着他家小,往古城尋劉玄德去了。我這般相待,他不辭我去了,更待干罷！喚將九牛許褚來。（許褚上,云）馬不吃草,都把來瘦了。某九牛許褚是也。今有丞相呼喚,須索走一遭。報復去,道有許褚來了也。（卒子做報科）（做見科）丞相喚許褚有甚事？（曹末云）許褚,我喚你來,別無甚事。因爲關雲長背了某[1],將領着他三房頭老小[2]，不辭我往古城去尋劉備去了。我今喚你來商議。（許褚云）丞相，俺如今領大勢軍兵趕上，活拿的雲長來。（張遼云）丞相，咱不可與他交鋒。想雲長在十萬軍中，刺了顏良，誅了文醜，俺如今領兵與他交戰，丞相也，枉則損兵折將。（曹末云）似此怎生擒的雲長？（張遼云）丞相，俺如今則可智取。（曹末云）你有何智量？（張遼云）我有三條妙計。丞相領兵趕上雲長，則推與他送行。丞相若見雲長，丞相先下馬，關雲長見丞相下馬，他必然也下馬來。若是雲長下馬來，叫許褚上前抱住雲長，着眾將下手。第二計[3]，丞相與雲長遞一杯酒，酒裏面下上毒藥。第三計，丞相把那西川錦征袍，着許褚托在盤中，丞相贈與雲長。雲長見了，必然下馬來穿這袍，可叫許褚向前抱住，眾將下手。恁的方可擒的雲長。（曹末云）張文遠此計大妙，料想雲長出不的我這三條計也。則今日領兵十萬，趕雲長走一遭去。我驅兵領將逞英豪，我這三條妙計他決難逃。擒住雲長必殺壞，方顯曹公智量高。（下）（關末引正、小旦上，云）嫂嫂，賀萬千之喜，咱早則出了許都也。（正旦唱）

【中呂·粉蝶兒】則你那途路迢遙，趁西風斜陽古道，催幾鞭行色劬勞[4]。踐紅塵，登紫陌，領着些關西小校。不索辭曹，恨不的一時間古城行到[5]。

【醉春風】你今日棄印覓親兄，你則待封金謁故交。獨行千里探哥哥，似叔叔的少、少[6]。他把你官上加官，祿上增祿[7]，曹丞相傲也那不傲。

（關末云）兀的後面有軍馬至也。（曹末同張遼、許褚上，云）兀的前面不是雲長？（做喚關末科，云）壽亭侯兄弟也，且住者。（關末云）真個是丞相領兵來趕。（正旦云）叔叔，曹丞相領兵趕將來，你小心在意者。（關末云）不妨事。（正旦唱）

【紅繡鞋】曹孟德能施謀略，則要你個關雲長牢把鞍橋，咱可便嘴尾相銜緊隨着。暗暗的便埋着軍將，明明的列着槍刀，可休似徐州城失散了。

（云）叔叔，小心在意者。（關末云）嫂嫂放心，我自知道。（曹末上見住）（做下馬科，云）壽亭侯兄弟也，怎生不辭而去？（關末云）丞相勿罪，我不下馬來也。（許褚云）呀，可早一條計也！（曹末云）將酒來。（許褚做斟酒科）（曹末遞酒科，云）雲長，既然你要去也，你下馬來滿飲一杯。（正旦云）叔叔，你休下馬去！（關末云）嫂嫂，他與咱送路，他有甚末歹意？（正旦唱）

【快活三】則他那餞行的意雖好，鋪謀的智難逃。不妨馬上接了香醪，我與你附耳低低道。

【朝天子】我這裏望著，定睛的覷了，曹丞相百萬軍都來到。據着他與心主意不相饒，折算你誰知道。我見他厚禮卑辭，親捧香醪，這裏面安排下斬人刀。叔叔你暗約，則依着你嫂嫂，則怕他酒裏面藏有機妙。

（關末云）難得丞相好心，丞相先飲過，關羽吃。（曹末云）可怎了？（許褚云）丞相放心吃，我自有解毒的。（曹飲酒科）（許褚云）呀，可早兩條計也！（正旦云）叔叔，我說來麼？（關末云）嫂嫂的是也。（曹末云）許褚，將那錢行禮來。（正旦唱）

【上小樓】他待使些雕心鷹爪[8]，安排下龍韜虎略。他一個個執銳披堅，勒馬橫槍，舉斧輪刀。他將一領錦征袍盤內托，我可便觀了容貌，他那裏曲躬躬一身伏着[9]。

（曹末云）壽亭侯，想咱弟兄厮守許多時，也無甚與你，將這一領錦征袍送與將軍，正好你披。請下馬來穿袍。（關末云）嫂嫂，我如今下馬的是，不下馬的是？（正旦云）叔叔，你不要下馬去！（關末云）我待下馬去，則怕中他的計策；我待不下馬去，可惜了一領錦征袍。你聽者，關羽從來性粗豪，哎！你個賢達嫂嫂莫心焦。上告孟德休心困，刀尖斜挑錦征袍。（正旦唱）

【幺篇】又不向盤內取，則向刀刃上挑。險些兒驚殺許褚，慌殺曹公，諕殺張遼。他每都緊趕着奸雄曹操，我問你那錦征袍要也那不要？

（許褚云）我見他輕輕舉起手中刀，將我登時諕一交。三條妙計都不濟，好也！顛倒丟了一領錦征袍。（關末云）嫂嫂先行，我隨後便趕將來也。（正旦唱）

【尾聲】襲車冑武藝能，刺顏良名分高。用盡自己心，惹的旁人笑。哎，你個奸雄曹操，到陪了西川十樣錦征袍。（下）

（關末云）感謝丞相厚意。丞相之恩，我異日必報也。（曹末云）張文遠，可不活拿了關雲長也！你趕上他，你道俺丞相問你要一件回奉之物，看他說甚末？（張遼云）理會的。雲長且住者！（關末云）你爲何來？（張遼云）俺丞相的令，問將軍要一件回奉之物。（關末云）丞相的恩，我報了也。我與他刺了顏良，誅了文醜，他今日又要回奉之物，我隨身無甚麼值錢物件。我這一去，見了哥哥。我異日借起兵來，與您曹丞相交鋒，我若拿住你曹丞相，我這大刀下饒你丞相一個死，便是回奉。張文遠，你快回去，你若是再趕將來，你見我這手中刀麼？我將你那曹兵都殺盡，要一個寄信的也無。張文遠，你聽者：想着俺桃園結義弟兄情，因此上辭曹棄印與封金。久以後拿住曹公不殺壞，那其間方顯雲長回奉心。（下）（張遼做見曹末科）（曹末云）張文遠，雲長説是麼？（張遼云）小官問他要回奉之物，雲長言稱道，他這一去，見了那玄德公、張翼德，必然領兵來與俺相持。他要丞相呵，那青龍刀下饒丞相一個死。（曹末云）正是：使碎自己心，笑破他人口。罷！交他去。我這一回去，點就一百萬大軍，與劉、關、張交鋒，未爲晚矣。這一去將那百萬軍兵親點校，驅兵領將統戈矛。拿住一人必殺壞，恁時方表報冤讐。（下）

校記

[1] 關雲長背了某："長"字，原本漏。今從孤本補。
[2] 將領着他三房頭老小："領"，原本作"令"。孤本已改。今從。
[3] 第二計："計"，原本作"件"。諸本改，今從。
[4] 催幾鞭行色匆勞："匆"，原本作"區"。孤本已改。今從。
[5] 古城行到："到"，原本作"道"。孤本已改。今從。
[6] 少、少："少"原本有三個。孤本據律刪去一個。今從。
[7] 禄上增禄："增"，原本作"贈"。今依上句句式改。
[8] 雕心鷹爪："鷹"，原本作"雁"。諸本改，今從。
[9] 他那裏曲躬躬一身伏着："着"，原本作"弱"。失韻。孤本改。今從。

第 四 折

（蔡陽上，開云[1]）三尺龍泉萬卷書[2]，皇天生我意何如？山東宰相山西將，彼丈夫兮我丈夫[3]。某姓蔡名陽，字仲威。關西人氏。十八般武藝無有不拈，無有不會。某身披二鎧，刀重百斤，馬行千里，但寸鐵在手[4]，有萬夫不當之勇。某新在佐於曹丞相手下爲上將。今奉丞相的令，爲因關雲長背了俺丞相之恩，領他家小，不辭而去，丞相差某領五百哨腿關西漢直至古城[5]，與雲長交戰鬥刀，走一遭去。大小三軍[6]，聽吾將令：甲馬不得馳驟，金鼓不得亂鳴。不得交頭接耳，不得語笑喧呼。但違令，依軍令決無輕恕。靄靄征雲籠宇宙，騰騰殺氣陣雲高。臨軍略展英雄手，試看今番刀對刀。（下）（劉末同張飛上，云）某劉玄德，自從兄弟張飛殺退張虎，奪了古城。這裏糧多草廣，俺二人權且在此停止。（張飛云）哥哥，不想二哥雲長投降曹操，全不想桃園結義之心，更待干罷。咱如今不問那裏，借起軍來，務要與曹交鋒，雪徐州之恨。（劉末云）兄弟，爭奈咱三房頭老小，不知下落。又聽的人説，與雲長都降了曹操也。三兄弟，則怕雲長聽的俺在此，他必然來也。

（張飛云）哥哥，他戀着那曹操那般富貴，他豈肯來！他便來呵，我也不認他。（劉末云）看有甚末人來。（正、小旦同關末上）（關末云）嫂嫂，你歡喜咱，兀的早望見古城也。（正旦云）二叔叔，一路上煞是辛苦也！（唱）

【雙調·新水令】你保護的俺一家兒姆娌得安康，則他弟和兄這其間別來無恙。叔叔你是那擎天白玉柱[7]，架海的紫金梁。義勇忠良[8]，俺今日團圓日不承望。

（關末云）我到這古城也。把門的軍卒報復去，你道有關羽領着三房頭老小來了也。（劉末云[9]）兄弟也，我道他知道咱在此呵，必然來也。元來兄弟領着三房頭老小來了也。（張飛云）哥，他有甚麼臉兒？我與他打話。（劉末云）咱同見雲長去。（做見科）（關末做下馬科，云）哥哥間別無恙？（劉末云）兄弟，你怎生不想桃園結義之心，因何投降了曹操？（關末云）你兄弟無降曹之心也。（劉末云）我斷然不認你。（正旦云）玄德公息怒，聽妾身說一遍咱！（唱）

【殿前歡】若不是這漢雲長，則為俺這家屬不得已可便詐投降[10]。（劉末云）他受他封官來。（正旦唱）壽亭侯官職無心望，甚的他快樂的這心腸。（云）那一日與曹操飲酒，聽的說主公與小叔叔在此，收拾便行。（唱）他封金印出許都，（帶云）曹操趕至灞陵橋，三計要拿雲長，二叔叔致怒。（唱）險諕殺那曹丞相，錦征袍便斜挑在他刀尖上。（帶云）若不是二叔叔，俺三房頭家小，都落在曹營。（唱）怎能夠那弟兄每完聚，也不能夠今日得這還鄉。

（張飛云）嫂嫂，你替他說謊，也說不過。既然不降了曹操，怎生封你為壽亭侯？直到今日也不認你[11]，有甚末面顏和俺厮見[12]？（劉末云）雲長，你既然不忘了俺桃園結義之心，怎生撇了俺弟兄二人，因何投降了曹操？（關末云）哥哥，您兄弟為這三房頭老小被曹操擄了，您兄弟無計所奈也。（張飛云）你既有兄弟之情呵，可怎生我共哥哥在此古城住許多時，你怎生不來尋我？（正旦云）三叔叔息怒，俺若不是二叔叔呵，那裏取俺性命來也！（張飛云）嫂嫂，我不信他說！（正旦唱）

【川撥棹】你那裏自參詳，張將軍不料量。他那裏說短論長，數黑論黃。斷不了村沙莽撞，你心中自忖量。

（張飛云）你既降了曹操也，你有何面目見俺？（關末云）兄弟，也是我出於無奈也。（正旦唱）

【七弟兄】他可便這厢那厢，他兩個逞能強，怒忿忿豪氣三千丈。他丈八矛輪動怎生當，這青龍刀舉起無遮當。好着我淚兩行。便有些不停當，你心下自參詳,你心下自參詳。

　　【收江南[13]】呀,則你那哥哥兄弟好商量[14],不比你一勇性石亭驛裏摔袁祥。救了俺全家老小得安康。你自便料量,息怒波興劉滅楚漢張良。

　　(劉末云)三兄弟,雲長也則爲咱這三房頭老小也。(張飛云)則請二位嫂嫂來,別的我都不認。(正、小旦做見科)(正旦云)玄德公,俺若不是雲長呵,那得俺性命來!(蔡陽上,云)某矣蔡陽,來到這古城也。眾軍擺開陣者。(張飛云)你道你不順曹操,可怎生蔡陽又領軍來?(關末云)蔡陽這一來,他必來趕我來。兄弟,你不信呵,我如今斬了蔡陽,如何?(張飛云)我不信,蔡陽和你一家,你怎肯殺了他?你若是斬了蔡陽,俺便認你。(關末云)既然是這等,五百校刀手,擺開陣勢者。蔡陽,你爲何來?(蔡陽云)雲長,爲你背了丞相之恩,奉丞相命,特來擒你。(關末云)蔡陽,我與你言定,俺如今頭一鼕鼓響,咱埋鍋造飯;第二鼕鼓響,披衣攛甲;第三鼕鼓響,咱兩個交鋒。(蔡陽云)你去埋鍋造飯去。(關末云)三軍休要埋鍋造飯,與我披衣攛甲者。(交鼓響)(劉末云)張飛,咱看雲長與蔡陽交戰去來。(張飛云)哥也,怎生不交戰發擂那?(關末云)叫蔡陽臨陣。(蔡陽云)我不曾披挂,可怎生便索戰?(做調陣子科云)我斬了蔡陽也。(關末做斬蔡陽科)(劉末云)張飛,兀的雲長不斬了蔡陽也。(張飛云)左右那裏,安排筵席,請二哥來見哥哥。(關末做拜劉末科,云)您兄弟託哥哥虎威,我斬了蔡陽也。(張飛云)哥哥,不枉了真虎將也!受您兄弟幾拜。(正旦云)二叔叔不枉了好將軍也!(唱)

　　【挂玉鈎】他恰纔萬馬千軍擺下戰場,則見他忙把門旗放,顯出那棄印封金有智量。他怎肯扶立起曹丞相,斬了蔡陽,在殺場上。纔聽的摑鼓三鼕,可又早得勝還鄉。

　　(張飛云)兩壁厢敲馬宰牛,做一個慶喜的筵席。(關末云)哥哥,是你兄弟不是了也。(劉末云)兄弟,是您哥哥的不是了也。想兄弟您爲俺三房頭家小,您不得已而降曹操。你雖身居重職,你不改其志,此爲仁也;你不遠千里而來,被張飛與某百般發忿,兄弟你口不出怨恨之語,此爲義也;你棄印封金,辭曹歸漢,此爲禮也;不一時立斬蔡陽,此爲智也;你曾與曹操言定三事,聽的某在此,你將領家小前來,不忘桃園結義之心,此爲信也。據兄弟您仁義禮智信俱全,則今日敲牛宰馬,做個慶喜的筵席。則爲那徐州失散各分張,今日個古城歡會聚賢良。兄弟據着你智勇禮全誰可比,匹馬單刀斬蔡陽。則爲那妯娌賢達世間少,俺兄弟仁義果無雙。俺本是扶持社稷真良將,俺三人永保皇圖帝業昌。

題目　灞陵橋曹操賜袍
正名　關雲長千里獨行

校記

[1] 蔡陽上，開云："蔡陽上開云"之後至下一段賓白，孤本將其置於第三折尾，隋本將其置於第四折開頭。今從隋本。
[2] 三尺龍泉："泉"，原本漏。今從孤本補。
[3] 彼丈夫兮我丈夫："彼丈夫"的"丈"，原本作"大"。今從孤本改。
[4] 寸鐵在手："寸"，原本作"存"。今從孤本改。
[5] 五百哨腿："哨"，原本作"峭"。諸本均改，今從。
[6] 大小三軍："三"，原本作"一"。今改。
[7] 擎天："擎"，原本作"檠"。"檠"一義與"擎"通。爲免歧義，今從王本改。
[8] 義勇忠良："勇"，原本作"男"。孤本已改。今從。
[9] 劉末云：此三字下，原本還有"劉末云"三字，衍。諸本均刪，今從。
[10] 不得已可便詐投降："已"，原本作"倚"。孤本改。今從。
[11] 直到今日："直"，原本作"實"。孤本改。今從。
[12] 和俺厮見：原本作"和你厠見"。今據文意及下文將"你"改爲"俺"；孤本將"厠"改爲"厮"，今從。
[13] 收江南："收"，原本作"喜"。孤本已據曲譜改。今從。
[14] 兄弟好商量："商"，原本作"謫"。孤本已改。今從。

兩軍師隔江鬥智

無名氏　撰

解　題

　　雜劇。元無名氏撰。題名"兩軍師隔江鬥智",《也是園書目》著錄全名"諸葛亮隔江鬥智",《曲錄》著錄全名"兩軍師隔江鬥智",《元曲選目》《曲海目》《曲海總目提要》著錄"隔江鬥智",均未署作者。劇寫周瑜企圖用美人計,將孫權妹妹孫安嫁與劉備,令護送孫安的甘寧、凌統乘機奪取荆州,如此計不成,則令孫安於成親之日刺殺劉備。諸葛亮識破周瑜之計,令張飛將送親的兵馬阻擋於城外,只令孫安和一宫女進城。孫安見到劉備,遂生好感,決意嫁給劉備。周瑜二計落空,又設計乘劉備夫婦回門過江拜見老夫人之機,扣留劉備,以换取荆州。諸葛亮又早識破此計,差劉封過江,借給劉備送暖衣之名,給劉備送信,並有意讓孫權得知,假説曹操爲報赤壁之仇,率兵百萬來取荆州。孫權果然中計,遂放劉備回荆州。周瑜知孫權已放劉備回還,率軍截住劉備夫婦所乘車輛。周瑜跪在車下責怪孫安不該護着夫家,不料車中坐的却是張飛,劉備夫婦早已離去。周瑜被張飛羞辱一場,氣病而回。事見《三國志·蜀書·先主傳》與《三國志平話》卷中《孔明班師入荆州》《吴夫人欲殺玄德》《吴夫人回面》等節。版本今存明臧晉叔《元曲選》本(簡稱原本)、明孟稱舜評點《酹江集》本(簡稱孟本)。另有今人王季思主編的《全元戲曲》本(簡稱王本)。上述諸本題目皆爲"兩軍師隔江鬥智",正名爲"劉玄德巧合良緣"。今以《元曲選》本爲底本,參閲孟本、王本校勘,擇善而從。

第　一　折

　　(冲末扮周瑜領卒子上,詩云)幼習兵書苦用功,鏖兵赤壁顯威風。曹劉豈是無雄將,只俺周郎名振大江東。某姓周名瑜,字公瑾,廬江舒城人也,輔佐江東孫仲謀麾下爲將。方今漢世之末,曹操專權,逼的劉、關、張弟兄三人棄樊城而走江夏。後來諸葛亮過江借兵,我主公助他水兵三萬,拜某爲元帥,黃蓋爲先鋒,在三江夏口,只一把火燒的曹兵八十三萬片甲不回,私投華容小路而走。某使曹仁守南郡[1],叵耐劉備那廝,暗地奪取荆州。想他赤壁鏖兵,全仗我東吳力氣,平白地他倒得了荆襄九郡,怎生干罷?某數次取索,被那癩夫諸葛亮識破計策。如今又生一計,可取荆州,等衆將來時商議。令人,轅門外覷者,若衆將來時,報復某知道。(卒子云)理會的。(淨扮甘寧、丑扮凌統上)(甘寧云)某姓甘名寧,字興霸,本貫江東人氏。這位將軍,乃是凌統。在於吳王孫仲謀麾下。今日元帥呼喚,不知有甚事,須索走一遭去。令人,報復去,道有甘寧、凌統來了也。(卒子報科,云)甘寧、凌統到。(周瑜云)着他過來。(甘寧、凌統做見科,云)元帥,喚俺二將,有何事差遣?(周瑜云)您二將且一壁有者。令人,再去請將魯子敬來。(卒子云)魯大夫,元帥有請。(外扮魯肅上,詩云)赤壁曾將百萬燒,折戟沉沙鐵未銷。區區不勸周郎戰,銅雀春深鎖二喬。小官姓魯名肅,字子敬。祖貫臨淮郡人也。輔佐主公孫仲謀,官爲中大夫之職。自因荆王劉表辭世,某過江去,遇着孔明,問俺借兵。俺主遣周瑜爲帥,敗曹孟德於赤壁之下。不意劉玄德乘機奪了荆襄九郡,只説暫借屯軍,久據不還。俺元帥數次要取荆州,小官勸他且待兵戈稍定,再做商量,爭奈元帥堅執不從。今日着人來請,想必又是這樁事了,須索走一遭去。可早來到轅門之外。令人,報復去,道有魯肅來了也。(卒子報科,云)魯大夫到!(周瑜云)道有請。(卒子云)請進。(魯肅見科)(云)元帥呼喚魯肅,有甚的事來?(周瑜云)大夫,今日請你來不爲別事。某數次取索荆州,被那癩夫諸葛亮氣殺我也。某如今又尋思得一個計策,可取荆州。(魯肅云)元帥,計將安出?(周瑜云)大夫,我想劉備在曹操陣中折了甘、糜二夫人,一向鰥居。有俺主公妹子孫安小姐,可配與劉備爲婚。(做低語科,云)俺如今要得孫、劉結親,那裏是真個結親?則是取荆州之計。俺這裏暗調人馬,等他家不做準備,則説是送親來的,乘機就奪了城門。這個是頭一計。倘若不中,等劉備拜罷堂,着小姐暗裏刺殺劉備,某然後大軍直抵荆州,必能取勝。大夫,你道此計如何?(魯肅云)元帥此計好則好,則怕瞞不過諸葛孔明。(周瑜云)大夫,你放心,那癩夫斷然不能識破。你先去啓過主公,説我這一計要孫、劉結親,暗取荆州。某只在柴桑渡口等候回信,你可疾去早來。(魯肅云)小官則今日便離了大營,稟知主公,走一遭去也。(下)(周瑜云)魯子敬去了也。甘寧、凌統,你二將整點人馬,只等魯子敬來時,我自有調度。(甘寧云)得令！(周瑜詩云)推結親各解戈矛,因劉備與俺爲仇。(甘寧詩云)諸葛亮雖然有計,則一陣立取荆州。(同下)

（外扮孫權領卒子上,云)某姓孫名權,字仲謀,祖居江東人也。累輩漢臣,父親孫堅,爲長沙太守,自從征討呂布之後,各佔其地。某兄孫策,不幸爲許貢降卒射死,傳位於某,如今雄鎮江東八十一郡。某想當日劉玄德被曹操追至江夏,孔明過江求救,某借與他水軍三萬,遣周瑜爲帥,黃蓋做先鋒。赤壁大戰,火燒曹兵八十三萬,片甲不歸。那荆州之地,却不原是俺江東的？却被劉玄德詭計暫借屯軍,因而久據。周瑜數次取索,不能得這荆州,如之奈何？(魯肅上,云)纔離江上,早到朝中。令人,報復去,道有魯肅來見。(卒子云)喏,報的大王得知,有魯肅要見。(孫權云)魯子敬來,必然有甚緊要的事,着他過來。(卒子云)着過去。(魯肅見科)(孫權云)子敬此來,有何事商議？(魯肅云)主公,魯肅這一來則爲周瑜累次要取荆州,多瞞不過那諸葛孔明,今又定了一計。想劉玄德在曹操陣中折了甘、糜二夫人,有主公的妹子孫安小姐,堪配劉備,與他結親。其時暗帶衆將進城,乃是賺城之計。孔明雖有機謀,一定不知就裏。如若不中,着孫安小姐過江時,周瑜另有計策。(孫權云)還有甚的第二計。(魯肅做打耳暗科,云)主公,可是您的。(孫權云)雖然如此,這事我也做不的主。有老母在堂,請來計議定了,再與你說。你且回避咱。(魯肅云)魯肅且回避咱。(下)(孫權云)令人,請出老夫人來者。(卒子云)老夫人,主公有請。(旦兒扮夫人領宮娥上,詩云)自出長沙到石頭,至今猶爲長兒愁。不是仲謀能破敵,誰保江東數十州？老身孫權的母親是也。夫主孫堅,所生二子。長是孫策,次是孫權。有一幼女,是孫安小姐。孫策棄世,是老身主張傳位與弟孫權,執掌江東八十一郡。今日請我老身,不知有甚事來,須索見他去咱。(卒子做報科,云)大王,老夫人來了也。(孫權云)何不早説？我接待去。(做接見科,云)母親,您孩兒接待不着,勿令見罪。(夫人云)仲謀,你請老身來,有何事商議？(孫權云)母親,有一件事。周瑜因數次取不的荆州,他如今定了一計。有我妹子長立成人,尚未許聘。適值劉玄德失了甘、糜二夫人,欲將妹子嫁他。孫、劉結親,使諸葛亮不做準備,俺着軍將跟隨進城,就奪了他城門。此乃取荆州之計。您孩兒孫權不敢擅便,稟母親得知。(夫人云)既然這等,就請妹子出來商議。令人,着梅香傳報,請小姐出來者。(宮娥云)梅香,傳報繡房中,請出小姐來。(正旦扮小姐領搽旦梅香上)(正旦云)妾身乃孫安小姐是也,今日繡房中閒坐,有母親在前廳上呼喚,不知爲着甚事。梅香,俺見母親去來。(梅香云)

小姐也,你這幾日,茶飯懶進,覺的清減了些,却是爲何?(正旦云)梅香,你那裏知道也呵。(唱)

【仙吕·點絳唇】每日家枉費神思,怎言心事?則我這裙兒裎,掩過腰肢。(梅香云)小姐這等瘦了,着梅香沒處猜那。(正旦唱)何曾道半霎兒閒針指!

(梅香云)敢是梅香服侍不中小姐麼?(正旦唱)

【混江龍】論你個梅香服侍,那些兒寒温饑飽不宜時?(梅香云)小姐芙蓉面,楊柳腰,這般標致,誰人近得!(正旦唱)你道我這面呵還賽過芙蓉艷色,這腰呵不弱似楊柳柔枝。有時節將彩綫纂成新樣譜,有時節向綠窗酬和古人詩。常則是嬪風作範,女誡爲師。慵妝粉黛,净洗胭脂。兀那繡簾前幾曾敢偷窺視?(梅香云)老夫人請哩,小姐行動些。(正旦唱)若不是堂前呼唤,我也怎輕出這廳上階址!

(云)可早來到也。梅香,跟我見母親去來。(見科,云)母親、哥哥萬福。(梅香云)小姐正在繡房中着梅香描花樣兒,聽的老夫人呼唤,就來了也。(夫人云)孩兒,唤你出來,只因一件事,要與你計較。(正旦云)母親,是甚的事?與孩兒說咱。(孫權云)母親,唤將妹子出來,與他說了罷。(夫人做悲科,云)孩兒也,說着這事,使我不勝煩惱,因此不好和你說得。(正旦云)哎,母親,好僽僾人也呵。(唱)

【油葫蘆】母親你無語低頭甚意兒?唤我來何處使?(云)梅香,老夫人煩惱,可是爲何?(梅香云)你也不知道,我那裏省得?(正旦唱)敢是那一個潑無知惱犯俺尊慈?(夫人云)孩兒,你哥哥將你許了人家也。(梅香云)就與我也尋一門兒親波。(正旦唱)你把俺成婚作配何人氏?也則要門當户對該如此。(云)哥哥許了甚的人家來?(孫權云)妹子,將你許了人便罷了,不必問他。(正旦唱)端的是誰保親?在幾時?(孫權云)則在這一二日内,就要成這親事哩。(正旦唱)爲甚麼慌慌速速成親事?(孫權云)我則爲荆州九郡,纔想這個念頭。(正旦唱)元來你圖取荆州地免興師!

(夫人云)孩兒,你哥哥要憑着你身上幹大事哩。(正旦唱)

【天下樂】您則待暗結春風連理枝,我這裏尋也波思,好着我難動止。(孫權云)妹子,你休得推託。你那生時年月,我已寫的去了也。(正旦唱)赤緊的老萱堂將我年月時,早送與新婿家,怎再辭?哎,也須揀一個無相犯的好日子。

(云)哥哥,因甚麼將我許了人也?(孫權云)妹子,你不知,聽我說與你。

如今要將你與劉玄德爲夫人。俺那裏是與他結親，正意則要圖他荆州。等你過門之日，俺這裏暗暗的差撥名將，假稱護送，乘勢奪了城門。俺隨後統着大兵，一鼓而下。豈不這椿大事都靠着你妹子身上？你再不要推辭了也。（正旦唱）

【鵲踏枝】只見你喜孜孜把計謀施，也不和我通個商量，匹配雄雌。只就着這送親的將士，穩情取賺城門不待移時。

【元和令】我這裏勸哥哥要三思，怕瞞不過諸葛亮那軍師。萬一個被他識破有參差，可不把美人圖乾著使？（孫權做耳喑科，云）妹子，若此計不成，又有一計。只等劉玄德拜罷堂，回到卧房裏面，你平日侍婢們都是佩着刀劍的。你覷個方便，將他刺死，不怕荆州不歸我國，這就是你的功勞。我當替你別選高門，重婚俊傑，也不誤你一世。（正旦唱）哎，我只道你甚機謀節外會生枝，元來只要我轉關兒將他陰刺死。

（云）哥哥，只怕此計不中麼？（唱）

【後庭花】我本待誦雎鳩淑女詩，怎着我仗龍泉行劍客的事？你只怕耽誤了周元帥在三江口，哎，怎不想斷送我孫夫人一世兒？（孫權云）妹子，你則依着我做，我若不取了荆州，不爲丈夫！（做怒科）（夫人云）孩兒，你哥哥惱了也，你只依着他罷。（正旦云）母親，你孩兒知道，只憑哥哥自家做去便了。（唱）哥也你直恁的便怒嗤嗤，綽起了紫髯髭。我如今並不的推三阻四，任哥哥自主之。將母親即拜辭，就佳期赴吉時，便新婚恰燕爾。

（孫權云）妹子既許了這親，明日就着子敬説親去，看劉備怎麼回話？（正旦唱）

【青哥兒】哥也你道是明朝、明朝遣使，就問他討個、討個言詞，不圖他羊酒花紅半縷絲。這壁是吳國嬌姿，那壁是漢室親支，情願倒賠家私，送上門兒。香嫋金獅，酒泛瓊卮，抵多少笙歌引至畫堂時！那其間纔稱了你平生志。

（夫人云）孩兒，你既然許了這門親事，其中就裏，也還要與哥哥仔細計議，休得後悔。我先回後堂去也。（詩云）匹配良姻自作保，早將親事應承了。縱把荆州索取來，也須慮道耽誤孩兒怎的好？（下）（孫權云）妹子，你與母親且回房中去，我就擇個吉日，着魯肅過江，題這門親事去也。（梅香云）我就跟姐姐出嫁罷。（正旦云）哥哥，我知道了。（唱）

【賺煞】哥哥，哎，只怕你未解的腹中愁，早添上些心問事。從今後惹起干戈不止，怎靠得這不冠帶的男兒某在斯！（梅香云）姐姐，常言道：姻緣姻緣,事非偶然。這椿兒親事,也是天緣註定哩。(正旦唱)這姻緣甚些天賜?且因而勉强從之,免的道外向夫家有怨詞。(孫權云)妹子,只要你小心在意,休走漏了消息也。(正旦云)哥哥,你妹子知道。(唱)雖則你圖爲造次,我可也聰明無二,怎肯把軍情洩漏了一些兒。(下)

　　(孫權云)妹子回後堂去了。既然商量停當,令人,快請魯子敬到來。(卒子云)魯大夫有請!(魯肅做見科,云)主公議論的事體定了麽?魯肅便要回元帥話去,他立等着哩。(孫權云)子敬,恰纔禀了老母,連我妹子也都依允了。便煩你做媒,過江説親去。着周瑜預備軍馬,奪還荆州,豈不是萬全之計也?(魯肅云)既然商量停當,魯肅便見元帥回他話者。(做下科)(孫權云)子敬,你且轉來,我再叮囑你幾句。你見了劉玄德,只説我家妹子志氣倜儻,容貌端莊,堪可匹配皇叔,做個夫人。自今孫、劉結親,免動干戈,豈非兩家之福?只等劉玄德依允了,我就擇定吉日,親送妹子,直到荆州界上。小心在意,疾去早來。(詩云)爲荆州日夜勞神,不奪取誓不回軍。(魯肅詩云)周公瑾暗施巧計,故意使孫劉結親。(同下)

校記

[1]某使曹仁守南郡:按曹仁爲曹操麾下,此有誤。

第 二 折

　　(周瑜同甘寧、凌統領卒子上)(周瑜云)某周瑜,爲取荆州,暗定一計,要將主公妹子孫安小姐許配劉玄德爲夫人。外面見得兩國結親,暗中就帶着軍將,則裝送親,使他不做準備,乘機奪取荆州。料諸葛亮癩夫不能參透此計。如今日期將近,須先着魯子敬到荆州,預報他送親日子,我這裏好分撥諸將。(甘寧云)前日魯子敬往荆州説親時,聞那劉玄德頗有不允之意,倒是諸葛亮再三攛掇。眼見元帥妙計,堪可瞞過諸葛,穩取荆州也。(魯肅上,云)小官魯子敬,自從周公瑾着小官啓過主公,説這孫、劉結親之事,幸得夫人、小姐都已允諾。回了元帥的話,可又着我到荆州親爲媒證。剛説的停當,又着我回主公話去。往往來來,走了一個多月,至今頭目還是昏眩的。今日元帥又着人來請,真個做媒的好辛苦也!令人,報復去,道有魯大夫下馬也。(卒子報科,云)喏,報的元帥得知,有魯大夫來了也。(周瑜云)道有請。(卒子云)請進。(見科)(魯肅云)元帥,喚魯肅來有何公事?(周瑜云)

大夫,請你來別無他事。你前日到荆州去與劉玄德説親,兩家已都允了。如今主公選定吉日,送小姐過門去。那劉玄德家還不知道這個日子,再煩你大媒先去通知,着他家準備花燭,等小姐結親。此外我自有計策。你只今便過江去,小心在意者。(魯肅云)元帥,尊命,小官不敢推辭。則今日便去荆州,與劉玄德家説知去也。(下)(周瑜云)魯大夫去了也。甘寧、凌統聽令,你二將各點五百精兵,夾着小姐翠鸞車前往荆州。他那裏有人阻當,只説是老夫人差來中途護送的。進了城乘勢奪下南門,我親統大軍,隨後便至,休得違誤者。(甘寧云)得令。俺二將只今點就一千精兵,去江岸口護送小姐翠鸞車去來。(詩云)俺二將護送新人,元帥令敢不依遵?(凌統詩云)隨鸞車直抵荆郡,暗奪了鐵裏城門。(下)

（周瑜云)二將去了也。我想孫安小姐若肯依我這二計,怕不穩穩的取了荆州九郡!大小三軍,聽吾將令:牢守大營,勿得有失。某自統精兵三萬,接應二將去來。(下)(外扮諸葛亮上,詩云)漢家王氣已將終,鼎足三分各自雄。周瑜枉用千條計,輸與南陽一臥龍。貧道覆姓諸葛,名亮,字孔明,道號臥龍先生,寓居南陽隴中。自從劉玄德弟兄三謁茅廬,請貧道下山,拜爲軍師,貧道曾言先取荆州,後圖西川,爲三分鼎足之勢。前者劉表在時,屢次將荆州讓與主公。我主公是個仁德之人,不聽貧道之言,堅讓不受。劉表死後,他次子劉琮投降曹操,這荆州遂爲曹操所據。却被貧道親過江東,借他軍馬,在那祭風臺上,祭得三日三夜東風,只一把火將曹兵八十三萬都燒死赤壁之下,逼的曹操私投華容小路而走,我主公依舊取了荆襄九郡。可奈周瑜道是前番曾領兵助俺破曹,現在柴桑渡口紮營,數次設計圖取荆州,盡被貧道識破,不能如意。我量那周瑜怎生出的貧道之手?如今他又生一計,要得孫、劉結親。貧道已允諾的他去了,今日須請主公和衆將來計議此事。令人,只等主公、衆將來時,報復知道。(卒子云)理會的。(净扮劉封上,詩云)我做將軍慣對壘,又調百戲又調鬼。在下官名是劉封,表德喚做真油嘴。自家劉封是也。父親劉玄德如今得了這荆州之地,俺孔明軍師委實有神機妙算,只一陣燒的那曹操往許都一道烟也似跑了。若是我在陣上,還比他跑的快些。今日俺軍師升帳,有事計較,不得我去主張,也成不的。令人,報復去,道我大叔來了。(卒子報科,云)劉封到。(劉封做勢科,云)他不來接我也罷,我自過去。(做見科,云)軍師,我劉封來了也。(諸葛亮云)劉封,且一壁有者,待衆將來全時,貧道自有計議。(外扮趙雲上,詩云)威震華夷立大功,當陽猶自説英雄。百萬軍中携後主,則我是真定常山趙子龍。某姓趙名雲，字子龍，乃真定常山人也。本公孫瓚部將，後於青州遇着劉玄德，投其麾下。曾在當陽長坂，與曹操大戰三日三夜，百萬軍中抱得後主回還。曹操稱我子龍一身都是膽，信不虛也。叵奈江東周瑜數次取索荊州，被俺孔明軍師識破。他今屯軍在柴桑渡口，還不能捨此荊州之地。軍師升帳，多咱議這事來，某須索見軍師走一遭去。令人，報復去，道有趙雲來了也。（卒子報科，云）趙雲到。（趙雲進見科，云）軍師，某趙雲來了也。（諸葛亮云）子龍，且一壁有者。（外扮劉玄德同末關羽、末張飛上）（劉玄德云）小官姓劉名備，字玄德，乃大樹樓桑人也。祖乃漢景帝玄孫中山靖王之後。兩個兄弟，這是蒲州解良人，姓關名羽，字雲長；這是涿州范陽人，姓張名飛，字翼德。俺同在桃園結義。自破呂布之後，向在許都輔佐聖人，有曹操與小官不和，因此出了許都，暫借樊城居住。三請孔明軍師下山，燒屯博望，鏖兵赤壁，殺的曹操片甲不歸，方纔取的這荊襄九郡，住紮軍馬。二弟、三弟，今日軍師請俺，不知甚事，須索走一遭去。（關羽云）大哥請。（張飛云）大哥，據我老三料這周瑜匹夫，累累興兵來索取俺荊州地面，如今在柴桑渡口安營紮寨，其意非小。今日軍師升帳，大哥須要計較此事，不要做了馬後炮，弄的遲了。（劉玄德云）三弟，這周瑜之事，軍師自有妙算。令人，報復去，道我弟兄三人來了也。（卒子云）喏，報的軍師得知，主公和二將軍、三將軍都來了也。（諸葛亮接見科，云）貧道孔明，接待不及，勿令見罪。（劉玄德云）軍師軍機重務，勞苦了也。（諸葛亮云）主公，眾將都來全了。貧道有一件緊要的事，要與主公計議咱。（劉玄德云）軍師有何高見？（諸葛亮云）昔日曹兵陣上，主公失了甘、糜二夫人，至今劉禪無人看管。如今孫權使人過江，說有孫安小姐，年紀相當，要孫、劉結親。貧道亂言這門親事正當相配，未知主公心下如何？（劉玄德云）軍師，此一樁事，某不敢主張，問俺眾將，莫非是周瑜之計麼？（諸葛亮云）主公放心，此事貧道已料過了，今日必有吳國人來也。（魯肅上，云）小官魯子敬，奉周公瑾暗取荊州之計，着小官再到荊州報知小姐過門吉日。可早來到了也。小校，報復去，道有江東魯肅來見。（卒子云）喏，報的軍師得知，有吳國魯肅大夫來見。（諸葛亮云）請進來。（卒子云）請進。（魯肅進見科，云）軍師，前者周公瑾元帥差小官說孫、劉結親之事，幸蒙允諾。（諸葛亮云）大夫，貧道這裏已準備停當，則等回報小姐過門吉日哩。（魯肅云）軍師，今日玄德公眾將在此，俺主公就着魯肅權做個撮合山媒人。報知軍師，只今日是個大吉日子，俺主公差人送小姐過江，軍師須要接待咱。（諸葛亮云）大夫不必分付，貧道已準備多時了。三將軍，你近前來。（張飛云）軍師，張飛有。

(諸葛亮做打耳喑科,云)可是恁的。(張飛云)得令。(下)[1](卒子擡正旦車同甘寧、凌統、梅香佩刀上)(正旦云)妾身孫安小姐是也,俺哥哥送俺來荊州結親。甘寧、凌統,如今來到那裏了?(甘寧云)小姐,這裏離荊州不多遠了。(正旦唱)

【中呂·粉蝶兒】見了些江景淒淒,蕩洪波不分一個天地,望前程尚隔着霧鎖烟迷。只見那野鷗閒、堤草合,不由我心間留意。俺哥哥爲荊州將我分離,安排着許多姦計。

(甘寧云)小姐,到那裏須索要小心些。(梅香云)俺小姐不要你分付,他好不精細哩。(正旦唱)

【醉春風】不索費叮嚀,我從來識道理。見他時自有巧機關,我着他可也喜、喜。那一個掌親的怎知道弄假成真,那一個說親的早做了藏頭露尾,那一個成親的也自會拿粗挾細。

(凌統云)遠遠的望那荊州城外許多人馬,定是接待俺們的了也。(梅香云)凌將軍,我從來不曾出外,你待諕我麼?(正旦云)是好一座城池也呵!(唱)

【迎仙客】你看桑麻映日稠,禾黍接天齊,(甘寧云)皆因荊州九郡,地廣民富,俺主公以此不能棄捨。(正旦唱)這荊州我親身、我親身可便到這裏。你看那地方寬,民富實,端的是錦繡城池,無福的難存濟。

(甘寧云)可早來到南門外了。前哨,報復去,說俺吳國衆將送孫安小姐到了,快開門者。(卒子報科,云)喏,報的三將軍得知,有吳國衆將送親到了也。(張飛云)小校,止放小姐一輛翠鸞車、梅香一騎馬進來,其餘吳國衆將都停住城外,不許放進一個。說我老張親自在此。(卒子云)得令!兀那吳國軍將聽着:三將軍分付,止放小姐一輛翠鸞車、梅香一騎馬,其餘不許進來。(甘寧云)不放俺軍將進城?我親自見三將軍去。(做見張飛科,云)三將軍,俺們送小姐來,都是要討喜酒吃的,怎麼不放俺進去?(張飛云)兀那吳國軍將,您非送親而來,我知您周瑜的計策,故來賺俺的城門。如有一個進來,我一槍一個。(梅香云)這個環眼漢利害,小姐,我們回去了罷。(正旦云)甘寧、凌統,您回去罷,我和梅香自進城中去也。(甘寧云)既是這等,俺們不要在這裏。喜酒沒得吃,還要惹場沒趣,不如回去了罷。(凌統云)甘將軍,你說的是,便索回元帥話去來。(詩云)周公瑾用盡心機,諸葛亮未動先知。不曾吃半瓶喜酒,乾惹下一場是非。(下)(張飛云)擡車的跟將我來,等我先報復去。(做見科)(云)哥哥,有嫂嫂翠鸞車已到門上,我將送來的吳將都攔回去了。(劉玄德云)兄弟,我已知道。(魯肅云)既然小姐到了,小官迎接去。(諸葛亮云)俺們都接待去來。(魯肅同眾做接見科,云)小姐請下車,眾將都在此接待哩。(梅香云)魯大夫,休諕着小姐,等我扶將進去。(梅香做扶正旦科)(眾跟隨科)(魯肅云)小姐,如今無大似你的人,你同玄德公拜了天地,然後眾將參見。(諸葛亮云)趙將軍,一壁廂安排酒果者。(趙雲云)小校,抬上果桌來。(卒子云)理會得。(梅香扶正旦同劉末拜天地科)(諸葛亮云)將酒來,我先送一杯。(諸葛亮做遞酒與劉玄德科,云)主公,滿飲一杯喜酒咱。(劉玄德云)動勞軍師,某飲咱。(劉玄德飲酒科)(眾將做拜科)(諸葛亮與正旦遞酒科)(云)夫人,滿飲此一杯。(正旦云)大夫,此位是誰?(魯肅云)此位便是軍師諸葛孔明,道號叫做臥龍先生。小姐,把體面相見者。(正旦做接酒回酒科,云)軍師先請。(諸葛亮云)不敢,夫人請。(梅香云)你兩個再一會兒不吃,我便吃了也。(正旦唱)

【普天樂】我則見瑤筵前,擺列着英雄輩。一個個精神抖擻,一個個禮度委蛇。那軍師有冠世才,堪可稱龍德。覷他這道貌非常仙家氣,穩稱了星履霞衣。待道他是齊管仲多習些戰策,待道他是周呂望大減些年紀,待道他是漢張良還廣有神機。

(諸葛亮云)貧道再送酒者。(劉玄德云)不必動勞軍師。二弟,你替軍師送酒。(關羽云)軍師請自在,三弟執壺,關某把酒。(張飛云)您兄弟知道。(做執壺科)(關羽遞酒科,云)哥哥先飲一杯。(劉玄德做飲酒科,云)我飲乾了也。(關羽云)嫂嫂滿飲一杯。(正旦云)魯大夫,這兩位是誰?(魯肅云)這兩個一位便是關雲長,一位便是張翼德。(正旦云)是好虎將也呵!(唱)

【十二月】看了他形容動履,端的是虎將神威。想我那甘寧、凌統,比將來似鼠如狸。可知道劉玄德重興漢室,却元來有這班兒文武扶持。

(關羽云)夫人,這喜酒當飲一杯。(正旦唱)

【堯民歌】呀,我見他曲躬躬雙手捧金杯,喜孜孜一團兒和氣藹庭闈。不由我不立欽欽奉命謹依隨,拚的個醉醺醺滿飲不辭推。我今日須也波知周瑜你好沒見識,怎不的觀時勢?

(正旦做飲酒科,云)妾身飲了酒也。(劉封云)你每則管裏勸酒,我還不曾拜母親哩。(劉封做拜科,云)母親,您孩兒有些不成器,早晚要你照顧咱。(劉玄德云)梅香,你且和小姐回後堂中去。(梅香云)小姐,俺先回後堂中去來。(正旦云)魯大夫,你回去對哥哥說,等我對月回門之日,我見母親,自有話講。(魯肅云)小官知道了。(正旦背云)我看劉玄德生的目能顧耳,兩手過膝,真有帝王儀表,以爲丈夫,也不辱抹了我孫安小姐。(唱)

【耍孩兒】從來不出閨門裏,羞答答怎便將男兒細窺?則我這三從四德幼閒習,既嫁雞須逐他雞。只見他目睛轉盼能過耳,手臂垂來直至膝。赤帝子真苗裔,暫時間蛟龍蟠屈,少不得雷雨騰飛。

(云)我只笑那周瑜好癡也!你自家没智識索取荆州,却將我送到這裏。你須要做的功勞,我爲甚來倒替你守寡一世?(唱)

【三煞】不甫能射金屏中雀來,只索便上秦樓跨鳳歸,也是我婦人家自爲終身計。你只爲一時功效猶難遂,却將我百歲姻緣竟不提。那個肯無番悔?你使着這般科段,敢可也枉用心機。

(云)我哥哥好狠也。這一座荆州,直恁的中用?把我許了人,又要我去害他。難道你妹子害了一個,又好另嫁一個?哥哥,虧你就下的那!(唱)

【二煞】想着我同胞的能有幾?我大哥哥又不到底。提起來尚兀自肝腸碎。我母親呵,可憐永日萱花晚,哥哥也没甚傍枝棠棣稀。怎不顧親生妹?倒着我明爲嫁送,暗奪城池。

(云)我想母親也曾勸來,着我只依着哥哥做事。這不是割捨的我,也只爲哥哥做下主意,斷然挽回不得,我如今自有個道理。(唱)

【煞尾】怕只怕母兄上别了情,愁只愁夫妻上傷了美。從今後做了個弄丸的宜僚,我只從中兒立直,着他兩下裏干戈再不起。(同梅香下)

(諸葛亮云)夫人回後堂中去了也。魯大夫,再飲一杯酒,歸見吳王,煩替俺主公多多拜上。(魯肅云)軍師,小官酒勾了也。如今孫、劉結親,做了唇齒之邦,永息干戈,實爲萬幸。小官今日就回主公話去。多多攪擾,容謝,容謝!(諸葛亮云)大夫,管待不周,惶恐,惶恐。若見周元帥時,則說柴桑渡口去此不遠,貧道不得躬候,千萬勿罪。(魯肅云)領命。小官告回江東去也。(詩云)周公瑾設計無休,諸葛亮識破情由。今兩姓結爲唇齒,看何日得取荆州。(下)(諸葛亮云)主公,這孫、劉結親之事,是周瑜要襲取荆州的計策,被我參破了。料他不忿,必然又生甚麼計策來。今孫夫人初到,請主公自回後堂中與夫人飲宴慶賀,容貧道别有調度。(劉玄德云)有勞軍師費心。兩個兄弟在此聽令,俺回後堂中飲宴去也。(下)(諸葛亮云)二將軍。(關末云)軍師,着關某那廂使用?(諸葛亮云)二將軍,你去漢陽各路整點人馬,專等我有驅遣之處,疾來聽令者。(關羽云)則今日奉軍師將令,便往漢陽各路整點人馬,走一遭去。(詩云)美髯公威震江東,整精兵準備交鋒。任周瑜心腸使碎，俺軍師談笑成功。(下)(諸葛亮云)子龍。(趙雲云)軍師，着趙雲那厢使用？(諸葛亮云)子龍，你去新野等處整點人馬，專等我有驅遣之處，疾來聽令者。(趙雲云)得令，則今日便往新野等處，整點人馬走一遭去。(詩云)俺軍師妙算通神，笑周瑜枉結姻親。若到我荊州城下，早將頭納下轅門。(下)(諸葛亮云)劉封近前聽令。(劉封云)等了我這一日，元來也用着我大叔。(諸葛亮云)劉封，與你五百人馬，把守南門。小心在意者。(劉封云)得令，則今日領五百人馬，緊守南門，走一遭去。(詩云)劉封好本事，上陣膽包身。若見周元帥，將他打斷筋。(下)(諸葛亮云)三將軍隨着貧道，早晚自有撥調的去處。我想周瑜這一計，眼見的又不成功也。他若再生別的計策，貧道也不愁他。(詩云)羽扇綸巾一孔明，梁父歌吟信口成。(張飛云)周瑜，周瑜，休誇妙計高天下，只教你賠了夫人又折兵。(同下)

校記

[1] 下：原本無(下)科的提示。今依劇情補。

第 三 折

(周瑜領卒子上，云)某周公瑾是也。自赤壁鏖兵大戰，折了某大將黃蓋，倒被劉備佔了俺家荊州九郡。今某設下孫、劉結親之計，暗差甘寧、凌統二將，只推送親，奪下城門，便來飛報。怎麼這早晚還不見一個消息？好惱人也。(甘寧同凌統上)(甘寧云)某是甘寧，這是凌統。奉元帥的將令，去送孫安小姐，恰纔回來。此間是轅門外，令人報過，我等徑入。(見科)(甘寧云)元帥，甘寧、凌統回來了也。(周瑜云)你二將奪下荊州城門不曾？(甘寧云)元帥，俺二將送親剛到城門口，有張飛當住去路，說道：「我知您等之計，推送親來賺俺城門。則放進小姐翠鸞車和梅香進來。您吳將若有一個進城，我一槍一個！」爺，這張飛的槍好不快哩！早是俺二將走的快，略遲些也着他一槍兒了。(周瑜云)嗨，這癩夫是強也，兀的不氣殺我麼！(凌統云)元帥不必賭氣，俺江東有八十一郡錦繡封疆，便不圖他這荊州，也盡勾受用哩。(周瑜云)我怎生捨的這荊州？等魯子敬來呵，某又有一計。這早晚魯子敬敢待來也。(魯肅上，云)小官魯子敬，過的江來。這柴桑渡口正是周元帥大寨。令人，報復去，道有魯肅來了也。(卒子做報科，云)喏，報的元帥得知，有魯大夫來了也。(周瑜云)道有請！(卒子云)請進。(魯肅見科)(周瑜云)

大夫,那癩夫諸葛亮說甚麼來?(魯肅云)元帥,那諸葛亮先使張飛把住城門,當住俺吳將。小官隨小姐至荊州王府,當日拜了堂,小姐十分歡喜,想是看的劉玄德中意,這二計都成不得了也。元帥,咱不取他荊州也罷。(周瑜云)大夫,某怎生捨的這荊州?你再去啓知主公,這對月之時,取劉備同小姐回門拜見老夫人來。我這裏使衆將把住江口,不放劉備過江。若還俺荊州,萬事全休。不然,就殺了劉備,興兵攻取荊州。此計如何?(魯肅云)元帥好計策,則怕孔明不肯輕放劉備過江來。(周瑜云)大夫,你則依着某禀知主公去。這癩夫那裏識的此計?(魯肅云)小官領命。(詩云)周公瑾獨霸江東,諸葛亮妙算無窮。你兩人隔江鬥智,單勞我奔走匆匆。(下)(周瑜云)魯子敬去了。這一計定然取了荊州。甘寧、凌統!(甘寧云)元帥,要俺二將那廂使用?(周瑜云)撥與你二人各五千人馬,等劉備過江之時,把住江口,不許放他回去。小心在意者。(甘寧云)得令!(周瑜云)某這一計叫做賺將之計,且看那癩夫怎生對付我來。(詩云)三分國龍蛇一混,恨諸葛神謀廣運。若劉備到俺江東,穩取了荊州九郡。(同下)

(諸葛亮領卒子上,云)貧道孔明是也。可奈周瑜無禮,數次定計,被某識破了。前日又着魯子敬來,請俺主公同孫安小姐回門,過江拜老夫人。貧道也不推辭,着主公過江去了。那周瑜的計策則要留住俺主公,不放過江,撥換了荊州。嗨,周瑜也,你怎生出的貧道之手?令人,喚將劉封來者。(卒子云)劉封安在?(劉封上,詩云)劉封本領欠高強,纔說交鋒便躱藏。每日家中無甚事,跟著油嘴打釘忙。自家劉封的便是。有我父親劉玄德,因孫、劉結親,前日是個對月,過江回門去了。今軍師喚我,不知有甚事。令人,報復去,道我大叔來了也。(卒子報科,云)劉封到。(劉封見科,云)軍師叫我怎麼?(諸葛亮云)劉封,今主公過江去了數日,你送些暖衣去,就帶我這錦囊去。裏面有一封書,休着別人見。你近前來。(做打耳喑科,云)你與主公穿衣時,悄悄送這錦囊,教主公袖了。再打個耳喑,教主公酒散只裝醉,掉下錦囊,等孫權拾去,自有妙計。小心在意者。(劉封云)我知道了。正要去耍子哩,則今日過江送暖衣,帶了錦囊,走一遭去來。(下)(諸葛亮云)劉封去了也。令人,喚三將軍來者。(卒子云)三將軍安在?(張飛上,云)某張飛是也。可奈周瑜定下孫、劉結親之計,被俺軍師識破,前日又請俺哥哥、嫂嫂拜門去了。今有軍師呼喚,須索走一遭去。令人,報復去,道有張某下馬也。(卒子報科,云)三將軍到。(張飛做見科,云)軍師,呼喚張飛那廂使用?(諸葛亮云)三將軍,貧道與你一計,去漢江邊迎接主公并孫安小姐翠鸞車。你近前來。（做打耳暗科，云）可是恁的。（張飛云）得令，則今日領了人馬，江邊接待哥哥、孫安小姐，走一遭去。（詩云）既結爲唇齒之邦，沒來由故惹刀槍。鸞車內聊施巧計，着周瑜一氣身亡。（下）（諸葛亮笑科，云）周公瑾，你怎生出的貧道之手？你待賺我主公過江，撥換荆州，貧道偏要着你孫權自送主公回來，直氣的你死哩[1]！（詩云）周公瑾枉施三計，反受我一場嘔氣。這的是自送殘生，只可惜把小喬孤單半世。（下）

（夫人同孫權領卒子上，云）老身孫權的母親是也。有我女兒孫安小姐配與劉玄德爲夫人，今日是對月，他來拜見老身。我說多着劉玄德住幾日，纔放他過江去，也見郎舅的情分。仲謀，筵宴齊備了麼？（孫權云）母親，筵宴齊備了也。孩兒取玄德公過江來拜見母親，正意只要撥換荆州哩。他到此數日，尚缺管待。令人，與我請將玄德公來者。（卒子云）理會的。（劉玄德上，詩云）不知就裏伏神通，孔明令我到江東。幾時得摔破玉籠飛彩鳳，頓開金鎖走蛟龍？某劉玄德，自從孫、劉結親，有魯子敬來請某過江拜見老夫人。某欲待不來，有軍師說：不妨事，則管裏過江去，貧道自有計策。來此已經數日，不放回去。今日吳王相請，須索走一遭去。令人，報復去，道有小官來了也。（卒子做報科，云）喏，報的大王得知，有劉皇叔來了也。（孫權云）快有請。（卒子云）請進。（劉玄德見科，云）老夫人，量劉備有何德能，敢勞如此重待！（孫權云）玄德公恕罪，等我妹子來時行酒。（正旦領梅香上，云）妾身孫安小姐，自從結親之後，又經一月有餘。今日母親、哥哥在前廳安排筵宴，管待俺劉玄德，我須索見母親去來。（梅香云）小姐，梅香先看了來，他擺設的花攢錦簇，好大大的筵席也！（正旦云）梅香，這席面莫不是楚霸王的鴻門宴麼？（唱）

【商調·集賢賓】則俺那畫堂中攢簇的來件件兒好，你看那鋪净几列佳餚。齊臻臻銀屏也那繡褥，韻悠悠鳳管的這鸞簫。（梅香云）小姐，則請的姐夫一位，怎生安排的這等豐盛也？（正旦云）你那裏知道。（唱）那裏是錦上添花？衒一味笑裏藏刀。他將那一片狠心腸早多時排下了，（梅香云）今日筵席上可少着姐夫吃酒，免的醉了，又着梅香扶侍他哩。（正旦唱）梅香也怎參透這段根苗？則他那愁懷猶未解，怕不的酒力也難消。

（梅香云）姐夫心中可想些甚麼那？（正旦唱）

【逍遥樂】想則想荆州消耗，與他那結義的人兒，這幾日離多來會少。（梅香云）比及姐夫想他每兄弟呵，可着他回去了罷。（正旦唱）你說的來好沒分曉，俺哥哥有妙計千條，則待取霸圖王在這遭。（梅香云）既然主公不肯放姐夫去,着他悄悄的走了罷。(正旦唱)怕不要安排歸棹?倘或的驅兵追趕,兀那一片長江,何處奔逃?

(梅香云)小姐也要自家做個計較。且見老夫人去來。(正旦做見科,云)母親萬福,哥哥萬福。(夫人云)孩兒,則等你來行酒者。(孫權云)令人,抬上果桌來者。(卒子云)理會的。酒到。(孫權云)母親先飲一杯。(夫人云)我先飲這杯酒。(做飲酒科)(孫權云)再將酒來,這一杯酒玄德公飲。(劉玄德云)恭敬不如從命,某領這杯酒也。(孫權云)這一杯酒該妹子飲。(正旦云)哥哥請。(孫權云)妹子請。(正旦唱)

【梧葉兒】哥哥當尊重,敢動勞,則見他金盞泛香醪。(孫權低云)妹子也,這一杯酒則要你見功者。(正旦唱)但飲酒只說酒中事,怎又傷我的心着我心下惱?(孫權云)妹子,你惱做甚麼?飲了這杯酒者。(正旦背唱)我背地裏將這酒兒澆天地,也只願的俺兩口兒夫妻到老。

(做飲酒科)(孫權云)令人,接了盞者,酒慢慢的行。(劉封上,云)自家劉封。奉軍師的將令,着我送暖衣過江來與我父親。我帶着個包袱兒,只等筵席散後,就將這桌面包了家去吃。可早來到也。令人,報復去,道有劉封到此哩。(卒子云)喏,報的大王得知,有劉封求見。(孫權做背科,云)劉封此一來却爲何事?玄德公,有你那劉封來見你哩。(劉玄德做醉科,云)老夫人,某酒勾了也。(孫權云)玄德公醉了。妹子,這劉封來此怎的?(正旦云)哥哥,我不知道。(孫權云)妹子差了也。你怎生推不知道?你則實說,劉封此一來却是爲何?(正旦唱)

【金菊香】哥哥你道我過門來事事有蹊蹺,則你這兩下裏機關不甚巧。(孫權云)妹子,我當日與你計較的事,你幾曾依我一些兒來?(正旦唱)若有那歹心兒天覷著,則願你早放他還朝,也免的動槍刀。

(孫權云)令人,着劉封過來。(卒子云)劉封,主公喚你哩。(劉封做見科,云)我劉封見父親來的日子多了,天色寒冷,我爲送暖衣過來。這桌面上吃不了的,也該散些我吃。(孫權云)哦,你原來爲送暖衣。劉封。你父親醉了也。(劉封云)哦,我還不曾唱喏哩。老奶奶唱喏,母親唱喏。俺父親醉了也。父親,劉封送暖衣在此。(劉玄德做醉科,云)老夫人,劉備酒勾了也。(劉封云)母親,我家老子怎麼吃的這等醉了?你叫他一聲。(正旦云)劉封,你且不要叫他,等我問你幾句話咱。(劉封云)母親問我甚麼?(正旦唱)

【醋葫蘆】你那裏群臣喜共憂?(劉封云)軍師們都好好的,沒甚麼憂。(正旦唱)事情歹共好?(劉封云)我們荊州一個低錢買個大饃饃,這個便是事情。(正旦唱)則您那雲長、翼德敢心焦?(劉封云)俺兩個叔叔終日喝酒快活,則不心焦。(正旦唱)則怕他急煎煎盼着音信杳。爲着個甚些擔閣?我怕您無人處將我廝評跋。

(劉封云)父親醉了,只是打盹哩,母親叫他一聲兒。(正旦云)等我叫他。玄德公,劉封送暖衣在此。(劉玄德做偷看劉封科,云)小姐,某飲不的酒了也。(正旦唱)

【幺篇】他眼朦朧恰待開,對着人不敢瞧。則他那巧機關在腹內暗藏着。(孫權云)小姐,你扶起劉玄德來,與他穿上暖衣,再飲幾杯咱。(正旦唱)你教我扶將他起來把衣換了。他正是醉人難叫,(劉封云)父親,你這一睡到幾時也?(正旦唱)他直睡到明月上花梢。

(云)玄德公,你換了衣服者。(劉玄德做醒科,云)哦,夫人,你叫劉封過來。(正旦云)劉封,你見父親咱。(劉封做見科,云)父親,劉封送暖衣到這裏也。(劉玄德云)劉封,將暖衣來我換。(劉玄德做穿科)(劉封做遞錦囊科,云)父親,這個錦囊收了者。(孫權做背科,云)哦,一個錦囊兒。(劉玄德做袖科)(劉封做打耳暗科,云)父親,仔細着。(劉玄德云)我知道。(正旦云)這事好蹊蹺也呵!(唱)

【幺篇】他耳邊廂悄悄的言,心兒裏暗暗的曉。不爭你把我廝瞞着,怎知我這些心地好。(劉封云)母親,看俺父親咱。(正旦唱)我怎肯將他來違拗,我須是忠臣門下女妖嬈。

(劉玄德云)劉封,你回去罷。(劉封云)酒也不曾吃的一鍾兒,就着我回去。老奶奶、母親休怪,我過江去也。(詩云)軍師差我送暖衣,順風順水疾如飛。平空走了數千里,眼看筵前只忍饑。(下)(孫權背科,云)劉封去了也。恰纔遞與劉玄德一個錦囊,一定是封書。劉玄德已是醉了。妹子,你凡事不肯依我,這一封書,你好歹與我看一看咱。如今着梅香且扶的劉玄德歇息去了,妹子,你暗地拿將書來,我看書中詳細,依舊還你。這些小事,你也不依我?母親,劉玄德醉了,着梅香扶他歇息去。(夫人云)梅香,扶玄德公歇息去者。(梅香云)姐夫,你醉了,我扶你歇息去罷。(孫權云)玄德公,明日再會也。(劉玄德做唱喏科,云)多謝、多謝、攪擾、攪擾。(做掉錦囊科,下)(孫權做拾錦囊科,云)天假其便,我可可的拾着這錦囊兒。劉備,你合敗也。我拆開這書來看咱。我說是一封書麼。(做念科)諸葛亮書奉玄德公座前開拆。自過江之後,衆將各安,勿勞記念。今有曹操爲赤壁之恨,點集大兵百萬,要來攻取荆州。如書到日,主公且慢回來,等貧道分撥衆將,緊守各處關隘,早晚便過江問吳王再借些軍馬,共拒曹操。一者江東衆將,都是舊識;二者孫、劉結親,又添上這一重親眷,必然無阻。此書勿泄於外。諸葛亮書。哦,原來如此!我留他在這裏做甚麼?不如放他回去,只不借兵與他,等曹操殺他不好?妹子,則今日收拾了行李,就與玄德公回荆州去罷。(正旦云)謝了哥哥也!(夫人云)仲謀,你爲甚麼就着他兩個回荆州去了?(孫權云)母親不知。(孫權做打耳喑科)(夫人云)既然如此,只憑你罷。(正旦唱)

【浪裏來煞】你那裏擔着愁,我這裏倒含些笑,只待做了脱金鈎東海冠山鰲。(孫權云)妹子,你則今日就起身罷。(正旦唱)你還怕我有心留戀著?只望俺那荆州疾到!便排下那幾千番筵席,你也休的再來邀。(同夫人下)

(孫權云)誰想周瑜枉用了一場心。若是諸葛亮過江來,俺一定又要借與他軍馬。便好道覆車之轍,前一番錯了,如今又錯不成?只就今日將劉玄德同我妹子放他回去,有何不可?(詩云)一心望把荆州勒要,不想又曹兵來到。早放他玄德渡江,也免得借兵聒噪。(下)

校記

[1] 直氣的你死哩:"的你"二字,原本作"你的"。今依文意改。

楔　　子

(劉玄德引祗從上,詩云)急離江東趲路歸,荆州還隔彩雲偎。鰲魚脱却金鈎釣,擺尾搖頭再不回。某劉備自到江東,已經旬日。孫權意欲將我拘留在國,索換荆州。昨日孔明着劉封推送暖衣,故墜錦囊,賺某還家。孫權不知是計,即日打發俺夫妻二人上路。到得江口,被甘寧、凌統當住,虧俺夫人喝退,放了過來。不覺已近漢陽了。此去荆州不遠,只怕周瑜知覺,領兵追趕,急難脱身。怎生得一枝接應軍馬來,可也好也!(卒子攛旦車子上)(旦云)玄德公,着從者行動些,俺早到荆州咱。(劉云)恰纔這江口吳將攔路,不是夫人喝退,怎麼能勾過來?這裏已是漢陽江口,是俺荆州地方了。雖則如此,還怕周瑜來追哩。(旦云)玄德公放心,諸葛軍師必有主張。兀那蘆葦叢裏有軍馬來,敢是你家兵也。(張飛領卒子上,云)某張飛是也。奉軍師將令,到這漢陽地面迎接哥哥。兀那遠遠望見,不是哥哥來也?(見科)(劉玄德云)三弟,你來了也。俺軍師有甚麼話說?(張飛云)哥哥,請嫂嫂下車,上了馬,先回荆州去。這是軍師的將令。(張飛做打耳喑科,云)可是恁的。

（劉玄德云）我知道了也。夫人請下的這翠鸞車，換上了馬，和俺先回荆州去，留三將軍在後護送。（正旦做下車、上馬科，云）三叔叔，你小心在意者。（張飛唱）

【仙呂·賞花時】我着你換上青驄前路發，這早晚周瑜没亂殺。再休來俺面上弄奸猾，憑着俺單槍也那隻馬，則着你都不得好還家。

（劉玄德同正旦、梅香下）（張飛云）小校，牽着我的馬，待我上的這翠鸞車，自在的坐坐。小校，擡動些。（周瑜同甘寧、凌統上）（周瑜云）某周公瑾，甫能賺得劉備過江來，不想主公為甚麽就放他回去了。更待干罷！甘寧、凌統！（甘寧、凌統云）元帥有。（周瑜云）我着你兩個把住江口，你怎敢違我將令，放他過去？（甘寧云）俺兩個怎麽肯放？把守的似荷包口兒緊緊的。有孫安小姐說道，奉老夫人、吳王的令旨，況且小姐平日好個性兒，老夫人又向着他，便是元帥自在那裏，也不敢阻當，何況小將！（周瑜怒科，云）哎！你豈不聞：將在軍，君命有所不受？我的將令，管甚麽孫安小姐！如今權饒你，將功折罪，點起人馬，隨我追趕去來。（追科）（甘寧云）兀那前面行的，不是小姐翠鸞車？元帥親自趕上，問他個回去的緣故，可不好那？（周瑜做下馬跪科，云）小姐，某周瑜定了三計，推孫、劉結親，暗取荆州。今日甫能請的劉備過江來，拿住他不放回還，這是某賺將之計。怎麽這江口上小姐倒叱退了衆將，放劉備走了？着某甚日何年得他這荆州？你護你丈夫家，也不該是這等。（張飛做揭簾子科，云）兀那周瑜，你認的我老三麽？好一個賺將之計，虧你不羞。我老三若不看你在車前這一跪面上，我就一槍在你這匹夫胸脯上戳個透明窟籠。（周瑜做氣科，云）原來是張飛在翠鸞車上坐着，我枉跪了他這一場。兀的不氣殺我也！（做氣倒科）（甘寧云）三將軍，俺元帥箭瘡發了也。（張飛云）我不殺他。你扶這匹夫回營中去。（甘寧、凌統扶周瑜下）（張飛云）周瑜，眼見的你這一氣，無那活的人也。哥哥、嫂嫂前面去遠了。小校，擡着車兒慢慢的走。將馬過來，待某趕上，先見軍師回話去來。（下）

第 四 折

（諸葛亮領卒子上，云）貧道諸葛孔明。因周瑜要取荆州之地，請玄德公拜門，不肯放過江來。我着劉封送暖衣，就帶一個錦囊去。我料孫權定放主公即日回來也，早遣三將軍江邊接應去了。貧道安排下筵席，與主公、夫人拂塵。這早晚敢待來也。(劉封上,云)自家劉封。過江送暖衣去,俺父親正吃酒醉了,整整的餓了我這一日。我如今見軍師去。(卒子報科,云)劉封到。(劉封做見科,云)軍師着我劉封送暖衣並錦囊去,父親着我先回來。那孫家裏擺的好席面,只是我劉封沒造化,單只看的一看,做了眼飽肚中饑哩。(諸葛亮云)劉封,這也算你的一功了。(劉封云)多謝軍師。(劉玄德上,云)某劉備自過江住了十數日,多虧軍師之計,就當日孫仲謀着某同夫人回荊州來,江邊迎着張飛兄弟接應。俺先將夫人送回後堂中去了,我見軍師去咱。(卒子報科,云)喏,報的軍師得知,有主公來了也。(諸葛亮云)主公回了,俺迎接去來。(見科)(劉玄德云)軍師好妙計,孫權一見了書呈,就着俺過江來了。(諸葛亮云)主公請坐,待衆將來全了時,一同慶功飲酒。(關雲長同趙雲上)(關羽云)某關雲長,這是趙子龍。奉軍師將令,着往樊城、新野各處整點人馬。聽知俺大哥過江拜門,今日回來了。子龍,俺和你見哥哥去來。(趙雲云)二將軍請,令人,報復去,道有關某同趙子龍下馬也。(卒子報科,云)二將軍、趙將軍到。(二將做見科)(關羽云)軍師,俺關羽同趙雲在樊城、新野等處整點人馬回來了也。(諸葛亮云)二位將軍少待,等三將軍來時,與主公、夫人慶功飲酒。(張飛上,云)某張飛奉軍師將令,接應俺大哥回來。令人,報復去,道有張某來了也。(卒子報科,云)三將軍到。(張飛見科,云)軍師,張飛在江邊接著哥哥,先打發嫂嫂換上了馬,同大哥自回荊州,某就坐在嫂嫂翠鸞車上。周瑜領兵趕上,跪在車前,所説他取荊州之計,被某揭起簾子,羞辱了他一場,那周瑜一口氣氣的撒然倒地,扶的回營去了。這早晚多咱死也。(諸葛亮云)三將軍成此大功,可喜,可喜！主公今日回了,兩國孫、劉結親,又保守了荊州之地。貧道設一大宴,請孫夫人來慶賀咱。(關羽云)軍師説的是。令人,傳入後堂,請嫂嫂出來飲宴者。(卒子云)夫人有請。(正旦上,云)妾身孫安小姐,今日同玄德公復還荊州,軍師會衆將排宴,論功慶賞,非同容易也呵！(唱)

【雙調·新水令】聽的個東君今日綺筵開,則俺這美前程世間無賽。想當初要荊州通使去,捨了個親妹子度江來。若不是巧計安排,怎能勾錦鴛鴦得寧耐？

(正旦見科)(諸葛亮云)夫人來了。主公請就坐咱。(劉玄德云)您衆將,這幾時若不是軍師妙計,俺豈得復回荊州也！(諸葛亮云)此非貧道之能,衆將之力,一來託賴主公洪福,二來多虧夫人賢德,方得俺兩家罷兵。令人,擡上果桌來者。(卒子云)理會的。酒到。(諸葛亮云)貧道先與主公、夫

人送一杯,然後衆將以次而飲。(諸葛亮做遞酒科云)(正旦唱)

【沉醉東風】我只見衆公卿歡容滿腮,齊臻臻把果桌忙擡。畫堂中音樂諧,寶鼎內香烟藹,祝千秋磕頭禮拜。不知道赤壁東風大會垓,可似這今朝奏凱?

(諸葛又遞酒科,云)夫人滿飲此杯。(正旦云)軍師先請。(諸葛亮云)不敢,夫人請。(正旦唱)

【沽美酒】見軍師送酒來,空折殺女裙釵。多虧你決勝成功將相才,與妾身有何擔帶?敢勞動這酬待?

(諸葛亮云)夫人,飲過這酒者。(正旦云)妾身領這杯酒。(做飲酒科)(劉玄德做遞酒科,云)將酒來,我與軍師敬一杯。(正旦唱)

【太平令】合謝你軍師元帥,只這一封書促你回來。識破了千般成敗,杜絕了他十分毒害。這一場布擺,喝采,是誰的手策?呀,保護得荊州安泰。

(劉玄德云)衆將斟上酒,多要盡醉方歸也。(衆飲酒科)(關羽云)嫂嫂,想當初周公瑾怎生用計,要取索荊州?你是說一遍,與俺衆將聽咱。(正旦唱)

【錦上花】要取荊州,人人無奈。則有個周瑜,逞盡狂乖,定下機關,送親過來。囑付我的言詞,揚揚不採。

(張飛云)若不是嫂嫂賢達,俺哥哥險此兒中了他的計策也。(正旦唱)

【幺篇】非干賤妾賢,凡事要明白。未入門楹,先納降牌。既做姻親,怎好亂猜?咱這裏歸伏,他乾生計策。

(諸葛亮云)似夫人大德,端的少有。(正旦唱)

【碧玉簫】這也是天數合該,姻緣綫牽來。夫妻有情懷,永遠得和諧。願皇圖萬萬載,保封疆弭禍災。御酒釃,宮花戴,長似這筵前宴樂無妨礙。

(諸葛亮云)你衆將跪下者,聽主公與你叙功賜賞。(詞云)貧道本壟上遺民,遇明主三顧殷勤。在軍中運籌決策,長則是羽扇綸巾。借荊州暫屯人馬,奈東吳索取頻頻。屢設計皆爲參透,故遣使議結姻親。賺過江陰圖謀害,錦囊至立送回輪。張翼德雖然粗魯,翠鸞車假作夫人。將周瑜當場恥辱,箭瘡裂一命難存。關雲長雄略蓋世,趙子龍大膽包身。便劉封不曾臨陣,往來間亦有功勳。玄德公漢朝枝葉,孫小姐出自名門。正相應天緣匹配,排筵席慶賀長春。諸將佐加官賜賞,一齊的拜謝皇恩。(衆謝科)(正旦云)俺玄德公呵。(唱)

【收尾】他本是漢皇帝室親支派,少不得將吳魏併做了劉家世界。顯得俺卧龍的諸葛十分能,笑殺那短命的周瑜剛則一時歹。

    題目 兩軍師隔江鬥智
    正名 劉玄德巧合良緣

劉關張桃園三結義

無名氏 撰

解 題

　　雜劇。元明間無名氏撰。《今樂考證》著録正名"劉關張桃園三結義",《也是園書目》《曲録》亦著録正名"劉關張桃園三結義",均未署作者。劇寫蒲州州尹臧一貴欲謀自立,請關羽爲帥。羽憤而殺之,逃往涿州范陽。一日往張飛肉店買肉,搬動張飛用以壓刀的千斤巨石。張飛回店得知,往客店相訪,拜羽爲兄。關張二人再遇劉備,邀入酒店共飲,拜其爲兄。三人遂於城外桃園,殺牛宰馬,祭告天地,立誓"不求同日而生,只願同日而死","共輔漢朝之基業"。後受皇帝詔,討黄巾。事見《三國志·蜀書》中的《關羽傳》《張飛傳》及《三國志平話》中的《桃園結義》一節,但故事情節不同。版本今有《脉望館鈔校本》(簡稱原本),該本爲末本四折,鈔本無標點,曲文不分正字、襯字。另有王季烈《孤本元明雜劇》本(簡稱孤本)、王季思主編《全元戲曲》本(簡稱王本)。今以《脉望館鈔校本》爲底本,參閱孤本、王本校勘,擇善而從。

頭　　折

　　(冲末外扮關末上,云)曾把黄公三略讀,數年久困在鄉間。常將武藝頻習練,喜看《春秋》《左傳》書。某姓關名羽,字雲長,乃蒲州解良人也。某幼而勇猛,神眉鳳目,髯垂三綹,身長九尺二寸。平生正直剛强,文武兼濟。喜看《春秋》《左傳》,觀其亂臣賊子,心生惱怒。使一口青龍偃月刀。争奈時還未遂,功名未成。方今漢靈帝即位,豪傑並起,紛紛離亂,故且隱於鄉里,待時守分。因本州官吏貪財好賄,酷害黎民,常有不忿之意。今日無甚事,長街市上,一者閒行,二者尋訪賢良,有何不可? 志節冲霄膽氣高,平生忠義豈矜驕。除危定亂安天下,報國虔誠輔漢朝。(下)(净扮外官領張千上,云)州縣爲官顯智謀,科差糧草共田疇。當權勢要人驚懼,黎庶稱呼百里侯。某姓臧雙名一貴,官拜蒲州州尹之職。如今是漢朝靈帝即位,天下豪傑並起,各霸其境。黎民逃竄,禾稼不收。好生的饑饉,十分的艱難。惟有我這蒲州一郡,桑麻映日,禾黍連天,人民康泰。我想來皆因是我有福,所以上風調雨順,黎民安樂。我如今何不起義興兵?俺這蒲州,地方寬闊,糧多草廣,軍民好漢,我何不起兵播亂?比及做州尹,我做一路諸侯,有何不可!我手下有一個外郎是皮寒。此人十分能哉,喚他來商量,有何不可。張千喚將皮外郎來者。(張千云)理會的。(做喚科,云)皮外郎安在?大人呼喚。(淨扮令史上,云)爲吏當權,做官模樣。官吏奸猾,全憑主張。小生姓皮名寒字內熱。我在這蒲州州衙裏做著個外郎。不是我騙口,憑着我這管刀筆,一拳爲主,衙門中大小事務,都與我計較,全憑我做主。正在司房裏看《西廂記》,令人來說,大人呼喚。不知有甚事,須索走一遭去。不必報復,自家過去。(做見科,云)大人呼喚皮外郎,有何事商議?(外官云)喚你來有大事商量。如今各處豪傑並起,黎民逃竄,禾稼不收,好生的饑饉。惟有我這蒲州一郡,桑麻映日,禾黍連天,人民康泰。我想來皆因是我有福,所以上風調雨順,黎民安樂。我如今何不起義興兵?俺這蒲州,地方寬闊,糧多草廣,軍民好漢,我何不起兵播亂?比及做州尹,做個一路諸侯,有何不可?特喚你來商議。(令史云)大人,比及你說,我皮寒有心多時也。想當初漢高祖,他也則是個豐沛的百姓,及壯爲泗上亭長。因爲築長城,送徒驪山,他爲夫長,領夫役多有逃去者。來到芒碭山,斬了一條白蛇。多虧了外郎蕭何,立爲主公,起義興兵,招軍買馬,積草屯糧,成其大事。看了大人這個模樣動靜,可比劉沛公。若論我皮寒機謀智量,也不在蕭何之下也。(外官云)説的是。正合着我的心。你再有何主意?(令史云)大人,你便似劉沛公,我便似蕭何,則少一個韓信元帥。我如今舉薦一人。(外官云)你可舉薦誰?(令史云)俺這本處有一個好漢,姓關名羽字雲長。能看《春秋》《左傳》,智勇雙全,正可挂印爲帥。昔日蕭何舉韓信,今日皮寒舉雲長。大人意下如何?(外官云)皮先兒,你説的話,豈有差了。則要成其大事,便着人請將關雲長來。(令史云)我着人請去。兀那張千,奉大人的言語,便索請關雲長去。(張千云)請誰?(令史云)請關雲長去。(張千云)他在那裏住?(令史云)我説與你,你牢記着。出的衙門往東走,轉過大街,入的小巷,十字街北,菜市西南,巡鋪左側,槽房對門,賣燒餅的間壁,那一家兒便是。(張千云)知他是那裏!(令史云)快去請將關雲長來。(張千云)理會的。我出的這門來,穿長街,驀短巷,可早來到也。這一家兒便是。壯士在家麼？（關末上，云）志氣凌雲膽量高，鳳盔金甲錦征袍。丹心赫赫存忠正，竭力忘生輔聖朝。某關雲長是也。恰纔街市上買書册已回，正在書房中看書。不知是麼人喚門，我是看咱。出的這門來。君子有何事到此也？（張千云）衙門中州尹大人有請。（關末云）大人呼喚，不知有甚事，我便索跟將君子去。（張千云）壯士，俺同見大人去來。說話中間，可早來到衙門首也。你則在這裏有者，我報復去。（做報科，云）大人，關雲長來了也。（令史云）大人，看區區舉薦的人，休說他內才，先看他外才。這個模樣動靜，比別人也起眼些。（外官云）道有請。（張千云）理會的。有請。（關末做見科，云）大人，呼喚小人有何事？（令史云）關雲長，大人請你來，有說的話。大人，你與他說了罷。（外官云）請你來別無他事。如今豪傑並起，黎民逃竄，禾稼不收，好生饑饉艱難。惟我這蒲州，桑麻映日，禾黍連天，皆因是我有福。我如今要起義興兵，則少一個元戎帥首。有皮外郎舉薦你文武雙全，你就挂印爲帥。你意下如何？（關末云）大人，關某乃一介寒儒，豈曉兵甲之事？怎消的大人錯用，並然不敢也。（令史云）休謙休謙。可是我舉薦你來。大人若做了一路諸侯，休愁你不做大官。（關末背云）這匹夫好大膽也！則除是恁的。（外官云）令人將來。將軍你見麼？將這一口劍，就與你挂。今日是個好日辰，就拜你爲帥。你挂了劍者。（關末云）我依着大人挂了這劍。（外官云）元帥幾時興兵？（關末云）大人，今日是個吉日良辰，既然用某爲帥，不可遲慢，就今日興兵。便好道軍不斬不齊，將不嚴不整。便傳將令，依令而行。違令者必當斬首。（外官云）元帥說的是。大小三軍，聽元帥將令。（關末做掣劍科，云）某掣劍在手，大小人等您聽者：但有泄漏軍情，假稱僭號，不尊朝命者，此劍誅之。州尹，兀的不誰喚你哩？（外官云）在那裏？（關末做斬科，云）吃吾一劍！（外官做死科）（令史云）他怎麼下起手來了？不中！我與你逃命，走了罷。（關末做揪科，云）那裏去！一劍揮之兩段。（令史死科）（關末云）我將這一州衙中人，盡皆殺絕，乘此機會，仗劍殺將出去。兀那匹夫每，迎吾者死，當吾者亡。罷罷罷！難以停住，他州他縣，隱姓埋名去也。仗劍迎敵出州衙，屍橫遍野卧塵沙。他鄉隱姓登途路，不問海角共天涯。（下）（外官同令史挣起身不言語做嘴臉打手勢科，下）

　　（正末扮張飛、净屠户同上）（正末云）某姓張名飛字翼德，涿州范陽人也。自幼年習學成武藝，掤槍蹬弩，鞭鐧撾鎚，無有不拈，無有不會，爭耐時運未遇，做些小營運，賣肉爲活，操刀屠户。張飛也，幾時是你那發達時節也呵！

【仙吕·點絳唇】則我這性格剛强,智謀寬量,多雄壯。(屠户云)哥,你近日來買賣上意懶,生活也不做,則要輪槍弄棒的,可是爲何也?(正末唱[1])習學就闊劍長槍。(屠户云)哥,説話不中聽。俺則這一把刀,做屠户你也没心哩。你學那闊劍長槍,便學的會了呵,可那裏用他?(正末唱)指望待扶社稷,爲戎將。(屠户云)你這個哥差腿。(外呈答云)是差矣。(屠户云)呸,是差矣。這個買賣,你也没心做麽,你還要賣絨醬哩!(外呈答云)是那個戎將?(屠户云)哥,憑著俺這弟兄每,這椿買賣[2],便不尋錢呵,每日家酒肉不曾離口;便無那肉呵,肝花肚肺,也吃不了。(正末唱)

【混江龍】我如今身居陋巷,每日家薄皮細切受乾忙。(屠户云)哥,你好不聰明也。孔聖人言説:不受苦中苦,難爲人上人。依着您兄弟説,遣的過罷。咱這椿買賣,雖是低都兒低,可也上擡盤。哥不當家,説俺那一日不吃一個爛醉?則是起早睡晚的罷了。(正末唱)常則是披星戴月[3],每日家卧雪眠霜。(屠户云)哥,則吃你這拈槍弄棒的,這幾日把買賣也都遲滯了。(正末唱)更那堪活計消疏遭困苦,生涯微細受炎涼。(屠户云)哥,皆因俺這命運裏,有些不大十二分快罷了,少不着濃著過。(正末唱)該因是時運拙,遭魔障。(屠户云)您兄弟不瞞哥説,我吃這幾年,心上不遂,你看我這頭也愁白了。(正末唱)空熬的蒼頭皓首,虛度了歲月時光。

(屠户云)哥,您兄弟不瞞哥説,我昨日煮下一副血臟,買了一瓶高酒,指望哥來吃一個爛醉,誰承望哥不來。哥不來便也罷,被我那船家,呸,是渾家,鬧了我半夜,説我没行止。你看我的臉,今日還害羞哩。(正末云)兄弟也,您哥哥有些忙幹,你是必休怪也。(屠户云)您兄弟不敢怪哥。我若是怪哥,我就是野雞養的。你可有是麽勾當?(正末唱)

【油葫蘆】每日家結識英豪閒論講。(屠户云)你不知幹的是些甚麽勾當,可不要帶累着我。(正末唱)别無甚麽歹勾當,我則待談兵論武治家邦。(屠户云)我和你都是屠户人家,省的甚麽兵書戰策和武藝?你曉的那三丈長的帽兒麽?(外云)帽兒可是怎麽説?(屠户云)也則是弄虛頭罷了。我不信你。(正末唱)習的是六韜三略無虛誑。(屠户云)便會了那六韜三略,那裏用他?(正末唱)則待要開疆展土除奸黨。(屠户云)哥,可不道手無持杖,徒搏其虎?休道説無奸黨,便有那奸黨,你又無兵器,爭不的着口咬他?(正末唱)腕懸着竹節鞭,手持着丈八槍,我則待扶危救困言無妄。更那堪扶王業,進忠良。

(屠户云)俺弟兄每買賣稱意,衣飯順溜,咱受用快活。不要胡説,辦著

這一片好心腸,則管裏賣肝花肚子肺。(正末唱)

【天下樂】兀的不屈沉英雄此地坊?想自古賢也波人,自忖量。(屠户云)哥,自古以來,有那幾個古人,不守祖地?你說一遍,我是聽咱。(正末唱)至如那韓侯樂毅遭困殃,到後來韓元帥十大功,燕樂毅勳業廣。他每都受恩勞,萬代講。

(屠户云)哥,你這般說,怕我省的一些兒。你昨日說,今日有些忙幹,可怎麼這早晚還不見去?(正末云)兄弟也,我如今探親去也。田地上這塊石頭,可重千斤。我兩隻手搬倒這石頭,將這把刀子壓在這石頭底下。但有人來買肉,不問他要多少,他若取出這刀子來,他將的肉去,也不問他要錢。你則問他姓甚名誰,那裏住處。等我回來,自有主意。(屠户云)哥,我知道這塊石頭重一千斤,再吃二十年飯,也搬不動。料想誰有這等大氣力[4]?你放心去。莫非您兄弟要吃這一塊肉,來搬這石頭?我肋窩裏又沒力氣,一時間努着我這心肺,可不肝花了我的命?哥,你這麼多心,到明日就爛了肚子。哥,你則管裏去。(正末云)兄弟,你牢記者。我探親去也。(下)(屠户云)哥去了也。我則在這肉案子根前閒立着,看有甚麼人來。(關末上,云)某乃關雲長是也。自從殺了蒲州州尹,我來到這涿州范陽郡,在招商店中安下,去街市上買些時新案酒去咱。支揖。(屠户云)老官兒恕罪。(做上下看科,云)噫,這個人倒好個動靜也!大清早晨,就吃的個臉紅紅的。老官兒此一來,有甚麼屁放?(外呈答云)是勾當。(屠户云)是勾當。(關末云)二百長錢,買些新鮮案酒。(屠户云)老官兒,肉便有,可沒有刀子。俺哥哥探親去了。臨去時把刀子壓在這石頭底下。他說有人來買肉,搬的動這石頭,取出刀子來,不問他要多少下飯,着他將的去。老官兒,也沒是麼巧說,這個是簸籮,這個是杏兒。你若搬的動石頭,取出刀子來,又不問你要錢,則管裏割將下飯去。(關末云)既然如此,我兩隻手掇起這石頭來,放在一壁,拿起這刀子來。君子,你將着刀子,賣與我下飯。(屠户云)噫,好漢子也!他兩隻手掇將起那石頭來,輕輕的放在地上。好漢,好漢!我拿出刀子來,打下這肉來。老官兒,肉也與你,錢也不問你要。你將的這肉去。(關末云)豈有此理[5]。你若是不留下錢,我也難將這肉去。留下錢,我便將的肉去。(屠户云)你也是個本分的人。罷罷罷,你留下錢,將的肉去。官人,你姓字名誰,在那裏居住?(關末云)某姓關名羽字雲長,我在招商店安下。(屠户云)招商店可也不遠,轉過彎兒便是。官人,你慢去。(關末云)君子恕罪。我將着這下飯,回招商店中去也。(下)(屠户云)那紅臉漢去了。俺哥哥這早晚敢待來也。(正末上,云)恰纔探親回來,見兄弟去咱。兄弟也,曾有人買肉來麼?(屠戶云)哥哥,你來了。有人買肉來,一個紅臉大漢,將着二百錢來買肉。我説刀子在石頭底下,你若搬倒石頭,拿出刀子來,也不問你要錢,不問你要多少肉,你將的去。那個人,好漢,他兩隻手掇起石頭來,放在一邊;取出刀子來,割了一刀下飯。他也是個本分的人,他説:你留下錢,我便將的肉去;不留下錢,我不將的肉去。我再三的讓他,他百般的不肯。直當留下錢,將的肉去了。哥也,看起來他的氣力,又大似你的。一個好漢也!(正末云)是真個?(屠戶云)終不我説謊。怕你不信,兀的不是石頭還在一壁哩。(正末唱)

【醉扶歸】想必他威勇多才量,智力不尋常。(屠戶云)哥,此人仗義。我不問他要錢,他強留下。此人言直忠信,看起來也不是個等閒的人。(正末唱)則他那忠信廉能有紀綱,更那堪動靜多奇相。我若是兩對面相逢在路傍,你看我陪下情,多謙讓。

(云)你曾問他姓字名誰,在那裏每安下麼?(屠戶云)我問他來。他姓關名羽,字雲長,在招商店裏安下。(正末唱)

【金盞兒】你道他居店舍,住招商。名關羽,字雲長。(屠戶云)那個人生的異相,三綹美髯,過其胸腹。(正末唱)則他那美髯三綹風飄蕩。(屠戶云)哥,他生的面如紫玉一般相似。(正末唱)面如紫玉豪氣夯胸膛。(屠戶云)看了他身凜凜,貌堂堂,恰似個活神道一般。(正末唱)身軀威凜凜,面色貌堂堂。(屠戶云)哥,看了此人的形容才貌,就是天下第一個的英雄。(正末唱)這人他英才塵世少,寰海已無雙。

(屠戶云)哥,你這等再三的問他,可為是麼也?(正末云)兄弟也,你跟着我直至招商店中,尋那壯士去來。(屠戶云)哥,我跟了你去。那個人的中珠模樣,不是個等閒的人。俺兩個尋他去來。(正末唱)

【尾聲】你可也不索莫延遲,我須索敬意親身往。(屠戶云)哥,俺慢慢行。(正末唱)我這裏行那步,躊躇半晌。(屠戶云)哥,不索你躊躇,我看此人,不是個説謊的人,一定在招商店下。哥,俺兩個訪他去來。(正末唱)我若是得遇知交來探訪,(屠戶云)哥,你聞此人一名有百念之意,不知你交後如何也?(正末唱)我能可比陳雷膠漆何妨。也不索意行唐,辦着個鐵石心腸,但得個兩意情舒志不忘。(屠戶云)哥,俺這涿州城裏,也不曾見這個人。(正末唱)則俺這涿州范陽,但得個交情歡暢,我則待永綿綿忠義輔朝綱。(同下)

校記

［1］正末唱："正末"二字，原本無。今依孤本補。下同。
［2］這椿買賣："椿"，原本作"莊"。今據文意改。下同。
［3］常則是披星戴月："戴"，原本作"帶"。孤本已改。今從。
［4］料想誰有這等大力氣："料"，原本作"略"。孤本已改。今從。
［5］豈有此理："理"，原本作"禮"。孤本已改。今從。

第 二 折

（關末上，云）秉性忠直志節剛，身材凜凜氣昂昂。一心義勇扶社稷，永祚家邦萬載昌。某乃關雲長是也。方纔往街市上已回，來到旅館中，令人安排茶飯。某在此閒坐，看有是麼人來。（正末同屠户上）（正末云）兄弟也，你跟着我招商店内，尋那姓關的壯士去來。（屠户云）哥，我和你尋他去。此人與你素不相識，你如何放他不下，可是爲何？（正末云）兄弟，你那裏知道也！

【越調·鬥鵪鶉】我則待交結英豪，操兵用武；指望待竭力真誠，安邊定土。脫離了下賤營生，彼各了塵中伴侶。（屠户云）哥，你但開口，就惹人那惱。你又吃魚兒又嫌腥。你屠户的字兒，還沒有放下哩，就説是下賤的營生。也罷，你會些甚麼武藝？（正末唱）憑著我壯志能，膽氣粗，博一個黄閣標名，超今越古。（屠户云）論起您兄弟，不如那一個人？休道我賣肉，則這血臟，比別人多賣幾個錢，你便就要棄嫌我，我看你結交幾個甚麼人哩。（正末唱）

【紫花兒序】尋幾個知心故友，同志賓朋，刎頸寒儒。（屠户云）你這個哥，説話不如出臭氣，動不動兒，先安着個棄舊的心。論咱哥兒兩個結交，也不在管鮑之下。（正末唱）我想那前賢管鮑，忠孝無虚。暗想當初，他每都重義拋金如糞土。須學那當時人物。（屠户云）是麼人物？依著我説，做些買賣，覓些錢，養活妻子老小。孩子每清早晨起來，坐在炕頭上，便要吃燒餅阿。哥，你問我那心裏，可怎麼忍的呢？少不的買與他吃哩。（正末唱）怕甚麼家業拋擲，妻子榮枯！

（屠户云）哥，來到招商店也。兀的那個大漢便是。（正末云）是一個好大漢也！我向前動問咱。壯士，支揖哩。（關末云）呀呀呀，君子勿罪也。（正末云）壯士，方纔那買肉的是你來？（關末云）是小生來。莫非還的錢少

了麽？（正末云）壯士不知，我此一來，非爲錢也。（正末唱）

【金蕉葉】則爲你性真誠廉能肺腑，志慷慨雄威壯武。你仿學那楚霸王英名貫古，他將那千斤鼎平身力舉。

（關末云）此一來爲何？（正末云）我此一來別無他事。我那肉案前有一塊頑石，可重千斤，將那屠刀，壓在石頭下面，我探親去了，分付兄弟：若有人來買肉，石頭下取出刀子來，連錢帶肉，都將的去。不想壯士前來，取出屠刀，又留下錢物。此乃爲人本分。我一逕的來相訪也[1]。（關末云）量某有何德能，有勞君子拖步至此也。（正末唱）

【小桃紅】我從來性格不通疏，好結識真英物。（關末云）想必君子好結識朋友，故來探望某矣。（正末唱）探望尊前肯垂顧，（關末云）不敢不敢。某乃街市一庶民。（正末唱）不狂圖。（關末云）看了那壁君子，曾習學些甚麽武藝來？（正末唱）習學的武藝何爲做？（關末云）習學甚麽武藝？（正末唱）者莫是長槍巨斧。（關末云）學了何用也？（正末唱）尋一個安身活路。（關末云）這話有準麽？（正末唱）豈不聞"君子斷其初"？

（關末云）敢問君子姓甚名誰？（正末云）某姓張名飛，字翼德。幼小間習學弓馬，使一條丈八點鋼槍。爭奈時運不遇，賣肉爲活。敢問壯士那裏鄉貫，姓字名誰。何不通名顯姓者。（關末云）某乃蒲州解良人也，姓關名羽字雲長。頗看《春秋》《左傳》，學成武藝，使一口青龍偃月三停刀。因爲蒲州州主，不尊上命，要爲一路諸侯，被某仗劍殺了蒲州官吏，與民除害。今來到此涿郡，不想遇着君子。實言拜稟，恕某之罪咱。（正末云）此乃真壯士也！來來來，不問年紀大小，我拜德不拜壽。你爲兄，我爲弟。哥哥請坐，受您兄弟張飛八拜咱！（關末云）不敢不敢！量某有何德能也。

（正末做拜科）（屠戶云）在下回禮了，在下回禮了。（正末唱）

【調笑令】我這裏拜復，（做拜科）（唱）近階除。（做拜科）（關末做回禮科，云）免禮免禮。（正末唱）您兄弟智淺才輕忒性愚。（做拜科）（唱）不承望這搭兒纔相遇。（做拜科）（唱）非是這莽張飛膽大心粗。（做拜科）（關末云）不敢不敢。請起。（正末唱）你將這《春秋》《左傳》曾慣讀，多習學戰策兵書。

（做拜科）（關末云）請起請起。豈不聞施恩在未遇之前，結交在貧寒之際？信有之也。（屠戶云）聖人說趙錢孫李雖強，還要拜周吳鄭王哩。在下多言了。老官兒，你休怪學兒不謙。我若謙謙，我就是貓養的。（正末唱）

【禿廝兒】爲朋友情深意足，性和諧堪可同居。則要咱堅剛節操行有餘，非是我巧機謀，阿諛。

（關末云）量某有何德能，拜爲兄長？難以克當也。（屠戶云）不必過謙。二位是老兄爲長，在下區區，就是老三了。（正末唱）

【聖藥王】哥哥你志不俗，真丈夫，平生英武有誰如？您兄弟性氣村，才智疏；似這等不通今古世間無，你是必將就這拙村夫。

（關末云）兄弟也，俺既爲昆仲之禮，若不棄呵，後店中蔬食薄味，聊備草酌，橫飲幾杯，有何不可！（正末云）哥哥尊意，豈敢有違也。（屠戶云）當的當的，喜酒兒正好吃三鍾。我在下撮補提壺釃酒，做廚捧盤，請客燒火，擡好水，換泥水，坐桌兒，猜三個枚。一了匠都是我在下全包。（關末云）請兄弟後店中飲酒去咱。（正末唱）

【尾聲】拚了個今朝痛飲何憂慮。則這個張翼德愚癡性魯，時不至且閒居，得志也扶持聖明主。（同下）

校記

[1] 我一逕的來相訪也："逕"，原本作"敬"。孤本已改，今從。

第 三 折

（外扮劉末上，云）先祖開基壯帝鄉，中興世亂各分張[1]。重安漢室奸賊滅，淹留涿郡住樓桑。某姓劉名備字玄德，大樹樓桑人也。乃漢景帝十七代玄孫，中山靖王劉勝之後。因王莽專權，侵奪漢室；後來中興立業，滅莽擒賊，光武在位，天下大定。目今靈帝即位，豪傑並起，黃巾賊作亂。俺劉氏宗族，不能守業。某在布衣之間，織席編履，以爲度日。某學成文武雙全，不能施展雄才，待時守分。今日無甚事，長街市上走一遭去。埋沒紅塵數載餘，男兒壯志氣冲虛。一朝發奮登雲路，纔識英雄大丈夫。（下）（淨扮店小二上，云）俺家開酒鋪，世不圖主顧。一缸甜似蜜，一缸酸如醋。小可人是個賣酒的。但是那做買做賣來往人等，都來我這酒店裏吃酒。打掃的閣子乾净，挑起這草榜兒，去燒的這鏃鍋兒熱。看有甚麽人來。（關末同正末上）（關末云）自從與兄弟張飛結爲昆仲，某甚是歡喜。兄弟秉正剛强，性如烈焰。今日無甚事，街市上閒行。兄弟，見今黃巾賊作亂，正是用人之際，幾時是咱弟兄每發迹的時節也！（正末云）哥哥雖然說的是，也要待時守分也。（唱）

【中呂·粉蝶兒】想着那未遇英豪，困窮途四方流落，也曾經半世煎熬。（關末云）至如太公垂釣於磻溪，後來立周朝八百年天下，也曾封茅列土也。

（正末唱）你道是渭河邊磻溪上子牙垂釣，到後來扶立周朝，立功勳輔安宗廟。

【醉春風】若不是姜尚遇文王，這其間紅塵埋沒老。（關末云）似咱弟兄每，學的這胸中韜略，必有個安身之處也。（正末唱）則我這英才膽量有誰如，何日是了、了？武藝滑熟，威風驍勇，智謀韜略。

（關末云）來到長街市上也。信步閒行咱。（劉末上，云）某劉玄德是也。來到這街市上。你看那做買做賣，是好熱鬧也。（關末云）兄弟也，你見兀那個君子麼？（正末云）哥哥，在那裏？我是看咱。（做看科）（正末云）這人生的好異相也！（關末云）兄弟你不知，他生的耳垂過肩，手垂過膝，隆準龍顏，實爲貴相。此人當來有福也。（正末云）是真個。（唱）

【紅繡鞋】則他那凛凛堂堂容貌，我這裏意躊躇覷了分毫，更那堪隆準龍顏有誰學。這人他當來貴，久以後有奢豪。更那堪意沉實心量好。

（關末云）兄弟也，俺請他去那酒店中同席兒飲幾杯酒，有何不可。（正末云）哥哥說的是。俺向前相見去來。（關末云）君子支揖。（劉末云）呀呀呀，二位壯士勿罪也。（關末云）俺弟兄二人，特請君子於此酒店中，蔬酒三杯，不棄爲幸也。（劉末云）不敢不敢。量某有何德能，有勞二位尊前揩敬。常言道四海皆兄弟，同席飲酒，正當歡樂也。（關末云）來到酒店門首也。請請！賣酒的，打二百錢酒來。（店小二云）官人請坐，這間閣子裏乾净。有酒有酒，吃多少？兀的二百錢酒。（關末云）將酒來，我與君子遞一杯。滿飲此杯也。（做遞酒科）（劉末云）不敢不敢，壯士先請。（正末背科，云）這人舉止非俗也。（唱）

【石榴花】看了他形容端正不虛囂，偶然間相會飲香醪。則他那溫恭謙遜意勤勞。猛然間遇着，似漆如膠。（劉末云）量某有何德能，敢勞二位壯士錯敬也。（關末云）不敢不敢。（正末唱）言談語句多奇妙，不承望共結知交！俺則是粗疏蠢笨休相笑，（劉末云）不敢不敢。量某有何德能也。（正末唱）俺端的不通禮，忒愚濁。

（劉末云）感勞二位壯士相待深厚也。（關末云）不敢。請此一杯酒也。（劉末云）某理會的。（飲科，云）壯士滿飲一杯。（關末云）某理會的。（飲科，云）君子再飲一杯。（劉末云）某理會的。（飲科，云）某酒勾了也。（正末唱）

【鬥鵪鶉】常言道得遇知心千杯是少。（關末云）再將酒來。這一杯酒兄弟飲。（正末云）哥哥先飲。（關末云）兄弟飲。（正末唱）我可也意不推辭,兩情兩情共酌。哥哥你至意誠心不憚勞,您兄弟怎的消?(正末做飲科,云)哥哥飲此一杯。(關末云)理會的。(飲科)(劉末云)某一介寒儒,敢勞二位壯士措敬也。(關末云)不敢也。(正末唱)咱則要地久天長,又則怕緣輕分少。

(關末云)敢問君子仙鄉何處也[2]?(劉末云)我乃本郡人氏,大樹樓桑人也。(關末云)姓字名誰也?(劉末云)某姓劉名備字玄德。(關末云)做何營計?(劉末云)做些小微賤生涯,織席編履,二位壯士勿哂也。(關末云)不敢不敢。君子差矣,先賢古人,未遇之時,曾做微賤生涯也。(正末云)君子休這般說也。(唱)

【上小樓】寧戚曾行歌叩角,伊尹曾耕鋤禾稻。至如那傅說岩牆,買臣擔薪,伍員吹簫。到後來八府崢嶸,四海馳名,一身顯耀。也曾受紫泥宣一封丹詔。

(劉末云)言者當也。將酒來,小人回敬一杯。壯士請,壯士請。(關末做飲酒科,云)君子也飲一杯。(劉末做飲酒科,云)敢問壯士姓字名誰也?(關末云)某姓關名羽字雲長,蒲州解良人也。(劉末云)這一位壯士滿飲一杯。(正末飲酒科,云)君子你也飲一杯。(劉末云[3])將來。我也再飲一杯。正是酒逢知己千杯少也。(做飲酒科,云)敢問壯士姓字名誰也?(正末云)某姓張名飛字翼德,本貫是這涿州范陽人也。(劉末云)看了二位壯士,威風氣概,身材凜凜,狀貌堂堂,世之少有。今日幸遇尊顏,實乃某之萬幸也。(正末唱)

【滿庭芳】俺今日相逢最好,真乃是寰中傑士,又不是階下兒曹。一個個雄才腹隱先王道,壯氣雄驍。恰便似猛虎在平川奮爪,有如那淤泥中退甲神蛟。真乃是天邊鶚,豈同這檐間燕雀,有一日須至九重霄。

(關末云)兄弟,且待時守分。君子再飲一杯。(劉末做醉科,云)多飲了幾杯酒,覺我這酒上來了也。搭伏定這桌子,暫時歇息咱。(做睡科)(關末云)兄弟也,劉玄德帶酒也。說話中間,他睡着了也。呀呀呀!兄弟,你見麼?他側臥著,面目口中鑽出條赤練蛇兒,望他鼻中去了!呀呀呀!眼內鑽出來,入他耳中去了!兄弟也,你不知道,這的是蛇鑽七竅。此人有福,當來必貴也。等他睡醒時,不問年紀大小,拜他為兄,你意下如何?(正末云)哥哥說的是。您兄弟也有此意,依着哥哥。(關末云)休大驚小怪的。兀的不醒了也。(劉末做醒科,云)一覺好睡也。二位壯士,勿得見怪,恕某之罪也。(關末云)不敢不敢。動問玄德公,先祖何人也?(劉末云)庶民百姓。(關末云)休謙休謙,必是前代故家也。(劉末云)實不相瞞,我乃漢景帝十七代玄孫,中山靖王劉勝之後也。(關末云)兄弟,如何?我說不是等閒之家,乃先帝之苗裔。不問年紀大小,拜你爲兄,結爲昆仲。請穩便受您兄弟八拜咱。(關末同正末做拜科)(正末云)大哥請坐。(劉末云)焉敢受禮?二位請起請起。(還禮科)(正末唱)

【十二月】俺可便躬身拜倒,屈脊低腰。俺須是民間庶子,你可是漢代根苗。非是我尊前分剖,休猜做諂佞矜驕。

(劉末云)量某有何德能,着二位兄弟如此相敬也?(關末云)哥哥,您兄弟拜德不拜壽也。(正末唱)

【堯民歌】呀,俺雖是孤窮無德壽年高,你須是枝葉名門不輕薄。我如今身居陋巷自蕭條。真乃是淺水湫窪遇鯨鰲。量也波度平生膽氣高,蓋因是天之道。

(劉末云)既然俺三人結交爲友,拜爲昆仲。俺這涿州郡城外,有一桃園。選擇吉日良辰,宰白馬祭天,殺烏牛祭地,對天盟誓:不求同日生,只願同日死,結爲生死之交。二位兄弟,意下如何也?(關末云)依着哥哥。選吉日良辰,安排祭物,享祭神靈。應學管鮑分金意,到後來輔助劉朝帝業興。(正末唱)

【尾聲】向桃園結義情,選良辰吉日高。俺如今敲牛宰馬將蒼天告,則願的共死同生未爲老。(下)

(劉末云)誰想今日結義了兩個兄弟,此一喜非同小可也。狀貌堂堂膽氣剛,關張二弟世無雙。試看桃園三結義,萬載傳揚姓字香。(同下)

校記

[1] 中興世亂各分張:"興",孤本疑爲"經"之誤。若看後文,其本意當爲"中興"。
[2] 敢問君子仙鄉何處:"仙鄉",原本作"先鄉",今改。
[3] 劉末云:"劉"字,原本誤作"關"。今依文意改。

第 四 折

(外扮皇甫嵩領卒子上,云)直正堅心立汗青,於民潤國掌權衡。祛除殘虐歸王化,保祚皇朝定太平。小官皇甫嵩是也。見今漢靈帝即位,因小官廉能清幹，官拜北地太守之職。今因中平元年，有鉅鹿張角，因奉侍黃老，以妖術教授，號曰太平道，呪符水以療民疾，衆敬如神。張角分遣弟子，周遊四方，轉相誑誘。十餘年間，聚徒衆數十餘萬。自青、徐、幽、冀、荊、揚、兗、豫，八州之人，莫不畢應。凡三十六方，大方萬餘人，小方六七千人。有張角弟子唐周，上書告之。張角令諸方俱起，皆裹黃巾以爲標識，故時人謂之"黃巾賊"。旬月之間，天下響應，京師震動。聖人召群臣會議，小官同中常侍呂强回曰："黨錮之積，人情怨憤。若不赦宥，轉與張角合謀，爲變滋大，如之奈何？依臣三件事，黃巾自滅也。"聖人言："有何事？"小官回言："第一件天下遍行詔赦。第二件若有凶徒謀反，聚積山林，打劫城池，殺害命官，搶擄倉庫，傷害黎民，如自己願除了黃巾，便是國家良民。第三件如不去黃巾，全家殺戮[1]。"主上從之，乃赦天下黨人，惟張角不赦。聖人再令小官，將空頭宣詔、珍寶財物，招安英雄好漢。小官前至涿郡也，多聞此處有三個英雄壯士：一個姓劉名備字玄德，一個姓關名羽字雲長，一個姓張名飛字翼德。此人結爲昆仲。聽知的今日在此桃園，宰白馬祭天，殺烏牛祭地；不求同日生，只願同日死；一在三在，一亡三亡。此乃人中傑士也。小官不避驅馳，直至桃園中，招安此三人，走一遭去，有何不可。四海紛紛戰馬雄，當今漢室已興隆。聖明洪福同天地，必斬賊徒掌握中。（下）（屠戶上，云）敲牛宰馬爲活計，全憑屠戶作營生。小可人屠戶的便是。今日是個好日辰，張飛哥拜義了兩個哥哥，一個姓劉，一個姓關。那個姓劉的便臉白，姓關的便臉紅，俺哥哥便臉黑。我要做四哥，嫌我花臉，不要我。不要的也是。（外呈答云）怎麼也是？（屠戶云）皆因我色道不對。今日要在這桃園裏結義，着我安排下祭祀。我恰纔宰了牛，殺了馬。香燈花果，都擺佈下了，這早晚敢待來也。（劉末同關末、正末上）（劉末云）兩個兄弟，今日是吉日良辰，安排下祭物，在桃園中結義。兄弟也，俺燒香去來。（正末云）誰想有今日也呵！（唱）

【雙調·新水令】今日個向桃園結義志相投，只因俺二仁兄量洪寬厚。據才能無倫比，憑節操有剛柔。想從前虛度春秋，則俺這真誠漢，不虛謬。

（劉末云）可早來到桃園中也。祭物都擺的停當了麼？（屠戶云）三位大哥來了。恕您小兄弟兒不遠接之罪也。哥，您兄弟都安排的停當了，則等三位哥來祭祀。（做跪科，云）三位哥在上，怎生看我辛苦了這一場，沒奈何看怎麼祭文上帶我個名兒，我寧可做四哥也罷。（關末云）哥哥請上香。（劉末云）二位兄弟請。（關末云）不敢。哥哥上香。（劉末做上香科）（三人做跪科）（劉末做念祝文科，云）樓桑劉備、蒲州關羽、涿郡張飛，虔誠拜禱：謹以香燈花果,白馬烏牛,庶羞之奠,致祭於天庭聖衆。備等結義昆仲,不求同日而生,只願同日而死,一在三在,一亡三亡。同扶劉室之華夷,共輔漢朝之基業。謹辦虔心,祝告天公,神明鑒察。(同衆做拜科[2])(正末唱)

【駐馬聽】一齊的叉手低頭,遥望神霄連叩首。香焚寶獸,虔心宰馬共敲牛。酕醄香噴捧金甌[3],神靈玉府空遥受。燦光摇,燃畫燭,珍羞花果皆成就。

(屠户云)我説祭祝了神天,俺擺起來,喜樂也。吃三鍾,你便結交朋友,我圖些甚麽?(劉末云)兩個兄弟,將俺各人的兵器來是看咱。(關末云)理會的。將兵器來。(做擺下雙股劍、青龍刀、點鋼槍、水磨鞭科)(劉末云)兄弟不知,您哥哥習演就十八般武藝皆熟,惟有雙股劍爲魁。不是某誇大言:堅心扶立漢華夷,敢與將軍共戰敵。兩手高擎雙股劍,我着他屍橫遍野血成池。(關末云)似哥哥這雙股劍,世之絶矣。(屠户云)打甚麽不緊,我也會。(做舞劍科,云)則不如單火輪倒快。(正末唱)

【川撥棹】則見他逗搊搜,端的是智力有。料應來武藝滑熟,剔竪神眸。劍鋒利寒風似吼,不枉了英名無對手。

(劉末云)兄弟如何?(關末云)哥哥,您兄弟這一口青龍偃月刀,重九九八十一斤,有萬夫不當之勇。青龍偃月三停刀,陣前勒馬顯英豪。忠心報國除奸黨,我則待捨死忘生保漢朝。(劉末云)好!兄弟這刀法委實無對手。(屠户云)這個也不打緊,我又比他熟嫻。(做拿不動刀科,云)哎約,我娘也!再吃二十年飯,也拿不起這刀來。我説不是我在下不會,則是拿不起這刀來罷了。我若拿的動,比他還熟嫻。(正末唱)

【七弟兄】則你那智謀廣修勇如彪,三停刀舉起天生溜。輕輪動殺氣冷颼颼,力如神豈把雙眉皺。

(劉末云)三兄弟,你這點鋼槍如何?(屠户云)若説我哥哥這槍,也是多裏撈摸。(正末云)哥哥,不是張飛誇大言,橫槍縱馬敢當先。丈八神矛奉第一,我則待扶立劉朝數百年。(劉末云)兄弟這槍法委實無比。(屠户云)俺哥哥早晚貪賣這些下飯,把這槍法來也生疏了,您可不曾見我的手段。(做輪槍科,云)緊三槍,慢三槍;單結手,雙結手;撒花蓋頂,繞腰轉頂。(做跌倒科,云)呸!這槍百忙裏撒拗,比我哥的如何?(正末唱)

【梅花酒】則我這力怎收?丈八神矛,猛勝蛟虬,智力全周。遇敵兵相戰討,逢賊寇怎干休,氣冲霄貫斗牛,要相持已無由,貪利名作諸侯。

(關末云)似此淹留日月,幾時是了也!(正末唱)

【收江南】呀,我則待一心分破帝王憂,怎能够榮身朝覲鳳凰樓。則不如披蓑頂笠釣魚舟,且將没做有。我可也功名場上敢争篝。

(劉末云)今日劉關張桃園結義,享祭神天,安排個慶喜的筵席。您聽者:結爲昆仲義相投,臨危同死入墳丘。桃園享祭酬天地,則願的永保封疆萬萬秋。(劉末云)看有甚麼人來。(皇甫嵩領卒子上,云)小官皇甫嵩是也。往桃園訪此人走一遭去。可早來到也。左右,接了馬者。下次人,報復劉關張三人知道,着他接宣詔。(屠户云)理會的。三位老官兒可撒上了。門前有人,着你每接宣詔哩。(劉末云)有宣詔至此,俺三人都接詔去來。(見科,云)大人,有請。(皇甫嵩云)您三人望闕跪者,聽聖人的命:因爲黄巾賊作亂,無人可敵,因你弟兄三人,桃園結義,武藝高强,命你三人爲將,破滅黄巾。您謝了恩者。(衆云)感謝聖恩!(正末云)哥也,俺弟兄三人,受皇家如此恩惠,將何補報?今後但有軍情事,俺須盡忠竭力也。(劉末云)今日雖受宣命,則怕俺武藝低微,有負任用也。(正末唱)

【殿前歡】我則待要統貔貅,盡忠分破帝王憂。(劉末云)三兄弟休誇大言也。(正末唱)大哥哥心内休僝僽。(帶云)但有軍情事呵,(唱)我獨自個整點戈矛,是男兒得志秋。則我這丈八矛難禁受,那一個合死的與吾敵鬥?我則待要西除東蕩,博一個青史名留。

(皇甫嵩云)您弟兄三人,若破了黄巾賊,自有加官賜賞。您聽者:則爲這鉅鹿賊擾遍乾坤,貪財物虜掠良民。以黄老妖術教授,救民疾符水如神。聚兇惡賊徒百萬,爲標識皆着黄巾。聖命着剪除草寇,加官爵列鼎重裀。今日個受宣誥一封丹詔,朝帝闕拜謝皇恩。(同下)

題目　英雄漢涿郡兩相逢
正名　劉關張桃園三結義

校記

[1] 小官回言……全家殺戮:這段白,原本作:"小官回言:第一件天下遍行詔赦,若有兇徒謀反,聚積山林,打劫城池;第二件殺害命官,搶擄倉庫,傷害黎民;第三件如自己願除了黄巾,便是國家良民,如不去黄巾,全家殺戮。"語序有誤,意不明。今從孤本改。

[2] 同衆做拜科:孤本作"做同拜科"。

關雲長單刀劈四寇

無名氏　撰

解　　題

　　雜劇。元明間無名氏撰。《今樂考證》著録正名"關雲長單刀劈四寇"，《也是園曲目》《曲録》亦著録正名"關雲長單刀劈四寇"，均未署作者。劇寫董卓被殺後，西凉府四寇李傕、郭汜、樊稠、張濟，要爲董卓報仇，命人下戰書，索王允、吕布、李肅。吕布率兵往西凉府攻四寇。先鋒李肅戰敗自刎。吕布與四寇交戰，鼻中多次出血，心疑，引兵撤走，自往交遼封地爲王。四寇兵圍長安，王允爲解圍，墜城而死。四寇降漢，得封官職，欲徙獻帝至西凉。國舅董承得知，先奉獻帝往洛陽。四寇追之黄河邊，適逢曹操往濟州催糧，來到黄河邊，見董承。曹操命曹仁、許褚、曹霸、曹璋迎戰四寇。此時，關羽從德州平原縣（劉備仍任縣令）回鄉祭祖，返平原縣時遇曹操，得知此事，怒而請戰。曹仁等人戰敗，四寇趕來，關羽擋住去路，先後刀劈四寇。董承請來劉備、張飛同曹操爲關羽慶功，封劉備爲德州太守，關羽爲蕩寇將軍，張飛爲車騎將軍，曹操與其部將亦得賜賞。四寇，《三國志》《三國志平話》皆有其人，但非關羽所殺。劇中叙貂蟬身世，稱吕布爲交遼王，與元雜劇《連環計》合；稱曹操爲兗州太守，與《三戰吕布》合。它們可能同屬一個叙事體系。今存版本有《脉望館鈔校本》。另有王季烈《孤本元明雜劇》本（简稱孤本）、今人王季思主編《全元戲曲》本（简稱王本）。今以《脉望館鈔校本》爲底本（简稱原本），該劇五本二楔子，末本，未標點，曲文不分正字、襯字，劇後有人物穿關（未録）。參閲孤本、王本校勘，擇善而從。

頭　　折

（冲末扮王允領祗侯上，云）秉性忠直志節剛，調和鼎鼐理非常。誅絶逆黨安天下，保祚劉朝立漢邦。老夫姓王名允字文和[1]，本貫太原人也。幼習儒業，廣看群書。自中甲第以來，累蒙擢用，頗有政聲。方今大漢天下，加老夫爲左丞相之職。則因朝中董卓專權，倚仗義子呂布之勇，内壓文武，外鎮諸侯[2]。小官因在花園亭上撫琴，有我義女貂蟬燒夜香，老夫問其緣故，元乃呂布之妻。小官眉頭一縱，計上心來，安排了一計，名喚做"美女連環計"。不期董卓果然中計。那一日小官奏知聖人，聚集文武，着白袍李肅並呂布，在於雲臺門下刺了董卓；封呂布爲交遼王，封李肅爲殿前羽林大將軍。着小官領他二人並五百軍，直至郿塢城，將董卓滿門良賤，誅盡殺絕。有國舅董承，在丞相府排宴，與他二人慶功飲酒，小官須索走一遭去。董卓興心壓漢邦，倚強凌弱逆穹蒼[3]。定下美女連環計，今日他滿門良賤盡皆亡。

（同下）（外扮樊稠、張濟領小嘍囉上）（樊稠云）久鎮西涼統大兵，橫行四海顯英雄。不伏漢業縱橫將，方今天下盡聞名。某西涼府自在太僕樊稠是也。這個是二太僕張濟。還有李傕、郭汜。俺四人統領着十萬雄兵，久鎮西涼。某幼習韜略，廣看兵書，深通孫武排軍陣，盡曉安邦立國謀。俺四將之中，惟吾善能用兵。有大漢聖人，數次招安俺四人。這山寨中輪盆飲酒，論秤分金，這等快樂，做那官怎的！二太僕，想着那董太師，俺多蒙他恩念也。（張濟云）將軍，想董太師這幾年光景，時常成馬家金銀段匹送將來，寫着書來，道他異日要興兵，他裏應，俺外合，合兵一處。這一向太師府中音信皆無，可不知有甚事也？（樊稠云）將軍，我這兩日，我心上也疑太師這椿事[4]。今日該李傕、郭汜巡邊境去了，這早晚敢待來也。（淨扮李傕、郭汜上）（李傕云）久鎮西涼則俺強，我若醉了舞會槍。終日起來無甚事，一頓十斤爛肥羊。自家西涼府太僕李傕。這個是兄弟郭汜。我同張濟、樊稠，在這西涼府，調着十萬兵，誰敢惹我？若是靠我一個武藝，那能抵過他兩個智量[5]？有董太師一個好人，常時成馬家金銀段匹，送來與俺。我説郭汜，怎麽這些時不見他一個人來？（郭汜云）老李，我也這等想着。那些時月月有人送東西來，這些時音信皆無。俺又無處打聽。今日巡邊境無事，俺見樊稠去來。可早來到也。小嘍囉報復去，道有俺兩個來了也[6]。（嘍囉云）理會的。（報科，云）報的太僕得知：有李太僕、郭太僕來了也。（樊稠云）道有請。（嘍囉云）理會的。有請。（見科）（郭汜云）老樊恕罪。俺兩個巡邊境無事回還也。（樊稠云）二位太僕請坐。小嘍囉轅門首望者，一切事務，報復俺知道。（嘍囉云）理會的。（淨扮李吉上，云）騎著剗馬[7]跑出門，不如自家步走行。誰知呂布殺將來，險把老李諕了魂！自家董太師手下家將李吉是也。可不是一樁苦事？有王允丞相，請了俺太師吃酒，將一個貂蟬女，許與太師。後不知怎生，又許與吕布。他父子二人不和，又合着李肅那個匹夫，他將太師賺將去雲臺門下了當了，又殺了郿塢城家小。早則我走的快，尋匹剗馬跑將出來了。無處告去。有西涼府四大寇，俺太師在日，常時送與他金銀，我如今去他那裏告去，着他起兵報仇。可早來到也。小嘍囉報復去，道有董太師府裏一個家將李吉，來見四個太僕。（嘍囉云）理會的。（報科，云）喏，報的太僕得知：有李吉來了也。（張濟云）俺剛纔說罷，太師府裏有人來了也。着他過來。（嘍囉云）理會的。着你過去。（李吉見四寇悲科，云）四個太僕，俺苦痛哀哉也！（張濟云）李吉，你有是麼話說？太師好麼？（李吉云）四個太僕，不要說了。今有王允丞相，定了一個"美女連環計"，調的吕布與李肅，將太師賺入朝，在雲臺門下刺了。後吕布領兵，在郿塢城將太師三百口家小，滿門良賤，誅盡殺絶。早是我走的快，若是遲了一步兒，連我也了當了。望四位老叔，與他做主咱！（四寇悲科）（張濟云）嗨，這吕布無禮也！想俺太師，有何虧你處？敢這等背義忘恩！則今日便起十萬人馬，望長安擒吕布、李肅、王允去，拿住務要與太師報仇。您三個太僕，心下如何？（樊稠云）住住住，軍機之事，不可不察。俺若領兵犯長安，倘若漢家調上十八路諸侯來，俺可怎生敵的住他？（李傕云）老樊，俺則依你主張，怎麽計較？（樊稠云）依着某，如今差人下將戰書去，索王允、吕布、李肅他三人。若是大漢聖人獻將出來，與太師報了仇，都無話說；若不着他三個出來，俺然後統兵去圍了長安，有何不可！（張濟云）樊將軍，你也說的是。便差人將戰書往長安，索他三人去。李吉，你跟俺後帳中飲酒去來。樊將軍，俺先回去。您兩個慢來。因王允巧計奸狂，董太師一命身亡。若三人不來受死，那其間領軍校復取家邦。（張濟同樊稠、李吉下）（李傕云）老郭，俺正想太師哩！不想今日撞着他一個人來，說他死了，着俺與他報仇。你怎麽說？（郭汜云）你來，俺也不要當他。樊稠他有分曉，俺則隨着他走。他吃酒去了，俺也去來。俺四人在此閒遊，這吕布結下冤仇。今日個且回帳下，打瓶酒則吃五甌。（同下）

（外扮董承領卒子上，云）官居極品姓名高，列鼎重裀滿腹學。爲臣正直安天下，保祚吾皇立國朝。小官乃國舅董承是也。方今大漢聖人在位，則因董卓專權，倚仗手下奸党吕布等，欺壓功臣。有王允丞相，暗定一計"美女連環計"，奏知聖人，在於雲臺門下，著李肅同吕布，刺了董卓，將郿塢城中董卓家族老小，盡皆斬首。聖人的命，封吕布爲金吾大將軍交遼王，封李肅爲羽林上將軍。今日在丞相府安排筵宴[8]，與他二人慶功飲酒。小校望者，若衆將來時，報復我知道。（卒子云）理會的。（王允上，云）爲臣盡節存忠孝，史記名標萬古傳。小官王允丞相是也。今因呂布、李肅刺了董卓，奉聖人的命，着俺在丞相府，與他二人慶功。有國舅董承，令人來請小官。説話中間，可早來到丞相府門首也。小校報復去，道有小官來了也。（卒子云）理會的。（做報科，云）喏，報的大人得知：有王丞相來了也。（董承云）道有請。（卒子云）理會的。有請。（王允見科，云）大人，小官王允來了也。今奉命將董卓家族老小，誅盡殺絕了也。（董承云）多虧老丞相用心，施謀定計。若不是呵，這權臣必然興兵。今日太平無事，有聖人命，在此安排筵宴，與他二人慶功也。（王允云）大人且少待。小校望者，若呂布、李肅來時，報復我知道。（卒子云）理會的。（外扮李肅上，云）身上白袍飛素練，手持鐵撾迸寒霞。盔纓似火擎紅日，馬跨陰山雪夜叉。某乃白袍李肅是也。先祖乃是東漢大將軍李通之後。俺累輩漢朝忠臣，先於董卓手下爲將，則因董卓欺壓文武，苦害良民，招集群黨，早晚興兵。有王允丞相，説某是漢朝忠臣之子，可佐於權臣手下，落個駡名。某就那一日見了聖人，同呂奉先哥哥，在雲臺門下刺了董卓，去郿塢城殺了他家族老小。奉聖人命，封某爲羽林上將軍之職。今日在丞相府，與俺二將慶功，須索走一遭去。可早來到也。小校報復去，道有某來了也。（卒子云）理會的。（做報科，云）喏，報的丞相得知：有李將軍來了也。（董承云）道有請。（卒子云）理會的。有請。（李肅做見科，云）二位大人，某來了也。（董承云）白袍將軍來了，且少待。還有呂奉先未來哩。小校望者，若來時，報復我知道。（卒子云）理會的。（正末扮呂布上，云）某姓呂名布字奉先，本貫山後九原人也。先佐於丁建陽爲養子。丁建陽已亡，後佐於董卓手下。因董卓不仁，被某在雲臺門一戟刺死。聖人封某爲交遼王之職。今有王允丞相，請某與李肅慶功飲宴，須索走一遭去。我想來，投至今日，非同容易也呵！（唱[9]）

　　【仙吕·點絳脣】自從我演就兵機，飽學武藝，我可也般般會。經過了多少相持，憑著我手内方天戟。

　　【混江龍】更有那千斤勇力，馬中赤兔似風疾。我是那人中呂布，容貌威儀。仗武藝能敵英勇將，輔家邦全靠掌中機。我將那欺心賊子今番退，今日個加官賜賞，蔭子封妻。

　　（正末云）可早來到也。小校報復去，道有某來了也。（卒子云）理會的。（報科，云）喏，報的丞相得知：有交遼王來了也。（王允云）道有請。（卒子云）理會的。有請。（正末做見科）（王允云）呀呀呀，呂奉先你來了也。（正末云）丞相勿罪，某來了也。（王允云）呂奉先請坐。左右人將酒來。（卒子云）理會的。（卒子斟酒科）（王允云）奉先，今日奉聖人的命，爲您成功慶賀。滿飲此杯也。（正末云）不敢不敢。老丞相先飲一杯也。（唱）

【油葫蘆】我見他親手高擎白玉杯，怎消的忙進禮。（董承云）據着呂布之勇，誰人敢敵也！（正末唱）他道我平生勇壯少人及。則我這胸中端的多才智，盡忠心敢把敵兵退[10]。（王允云）呂奉先，滿飲此杯。（正末做飲酒科）（外動樂科）（王允云）疏食薄味，不堪供用也。（正末唱）你看他那佳宴排，餚饌美；端的是奏仙音一派笙歌沸，拼了個今日醉如泥。

（王允云）想前日雲臺門下那一場，不是奉先呵，豈有今日也！（正末唱）

【天下樂】則我這些小的功勳不足題。想起來傷也波悲，他可也無道理。我在那雲臺門那場惡戰敵，顯出我那往日威。一壁廂手搭着戟，殺的他血淋漓身做鬼。

（王允云）奉先請坐。俺慢慢的飲酒，看有甚麼人來。（外卒子慌上科，云）報的丞相得知：禍事也！今有西涼府四大寇，起兵十萬，要與董卓報仇。下將戰書來，則要老丞相與交遼王、李將軍出馬去哩。（董承云）俺知道了。你回去。（外卒子云）理會的。（下）（王允云）二位將軍，似此怎了也？（李肅云）丞相放心。這四個草寇[11]，這等無禮，量他何足道哉！我迎敵他。（正末云）兄弟，你且住。丞相不知，這西涼府四寇，董卓在日，成馬家金銀段匹送與他，今日故來索戰，替董卓報仇。量他到的那裏也！丞相不必憂心。某統十萬兵八健將，破四寇去。（李肅云）兄弟也走一遭去。（正末云）兄弟，你去不的。這西涼府地方，你不知道路境，聽我説與你咱。（唱）

【金盞兒】他那裏列旌旗敢相持，盡都是高山峻嶺難行地。樊稠他深知妙策曉兵機。（王允云）呂奉先，這事怎生計較也？（正末云）丞相，不妨事。（唱）我又索親身驅士馬，奮勇自迎敵。這廝每平生機見少，我着他眼下有災危。

（正末云）丞相，某不飲酒了。則今日領十萬人馬，迎敵這草寇。李肅兄弟，你領三千人馬爲先鋒，某然後接應。這四大寇，內有樊稠善能用兵，小心在意者。（李肅云）某理會的。（王允云）呂奉先，李將軍，你既然要去，可要仔細建功也。（董承云）呂奉先，你怎生用兵擒拿四寇，排兵佈陣？你先説一遍，俺衆人試聽咱。（正末云）丞相聽我説一遍，您試聽咱。（唱）

【寄生草】到來日排軍陣，施見機，纔顯那虎牢關下從前勢。我着他荒荒亂亂忙逃避，則我這心間自有安邦計。（王允云）呂奉先二位將軍，您可小心在意者。(正末唱)穩情取旗開得勝見頭功,你看我鞭敲金鐙回朝內。

　　(王允云)呂奉先,你放心去。我明日奏知聖人,自有個主意也。(董承云)呂奉先,這事不宜遲慢,便索長行,望西涼府去。可要你小心在意也。(正末云)二位丞相,但放心也。李肅兄弟,便整點人馬去來。(唱)

　　【尾聲】展放我建功心,再整理安邦智,便索到西涼地基。四寇今番死限催,我根前耀武揚威。(李肅云)哥哥,憑您兄弟武藝,量四寇有何當緊,則是小心些便了也。(正末唱)你休要皺雙眉,不由我冷笑微微,小可如十八路諸侯親自敵。(王允云)呂奉先再飲幾杯去。(正末云)酒夠了也,軍情事要緊也。(唱)我着他空排著劍戟,虛張些勢聲。(云)丞相勿罪。李肅兄弟咱去來。(唱)穩情取笑吟吟齊唱凱歌回。(下)

　　(李肅云)呂奉先哥哥去了也。丞相恕罪,某不敢飲酒也。便點三千人馬為前部先鋒,迎敵四寇走一遭去。西涼府四寇興兵,蒙董卓累賜金銀。呂奉先領軍征剿,着某做前部先行。不辭憚山長水遠,豈愁那戴月披星。領軍校親為前隊,放心也則一陣要建頭功[12]。(董承云)不期今日與他二人慶功,四大寇來索戰。李肅為先鋒,呂布為帥,領八健將十萬兵,這一去必然成功。老丞相恕罪,我先回聖人的話去也。丞相府正設餚饌,説四寇攪亂西涼。呂奉先親身為帥,方顯他出衆高強。(同下)(王允云)國舅董承回去了也。則為小官誅了董卓,今日與李肅、呂奉先慶功。不期四寇興兵,呂布為帥,迎敵去了也。小官不敢久停久住,便索奏知聖人,走一遭去。因董卓攪亂朝綱,將家族斬首雲陽。有四寇雪冤報仇,呂奉先自去承當。憑着他一枝畫戟,更和那敢戰兒郎。到西涼成功之後,穩情取拱手伏降。(同下)

校記

[1] 姓王名允字文和:孤本按"《後漢書》允字子師"。
[2] 外鎮諸侯:"侯",原本誤作"候"。孤本已改。今從。本劇下同。
[3] 倚強凌弱:"強",原本作"仗"。孤本已改。今從。
[4] 這樁事:"樁",原本作"莊"。今從王本改。下同。
[5] 若是靠我一個武藝,那能抵過他兩個智量:這兩句,原本作"若是靠我一個好人,常時成馬他兩個智量"。孤本疑此有誤筆,改,今從。
[6] 道有俺兩個來了也:"俺",原本作"請",今從孤本改。
[7] 騎着剗馬跑出門:"剗",原本作"産"。今從王本改。
[8] 今日在丞相府安排筵宴:"丞相府"原本作"帥府"。此劇下文均作"丞相

府"。故改。
[9] 唱：原本無此字。孤本補。今從。本劇下同。
[10] 盡忠心敢把敵兵退："盡"，原本作"進"。孤本已改。今從。
[11] 這四個草寇：原本作"這四寇個草寇"，今從孤本改。
[12] 則一陣要建頭功：此三字，原本趙校改爲"見功成"。孤本不取。今從。

第 二 折

（樊稠、張濟領嘍囉上）（樊稠云）只因呂布無仁義，要報冤仇故起兵。某樊稠是也。這位將軍乃是張濟。自從那日下將戰書去，單搦呂布、王允、李肅。若他三個來時，憑某的英雄，務要一陣生擒了王允，與董太師報仇。（張濟云）將軍，我想董太師與俺有大恩，他今日既然被人刺了，俺若不與他報讎，着誰人與俺出氣？雖然如此，俺還要再三計較。等李傕、郭汜來時，俺與他商量。這早晚他二人敢待來也。（淨李傕同郭汜上）（李傕云）只因董卓死，惹的起刀兵。自家李傕是也。這個是郭汜。俺兩個與樊稠、張濟，俺四個人，號爲四大寇，在這西涼府落草爲寇。今日董太師着呂布刺了。這兩日哭的我眼也花了，沒有一點兒眼淚。俺今日見樊稠去來。（郭汜云）那一日俺正想念太師，不期李吉來報説：着呂布刺了董太師，可是那王允的計。那一日差人索他三人去了，他一準都來受死也[1]。俺見樊稠去來。可早到了也。小嘍囉報復去，道有俺兩個來了也。（嘍囉云）理會的。（做報科，云）喏，報的太僕得知：有李太僕、郭太僕來了也。（樊稠云）道有請。（嘍囉云）理會的。有請。（見科）（李傕云）恕罪，老樊。俺兩個來了也。（樊稠云）您二位請坐。小嘍囉門首望者，一切事務，報的俺知道。（嘍囉云）理會的。（外嘍囉上，云）自家小嘍囉是也。下戰書去，回來見太僕去。你報復去，道我下戰書來了也。（嘍囉云）理會的。（做報科，云）喏，報的太僕得知：有下戰書的回來了。（樊稠云）着他過來。（嘍囉云）理會的。過去。（做見科）（樊稠云）小嘍囉，你回來了。他怎麼説？（外嘍囉云）太僕，我去下了戰書。有李肅領三千軍，便來與俺交戰也。（張濟云）哥哥，他來，俺怎生拿他？（樊稠云）某安排定了也。李傕、郭汜，你近前來。（郭汜云）怎麼老叔先用我兩個，着俺那裏去？（樊稠云）你兩個引一枝軍，前去引戰。則要您輸，不要您贏。若輸了，望太山峪口走。你兩個小心在意者。（李傕云）着了。你要着我們贏，一世成不的，我正要輸哩。俺兩個引戰去來。今日廝殺顯掬搜，排兵佈陣統戈矛。若還撞見李肅來，丟了兵器則顧頭。（同下）（張濟云）他二將去了也。樊將軍，他二將引戰入了山峪，俺怎生拿李肅？（樊稠云）將軍，你放心。着他二人引戰，進太山峪口，着軍兵把住那峪中。兩邊斬壁石崖，前頭無底深澗；山頂上我着軍兵，預備擂木炮石硬弓弩箭望下射，他飛也飛不出這峪口。我着他不戰而自亡。（張濟云）將軍，你委實能哉。俺一同領兵拿李肅去來。大小三軍，聽吾將令：到來日三鼕鼓罷，領兵便出西凉府，太山峪埋伏去來。董太師與俺相交，因呂布故惹槍刀。若李肅時間中計，管教他一命難逃。（同下）（李肅驟馬兒領卒子上，云）只因草寇驅軍隊，獨霸西凉顯耀能。某白袍李肅是也。只因我同呂奉先，在雲臺門刺了董卓，大漢聖人封某爲殿前羽林大將軍。不期有西凉府四大寇，下將戰書來，單搦某與呂奉先并王允丞相。今呂奉先爲帥，統領十萬雄兵，着我領三千人馬爲先鋒。那日起兵之時，哥哥說着某休和他戰，待他後軍來到，着某與他交戰。量那草寇到的那裏也！小校擺佈的嚴整者。兀那塵土起處，不有軍兵來了也。（卒子云）將軍，這來的必定是四寇也。（李傕同郭汜驟馬兒上）（李傕云）自家李傕是也。這個是郭汜。俺領兵引戰李肅去來。（郭汜云）兀那來的不知是誰，俺迎將去。來者何人？（李肅云）某白袍李肅是也。你來者何人？（李傕云）俺是西凉府太僕李傕、郭汜。俺正尋你個匹夫哩。（李肅云）三軍操鼓來。（做戰科）（李傕云）這廝好武藝！俺贏不的他。俺往山峪裏走、走、走。（同郭汜下）（李肅云）這廝每敗了也，乘勢不得不追。大小三軍，跟我趕將去來。（同卒子下）（張濟、樊稠、李傕、郭汜同驟馬兒領嘍囉拿兵器上）（樊稠云）今將李肅引進往太山中趕將來了，三軍預備擂木炮石者。（李傕云）老樊，我則依你行。戰不上數合，我往這裏一道烟也似跑將來，他後面趕將來了也。（郭汜云）俺在這山上，兀的順山坡，不是他來了。（李肅領卒子驟馬兒上，云）某李肅是也。領三千軍馬，與四大寇交戰。被某殺敗了他，追趕到這裏。可怎麼不見了也？（四寇圍住科）（樊稠云）休着走了李肅也！（卒子云）將軍不必往前去了。前頭是無底深澗，兩邊是高山，軍屯合峪口也。（李肅云）嗨，某不聽呂奉先哥哥之言，說四寇內樊稠善能用兵，今日果然中他計也。他殺不如自殺，某拔劍自刎而亡罷。當日行軍囑咐言，樊稠四寇果英賢。不期賺入深山峪，罷罷罷，自刎今朝在澗邊。（死科，下）（卒子云）四位太僕，有李肅將軍自刎而亡也。（李傕云）着了。多虧了我麼，了當了李肅也。不必殺那小軍兒罷。（樊稠云）住了。既然李肅死了，軍兵一個也不要殺他，都放他回去。（卒子云）得令！（下）（張濟云）俺且把軍馬擺開者。你看那後面征塵土雨,遮天映日,不有大軍來了也。(樊稠云)三軍擺佈的嚴整者。這個必是呂布的大軍來了也。(張遼、何蒙、魏悅、程廉躧馬兒上)(張遼云)親奉溫侯傳將令,迎敵四寇建功勳。誰知反中樊稠計,把俺將軍一命傾。某姓張名遼字文遠。這三位將軍,乃是魏悅、何蒙、程廉。俺四將同佐於呂奉先手下。今迎敵四大寇去。不想中樊稠之計,將俺李肅圍住,李肅自刎身亡。俺索行動些。(程廉云)張文遠,我想這四個草寇,何足道哉,倒送了俺白袍將軍性命也。(魏悅云)您休這般說。兀的不是四寇的人馬。(何蒙云)大小三軍,擺佈的嚴整者。俺呂奉先大軍未來到哩,等來時殺他這匹夫每也。(張遼云)俺且壓着陣,等呂奉先來,再做計議。你看後面,不是俺的人馬來了。(外扮侯成、高順、楊奉、陳宮同躧馬兒上)(侯成云)手中鐵捎敵兵怕,跨下征駯似朔風。定將四寇今番破,報仇須要顯奇功。某乃侯成是也。這三位將軍,乃是楊奉、高順、陳宮是也。俺奉呂奉先將令,來破四寇。俺行動些。(高順云)將軍,想俺這八健將,好生英雄。覷這四個草寇,有何難破也!(陳宮云)且休這等說。看了這樊稠,說他好生能用兵,將俺白袍將軍,賺入峪口,因此折了俺李肅將軍也。(楊奉云)既然這等,俺須等呂奉先來,與他交戰。兀的不是俺八健將,都在於此處也。(張遼云)您都來了也。俺等呂奉先來,與四寇交戰。俺且擺在門旗下。兀那後面,不是呂奉先哥哥來了也。(正末上,云)某乃交遼王呂布是也。自從在雲臺門下刺了董卓,有王允丞相,奉聖人的命,與某慶功。不期有西涼府四個草寇,將戰書來,單搦某并王允、李肅。某就那日點了十萬軍兵,就將領我妻貂蟬並八健將等,若殺退了四寇,就去交遼地面爲王去。李肅爲先鋒,領三千軍先行。他不聽某之言,被樊稠賺在山峪口圍住,自刎而亡。某如今親自迎敵四寇去。李肅兄弟,兀的不痛殺您哥哥也!八健將擺佈的嚴整者。(唱)

【正宮·端正好】盡忠臣身先喪,不承望今日魂亡。想衆徒賊子成群黨,不由我急攘攘空悽愴!(侯成云)元帥,這四寇好生無禮也。(正末唱)

【滾繡球】我是那立皇朝社稷臣,保山河架海梁。我着他正目兒把咱不傍,領能征慣戰兒郎;與俺李將軍報他那一劍仇,我着他苦哀哀自感傷。不許他陣前口强,使不的一種猖狂。則爲他今朝一命歸泉世,我着那大膽無徒眼下亡。我自有個斟量。

(正末云)兀的不是四個草寇!(李傕云)樊稠,不好了!這個人好不凶。你靠前些兒,我在後頭。(樊稠云)來者何人?(正末云)兀那匹夫,你不認的我?則某是交遼王呂奉先。你乃何人也?(樊稠云)你便是那呂布。俺四人不是別人，某乃樊稠，這三個是張濟、郭汜、李傕。你怎敢刺了俺董太師？有李肅被俺賺在山峪口裏殺了，你及早受死也。（正末云）兀那匹夫，聽我説與您董卓的事也。（唱）

【倘秀才】他待要行不仁全無些紀綱，壞法度施謀放黨，因此上去了奸邪整五常。（李傕云）你殺了我們太師，你還説嘴哩。（正末唱）您不合興士馬起刀槍，誰和你論講！（樊稠云）來來來！我和你略鬥幾合。（正末云）八健將您壓着陣，我殺這匹夫每去。（唱）

【脱布衫】則聽的鼕鼕鼓擂花腔，遮日影旗號舒張。施展那從前智勇，再顯咱往時雄壯。

（做調陣子科）（李傕云）這廝倒好手段兒。樊稠，你靠前些，我心跳起來了。（正末唱）

【小梁州】則我這武藝精嚴不可當，您可也不索商量。你看我手中寒戟迸秋霜，着您都難敵當。今日個纔顯我高強。

（張濟云）這呂布名不虛傳，方天戟越古超今也。（郭汜云）老李，這廝好雙溜手。我兒也，看我頭！搠破我頭，着你了不的。（正末唱）

【么篇】則您那胸中武藝成虛誑，要逃生避躲潛藏。我可也要建功無輕放，諕的他三魂飄蕩。我今日定興亡。

（正末做鼻漏科，云）呀呀呀！我這鼻漏了也。（李傕云）不好了，打破他鼻子了，他定告我們去也。（樊稠云）呂布，你怎的？（正末云）你不知我鼻漏了？兀那匹夫，您且回去，來日交鋒。（四寇做擺在一邊科[2]）（正末做到本陣科）（侯成云）呀呀呀！怎生元帥鼻漏了？（正末云）着他且回去，我明日再和他交戰。（侯成云）得令。兀那四寇，您且回去，來日交戰，俺元帥鼻漏了也。（樊稠云）你對呂布説去，今日務要見個高低也。（侯成云）哥哥，四寇不肯退，務要今日見個高低。（正末云）我這一會兒止了血也，再和他交戰去。兀那四寇，你來！我和你再戰幾合咱。（郭汜云）我若怕你，你就是畜生。（做調陣子科）（正末唱）

【醉太平】你可便將咱來小量，賣弄你軒昂。則你那奸讒絶行歹心腸，我着您登時間命亡。（做鼻漏科）（樊稠云）你又怎的？（正末云）我又鼻漏了也。（樊稠云）你合死也。我放你小歇一歇去。（正末做回陣科）（侯成云）哥哥，你又怎的？（正末云）我又鼻漏了也。（李傕云）樊稠哥，休放他小歇，趕他個乏兔兒罷。（樊稠云）你也説的是。呂布，不放你小歇，和你見個高低罷。（正末云）我這血又止了。來來來！（調陣子科）（唱）趕咱鼻漏偏雄壯，笑咱有病能敵當，知咱手段最高强。我和你定輸贏在這場。

（正末做鼻漏科，云）我又鼻漏了也。（侯成云）倒着哥哥勞力。俺八健將殺他每去。（正末云）不中。他四寇英雄，你則與他說，今日收兵，來日再戰。待到明日[3]，再與他交戰，未爲晚矣也。（侯成云）得令。兀那四寇，休趕乏兔兒。俺哥哥明日再與您交戰，且今日收兵罷。（樊稠云）也罷，容他明日再戰。且收兵，你回呂布話去。（侯成見正末科，云）哥哥，他收了兵，明日著俺與他交戰哩[4]。

（正末云）既然這等，俺領兵回去來。你說與他，我不是輸，是我鼻漏了也。（唱）

【尾聲】濕浸浸鮮血鼻中降，展污了征袍心上慌。不防他這一場，又不曾使智量。到明朝將軍令掌，我直着戰退賊徒，則着那萬民講。（下）

（侯成云）兀那四寇，俺元帥說與你，他恰纔不是輸了，他鼻漏了。着您且回去，明日再和你交戰哩。（郭汜云）不要聽他說嘴，快着他出來，我和他單戰，拼着殺了我罷。（張濟云）休要躁暴。兀那八健將，你聽者：我今日個且殺你個膽寒，明日必然要擒拿了您。俺且一同回去來。俺四將弓馬熟嫻[5]，鎮西涼數十餘年。今日個略使手策，則一陣大敗奉先。（四寇同嘍囉下）（侯成云）衆兄弟每，四寇去了也。誰想交遼王呂奉先，正與四寇交戰中間，不知怎生他鼻漏了三次，先回營中去了。俺八健將，須索回去看呂奉先哥哥去來。四大寇端的英雄，呂奉先出衆超群。他今日領兵回去，到明日方纔建功。（同下）

校記

[1] 他一準都來受死也："一"，原本作"以"，孤本已改，今從。本劇下同。
[2] 四寇做擺在一邊科："擺"，孤本作"排"。
[3] 待到明日："待"，原本作"戰"。今從王本改。
[4] 明日着俺與他交戰哩："日"字，原本無。孤本已補。今從。
[5] 弓馬熟嫻："嫻"，原本作"閑"。今從王本改。

楔　　子

（高順、何蒙、楊奉、魏悦同上）（高順云）迎敵四寇多辛苦，奉先鼻漏就歸來。某乃八健將高順是也。這幾位將軍，乃楊奉、何蒙、魏悦是也。俺同呂奉先迎敵四寇去，哥哥鼻漏先回來了。俺去營中去來。（楊奉云）俺呂奉先正戰中間，可怎生鼻漏了三次，好是奇怪也。（何蒙云）俺奉先哥哥，自來沒這等證候，可怎生與四寇交戰，有這等病證也？（魏悅云）若不是鼻漏了三次，可不戰退了四寇也。可早來到營中。俺且在這帳中等候別的將軍。這早晚敢待來也。（張遼、程廉、侯成、陳宮上）（張遼云）奉令驅軍校，男兒顯志剛。某乃張遼是也。這幾位將軍，乃陳宮、侯成、程廉是也。俺同與呂奉先迎敵四寇，不期他鼻漏了三次，不能成功。俺看呂奉先哥哥去來。（程廉云）張文遠，俺呂奉先怎生有這等之事，好是奇怪也。（侯成云）可不知是怎生。俺到營中，便見個分曉也。（陳宮云）可早來到營門首也。不必報復，俺自己過去。（做見科）（楊奉云）您眾將都來了。這早晚交遼王哥哥敢待來也。（正末上，云）某乃交遼王呂奉先是也。自從領兵到西涼地界，與四寇交鋒，日不移影，某鼻漏了三遭，我心中好生僥倖。我收兵回來，到營中與眾將計議去。可早來到也。我自過去。（張遼云）呀呀呀，交遼王哥哥來了也。（正末云）您眾將先來了。您近前來。我與四寇戰不到數合，我連鼻漏了三遭，莫不是上天見責？我心中好僥倖。據着您眾將意下如何？（張遼云）交遼王，此事俺心中也有些疑忌。（正末云）我自有個主意。您眾將休散，小校，後帳中請貂蟬夫人來[1]，我與他商議。（卒子云）理會的。貂蟬夫人，元帥有請。（貂蟬上，云）不因病酒與花愁，無限關心兩淚流。自與國家除患害，至今哀怨鎖眉頭。妾身貂蟬是也。祖居寒燕木耳村人氏，任昂之女，小字紅昌。因着妾身管貂蟬冠，就喚我爲貂蟬。先配呂布爲妻。因黃巾賊作亂，流落在王允丞相府中，着我爲養女。因在花園亭子上燒香，說了一句話，俺父親聽的，問其細詳。我說了前情，父親與了我一計，要害董卓。他果然中計，俺呂奉先在雲臺門下刺了董卓。有聖人的命，封俺呂奉先做交遼王溫侯之職。今有西涼府四大寇，下將戰書來，單搦俺父親並八健將上邊庭來。在這大營中，俺呂奉先迎敵四寇回來了，令人來請我，須索走一遭去。可早來到也。不必報復，我自過去。（貂蟬見科，云）交遼王征戰不易，喚妾身有何事也？（正末云）夫人請坐。你不知，自從我到西涼，又折了李肅兄弟。某與四大寇戰不上三合，我就鼻漏了。我想來我平生無此病疾，莫非上天不佑麼？我請你來商議此事。你意下如何？（貂蟬云）交遼王，你不問時，我不勸你。我想來，你就戰退了四大寇，成的你甚麼大事？依着我的心，聖人封你做交遼王，你則往交遼地面上爲王去，可不強似你與別人閒爭氣也。妾身不敢自專，大王尊鑒不錯。（正末云）正是這等。八健將便傳我的將令，說與手下十

萬大兵,俺去交遼地面爲王去來。(陳宮云)交遼王哥哥,則怕聖人見責,可怎了也?(正末云)不妨事。(唱)

【仙吕·賞花時】憑着我志氣英雄百萬兵,我可也腹隱機謀敢戰爭。(貂蟬云)你幾時起身也?(正末唱)則今日便登程,便到那交遼的這路境。(正末云)八健將,你隨後便來。夫人俺去來。(唱)您與我隨後統雄兵。(同貂蟬下)

(楊奉云)大小三軍,則今日拔寨起營,十萬兵同俺八健將,往交遼地面去來。吕奉先將勇兵强,敵四寇用盡心腸。因鼻漏難成功效,去交遼奉命爲王。(同衆下)

校記

[1]貂蟬:"蟬",原本作"嬋"。孤本已改。今從。本劇下同。

第 三 折

(樊稠同張濟領嘍囉上)(樊稠云)李肅山峪身遭難,吕布軍前又敗回。某乃樊稠是也。爲因董太師身死,俺與他報仇。某用計先將李肅引進山峪口中,軍兵圍住,前無出路,後有追軍,此人自刎而亡。昨日統兵[1],與吕布交戰數陣,未見輸贏。今日再領兵,與他交戰去來。(張濟云)將軍,昨日陣上看了吕布,他是一員上將,俺四將戰不過他。今日務要拿了吕布[2]。俺等李傕、郭汜來,共同商議。這早晚敢待來也。(李傕同郭汜上)(李傕云)昨日陣前纔得手[3],吕布鼻漏夾腦風。某乃李傕是也。這個是郭汜。俺昨日與吕布交戰,全憑樊稠支調,若憑着我,一世也成不的。郭汜,俺見樊稠去來。(郭汜云)李傕,你慢帳。昨日陣面上,全是我一個向前,你則打哄。可早來到也。小嘍囉報復去,道有俺兩個來了也。(嘍囉云)理會的。(做報科,云)喏,報的太僕得知:有李太僕、郭太僕來了也。(樊稠云)道有請。(嘍囉云)理會的。有請。(見科)(李傕云)老樊,俺來了也。你有甚麽話説?(樊稠云)俺今日再領兵去,與吕布交戰。我着小嘍囉打聽去了,這早晚敢待來也。(外嘍囉上,云)自家西涼府小嘍囉是也。着我打聽,回來見四個太僕去。可早來到也。我自過去。(做見科,云)太僕,我打聽回來了也。(樊稠云)吕布那裏紮着營哩?(外嘍囉云)吕布紮營的地方便有,和他十萬兵八健將,杳無踪迹也。(張濟云)他可往那裏去了也?(樊稠云)既然這等,李肅被俺殺了,呂布害慌,不知往那裏去了。三個人去了兩個,則有王允那個匹夫。俺如今一不做,二不休,如今點起十萬雄兵,索討王允與太師報仇。你意下如何?(李傕云)既然這等,俺正要耍一遭去哩。(張濟云)則今日點起西涼府十萬大軍,索王允走一遭去。**大勢雄兵似虎豹,只因呂布惹非災。今朝離了西涼府,放心也,不拿王允不回來。**(同下)

(董承領卒子上,云)**內除奸黨無災禍,不料西涼賊寇來。**小官國舅董承是也。只因王允丞相定計,在雲臺門下,着呂布、李肅,刺了董卓,又在郿塢城中,殺了他家族老小。不想有西涼府四寇,下將戰書來,單索王允、呂布、李肅。有呂布、李肅,統十萬兵八健將,迎敵四寇去了。未知輸贏,不知呂布往那裏去了。今有四寇領兵,離長安不遠,折伐桑棗,殺擄人民,則要王允丞相。這事怎了?今四城門上上了鎖也。着人請王允丞相去了,這早晚敢待來也。(王允上,云)**西涼四寇圍城下,忠臣報國豈容情。**小官王允丞相是也。當日定美女連環計,着呂布、李肅,雲臺門刺了董卓,封呂布爲交遼王温侯之職。不期西涼府四寇興兵,與董卓報仇。着李肅、呂布迎敵去了,未知勝敗。今有四寇離城不遠也。如到城下,小官問他個端的。忠臣不怕死,怕死不忠臣。小官自有個主意。可早來到也。小校報復去,道有小官來了也。(卒子云)理會的。(做報科,云)喏,報的大人得知:有丞相來了也。(董承云)道有請。(卒子云)理會的。有請。(王允做見科,云)大人,小官來了也。(董承云)老丞相,聖人的命,爲因四寇離城不遠,着俺問他個詳細也。(王允云)他若臨城下,小官和他答話。俺在這城上望着,遠遠的敢是四寇來了也。(四寇同上)(樊稠云)某乃樊稠是也。這個是張濟、李傕、郭汜。俺領兵至長安拿王允。可早來到大壕前也。(李傕云)都擺佈的整齊者,等我老李拿他每去。(董承云)丞相,兀的不是四寇來了也。(王允云)大人,小官與他答話去。(做見四寇科,云)您四人姓甚名誰,因甚麼起兵來犯俺長安?(樊稠云)兀那個老宰輔,俺是西涼府四將。某乃樊稠。這三個是張濟、李傕、郭汜。俺不爲別,則爲王允定美女連環計,殺了俺董太師。有李肅被俺困住殺壞了,呂布俺戰敗了。止有王允,若獻將出來,俺殺壞了,與太師報了仇,俺這十萬兵,便回西涼府去也。你説去。(王允云)您不爲別麼,則爲王允。您來圍長安,你可認的王允麼?(張濟云)俺不認的他。(王允云)則我是王允丞相。(樊稠云)你便是王允?趁早出城來受死。但若延遲,打破這城,百姓也不留一個。(王允云)您四人聽者:我如今回去,告與大人,我情願出城受死。你若不退兵呵,你發個誓願與我。(樊稠云)你若出城來受死,俺若再興兵攪亂,俺四個都死在大刀之下。(王允云)您道定者。我告大人去。(做見董承科,云)大人,這四寇圍城不爲別,則爲小官來。他説李肅已死,吕布吃他戰敗了。若小官出城受死呵,他便退兵;再有別心,都死在大刀之下。小官願受一死去也。(董承云)老宰輔差矣。當初除奸黨賊臣,老宰輔爲漢朝天下來,決不可出城受死。小校,快去四城門上分付,休放王允丞相出去。(卒子云)理會的。(王允云)是小官則告與大人,見聖人好回奏。小官則在城上與他答話。(做見四寇科,云)您四人近前,我纔告了大人也。我今出城受死,您便索退兵也。(樊稠云)你但出城受死,俺便回西凉府去。(王允云)大丈夫生於天地之間,豈怕生死!生而何喜,死而何悲?今扶漢朝,去其讒佞,垂名於竹帛,博一個青史標題,萬民稱讚。願聖人穩坐磐石,善保天顔。王允今墜城而死。罷罷罷!爲董卓亂世奸臣,欺文武損害良民。雲臺門除絶逆黨,四賊寇作亂興兵。願聖人江山永固,萬萬載海晏河清。今王允墜城而死,博一個萬古留名。(做墜城死科,下)(四寇做拿兵器虛砍科)(樊稠云)王允墜城而死了也,俺且屯住軍馬者。(卒子回報科,云)可不早説也。喏,報的大人得知:有王允丞相墜城而死也。(董承云)嗨,丞相也,你説與他答話去來,如何墜城而死也?我去問他去。(做見四寇科,云)您四人恰纔您説則爲王允丞相來。今王允已死,您如何不退兵?(樊稠云)宰輔是何人?(董承云)我是國舅董承。有甚話説?(樊稠云)董大人,俺如今也不回西凉府去。俺今將軍馬屯在城外,解卸了衣甲,你領俺見朝聖人。若不疑俺,俺情願投降,就在長安住坐;若疑俺呵,俺如今就回西凉府去。大人意下如何?(董承云)既然這等説,您都進城來。我領您見聖人去。(樊稠云)十萬兵紮住營者。三個將軍,俺見國舅董承去來。(郭汜云)且住者。中也不中?不要着他手。(樊稠云)不妨事,你跟我來。(四寇做見董承科)(樊稠云)大人,俺來了也。纔説的事如何?(董承云)您四人既然忠心歸降,您跟我見聖人去來。因王允墜城身亡,四大寇今日歸降。今不去西凉攪亂,願扶持漢世家邦。(同下)

　　(外扮劉末領卒子上,云)四百年來漢室興,桃園結義聚英雄。施呈手策關前戰,重扶帝業整乾坤。小官姓劉名備字玄德,祖居大樹樓桑人也。乃漢景帝十七代玄孫,中山靖王劉勝之後。幼習戰策,廣看群書。自於桃園結義,會着二弟關、張,先從皇甫嵩破黄巾賊百萬,加小官爲德州平原縣縣尹。同兩個兄弟,一處治民。不期朝中董卓專權,撥與養子吕布十萬兵八健將,西把了虎牢關。聖人暗調上十八路諸侯,來破吕布。有曹參謀路過德州,舉薦俺弟兄三人到虎牢關,戰退了呂布。今朝中刺了董卓。河北冀王,不曾保舉的俺,依舊平原縣尹。今有二兄弟雲長,要往蒲州祭祖去。小官今日在前廳上安排酒肴,與他送行。小校,門首覷者。若兩個兄弟來時,報復我知道。(卒子云)理會的。(外扮張飛上,云)祖居涿郡顯英雄,丈八長槍天下聞。虎牢關下施威武,獨戰溫侯建大名。某姓張名飛字翼德,祖居涿州范陽人也。某平生正直,勇力過人,鄉中人民,無不懼怕。自於桃園結義,遇着二位哥哥。長兄是劉玄德,二哥哥關雲長。俺宰白馬祭天,殺烏牛祭地。一在三在,一亡三亡。不求同日生,只願同日死。俺弟兄三人,自破黃巾賊以來,封俺哥哥為德州平原縣尹,着俺在這裏同共理民。俺自從虎牢關下殺敗了呂布,有河北冀王袁紹,未曾舉薦俺進朝,依舊為縣尹之職。今有俺二哥要往蒲州祭祖。今有俺大哥安排酒肴,與二哥餞行,須索走一遭去。可早來到也。小校報復去,道有張飛來了也。(卒子云)理會的。(做報科,云)嗏,報的大人得知:有張飛來了也。(劉末云)道有請。(卒子云)理會的。有請。(張飛做見科,云)哥哥,您兄弟來了也。(劉末云)三兄弟來了也。今日與你二哥送行。酒肴都安排停當了。小校,門首望者,若二兄弟來時,報復我知道。(卒子云)理會的。(正末扮關雲長上,云)某姓關名羽字雲長,祖居是蒲州解良人也。自與劉玄德哥哥和張飛兄弟結義之後,俺哥哥在此德州平原縣為理,某與張飛為馬弓手、步弓手。今遇春天,某去蒲州祭祖去。今日哥哥和兄弟,與某酌別,須索走一遭去。想俺弟兄三人,如此英雄,幾時是那崢嶸的時節也呵!(唱)

【中呂・粉蝶兒】屈沉殺雄壯英豪。幾時得氣昂昂領兵驅校,每日家悶懨懨,閒放槍刀。俺哥哥他理居民,兄弟也學兵法,關某便溫習韜略。思量來枉用心苗,俺在這縣衙中不能勇耀[4]。

【醉春風】思先父到家鄉,至墳中拜祖考。我是那將門之子有聲名,倒大來便好、好。有一日掌領軍權,陣前顯武,一心待立些功效。

(正末云)可早來到縣衙門首也。小校報復去,道有某來了也。(卒子云)理會的。(報科,云)嗏,報的大人得知:有二將軍來了也。(劉末云)道有請。(卒子云)理會的。有請。(正末做見科)(劉末云)兄弟,你來了也。因你祭奠先祖去,俺聊備蔬酌,與兄弟餞行。小校擡上果桌來者。(卒子云)理會的。(做擡果桌上科,云)果桌在此。(劉末云)將酒來。我與兄弟遞一杯。(把盞科,云)兄弟滿飲一杯。(正末云)哥哥先請。(唱)

【迎仙客】謝哥哥多用心,着兄弟怎生消。(劉末云)兄弟去則去,早些兒回來也。（正末唱）祭罷祖就回程可便來到了。（張飛云）則等哥哥來，俺也尋個出身之計也。（正末唱）你怕不要崢嶸尋戰討。也是我合受煎熬，俺可便甚日得身榮耀？

（飲酒科）（劉末云）張飛，你可與你二哥遞一杯。（張飛云）理會的。小校將酒來，我與二哥遞一杯。（把盞科，云）二哥滿飲此杯也。（正末云）兄弟也，酒便我飲。我勸你幾句話，可要你依着我行。（張飛云）哥哥勸我是麼，您兄弟盡都依隨也。（正末云）你聽者。（唱）

【紅繡鞋】你今後休生躁暴，把哥哥將令依着，將俺這弟兄的情意可便要堅牢。（張飛云）您兄弟則不惹事便了也。（正末唱）伴哥哥在衙門內，斷事處緊跟着。（張飛云）二哥，你此一去，則是早些兒回來也。（正末唱）我若是早回來有計較。

（劉末云）酒且住者。俺閒口論閒話，兄弟祭罷祖，若回來了，俺怎生尋個進身之法，強似俺在這德州爲理，幾時是了也！（張飛云）大哥，則等二哥來，俺好歹做個棟梁之材也。（正末云）某想來，俺要榮顯，還要些功勳，方可得皇家爵祿也。（劉末云）兄弟也，俺在此處爲理，有何功勳到的俺也？（正末云）哥也，他曾用着俺弟兄每來。（張飛云）哥哥，俺則在這裏躱着呵，幾時用的俺一遭？怎生成的大事也！（正末云）兄弟，你休這般説。（唱）

【滿庭芳】則俺這功勞較小，則在那虎牢關下戰呂布大敗奔逃。（張飛云）十八路諸侯，不曾贏的呂布，俺弟兄三個，殺的他大敗虧輸也。（正末唱）衆諸侯不得成功效，他每都枉用槍刀。（劉末云）那等一場功效，今日則如此也！（正末唱）那的是曹孟德舉薦的不着，因此上受窮途在此潛着。（張飛云）我又不信。等的二哥來，好歹有用之日也。（正末唱）若等的我回來到，俺三人計較。（劉末云）計較甚麼那？（正末唱）計較要捨命保皇朝。

（劉末云）兄弟，俺不必共話，誤了你行程。你只今便行也。（正末云）哥哥，兄弟在此別了，便索長行也。（劉末云）兄弟於路上小心些。（張飛云）哥哥早些兒回來。（正末云）兄弟你放心也。（唱）

【尾聲】多便有一月餘，再少呵十數朝。（劉末云）兄弟領多少人馬去？（正末唱）領着這半千人馬多雄耀[5]。（劉末云）兄弟，你捎個書信來[6]。（正末唱）您兄弟無有回音定來約。（下）

（張飛云）哥哥，二哥去了也。他今日領五百軍校，逕往蒲州解良祭祖。您兄弟無甚事，巡邊境去來。（劉末云）三兄弟，您二哥不在，是要巡邊境去。小心在意者。（張飛云）則今日領兵，巡綽邊境走一遭去。俺兄弟鎮守平原，顯英雄敢勇當先。巡邊境若有賊寇，我着他試張飛腕上鐵鞭。（下）（劉末云）兩個兄弟都去了也。雲長今往本鄉祭祖，三兄弟巡邊境去了。小官無甚事，且回後堂中去來。撫百姓一郡民安，扶王業輔佐江山。二兄弟蒲州祭祖，拜先塋目下回還。（同下）

校記

［1］昨日統兵："昨"，原本作"前"。今從王本改。
［2］今日務要拿了吕布："今"，原本作"明"。今從王本改。
［3］昨日陣前纔得手："昨"，原本作"作"。今改。
［4］不能勇耀："勇"，孤本改作"榮"。
［5］半千人馬多雄耀："雄"，孤本改作"榮"。
［6］你捎個書信來："捎"，原本作"稍"。孤本已改。今從。

楔　　子

（樊稠同張濟上）（樊稠云）報了太師恩義重，招入長安伏獻皇。某樊稠是也。這位乃是張濟。俺自西凉府起兵以來，戰退吕布，殺了李肅。俺直到長安城，有王允墜城而死。有聖人要招安我每，曾對天發願：若俺有一些兒歹心，死在大刀之下。俺都在此爲官，好生辛苦。我欲要請聖人去俺西凉府建都，俺侍奉着，就是天下諸侯，那個敢來説？俺還去那裏快活。張濟，你意下如何？（張濟云）樊稠，正是這等，俺如今等李傕、郭汜來，一同商議。這早晚敢待來也。（李傕同郭汜上）（李傕云）離了西凉好山寨，少吃許多好渾酒。自家李傕是也。這個是郭汜。俺自離了西凉，聖人招安我四個，封我每官位。一日起一個五更，我那裏受的！則不如還去我那西凉府去，倒快活也。（郭汜云）你且不要閒説。我們見樊稠、張濟，看他怎麽説。可早來到也。不要報，我們自過去。（見科）（李傕云）我説老樊，你衆人夾腦風。我們在西凉府，那等快活！如今口説做了個大官，那裏受這等苦楚，終日起個五更四更。你趁早做個計較。（樊稠云）你不要這等大驚小怪的，我每已計較停當了。我説與您衆人：我如今則説請聖人看一看西凉府景致，到那裏，就着聖人在那裏建都。就調上天下十八路諸侯，誰敢怎的？此計如何也？（張濟云）正是這等。此事不宜遲滯，俺選了吉日良辰，一同見聖人，請往西凉府去來。董太師一命身亡，請聖人到俺西凉。十八路諸侯雖勇，難與俺説短論長。（同下）

（董承領卒子上，云）忠心每扶劉社稷，義膽常存佐漢邦。某國舅董承是也。誰想西涼府四寇，領兵來犯長安，李肅自刎身亡，呂布不知去向。他圍了城池，單要王允丞相。有王允丞相墜城而死。聖人招安下他，封他四人大將軍官位。我暗差人打聽這四個草寇，又興不義之心，要將聖人請去西涼府去。某今得知，先將聖人請去洛陽去了。四草寇已知，領十萬兵趕將來了。可怎生是了？這個前面來的，不知是那一路諸侯？（曹操上，云）自幼曾將文業習，虎牢關上苦相持。只因董卓專權後，罪惡如山天下知。小官姓曹名操字孟德，祖居沛國譙都人也。幼習儒業，頗看詩書。自中甲第以來，累蒙擢用，謝聖人可憐，加小官為兗州太守之職。因董卓專權，差呂布在虎牢關下。我舉薦劉關張弟兄三人，戰退了呂布，我就與他弟兄每結為昆仲。小官聞知四寇作亂，因呂布刺了董卓[1]，呂布不知去向，王允墜城而死，天子往洛陽去了。我去濟州催趲糧草，來到這黃河退灘。前面一標人馬，不知是何人？我是看咱。（做見董承科）（曹操云）呀呀呀！原來是國舅董老大人。國舅何往也？（董承云）曹參謀，你不得知。因四寇作亂，乃樊稠、張濟、郭汜、李傕，追趕將來。某身無所歸之處，可怎了也？（曹操云）大人，你不要慌，且紮住營者。某手下有幾員戰將，這早晚敢待來也。（曹仁同曹霸上）（曹仁云）漢末紛紛起戰塵，南征北討建功勳。胸懷勇力無人似，武藝精強第一人。某大漢曹仁是也。這位將軍，乃是曹霸。俺同跟俺哥哥去濟州催趲糧草，今日回來到這黃河退灘也。（曹霸云）將軍，兀的不是俺哥哥的人馬？俺過去見哥哥去來。（做見科）（曹操云）曹仁、曹霸，您與國舅大人廝見者。（曹仁云）大人恕罪。（董承云）不敢，不敢。（曹操云）曹璋與許褚，在於何處？（曹仁云）隨後便至也。（曹操云）既然如此，您且一壁有者。（曹仁云）得令！（許褚同曹璋上）（許褚云）海內聞知顯志酬，英雄敢勇統戈矛。威風赳赳人皆怕，膽力無邊號九牛。某乃九牛許褚是也。這位將軍，乃鐵笠子曹璋。俺同與曹參謀催趲濟州糧草回來了，到這黃河退灘也。（曹璋云）許褚將軍，兀的不趕上俺參謀的軍馬也。俺過去來。（做見科）（許褚云）參謀，為何不前進也？（曹操云）好好好！您來全了也。聽我將令：與您三千人馬，回去迎敵西涼四寇去。休誤了將令。（曹仁云）得令！許褚將軍，曹霸、曹璋，俺迎敵四寇去來。領手下鐵馬金戈，量草寇勇力無多。憑部下英雄壯士，則一陣蕩過黃河。（四將下）（董承云）曹參謀，這四將這一去如何？（曹操云）大人放心。俺且則在此處紮營，等他四將回來。（外卒子上，報科，云）參謀大人，一個將軍，領五百校刀手，望黃河退灘來了也。（曹操云）怎生般相貌？（外卒子云）

生的面如挣棗色,卧蠶眉,長髭髯;金盔金甲,騎一匹黃膘馬,拿一柄青龍偃月三停刀。來的近了也。(曹操云)好好好!原來是我二兄弟雲長來了。兀那小校,等到時,道某有請。(外卒子云)理會的。(下)(正末上,云)某關雲長是也。自離了我哥哥兄弟,來到解良郡祭祖已畢。領五百校刀手,蕩過黃河,來到這黃河退灘。有曹參謀着人來請,不知有甚事,須索走一遭去。可早來到也。小校報復去,道有關某來了也。(卒子云)理會的。(報科,云)喏,報的參謀得知:有二將軍來了也。(曹操云)道有請。(卒子云)理會的。有請。(正末做見科)(曹操云)呀呀呀!二兄弟,自虎牢關一別之後,不覺許久。誰想在此處相會也!(正末云)您兄弟要來拜望,爭奈不能動身。今日本鄉祭祖回來,偶然在此處相會也。(曹操云)二將軍,你認的這位大人麽?(正末云)某不認的。(董承云)小官乃國舅董承是也。(正末云)大人因何至此?(曹操云)二兄弟,你不知,聽我說與你:只因呂布刺了董卓,有西涼府四個草寇,要與董卓報仇,殺了李肅,呂布不知去向。四寇將王允丞相逼的墜城而死,追趕國舅至此。我着曹仁迎敵去了,未知如何?(正末怒科,云)原來如此。參謀勿罪,國舅大人恕罪。小校將馬來,我迎敵這四個匹夫去。(曹操云)既然兄弟要去,成功之後,還在此處與你慶功。則要你小心些。(正末云)參謀但放心也。(唱)

【仙吕·賞花時】仗勇烈常思要盡忠。着我那大膽的賊徒走似風,直殺的滿地草梢紅[2]。憑著我心懷義勇,(正末云)參謀勿罪。五百校刀手,跟我去來。(唱)我直着談笑間獻頭功。(同下)

(董承云)曹參謀,我久聞二將軍之名,不曾得見,恰纔見了,端實英雄。這一去必然成功也。(曹操云)國舅大人但放心,這一去必然成功。俺且回後帳中去來。關雲長義勇奪魁,仗英雄天下無敵。這一去必成功效,將賊寇殺盡方回。(同下)

校記

[1]因呂布刺了董卓:孤本疑此處有脫文。
[2]直殺的滿地草梢紅:"梢",原本作"稍"。今從孤本改。

第 四 折

(張濟同樊稠騾馬兒上)(張濟云)自從降漢長安住,半夜三更心不寧。

某張濟是也。俺自從領兵圍長安,有王允墜城而死,俺就降於大漢,聖人都封俺為上將軍之職。俺怎生受的這辛苦!欲要請聖人往俺西涼府遷都去,有國舅董承,瞞着俺將聖人請往洛陽遷都去了。俺如今統十萬兵趕了去。(樊稠云)將軍,俺一不做,二不休,隨路折伐桑棗,苦害黎民,務要趕上董承,請聖人往俺西涼府去。李傕、郭汜,敢待來也。(李傕同郭汜躧馬兒上)(李傕云)馬上坐着則打盹,搋的渾身肚裏疼。自家李傕是也。這個是郭汜。俺自圍長安,投降漢朝,都封俺官位。俺怎麼受的這等辛苦,一起一個四更,怎麼受的!(郭汜云)俺商量了,請聖人往俺西涼府去。那董承他請的往洛陽去,俺四個趕了去。兀的不是樊稠哩。(樊稠云)你來了也。俺這十萬兵,追趕到這黃河岸也。兀那塵土起處,敢是那一路諸侯來也。(曹仁躧馬兒上,云)刀橫偃月能征將,馬跨青駿鐵脊蛟。某乃大漢曹仁是也。奉俺哥哥將令,說四寇追趕將來,着某迎敵去。兀的不來了也。來者莫非是四寇麼?(樊稠云)俺是西涼府四將。你來者何人?(曹仁云)某乃大漢曹仁是也。你四寇及早下馬受死。(樊稠云)三軍操鼓來。(做戰科)(曹仁云)這四寇英雄[1],我敵不住他。走走走!(下)(張濟云)他走了也。樊稠,俺不要追趕。你看兀的不又有人馬來也。(曹璋同曹霸躧馬兒上)(曹璋云)一口鋼刀無對手,天下聞名赤鬚狼。某鐵笠子曹璋是也。這個是我兄弟曹霸。俺哥哥將令,着某迎敵四寇去。不知怎生曹仁輸了。俺迎將去來。(曹霸云)哥哥,兀的不是四寇來了也。俺迎敵去。(樊稠云)來者何人?(曹璋云)某乃兗州太守曹孟德之弟,鐵笠子曹璋。這個是我兄弟曹霸。你來者何人?(樊稠云)某乃西涼府四將。量你到的那裏也!(李傕云)操鼓來。我和他着一合。(做戰科)(曹璋云)這四寇英勇,俺敵不住他。走走走!(下)(郭汜云)他都輸了也。是夥弄虛頭的弟子孩兒。俺趕去來。(樊稠云)俺不要追趕,兀的不又有人馬來了。(許褚躧馬兒上,云)驅兵領將迎四寇,今朝務要見輸贏。某九牛許褚是也。奉俺太守將令,迎敵四寇去。兀的不來了也。來者莫非是四寇麼?(張濟云)是俺四個。是張濟、樊稠、李傕、郭汜。你來者何人?(許褚云)某乃兗州太守曹操麾下九牛許褚是也。你四寇及早下馬受死。(樊稠云)量你何足道哉,三軍操鼓來。(做戰科)(許褚云)這四寇武藝精熟,敵不住。走走走!(下)(樊稠云)這匹夫輸了也。俺順着這黃河岸,趕將去來。(四寇同下)(正末躧馬兒領卒子上,云)某關雲長是也。自德州平原縣,辭了哥哥兄弟,來蒲州解良郡祭祖。回來撞見曹參謀哥哥,與我說道:呂布刺了董卓,有西涼府四寇,要與董卓報仇,逼王允丞相墜城而死。參謀着某

在黃河岸上等候。某想這四草寇，好是無禮也呵！（唱）

【越調·鬥鵪鶉】則見這戰馬彎犇，威風越顯。領着我手下兒郎，你看我從頭兒調遣。博一個萬載清名，功勳久遠。你着我勇力加，武藝全；殺的他戰馬空回，將旌旗就捲。

【紫花兒序】韻悠悠軍中畫角，響噹噹滿耳鑼篩，亂紛紛兵刃排連。則見那征雲蔽日，土雨遮天。隱隱聲喧，多管是大膽的強徒統將權。我心中自來不善。舉着我這沉甸甸鋼刀[2]，管着他便閉口無言。

（正末云）你看那塵土遮天，兀的不有人馬來了也。（樊稠、張濟、郭汜、李傕驪馬兒上）（樊稠云）衆兄弟，曹將都輸了，俺趕將去來。（做冲到正末根前科）（正末云）唗，兀那四個草寇，你往那裏去！（李傕云）哎約，諕殺我了！怎麼有這麼模樣一個人，手裏拿着一口好大刀也。（張濟云）俺當初說，死在大刀之下。這口刀也不小。（郭汜云）誰着你沒的說，便說死在小刀之下，也罷來。（樊稠云）不防事，我和他答話。兀那紅臉漢，你是何人，敢迎敵俺來？（正末云）兀那四個草寇，你聽者：某行不更名，坐不改姓，蒲州解良人也，姓關名羽字雲長。你這四個匹夫是誰？（樊稠云）某乃西涼府樊稠。這個是張濟、李傕、郭汜。（李傕云）老樊，你少說話，你靠前些，我怕起來了。（張濟云）來來來！我也聞你的名字，我和你略鬥幾合。（正末云）這匹夫好無禮也！（唱）

【調笑令】你在這陣前敢狂言，呀，則我這手內鋼刀無甚軟。（李傕云）我說老張，難得手[3]，我們走了罷。（正末唱）你待要誇強賣會尋爭戰，你今日命掩黃泉[4]。（郭汜云）老叔叔，不要惹他，走了罷。（正末唱）將俺那忠臣屈死我報冤，不要你半霎兒俄延。

（做調陣子科）（張濟云）不怕你。來來來，略鬥幾合。（正末唱）

【鬼三台】我將這刀揮轉，端的是如銀練。殺的你身軀倒偃。者莫你駕霧上青天，趕到你靈虛殿前。將從前智勇重論演，抖神威急急走向前。（樊稠云）是好武藝也。（李傕云）老叔，我手酸了，不濟了，我先走了罷。（正末唱）誰着你大膽胡爲，也是你時乖運蹇。

（郭汜云）你們還不走哩！事務不好將來了，走了罷。（正末唱）

【禿廝兒】刀起處銀霞亂展，鐏回來誰敢當先。（做刀劈了樊稠科）（樊稠做死科，下）（唱）則我這刀揮趑趄勇力全。（云）着去！（做刀劈了張濟科）（張濟做死科，下）（唱）我着你入黃泉，常好是哀憐。

（李傕云）老叔，饒了我罷。我送些禮物與老叔要則罷。（郭汜云）饒了

我,殺了他罷。(正末做刀劈李傕科)(李傕做死科,下)(正末唱)

【聖藥王】我將這馬驟圓,走向前。(郭汜云)罷了,丟了我命了。走了罷。(正末云)四個刀劈了三個,你走那裏去!(唱)我則見慌忙逃避走如烟。(做趕上刀劈了郭汜科)(郭汜做死科,下)(正末唱)你可也死限催,在眼前。功名平步上凌烟,今日個稱了腹中冤。

(正末云)五百校刀手,某單刀劈了四寇也。您將着他的首級,跟我趕殺敗殘軍去來。(唱)

【尾聲】敗殘軍滿地屍橫遍,方表經綸志展。我將那賊子送了殘生,少不的播清風萬年遠。(正末同衆下)

校記

[1] 這四寇英雄:"雄"字,孤本改作"勇"。
[2] 沉甸甸鋼刀:"甸甸"二字,原本作"點點"。孤本已改。今從。
[3] 難得手:"難"字,原本作"看"。孤本已改。今從。
[4] 今日命掩黄泉:"掩"字,原本作"俺"。孤本已改。今從。

第 五 折

(董承領卒子上,云)只因四寇行無道,擾動居民四野荒。小官乃國舅董承是也。只因董卓專權,多虧了王允丞相定計,着李肅、呂布,刺了董卓,除了奸黨。不想西凉府四寇興兵,聖人着呂布領十萬兵同八健將爲帥,李肅爲先鋒,他二將不知勝負。四寇圍城,王允丞相墜城而死。聖人墓頂封官。俺就招安了四寇,都封了大將軍之職。他到底是草寇,狼子野心,那裏做的國家臣子,商量了要請聖人往西凉府建都。小官聞知,着兩班文武保將來。俺漢家無人可敵。來至黄河退灘,遇着兖州太守曹孟德,他着四員曹將迎敵去了。有雲長往蒲州祭祖,路過此處,又着他迎敵去了。我料曹將必不能勝四寇,雲長一準成功。小官着人去德州平原縣請劉玄德與張飛去了。小官在此紮營等待,安排下酒餚。曹孟德這早晚敢待來也。(曹操上,云)雲長義勇忠良將,天下聞名大丈夫。小官曹孟德是也。官拜兖州太守。則爲軍糧不到,小官同曹仁等往濟州催運糧草。撞見國舅董承,原來有四寇作亂,追趕至急。小官留住,紮下營寨。我着曹仁等四將戰去。四寇委實英雄,殺敗了俺四將。不期雲長往蒲州祭祖,路過此處,正遇小官。着雲長迎敵四寇,端的是無敵慷慨英雄將，漢室豪強立廟臣。一口刀立誅了四寇，得勝而回。雲長便至也。四員曹將也未來哩。小官先見國舅董承去。可早來到也。小校報復去，道有小官來了也。（卒子云）理會的。（報科，云）喏，報的大人得知：有曹孟德來了也。（董承云）道有請。（卒子云）理會的。有請。（曹操做見科，云）大人，賀萬千之喜也。小官舉關雲長迎敵四寇，一陣成功。大人當以與他加官賜賞也。（董承云）曹孟德，多虧了你舉薦雲長，委實英雄。我著人請劉玄德、張飛去了。等他來時，一同與他慶功。安排下酒肴。曹仁同衆將，怎生還不見來？（曹操云）好好好！大人，小官也有這個心。等他三人來時，俺一同與三人慶功也。曹璋等這早晚敢待來也。（董承云）小校望者，若四將來時，報復我知道。（卒子云）理會的。（曹璋、曹霸上）（曹璋云）**西涼四寇真英俊，俺去迎敵一陣輸。**某曹璋是也。這個是我兄弟曹霸。同奉俺哥哥將令，去迎敵四寇去。好四寇委實英雄，端的難敵。多虧了二將軍關雲長，一口刀越古超今，將四寇一刀一個都劈了。（曹霸云）若不是關雲長來，俺兩個性命不保。俺如今且到營中見哥哥去來。小校報復去，道俺二將來了也。（卒子云）理會的。（做報科，云）喏，報的大人得知：有曹璋、曹霸來了也。（曹操云）著他過來。（卒子云）理會的。著過去。（做見科）（曹操云）您二將功勞如何？（曹璋云）俺敵不住四大寇。多虧了二將軍關雲長，劈了四寇便來也。（曹操云）既然這等，您且一壁有者。待二將軍來時，與他慶功。這早晚敢待來也。（曹仁上，云）**只因西涼賊將勇，將吾一陣就虧輸**[1]。某曹仁是也。奉俺哥哥將令，迎敵四寇，不能成功。虧了二將軍關雲長，一口刀誅了四寇。他今日成功。某見俺哥哥去來。可早來到也。小校報復去，道有曹仁來了也。（卒子云）理會的。（做報科，云）喏，報的大人得知：有曹仁來了也。（曹操云）著他過來。（卒子云）著過去。（做見科）（曹操云）曹仁，你的功勞如何？（曹仁云）哥哥，四寇好生英雄，若不是二將軍來時，怎了也！他殺了四寇便至也。（曹操云）既然如此，則等二將軍來。這早晚敢待來也。（許褚上，云）**親奉參謀傳將令，迎敵四寇不成功**。某許褚是也。奉參謀將令，迎敵四寇去。好四寇也，委實難敵，將某一陣，大敗虧輸。正趕殺某，誰想有二將軍關雲長來接應。好將軍也，端的是英雄無賽比，匹馬世無雙！諕四寇喪膽亡魂，一口刀平除草寇。一刀一個誅了四寇，趕殺那敗殘兵去了。我回來見參謀去。可早來到也。小校報復去，道有許褚來了也。（卒子云）理會的。（做報科，云）喏，報的大人得知：有許褚來了也。（曹操云）著他過來。（卒子云）理會的。著過來。（做見科）（曹操云）許褚，你的功勞如何？（許褚云）好二將軍，若不是他來，可怎了也！那四寇好生英雄，俺敵不住他。二將軍走將來，一口刀越古超今，立誅了四寇，殺那敗殘軍去了。這早晚敢待來也。（曹操云）既然這等，小校門首望者。若二將軍來時，報復某知道。（卒子云）理會的。（正末領卒子拿四顆首級上，云）某關雲長是也。因家鄉祭祖去，來至半途，遇著四寇，將國舅董承追趕的至急，連敗曹將數員[2]。曹孟德見了某，就領見大人。曹孟德舉某之能，眾人大喜。不想就着某除四寇。仗哥哥兄弟的虎威，單刀劈了四寇。今日國舅營中獻功去來。（唱）

【雙調·新水令】仗單刀四寇盡遭誅，獻功勳眾人前分訴。我這口三停無對刀，將他這四寇當時除。又不曾費甚工夫，建功效在那黃河路。

（正末云[3]）可早來到營門首。小校報復去，道有關雲長得勝回營也。（卒子云）理會的。（報科，云）喏，報的大人得知：有關雲長得勝回營也。（董承云）道有請。（卒子云）理會的。有請。（正末做見科，云）大人，關某單刀劈了四寇，得勝回營也。（董承云）二將軍，你好英雄也。這四個草寇，十分英雄。他日不移影，敗曹將數員。不期半途遇着雲長，聊展虎狼之志，將四寇頃刻大破。不知你在兩陣上，怎生破這四寇，你對這大小漢將，說一遍也。（正末云）大人，聽某說一遍咱。（唱）

【沉醉東風】兩陣上齊鳴戰鼓，到垓心各展機謀。他那裏四匹馬到來[4]，俺這裏則索迎將去[5]。（曹操云）他每的武藝如何也？（正末唱）則他那剛強處，端的誰如。忙舉鋼刀陣上舞，殺的他四草寇殘生入土。

（董承云）雲長，你不曾拿將那草寇的首級來？（正末云）首級有。小校將首級來。（卒子做拿首級科，云）得令！首級在此也。（曹操云）雲長，這個便是四寇的首級？這一顆首級是誰？（正末唱）

【雁兒落】這個是樊稠忒性愚。（董承云）這一顆首級是誰也？（正末唱）這個是郭汜多名目。（曹操云）這個是誰的首級？（正末唱）這個是英雄張濟頭。（董承云）這個是誰的首級？（正末唱）這顆是李傕能人物。（董承云）爲這四個草寇，壞了俺好些英雄也。（正末唱）

【得勝令】呀，則被他壞盡俺風俗，他可便也合命虧圖。都死在鋼刀下，救了些民庶苦[6]。（曹操云）若不是將軍呵，怎生得破的這四寇也。（正末唱）他每都心毒，將俺倒平欺負[7]。發了些無徒，今日個一身歸地府。

（董承云）拿開首級。小校，排上果桌來，與雲長慶功，飲罷酒加官賜賞。（正末云）大人，酒便關某飲，這官位不敢受也。（董承云）怎生不敢受官職也？（正末云）大人，俺哥哥與兄弟都在德州爲理。俺當日不求同日生，則願當日死，一在三在，一亡三亡。今日某若爲了大官，着哥哥與兄弟，道關某無了交情也。（董承云）雲長乃世之傑士也，不忘舊日之情。二將軍，投至你說，小官數日前着人請去了。小校門首覷者。等他二人來，加官賜賞也。小校且擺酒來，飲罷酒再做計較。（卒子云）理會的。（劉末同張飛上）（劉末云）只因結義恩情厚，寰海聞名天下知。小官劉玄德是也。這個是三兄弟張飛。有二兄弟雲長，往蒲州解良郡祭祖去了。俺二人正想雲長，不期有國舅董承，着人請俺弟兄二人。俺離了德州平原縣，行至半途，聽的説雲長黃河岸邊，一口刀誅了四寇，俺甚是喜歡也。（張飛云）哥哥，想俺二哥英雄無對，武藝超群，量四個草寇，怎生迎敵過俺二哥！既然大人來請俺，這個是大人的營寨，説二哥在大人營中哩。俺見去來。可早到營門首也。小校報復去，道有劉玄德、張飛來見大人。（卒子云）理會的。（做報科，云）喏，報的大人得知：有劉玄德、張飛來了也。（董承云）好好好！二人來了也。曹孟德，你接二位將軍去。（曹操云）理會的。小官接待去。（做接科，云）劉玄德，三兄弟，有請。俺同見大人去來。（劉末云）哥哥也在此處。俺見大人去來。（同做見科）（劉末云）大人，小官劉備、張飛，感蒙大人呼喚，俺離了德州平原縣，來見大人。不期兄弟刀劈了四寇，與國立功，聞知在大人營中。俺二人特來拜見也[8]。（董承云）劉玄德、張飛，您來的正好。您兄弟雲長，建了大功，俺要與他加官賜賞，他言稱道，有哥哥與兄弟，都在德州爲理。他怕失了交情，不肯受其官職。我因此上差人請將你來，同共與您加官賜賞也。（正末云）哥哥、三兄弟來了也。自哥哥與兄弟每久別，不想偶爾破了四寇，今大人與某加官賜賞。您兄弟思念哥哥兄弟，不敢越了桃園結義之情，不肯受其官職。因此上大人取哥哥兄弟前來，同享富貴也。（劉末云）好義勇壯哉的兄弟！（董承云）小校排上果桌來者。（卒子云）理會的。（做排上果桌科，云）果桌在此。（董承云）小校將酒來。先着劉玄德飲一杯拂塵酒，後與雲長慶功。（卒子云）酒在此。（董承做把盞科）玄德公滿飲一杯。（劉末云）大人，小官不敢。還從曹孟德來。（曹操云）玄德公請。（劉末做飲酒科）（董承云）再將酒來。這杯酒雲長飲。（正末云）大人，從別的將軍來。（董承云）將軍滿飲此杯。（正末唱）

【沽美酒】我合該飲醲醑。有功勳用心術，殺的那草寇身亡一命殂。（董承云）肯分的你哥哥兄弟，又來接待你，你可便歡喜飲一杯也。（正末唱）遂了俺心中願語，這一場不平處。

（劉末云）我聞的這四寇，好生英雄也。（正末唱）

【太平令】會廝殺寰中人物，遇着咱一勇之夫。登時間迷踪失路，眼睜睜英雄何處。（董承云）將酒來，張飛飲這杯酒。（張飛云）我哥哥有功，我該飲這一杯酒。（正末唱）呀，我功勞有餘，盡伏草寇，他便已無。受用着皇家恩祿。

（董承云）二將軍，因你殺了四寇，聖人與您弟兄每加官賜賞。你謝了恩者。（正末云）誰想有今日也呵！（正末同劉末、張飛做排班行禮科）（正末唱）

【折桂令】衆英雄萬歲山呼，舞蹈揚塵，拜謝鑾輿。扶立家邦，願當今穩坐皇都。文臣每立朝綱過如伊吕，武將每掌軍權不弱孫吳[9]。萬載歡娛，是處皆伏。普天下民樂雍熙，託賴著聖主洪福。

（董承云）您衆將望闕跪者，聽聖人的命：您都是漢室忠臣，立劉朝多有功勳。因董卓專權不善，一心要變亂疆封。王允定連環之計，使吕布發怒生嗔。戟刺死奸讒賊子，重整理漢室乾坤。西涼府四寇作亂，報董卓往日之恩。逼李肅軍前自刎，吕奉先不得成功。全忠孝王允身死，四賊寇又懷不仁。將小官星夜追趕，到黃河無處安存。虧參謀能舉良將，二公子勇冠三軍。有四寇難逃難走，則一陣刀下分身。論功效雲長勇烈，就封爲蕩寇將軍。劉玄德封德州太守，張翼德封車騎將軍。曹孟德賜金千兩，衆曹將衣紫腰金。您都去洛陽鎮守，共輔佐漢主龍庭。今日個加官賜賞，一齊的拜謝天恩。（同下）

    題目 曹孟德遣將收長安
    正名 關雲長單刀劈四寇

校記

［1］將吾一陣就虧輸："吾"，孤本已改作"我"。
［2］連敗曹將數員："敗"，原本作"殺"。孤本已改。今從。本劇下同。
［3］正末云：原本作"帶云"。孤本改"云"。今依前例改。
［4］他那裏四匹馬到來："裏"字，原本脫。孤本補。今從。
［5］俺這裏則索迎將去："俺"字，原本脫。孤本已補。今從。
［6］救了些民庶苦："庶"，原本作"士"。孤本已改。今從。
［7］將俺倒平欺負："倒"，原本作"到"。孤本已改。今從。
［8］特來拜見："來"，原本作"令"。孤本已改。今從。
［9］不弱孫吳："弱"，原本作"若"。今從孤本改。

張翼德大破杏林莊

無名氏　撰

解　題

雜劇。元明間無名氏撰。《今樂考證》著録正名"張翼德大破杏林莊",《也是園書目》《曲録》亦著録正名"張翼德大破杏林莊",均未署作者。劇寫東漢末年,黄巾起義爆發,朝廷召集皇甫嵩、曹操、袁紹、袁術、孫堅等官員商議如何鎮壓。劉備、關羽、張飛應皇甫嵩之召,同簡雍、糜竺、糜芳前往投效。朝廷命皇甫嵩爲將,劉、關、張爲先鋒,攻打杏林莊。張飛單獨進莊見黄巾軍領袖張角,勸其接受招安。張角及其大將張表、張寶不從,欲捉張飛。張飛打倒張表、張寶。劉備領兵殺入,張角等退往兗州。劉備率兵攻兗州,黄巾軍閉城不出。張飛獻計,假作在城河洗馬,誘黄巾軍出城追趕。黄巾軍果然中計,皇甫嵩率衆將四面包圍,擒獲張角、張表、張寶。張飛與衆將獻俘,張角等被斬首,朝廷爲張飛等慶功。歷史上黄巾軍雖被鎮壓,但結局並非如此劇所寫,本劇情節多爲虛構。版本今存《脉望館鈔校本》。另有王季烈《孤本元明雜劇》本(簡稱孤本)、王季思主編《全元戲曲》本(簡稱王本)。今以《脉望館鈔校本》爲底本(簡稱原本),參閲孤本、王本校勘,擇善而從。

頭　折

(冲末外扮殿頭官領祗候上,云)承恩受寵列丹墀,報國忠心輔帝基。天顔有喜傳宣詔,保祚仁皇萬壽齊。小官乃殿頭官是也。肅清奸弊,舉用賢良。於民有優養之心[1],愛軍有犒封之賞。忠心報國,誠意安邦。治遠人願四方來賓,正百官要調和鼎鼐。累蒙擢用,自愧無報皇恩;荷承雨露,晝夜忠心輔弼。此乃爲臣之道也。賀當今仁聖之主,享萬年錦繡之邦。今有一賊人姓張名角,以黄巾爲號,擾害良民;聚集群雄,侵奪州郡。自於杏林莊起義,侵佔其兗州之地。今奉聖人的命,令小官招安四方英雄,共破此賊。左右,門首覷者,若衆大人來時,報復小官知道。(祗候云)理會的。(皇甫嵩上,云)上命親差統重權,日馳三百過山川。近來廊廟多西帥,出相誰能在眼前。某乃皇甫嵩是也。受蒙天命,寵擢深恩。因黃巾賊作亂,招撫賢良,敕某爲將,四方征討。今有殿頭官大人相請,必然共議此事。須索走一遭去。可早來到也。令人報復去,道有皇甫嵩來了也。(祗候做報科,云)理會的。喏,報的大人得知:有皇甫嵩大人來了也。(殿頭官云)道有請。(祗候云)理會的。有請。(皇甫嵩做見科,云)大人呼喚小官,有何事也?(殿頭官云)皇甫嵩來了也。且一壁有者。(曹操上,云)宇宙生才兵寄重,風烟入陣塞塵朦[2]。與誰共挽天河水,一洗中原萬里通。某姓曹名操字孟德,沛國譙郡人也。先因桓帝時舉孝廉爲郎,除爲洛陽北部都尉。後蒙恩擢,累承上命。方今靈帝即位,封某爲兗州太守之職。今因黃巾賊作亂,奉聖人的命,四方招安賢士征討。有殿頭官大人相請,不知有何事,須索走一遭去。可早來到也。令人報復去,道有曹操來了也。(祗候做報科,云)理會的。喏,報的大人得知:有曹太守大人來了也。(殿頭官云)道有請。(祗候云)理會的。有請。(曹操做見科,云)大人,某來了也。(殿頭官云)曹太守來了也。一壁有者。(袁紹上,云)山河誓裏恩光遠,鼓角聲中霸氣雄。八表隨風均雨露,四方揮劍海波通。某乃河北冀王袁紹是也。名傳千里,聲播他方。有奇謀善戰之才,攻擊守禦之勇。立勳業於河北,治茅土於冀州。今因黃巾賊作亂,聖人的命,四方招安良將,攻破此賊。有殿頭官大人相請,不知有何事,須索走一遭去。可早來到也。令人報復去,道有河北冀王袁紹來了也。(祗候做報科,云)理會的。喏,報的大人得知:有河北冀王來了也。(殿頭官云)道有請。(祗候云)理會的。有請。(袁紹做見科,云)大人,某來了也。(殿頭官云)河北冀王來了也。一壁有者。(袁術上,云)朝罷歸來雲霧香,珠簾燦燦稱冠裳[3]。將身許國丹心壯,殺盡賊徒定遠方。某乃淮南王袁術是也。精通武略,諳曉六韜[4]。有班馬之才,蘇張之辯。運籌取勝,足智能贏。今因黃巾賊作亂,聖人的命,四方招安良將,剿滅此賊。有殿頭官大人相請,不知有甚事,須索走一遭去。可早來到也。令人報復去,道有淮南王袁術來了也。(祗候做報科,云)理會的。喏,報的大人得知:有淮南王來了也。(殿頭官云)道有請。(祗候云)理會的。有請。(袁術做見科,云)大人,某來了也。(殿頭官云)淮南王來了也。一壁有者。(淨孫堅上,云)雙龍地望迎旌節,九虎天開拜冕旒。官聯玉府璿璣象,帝闡河圖萬載幽。某乃長沙太守孫堅是也。幼習兵韜，精通經史。有安邦治世之功，定亂扶危之策。今因黃巾賊傷害人民，聖人的命，四方招安良將。有殿頭官大人相請，不知有何事，須索走一遭去。可早來到也。令人報復去，道有長沙太守孫堅來了也。（祗候做報科，云）理會的。喏，報的大人得知：有長沙太守孫堅來了也。（殿頭官云）道有請。（祗候云）理會的。有請。（孫堅做見科，云）大人，某來了也。有何事商議？（殿頭官云）孫太守來了也。我今請眾大人來，別無他事。今因黃巾賊作亂，聖人的命，如有山間林下，隱迹埋名，英雄好漢，招安將來，共破此賊。您眾大人若知者，當以舉薦將來，必有重用也。（皇甫嵩云）大人，既有聖人的命，招安好漢，今有桃園三士劉關張弟兄三人，會合數員上將，百千人馬，小官令人招安去了。若來時，覷黃巾賊有何難哉也！（殿頭官云）既大人招安劉關張弟兄去了，此人必然來也。左右，門首覷者，若有一應英雄到時，便來報復某知道。（祗候云）理會的。（劉末同關末、正末張飛、簡雍、麋竺、麋芳上）（劉末云）四海紛紛結俊英，文韜武略顯才能。常懷霸業安邦志，扶立炎劉享太平。某乃姓劉名備字玄德，乃漢之宗親，劉之苗裔，景帝玄孫，中山靖王之後也。二兄弟姓關名羽字雲長，乃蒲州解良人也。三兄弟姓張名飛字翼德，乃涿州范陽人也。此三位將軍，一個是簡雍，一個是麋竺，一個是麋芳。想俺弟兄三人，在桃園結義：宰白馬祭天，殺烏牛祭地；一在三在，一亡三亡；不求同日生，只願當日死。一心要求取皇家富貴，聲播於寰區，名揚於後世。今因黃巾賊作亂，聖人的命，招安好漢，克破黃巾。俺弟兄三人，會合了這三個將軍，前去投降，要建立功勳。兄弟也，俺破黃巾賊走一遭去。（關末云）哥哥，若論俺弟兄英雄，覷富貴委實易取。爭奈時間受困，未得通達。但得片雲蓋頂，不在他人之下也。（正末云）二位哥哥，兀的不屈沉殺俺也呵！（唱）

【仙呂·點絳唇】想著俺結義相交，同合天道。扶廊廟，施展英豪，則待要共把皇王報。

【混江龍】我一會家仰天長笑，笑英雄埋沒在荒郊。空閒了鋼鞭烏馬，更和這槍劍鋼刀。但能夠陣上交鋒尋戰討，就是我一身先到聖明朝。受官爵，蒙宣詔，將我虹霓氣吐，直貫青霄。

（正末云）二位哥哥，俺來到這門首也。可着何人引進也？（劉末云）三兄弟，你休憂慮，有皇甫嵩大人，曾招安我來。若不是如此，您哥哥如何肯來到此也。（簡雍云）玄德公，既皇甫嵩大人曾來招安，俺若見了他呵，必然重用也。左右，報復去，道有桃園三士劉關張弟兄三人，與眾英雄特來投佐，共破黃巾賊也。(祗候做報科,云)理會的。喏,報的大人得知:有劉關張弟兄三人,與衆英雄特來參見也。(殿頭官云)皇甫嵩,劉關張弟兄來了也。着他過來。(祗候云)理會的。過去。(正末同衆將做見科)(殿頭官云)住住住,兀那桃園三士,朝中久聞你弟兄三人,未曾宣詔您入朝。您這衆英雄不知姓字名誰,通名顯姓咱。(劉末云)某姓劉名備字玄德。(關末云)某姓關名羽字雲長。(簡雍云)某乃簡雍是也。(糜竺云)某乃糜竺是也。(糜芳云)某乃糜芳是也。(正末云)大人,某姓張名飛字翼德。聞知聖人張挂黃榜,招安英雄,俺衆將特來投佐也。(唱)

【油葫蘆】則爲這聖主寬仁將黃榜招,俺衆英雄相會了,都待要忠心報國輔皇朝。情願待要驅兵領將排軍校,相持對壘施兇暴。(殿頭官云)兀那張飛,俺也聞您弟兄每英雄也。(正末唱)俺弟兄每能戰討,膽量高。則因俺能征慣戰今來到,都則要青史把名標。

(皇甫嵩云)劉關張,某令人前去招安您弟兄去來也。(正末唱)

【天下樂】感謝你個將軍將俺來招,則爲俺英也波豪、保聖朝。待着俺把黃巾盜賊掃淨了。纔能勾請俸錢,受爵祿,也是俺弟兄每志氣高。

(殿頭官云)張飛,您弟兄雖是英雄,今黃巾賊勢重,侵佔各處城池,如何一時便破的也?(正末云)大人,黃巾賊雖然勢大,則是些群兇逆黨,終無久戰之志,量他何足道哉也!(唱)

【金盞兒】告大人莫心焦,慢量度。那廝每雖然勢大爲群盜,則好去侵其良善把人邀,奪商人資共寶,虜妻女要和調。覷他每如芥草,則目下盡平消[5]。

(皇甫嵩云)張飛,你不知道,黃巾賊張角,自起義以來,先佔了杏林莊,後侵了兗州府。杏林莊盡是英雄好漢[6],十分難得克破也。(正末云)大人,張飛覷打杏林莊,有何難哉!憑着某坐下馬、手中槍,量張角有如兒戲也。(唱)

【醉扶歸】試看某把精兵調,破黃巾建功勞。憑着我槍馬熟嫻能戰討,我將他一鼓而皆擒掠。兗州府其實覷小,索把俺這奇功報。

(殿頭官云)衆位大人,今日既得了劉關張弟兄三人,又有數員軍士,如今就着皇甫嵩爲將,您衆將同共發兵,劉關張弟兄三人爲前部先鋒,此一去必然破了黃巾賊也。(皇甫嵩云)大人,既要破黃巾賊去,俺先去招安他。如若歸伏了呵,免動干戈;若不歸伏,那時與他相持,未爲晚矣也。(正末云)大人既要招安黃巾賊,張飛招安走一遭去。(唱)

【金盞兒】俺則索把軍調，選英豪，招安的張角歸伏了。他若是解衣卸甲順天朝，班中封位爵，免的俺動槍刀。杏林莊皆净掃，賊盜每散了窩巢。

（殿頭官云）衆位大人，您各自收拾器械兵戈，一同率領人馬前去。務要破了黃巾賊張角也。（皇甫嵩云）大人，某今爲將，率領精兵，務要平定了黃巾賊，取勝而回也。爲元戎足智多謀，取勝負全按兵書。行五德皆要依令，扶社稷保取皇都。（下）（曹操云）大人，某今整搠人馬兵戈器械，破張角走一遭去。先整搠器械兵戈，後用智四外張羅。杏林莊破了張角，方顯俺漢室軍多。（下）（袁紹云）大人，袁紹整搠器械，與衆將前去破張角走一遭去。忙點起驍勇軍卒，一個個跨馬橫矟。陣面上奪旗扯鼓，建功勞斬首賊徒。（下）（袁術云）大人，袁術點領人馬，整搠器械，破張角走一遭去。會英雄共意同心，破黃巾嘯聚山林。這一場苦爭惡戰，端的要越古超今。（下）（孫堅云）大人，孫堅整搠器械，收拾鎧甲，與衆將同去破黃巾賊走一遭去。設智量佈陣排兵，用機謀取勝常贏。杏林莊一場大戰，方顯出上國人能。（下）（糜竺云）玄德公，雲長公，三將軍，衆位大人都去了也，俺衆將一同與大人破黃巾賊去來。（正末云）二位哥哥，俺衆將奉着大人的令，前去破黃巾賊，走一遭去。（唱）

【尾聲】將往日對天盟，方纔稱心中妙。結義時曾言誓約，但得身榮入聖朝。劉關張一世同交，有誰學無諂無驕。今日個得破黃巾行戰討，有官封禄高。享皇恩丹詔，則願你保山河帝業永堅牢。（衆同下）

（殿頭官云）左右，衆將去了也。誰想招安了劉關張弟兄三人，又得了數員上將，這一去必然破了黃巾賊也。聖明主洪福齊天，招安了良將英賢。先破了黃巾賊寇，賀昇平舜日堯年。（同祇候下）

校記

[1] 於民有優養之心："優"字，原本作"憂"，二字相通，謂優厚。《墨子·非攻下》："夫憂妻子以大負累。"孫詒讓《閒詁》："憂妻子，謂優厚于妻子。古無優字，優原字，止作憂，今別作優，而以憂爲憂愁字。"孤本改"憂"爲"愛"。非是。不從。"優養"有厚待、優待之意。

[2] 風烟入陣塞塵朦："烟"，原本作"因"。今從孤本改。

[3] 珠簾燦燦稱冠裳："簾"，原本作"廉"。今從孤本改。

[4] 諳曉六韜："諳"，原本作"暗"。今從孤本改。

[5] 則目下盡平消："則"，原本作"時"。今從孤本改。

[6]杏林莊盡是英雄好漢:"莊",原本作"店"。今從孤本改。

第 二 折

（外扮黄巾賊張角領小嘍囉上,云）旌旗雜彩密雲籠,鎧甲光輝射日紅。寨居四野花園錦,帳下兒郎敢建功。某乃大將張角是也。精通武略,習演兵機。左右開弓射將,前後刀繞殺軍。聚英猛兒郎,以黃巾爲號;奪商客資財,買馬屯糧。某名傳天下,聲振四方。任官軍拒敵,未嘗得某半枝折箭。先佔杏林莊爲本,後侵兗州府屯軍。某手下有兩員上將:一個是張表,一個是張寶。此二將十分英勇。某今聽知有官軍前來,剿捕俺黃巾。須索喚他二將來,做個提備。小嘍囉,與某喚將張表、張寶來者。（小嘍囉云）理會的。張表、張寶二將安在？（二淨扮張表、張寶上）（張表云）頭戴黃巾黃裹黃,上陣好騎大綿羊。聽的一聲信炮響,諕的肚裏轉了腸。某乃張表是也。兄弟張寶。俺二將是這黃巾軍張角的首將[1]。俺太僕虛就其名。雖然他爲頭領,但凡打家劫盜,殺人奪財,都是俺兩個當先。如今聽知的有官軍來了也,不曾敢出去,十分心焦了。這一喚俺兩個,不知有甚事也。（張寶云）哥,我知道了。昨日您兄弟偷了一隻肥雞,不曾送與太僕,有小嘍囉般了嘴了,莫不喚俺兩個,敢是這一本帳要算麼。由他去,我則不認便了。可早來到也。小嘍囉報復去,道有張表、張寶來了也。（小嘍囉報云）理會的。喏,報的太僕得知:有張表、張寶來了也。（張角云）着他過來。（小嘍囉云）理會的。過去。（二淨見科）（張表云）太僕呼喚表、寶二將,那廂使用也？（張角云）張表、張寶,喚您二將來,別無甚事。某今聽知的有官軍前來,剿捕俺黃巾。須索做個隄備,好與他拒敵也。（張寶云）太僕喚俺兩個來,爲此一件事。這個有何難哉！等官軍來時,憑着在下弟兄二人,管你弄的七損八傷便了。（張表云）太僕休要聽他胡説。點下人馬,務要與官軍交戰一場,倒也是個了手。小嘍囉,寨門外覷者。若有官軍來時,報復某知道。（小嘍囉云）理會的。（正末同皇甫嵩、曹操、袁紹、袁術、孫堅、劉末、關末、簡雍、糜竺、糜芳領卒子上）（皇甫嵩云）奉命征伐平草寇,英雄猛將破黃巾。某乃皇甫嵩是也。奉大人的命,令某爲將,統領大勢人馬,並劉關張弟兄三人,前來招安黃巾賊歸降。此一場征戰,必須要用心也。（正末云）衆位大人,看張飛招安這夥賊盜。他若依從受降,亦無話説;若不歸降,憑着俺弟兄每,務要殺他個措手不及,片甲不歸也呵。（唱）

【中吕·粉蝶兒】他若是肯受歸伏，我教他入朝綱做官請祿，索強似嘯山林縱放賊徒。止不過虜良人，截商賈，非爲敢做。倚仗他膽大心粗，一個個號黃巾四方發怒。

【醉春風】我教他拱手納降旗，臨軍停戰鼓。他若是半星兒吐口不伏輸，殺的他來苦、苦。散了他那嘍囉，收了他山寨，擒了他的頭目。

（皇甫嵩云）張飛，此處離杏林莊不遠。如今你敢先去見黃巾賊張角，看他怎生主意。打探個虛實動靜，有何不可也。（正末云）大人，你則放心。統領着軍兵，都在這寨外邊策應，看張飛自去招安也。（關末云）張飛，你今日深入賊寨，倘有不測之事，俺如何策應也？（正末云）二哥，你則看者，若賊寨中打鬧，您便一齊殺入來。張飛裏應，您衆將外合，務要破了賊兵也。（關末云）既是這等，張飛，你則入賊營中去，俺在外邊緊備策應也。（正末做到黃巾營寨，云）小嘍囉報復去，道有使命到此也。（小嘍囉報科云）理會的。喏，報的太僕得知：有使命到此也。（張角云）有使命到此，不知有何事也？道有請。（小嘍囉云）理會的。有請。（正末見科）（張角云）早知使命來到，只合遠接；接待不着，勿令見罪也。（正末云）兀那賊將，你不認的某。則某便是姓張名飛字翼德。奉聖人的命，特來招安您歸降。間早受了降者！（唱）

【紅繡鞋】奉君命招安歸路，你若是順明朝免您遭誅。認的這張翼德手中黑纓蠧：舉手處，無回顧；馬到處，辨贏輸。您若是但違條，枉受苦。

（張表云）張飛，你好大膽也，直來到俺這營裏來！你也看的俺沒了人物了。我又不信。來時由你，去時由我。太僕放狠着，休要着他做了漢子去。（張角云）張飛，你獨自一人來到某這營中，如何放你過去！張表、張寶，您二將與某拿了張飛者。（張寶云）得令！張表哥狠着，則説他英雄哩。（張表、張寶做拽衣服科）（張表云）張飛，好好的受了繩縛，省的俺動手也。（正末云）頗奈這逆賊無禮也！着這廝吃某一頓者。（正末做打張表、張寶科）（唱）

【剔銀燈】這廝他來我行施威用武，舉手處急難回顧。受招安免您添憂慮，我將這莽拳頭勝似鋼蠧。不由我輕挪步脚去踘，量着你如羊鬥虎。

【蔓菁菜】怎敢來和咱做，不由我用機術。直恁般嚣虛，憑着我冠世英雄有誰如[2]？（帶云）着拳！（做打倒張表、張寶科）（唱）教這廝跌倒在塵埃處[3]。（張表起身云）太僕，這廝真個狠，下毒手打起來了也。（張寶云）哥掙着些，俺拿了這廝罷。（張角云）張表、張寶，您兩個着他打了這一頓，則這等罷了？小嘍囉，一齊下手拿這廝！（正末云）這廝每敢如此無禮！兀那賊寇，您真個要與某交鋒也，來來來，有不怕死的，向前來與某拒敵也。（劉末云)衆位將軍,張飛入營久矣了。俺一齊吶喊,殺入營去來。(衆做吶喊殺入賊營科)(張表云)不好了,外邊人馬殺入來了也!(正末同衆做與張角、張表、張寶戰科)(正末唱)

【十二月】四下厢官軍密堵,滿營中土雨飛撲。齊臻臻槍刀並舉[4],密匝匝將士征夫。逞好漢衝開隊伍,殺的他難顧賊徒。

(張角云)張表、張寶,這事不中也!俺撇了這杏林莊,往兗州城中避軍去來。(張表云)張寶,走了罷。敵不住了,太僕先慌了也。(張角同張表、張寶敗科)(下)(正末唱)

【堯民歌】呀,我見他虧輸,大敗奔前途。(關末云)張飛,黃巾賊走了也,俺趕將去來。(正末唱)俺如今不須用力死追復。他每都拋金棄鼓,領着殘卒,離營撇寨那厢撲。休逐,賊兵何處居,定去別尋路。

(皇甫嵩云)張飛,黃巾賊定往兗州城中去了。俺如何近的他也?(正末云)衆位大人,依着張飛:您都各自領兵,在兗州城外四下厢埋伏著;等某推去洗馬,迤逗他每出城,俺一齊生擒活拿黃巾賊也。(曹操云)衆位將軍,依着張飛的計策,到來日俺衆將四下厢埋伏,必然擒拿了黃巾賊也。(正末唱)

【尾聲】看今番用智謀,擒賊兵齊用武。杏林莊先佔官軍路,到來日再取城池那一府。(衆同下)

校記

[1] 俺二將是這黃巾軍張角的首將:原本"黃巾"二字下,有一"賊"。張表自稱爲"賊",不妥。今改爲"軍"字。
[2] 憑著我冠世英雄有誰如:"冠",原本作"貫"。今從孤本改。
[3] 跌倒在塵埃處:"處",原本作"去"。今從孤本改。
[4] 槍刀並舉:"並",原本作"兵"。今從孤本改。

第 三 折

(張角領淨張表、張寶、小嘍囉上)(張角云)天下英雄驍勇將,自在縱橫不肯降。某乃張角是也。自起義以來,未嘗有官軍得某半枝折箭。今因張飛來到杏林莊寨中,招安某等歸降,因某不肯歸伏,不想他裏應外合,被官軍大殺了俺一陣,將杏林莊營寨失了。某與衆將來到這兗州府,屯住了軍馬。張表、張寶,您二將整捌下人馬,若官軍來時,可與他大戰一場,見個勝負也。

（張表云）太僕，你不要惹他。那個姓張的，他十分狠頭子。依着在下，關着城門，則在城裏吃酒耍子；隨他每在外邊嚷[1]，俺則不要出去。但出城去，定着他的手。（張角云）既是這等，小嘍囉城上望者，若有官軍到時，報復某知道。（小嘍囉云）理會的。（正末同劉末、關末、簡雍、糜竺、糜芳領卒子躧馬兒上）（正末云）二位哥哥，俺這一遭，務要破了黃巾賊，必然得入朝中，見了聖人，但能一官半職，方稱俺平生之願也。（關末云）三兄弟，俺頭一陣先得了杏林莊。覷這兗州城，指日而破也。（正末云）大小三軍，擺布的停當者。專看某的發號，務要擒拿了這夥强賊也呵。（唱）

【越調·鬥鵪鶉】則要您奮勇當先，相持對壘。捨死忘生，於家爲國，將您那馬步相隨，都待要依從首尾。槍閧牌，刀對戟；陣前列畫鼓銅鑼，垓心放轟雷炮起。

【紫花兒序】征雲靄朦朧山勢，殺氣散暗昧乾坤，土雨飛閉住東西。看張飛猛烈，緊驟定烏騅誰及？則我這捉將挾人今日起，這的是爲頭兒敵對。我務要大破黃巾，便是我盡用兵機。

（劉末云）張飛，俺來到這兗州城下也。擺開陣勢，與黃巾賊答話，看他肯來歸降麽？（正末同衆做見小嘍囉科）（正末云）兀那城上賊兵，報復您那賊將知道：着他間早出來歸降了者。（小嘍囉報科，云）報的太僕得知：有官軍臨城也。（張角云）張表、張寶，俺與官軍答話去來。（張角同張表、張寶做見正末衆將科）（正末云）兀那黃巾賊，你聽者：間早開城歸降，庶免剉屍萬段也。（張寶云）太僕，不要信他説嘴，誆你耍子哩。我又不信他敢把你剉屍萬段。他若殺了你，替你償命。（張角云）兀那張飛，你不要下説詞。杏林莊中了你的計，這兗州城你便有百萬精兵，也打不開這城也。（正末云）兀那賊寇，你真個不肯歸降也？俺若打開這城，那時節悔之晚矣。（唱）

【金蕉葉】頗奈這無徒逆賊，敢這般張牙賣嘴。俺四下裏安環炮起，攻破城那時後悔。

（張角云）張飛，隨你百般招安，休想俺肯開這城門。間早退後！張表、張寶，預備下壘木炮石者。（簡雍云）三將軍，這廝每不肯開城，如之奈何也？（正末云）簡雍，你則仔細者。俺一齊下馬，則推在這城河中洗馬，他必然出城來追趕。俺也還有皇甫嵩衆將埋伏着哩。俺推敗走，他若追趕，必然中俺計也。（簡雍云）三將軍，此計大妙！衆將下馬來者。（正末同做下馬洗馬科）（張表云）太僕，你見麽？兀的張飛與衆將下馬，在河中洗馬哩。俺一齊出城，拿了這厮，其餘的易哉。（張角云）張表，你也説的是。俺出城拿這匹夫去來。(張角同張表、張寶躧馬兒領嘍囉出城科)(張角云)兀那張飛少走,吃吾一劍!(正末云)衆將上馬,這廝趕將來也。(正末同衆上馬慌走科)(唱)

【調笑令】忙催動戰騎,(張角同張表、張寶做追趕正末衆將科)(正末唱)他可早緊相追。呀,又中了張飛神妙機!蕩征塵踐起遮天地,見賊兵左右追隨。(皇甫嵩同衆將四面躧馬兒領卒子上做圍科)(正末唱)暗埋伏猛軍四面圍,縱然他有翅難飛。

(張表云)罷了!太僕,又中他計了,四面人馬圍上來了。(曹操云)兀那賊將,間早歸降了者。(張角云)張表、張寶,俺各自用心。四下官軍圍住了,俺也一齊忘生捨死往外撞者。(張寶云)罷了,又弄在這個死套子裏了。(正末云)衆位將軍,俺既圍住這賊寇也,務要生擒活拿了去。(張角同張表、張寶與正末衆將混戰科)(正末唱)

【禿廝兒】響珊珊兵戈似水,亂烘烘人馬如飛。刀橫素練光若洗,鋒舉處劍來揮,周也波圍[2]。

【聖藥王】我這裏槍又疾,人又齊,向垓心施展虎狼威。他那裏力漸虧,魂魄飛。(做拿住張角科)(唱)揪袍扯帶,摺住強賊。(衆將做拿住張表、張寶科)(皇甫嵩云)張飛,俺拿住這兩個賊將了也。(正末唱)一個個遭困在兵危。

(劉末云)張飛,俺將黃巾賊都拿住了也。(正末云)衆位將軍,既將黃巾賊都拿住了也,把這廝執縛定,見大人獻功去來。(唱)

【尾聲】把賊徒擒住將繩繫,剿除了民安庶喜。今日個張翼德建頭功,不枉了桃園共心起。(同下)

校記

[1]隨他每在外邊嚷:"嚷",原本作"攘"。今從孤本改。
[2]周也波圍:此四字,原本作"也波周圍"。今從孤本改。

第 四 折

(殿頭官領祇候上,云)招賢納士安天下,選用忠良撫四方。小官乃殿頭官是也。今因黃巾賊作亂,聖人的命,招安了劉關張弟兄三人并衆將,就令皇甫嵩爲帥,統兵前去,征討此賊,必然平定了也。左右,門首望者,若衆將來時，報復小官知道。（祇候云）理會的。（正末同劉末、關末、簡雍、皇甫嵩、曹操領卒子做拿張角、張表、張寶上）（皇甫嵩云）某乃皇甫嵩是也。奉聖人的命，令某爲將，同劉關張弟兄三人并衆將，前去剿殺黃巾賊張角。此一場征戰，多虧了張飛，大破了黃巾賊，擒拿了賊將張角、張表、張寶。須索見大人走一遭去。（正末云）衆位大人，此一場大破黃巾賊，非張飛之功，乃當今聖人洪福，因此上俺成其大功也呵。（唱）

【雙調·新水令】託賴著聖明君洪福定邊方，因此上百靈扶蒼生有望。破黃巾成大功，保黎庶永安康，則願的社稷榮昌。見如今昇平世，有賢相。

（劉末云）衆位將軍，俺來到這衙門首也。將這三個賊寇，且拿在這衙門首聽候，等俺見了大人，然後拿將過去，未爲晚矣。（皇甫嵩云）玄德公，你也說的是。小校，將這三個賊寇，且拿在這衙門首，聽候俺見了大人，然後將這廝每拿過去。（卒子云）理會的。（正末云）令人報復去，道有衆將破黃巾賊得勝回來了也。（祇候報科云）理會的。喏，報的大人得知：有衆將破黃巾賊，得勝回來了也。（殿頭官云）衆將得勝回來了也。道有請。（祇候云）理會的。有請。（正末同衆將見科）（殿頭官云）皇甫嵩，您與劉關張弟兄三人並衆將，到了杏林莊。張飛先入賊營，招安他歸降。不想黃巾賊不肯歸伏，張飛就在賊營中打鬧起來。您衆將一齊攻殺，賊兵大敗，先得了杏林莊營寨也。

（正末云）大人，若論着黃巾賊的英勇，若不是張飛呵，其餘的將軍，焉敢深入賊營，與他交戰去也！（唱）

【駐馬聽】若論着好勇爭強，除是張飛誰敢當？驅兵領將，深入賊陣不提防，誰人敵住點鋼槍？殺人氣吐三千丈，將名姓揚。破黃巾張角將家邦旺。

（殿頭官云）張飛，您拿的黃巾賊，可在那裏也？（正末云）大人，黃巾賊見在門首伺候着哩。（殿頭官云）左右，拿將過來。（祇候云）理會的。拿過黃巾賊來者。（卒子拿張角、張表、張寶見科）（殿頭官云）兀那賊寇，您焉敢嘯聚山林，搶擄良民，傷害百姓？今日被擒，有何理說？（張表云）老大兒，你莫管他。爲人豈無差錯，世做的差了[1]，如何改的？要饒便饒，不饒時就了之了罷。（張角云）大人，非某所好，乃大丈夫不得已而爲之也。（殿頭官云）衆位將軍，您先奪了杏林莊，然後怎生設計拿這黃巾賊來？您試説一遍咱。（正末云）大人，黃巾賊因俺奪了杏林莊，衆賊便入兗州府城中，閉門不出。被張飛推河中洗馬，將他賺出城來，四下裏伏兵盡擧，方纔拿住了這廝每也。

（唱）

【沉醉東風】這廝每兗州府城中避荒，則俺這衆英雄定計商量。張飛便推渲馬離河港[2]，他怎知就裏埋藏？率領賊兵親要搶，中計也遭擒受綁。

（張寶云）張飛少要賣嘴。你早是拿住了俺，你便做好漢子。昨日若不是衆人勸道，罷罷罷，着他綁了罷，你後年得拿住我也。（殿頭官云）兀那三個賊徒，既拿將你來，如何饒的過你。小校推出去，斬訖報來。（張表云）真個要殺俺？好說好說，且饒俺這一遭，我做個大大的東道，請你罷。（正末云）兀那賊徒，便好道罪者當刑，死而無怨。你如何說的過也。（唱）

【落梅風】誰教你胡爲做，結逆黨，擾黎民在杏林莊上。今日個犯王條，罪刑情願當，恁從您怎生解放？

（殿頭官云）小校，拿出這三個逆賊去斬了者。（卒子云）理會的。（卒子做斬張角、張表、張寶死科）（下）（卒子云）大人，斬了黃巾賊也。（正末云）既斬了黃巾賊，天下太平也。（唱）

【雁兒落】保祚的天下黎庶康，四海家邦旺。賊兵盜逆絕，寇虜皆消障。

【得勝令】呀，蓋因是架海紫金梁，今日個立志入朝綱。受官爵居榮位，請加封望贈賞。萬萬載吾皇，有八表稱臣旺；千千年禎祥，保山河壯帝鄉。

（殿頭官云）衆將近前，您聽者：因黃巾變亂胡爲，虜良民嘯聚爲賊。遊四海邀截客旅，霸山川侵佔城池。出黃榜招賢納士，新投降劉備張飛。統大兵一時奮勇，剿賊寇用盡兵機。先奪了杏林營寨，推洗馬定計相持。暗埋伏豪傑猛士，擒捉住大勢強賊。依軍令施行斬首，梟首級曉諭人知。劉關張加官賜賞，受皇恩拜舞丹墀。衆將士論功封贈，一個個蔭子封妻。聖明主豁達大度，有文官武職扶持。千千年皇圖永固，萬萬載錦繡華夷。（同下）

題目　皇甫嵩復奪兗州府
正名　張翼德大破杏林莊

校記

[1] 世做的差了："世"，原本校筆改爲"是"。誤。據《宋元語言詞典》云："世"，可作"既然""已經"解。故今不改，仍其舊。

[2] 張飛便推渲馬離河港："渲"，孤本改爲"刷"。非是。"渲"，義爲"洗"。元馬致遠《耍孩兒・借馬》曲："有汗時休去檐下拴，渲時休教浸着頦。"

張翼德單戰吕布

無名氏　撰

解　　題

雜劇。元明間無名氏撰。《今樂考證》著録正名"張翼德單戰吕布"，《也是園書目》《曲録》亦著録正名"張翼德單戰吕布"，均未署作者。劇寫東漢末十八鎮諸侯共討董卓，在虎牢關與吕布交戰。劉備、關羽、張飛三戰吕布，戰敗吕布而回。元帥袁紹設宴，爲劉、關、張慶功。袁紹、曹操先後爲三人把盞。紹又命監軍孫堅把盞。堅妒賢不服，與張飛立下軍令狀，以監軍牌印賭劉關張三顆人頭，要張飛一人一騎戰勝吕布。次日，張飛再次出戰吕布，吕布被張飛打中一鞭，敗走。八健將圍戰張飛，劉備、關羽助飛敗之。八健將逃回虎牢關，欲放吊橋，關羽趕上，刀劈吊橋，殺入虎牢關。衆諸侯隨後殺入，奪回虎牢關。袁紹再次擺酒慶功，張飛當衆按軍令狀，向孫堅索取監軍牌印。堅無奈，與張飛。張飛將牌印先後挂在槍、鞭、劍、烏騅馬上，羞辱孫堅。袁紹出面調解，收回牌印，撕毁軍令狀。王允奉旨前來，封劉、關、張爲破吕布關前大將。版本今存《脉望館鈔校本》。另有王季烈《孤本元明雜劇》本（簡稱孤本）、王季思主編《全元戲曲》本（簡稱王本）。今以《脉望館鈔校本》爲底本（簡稱原本），參閱孤本、王本校勘，擇善而從。

頭　　折

（冲末外扮冀王領卒子上，云）漢末英雄各占强[1]，鎮伏河北立名揚。天下諸侯爲頭將，青史流傳萬古香。某姓袁名紹字本初，祖貫河北冀州人也。先祖原爲漢相，累代功臣。某文通三略，武解六韜。謝聖人可憐，封某爲河北冀王之職。今因董卓專權，着吕布領十萬雄兵八健將，把了虎牢關。聖人暗傳密旨，着俺天下諸侯，某爲元帥，長沙太守孫堅爲監軍副帥，曹操爲參謀使。因青州催糧草[2],往德州平原縣經過,遇劉關張弟兄三人,擧保來至虎牢關前,昨日戰敗了呂布。某今日聚衆諸侯,與他弟兄慶功排宴。小校,轅門首望着,若來時報某知道。(卒子云)理會的。(外扮劉表上,云)祖輩開基立廟堂,攻習戰策腹中藏。荆州久鎮英雄將,破滅奸邪扶獻皇。某姓劉名表字景昇。某多習戰策,廣看兵書。立漢朝累建奇功,封某爲荆州牧守之職。今因聖人密詔,取俺天下諸侯,都至虎牢關前,迎敵呂布。有河北冀王爲帥,曹操爲參謀使,擧劉關張弟兄三人,來破呂布。今有張飛與孫監軍賭着牌印,戰退呂布。今日元帥與他弟兄每慶功,某須索走一遭。可早來到也。小校報復去,道有劉表來了也。(卒子云)理會的。(報科,云)喏,報的元帥得知:有劉太守來了也。(冀王云)道有請。(卒子云)理會的。有請。(劉表做見科,云)元帥,劉表來了也。(冀王云)景昇請坐。今日與劉關張慶功,待衆將來全,這早晚敢待來也。(外扮陶謙上,云)定國安邦髭鬢蒼,久居縣邑理綱常。紛紛漢末豪傑佔,某獨霸徐州一地方。老夫陶謙是也。方今漢世,累立功勳,封老夫爲徐州牧守之職。今因董卓專權,着呂布把住虎牢關。聖人調俺天下諸侯,來破呂布。有曹操擧薦劉關張弟兄三人,好生英雄,昨日戰了呂布,今日元帥排宴,與他弟兄慶功。老夫須索走一遭去。可早來到也。小校報復去,道有陶謙來了也。(卒子云)理會的。(報科,云)喏,報的元帥得知:有陶謙來了也。(冀王云)道有請。(卒子云)理會的。有請。(陶謙做見科,云)元帥,陶謙來了也。(冀王云)陶令公請坐。今日與劉關張慶功,衆諸侯敢待來也。(外扮公孫瓚上,云)武藝多能立漢邦,心懷忠孝氣昂昂。關前領將排軍校,平定山河帝業昌。某公孫瓚是也,本貫定州人也。爲某深通韜略,善曉兵書,謝聖人可憐,加某爲真定鎮陽太守。今因董卓弄權,遣呂布領十萬兵,把住虎牢關。俺天下諸侯,與他相持半載,不曾贏的他戟尖點地,馬蹄倒搠。今有劉關張弟兄三人,昨日戰退呂布,今日元帥排宴慶功。某須索走一遭去。可早來到也。小校,報復去,道有公孫瓚來了也。(卒子云)理會的。(報科,云)喏,報的元帥得知:有公孫瓚來了也。(冀王云)道有請。(卒子云)理會的。有請。(公孫瓚見科,云)元帥,某來了也。(冀王云)太守請坐。待衆諸侯來全,俺慢慢的行酒。(外扮袁術上,云)鐵馬金戈環佩珊,排兵擐甲盡屯關[3]。官居牧守承宣命,威武敢勇鎮淮南。某淮南太守袁術是也。俺哥哥是河北冀王袁紹。俺家積祖累輩漢臣。奉聖人命,着鎮守淮南九郡。今有董卓專權,倚仗呂布之勇,把住虎牢關。俺天下諸侯,在此迎敵半載,不曾得他半根兒折箭。今有劉關張弟兄三人,戰退呂布,今日元帥與他每慶功。某可早來到也。小校報復去,道有袁術來了也。(卒子云)理會的。(報科,云)喏,報的元帥得知:有袁術來了也。(冀王云)道有請。(卒子云)理會的。有請。(袁術見科,云)哥哥,您兄弟來了也。(冀王云)袁術,今日慶功,待衆諸侯敢待來也。(外扮韓俞上,云)虎牢關下列旌旗,敢勇相持戰馬肥。邊庭鎮守英雄將,統領干戈逞虎威。某潼關太守韓俞是也。某英雄膽略,久鎮邊關。今爲董卓無禮,着呂布領十萬兵,外鎮俺天下諸侯。俺與他交戰,不曾贏的他半根折箭。有曹操舉薦劉關張弟兄三人,戰退了呂布,今日與他弟兄每慶功排宴。某走一遭去。可早來到也。小校報復去,道有韓俞來了也。(卒子云)理會的。(報科,云)喏,報的元帥得知:有韓俞來了也。(冀王云)道有請。(卒子云)理會的。太守有請。(韓俞見科,云)元帥,某來了也。(冀王云)韓俞,今有劉關張慶功,還有孫監軍衆諸侯未來哩。小校望著,若來時報某知道。(卒子云)理會的。(外扮曹操上,云)冬夏讀書苦用心,每曾射獵要成功。自中登科懷大志,方今漢末盡知名。小官姓曹名操字孟德。祖居沛國譙都人也。自中甲第以來,累蒙擢用,多建功勞。自隨皇甫嵩破黃巾賊成功,那時節爲典軍校尉。謝聖恩可憐,加小官兗州太守之職。今因董卓之亂,他着呂布領十萬兵八健將,西把住虎牢關,外鎮俺天下諸侯。聖人暗調俺來,河北冀王爲元帥,孫堅爲監軍副帥,小官爲參謀使。在此半載交陣,不曾贏的呂布。小官因催青州糧草,路過德州平原縣。有劉關張弟兄三人,小官舉薦將來。有孫堅不忿,和他弟兄鬥氣,昨日在虎牢關前戰退了呂布,今日元帥與俺慶功。小官走一遭去。小校報復去,道有小官來了也。(卒子云)理會的。(報科,云)喏,報的元帥得知:有曹參謀來了也。(冀王云)道有請。(卒子云)理會的。有請。(曹操見科,云)元帥,小官來了也。我舉薦的人,不曾落保也。(冀王云)曹孟德,你的功勞有哩。等他弟兄來時,與他慶功。還有別的諸侯未來哩。小校望著,若來時報某知道。(卒子云)理會的。(外扮韓昇、孔融上)(韓昇云)糾糾威風智量多[4],奸臣變亂惹干戈。虎牢關下諸侯聚,連日交兵要會合。某乃易州太守韓昇是也。這位將軍是北海太守孔融。俺久鎮畿外,威伏邊庭。忠心立漢業,捨命保家邦。今因董卓專權,着呂布領八健將十萬兵,西把住虎牢關。聖人暗行密詔,調俺天下十八路諸侯,在此半載有餘也。(孔融云)太守,這呂布委實英雄也。俺與他相持廝殺,不曾贏的他。多虧曹孟德舉薦劉關張來,昨日戰退呂布也。今日元帥與他弟兄慶功,俺須索走一遭去。可早來到也。小校報復去,道有韓昇、孔融來了。(卒子云)理會的。

（報科，云）喏！報的元帥得知：有韓昇、孔融來了也。（冀王云）道有請。（卒子云）理會的。有請。（二將做見科）（韓昇云）元帥、曹參謀恕罪，俺二人來遲也。（冀王云）二位太守且請坐。待衆諸侯來全，與劉關張慶功。這早晚敢待來也。（外扮王曠、趙莊上）（王曠云）年少英雄用智謀，安邦定國統卒徒。功成大業平天下，馳名四海鎮蒼梧。小官蒼梧太守王曠是也。這個將軍是陝州趙莊太守。俺同爲漢將，久鎮各州。治民理事，操練軍卒。今因董卓專權，着呂布領十萬兵，把住虎牢關，迎敵俺天下十八路諸侯。相持許久，不曾敵的住此人。看了呂布委實英雄[5]。有曹孟德舉薦劉關張弟兄三人來，昨日一陣成功。趙太守，俺見元帥去來。（趙莊云）王太守，我想董卓這等無禮，倚仗着呂布之勇，把住虎牢關，與俺天下諸侯交戰。他豈知聖人密詔，調俺上來。今日元帥與劉關張慶功，俺須索走一遭去。可早來到也。小校報復去，道有王曠、趙莊來了。（卒子云）理會的。（報科，云）喏，報的元帥得知：有王曠、趙莊二位太守來了也。（冀王云）道有請。（卒子云）理會的。有請。（二將做見科）（王曠云）元帥，俺二將來了也。（冀王云）二位太守且請坐。今日與劉關張弟兄慶功，待衆諸侯來。這早晚敢待來也。（外扮鮑信、張秀上）（鮑信云）武藝精嚴能對壘，幾回臨陣終心美。虎牢關下廣排兵，久居州城鎮齊北。某乃濟北太守鮑信是也。這位將軍，乃是南陽太守張秀。俺多用兵書，廣看戰策。相持關下，赳赳威風。今因董卓亂政，威伏俺天下諸侯。着呂布領十萬兵八健將，西把住虎牢關，與俺對敵，許久不曾贏的呂布半根兒折箭。張太守，若不是劉關張呵，誰贏的此人也。（張秀云）鮑太守，想俺天下十八路諸侯，奉聖人的密詔，來此處戰呂布。不匡劉玄德弟兄每如此英雄，昨日關前戰退了呂布。有孫堅不然他弟兄。今日元帥與他每慶功，俺走一遭去。可早來到也。小校報復去，道有鮑信、張秀來了也。（卒子云）理會的。（報科，云）喏，報的元帥得知：有鮑信、張秀二位太守來了也。（冀王云）道有請。（卒子云）理會的。有請。（二將做見科）（鮑信云）元帥，俺二將來了也。衆諸侯都來了也？（冀王云）二位太守且請坐。等衆諸侯來全了，慶功飲酒。這早晚敢待來也。（外扮喬梅、吳慎上）（喬梅云）每習孫吳智略長，皇王在位用賢良。只因呂布敵邊將，引鬥黎民四海荒。小官山陽太守喬梅是也。這位官人是河內太守吳慎。俺同共扶持獻帝主人，俱於各處鎮守。今因董卓無禮，欺壓俺天下功臣，差呂布并八健將，在虎牢關交戰。河北冀王爲帥，曹操爲參謀使。因催糧草，遇着劉關張弟兄三人，來至虎牢關前。昨日和呂布交戰，好英雄也！（吳慎云）喬太守，想這呂布，坐下赤兔馬,手中方天戟,在虎牢關前,與俺諸侯交戰,不曾贏的此人。若不是劉關張弟兄三人,昨日那能戰退呂布[6]。今日冀王與他慶功,俺須索走一遭去。可早來到也。小校報復去,道有喬梅、吳慎來了也。(卒子云)理會的。(報科,云)喏,報的元帥得知:有喬梅、吳慎二位太守來了也。(冀王云)道有請。(卒子云)理會的。有請。(二人做見科)(喬梅云)元帥,俺二將來了也。今日慶功,衆將來全了麽?(冀王云)二位太守且請坐。衆諸侯還未來全哩[7],這早晚敢待來也。(田客、劉羽上)(田客云)**好習孫吳志可酬[8]**,槍刀劍戟忒滑熟。廣驅隊伍埃心戰,威名糾糾鎮青州。某青州太守田客是也。這位將軍是幽州劉羽。俺同爲漢臣,忠扶社稷,各鎮方面,束杖理民。今因聖人密詔,調俺天下十八路諸侯,來此相持,半載有餘,不曾贏的呂布。今多虧劉玄德弟兄三人,昨日一陣成功也。(劉羽云)田太守,這呂奉先英雄,若不是他弟兄三人,怎生戰的退呂布?今日冀王與他弟兄慶功,俺須索走一遭去。可早來到也。小校報復去,道有田客、劉羽來了也。(卒子云)理會的。(報科,云)喏,報的元帥得知:有田客、劉羽二位太守來了也。(冀王云)道有請。(卒子云)理會的。有請。(二將做見科)(田客云)元帥,俺二將來了也。(冀王云)二位太守來了也。衆諸侯都來了也,止有孫監軍未曾來哩。小校等來時,報復某知道。(卒子云)理會的。(淨扮孫堅上,云)**我做元帥性兒歹,虎牢關下要布擺。胸背改樣忒希奇,前後兩個大螃蟹**。自家長沙太守孫堅是也。文通百家姓,武會打觔陡。諸般都不曉,則會咽骨頭。如今有那呂布那個匹夫,在虎牢關下奈俺諸侯。前日和我交戰,殺的我連衣袍鎧甲都丟了。有曹操舉薦劉關張弟兄三人來,我料他芥子兒大小官職,怎生破的呂布?今日冀王排宴慶功,我待不去來,不好看。我走一遭去。可早來到也。小校報復去,道有我來了也。(卒子云)理會的。(報科,云)喏,報的元帥得知:有孫監軍來了也。(冀王云)道有請。(卒子云)理會的。有請。(孫堅見科,云)元帥,我來遲了也。有酒拿來我吃了罷,我不奈煩等。(冀王云)監軍且請坐。還有劉關張弟兄三人未來哩。小校望著,若來時報復俺知道。(卒子云)理會的。(外扮劉末、關末上)(劉末云)**祖貫樓桑大樹家,桃園結義萬人誇。忠扶漢業除奸黨,英雄名目遍天涯**。小官姓劉名備字玄德,乃大樹樓桑人也。祖乃漢之苗裔,劉氏宗親。自在桃園結義,會兩個兄弟。二兄弟是蒲州解良人也,姓關名羽字雲長。三兄弟是涿州范陽人也,姓張名飛字翼德。俺白馬祭天,烏牛祭地;不求同日生,只願當日死。自破黃巾之後,封小官爲德州平原縣縣令。有曹參謀舉俺弟兄三人,來虎牢關前戰退呂布。二兄弟,俺見元帥去來。(關末云)哥哥,俺在德州平原縣,本要不來,都是三兄弟張飛要來。想呂布那等英雄,天下諸侯,不曾贏的呂布半合。昨日張飛與孫堅打了賭賽,俺弟兄三人,戰退了呂布。今日元帥與俺慶功飲酒,哥哥,等張飛來,休着他題昨日之事,則怕元帥怪俺弟兄每。(劉末云)兄弟,你說的是。俺在這轅門首等着張飛一同過去。他敢待來也。(正末扮張飛上,云)某姓張名飛字翼德,涿州范陽人也。同俺二位哥哥,在虎牢關下戰呂布去。與孫堅太守賭了印,不想俺得勝回營也。二位哥哥,俺問孫堅討印去來。(劉末云)兄弟,你則小心些,休着諸侯每笑話。(關末云)三兄弟,你則依哥哥,休躁暴也。(正末云)二位哥哥說的是。俺這一場,非同小可也呵。(唱)

【仙呂·點絳唇】不由我喜笑盈腮[9]。這場功大,若會俺孫元帥,要見明白。再不敢小覷俺無能奈!

(劉末云)兄弟,監軍印不打緊,則出了俺這口氣,也是够了也。(正末唱)

【混江龍】我和他當場賭賽,想着孫堅欺俺似嬰孩。(關末云)兄弟,俺如今見眾位諸侯,看那孫堅太守說甚麼。(正末云)俺見那孫堅呵,(唱)準備着監軍牌印侍立在庭階。我着那天下諸侯見某怕,再着那孫堅不敢口先開。(劉末云)三兄弟休要莽撞,俺則讓諸侯每說話也。(正末云)哥,你說的差了也。(唱)忠心則恐怕諸侯每怪?我從來天生的莽撞,那一個合死的先來。

(正末云)可早來到轅門首也。(劉末云)兄弟你過來。小校報復去,道有劉備、關羽、張飛得勝回營也。(卒子云)理會的。(報科,云)喏,報的眾位太守得知:有劉關張弟兄三人,得勝回營也。(冀王云)曹孟德,你可舉人的當也。着他過來。(卒子云)理會的。着過去。(劉末、關末、正末做見科)(劉末云)眾位太守,俺弟兄三人得勝還營也。(冀王云)不枉了您弟兄每,好強也。俺天下諸侯,與呂布戰了許久,不曾得他半根折箭,馬蹄兒倒挪。您今日初來,就成大功。異日停當了,聖人自有加官賜賞也。(孫堅云)他每見做着縣尹哩,盡勾了他每的了,又那裏與他加官賜賞?(曹操云)孫堅太守,他每這等英雄,休愁他不做大官。(冀王云)一壁廂看酒果來,與他三人慶功咱。(孫堅云)元帥且住!劉關張,您近前怎麼?休要假乖走得來,說你們有功,功在何處?兩陣前怎生與呂布交戰[10]?俺眾諸侯在此,你說一遍,俺試聽咱。(正末唱)

【油葫蘆】俺和他兩陣軍前打話來。(孫堅云)你和他打話,他說甚麼來?(正末唱)他且是有氣概,殺的那呂溫侯手腳不能抬。則俺這弟兄三個真無賽,他那裏急慌忙勒馬回營寨。(孫堅云)你休説嘴。那吕布的方天戟,世上無雙,你敵的住他麼?(正末唱)吕布他雖是强,俺弟兄無甚歹。(孫堅云)你的武藝,我也知道,不准你説嘴[11]!(正末唱)休問道他强我弱誰先敗,他輸了再休來。

(曹操云)張飛,監軍的心,則要你着志者。(孫堅云)你説我氣不忿他,我那裏是教他着志者!(正末唱)

【天下樂】則他那不忿我的心腸暗暗的懷,好教我便疑也波猜,累次的要見責。(劉末云)兄弟少説話,元帥在上也。(孫堅云)還是劉備有分曉。(正末唱)哥哥你敢閒挣閫。(關末云)元帥,既然知俺有了功,再休題閒話也。(正末唱)俺雖是有了功,也合當分説開。(帶云)想着他着俺打躬的那會兒,(唱)題起來冤仇深似海。

(冀王云)張飛,你休嚷有功無功[12],俺衆諸侯明白。小校擡上果桌來。(卒子云)理會的。果桌在此。(冀王云)將酒來,我與劉玄德遞一杯。(做遞酒科)(劉末云)元帥,劉備不敢,先從諸侯每來。(冀王云)劉玄德,您弟兄有功,敬意與您慶功,你不先飲,推誰?(孫堅云)你休扯葉兒,吃了罷。(劉末做飲酒科)(冀王云)再將酒來,雲長公飲一杯。(關末做飲酒科)(冀王云)再將酒來,這杯酒張飛飲。(正末云)還從孫太守來。(孫堅云)你嘴舌我,我吃慶功酒時,你在那裏來?(正末做飲酒科)(冀王云)曹孟德,你遞一杯。(曹操云)我行一杯。小校將酒來。(做遞酒科,云)劉玄德飲這一杯酒者。(劉末云)是是是。恭敬不如從命,小官飲。(做飲酒科)(曹操云)再將酒來,雲長公飲。(關末云)關某飲。(做飲科)(曹操云)再將酒來。這一杯酒,要説的明白:一來是慶功,二來當日那平原縣,不是張飛要來呵,這吕布幾時得破也。(孫堅云)你怎説的我們没志氣了。張飛,你是甚麼好漢!(正末瞅孫堅科[13],云)氣殺我也!(劉末云)兄弟飲酒,曹太守遞酒哩。(正末唱)

【金盞兒】他那裏鬧垓垓弄狂乖,數番將言語在這人前賣。(曹操云)張飛不要躁暴,俺諸侯自有分辯也。(正末唱)諸侯每分辯有裁劃。(劉末云)兄弟少要躁暴。(正末唱)若不是哥哥阻當我,揪住他死屍骸。我着這拳丢在鼻凹裏,就着他一命喪塵埃。(做飲酒科)

(曹操云)元帥,曹操遞了酒也。(冀王云)孫監軍,你當行一杯也。(孫堅背云)這個元帥,吃兩鍾散了罷,又着我遞酒。我的禮短了,有些惶恐。也罷,我遞一杯。小校將酒來。(做把盞科,云)來了,這酒。(做自飲科)(曹操云)你怎生先吃了?(孫堅云)你不知道,他們不算功,我看營辛苦。將酒來,這酒劉玄德飲。(劉末云)監軍請。(劉末做飲酒科)(孫堅云)再將酒來,這杯酒雲長飲。(關末云)監軍請。(關末飲酒科)(孫堅云)且住者,我如今與張飛遞酒,我有些不容他。他假似問我討前日賭的牌印將來,我可着甚麼回他?不妨事,他若有這等言語討牌印,我有話回他。再將酒來。(做不言語遞酒與正末科)(正末背科,云)你看這孫堅無禮麼,不言語將着這一杯酒遞將來。我看他說甚麼。(劉末云)兄弟,監軍遞酒哩。(正末云)哥哥,您兄弟不曾看見。(孫堅做丟了盞科,云)你的眼兒小,不看見?你故意的傲慢我,你這大眼漢無禮也!(正末怒科,云)兀那孫堅太守,你放心,我不問你討那輸的牌印便了,俺則做個贏家也罷。你自害羞也,倒與我爲仇。此禮不當麼?(孫堅云)兀那大眼漢,你聽者:那呂布寸鐵在手,有萬夫不當之勇,我也着他殺的我要不的,你怎生近的他?憑着你這狐朋狗黨的趕了乏兔兒,算是麼強處也?(正末云)元帥,不氣殺我也呵!(唱)

【寄生草】你欺負俺這官位小,名分兒衰。我將那呂溫侯一陣先輸敗,遮莫他英雄勝似都元帥,認的我這槍尖磨的風也似快。(孫堅云)則你一人退了呂布也,不枉了走來到這裏謅嘴也。(正末唱)我到來朝親去戰三合,則你這孫監軍牌印實難賽。

(劉末云)兄弟省言者。(孫堅云)你小看我。前日賭了監軍牌印,不曾與你。本待與你,則争你三個人戰退了呂布,有何罕哉?你若一人一騎,戰退呂布,你就拿了牌印去罷,我再也沒的說了。(正末云)監軍,我明日一人一騎,親去戰呂布去。(劉末云)孫監軍休信張飛。(正末云)孫監軍,我若一人一騎,贏了呂布呵呢?(孫堅云)你若贏了呂布,我便輸與你這牌印。你若輸了呵呢?(正末云)輸了時,就將俺弟兄三人的六陽會首,納在這轅門首也。(孫堅云)他輸了,賭着哥哥的頭,好好好!元帥,張飛將他弟兄三個的首級,賭我的牌印,要一人一騎,戰呂布去哩。(劉末云)可怎生是好?(正末云)哥,你好懦志也,怕他怎的!(冀王云)軍政司立下軍令狀。張飛一人一騎,要戰呂布,賭着監軍牌印哩。張飛,你先去,到來日俺衆諸侯都與你壓陣,撥與你三千人馬,你則小心在意者。(正末云)元帥,你放心也呵。(唱)

【尾聲】則我這戰馬越咆哮,戰將威風大,預備着得勝也張飛到來。(劉末云)兄弟也,你好不忍事也!不爭你獨自戰呂布去呵,俺弟兄兩個何安也?(孫堅云)你兩個若撮補他,也不是人養的。(正末唱)勸你個監軍心莫窄,到軍前忙把旗開。(關末云)三兄弟,你若贏了便罷;若輸了呵,呸,你再也休來見俺也!(正末唱)哥哥你放開懷,定見明白,殺的那呂布今番不敢來。(孫堅云）小校預備盤子，托着牌印，等張飛來，就交與他。（正末唱）贏了那監軍的印牌，送與俺哥哥權帶。（正末云）二位哥哥放心也。（唱）不得了那虎牢關，發願不回來。（下）

（曹操云）張飛兄弟去了也。玄德公，雲長，你弟兄兩個辭了元帥，回營中去罷。（劉末云）曹參謀說的是。雲長，俺謝了酒食，回營去來。（關末云）哥哥說的是。元帥，多謝了酒食，哥哥，俺回去來。（冀王云）您二人回去，明日早到陣面上，來看張飛。（劉末云）劉備得知。兄弟，俺回本營中看張飛去來。張飛膽量勇過人，破黃巾先立功勳。虎牢關獨戰呂布，方顯俺結義聲名。（同下）

（冀王云）他二人去了也。監軍，你回本營中去罷。（孫堅云）元帥，我回去也。俺明日看張飛獨自戰呂布。若是贏不的呵，我不道的饒了他哩！我回營中去也。這張飛不肯容人，他弟兄糾合成群。若明日輸與呂布，罰官酒五十三瓶。（冀王云）劉景昇、公孫瓚，你二位將軍明日各點本部下軍兵，與張飛壓陣，勿得有失也。（公孫瓚云）劉景昇，俺回本部，整點人馬，來日與張飛壓陣，看他單戰呂布去。（劉景昇云）則今日回本營中，整搠人馬，走一遭去。孫監軍埋沒英雄，劉關張多有才能。虎牢關單戰呂布，到來日必定成功。（下）（冀王云）袁術、韓太守，你二將整點本部下人馬，明日早來壓陣，看張飛單戰呂布。您回營去。（韓俞云）袁太守，俺回本營中點人馬，明日早來壓陣，看張飛單戰呂布。（袁術云）哥，俺回去也。則今日整點人馬，來日與張飛壓陣走一遭去。因董卓撥亂中華，有呂布名播天涯。俺淮南人馬敢勇，助張飛單戰無差。（下）（冀王云）曹孟德、陶令公，你兩個將軍整點人馬，與張飛壓陣。您回去者。（陶令公云）曹參謀，俺辭了元帥，去本營中去來。（曹操云）陶令公，不必說也。劉關張是我舉的人，孫監軍不容他弟兄，怎麼滅的他英雄？俺回去來。屯大軍蕩散塵埃，眾諸侯各盡心懷。張翼德戰退呂布，顯曹操舉薦賢才。（下）（冀王云）曹孟德、陶令公去了也。孔太守、韓太守，你二人去本營中整點人馬，明日早到陣前壓陣，勿得有失也。（韓昇云）孔太守，俺回本營中整點人馬，明日去陣前壓陣，看他弟兄每相持也。（孔融云）則今日俺二將回本營中，整點人馬壓陣，看張翼德單戰呂布走一遭去[14]。驅隊伍排列軍卒，虎牢關各顯機謀。劉關張委實勇猛，戰呂布一陣皆伏。（下）（冀王云）他二人去了也。王太守、趙將軍，你二人回本營中，整點人馬，來日軍前壓陣。小心在意，休要怠慢也。（王曠云）趙太守，冀王將令，俺回本營中，整點人馬，明日陣前壓陣去來。（趙莊云）王太守，俺去來。

則今日回本營中,整點人馬,與張飛壓陣。他定然成功也。俺回本營中走一遭去。今漢末董卓之勢,專毒害不行仁義。虎牢關排陣當先,敵呂布即時兵退。(下)(冀王云)兩位諸侯去了也。鮑太守、張秀,你二人去本營中點人馬,來日壓陣,休遲誤也。(鮑信云)張太守,元帥說的是。俺明日與張飛壓陣去。(張秀云)今日整點人馬,接應走一遭去。蕩征塵殺氣紛紛,行忠孝擺佈三軍。若張飛戰退呂布,八健將盡數皆擒。(下)(冀王云)他二位將軍去了也。喬太守、吳太守,你二人去本部下點人馬,明日與他壓陣,勿得有失也。(喬梅云)吳太守,回本營整點人馬,來日陣前壓陣。俺回去來。(吳慎云)喬太守,俺則今日到本營中,整點人馬,來日與劉關張弟兄壓陣走一遭去。屯軍校半載相持,呂奉先健勇神威。劉關張忠扶宇宙,施妙策一陣平欺。(下)(冀王云)他二將去了也。田太守、劉太守,你二人到來日,整點人馬,來日壓陣,勿得有失也。(田客云)劉太守,俺兩個整點人馬,與他壓陣。俺回去來。(劉羽云)則今日本營中,整點人馬,壓陣走一遭去。持斧鉞鞭懸鐵塔,眾兒郎披袍擐甲。虎牢關張飛成功,方顯他強人壯馬。(下)(冀王云)十八路諸侯都去了也。我想來,曹孟德於國有力,暗修書舉薦他弟兄三人。這孫監軍不是要滅劉關張的武藝,他三人戰退呂布,孫監軍與他賭着牌印,言說道:則着張飛明日單戰呂布,他弟兄三人賭頭爭印。某着眾諸侯點兵,來日壓陣,看張飛單戰呂布走一遭去。眾諸侯都要心堅,為呂布整戰半年。劉關張成功之後,那其間進京師朝見天顏。(下)

校記

[1] 漢末英雄各占強:"占",原本作"戰",已爲校筆改。此下,凡爲脉本趙清常鈔校時改過的字,從者,不出校。不從者,出校。

[2] 曹操爲參謀使:"使"字,原本無。今從孤本補。本劇下同。

[3] 排兵擐甲盡屯關:此句,原本作"兵排慣甲盡屯關"。孤本改。今從。下同。

[4] 糾糾威風智量多:孤本改"糾糾"爲"赳赳"。按二詞通,元曲常用"糾糾",如《符金錠》第一折:"英雄糾糾鎮金華。"

[5] 看了呂布委實英雄:"委實",原本無。孤本已補。今從。

[6] 昨日那能戰退呂布:"那能",原本無。孤本已補。今從。

[7] 眾諸侯還未來全哩:"全"字,原本無。孤本已補。今從。

[8] 好習孫吳志可酬:"酬",原本作"籌"。孤本已改。今從。

［9］喜笑盈腮："盈",原本作"迎"。孤本已改。今從。
［10］怎生與呂布交戰："與"字,原本脫。孤本已補。今從。
［11］不准你說嘴："說嘴",原本脫。今從孤本補。
［12］你休嚷有功無功："嚷",原本作"穰"。孤本已改。今從。本劇下同。
［13］正末瞅孫堅科："末"字,原本脫。今從孤本補。
［14］看張翼德單戰呂布走一遭去："張翼德"三字,原本作"劉關張"。今從孤本改。

第 二 折

（外扮呂布領卒子上）（呂布云）山後英雄鎮九州,手持寒戟力難收。坐下追風赤兔馬,關前獨戰衆諸侯。某姓呂名布字奉先,祖居山後九原人也。某文通三略,武解六韜。先佐丁建陽為養子,為一匹捲毛赤兔馬,某打死了丁建陽。後佐董卓太師為義兒,封某為上將軍。今因變亂了天下諸侯,著某領十萬兵八健將,把住虎牢關。有河北冀王袁紹為帥,調衆諸侯,都與某曾交戰,不曾贏的某戟尖點地,馬蹄倒挪。昨日關前與諸侯交戰,有三個將軍出馬,十分英勇。刀槍器械,威嚴相貌全別。某與他交鋒,無心戀戰,退回本營。如今再下戰書去,明日單搦諸侯出馬。今日陞帳,八健將這早晚敢待來也。（外扮李肅、陳廉上）（李肅云）祖輩留傳立業昌,白袍玉帶爛銀妝。虎牢關下排軍陣,威風赳赳世無雙。某白袍李肅是也。先祖原為漢將,扶立劉朝。這位將軍是陳廉。俺同佐董太師麾下。今同呂布領十萬兵來虎牢關下,戰天下諸侯。將軍,俺呂布哥是英雄也。（陳廉云）李將軍,想呂奉先今在虎牢關前戰諸侯每得勝,今日陞帳,俺須索走一遭。可早來到也。小校報復去,道有李肅、陳廉來了也。（卒子云）理會的。（報科,云）喏,報的元帥得知:有李肅、陳廉來了。（呂布云）着他過來。（卒子云）理會的。着您過去。（做見科,云）元帥,俺二將來了也。（呂布云）李肅、陳廉,你兩個少待,衆將來全,自有調度。這早晚敢待來也。（高順、楊奉上）（高順云）敢勇征伐多用機,殺場交戰馬頻嘶,關前列下諸侯輩,誰似溫侯顯虎威。某八健將高順是也。這個將軍是楊奉。俺同佐於董太師麾下。今日呂奉先領十萬兵,西把住虎牢關,與諸侯交戰,整整半載也。楊將軍,俺見元帥去來。（楊奉云）將軍,想呂奉先在此半載光景,與諸侯交戰,不曾有一個贏的元帥的。今日陞帳,俺走一遭去。可早來到也。小校報復去,道有高順、楊奉來了也。（卒子云)理會的。(報科,云)喏,報的元帥得知:有高順、楊奉來了也。(呂布云)着過來。(卒子云)理會的。着過去。(二將見科)(高順云)元帥,俺二將來了也。那廂使用?(呂布云)高順、楊奉,等衆將來全,有事商議[1]。這早晚敢待來也[2]。(外扮魏悦、何蒙上)(魏悦云)**幼習兵書武藝能**[3],**虎牢關下助英雄。人中顯耀真男子,某八將叢中第一名。**某八健將魏悦是也。這個將軍乃是何蒙。俺同佐於董太師麾下爲將。今因諸侯變亂,俺同呂奉先領十萬兵,來至虎牢關前。相持許久,諸侯並無一人與俺呂布做的本對。何蒙將軍,看了俺呂布將軍,委實英雄也。(何蒙云)看了奉先方天戟敢戰諸侯,赤兔馬衝軍撞陣,獨鎮虎牢關,天下諸侯,無一人敵的住他,真乃是英雄也!今日陞帳,俺須索走一遭去。可早來到也。小校報復去,道有魏悦、何蒙了也。(卒子云)理會的。(報科,云)喏,報的元帥得知:有魏悦、何蒙來了也。(呂布云)着他過來。(卒子云)理會的。着您過去。(二將見科,云[4])元帥,俺二將來了也。(呂布云)魏悦、何蒙,您二將少待,衆將來全計議。這早晚敢待來也。(外扮侯成、陳宫上[5])(侯成云)**威風慷慨戰邊關,當住諸侯不敢還。出陣臨軍誇勇健,扶持社稷顯高强。**某八健將侯成是也。這位將軍乃是大將陳宫。俺同佐於董太師麾下爲將。今爲諸侯來侵虎牢關,俺呂布領十萬兵,在關前交戰。整整半載,諸侯不曾贏的俺半根兒折箭。但凡有事,與俺計議也。(陳宫云)侯將軍,想呂奉先武藝多般,手中畫戟,真乃蓋世無敵之將也。今日陞帳,須索走一遭去。可早來到也。小校報復去,道有侯成、陳宫來了也。(卒子云)理會的。(報科,云)喏,報的元帥得知:有侯成、陳宫來了也。(呂布云)着他過來。(卒子云)理會的。着您過去。(二將見科,云)元帥,俺二將來了也。有何事商議?(呂布云)您八健將都來全了也。某自到虎牢關前,相持半載,天下諸侯,不曾贏的某半根兒折箭。某昨日關前索戰,有三個將軍,刀馬武藝,端的英雄,不知他姓甚名誰,我和他戰了一陣輸了。某今日下將戰書去,單搦諸侯出馬。您八健將到明日領兵接應,不可誤了,小心在意者。(李肅云)元帥,得令。俺衆將四面分開人馬,接應元帥來。不知那諸侯每借上那三個將軍來了?(陳廉云)俺不怕他那一路諸侯出馬。若呂奉先贏了呵,俺就擒天下諸侯。則着人謹守虎牢關者,不可有失。李肅將軍,俺兩個不必延慢,整點人馬,來日接應呂奉先走一遭去。**征塵滾滾繡旗開,劍戟光輝遍地排。虎牢關下交鋒處,一陣生擒大將來。**(下)(高順云)楊奉,俺整點人馬,來日去關前接應呂奉先,不可久停也。(楊奉云)則今日便整點本部下軍卒,來日關前接應呂奉先,與諸侯交戰走一遭去。鎧甲鱗鱗戰襖長，這一去軍卒倒地將着慌。關前戰的諸侯怕，一陣登時盡數亡。（下）（魏悦云）何蒙，俺不必久停，整點人馬，來日接應呂奉先去也。（何蒙云）你説的是。俺二將去整點人馬，都要整齊，明日接應呂奉先戰一遭去。鼓響鑼鳴振九霄，威風殺氣勝雲高。虎牢關下諸侯戰，接應温侯戰一遭。（下）（侯成云）陳宫將軍，俺二將明日整搠旌旗，收拾器械，接應呂奉先去，不可遲滯也。（陳宫云[6]）侯成，你説的是。俺則今日整點人馬，來日接應呂布走一遭去。呂温侯奪旗扯鼓，將諸侯看如糞土。領衆將都到關前，則一陣平收盡虜。（下）（呂布云）衆將都去了也。某則今日點就十萬人馬，出虎牢關前，與天下諸侯交戰走一遭去。大小三軍，聽吾將令：到明日前排甲馬，後列雄兵。獅子盔滚滚纓飄，魚鱗甲燦燦映日。百花袍遠襯朝霞，劍戟映槍刀斧鉞。畫彎牌齊擺軍前，剗車弩均排在後。喧天鼓響迸春雷，就地鑼鳴篩霹靂。猛將雄兵兩對間，征塵遮蔽繡旗偏。赤兔馬衝鞍上將，手中兵器顯方天。諸侯不敢敵吾勇，耀武揚威天下傳。重施健勇交鋒智，到來日三將虧輸一陣前。（下）

（關末領卒子上，云）文武英才則我强，三人結義把名揚。萬軍隊裏施手策，則我是忠直勇烈漢雲長。某姓關名羽字雲長，蒲州解良人也。自與哥哥玄德公、兄弟張飛，在桃園結義之後，俺三人曾破黄巾賊百萬。後哥哥在德州平原縣爲理。因董卓專權，倚呂布爲雄。在虎牢關，奈天下諸侯，不敢與呂布拒敵。有曹孟德舉保俺弟兄三人來。前日兩陣上，被俺弟兄三人，殺敗了呂布。衆諸侯與俺慶功飲宴，頗奈監軍孫堅無禮，説亂殺敗了呂布不爲强，有三兄弟造次了兩句。孫堅言：若張飛單戰敗了呂布，就輸與他監軍牌印。張飛與孫監軍賭頭争印，明日就要交鋒去。量呂布怎出的俺兄弟的手。小校掌起燈來，將那《春秋》我看。（卒子云）理會的。（做掌燈科[7]）（關末看《春秋》科，云）小校，但有軍情事，報復我知道。（卒子云）得令。（劉末上，云）當時圖重職，今日惹閒愁。小官劉備是也。當日曹孟德舉俺來，前日在虎牢關戰敗了呂布。今日曹孟德早間宴衆諸侯[8]，與俺弟兄三人慶功飲酒。有孫堅不然俺弟兄每，被俺三兄弟多言了幾句。有孫堅説：若張飛單戰敗了呂布，將我監軍牌印輸與他。有三兄弟回言：我若戰不敗呂布，就輸我這項上頭。他二人要賭頭争印。小官想來，那呂布是天下第一個英雄，三兄弟若有些疏失，俺弟兄二人怎了也。我如今去二兄弟帳下，與他計較去。可早來到也。小校報復去，説某到此也。（卒子云）理會的。（報科，云）喏，報的二將軍得知：有大將軍來到也。（關末云）何不早説，我接待去。（做見科,云)哥哥有請。(劉末做入見科,云)二兄弟,你怎生這早晚還不歇息?(關末云)您兄弟方纔看罷了書。哥哥因何至此?(劉末云)我此一來不爲別,則因早間三兄弟與孫堅賭頭爭印。我想來,三兄弟若勝不的呂布,孫堅定不輕饒也。可要俺弟兄二人何用!(關末云)哥哥不妨事。我看了呂布武藝,也到不的俺三兄弟手裏。哥哥不信,俺如今同至三兄弟帳下,暗暗的聽他去。不是弄槍,便是弄刀,更不便自言自語,他直嚷一夜。(劉末云)既然這等,兄弟也,俺兩個聽他去來。他不合賭氣生嗔,倒着俺一夜勞神。若兄弟殺退呂布,看孫堅那裏安身。(同下)(正末領卒子上,云)早間與衆諸侯飲酒,有孫堅與某上氣。和他打了賭賽,明日單戰呂布去。若贏了呂布回來,他說輸與我四十五萬監軍牌印。天色晚了,回帳中去也。(唱)

【中呂・粉蝶兒】月色輝輝,遍營中騰騰殺氣,淅零零風擺征旗。夜將闌,更初定,誰敢去安眠穩睡。想昨朝廝殺相持,俺將那呂溫侯趕無歸地。

(帶云)想天下諸侯不能敵呂布,甫能俺贏了,孫堅又說不算強。(唱)

【醉春風】他不敢陣上顯英才,則會在帳中胡調嘴。試看我明朝施逞虎狼威,直戰到底、底!也不用軍士相跟,弟兄扶助,憑著我單人獨騎。

(正末云)來到這帳下也。小校,搬我那兵器來。(卒子云)理會的。(虛下科)(劉末、關末上)(立開做聽科)(卒子抬兵器上見正末科,云)三將軍,抬將兵器來了。(正末云)小校,將一塊石頭來,抬一盆水來,將兵器都打磨出來。(卒子做磨槍科,云)槍快了也。(正末拿槍科,云)槍也,我明日與呂布交戰去,兩陣之間,你若成功呵,我贏了那監軍印,也不讓兩個哥哥,我也不要,就挂在這槍尖上,就做槍監軍。(唱)

【迎仙客】則要你鋒刃滑在我這手中隨,將畫戟當折了他這黃旛豹尾[9],顯的你便有剛強長性直,你將我扶持相隨手把敵軍退。

(正末云)將我那虎眼鋼鞭來。(卒子云)理會的。(做接槍遞鞭科)(正末拿鞭科,云)鞭也,我明日與呂布交鋒,若臨近你替我成了功,贏的那監軍印來,我也不挂,也不與我兩個哥哥挂,我挂在你這鞭靶上,着你做個鞭監軍。(唱)

【上小樓】到來日當場遇敵,三軍擺隊。使在他那後背前心,兩臂雙肩,左右周圍。但若是打着他翻身落墜,我着你做監軍管屬兵器。

(正末云)小校,將劍來。(卒子云)理會的。(做接鞭遞劍科了)(正末拿劍科,云)劍也,你恰纔聽的我分付槍和鞭麼?你若替我成了功,你就做劍監軍也。(唱)

【幺篇】把龍泉手內提,我叮嚀囑咐你:施逞那離水吹毛,雙鋒耀日,巨闕光輝。到陣前遇彼將,誅絕砍退,則要你仗威風與咱添力。

(正末云)小校,收了兵器。牽過馬來。(卒子云)理會的。(卒子虛下)(劉末云)二兄弟,他真個不睡。弄了兵器,又牽馬去了。(關末云)哥哥,俺看他嚷到幾時。(卒子牽馬科,云)三將軍,馬來了也。

(正末云)馬也,往日騎你不打緊,全在明日,要你見功哩。若贏了監軍印,我也不挂,也不讓兩個哥哥,我挂在你脖子哩,着你就做馬監軍。(卒子云)則是壞了監軍也。(正末唱)

【滿庭芳】哎,你個驊騮仔細,則要你蹅翻赤兔,蹦碎營基。在當場要顯那追風騎,則要你捨命前催。賭牌印在明朝半刻,我正是男子當為,受不的他閒爭氣。若是將溫侯趕離,(帶云)孫堅,你若輸了呵,(唱)我着你獨自個落便宜!

(正末云)小校,牽了馬去者。(卒子云)理會的。(做牽馬科,下)(關末云)哥哥,俺見兄弟去來。(劉末云)俺過去來。(做見科)(正末云)二位哥哥,因何這早晚到此也?(劉末云)兄弟也,你不知道,則因你早間與孫堅打賭賽,明日單戰呂布去,我與二兄弟好生憂心。恰纔在你帳下,聽了許久。見你打磨兵器,俺不曾進來。兄弟也,你明日須要小心些兒。(正末云)哥哥,你但放心。(唱)

【十二月】我是個英雄的翼德。(關末云)那孫堅豈知俺弟兄三人也!(正末唱)他則待小覷俺這相識。若贏的監軍印掌,再看他將我來催逼。(劉末云)三兄弟,那呂布是員虎將,你要用心與他交戰也。(正末唱)施展我這從前所為,者莫他虎將難敵。

(關末云)兄弟,你則管戰呂布,如有傍戰者,我與哥哥敵當。(正末唱)

【堯民歌】呀,敢和他關前略鬥幾千回,我着他手下兒郎亂逃離。贏的那監軍牌印手中提,我着那袁紹重新辦筵席。明也波日,便知咱武藝,直趕到他京師地。

(劉末云)不枉了好兄弟!明日到陣前,俺弟兄二人,替你壓陣。則許你單戰,若有傍枝出陣者,俺就整點人馬助去也。(關末云)兄弟也,則要着志者。(正末云)二位哥哥,您放心也。(唱)

【尾聲】也不用千條巧計量,也不用萬軍齊助威。憑着我長槍烏馬單身對,到來日得勝還營報您聲喜。(下)

(關末云)三兄弟點軍去了也。哥哥,俺也預備器械,明日早與兄弟助陣

去哩。(劉末云)兄弟也,俺打點去來。弟兄每義氣相投,衆英雄讓俺爲頭。到牢關破了呂布,穩情取拜相封侯。(下)

校記

[1] 有事商議:"商",原本作"謫"。孤本已改。今從。本劇下同。
[2] 這早晚敢待來也:"也"字,原本脫。孤本已補。今從。
[3] 幼習兵書武藝能:"書",原本作"文"。今從孤本改。
[4] 二將見科云:"云"字,原本脫。今從孤本補。
[5] 外扮侯成陳宮上:"宮",原本作"恭"。孤本改。今從。本劇下同。
[6] 接應溫侯走一遭:"走",原本作"戰"。孤本改。今從。
[7] 陳宮云:原本誤作"楊奉云"。孤本改。今從。
[8] 做掌燈科:原本作"做拿科"。孤本改。今從。
[9] 今日曹孟德早問宴衆諸侯:"宴"字,原本無。孤本已補。今從。
[10] 將畫戟當折了他這黃旛豹尾:"折",原本誤作"拆"。孤本改。今從。

第 三 折

(外扮呂布領卒子躧馬兒上,云)畫杆戟天下聞名,赤兔馬人間無比。某大將呂布是也。今爲天下諸侯變亂,要取俺虎牢關。某奉董太師將令,領十萬兵並八健將,把住虎牢關。在此交鋒半載,天下諸侯不曾勝的某一陣。前日又去索戰冀王。陣前有三將出馬,十分英雄,與某拒敵,戰的某筋力疲乏,倒干戈回來了。今日下將戰書去了,單搦前日那三員名將出馬。小校望者,塵土起處,敢是人馬來也。(正末領卒子躧馬兒上,云)某張飛是也。昨日在慶功宴上,和孫堅打着賭賽。今日一人一騎,單戰呂布。遠遠的塵土起處,敢是呂布的人馬。三軍擺布的嚴整者。(唱)

【越調·鬥鵪鶉】則聽的喊殺聲高,軍卒鬧嚷。震地鑼鳴,喧天得這炮響。則我這馬賽奔彪,槍如銀蟒。憑着我事事勇,件件強,不由我抖擻下精神,全看着今番這場。

【紫花兒序】惱的是那孫堅無智,恨的這呂布奸邪,顯出我這翼德高強。我和他當場打話,統着這丈八長槍。不索商量,就着那敢勇的溫侯時下亡,綁在我馬鞍轎上。將他那牌印贏來,我着這天下人揚。

(正末云)小校,擺開陣勢者。(呂布云)小校,前頭有人馬來了。來者何人?(正末云)某行不更名,坐不改姓。某張飛是也。你來者何人?(吕布云)你是張飛?我乃吕布是也。我前日與你每殺了一陣,不知您是誰。你那大耳漢,姓甚名誰?(正末喝科,云)是俺大哥劉玄德也。(吕布云)哦,是你大哥劉玄德。那紅臉是誰?(正末云)是俺二哥關雲長。(吕布云)你是第三哥張飛。來來來,我和你說的明白廝殺:前日是您弟兄三人戰退我,也不算強。今日不許您兩個哥哥來,我和你單戰幾合,你敢敵某麼?(正末云)兀那吕布,你聽者:因你不打緊,我與俺孫堅太守打着賭賽,則在今日,某一人一騎,務要殺退你個匹夫也。(吕布云)這個大眼漢好無禮!我如今和你決戰千合。(正末云)操鼓來。(做調陣子科)(唱)

【調笑令】聽說罷氣爽,戰在當場。呀,我和他方天戟,敵着我手内槍。(吕布云)張飛好武藝也!自與天下英雄交戰,不曾見張飛這等英雄。(正末唱)則我這深烏馬將這征塵蕩,殺的他這手脚張狂。(正末云)贏了你不打緊,(唱)贏了那孫堅太守的牌印掌,俺弟兄趁了心腸。

(吕布做架住槍科,云)張飛住者!(背云)張飛好英雄也!一條槍無有半星兒破綻,使盡了我的氣力[1]。(做下馬科)(正末云)吕布,你不廝殺,下馬來怎的?(吕布云)你是無名之將,你怎生得知?(做下馬科,云)我下馬小歇一歇,有九牛之力也。(正末做喝三聲科)(吕布慌科,云)大眼漢,你叫怎麼的?(正末云)你歇一歇有九牛之力,我恰纔喝一聲,有九牛之力。(吕布云)這大眼漢世之名將,喝一聲有九牛之力[2]。張飛,我不用方天戟,我有鈹楞鐧[3],和你再戰幾合。(正末云)你有鐧,我有鞭[4]。吕布,你合死也。(做調陣子科)(唱)

【鬼三台】鐧起處鞭攔當,鞭起處無輕放,我教你身邊中傷。不是我一勇的性兒剛,剿除了奸邪逆黨。(吕布云)張飛,你聽者。天下人贊某的名"人中吕布,馬中赤兔"。今日盡皆輸與你。嗨,你是英雄也。(正末唱)哎,你個"人中吕布"不索慌,張飛委實有膽量。(打吕布一鞭科,云)吃我一鞭。(唱)著鞭處如落寒星,足律律金冠放光。

(吕布云)呀呀呀,打了我三叉冠也。近不的他。不中,走走走。(正末做扯住吕布帶科,云)揪斷他帶,他走了也。我與你趕將去。(八健將慌上)(李肅云)衆兄弟每,圍住這大眼漢者!(正末云)你來者何人?(李肅云)俺是八健將。你將俺吕布元帥殺敗了,我怕失了虎牢關,接應吕元帥來。(正末云)好好好,您元帥走了,正要殺了您這廝每,我好去孫堅根前討牌印去。操鼓來。(李肅云)兄弟每用心者,齊上手。(正末云)來來來,您都不得回家

也!（唱）

【禿廝兒】您都是狐朋狗黨,在我上舞劍輪槍。者莫你千軍萬馬我敢當,八健將且休慌,便着您身亡。

（冀王同十八路諸侯、劉末、關末慌上）（冀王云）衆諸侯,張飛戰敗呂布。兀的不是八健將圍着張飛戰哩。（劉末云）元帥,容劉備告稟:小官與雲長、張飛不求同日生,惟願當日死;一在三在,一亡三亡。張飛已自贏了呂布,如今又着他戰這八健將,倘若有些差遲,俺弟兄三人可怎了也?（冀王云）劉玄德説的是。你與雲長助您張飛一陣去。（關末云）得令!三兄弟,休要走了這廝每!（劉末、關末、正末、八健將調陣子科）（正末云）哥哥每來了也。（唱）

【聖藥王】他每都眼亂張,欲待要藏,在今番休要賣輕狂。則見他人人苦,個個傷,俺三人戰退鐵衣郎。俺這裏敲金鐙響噹噹。

（李肅云）衆弟兄每,俺敵不住他也。俺進關去來。楊奉提吊橋。（八健將下科）（楊奉做放橋科）（關末云）張飛兄弟,俺不奪了虎牢關,到幾時?（正末云）兄弟已有了功也,讓哥哥成了功罷。（關末云）楊奉,你放吊橋怎的?（做劈吊橋科）（楊奉下）（關末云）衆諸侯,俺得了虎牢關也。（正末云）俺殺進關去來。（冀王云）衆將吶喊,不枉了劉關張天下英雄也。（衆吶喊科）（正末唱）

【尾聲】今日個虎牢關殺退了英雄將,則俺這馬到處奸邪自亡。到關内見孫堅,（帶云）我若見了孫堅,你不將輸了的牌印來,等甚麽那!（唱）將俺那賭印的冤仇慢慢的講。（下）

（關末云）俺衆將殺進關去來。（同衆做入關科,下）

校記

［1］使盡了我的氣力:"了",原本作"我"。今改。
［2］喝一聲有九牛之力:"有"字,原本脱。今從王本補。
［3］我有鈹楞鐧:"鐧",原本作"簡"。諸本失校。今改。下同。
［4］我有鞭:原本"我"字下,有一"無"字,衍。今從王本删。

第 四 折

（外扮王允引從人上）（王允云）保住山河顯性剛,忠扶漢國定邊疆。調和鼎鼐存忠孝，兩手扶持帝業昌。小官王允是也。幼習儒業，多覽詩書。自中甲第以來，累加小官爲大漢丞相之職。方今聖人在位，董卓專權。著養子呂布，領十萬兵八健將，把了虎牢關。着呂布外鎮諸侯，董卓內伏文武。聖人暗行密詔，調天下諸侯，都至虎牢關前。着河北冀王爲元帥，孫堅爲監軍副帥，曹孟德爲參謀使。因曹孟德去青州催運糧草，來到德州平原縣，遇着劉玄德弟兄三人，舉保至於軍前。不想戰退呂布，又奪了虎牢關。冀王差人來暗奏，聖人大喜，着小官直至虎牢關，與他衆諸侯加官賜賞，走一遭去。有董卓暗聚群党，呂奉先英雄爲長。劉關張今日成功，今日個虎牢關加官賜賞。（下）（冀王領卒子上，云）相持半載今朝定，威伏奸党社稷寧。某河北冀王袁紹是也。則爲董卓專權，着呂布領十萬兵八健將，把了虎牢關。有曹參謀舉薦劉關張弟兄三人來，前日戰退了呂布。孫監軍與他賭着監軍牌印，務要張飛單戰呂布。誰想張飛一陣成功，戰退呂布，又奪了虎牢關。我着人暗奏聖人去了。今日安排筵宴，與衆諸侯每慶功。衆官人每，這早晚敢待來也。（劉表同鮑信、王曠、張秀上）（劉表云）自離荊楚臨邊境，今日成功定太平。某荊州牧守劉景昇是也。這三位諸侯，是濟北鮑信，蒼梧王曠，南陽張秀。俺同到虎牢關，奉聖人的命，冀王爲帥，與呂布整整的相持了半載也。（鮑信云）劉景昇，這呂布端實英雄。若不是曹孟德舉劉關張來，怎能勾今日成功也！（王曠云）鮑太守，正是這等說。劉關張弟兄每，若那一日回去了，不是曹孟德當住，這呂布今日誰贏的他也？（張秀云）太守，張飛他本英雄，孫監軍的不是。今日單戰退呂布，又侵了虎牢關，可輸了監軍也。元帥排宴慶功，俺同走一遭去。可早來到也。小校報復去，道有劉表等衆將來了也。（卒子云）理會的。（報科，云）喏，報的元帥得知：有劉表等衆將來了也。（冀王云）道有請。（卒子云）理會的。太守有請。（四人做見科）（劉表云）元帥，俺來了也。今日成功，定了太平也。（冀王云）四位諸侯且請坐。待衆官人來，一同慶功飲酒。這早晚敢待來也。（公孫瓚、趙莊、田客、劉羽上）（公孫瓚云）英雄敢勇關前戰，復奪邊關立大功。小官真定太守公孫瓚是也。這三位太守，是陝州趙莊，青州田客，幽州劉羽。俺奉密詔，來此戰呂布。整戰了半載有餘，不匡劉關張弟兄三人一陣成功，又奪了虎牢關也。（趙莊云）太守，他弟兄刀馬武藝，委實的能哉也！（田客云）趙太守，不是這等說。聖人的洪福，所以上他弟兄每成功，又奪了虎牢關，殺呂布大敗而回。（劉羽云）太守，今日冀王排宴慶功，俺同共去。可早來到也。小校報復去，道有俺四將都來了也。（卒子云）理會的。（報科，云）喏，報的元帥得知：有四位太守來了也。（冀王云）道有請。（卒子云）有請。（四人見科）（公孫瓚云）元帥，俺來了也。今日理當慶功。（冀王云）四位太守請坐。等衆諸侯來全，慶功飲酒。這早晚敢待來也。（孔融、喬梅、韓昇、吳慎上）（孔融云）**自離北海來征戰，累累交鋒半載多**。小官孔融是也。這三位太守，易州韓昇，山陽喬梅，河內吳慎。俺奉聖人之命，同到虎牢關前戰呂布，不曾贏的他。今有劉關張成功也。（韓昇云）太守，俺相持許久，不曾敵的呂布。他弟兄一陣成功也。（喬梅云）韓太守，張飛的武藝高強，孫堅要滅他。今日果然成功了。（吳慎云）有冀王在關上排宴，俺走一遭去。可早來到也。小校報復去，道有吳慎同三位太守來了也。（卒子云）理會的。（報科，云）喏，報的元帥得知：有吳慎太守同三位太守來了也。（冀王云）道有請。（卒子云）有請。（四人見科，云）元帥，俺來了也。今日劉關張成功，又戰了呂布，奪了虎牢關，理當慶功也。（冀王云）衆官人少待，等衆位太守來全時排宴。這早晚敢待來也。（曹操、韓俞、陶謙、袁術上）（曹操云）**舉薦英雄張翼德，關前一陣敗溫侯**。小官曹孟德是也。這三位太守，是潼關韓俞，徐州陶謙，壽春袁術。俺同奉聖人之命，來敵呂布。某爲參謀使，因催糧草，遇着劉關張弟兄三人，舉將來。有孫堅與他每不和，着張飛單戰呂布，成其大功也。（陶謙云）韓太守，張飛本然英雄，又戰退呂布後，迎敵八健將，復奪了虎牢關，他委實強也。（袁術云）俺哥哥爲帥，這劉關張不是參謀使舉薦將來，今日怎能够定的太平？俺同共見去。可早來到也。小校報復去，道有曹參謀同三個太守來了也。（卒子云）理會的。（報科，云）喏，報的元帥得知：有曹參謀同三個太守來了也。（冀王云）有請。（卒子云）有請。（四人見科）（曹操云）元帥，小官來了也。我舉薦的人如何？今日張飛戰退呂布，成了功也。（冀王云）曹參謀，衆太守，且請坐。還有孫堅未來哩。等來時，一同慶功。這早晚敢待來也。（孫堅上，云）**昨日賭牌印，張飛眞個強**。自家孫監軍是也。昨日與張飛那大眼漢賭着牌印，着他單戰呂布，則匡了當了他。今日又成了功。元帥與他慶功，又得了虎牢關。我本待不去吃酒去，怕元帥怪我。羞殺我！罷，走一遭去。可早來到也。小校報復去，道有老孫來了也。（卒子云）理會的。（報科，云）喏，報的元帥得知：有監軍來了也。（冀王云）有請。（卒子云）有請。（淨做見科，云）元帥，衆諸侯來了，有酒拿來吃了罷，不要等別人了，早吃了早散。（冀王云）監軍且請坐。此一筵宴，單與劉關張慶功，還待他弟兄三人來。這早晚敢待來也。（劉末、關末上）（劉末云）**眉間憂慮散，心上喜偏生**。小官劉玄德是也。兄弟雲長。張飛好勇也，他一人一騎，戰退呂布。他還説呂布不打緊。今日元帥與俺慶功，兄弟隨後便來也。俺先過去來。（關末云）哥哥，三兄弟戰呂布，是不打緊。他殺敗呂布後[1]，八健將戰他一人，他還不懼，讓某奪了虎牢關。俺等張飛來，見元帥去。（劉末云）不中，衆諸侯則怕等俺，孫監軍又怪俺來遲了也。（關末云）説的是。俺過去來。（劉末云）小校報復去，道有劉備、關某來了也。（卒子云）理會的。（報科，云）喏，報的元帥得知：有玄德、雲長來了也。（冀王云）道有請。（卒子云）理會的。有請。（見科）（孫堅云）我好了。張飛不來，我不怕。我放心吃幾杯酒。（劉末、關末見衆諸侯科）（劉末云）元帥，俺弟兄每來遲也。（冀王云）劉玄德、雲長，爲您弟兄每安排筵宴，怎生張飛不來？（孫堅云）張飛在家裏忙。（劉末云）便來也。（冀王云）小校望著，若來時，報復某知道。（正末上，云）某張飛是也。則因與孫堅賭頭爭印，單戰敗了呂布，乘勢取了虎牢關。今日衆諸侯都在關上排宴，與某要慶功。我問孫堅索討監軍牌印去來。（唱）

【雙調·新水令】今日個虎牢關纔顯的俺弟兄高，殺的那呂温侯敗無着落。我如今見孫堅有甚言，休想我肯耽饒。將他那牌印拿着，我在那兩陣上領軍校。

（正末云）可早來到也。小校報復去，道有張飛殺敗呂布，成功而回也。（卒子云）理會的。（報科，云）喏，報的衆諸侯得知：有張飛殺敗呂布，得勝回營也。（孫堅做喝卒子科，云）失獐冒雉的，走將來唬我一驚。我則説張飛殺將來了。（冀王云）小校，請過三將軍來。（卒子云）理會的。三將軍，元帥有請。（正末見科，云）元帥，衆位諸侯，張飛殺敗呂布，得勝回營也。（孫堅云）我見了張飛，有些羞。（冀王云）三將軍，你好英雄也！這呂布是個虎將，俺天下諸侯，許久不曾得他半根兒折箭；怎生你一人一騎，殺敗了呂布？張飛，你是天下的英雄第一人也。（正末唱）

【雁兒落】雖然是張飛武藝高，託賴着元帥施謀略。我在那虎牢關等了半刻，遥望見呂布忙來到。

（孫堅云）張飛，你與呂布厮殺，見我來麽？（正末唱）

【得勝令】呀，監軍在人背面暗偷瞧。（孫堅云）我要與呂布對敵來。（正末唱）那會兒則索暗奔逃。你本待敵呂布垓心裏戰，你怕他心中不肯饒。（孫堅云）張飛，你説我無一些用了？元帥，若不是禮短了些兒，我就和張飛了不的。（正末唱）監軍你休焦，將俺那賭賽的冤仇報。對這些英豪，（帶云）來來來，（唱）你索將監軍牌印交！

（孫堅云）老三，好下般的也。（冀王云）曹參謀，這件事怎生計較？（曹操云）元帥同衆諸侯在上，當日張飛不曾要賭這牌印，可是監軍你要賭賽來。今日張飛既贏了，不可失信。倘若失信與他弟兄每呵，顯的監軍不爲丈夫也。（孫堅云）老曹，我平昔不曾惱着你也。（劉末云）三兄弟，這件事再也休題。（公孫瓚云）住者！元帥，衆諸侯在上，於理小官不當插言。賭着牌印時，有他兩個哥哥，一同立下軍狀，賭頭爭印。不爭今日孫監軍失了信，他弟兄每這三個性命何辜也！（冀王云）孫監軍，你心下如何？（孫堅云）衆諸侯每好狠也！不爭把牌印着張飛挂了，我一家老小吃甚麽？（冀王云）不必計較，軍政司討軍狀來讀。（卒子做拿軍狀科，云）元帥，軍狀在此。（冀王云）將來。這軍狀劉表太守開讀。（劉表云）小官開讀：立軍狀人張飛，年二十七歲，係平原縣步弓手身役。因爲虎牢關下呂布英雄，無人敵對，是張飛情願一人一騎，單戰呂布。如果得勝回還，贏了孫堅太守監軍牌印；若輸了，情願將劉備、關羽、張飛三人六陽會首，納在轅門。恐後無憑，故立此軍狀，永遠爲照用者。年月日立。（冀王云）小校收了軍狀者。孫太守，請出牌印來。（孫堅背云）氣殺我也！早知不與他賭，便也罷也。如今官差要拿出這牌印來。罷，捨了罷。小校，拿出牌印來，與張飛挂。（卒子云）得令！（卒子做拿牌印科，云）監軍，牌印來了也。（孫堅做接牌印科，云）元帥，心疼殺我也！張飛，來來來，則要你有福，着拿去。（正末拿牌印科，云）二位哥哥休怪，我要這牌印用哩。兀的不歡喜殺我也！（唱）

　　【折桂令】喜孜孜心癢難揉，今日個英雄的張飛纔顯功勞。（劉末云）兄弟不中，將牌印交還了監軍者。（正末唱）不爭將牌印交還到，教人笑我徒勞。（關末云）三兄弟，哥哥的言語你不依，你可依誰？（正末唱）本待要依了哥，心中忿惱；不依來昆仲上情薄。（帶云）我依便依著哥，我可用他一會兒。（劉末云）你用他怎的？（正末唱）我有那一弄兒知交，時下相邀。許了他每個監軍，（帶云）小校，將來。（唱）須將我這忠信全了。

　　（劉末云）張飛，你要贈甚麽人？（正末云）小校，將我的槍來。（關末云）你要槍怎的？（劉末云）二兄弟，你休管他。隨三兄弟行。（卒子做遞槍科，云）將軍，槍來了也。（正末云）將槍來。槍也，我當日曾説：若是我贏了監軍牌印呵，就與你挂，叫你做槍監軍。（孫堅云）氣殺我也！又不敢言語。要說的緊了，又怕張飛惱了，越發不肯還我牌印了。隨他罷。（關末云）兄弟也，槍做了監軍罷也波。（正末云）小校，將鞭來。（卒子做遞鞭科，云）贏了印，與你挂，就叫你做鞭監軍。（關末云）鞭也挂了呵，罷也。（正末云）哥也，還有哩。將劍來。（卒子做遞劍科，云）將軍，劍來了也。（正末云）將來。劍也，我當日曾說：若贏了牌印，着你挂，就叫你做劍監軍。（關末云）兄弟，都挂了。他再不敢欺負俺們也。（正末云）二哥，還有一件要緊的，不曾與他監軍做哩。小校，牽那烏騅馬來。（卒子做牽過馬科，云）馬來了也。（正末云）牽過來。馬也，我當日說：贏了牌印，就與你挂，做個馬監軍。（劉末做當科，云）住住住，兄弟不可也。這個是監軍的牌印，怎生挂在馬上？（孫堅怒科，云）張飛，你好無禮也！監軍的牌印，怎生挂在馬上？你這等欺負我！（冀王云）休要惱怒也。三將軍，今日已得成功，再休題舊話。將牌印來。你將軍狀來，對衆諸侯扯了者。果桌有了麽？（卒子云）果桌停當了也。（冀王云）將酒來。劉玄德，多虧了您弟兄每立其大功。你飲過這一杯酒。（劉末云）小官不敢，諸侯在上。（曹操云）玄德公飲了罷。（做飲酒科）（冀王云）再將酒來。這杯酒雲長飲。（關末飲酒科）（冀王云）再將酒來。三將軍，衆諸侯都在此，你這場功，天下聞名，世之少有。你飲過這杯酒者。（正末云）張飛不敢也。（唱）

【沽美酒】衆諸侯感動勞，量張飛怎生消？昨日在關前大戰討，今日個宴樂，玳筵前擺佳餚。

【太平令】不由我心中歡笑，（冀王云）您弟兄三人，這場功效不淺也。（正末唱）俺弟兄每名播皇朝。有一日頒恩降詔，列朝班身居榮耀。（正末做飲酒科）（冀王云）今日俺衆諸侯，都不得成功。這一場功勞，都是您弟兄三人也。（正末唱）呀，呂布他勇驍，敢教俺去戰討。今日個得勝也，人人歡樂。

（王允上，云）小官王允是也。奉聖人的命，來虎牢關與衆諸侯加官賜賞。可早來到也。小校報復去，道有天朝使命來了也。（卒子云）理會的。（報科，云）喏，報的衆諸侯得知：有天朝使命來到也。（冀王云）道有請。（卒子云）理會的。有請。（冀王同衆接科）（冀王云）丞相來了。俺接待不著也。（王允云）河北冀王，您衆諸侯望闕跪者，聽聖人的命：您都是良將沉埋，盡忠心顯耀胸懷。因董卓專權變亂，論官爵日轉千階。憑呂布人中敢勇，方天戟武藝奇哉。虎牢關英雄獨霸，八健將鼓響鑼篩。漢聖人暗傳密詔，取天下諸侯聚來。劉景昇袁術韓俞，陶令公老將能哉。說趙莊張秀王曠，您端的胸捲江淮。有韓昇喬梅吳慎，同劉羽親受欽差。著孔融田客鮑信，多雄壯顯耀胸懷。公孫瓚定陽鎮守，曹孟德所舉賢才。劉關張十分英勇，成大功一陣關開。就封為破呂布關前大將，棄平原縣宰居宅。孫監軍無故賭印，虧冀王分辯明白。衆諸侯各歸本土，理百姓薄斂民差。立家邦以成

功業,留史記千古難揩。聖明主加官賜賞[2],一齊的拜在金階。(同下)

    題目 孫監軍賭印爭強
    正名 張翼德單戰呂布

校記

[1]他殺敗呂布後:"他",原本作"俺"。今依文意改。
[2]聖明主加官賜賞:"主",原本作"王"。孤本改。今從。

張翼德三出小沛

無名氏 撰

解 題

　　雜劇。元明間無名氏撰。《今樂考證》著録正名"張翼德三出小沛"，《也是園書目》《曲録》亦著録正名"張翼德三出小沛"，均未署作者。劇寫吕布襲奪徐州後，劉備向吕布講和，與關羽、張飛屯兵小沛。一日，張飛領兵出城捕捉賊寇，遇到的却是吕布派出買馬的部將王斌、吴慶。張飛打死王斌，截獲錢物。吴慶逃回報布。吕布爲報仇，率兵包圍小沛，索戰張飛。劉備兵寡欲求和。張飛却私自匹馬單槍，殺出小沛，向曹操借兵破布。曹操答應出兵，但疑飛，要劉備書呈。張飛復回小沛，問劉備要了書呈，再次殺出，不料却將書呈丢失。張飛無奈，再次殺回小沛城下，請劉備重寫書呈以箭射下，第三次殺出。吕布被張飛殺怕，以旗遮面避之。曹操見書呈，親率大軍救援，與劉備内外夾攻，打敗吕布，遂解小沛之圍，復取徐州。今存版本有《脉望館鈔校本》。另有王季烈《孤本元明雜劇》本（簡稱孤本）、王季思主編《全元戲曲》本（簡稱王本）。今以《脉望館鈔校本》（簡稱原本）爲底本，參閲孤本、王本校勘，擇善而從。

第 一 折[1]

　　（上闕）（魏悦同何蒙、侯成、程廉上，云）某乃魏悦是也。這三位將軍，一個是何蒙[2]，一個是侯成，一個是程廉，都是吕布手下大將。俺端的機謀廣有，武藝過人；旗開得勝，馬到成功。自得了徐州，俺吕布元帥每日排筵[3]，與俺衆將飲宴。今日元帥不知爲何，聚俺衆將。三位將軍，俺見元帥去來。（何蒙云）魏將軍，今日元帥聚俺衆將，必有軍情事。俺見元帥去。可早來到也。小校報復去，道俺四將來了也。（卒子云）理會的。喏，報的元帥得知：

有魏悦等四將來了也。(呂布云)着他過來。(卒子云)理會的。過去。(做見科)(魏悦云)元帥,俺四將來了也。(呂布云)您眾將不知,我想當日交遼回來時,無有寸地。因劉備借與俺小沛屯軍,我心中不足。今幸得了徐州,多虧您眾將用心,我今稱心滿意。爭奈俺城中欠少馬匹,我欲要差人去河北買馬,聚你眾將來商議,着誰人可領金銀前去。(陳宮云)元帥,別的將軍也去不的。有王斌、吳慶,他二人河北路熟,可差他二人走一遭去。(呂布云)你説的是。小校,與我喚將王斌、吳慶來者。(卒子云)理會的。王斌、吳慶安在?(淨王斌、吳慶上)(王斌云)我是王斌,他是吳慶。但去厮殺,世不得勝。某乃王斌是也。這個是我的姪兒吳慶。俺是呂布手下大將。俺兩個但有差使,同行同坐。若是出陣厮殺去,不是他先走了,就是我先跑了。我和他手段都一般。今日元帥呼喚,不知那裏耍子,俺走一遭去。(吳慶云)你休歪説,俺見元帥去來。小校報復去,説俺兩個老叔來了也。(卒子云)理會的。(做報科,云)喏,報的元帥得知:王斌、吳慶二將來了也。(呂布云)着他過來。(卒子云)理會的。過去。(二淨做見科)(王斌云)老呂,你叫俺兩個來怎麽?有酒拿來俺吃耍。(呂布云)你看這厮!你二人不知,某為軍中欠少馬匹,你二人河北路熟,我與你些金銀,就領你手下軍校,前往河北買馬去。回來自有重賞。(王斌云)老呂,你道會算計也。你往常在小沛差我兩個,倒也罷了。如今你在這徐州,逐日嚷酒兒,也則是多着我兩個,就支出我兩個去,你們快活吃酒。我不去!(陳宮云)王斌,你怎敢違令!因你河北路熟,差您二人去。辭了元帥,疾便長行。(王斌云)罷罷罷!老陳,看你的面皮,我兩個走一遭去。吳慶,俺收拾行程買馬去來。疾便領金銀,河北去買馬。比及幹公事,一路快活耍。(二淨同下)(呂布云)他二人去了也。俺如今招軍買馬,積草屯糧,此為大事。今日無甚事,眾將跟着我後堂中飲酒去來。自得徐州喜笑生,眾將個個顯功能。招軍買馬屯糧草,敢與敵兵去戰爭。(同眾下)

(劉末領卒子上,云)紀靈領眾報前仇,温侯射戟解戈矛。今居小沛屯軍校,一時運拙失徐州。某姓劉名備字玄德,乃中山靖王劉勝之後,大樹樓桑人也。二兄弟姓關名羽字雲長,蒲州解良人也。三兄弟姓張名飛字翼德,涿州范陽人也。俺弟兄三人,與聖人多有功勞。後因陶謙三讓徐州,不期呂布作書以來拜見,某不合結為昆仲,借他小沛屯軍。因張飛石亭驛摔死袁祥,淮王著紀靈統軍報仇,某與雲長同去拒敵。不想三兄弟失了徐州,被呂布霸佔。俺欲要復取徐州,有陳登勸諫,此事不可。今紀靈未退,况淮王與呂布關親,俺又無屯軍之處,倘若呂布與紀靈結連共敵,奈俺兵微將寡,不如先將牌印送與呂布,保家屬出徐州,權在小沛屯軍。後呂布轅門射戟,紀靈回軍。今俺三人,不得已在小沛屯軍。某想當日,都是三兄弟失了徐州,悔之不及。今日某聚衆將來商議。小校,看衆將來時,報復我知道。(卒子云)理會的。(簡雍同陳登上)(簡雍云)耀武揚威勇力強,英雄四海把名揚。臨軍對陣威風大,捨死忘生敢戰當。某乃簡雍是也。這位將軍是陳登。俺在劉玄德手下爲將。俺二人端的是智謀兼並,兵法高強。今日正在帳中觀看兵書,聞的聚將鼓響,必有軍情之事。陳將軍,俺見元帥去來。(陳登云)簡將軍,俺見元帥去來。可早來到帥府門首也。小校報復去,說俺兩個將軍來了也。(卒子云)理會的。(做報科,云)喏,報的元帥得知:有簡雍、陳登二將來了也。(劉末云)道有請。(卒子云)理會的。有請。(二將做見科)(簡雍云)元帥,聚俺衆將,有何軍情事也?(劉末云)等衆將來時商議也。(糜竺、糜芳上)(糜竺云)三十男兒鬢未斑,好將英勇展江山。馬前自有封侯劍,何用區區筆硯間。某乃糜竺是也。這個是兄弟糜芳。俺二人在劉玄德手下爲部將。俺多曾戰鬥,累建功勞。鞍不離馬,甲不離身。自從三將軍張飛失了徐州,俺衆將皆有不忿之心。晝夜躊躇,何日復取徐州,稱俺平生之願。今日元帥聚俺衆將,兄弟,俺到元帥府去來。(糜芳云)哥哥,俺來到轅門首也。小校報復去,道有糜竺、糜芳來了也。(卒子云)理會的。(做報科,云)喏,報的元帥得知:有糜竺、糜芳來了也。(劉末云)道有請。(卒子云)理會的。有請。(二將做見科)(糜竺云)元帥,俺二將來了也。(劉末云)您二將且少待。等兩個兄弟來時,自有主意也。(正末扮張飛同關末上)(關末云)智勇全才掌計籌,能驅戈甲統貔貅。武習孫吳知戰策,文通《左傳》翫《春秋》。某乃關雲長是也,蒲州解良人氏。兄弟張飛,涿州范陽人也。俺自失了徐州,心中好是煩惱。今在小沛屯軍。有哥哥聚俺衆將,不知有何軍情事。兄弟,俺見哥哥去來。(正末云)二哥,不干別人事,都是您兄弟張飛,一時間火性,被呂布取了徐州。大哥,若肯依着我,復去取徐州,有何不可?(關末云)兄弟,將在謀而不在勇。權且在小沛城奈時,等俺計議定了,再做個理會。(正末云)兀的不氣殺我也呵!(唱)

【仙呂·點絳唇】不由我忿氣冲霄,心中焦躁。不是我行粗慥[4]。他可也有甚英豪!氣的我大説高聲叫。

【混江龍】堪恨那無端曹豹,他暗將書信緊相邀。你兄弟一時失計,今日他霸佔雄驍。(關末云)兄弟,想呂布好生英勇,手下又有八健將,因此得了徐州，俺難與他交戰也。(正末唱)我則待戰馬屯合他地界，征夫圍繞外城濠。我若是親身到，將我這冤仇復解，我着他難走難逃。

(關末云)兄弟，說話中間，可早來到也。小校報復去，道俺二人來了也。(卒子云)理會的。(做報科，云)喏，報的元帥得知：有二位將軍來了也。(劉末云)道有請。(卒子云)理會的。有請。(做見科)(關末云)大哥，今日聚俺衆將爲何？(劉末云)兩個兄弟，聚您來不爲別。想徐州被呂布佔了，我晝夜悶倦。似這等幾時復取徐州也？(正末云)二位哥哥，我當日失了徐州，您兄弟願領兵復取徐州。若不得呵，您兄弟至死不見二位哥哥。(關末云)兄弟休躁暴。俺且在小沛，招軍買馬，積草屯糧，方可行兵[5]。若造次征討，不能勝也。(正末云)二哥，可怎生忍的過這惱！好歹和呂布大戰一場也。(唱)

【油葫蘆】氣的我遍體淋漓似水澆。誰承望這一遭，惱的我性如烈火把油澆。(劉末云)想當日你與呂布相持時，也多有威風也。(正末唱)想着那虎牢關獨自個驅軍校，我和他相持對壘威風操。(關末云)兄弟，當日在虎牢關與呂布相持，他雖然戰不過你，那關外有十八路諸侯，兵多將廣。如今被他佔了徐州，此城堅固廣闊，俺怎生取的此城？斷然不可去也。(正末云)哥哥，你放心。(唱)憑着我丈八槍手內輪，豹月烏坐下哮，殺的他屍橫遍野皆顛倒，穩情取血染錦征袍。

(劉末云)三兄弟，你休要躁暴也。(正末唱)

【天下樂】空教我擦掌磨拳沒亂倒。不是我誇也波高，顯勇耀，則我這敢相持委實敵對少。(關末云)兄弟，呂布十分英雄，你近不的他麼。(正末唱)憑著我鞭一根，更和這槍一條，我則待殺三軍一陣掃。

(劉末云)此事也依不的你。俺再做商議也。(外卒子慌上科，云)新安地界屬小沛，却被賊人擾亂民。某乃小沛城瞭哨軍是也。我那地名是新安疃。近來有兩個賊寇，領着數十餘軍兵，在俺地界攪擾百姓。我去元帥府中，說有一小卒來報軍情事。(卒子云)你則在此。我報復去。(做報科，云)喏，報的元帥得知：有一小卒來報軍情事。(劉末云)着他過來。(卒子云)理會的。過去。(外卒子做見跪科)(劉末云)你是那裏來的小軍兒？(外卒子云)報的元帥得知：我是新安疃地界來的。近日間有一夥賊寇，在俺地方攪擾百姓，今來報的元帥得知。(劉末云)兀那小軍兒，你且一壁有者。(外卒子起身科，云)理會的。(劉末云)二位兄弟，可怎生俺這地方上，有這等賊寇生發也？(正末云)哥哥，這廝每合死也。(唱)

【寄生草】他怎生便沿村疃將俺這百姓擾。我將這水磨鞭手內頻頻搭，點鋼槍款款輕輕繞。我着他霎時間一命無消耗。他莫不銅心鐵膽在村莊，（云）哥哥，我去巡綽去也。（唱）不提防今番太歲忽來到。

（關末云）大哥也罷，着三兄弟巡綽走一遭去。（劉末云）兄弟，你去則去，則休要躁暴也。（正末云）哥也，你放心。兀那軍人，你跟了我去來。（外卒子云）理會的。（正末唱）

【尾聲】我可也有斟量無差錯，豈比那前番兩遭？他若是將咱廝撞着，我一一的問個根苗，也不索逞英豪。（劉末云）兄弟，小心在意者。（正末唱）我可也自有量度，我把那廝索綁繩縛押解着。（關末云）那廝若不從你，怎了也？（正末唱）他若是施逞勇耀，將咱違拗，則我這鋼鞭起處不輕饒。（同外卒子下）

（劉末云）三兄弟去了也。此一去必然剿捕了草寇。若回來時，與三兄弟排筵慶功。無甚事，眾將跟某後帳中去來。賊兵攪擾在村莊，多應劫擄草和糧。張飛此去活拿住，斬首安民在路旁。（同下）

校記

[1] 第一折：原本卷首缺一頁，每半頁十二行，每行二十至二十三字不等。按例，今補"第一折"三字。
[2] 何蒙：以上文字原本缺。王本據元曲慣例及下文補，今從。
[3] 俺呂布元帥每日排筵："元帥"二字，原本無。今據上下文補。
[4] 我行粗懆："粗懆"二字，原本作"粗操"。今從王本改。
[5] 方可行兵：原本作"行兵方可"。今從孤本改。

楔　　子

（淨王斌、吳慶領卒子擡櫃杠上[1]）（王斌云）差遣河北去買馬，金銀押杠度前川。自從出了城門外，隨路問人則要錢。自家王斌是也。這個是吳慶。俺兩個奉交遼王呂布將令，着俺領了這金銀櫃杠，往河北買馬去。俺二人自離了城門，隨路州縣問他則要錢鈔。我是官差，怕他不與？我今來到新安疃，一個好熱鬧所在。吳慶，我本待就要行來，我想買馬去，又無個限期，在這裏耍幾日，可不好？（吳慶云）哥說的是。我和你是官差的人，百姓每有好東西，我每要他些，也是便宜。好酒好肉，吃了他的，他不敢問俺要錢，不打他還是好哩。這村裏熱鬧,俺討些盤纏去來。(正末驪馬兒領外卒子上)(正末云)某乃張飛是也。奉哥哥將令,説這村中賊寇,哄擾百姓,着我巡綽走一遭去。可早來到新安疃也。(正末做攔科,云)兀那兩個匹夫,那裏去?您是何人?敢來哄擾我百姓!(吳慶云)哥,不好了!撞着張飛來了。(王斌云)不妨事,我與他説去。張將軍老叔,你不知道,我兩個是交遼王呂布手下兩員部將:王斌、吳慶。奉俺元帥將令,着我領着金銀櫃杠,河北買馬去。路往這裏經過,討些盤纏,不干你事,你休管他。(正末做怒科,云)這厮好無禮也!量你那敗將呂布,打是麽不緊也!(王斌云)俺元帥是人中呂布,把你看不在眼裏。(正末唱)

【賞花時】賣弄你呂布威儀將令嚴,上口不咭下口咭,惱的我不鄧鄧怒重添。我將這鋼鞭,可也輕颭。(做打王斌科,云)着去。(王斌云)哎約,我死也!(下)(吳慶云)不好了,不知怎生打死了王斌。我也走了罷。走走走。(下)(正末云)這兩個匹夫走了,也罷,我不趕你。小校,押著櫃杠,回家去來。(外卒子云)得令!(正末唱)我則索將櫃杠緊相監。(同衆押櫃杠下)

校記

[1] 擡櫃杠上:"櫃杠"二字,孤本改爲"櫃扛"。非是。本劇下文中有時作"杠",有時作"扛"。今均統一作"杠"。

第 二 折

(呂布同陳宮、楊奉、侯成、李肅、程廉、魏悦、高順、何蒙領卒子上)(呂布云)每日開筵列綺羅,仙音嘹亮沸笙歌。廣排宴會終朝飲,盡醉開懷樂事多。某乃呂布是也。今日無甚事,分付安排酒餚,衆兄弟暢飲數杯,有何不可。小校,一壁廂安排果桌者。(卒子云)理會的。大王,果桌有了也。(呂布云)衆弟兄每,俺慢慢的飲酒,看有甚麽人來。(吳慶慌上,云)張飛生的無道理,賞了王斌一鐵鞭。自家吳慶是也。我正與王斌在新安疃耍子兒[1],不想撞將張飛來,把俺攔住。王斌方纔回言,被張飛則一鞭打死了。我若走的遲了,我這頭也是兩半個了。我日夜跑回徐州來。可早來到也。小校報復去,道有吳慶來了也。(卒子云)理會的。(做報科,云)報的大王得知:有吳慶來了也。(呂布云)着他過來。(卒子云)理會的。過去。(做見科)(呂布云)吳慶,某着你買馬去,你怎生回來了?(吳慶云)元帥,禍事了也!我與王斌押着櫃杠,走到新安瞳,不想撞見莽張飛來,把俺攔住。王斌則說了一聲交遼王,被他一鞭打死了,將元帥百般毀罵。我若跑的遲了,我也活不成。櫃杠都着他奪的去了。特來報知元帥。(呂布做怒科,云)且饒你這匹夫,一壁去者。這環眼漢無禮也。更待干罷!眾兄弟每,跟我到教場中,點就三軍,去小沛拿張飛報仇,走一遭去。今朝一日統戈矛,殺的他野草閒花滿地愁。拿住張飛親殺壞,恁時方表報冤仇。(同下)

(劉末同關末領簡雍、糜竺、糜芳上)(劉末云)只因躁暴剛強性,引起刀兵鬥戰爭。某乃劉備是也。自從三兄弟新安瞳巡綽,將呂布買馬金銀邀來,又將王斌打死,今呂布領兵圍了小沛。今聚眾將商議此事。我說當日休着他去,果然惹起刀兵來。似此怎了也!(關末云)哥哥,此事不可埋怨三兄弟。呂布雖然困住俺城池,某今在城上略展機謀,護定城池,他便兵多將廣,也不敢打城。等三兄弟來,再做商議。這早晚敢待來也。(正末上,云)某乃張飛是也。自從打死了王斌,截了他買馬金銀,今呂布領軍來圍了俺小沛。我正要與這匹夫戰幾合哩。某覷呂布到的那裏也呵!(唱)

【中呂·粉蝶兒】堪恨這濯足的無徒,他怎敢領兵來把咱欺負。不是我逞雄威膽大心粗:者莫他猛軍多,能將廣,盡都是犬羊畜物。氣夯胸脯,憑着我敢衝軍有誰遮護!

【醉春風】想着我大鬧杏林莊,赤心扶漢主。(正末云)想當日虎牢關十八路諸侯,不曾得呂布的半根兒折箭,被我殺的他大敗而走。(唱)那場廝殺比高低,將功勞取、取。則我這武藝過人,威風赳赳,他怎敢將咱小覷。

(云)可早來到帥府也。見哥哥走一遭去。不必報復,我自過去。(做見科,云)二位哥哥,您兄弟來了也。(劉末云)三兄弟來了也。如今呂布圍了城,都是你惹下的事!當日你去巡綽新安瞳,我分付你休使躁暴。既是呂布差去買馬的軍將,你該放過他去。誰着你鞭打死王斌,又將金銀櫃杠邀將來?都是你惹的刀兵。似此怎了也!(正末云)哥哥,這場事是您兄弟惹的。我和那呂布比試三合,怕他做是麼!(劉末云)兄弟也,你又躁暴。看了呂布,他那裏兵多將廣,八健將當先。你便要與他相持呵,也不與俺商量。你真個忒躁暴也!(正末云)二位哥哥,不是您兄弟誇大言,憑着您兄弟手中槍,跨下烏騅馬,量呂布到的那裏也!(唱)

【迎仙客】你看我展虎軀,領軍卒,殺的他將和軍有誰人有誰人敢做主?豹月烏緊咆哮[2],丈八矛手內舉。者莫他百萬征夫,我殺的他屍積滿街衢路。

（劉末云）兄弟，你休一勇性就要行兵，等俺慢慢的商議，你休躁暴也。（正末云）罷罷罷！兩個哥哥，您與衆將計議，我且回去。等您商議停當了時，喚您兄弟來。（關末云）好好好！三兄弟，你且回後廳。俺與衆將計議了，便着人請你來。（正末云）您兄弟理會的。（正末做出門科，云）我出的這門來。兀的不氣殺張飛也！兩個哥哥，又不着我領軍與呂布相持，又不和我計議，着我且回後廳去。這場事本是我惹下的，我也不怪俺兩個哥哥。罷罷罷！我如今身做身當，殺出陣去，問曹操求救軍，來和呂布相持，可不強似着俺哥哥臨陣？某問曹操借軍去也。（虛下）（劉末云）三兄弟回去了也。您衆將近前來。俺如今則不如與呂布講和爲上，等三兄弟來，說俺計議了也。看有是麽人來。（外卒子上，云）似此將軍寰中少，殺出重圍大勢軍。自家是把北門的軍校。今有三將軍張飛，出了北門，殺出陣去，問曹丞相借軍去了。不敢隱諱，報與元帥去。可早來到也。不必報復，自己過去。（做見科，云）報的元帥得知：小人是守把北門的軍校。有三將軍出了北門，殺出陣去，問曹丞相借軍去了。特來報知。（劉末云）二兄弟，你看張飛火性，他就殺出陣去，問曹丞相借軍去了。俺不可在此，去北門城上，看三兄弟打陣去來。三兄弟武藝高強，全憑他躍馬長槍。上城去一同觀望，殺敵軍方顯名揚。（同衆下）（呂布躧馬兒領卒子上，云）只因王斌傷其命，今日圍城來報仇。某乃呂布是也。頗奈環眼漢無禮，將某買馬金銀奪去，又將王斌打死。某領軍圍了小沛，單搦張飛出馬，與某交戰。擒拿了張飛，方稱某平生願足。小校來報說，北門上有軍將殺出陣來也。小校擺開陣勢，看有是麽人來。（正末躧馬兒上，云）某乃張飛是也。打出陣問曹丞相借軍，走一遭去。俺二位哥哥，百般堵當，則說呂布英勇。量他到的那裏也！（唱）

　　【紅繡鞋】俺哥哥將咱來小覷，因此上我心中怨氣難舒。他道是不相持共議定機謀，我如今親打陣殺征夫。我問那曹丞相借士卒。

　　（呂布云）來者何人，怎敢衝某三軍？那裏去！有某在此也。（正末云）呂布，你不認的你爹爹了也？（呂布云）這環眼漢，這等無禮！怎敢在吾根前稱爺道父的。休走，吃吾一戟！（做戟刺科）

　　（正末云）兀那呂布，量你到的那裏？某和你略鬥三合。（做戰科）（唱）

　　【石榴花】惱的我不鄧鄧怒氣怎生除，我這裏急急驟征駒，則我這手中槍與你面情無。你提防着槍到處性命難圖[3]。據着你罪犯難容恕，佔徐州施逞權謀，却着我見哥哥無語慚羞處[4]。今日個得見你，莫支吾。

　　【鬥鵪鶉】我直殺的你入地無門，你可也昇天無去路。（呂布云）這環眼漢好武藝也！（正末唱）我見他馬褪人慌，多應是筋乏力輸[5]。我這裏抖擻精神展虎軀，我見他手亂促。（吕布云）這環眼漢是强，我不能敵的住他。撥回馬，走走走。（同卒子下）（正末云）休慌，某不來趕你。（唱）我見他敗走如飛，我却早衝開咽去路。

（正末云）吕布走了也。俺打出陣去，問曹丞相借軍去來。（唱）

【尾聲】吕温侯大敗歸，俺從容踐路途，見曹公細説緣何故。我直要復取了這徐州，將我這願心足。（下）

校記

[1] 耍子兒："子"字，原本作"則"。今從孤本改。
[2] 豹月烏緊咆哮："咆哮"二字，原本作"跑哮"。今從孤本改。
[3] 你提防着槍到處性命難圖："槍"字，原本脱。今從孤本補。
[4] 無語慚羞處："慚"字，原本作"慘"。今從孤本改。
[5] 筋乏力輸："輸"字，原本作"舒"。今從王本改。孤本改作"馳"，失韻。

楔　　子

（曹操領卒子上，云）廣看兵書敢戰争，孫吴妙策腹中存。日生謀計施心力，獨統雄威百萬兵。某姓曹名操字孟德，沛國譙都人也。幼習先王典教，後看韜略遁甲之書。某曾爲隨軍參謀。爲某累建奇功[1]，謝聖人可憐，官封大漢左丞相之職。某軍有百萬，將有千員。我一心要招安劉關張弟兄三人，在某手下爲將，遂某平生之願。可是爲何？想吕布那般英雄，被他三人破了。某若得了他弟兄，愁甚麽大事不成！今日無甚事，在這秋月堂上閒坐。小校門首覷者，若有軍情事，報復某知道。（卒子云）理會的。（正末上，云）某張飛是也。殺出陣來，可早來到丞相府也。小校報復去，道有張飛特來見丞相。（卒子云）理會的。（做報科，云）喏，報的丞相得知：有張飛來見丞相。（曹操云）道有請。（卒子云）理會的。有請。（做見科）（曹操云）三將軍，你在那裏來？（正末云）丞相，張飛無事不來。因吕布無禮，佔了俺徐州，又着手下軍將，侵擾人民，被我打死了王斌。他今領兵來，圍了小沛。某奉俺哥哥將令，着某殺出陣來，問丞相借軍。望丞相勿阻是幸。（曹操云）將軍，有玄德公的書麽？（正末云）因某來的慌速，不曾修的書呈。（曹操云）這事我也難信。吕布那般英勇，既圍了小沛，你如何殺的出來？又無書呈，我軍便借與你？問你哥哥討了書來,我便發兵與你。你火速回來者。(正末云)既許了借兵,我取書去。若取的書來,休要番悔也。(曹操云)某一言既出,駟馬難追。你若取的書來,我便發兵與你。(正末云)謝了丞相！我問俺哥哥取書去也。(唱)

【賞花時】量那個濯足無徒有甚強,我又索匹馬單刀撞戰場。見呂布舉鋼槍,不怕他兵多也那將廣。到城中得書信便回鄉。(下)

(曹操云)張飛去了也。某因他無書,心上疑惑。若取的書來,點就本部下人馬,助他一陣。可是為何？若恩結下他弟兄三人[2],久後必有用處。某且回後帳中走一遭去。劉關張英勇無敵,借軍兵廝殺相持。憑謀略生擒呂布,那其間罷干戈得勝方回。(同下)

校記

[1] 累建奇功："奇",原本作"其"。今從孤本改。
[2] 若恩結下他兄弟三人："結"字,原本脫。今從孤本補。

第 三 折

(劉末同關末、簡雍、糜竺、糜芳領卒子上)(劉末云)張翼德心性躁暴,撞軍營去借曹兵。某乃劉玄德是也。誰想三兄弟張飛,瞞着俺二人,殺出陣去,問曹丞相借兵。不期曹操見無某的書呈,不發救兵。張飛復殺入城來,問我討書。某修了一封書,三兄弟又衝陣去了。某與眾將在城上,看兄弟衝陣。二兄弟,你看兀那正西上來的,敢是呂布的人馬麼？(關末云)哥哥,那來的人馬,打的旗號,正是呂布來了也。(劉末云)二兄弟,俺張飛必然與他交戰也。料想呂布不能取勝。俺在城上與他鳴鑼擊鼓,吶喊搖旗,與他助陣。兀的不是呂布當住去路也！(呂布驪馬兒同陳宮、楊奉、高順、魏悅、何蒙、侯成、程廉、李肅領卒子上)(呂布云)撞陣衝營張翼德,欺吾來往殺三軍。某乃呂布是也。今領軍圍了小沛,報買馬之仇。頗奈張飛欺吾太甚,往來衝殺三軍。更待干罷！某截住去路。兀的不是張飛來了也。(正末驪馬兒上,云)某乃張飛是也。問大哥討了書呈,撞陣去來。看了呂布那等英勇,被某殺出陣去,端的是罕有也呵！(唱)

【越調·鬥鵪鶉】憑着我敢勇當先,威風氣象。我端的是萬將難截,便有那千軍怎當！世上無敵,不是我自誇自獎。怕是麼惡鬥爭,苦戰場！英勇奪魁,誰人將我近傍?

【紫花兒序】鞍上將威風赳赳,坐下馬踢跳咆哮,手中槍攪海翻江。殺的他三軍棄命,太半着傷。慌忙,你看我耀武揚威這一場,難躲難藏。憑着我虎將神威,狀貌堂堂。

(呂布云)兀的不是張飛來了也!兀那環眼漢,你兩番衝某陣勢,間早下馬受降。(正末云)兀那家奴,是你第三個爺衝陣來。你敢與我交戰麼?(呂布云)環眼漢少走。小校操鼓來。(做戰科)(正末唱)

【調笑令】打這廝口強、逞輕狂,呀,我着你目下時間惹禍殃。(呂布云)兀那張飛,你怎敢又來衝陣?今朝拿住,決無干休!(正末唱)我今番將你無輕放,要逃生怎的潛藏?方天戟我眼前怎堵當,你須是認的我丈八長槍。

(呂布云)不濟事。撥回馬,走走走。(正末唱)

【禿廝兒】箭離弦颼颼去響,我見他透重鎧左臂着傷[1]。俺早則三軍蕩散,出了戰場。(正末云)呂布被某戰退了。殺出這陣來。我看這書咱。(做尋書科,云)嗨,可怎了也?不見了哥哥的書也!(唱)我恰纔拔箭,是少斟量,却不提防。

(云)不見了書呈,怎生見曹丞相去?俺復殺入城去來。(唱)

【聖藥王】俺又索入戰場,再鬥強。(做衝陣科)(唱)我見他兵橫馬亂盡慌張。俺可也馬又奔人又強,如鷹蕩鵲盡飛揚,復殺至俺城牆。

(劉末云)兀的不是兄弟?又復殺回來了也。(正末云)哥哥,不要開城門。兄弟一時不小心掉了書也[2]。再修一封書來,與您兄弟。哥哥修完時,縛在箭上射下來。(劉末云)小校快將紙筆來。(卒子云)理會的。(做取紙筆科,云)紙筆在此。(劉末云)將來。(做寫書科,云)我寫就了也。我縛在這箭上。(做射箭科,云)兄弟收了書者。(正末做收箭科,云)哥哥,有了書也。我與你再衝出陣去。(呂布同陳宮、楊奉、魏悅、何蒙、侯成、高順、程廉、李肅領卒子上)(呂布云)兀的不是張飛?這匹夫又殺出陣來了。俺迎將去來。(陳宮云)元帥,兀的不是張飛,他怎生又復撞出陣來了?(呂布云)小校,將征旗遮住我面皮。俺往左手下過去,讓他右手上陣去罷。俺回本營中去來。(同八健將、卒子下)(正末云)且休趕這賊,俺且借軍去來。(正末唱)

【尾聲】今日個衝軍撞陣施雄壯,他那密匝匝征旗亂揚。我若是借軍回,我將他拿至城中將您這大軍賞。(下)

(劉末云)二兄弟,你看俺三兄弟殺呂布,正目而不敢視之,真乃是虎將。曹丞相見了我的書呈,必發軍來,與呂布交戰。俺如今且下城回帥府中去

來。俺兄弟英雄罕見,殺呂布旗旛掩面。借軍回復取徐州,稱了俺平生之願。(同衆下)

校記

[1] 透重鎧左臂着傷:"鎧",原本作"凱"。今從孤本改。
[2] 不小心掉了書也:"掉",原本作"吊",今從孤本改。下同。

第 四 折

(曹操領卒子上,云)歡來不似今朝,喜來那逢今日。某乃曹孟德是也。自從張飛三出小沛,某領雄兵將呂布一戰成功,復取了徐州,呂布退回小沛。某領雄兵,今在此大營中排筵,與張飛并衆將慶功。小校,轅門首覷者,衆將來時,報復某知道。(卒子云)理會的。(劉末同關末、糜竺、糜芳、簡雍上)(劉末云)不是張飛施英勇,豈得成功一戰中。某乃劉玄德是也。今有張飛問曹丞相借了軍兵,一陣成功,復取了徐州。又蒙丞相在此大營,與俺慶功。二兄弟,俺與衆將行動些。(關末云)大哥,想兄弟張飛,憑驍勇三出小沛。曹丞相借與俺大軍,復取了徐州。又蒙丞相置酒張筵,與俺弟兄每慶功,此恩非淺。俺說話中間,可早來到大營門首也。小校報復去,道有劉玄德同衆將來了也。(卒子云)理會的。(做報科,云)喏,報的丞相得知:有劉玄德同衆將至此也。

(曹操云)道有請。(卒子云)理會的。有請。(做見科)(劉末云)丞相,俺自破呂布之後,與丞相一別許久。今因呂布在徐州作亂,兄弟張飛三出小沛,問丞相求救,助俺大勢雄兵,一戰成功。若不是丞相厚德,豈能復得徐州之地?今日又勞置酒張筵,劉備何以克當也。(曹操云)玄德公,今日慶功,正當其禮,不勞謙讓[1]。小校望者,若翼德將軍來時,報復某知道。(卒子云)理會的。(正末上,云)某乃張飛是也。自從某三出小沛,曹丞相統兵,助某一戰成功,復取了徐州。今日丞相與我慶功,須索走一遭去。想某三出小沛,投至的得了徐州之地,非同容易也呵!(唱)

【雙調·新水令】投至我取徐州,一戰建奇功[2],仗英雄撞軍當衆。憑着俺人強并馬壯,出入任縱橫,端的也顯耀威風。齊唱那凱歌送。

(正末云)可早來到大營也。小校報復去,道有張飛來了也。(卒子云)理會的。(做報科,云)喏,報的丞相得知:有張飛來了也。(曹操云)道有請。(卒子云)理會的。有請。(做見科)(正末云)丞相,張飛來了也。(曹操云)三將軍,今眾將皆全,則等將軍來,方纔行酒慶功。想當日三將軍來問我借兵,三出小沛之威,真乃虎將,世之罕有也。(正末云)非是張飛之能,試聽某說一遍咱。(唱)

【駐馬聽】託著俺二位家兄,丞相威權八面風。因此上來回廝擁,三出小沛殺場中。溫侯大敗不能攻,征旗遮面心驚恐。顯眾將能,將俺這徐州復取歡聲動。

(曹操云)三將軍,你將你那復入小沛取書一事,怎生與呂布交戰,呂布征旗掩面,不敢視之,你慢慢的再說一遍,與眾將聽咱。(正末云)丞相不嫌絮煩,聽某慢慢的再說一遍咱。(唱)

【雁兒落】則爲我收書在弧矢中,仗猛烈兵機用。呂溫侯交戰馬,惡哏哏征驄縱。

【得勝令】呀,來時節狀貌氣衝衝,殺的他大敗去無蹤。我則待箭射他翻身落,誰承望掉失了書一封。復殺回城中,俺哥哥急拴在雕翎上送,再逞我英雄。(正末云)那呂布見某又殺出陣來呵,(正末唱)諕的他把征旗半掩容。

(曹操云)不枉了好將軍!小校擡上果桌來者。(卒子云)理會的。(做擡果桌科)(卒子云)丞相,果桌在此。(曹操做把盞科,云)小校將酒來。(卒子做斟酒科)(曹操云)三將軍,滿飲此杯。(正末云)丞相,二位哥哥在上,張飛怎敢先飲?(曹操云)既然三將軍不肯先飲,小校將酒來,眾將共飲一杯,有何不可。(眾做把盞科[3])(正末云)感蒙丞相置酒張筵,如此受用,是好豐富也!(唱)

【沽美酒】笑吟吟飲興濃[4],喜孜孜捧金鍾。(曹操云)想三將軍雄威赳赳,狀貌堂堂,天下絕矣。今日破了呂布,建其大功也。(正末唱)則爲俺領將驅兵建大功,用機謀共同,借軍卒助威風。

(曹操云)想某與您弟兄三人助軍,破了呂布,皆重三將軍之英勇也。(正末唱)

【太平令】弟兄每深蒙恩重,定干戈士馬匆匆。(曹操云)今日太平無事,共樂豐年,堪宜宴享也。(正末唱)太平年謳歌相誦,降禎祥來儀麟鳳。呀,則爲俺智勇敢攻盡忠,保護的萬萬載蠻夷朝貢[5]。

(曹操云)您眾將望闕跪者,聽聖人的命:則爲那呂溫侯侵佔徐州,因此上結下冤仇。擾黎民荒淫貪欲,仗英勇獨戰諸侯。張翼德三出小沛,劉玄德統領貔貅。逞威風掃除奸佞,施謀略善運機籌。罷征塵干戈寧息,静狼烟永滅戈矛。盡忠心孝當竭力,萬萬載輔助皇州。

    題目 曹丞相大破温侯
    正名 張翼德三出小沛

校記

［1］不勞謙讓:"讓",原本作"講"。今從孤本改。
［2］一戰建奇功:"建奇"二字,原本作"見其"。今從孤本改。
［3］衆做把盞科:"科"下,原本還有一字"云"。衍。今删。
［4］笑吟吟飲興濃:"興",原本作"幸"。今從孤本改。
［5］萬萬載蠻夷朝貢:"載"字,原本無。今從孤本補。

走鳳雛龐掠四郡

無名氏 撰

解 題

雜劇。元明間無名氏撰。《今樂考證》《也是園書目》《曲錄》著錄正名"走鳳雛龐掠四郡",均未署作者。劇寫赤壁之戰後,周瑜欲取巴郡,途中因病加氣而亡。臨死前,曾寫書呈薦龐統於魯肅。龐統送周瑜靈柩回江東,魯肅不知龐統爲鳳雛,任其爲丹陽縣令。統怒其不識賢,往荆州投劉備。備與諸葛亮不在,太守簡雍亦不識龐統即鳳雛,任其爲耒陽縣尹。統志不遂,每日飲酒,不理政事,民怨之。簡雍遣張飛去耒陽殺統,誤殺主簿。沿江四郡遣黄忠迎請龐統爲軍師,皆反攻劉備。諸葛亮分遣關羽收捕長沙太守韓玄,趙雲收捕桂陽太守趙範,張飛收捕零陵太守劉鐸,皆獲勝;唯劉封收捕武陵太守金全,爲黄忠所敗。諸葛亮命張飛、趙雲與黄忠交戰,親自與關羽接應。兩軍對陣,諸葛亮勸龐統同佐劉備。黄忠被關羽戰敗,亦有心降劉備。統與忠定計,活捉金全,同歸劉備。至此四郡皆平。諸葛亮設筵慶賀,劉備下令賜賞。事見元刊《三國志平話》卷下《龐統謁玄德》《張飛刺蔣雄》《孔明引衆見玄德》等節,但故事情節多有不同。版本今存有《脉望館鈔校本》。另有王季烈《孤本元明雜劇》本(簡稱孤本)、王季思主編《全元戲曲》本(簡稱王本)。今以《脉望館鈔校本》(簡稱原本)爲底本,參閱孤本、王本校勘,擇善而從。

頭 折

(冲末扮周瑜領甘寧、凌統、卒子上)(周瑜云)少年錦帶挂吳鈎,鐵馬西風衰草秋。全憑匣中三尺劍,坐中往往覓封侯。某姓周名瑜字公瑾,廬江舒城人也。幼習韜略遁甲之書,見爲東吳上將軍之職。今爲曹操佔了許昌,劉關張住於新野,後被曹公追趕至三江夏口。他弟兄三人,孔明軍師過江,問俺東吳借軍，拜某爲帥。某與先鋒黃蓋領軍，隔江鬥智。赤壁鏖兵之後，劉關張問俺借荆州爲養軍之資。到今數載之間，久佔不還。欲待與他相持，有魯肅大夫勸某。争奈他手下有孔明軍師，難以拒敵。某今興師西收巴郡。某非爲巴郡，大綱來爲圖荆州之地。某將隨處府州縣驛，盡皆收捕了。某來至巴郡也。不期某染其病疾，不能動止。等某病體痊可了，領兵取索荆州，未爲晚矣。小校，轅門首覷者，看有甚麽人來。（正末扮龐統上，云）貧道姓龐名統字士元，道號鳳雛，本貫荆陽人也。俺同龐德公、司馬水鏡、諸葛卧龍、徐元直、孟光威、石廣元、崔州平，乃南陽友人，皆是江夏八俊。今有周瑜西取巴郡，有收川之意；被孔明用智，三氣周瑜，抱病支持，性命將危。貧道今日親自到周瑜營中走一遭去。我想來爲官的，不如俺出家兒清閒快活也呵！（唱）

【仙吕·點絳唇】煉藥修真，樂閒守分，安身穩。自古閒人，都在蓬蒿隱。

【混江龍】我欲待述懷釋悶，我與這南陽八友細論文。講的是安邦手策，論的是爲國於民。不似那愚輩重才不重德，待學那聖人憂道不憂貧。看儒風變俗爲雅，習武略温故知新。宜四時操琴降祟，祭六丁靖禍驅神[1]。往來無白丁俗客，談笑有上士高賓。捲簾邀一輪皓月，舞袖拂萬里清風。悦心神琴棋書畫，養性命狗彘雞豚[2]。坐間賞黄花滿地，興來飲村酒論盆。心坦蕩，性温純。開醉眼，整閒身，拖藜杖，出柴門。我穿一領粗布袍，閒謁他這卧龍岡；尋幾塊碎石頭兒，演擺他這長蛇陣。爲甚要屠龍獲虎，指望待要附鳳攀麟。

（正末云）可早來到周瑜門首也。周瑜哀哉也！（做哭笑三聲科了）（卒子云）這個先生無禮！看着俺元帥府，哭了又笑。我報與元帥去。（做報科，云）喏，報的元帥知道，門首有一先生，看着俺帥府門，哭笑三聲，不知爲何？報的元帥知道。（周瑜云）此人無禮。爲何看着我這元帥府哭笑三聲[3]？小校與我唤將他過來。（卒子云）兀那先生，俺元帥着你過去。（正末見科，云）稽首。（周瑜云）兀那先生，你那裏人氏，姓甚名誰？（正末云）元帥，貧道姓龐名統字士元，道號鳳雛先生。（周瑜云）這個鳳雛，俺江東也聞他這個名兒。則説此人好文學，我試問他咱。兀那先生，你爲何看着俺這府門，哭笑三聲，主何意也？（正末云）我笑呵，笑您江東無一個與諸葛亮交戰的。（周瑜云）你哭是爲何？（正末云）我哭呵，哭元帥到此必休矣。（周瑜云）先生，你言者差矣。某則時間有疾，將息病體，痊可了正要與劉關張交戰。你怎生說這般話？先生，你有這般手策呵，可怎生不進取功名？可在這山間林下，有甚好處也？（正末云）元帥在上，想古來韜光晦迹的有兩說，不如俺閒居好快活也。（唱）

【油葫蘆】俺那裏山掩茅廬水繞村，端的是眼界新。那的也就中別是一乾坤。渴時節暢飲村醪盡，俺可便醉時節靜倚蒲團盹。我則待收盡心，懶進身。則俺那長安道上紅塵滾，一任交奔馬足，走車輪。

（周瑜云）你不如俺為官的受用。（正末唱）

【天下樂】我則待坐看爭名奪利人。我欲待跳龍也波門，却倒褪，則怕那風波場上雨露恩。（周瑜云）先生，各人進退，心不同也。（正末唱）用之行，志氣高；舍之藏，道德尊。怕甚麼儒冠多誤身！

（周瑜云）先生你不知，想俺赤壁之後，劉關張問俺借荊州以為養軍之資，數載不還。某今要取索荊州，爭奈他手下有諸葛軍師。敢問先生，諸葛行事如何？（正末云）想孔明當初未曾出茅廬時，他已安排定了也。（唱）

【寄生草】諸葛亮他向那茅廬內，他可早鼎足分。（周瑜云）曹操當來若何？（正末唱）亂中原七十二處，力取人心恨。（周瑜云）俺東吳家久後怎生？（正末唱）佔江東八十一郡，地險民心穩。（周瑜云）劉關張將來若何？（正末唱）治西川五十四郡，法正天心順。（周瑜云）他雖有孔明軍師，爭奈手下兵微將寡，量他到的那裏也！（正末唱）時下這英雄且在戰爭場，（周瑜云）量他怎生行的大事！（正末唱）那的是蟄龍未得風雷信。

（卒子云）報的元帥知道，俺收得隨路府州縣道，被張飛盡皆奪了也。（周瑜云）這村夫無禮也！俺收的郡縣，他怎敢收捕了？兀的不氣殺我也！罷罷罷，我今日親率三軍，便死也和他決戰三合。（正末云）元帥不可與他交鋒。（周瑜云）我怎生不可與他交鋒？（正末云）元帥若去呵，必死在孔明之手。（周瑜云）先生差矣。獎他人志氣，滅自己威風。我怎生便死在他手裏？（正末云）想孔明才智，真所謂神機妙策也。（唱）

【六幺序】公瑾你待要排軍陣，驅虎賁，怎當那諸葛亮知識超群？你待要收伏蜀民，他可早追趁吳軍，他可便抄着手先立了功勳。（周瑜云）這村夫無禮也！俺收過的那州縣，他怎生敢佔了？（正末唱）您奪西川一郡，他則侵一郡，他笑談間羽扇綸巾。（周瑜云）被這村夫氣殺我也！（正末唱）元帥空兩條眉鎖江山恨，軍把了來過隘口，船攔住左右關津。

【幺篇】說的他傷神、消魂。早是他病患纏身，進退無門。諸葛亮歹諫攻心、鬥引。嗨，兀的不氣殺人。（周瑜云）他越氣的我病重了也。（正末唱）

我則見淚灑征塵,氣按愁雲。做甚急煎煎無一個安存,我情願相送休心困。我也非圖你那玉帛金銀,大丈夫惻隱言忠信。落一個扶危的志氣,圖一個仗義聲聞。

(周瑜云)我倘若不諱呵,師父,怎生保全我這屍首,可也好也。(正末云)元帥一投身故,孔明便知也[4]。(周瑜云)他怎生便得知?(正末云)他終日夜觀乾象,見你將星落了,便得知也。(周瑜云)師父,似此呵,怎生設一計,保全我這性命到江東,可也好也。(正末云)元帥放心,我與你祭住這將星。我送元帥到江東,意下如何?(做意兒祭科,云)元帥,覷兀的將星復明也。(周瑜云)師父,俺江東多聞師父這個美名兒。某修一封書,將去見了魯肅大夫,必然重用師父也。甘寧、凌統,我這一會兒昏沉上來。您二將扶着我,回後帳中去來。想周瑜生於天地之間,於國盡忠,於家盡孝;今拔短籌而亡,豈不是天命哉!(死科,下)(正末云)元帥無了也。住住住,衆將不可發喪,則怕劉關張知道。此處有何上將?(甘寧云)師父,有俺二將,乃是甘寧、凌統在此。師父那厢使用?(正末云)甘寧,你防護着屍靈。小校一壁厢着船行者。(下)(凌統云)大小三軍,聽吾將令,今日元帥身亡,收拾棺槨,防護着元帥的屍靈,回於江東去。着船隻行者。

(孔明同關末領卒子上)(孔明云)樂道耕鋤百不堪,卧龍醉目視荊南[5]。何時天配真英俊,拂袖飄飄出道庵?貧道覆姓諸葛名亮字孔明,道號卧龍先生。今朝有周瑜西取巴郡,被某略敵三氣,此人因病而亡。我觀此人將星不退,必有人厭住他將星。料別人不會,止有鳳雛與貧道會厭將星。今日我在此江口等待,周瑜船隻必往此處過。有他無他,我便知道也。兀那來的,必然是周瑜的船隻。你那船隻上,莫非有鳳雛麼?(甘寧見正末云)師父,前面有孔明的船,問有師父無師父?(正末見孔明科,云)孔明,你怎知我在此?(孔明云)我明知你這一來。我見將星不退,料想是鳳雛在此。(正末云)孔明,你這一來爲何?(孔明云)我想周瑜元帥,赤壁鏖兵之後,助俺破曹。不想周瑜今日他身亡,我特來祭奠。小校,將過那祭奠的禮物來。元帥生時了了,死後爲神。與我收了者。(做祭祀科,云)哥哥,你此一去往那裏去?(正末云)孔明,我送周瑜元帥屍首,往江東去也。(孔明云)若到江東,用你呵,罷;若不用你呵,却回荊州。俺用心齊力,有何不可。(正末云)兄弟,你去。我自有個主意,我知道。(孔明云)則今日辭別了哥哥,回荊州去也。(下)(正末云)衆將休慌。我送您元帥到江東去。好是傷感人也!(唱)

【尾聲】未立起紫髯郎,早亡了那周公瑾,可惜咱波赤壁鏖兵的虎臣。

見衆將一個個征袍淹淚痕,兀的不憂傷他手下三軍!他三十六正青春,可又早化做陰魂。想他壽短才高兩不均。這的是吳邦未穩,氣的他天年已盡。(云)可惜好將軍也!(唱)可又早轉回頭高冢臥麒麟。(同衆下)

校記

[1] 靖禍驅神:"靖",原本作"净"。今從孤本改。
[2] 養性命狗彘雞豚:"命",原本作"伐"。孤本稱"伐疑譌"。王本云:"性伐,不得其解,疑有筆誤。"今據文意,似指"性命"。《孟子·梁惠王上》:"雞豚狗彘之畜,無失其時,七十者可以食肉矣。"據此"性命"當是。故改。
[3] 爲何看着我這元帥府哭笑三聲:"爲何",原本作"也可"。今從孤本改。
[4] 孔明便知也:"便知",原本作"使智"。今從孤本改。
[5] 臥龍醉目視荆南:"荆",原本作"京"。今從孤本改。

楔　　子

(魯肅領卒子上,云)一片忠心貫日月,兩條眉鎖廟堂臣。虔心至意施公正[1],報答君王爵祿恩。小官姓魯名肅字子敬,本貫江夏鄂州人也。官拜吳國上大夫之職。今爲劉關張久佔俺荆州之地,俺周瑜元帥,西取巴郡,因病而亡。小校來報,今日軍校已回。某在元帥府等候,這早晚敢待來也。
(正末領道童上,云)貧道龐統是也。我將着周瑜的屍首,送赴江東。可早來到也。道童,你則在門外,我見大夫去。(道童云)理會的。(正末云)小校報復去:道有一仙長在於門首。(卒子云)報的大夫得知,門首有個仙長來見。(魯肅云)着他過來。(卒子云)着你過去。(正末見科,云)稽首。(魯肅云)先生,你從那裏來?(正末云)貧道保周瑜元帥屍靈,到於江東。見有元帥書呈,特來見大夫。(魯肅云)敢問先生那裏人氏,姓甚名誰?(正末云)貧道姓龐名統字士元。(魯肅云)俺周瑜元帥書上,寫着名號鳳雛,這個可是士元。兀那先生,我封你做丹陽縣令。你且在驛亭中去,來日走馬赴任。(正末忿怒出門科)(道童云)師父,見了大夫,必然重用。加師父爲甚麽官職?(正末云)封我做丹陽縣令。魯肅,你好不識賢也!(道童云)師父,俺遠遠的來,止望做個大官,可怎生做了個知縣?我到家裏,怎生回師父娘的話?(正末云)道童,收拾行李,咱往荆州去來。(道童云)這裏也不濟事,俺回荆州去來。(正末云)若見了孔明呵,必讓我上將牌印也。魯肅也,你輕我何多

也!(唱)

【賞花時】着我乾往東吳行數日,我可便又索荊州登一直,你看待的我低微。我又索乘舟可便渡水,着我便空載的月明歸。(下)

(魯肅云)小校,那先生去了也?(卒子云)大夫,那先生不曾往驛亭中去,逕直過江去了也。(魯肅云)既然過江去了,罷。周瑜元帥書上,寫着鳳雛來時,着我重用他,這先生可是士元。小校若有鳳雛來時,報復我知道。我復回後堂中去也[2]。因周瑜取索荊州,至巴郡喪身失命。修書來名號鳳雛,若來時必然重用。(同下)

校記

[1]虔心至意施公正:"至",原本作"主"。今從孤本改。
[2]我復回後堂中去也:"復回",原本作"回復"。今從孤本改。

第 二 折

(簡雍領卒子上,云)祖代爲官立業成,子孫榮襲受皇恩。爲臣輔弼行肱股,保助皇朝享太平。小官姓簡名雍字憲和。今除在於荊州爲太守之職。因曹操當日,被俺軍師用計,在赤壁之間,用風火燒曹操八十一萬大軍,片甲不回,此恨未雪。今曹操又領兵來至此,與俺相持厮殺。今軍師與雲長衆將領軍,與曹操拒敵去了,着小官與張飛鎮守荊州。師父臨行時曾言:"我去之後,若有鳳雛先生來時,你必當重用。"自師父去之後,許多時也不曾見一個人來。小官今日無甚事,在於衙門中閒坐。左右那裏?門首覰者,若有人來時,報復我知道。(卒子云)理會的。(正末領道童上,云)貧道龐統是也。自離了江東,來到荊州也。道童,我若見了孔明,必然我做上將也。(道童云)師父,你又來了。你當此一日,你說東吳家必然重用你來,不想你得了個縣令。你如今偌近遠來,又要投託荊州,知他濟事也不濟事?你依着我,則不如一竹一林,一榮一枯,守着個姑姑,可不快活?(正末云)魯肅,你原來不識賢也。(唱)

【中呂・粉蝶兒】我與你相送了周瑜。(帶云)你是算咱。(唱)却是那往回來幾千里水路。沒來由片帆風送涉江湖,被我便傲了東吳。若是我投了玄德,也有個安排我處。若論著經濟的權術,則被這俊傑中俺達時務。

【醉春風】者莫是治國事理都堂,掌軍權領帥府。則我這聲名貫得他這弟兄知，孔明又曾許、許。顯耀會定亂機謀，憑着我擎天的手策，和我這安邦心術。

（正末云）道童，你則在門首。他若見我呵，必然降階而接待我也[1]。（道童云）理會的。（正末云）令人報復去，道有龐統在於門首。（卒子報云）報的太守得知，有龐統在於門首。（簡雍云）軍師臨行時，則說個鳳雛，這個可是龐統。着他過來。（卒子云）着過去。（正末云）我這一過去，必然封我上將軍也。（做見科，云）元帥稽首。貧道特來佐於麾下。（簡雍做傲科，云）我欲要還禮來，他又不是鳳雛。則除是恁的。（正末云）好輕慢人也！等問我時，我自有個主意。（簡雍云）敢問先生那裏人氏，姓甚名誰？（正末云）貧道襄陽人氏。姓龐名統字士元。（簡雍云）龐士元？當日孔明師父，則說鳳雛來，着我重用他。可是龐士元，則除是這般。敢問先生，曾習那家兵書戰策？若論爲將者，可是怎生？你說一遍。（正末云）爲上將者，揮劍成河，撒豆成兵。上知天甲經，下曉人和論。此乃爲上將也。（唱）

【醉高歌】夜則將神鬼驅卒。（簡雍云）這個是上等將。這中等將，怎生用計？（正末云）爲中將者，坐籌帷幄之中，決勝千里之外。知己知彼，千戰千贏。（唱）晝則將軍兵調督。（簡雍云）這是中等將。下等將怎生？（正末唱）第三等下將誇勇武，（正末云）驟馬橫槍，陣前不顧死戰。（唱）則除是捨死忘生的勇夫。

（簡雍云）聽他這等大話，我着幾句言語壓伏他咱[2]。兀那先生，你比俺孔明軍師如何？（正末云）孔明學業，出於俺先父之門下。他若見龐統，也索讓印與我。（簡雍云）兀那先生不知，俺三位將軍，請孔明下山，拜爲軍師。博望燒屯，燒曹操八十萬雄兵，片甲不回。你怎生似的他？（正末背轉科，云）我則滅着這孔明，他必然重用我也。元帥，博望燒屯，非孔明之功。聽龐統說一遍咱。（唱）

【普天樂】當日可便意中虛？將金印向軍前賭。本則爲公仇私事，怎做的東蕩西除？一壁廂火燒着博望屯，土堰斷潺陵渡[3]。則爲性剛暴差着張飛去。（正末云）不是孔明的功勞。（簡雍云）怎生不是俺軍師功勞？（正末唱）分付與夏侯惇不教拿住。（簡雍云）這個是俺師父的計策。（正末唱）這的是你軍師的見識，不是和讐人爭戰，則待要翼德賓服。

（正末云）那的是威伏張飛來，那裏是他立的功勞？（簡雍云）這的也罷。想當日隔江鬥智，赤壁鏖兵，燒曹操八十萬大軍[4]。這的是俺軍師的功勞。（正末云）那赤壁鏖兵，非孔明之功，虧了黃蓋。（簡雍云）怎生不是俺軍師的功勞?（正末云）他又錯用了將也。（簡雍云）怎生錯用了將?（正末云）不合教關公趕去曹操。想當日關公在許昌,三日一小宴,五日一大宴;上馬一提金,下馬一提銀,想那般恩惠,他怎肯殺曹操也?（唱）

【迎仙客】想在先爲故友,便放了些敗軍卒。（正末云）當初若差了這個將軍去呵,必擒了曹操也。（簡雍云）可是那一員將軍?（正末唱）則他三將軍性兒可兀的不犯觸。橫着這點鋼槍,斜兜住豹月烏[5];張飛把曹操攔住,（正末云）便好道曹操奸雄殺者波,（唱）甚法兒便飛的過華容路?

（簡雍云）看了此人出語非俗,爭奈師父臨行時,則説鳳雛來時,着我重用他,這個先生可是士元。我待不用他來,則道俺不納賢士。見今耒陽少縣尹,就着他去耒陽做縣尹去。兀那先生,加你爲耒陽縣尹,則今日走馬赴任去。（正末做出門怒科,云）哦,又封我爲耒陽縣從仕郎七品官職!您原來虛得其名。（道童云）師父,加你爲甚麽官?（正末云）着我耒陽縣做縣尹去。（道童云）可不道讓與你軍師印也?（正末唱）

【滿庭芳】如何發付?差歸北魏,（正末云）罷罷罷!（唱）耻向東吳。荆州裏添一個擎天柱,着我做泛泛之徒!沒來由獻長策,開疆展土,點《周易》滴露研硃。本則是一個閒人物,註定繫麻縧分福,再休想玉帶上挂金魚。

（正末云）道童,你休慌。我到耒陽縣,我自有主意。你不識賢也!（唱）

【耍孩兒】則他這幽人常愛山中住,沒來由爭名利貪圖自出。枉將韜略用工夫,學成也韞匱藏諸。既不肯驟遷龐統三公位,罷波,你可便爭得先生一卷書?却做了雲從龍風從虎,不肯向七重圍裏安頓,剗地着我去百里侯遷除。

【尾聲】你可是躬着身請卧龍,今日個腆着臉傲鳳雛。兀的踏枝不着空歸去。（正末云）龐統也,是你的不是了也。（唱）誰着你身背着茅廬覓先主!（下）

（簡雍云）那先生去了也?（卒子云）去了也。（簡雍云）他去了。無甚事,回私宅中去也。（下）

校記

[1] 降階而接待我也:"階",原本作"街"。今從孤本改。

[2] 我着幾句言語壓伏他咱:"他",原本作"伏"。今從孤本改。

[3] 潯陵渡:原本作"潯凌渡"。今從孤本改。

[4] 燒曹操十萬大軍:"燒曹操"三字,原本無。今據上文意補。

〔5〕斜兜住豹月烏："豹"，原本作"抱"。今從孤本改。

第 三 折

（淨扮金全上，云）帥鼓銅鑼一兩敲，轅門裏外列英豪[1]。三軍報罷平安喏，買賣歸來汗未消。某乃武陵太守金全是也。俺這江夏，有四個太守：長沙韓玄，桂陽趙範，零陵劉鐸，某乃武陵金全。我手下有一員上將[2]，姓黃名忠字漢昇，此人有萬夫不當之勇。俺這四郡太守，兵多將廣，則少個軍師。今有龐鳳雛投於劉關張不用，此人見在耒陽做縣令。我今修一封書，着黃忠直至耒陽縣，請將他來，拜爲軍師，有何不可。小校，與我喚將黃忠來者。（黃忠上，云）人又英雄馬又奔，全憑武藝定江山。馬蹄蕩散黃河水，槍尖搠透死生關。某姓黃名忠字漢昇，乃是關西五路人氏。爲某智勇雙全，攻城野戰，所向無敵，每回臨陣，無不幹功。上陣使一口金罩刀，有萬夫不當之勇。見在武陵太守金全麾下，爲前部先鋒。正在教場操練軍馬[3]，有小校來報，太守呼喚。不知有甚事，須索走一遭去。來到也。報復去，有黃忠來了也。（卒子云）喏，報的太守得知，有黃忠來了也。（金全云）着他過來。（做見科[4]）（黃忠云）呼喚黃忠，有何將令？（金全云）黃忠，喚你來別無甚事。俺這江夏四郡，兵多將廣，則少一個軍師。今有耒陽縣有一人龐鳳雛，你持著我的書呈，請將他來，俺衆將拜他爲軍師。別人去不的，則你可走一遭去。（黃忠云）理會的。則今日直至耒陽縣，取鳳雛走一遭去。（下）（金全云）黃忠去了也？（卒子云）去了也。（金全云）若請將軍師來，報復我知道。（下）（簡雍上，云）事有足詫[5]，物有固然。小官簡雍是也。想當日將龐統加爲耒陽縣令，此人不理正事，終日戀酒。百姓每告狀，不問原告被告，都下在牢獄之中。我今差張飛星夜去取耒陽縣尹首級。說與張飛，疾去早來[6]。（下）（淨主簿領張千上）（主簿云）朝爲田舍郎，暮登張子房。將相本無種，男兒當自強。小官姓龐名直字正好。因小官廉能清幹，所除小官在這耒陽縣做主簿。自到任以來，新又除將一個縣令來，姓龐名統。自到任以來，正事不理，每日則是吃酒。但是告狀人來，不問好歹，都下在牢裏，百姓每好生難過。今日若來衙門裏，我自有主意。（正末領道童上，云）道童，你不知，我別有個主意。劉關張，您好不識人也！（唱）

【越調·鬥鵪鶉】吐膽傾心，陳言獻策，盡節存忠，我待要擎天也那架海。封我做升斗的這微官，幾時做省臺重宰？不能够入廟堂，却則索隱茅齋。可怎容不得一個賢人,怎生來養三千劍客?

【紫花兒序】辦着個斗筲之器[7],您不肯納諫如流,兀的不屈沉殺將相之才!我這惡風波怎過,閒日月難捱。把我這醉眼睜開,正好水晶塔權妝做酒布袋,則等個否極生泰。若是我不掌了軍權,我可便且隱在茅齋。

(張千報科,云)有縣尹大人來了也。(主簿見科,云)來了也。敢又醉了也。縣尹,你每日則是飲酒。明日上司知道,連累了我。我欲待要處一件事,你可是長官,你也忒無用也。(正末云)主簿,你的是也。(唱)

【天净沙】教人笑這沒胸襟的縣令囊揣,我自怕這有威嚴的主簿雄乖。(道童云)師父,你做個縣令,倒不如個主簿,人皆怕也。(正末唱)他家裏打關節,不離了左側。(道童云)師父,你雖然做個長官,又沒人怕你,沒人送與你東西。(正末唱)便教他善神兒不賽,等一個合死的自上鉤來。

(主簿云)長官,我如今要主一件事,你可掌着印,你又不出來使印。你終有帶累我的日子也。(正末云)你這般説呵,有的事你肯麼?你敢呵,我便牒與你印,我則吃酒快樂也。(主簿云)你若是肯把這印來與我使,不問有甚事,我主張,你則吃酒去。(道童云)師父,你的印倒與他掌,他越發攔人錢鈔東西也[8]。(正末唱)

【寨兒令】有的是他杖責,更怕甚麼有裁劃,我那合朋鄉里每日閒自在。更教他攢下金帛、置下莊宅,我從來不羡世間財。(道童云)他做縣尹了,你往那裏去?(正末唱)我閒遥遥繞巷巡街,我醉醺醺弄盞傳臺[9];將玉蛆浮的醅甕潑,把那錦鱗作的鮓包開。(笑科,唱)那快哉何處得愁來?

(主簿云)你既讓與我這印,今日大好日辰,你説讓與我做縣令,你做主簿。則你快活吃酒。(正末云)主簿不索使印也。我牒印與你,則今日你做縣令,我做主簿。我則要快樂也。(主簿云)便有死罪,都是我當。你則快活吃酒去。(正末云)主簿一準是你了。(主簿云)張千,則今日着吏典來參新縣令。(正末唱)

【鬼三台】那廝行無賴,妝尊大,做多少天寬地窄。(主簿云)您衆人聽者:這縣令不是我要做,他要圖快活吃酒,他讓與我做,我不曾要做。(正末唱)哎,你個主簿有心哉,知民間稼穡。我待去碧油幢下怒將軍士排,我則待領兵自將陣勢擺。他則會勸課農桑,我待要調和鼎鼐。

(道童云)你纔做了個縣尹,怎生讓與他?(正末云)道童,你不知道,我自有個主意。(主簿云)大小人等,今番有的事,着我知道,我是長官哩。(張飛上,云)某姓張名飛字翼德。今奉元帥將令,爲因耒陽縣令,每日則是吃酒，不理政事，俺哥哥差我星夜去耒陽縣，取他首級。今日來到了也。左右接了馬者。我上的這廳來。那個是耒陽縣令？（主簿云）小官正是。（張飛云）則你便是縣令，吃吾一劍！（主簿死科，下）（張飛云）斬了縣令也。（正末唱）

【調笑令】嗨，做官的利害有非災，（道童云）師父，不如俺回去了罷。（正末唱）則不如安樂窩中且避乖。你覷那張將軍劍鋒吹毛般快，磕槎，可又血渌渌早躺着屍骸[10]。你本是主簿，做了縣宰；誰教你殺人處鑽出頭來？

（張飛云）兀那主簿，我殺的他是麼[11]？（正末云）可更怕將軍錯殺了那。（唱）

【禿廝兒】哎，新宰公則爲你坎井蛙革[12]，怎壞了也山梁雌雉時哉。則爲您坑人陷人冤業該。橫死的來，不明白，好是傷懷。

【聖藥王】坐衙處撞着太白，犯着吊客。把一坐受官廳，生紐做大市街。興變做衰，喜變做哀。兀的般上官恰似野花開，却又早福謝一時來。

（張飛云）如何？早是我來哩。若是別人來呵，準殺了他好人。將那縣令的印來，你就掌了印。我不敢久停久住，將馬來，俺索回俺哥哥話去也。（下）（道童云）師父，諕殺我也！我見你把印讓與他，我恨不的吃了你。恰纔見殺了他，師父，你真個手段高，你是活神仙！（正末云）道童，你門首望者，看有甚麽人來。（道童云）理會的。（黃忠上，云）某黃忠是也。行了數日，到這耒陽縣門首也。小校接了馬者。報復去，道有黃忠在於門首。（道童云）報與師父知道：有一個黃忠，在於門首。（正末云）着他過來。（道童云）着過去。（見科）（正末云）你乃何人也？（黃忠云）某乃金全手下黃忠是也。奉着太守言語，持一封書，來見師父。（正末云）黃忠，我知道了也。則今日我便去。（黃忠云）師父若去呵，俺四郡太守，拜師父爲軍師。（正末云）你看我調度你那江夏四郡軍馬咱。（黃忠云）師父，在此爲縣令如何？（正末云）你則問道童。（道童云）將軍，恰纔一會兒，諕得我尿屎直流。（黃忠云）師父，他也不知道。似這等貪贓枉法，嫉賢妬能，理當如此也。（正末唱）

【耍三台】我可便識進退知成敗，則我這一顆頭交連替代[13]。他則落的屍横陸地，不能够日轉千階。則爲他嫉賢妬能種禍胎，不至死也不伏燒埋。我安排着脫身利己的機謀，正中這抵死瞞生的手策。

【尾聲】我也算一個有榮有辱朝中客，則這是與非教旁人鑒戒。（道童云）師父，當日他不說是縣令，也不殺他。（正末唱）他則爲口是禍之門，（道童云）師父，他却好替了你一死。（正末唱）我可甚心平過的海。（同下）

（簡雍上，云）小官簡雍。因爲龐統耒陽縣爲縣尹，不理民事，終日則飲酒，我着張飛取他首級去了。怎生不見來？小校門首覷者，這早晚敢待來也。（孔明上，云）貧道孔明是也。我領雲長、趙雲、劉封領兵前去，要與曹操交戰。猛觀見荆州慶雲不散，必有賢士至此，收軍回還。則怕是哥哥鳳雛，來到帥府門首也。接了馬者。小校報復去，道有軍師下馬也。（卒子報科，云）喏，有軍師下馬也。（簡雍云）道有請。（卒子云）有請。（見科）（簡雍云）師父，鞍馬上勞神也。（孔明云）元帥，治軍民不易也。（簡雍云）師父，與曹操交鋒如何？（孔明云）正要與曹操交鋒，見荆州慶雲靄靄不散，必有賢士至此。（簡雍云）自師父去之後，並無鳳雛。有一先生，乃是龐士元到此來。（孔明云）則他便是鳳雛。如今在那裏？（簡雍云）我着他耒陽縣做縣尹去了。（孔明云）俺哥哥怎生着他做縣尹？他文學不在我之下。一壁着人請去。（簡雍云）師父不知，不想他到耒陽縣，支任已罷，一椿事不曾理，終日則是吃酒。百姓累次來告，我教張飛去取他首級去了。（孔明云）似此怎了？便着人趕去！（張飛上，云）某乃張飛。到耒陽縣殺了龐士元，回哥哥話去。小校報復去，張飛下馬也。（卒子報科，云）喏，報的元帥得知：有三將軍來了也。（簡雍云）道有請。（卒子云）有請。（見科）（孔明云）張飛，你取首級如何？（張飛云）我殺了龐士元也。（孔明云）敢不是麼？（張飛云）他說道正是縣令。我怎肯錯殺了別人？（下）（簡雍云）師父，你如何知道不是他？（孔明云）元帥你不知。想他是個足智多謀的人，他知過去未來的事，如何殺的他？則怕俺哥哥一時間惱怒，投於許昌曹操麾下，委實是難敵也。（簡雍云）似此怎了也？（張千報科，云）喏，報的軍師知道：有江夏四郡太守，拜龐鳳雛爲軍師，領兵特來索戰。（孔明云）元帥，我說此人有麼。若在四郡不妨事，元帥放心，則在貧道手中。好歹請將哥哥來，佐於元帥麾下，拜他爲軍師。（簡雍云）既然如此呵，這椿事都在師父身上。鳳雛今在那四郡爲軍師？（孔明云）是長沙韓玄，桂陽趙範，零陵劉鐸，武陵金全。元帥可差四員虎將，領兵收捕這四郡太守去。（簡雍云）師父，可着那四員虎將去收捕去？（孔明云）元帥，我自有主意。將紙筆來，我寫就也。小校與我請雲長來。（卒子云）雲長公安在？（關末上，云）生長蒲州在解良，面如挣棗美髯長。棄印封金爲故友，忠直英勇關雲長。某關雲長是也。師父呼喚，不知有甚事，須索走一遭去。可早來到也。不必報復，某自過去。（見科，云）師父，喚關某那廂使用？（孔明云）雲長，我撥與你三千軍馬，你去收捕長沙太守韓玄。我與你一計，看計行兵。（關末云）我看咱：攻心調引，鬥隱埋伏。某知道了也。

則今日領軍收捕韓玄走一遭去。(下)(孔明云)雲長去了也。令人喚將趙雲來者。(卒子云)趙子龍將軍安在？(趙雲上，云)某乃趙雲是也。師父呼喚，不知有甚事，須索走一遭去。不必報復，某自過去。(見科，云)師父呼喚趙雲，那廂使用？(孔明云)趙雲，我撥與你三千軍馬，你去收捕桂陽太守趙範[14]。我與你一計，看計行兵。你若解的過意便行軍，解不過意休行軍。(趙雲云)得令！師父的將令，着某收捕桂陽太守趙範。與某一計，我試看咱：當親勿親，當殺勿殺。某已知也。則今日親率三軍走一遭去。(下)(孔明云)趙雲去了也。令人喚將劉封來者。(卒子云)劉封安在？(劉封上，云)某乃劉封是也。軍師呼喚，須索走一遭去。不必報復，我自過去。(見科，云)師父，劉封來了也。(孔明云)劉封，我撥與你三千軍馬，收捕武陵太守金全。與你一計，看計行兵。(劉封云)得令！我看這計咱：小心必勝，粗心有失。我知其意。則今日領兵走一遭去。(下)(孔明云)劉封去了也。令人喚將張飛來者。(卒子云)三將軍安在？(張飛上，云)某張飛是也。師父呼喚，不知有甚事，須索走一遭去。來到也。不必報復，我自過去。(見科，云)師父，張飛來了也。(孔明云)張飛，我撥與你三千軍馬，你去收捕零陵太守劉鐸。我與你一計，看計行兵。(張飛云)得令！我看咱：將薄力輕，士卒不顧。我解不過意來，再問師父去。師父，張飛解不過意來。(孔明云)張飛不解其意，你自再看去。(張飛云)將薄力輕，士卒不顧。我知道也。則今日便領兵走一遭去。(下)(孔明云)四個將軍都去了也。這一去必然成功。貧道**修真養性在南陽，一年三請出茅堂。若將四郡都收捕，怎時方表卧龍岡**。(同下)(黃忠上，云)某黃漢昇是也。領本部下軍兵，在此等候。塵土起處，敢是劉關張家軍馬來也。(劉封上，云)某劉封是也。領師父將令，着我擒拿武陵太守金全。兀的不敵軍來了？擺開陣勢。來者何人？(黃忠云)某黃忠是也。(劉封云)量你個無名之將，到的那裏！操鼓來。(戰科)(劉封云)這老匹夫委實難敵。不中，我索與你走。(下)(黃忠云)這厮敗了也。不問那裏趕了去。(下)(孔明上，云)貧道孔明是也。我差四員虎將，收捕四郡去了。聽的有雲長、張飛、趙雲，都成功也。未知劉封收捕金全輸贏勝敗。今日無甚事，看有甚麼人來。(首將上，云)某劉封手下首將是也。元帥與黃忠拒敵，被黃忠打了一鞭，正中左臂，不得動止。我去軍師那裏求救軍。來到也。報復去，道劉封差一員小將，來求救兵來。(卒子云)喏，報的軍師得知：有劉將軍差一首將來見。(孔明云)着他過來。(卒子云)理會的。過去。(首前見科，云)報的軍師得知：有劉封與黃忠交戰，被黃忠打了一鞭，正中左臂,不能動止,特來求救。(孔明云)既然如此,傳貧道將令,着張飛、趙雲,與黃忠交戰去。則今日點就本部下人馬,同雲長接應劉封走一遭去。(下)

校記

[1] 帥鼓銅鑼一兩敲,轅門裏外列英豪:"敲""豪",原本作"聲""雄"。孤本爲諧韻改。今從。

[2] 我手下有一員上將:"下"字,原本作"正"。今從孤本改。

[3] 操練軍馬:"軍",原本作"車"。今從孤本改。

[4] 做見科:原本無此三字。今從孤本補。

[5] 事有足詫:"詫",原本作"擢"。今從孤本改。

[6] 疾去早來:"早",原本誤作"草"。孤本已改。今從。

[7] 辦着個斗筲之器:"辦",原本作"半"。孤本已改。今從。

[8] 越發搣人錢鈔東西也:"發",原本作"法"。今從王本改。

[9] 弄盞傳臺:"臺",孤本改作"杯",失韻。今仍其舊。

[10] 躺着屍骸:"躺",原本作"倘"。孤本已改。今從。

[11] 我殺的他是麼:"是",原本作"甚"。孤本已改。今從。

[12] 坎井蛙革:"坎",原本作"砍"。今據《莊子》"坎井之蛙"語改。

[13] 一顆頭交連替代:"代",原本作"我"。孤本已改。今從。

[14] 你去收捕桂陽太守趙範:"捕"字,原本漏。今依前"收捕長沙太守",後"收捕零陵太守"句例補。

第 四 折

(正末領黃忠上)(正末云)貧道龐鳳雛是也。自離了耒陽,到這四郡,我就統領着這江夏四郡的軍兵。貧道今日要佈陣,與劉關張家交鋒。着黃忠爲先鋒,金全爲大帥,某爲軍師。大小三軍,與我擺開陣勢者。是好嚴整也呵!(唱)

【雙調·新水令】白旄黃鉞兩邊垂[1],更有那助英雄一天殺氣。日華烘劍戟,風力動旌旗。聲動征鼙,我則見虎將雁行般立。

(正末云)遠遠的敢是劉關張軍馬來也。(張飛、趙雲、劉封同上)(張飛云)某乃張飛。奉軍師將令,着我與黃忠交鋒。遠遠的來者何人?(黃忠云)我是金全手下先鋒黃忠是也。你來者何人?(張飛云)某乃張飛是也。(黃忠云)張飛你回去,我不和你廝殺。則着你二將軍出來,我和他有讐。(張飛云)你怎生和他有讐?(黃忠云)他當初和我應舉去,爲他和我平日有讐,他去御史臺裏插狀,告下我一篇虛詞,他後來走了,倒拿住我打了二十,罰我在本處隱迹數年。我今日要與他交鋒。你回去,我則要你二哥雲長來。(張飛云)老匹夫無禮也!怎生着我回去?三軍與我操鼓來,略鬥幾合。(正末云)黃忠你回來。(黃忠云)師父喚黃忠,有何話說?(正末云)這張飛是一員上將,你可小心者。我與你一計。(黃忠云)我理會的。咱交戰來。(做調陣子科)(黃忠走科)(張飛迷陣科,云)那裏去?奇怪也!入的這陣裏來,怎生不見他一個軍?中他計也!(趙雲、劉封跪告科,云)師父,怎生可憐見,看玄德公、孔明之面,饒過張飛者。(正末唱)

【攪箏琶】忙催動烏騎直撞七重圍,他將那環眼睜開,他在那垓心裏立的。則見他昏慘慘不辨東西,哎,你莽撞的張飛休疑[2]。我微微的略使些小見識,你纔得知我這妙策神機。

(正末云)環眼漢,我且饒你這一遭。疾!(張飛云)這早晚風定了也。我出這陣去咱。(做見科)(趙雲云)三將軍,你恰纔殺入陣去,怎生不見你出來?(張飛云)你不知,恰纔我趕黃忠,殺入去,則見黃塵靄靄,不辨東西,因此上不能出陣。(趙雲云)將軍你不知,恰纔你趕入陣中去,龐鳳雛先生將那黃旗兒颭了一颭,那軍兩邊躲開,黃風偶陡迷你在陣裏。俺二將跪下告鳳雛來。他將那旗往後指了一指,那風就住了,你纔得出陣來。(張飛云)嗨,這先生又強,不在俺孔明之下!怎麼得我二哥同軍師來,可也好也。(孔明同關末上)(孔明云)我來到這武陵郡也。兀的不是張飛軍馬?(張飛云)兀的不是軍師與二哥來了也!(見科)(孔明云)張飛、趙雲,你與黃忠交戰如何?(張飛云)一個好軍師也!(孔明云)怎生好軍師也?(張飛云)我趕黃忠,殺入陣去,被鳳雛迷我在陣裏。趙雲、劉封跪着告了,纔放我出來。黃忠又言道,俺二哥和他有仇。二哥,他要和你交戰哩。(關末云)這老匹夫無禮!他想舊日之仇,我和他相持去。(孔明云)雲長,你且息怒。黃忠不打緊,正意要請龐鳳雛哩。(孔明見正末科)(孔明云)哥哥,當初你兄弟不在荊州,他不知道哥哥的道號鳳雛,則知表字是士元。哥哥若肯同心協力,扶立炎劉,哥哥意如何?(正末云)孔明,你不知道。當初到您荊州,誰想他着我做耒陽縣令。他又着張飛來殺我。早是貧道,若是別人呵,不被他殺了也?(唱)

【挂玉鈎】你則問這行刃的將軍,管着甚的?你莫不眼昏花波張車騎!(張飛云)師父,你說道是縣令。(正末唱)誰着他鑽出頭來惹是非,正中了拖刀計。他有那入己贓,着我當無頭罪。兀的是人意虧公,天眼先窺。

（孔明云）哥哥肯佐於玄德公麾下,我將軍師印讓與你,同心協力,意下如何[3]？（正末云）孔明,黃忠要與雲長交戰鬥刀哩。（孔明云）既然如此,二將軍與黃忠交戰去。（關末云）得令！三軍操鼓來,我與黃忠鬥刀。（做戰科）（黃忠出陣見正末科）（正末云）黃忠,勝敗如何？（黃忠云）罷罷罷,雲長是強。（正末云）你比雲長如何？（黃忠云）師父,論刀馬武藝,雲長世之傑也。師父,你比孔明如何？（正末云）你不知孔明有神鬼不測之機,善辨風雲[4],諳知氣色,學問不在貧道之下。俺金全比玄德如何？（黃忠云）玄德仁者之人,金全怎比玄德！（正末云）玄德公納諫如流,敬賢禮士。（黃忠云）我有心待要投降他,爭奈無寸箭之功。（正末云）比及你説,我先有心也。你真個要降,我與你一計。請的金全太守來。（黃忠云）令人,請將金太守來者。（卒子云）理會的。（金全上,云）某乃金全太守是也。今有鳳雛軍師、首將黃忠,與劉關張家交鋒,著人來請我。不知有甚事,須索走一遭去。（見科）（正末云）太守,今日黃忠要與雲長交鋒,請太守到於旗下,看黃忠交戰。（黃忠云）今日請太守來看黃忠與雲長鬥刀,太守和軍師與某壓陣,看某與雲長交戰。兀那小校,擺開陣勢。雲長出馬來！（金全云）你小心在意。你若輸了,便索來尋我。（黃忠云）得令！（孔明云）雲長,黃忠又來索戰。他若敗了呵,你休趕他。（關末云）老匹夫,量你到的那裏！（做調陣子科）（黃忠走科）（金全云）黃忠,你勝敗如何？（黃忠云）你休問我,我特來拿你來。我與軍師要投降玄德公,無甚麼托獻,拿將你去,權當托獻。（金全云）你把我做托獻？我説弟子孩兒,買一隻羊一罈酒,送與他去,可不好也。（正末唱）

【雁兒落】雖然他面皮皺,有捉將威；雖然他髭鬚白,有過人智。雖然他春秋高,有匡國才；雖然他血氣衰,有輪刀的力。

【得勝令】呀,常言道老將會兵機。他待要保護漢華夷,他待要除奸孽與皇家作柱石。黃忠你快疾活捉去根前跪,休疑。你可便不降,索等甚的？

（正末同黃忠降科,下）（孔明云）黃忠拿了金全也。俺請鳳雛哥哥去來。（下）（正末上,云）貧道為甚將這耒陽縣免官不治？只因東吳有孫權,北有曹操,玄德公住於荆州,其勢鼎足之計。想這江夏四郡,軍兵未定。以此貧道將這四路軍馬,都教歸順玄德公。此計乃是龐掠四郡。這的先取荆州為本,後取西川為利。貧道在此閒坐,看有甚麼人來。（孔明同關末、張飛、趙雲、劉封領卒子上）（孔明見科,云）可早來到也。哥哥,您兄弟領着眾將,特來請哥哥為軍師,就挂了印,佐於玄德公。俺同心輔佐玄德公,有何不可也。（正

末云)孔明,這軍師牌印,貧道斷然不受也。(孔明讓印科,云)哥哥不必固辭,挂了印者。(正末唱)

【沽美酒】孔明你休讓印,莫意推。(孔明云)哥哥,咱同心扶立炎劉,可不好也?(正末唱)咱兩個辦忠心,輔華夷。(孔明云)哥哥有神鬼不測之機,輔佐漢朝,穩勝磐石也。(正末唱)則要俺建節英名四海知,整封疆至治。理乾坤,保皇基。

(孔明云)哥哥,俺元帥豁達大度,納諫如流。敬請哥哥慶賀軍師也。小校擡上果桌來者。(卒子云)理會的。(正末唱)

【太平令】感大德排筵慶會。(孔明云)蔬食薄味,不堪奉用。哥哥開懷飲幾杯也。(正末唱)列珍饈酒捧金杯。(孔明云)軍師,俺衆將都要盡醉方歸。(正末唱)放開懷同歡沉醉,衆將每欣然樂意。(孔明云)哥哥,今日既佐於主公麾下,當施展妙策,與國家除危定亂也。(正末唱)從今後顯威使機,保君王社稷永無虞,江山寧謐。

(孔明云)哥哥不勞計較。今日既然做了軍師,俺同心扶立漢華夷。俺主公不一時定差使命來,與哥哥加官賜賞也。(簡雍上,云)雷霆驅號令,星斗煥文章。小官簡憲和是也。奉聖人的命,有俺軍師將的文書來,收伏了龐鳳雛,又有黃忠投降了,着小官與衆將加官賜賞。可早來到也。您衆將跪者,聽聖人的命:龐士元用智如神,運籌策出衆超群;掠四郡猶如翻掌,招勇士恰似集雲。黃漢昇英雄力健,捉金全獻俘軍門。諸葛亮誠心讓印,拜鳳雛護國安民。憑忠義除危定亂,食天禄舞蹈揚塵。今日個加官賜賞,一齊的望闕謝恩!(同下)

　　　　　　題目　諸葛亮智排五虎
　　　　　　正名　走鳳雛龐掠四郡

校記

［1］白旄黃鉞兩邊垂:"旄",原本作"旗"。今從孤本改。
［2］莽撞的張飛:"撞",原本作"壯"。今從孤本改。
［3］意下如何:孤本改爲"哥意如何"。今不從,仍其舊。
［4］善辨風雲:"辨",原本作"變"。孤本改作"辨"。今從。

莽張飛大鬧石榴園

無名氏　撰

解　題

雜劇。元明間無名氏撰。《今樂考證》《也是園藏書古今雜劇目錄》著録正名"莽張飛大鬧石榴園"，《寶文堂書目》《曲録》亦著録，均未署作者名。劇寫曹操恨劉備、關羽、張飛不服調遣，與張遼、許褚、夏侯惇商議除掉劉關張之策。張遼獻計：在石榴園凝翠樓設宴，以伏兵圍之，請劉備赴宴，於席間擒之；如關羽、張飛來救，則一並擒之。曹操令許褚持書請劉備。劉備不聽簡雍勸阻，獨自赴會。曹操與劉備論英雄，借端尋釁，將其困在凝翠樓。關羽、張飛從教場回來，知劉備去凝翠樓赴宴，趕去接應。夏侯惇欲阻止，張飛打惇，闖到樓上。關羽命校刀手圍住石榴園，亦到樓上。張飛扯住曹操嚴厲怒斥，操告饒。張飛將劉備扶下樓去，操計未能得逞。事見元刊《三國志平話》卷中《曹操勘吉平》一節，但故事情節有很大不同。版本今存《脉望館鈔校本》。另有《孤本元明雜劇》本（簡稱孤本）、王季思主編《全元戲曲》本（簡稱王本）。今以《脉望館鈔校本》爲底本（簡稱原本），參考孤本、王本校勘，擇善而從。

頭　折

（冲末扮曹操領卒子上，云）少年錦帶挂吴鈎[1]，鐵馬西風塞草秋[2]。全憑匣中三尺劍，坐中往往覓封侯。某姓曹名操字孟德，乃沛國譙郡人也。幼年曾爲參謀之職。某自請聖人到於許都，加某爲大漢左丞相之職。見如今八方無事，四海晏然。今有吕布在徐州作亂，某領兵到於徐州，生擒了吕布，斬首於白門。有劉關張兄弟三人，某領他見了聖人，保舉他重賞加官。爲何如此？我要將此三人收留在我麾下。某虎視天下諸侯，有如翻掌。因此上將此三人厚禮相待，又賜宅舍一所。誰想此三人各有異志，不從某調。我欲要將此三人殺害了[3]，爭奈他弟兄每英雄無比，膽量過人，時間難以擒拿。某手下有百計張遼，九牛許褚，大將夏侯惇。我不曾與他商議。小校，與我喚將夏侯惇來者。（卒子云）理會的。夏侯惇安在？（淨扮夏侯惇上，云）湛湛青天够不着，躧着梯子望上瞧。兩輪日月仔細看，原來是陀棗兒糕[4]。某乃夏侯惇是也。每回臨陣，諕的我放屁。戰策兵書，到了不濟。某佐於曹丞相麾下，爲前部先鋒之職。今日正在將臺上，我們放鷂兒耍子[5]。不知那個没天理的，打了個墜瓦兒，把鷂兒落在哈密裏去了。今有小校來請，丞相呼喚，不知有甚事，須索走一遭去。可早來到也。小校報復去，道有夏侯惇大叔來了也。（卒子云）理會的。喏，報的丞相得知：有夏侯惇來了也。（曹操云）着他過來。（卒子云）理會的。過去。（做見科）（夏侯惇云）丞相呼喚老夏，有何商議？（曹操云）夏侯惇，且一壁有者。小校，與我喚將張遼、許褚來者。（卒子云）理會的。張遼、許褚安在？（張遼上，云）幼小曾將武藝習，南征北討慣相持。臨陣望塵知敵數，對壘嗅土識兵機。某姓張名遼字文遠，乃雁門馬邑人也。今佐於曹丞相手下爲將。今有丞相呼喚，不知有甚事，須索走一遭去。可早來到也。小校報復去，道有張遼在於門首。（卒子云）理會的。喏，報的丞相得知：有張遼來了也。（曹操云）着他過來。（卒子云）理會的。過去。（做見科）（張遼云）丞相呼喚張遼，那廂使用？（曹操云）張遼，且一壁有者。若許褚來時，報復我知道。（卒子云）理會的。（淨許褚上，云）朝爲田舍郎，暮登張子房。出的朝陽門，便是大王莊。某乃大將九牛許褚是也。某佐於曹丞相手下爲將。今有丞相呼喚，不知有甚事，須索走一遭去。可早來到也。小校報復去，道有許褚來了也。（卒子云）理會的。喏，報的丞相得知：有許褚來了也。（曹操云）着他過來。（卒子云）理會的。過去。（做見科）（許褚云）丞相，許褚來了也。（曹操云）您都來了也。喚您來有大事商議。（夏侯惇云）丞相喚俺來，有甚麽古而怪之的事，都説將來，我管情與你弄的七歪八歪的。（曹操云）喚您來別無甚事。頗奈劉關張弟兄三人無禮。您豈不知，當日我舉保他爲官，誰想他三人背義忘恩，不伏某調，倒有害某之心。我今要擒拿劉關張弟兄三人，爭奈無個計策，特喚您來商議。（張遼云）丞相，他弟兄三人，都是虎將，便怎生拿的住？便好道有力呵力取，無力呵智取。俺這城外有一所石榴園，内有一座凝翠樓。丞相可在石榴園凝翠樓上，安排筵宴，差人請劉備，則説作賀。此人必然來赴會。樓下着七重圍子手，圍了凝翠樓。筵間羅織他些風流罪過，擊金鐘爲號,活拿了劉備。若雲長、張飛知道,必然來救。憑着俺衆將英雄,他一個來拿一個,兩個來拿一雙。正是剪草除根,萌芽不發。此計如何?(曹操云)此計大妙!張文遠,俺就去石榴園凝翠樓上,設謀排宴,暗藏甲士。許褚,你則今日持着這封請書,直至劉玄德宅上,請他石榴園赴會。小心在意者。(許褚云)丞相放心。我持着走一遭去。鋪謀定計已安排,丞相將令把我差。持書若見劉玄德,放心,我不分星夜請將來。(下)(曹操云)許褚去了也。夏侯惇,一壁廂安排筵宴。若劉備來呵,我擒拿了此人,便是我平生願足。張文遠,咱去來。定計鋪謀智量高,石榴園内列槍刀。持書去請劉玄德,且看今番命怎逃?(同下)(夏侯惇云)丞相着我安排筵宴。小校,與我喚一個厨子來。(卒子云)理會的。厨子安在?(淨厨子上,云)我做厨子慣滑熟,做生活專弄虛頭。做案酒偷了下飯,做湯水快使香油。一碗湯着上二兩,登時間順腿直流。論剉剁割了手背[6],論煎炒一剗胡謅。帽子裏藏了胡椒,袖子裏褪了羊頭。被本家若還拿住[7],醜嘴臉一似山猴。自家姓炒名皮字蓼花。乃油嘴出身。平昔幫閒鑽懶,批吭搗虛[8],專與人家燒火剥葱,抹油嘴,捧盤子。近來我當了厨子身役。今有大人呼唤,須索走一遭去。可早來到也。報復去,道有局長大叔來了也。(卒子云)理會的。報的大人得知:有厨子來了也。(夏侯惇云)着他過來。(卒子云)理會的。過去。(厨子云)大人呼唤小人,有何事也?(夏侯惇云)我今要安排筵會,叫你來先打個料帳。(厨子云)不打緊。這兩日且是羊賤。(夏侯惇云)好肥羊要多少錢一隻?(厨子云)好大尾子肥羊,則要一貫鈔一隻。(夏侯惇云)小校,與他一貫鈔,則要一隻肥羊。(厨子云)大人着誰買?(夏侯惇云)着你買。(厨子云)老子也,成不的,成不的。這兩日羊貴了。(外呈答云)得也麽,就貴了?(厨子云)大人口說安排筵會,我比不的別人,弄虛頭先定二十七樣好菜蔬。(夏侯惇云)可是那二十七樣?你數我聽。(厨子云)頭一樣將那韭菜切的斷了,灑上一把鹽。又爽口,又鑽腮,叫做生醃韭。(夏侯惇云)第二樣呢?(厨子云)第二樣是薑醋韭。(夏侯惇云)第三樣呢?(厨子云)是白煠韭。(夏侯惇云)別的呢?(厨子云)没了。(夏侯惇云)纔三樣了,還少多哩。(厨子云)你不曉的,一了說三九二十七。(外呈答云)這廝潑說!(厨子云)菜蔬也不打緊。小人還有三道好湯水。(夏侯惇云)是那三道?(厨子云)頭一道是三圓五辣湯。(夏侯惇云)怎麽是三圓五辣湯?(厨子云)每一個碗裏,安上三個肉圓子,加上料物,是胡椒、花椒、生薑、蓽撥、辣蒜。這個便是三圓五辣湯。(夏侯惇云)第二道呢?(厨子云)第二道判官打鱠湯。(夏侯惇云)何爲判官打鱠湯?

（厨子云）每一碗裏，安上一個雞蛋[9]，碗旁邊插一根羊肋支。這個便是判官打鱠湯。（夏侯惇云）第三道呢？（厨子云）第三道我不説名堂[10]。每一個碗裏，滿滿的盛上一碗湯，上面灑上一把芝麻。（夏侯惇云）可是甚麽名堂？（厨子云）這個是虱子浮水湯。（外呈答云）得也麽，去了罷。（夏侯惇云）兀那厨子，則要你安排的仔細美口着。（厨子云）大人放心。我去厨房中執料去。（下）（夏侯惇云）一壁廂安排筵會。我回丞相的話去也。今日丞相排筵會，擒拿劉備耍一場。（同下）

（劉末領卒子上，云）桑蓋層層徹碧霞，織席編履作生涯。有人來問宗和祖，四百年前旺氣家。某姓劉名備字玄德，大樹樓桑人也。二兄弟姓關名羽字雲長，蒲州解良人也。三兄弟姓張名飛字翼德，涿州范陽人也。俺弟兄三人，在桃園結義：宰白馬祭天，殺烏牛祭地；不求同日生，只願當日死。自破黄巾賊之後，除某在德州平原縣爲縣尹。後因陶謙三讓徐州與某，不想吕布領兵來侵奪了徐州，將俺困於小沛。三兄弟張飛三出小沛，問曹丞相借兵。俺兩家共破了吕布，斬於白門。曹丞相領俺弟兄三人，見了聖人。問某宗派，封某爲越殿裏王之職。二兄弟爲蕩寇大將軍，三兄弟爲車騎上將軍。賜宅一所。今兩個兄弟教場中去了。小校門首覷者，若有人來時，報復我知道。（卒子云）理會的。（净許褚上，云）兩脚跑如飛，走了一身汗。某九牛許褚是也。持着曹丞相的書，請劉玄德去。可早來到也。小校報復去，你説曹丞相手下九牛許褚，來見元帥。（卒子云）理會的。喏，報的元帥得知：有九牛許褚來見元帥。（劉末云）着他過來。（卒子云）理會的。過去。（做見科）（劉末云）將軍，此一來有何事也？（許褚云）我乃是曹丞相手下九牛許褚。奉俺丞相的言語，持一封請書，一逕的來請元帥[11]。（劉末云）將書來我看。（許褚遞書科，云）元帥，書在此。（劉末看書科，云）這書中的意，我盡知也。曹丞相請某石榴園飲酒。許褚，你先行，我隨後便來也。（許褚云）元帥，是必早些兒來。我回丞相的話去也。一見請書不作疑，言説親身來赴席。必然中計拿住你，那其間怎時着你後悔遲。（下）（劉末云）曹丞相請某飲酒，不知爲何？我待不去來，難得丞相用心，重意相待。他是個奸雄的人，則怕他作疑。我待要去來，肯分的兩個兄弟不在。小校，與我唤將簡憲和來[12]，我與他商議。（卒子云）理會的。簡憲和安在？（正末扮簡雍上，云）某姓簡名雍字憲和，乃涿郡人氏。在於玄德公麾下爲將。今有元帥呼唤，須索走一遭去。某想玄德公弟兄三人，自到許都，曹丞相與俺元帥不睦。某料玄德公弟兄三人，忠直勇烈，端的是世之罕有。量他何足道哉也呵！（正末唱）

【仙吕·點絳唇】暗想那董卓胡爲，貪圖小利。（正末云）王允丞相與蔡邕學士（唱）定下那連環計，説的那吕布心疑。可是他誅賊子，歸泉世。

（正末云）因俺元帥弟兄三人，與曹操不睦，（唱）

【混江龍】曹丞相鋪謀定計，他則是奸雄狡佞使心機。誰敢道撩蜂剔蝎，俺則是裝啞裝癡。他如今爲相領軍居帥府，俺元帥封官賜賞錦衣歸。俺則待堅心兒扶持着當今帝。（帶云）俺玄德公，（唱）有仁有德，端的便秉正行直。

（正末云）可早來到也。令人報復去，道有簡雍在於門首。（卒子云）理會的。喏，報的元帥得知：有簡雍在於門首。（劉末云）着他過來。（卒子云）理會的。過去。（正末唱）

【油葫蘆】我恰纔轉過廳來整頓衣，向前去聽仔細。我這裏急慌忙挪步上階基。（做見科）（劉末云）簡憲和，你來了也。（正末唱）我這裏曲躬躬叉手先施禮，他那裏笑吟吟忙道權休罪。恰纔個元帥請喚簡雍做甚的？（劉末云）請你來有事商議。（正末唱）元帥道請將來有事同商議，好教我心下轉猜疑。

（劉末云）我有事與你商議也。（正末云）元帥。（唱）

【天下樂】有甚事和咱説得知？（劉末云）今有曹丞相，著許褚持一封書來，請某往石榴園凝翠樓上飲酒。我可是去好也，不去好？（正末唱）我這裏聽也波的言就裏，想着那奸雄狡佞曹孟德。（劉末云）他着人持書來請，我多感他厚意也。（正末唱）你道他真意請，我道他無好機。這的是釣鰲的少見識。

（劉末云）想俺弟兄三人在徐州，被吕布圍在小沛。虧了三兄弟張飛三出小沛，問曹丞相借兵，俺兩家共破了吕布。曹丞相又領俺弟兄三人，到於京師，舉保俺重賞封官。此是曹丞相之恩也。他今日請我飲宴，據你意如何？（正末云）元帥，可不道筵無好筵，會無好會？元帥休去。（劉末云）他請我飲酒，有何歹意也？（正末唱）

【金盞兒】你道他廝央及，特請你赴尊席。他在那石榴園凝翠樓排筵會，擺列着珍羞百味勸金杯。他埋伏着七層英雄將，顯他那八面虎狼威。我則怕你一時間難措手，那其間翻作落便宜。

（劉末云）肯分的兩個兄弟都不在。你等兄弟來時，説我赴會去便來也。（正末云）等兩個將軍來時，元帥去，可也未爲晚矣。（劉末云）等我三兄弟來，你道曹丞相重意的來請，我飲宴去了也。（正末云）元帥，你休要去也。

（唱）

【後庭花】我恰纔勤諫道五六番,攔當到有三四起。他安排着賺將鋪謀計,他準備着瞞人打鳳機。(劉末笑科,云)簡憲和,你好多心也。(正末唱)我則見他喜微微,你休看做容易。那張遼有見識,你聽咱說就裏。

（劉末云）不必多慮。我親身赴會走一遭去。（正末唱）

【青哥兒】呀,元帥待親身、親身赴會,赤緊的又無你兩個、兩個兄弟。(帶云)曹丞相,(唱)你若是惱犯了英雄張翼德,則將他小覷低微。直爽爽剔竪神眉,氣昂昂健勇神威。則將那烏油甲來忙披,虎眼鞭提,騎一匹豹月烏騅[13]。丈八槍肩上擔者,直殺入曹操七重圍。則他是好廝殺的天魔祟。

（劉末云）簡憲和,不妨事。等兩個兄弟來,着他接應我來。我領數十騎人馬並後槽緊跟着,他每都能行爽俐。簡憲和,你好生看管家中,我便來也。（正末云）元帥去則去,小心在意者。（劉末云）你但放心也。（正末唱）

【尾聲】曹丞相重意的設華筵,今日是龍虎風雲會,擺佈的十分整齊。有句話我從頭說得知:元帥你是必休戀着瀲灧金杯,你則是假裝着做小伏低,你若是得空偷閒便摘離[14]。哎,你個有仁義的玄德,用你那卑辭和氣,則要你酒筵間無事早些回[15]。（下）

（劉末云）簡憲和去了也。丞相重意相請,不敢久停久住,領十數騎人馬,石榴園赴會走一遭去。丞相安排玳瑁筵,小官不索意懸懸。擺列頭搭乘駿馬,親身直至石榴園。（同下）

校記

[1] 少年錦帶挂吳鈎:"帶",原本作"袋"。孤本改,今從。
[2] 鐵馬西風塞草秋:"塞",原本作"衰"。孤本改,今從。
[3] 我欲要將此三人殺害了:"殺",原本作"所",校筆已刪。孤本補,今從。
[4] 原來是陀棗兒糕:"陀",孤本改作"垛",王本從,非是。"陀",義爲圓形的東西;"垛",義爲建築物上的突出部分,土築的箭靶、堆積。用圓形的棗兒糕比作日月,當可。
[5] 我們放鷂兒耍子:"鷂兒",原本作"鶴兒"。孤本在"鶴兒"下注云:"鶴當是鷂之誤。鷂兒即風箏也。"當是。今從。下同。
[6] 論剗剗割了手背:原本"剗",孤本改爲"批",王本亦改作"批",非是。"剗",義爲削。"剗剗",《漢語大詞典》釋爲切割,以此句爲書證。
[7] 被本家若還拿住:"被"字,原本空缺。孤本補,今從。

[8]批吭搗虛："吭",原本作"抗"。孤本改,今從。
[9]安上一個雞蛋："蛋",原本作"彈"。今改。
[10]第三個我說不出名堂："堂",原本作"降"。孤本改,今從。
[11]一逕的來請元帥："逕",原本作"敬"。孤本改,今從。
[12]簡憲和:原本作"簡獻和",今從孤本改。下同。
[13]騎一匹豹月烏騅："豹",原本作"抱"。今從孤本改。
[14]你若是得空偷閒便摘離："摘離",原作"擇離"。今從孤本改。
[15]則要你酒筵間無事早些回："間",原本誤作"簡"。孤本改,今從。

第 二 折

（關末領卒子上,云）家住蒲州是解良,面如挣棗美髯長。青龍寶刀吞獸口,姓關名羽字雲長。某姓關名羽字雲長,乃蒲州解良人也。自曹丞相領俺弟兄三人,見了聖人,加某爲蕩寇大將軍之職。今日教場中回來,不見大哥。簡雍言道,曹丞相請俺哥哥,往石榴園凝翠樓上飲酒去了。曹操因俺弟兄三人,不聽他調,與俺不睦。此人請將俺哥去了,必無好意。酒筵間若有些爭差,可怎生是好？某等三兄弟回來,再做個商議。小校與我喚將關平來者。（卒子云）理會的。關平安在？（關平上,云）結束威嚴敢戰敵,臨軍取勝顯威儀。每回出馬功勞大,凜凜聲名四海知。某乃關平是也。乃漢壽亭侯長子。某幼習武藝,精練兵書。交兵出陣敢當先,耀武揚威能戰討。正在帳下觀看兵書,小校來報,父親呼喚,不知有甚事,須索走一遭去。可早來到也。小校報復去,道有關平來見父親。（卒子云）理會的。（做報科,云）喏,報的元帥得知:有關平來見。（關末云）着他過來。（卒子云）理會的。過去。（做見科）（關平云）父親,喚您孩兒有何軍情事？（關末云）關平,你來了也。門首覷者,你三叔來時,報復我知道。（關平云）理會的。（正末扮張飛上,云）某姓張名飛字翼德,乃涿州范陽人也。俺弟兄三人,自斬吕布之後,某爲車騎上將軍之職。曹丞相有心要俺弟兄三人,在他帳下聽令。某想來,俺大哥是仁德之人,豈肯在曹操麾下爲將也！（唱）

【南吕・一枝花】俺大哥他是那擎天柱架海梁,扶社稷忠良將。漢朝真傑士,主意保封疆,輔佐朝堂。（正末云）俺大哥,（唱）穩做了頭廳相,是男兒有紀綱。（正末云）俺弟兄三人,自從提兵之後,（唱）當日個用機謀破了黃巾,到後來虎牢關戰吕布名傳四方。

【梁州第七】不是這張車騎誇強說會，則我這丈八槍世上無雙。（正末云）我若臨陣呵。（唱）門旗開殺氣有三千丈。（正末云）呂布侵了徐州境界[1]，（唱）當日我三出小沛，端的我志氣昂昂。（正末云）某到許都借起軍來，（唱）曹丞相親身爲帥，（正末云）某爲先鋒，（唱）誰敢將我遮當！（正末云）俺二哥用計，水淹下沛。某擒拿了呂布，（唱）在白門一命身亡。（正末云）曹丞相領俺弟兄三人，（唱）赴京都朝見吾皇。則爲俺定亂除危今日個做都堂，封官也那賜賞。俺大哥哥情受了越殿襄王。自思暗想，（云）俺弟兄三人，（唱）一心秉正除奸黨；行忠義，尊於上。俺則待要立漢興劉保聖皇，博一個萬載名揚[2]。

（正末云）某教場中回來也。私宅中見兩個哥哥去。可早來到也。關平報復去，道某在於門首。（關平云）理會的。（報科，云）父親，有三叔叔來了也。（關末云）道有請。（關平云）理會的。有請。（正末見科，云）哥哥，您兄弟回來了也。可怎生不見大哥？（關末云）兄弟，你不知，曹丞相在石榴園凝翠樓上，安排筵宴，請將哥哥去了。兄弟也，我想來曹丞相與俺不睦，他安排筵宴，必無好意，他有害俺之心也。（正末唱）

【牧羊關】頗奈那無端的曹丞相，將人來廝滅相，不由我怒生噴氣夯破我胸膛。（正末云）哥也，他那裏是請哥哥飲酒！（唱）安排下打鳳的機謀，準備著伏虎的智量。（關末云）兄弟，我聽的簡雍說，他那裏七重圍子手，大小衆將，擺佈的鐵桶相似。俺怎生接應大哥去？（正末云）不妨事。（唱）那裏怕魚鱗般排隊伍，雁翅般列成行？（云）哥也，他在那裏飲酒？（關末云）他在石榴園飲酒哩。（唱）他在那石榴園裏排宴會，（云）張飛到那裏呵，（唱）我可要翻騰做惡戰場。

（關末云）俺弟兄二人，接應哥哥去來。（正末云）哥哥在家看守宅院，您兄弟獨自接哥哥去。（關末云）兄弟，他那裏有九牛許褚、夏侯惇、百計張遼、衆將英雄，則怕你獨力難加也。（正末云）不妨事。（唱）

【尾聲】那裏怕埋伏敢戰英雄將，我着那許褚、張遼一命亡。（正末云）我若見那夏侯惇呵，（唱）將我這虎眼鞭丟在那廝腦門上。（正末云）我到那裏呵，（唱）施逞我村沙莽撞，顯我那鞭督郵的這氣象。（正末云）曹丞相不得無禮！（唱）喝一聲去了那廝三魂，殺的他似翻掌！（下）（關末云）三兄弟去了也。關平，速整軍裝人馬，領五千衆跟隨三兄弟去[3]。某然後領五百校刀手，接應哥哥走一遭去。不是我心下疑惑，則爲他做事無知。酒筵間有些好歹，我着那曹孟德一命身虧。（同下）

校記

［1］呂布侵了徐州境界：原本在"徐州"二字前，衍"侵了"二字。孤本刪，今從。
［2］博一個萬載名揚："博"，原本作"播"。孤本改，今從。
［3］領五千衆跟隨三兄弟去："衆"字，原本無，孤本補，今從。

第 三 折

（曹操同夏侯惇、張遼領卒子上）（曹操云）安排捉將挾人計，準備香餌鈎鰲魚。某乃曹丞相是也。我差許褚請劉備來赴會，不知劉備來也那不來。許褚去了半日，可怎生不見來回話？（夏侯惇云）許褚此一去下書，那劉備聽的請他吃酒，必然來赴會也。（曹操云）張文遠，餚饌都有了麽？（張遼云）餚饌都完備了也。（曹操云）既然有了，小校門首覷者，許褚來時，報復我知道。（許褚上，云）歡來不似今朝，喜來那逢今日。誰想玄德公一口不違，便來赴會。不敢久停久住，回丞相話走一遭去。可早來到也。小校報復去，道有許褚來了也。（卒子云）理會的。喏，報的丞相得知：有許褚來了也。（曹操云）着他過來。（卒子云）理會的。過去。（做見科）（曹操云）許褚，你來了也。（許褚云）丞相，賀萬千之喜。誰想劉玄德，聽的丞相邀請，見了請書，他欣喜來赴會也。（曹操云）此一來必然中俺之計。張文遠，若劉備到此，便着七重圍子手，圍了凝翠樓。你兩個把住樓門，小心在意者。（許褚云）理會的。（劉末領卒子上，云）今朝親身來赴會，盡醉方回感厚情。某乃劉玄德是也。今日曹丞相，在石榴園請某赴宴。可早來到也。許將軍報復去，道有劉玄德來了也。（許褚云）理會的。丞相，有玄德公來了也。（夏侯惇云）丞相，這大耳漢果然來了。如今可是頭裏說的那話，一個來拿一個，兩個來拿一雙。（曹操云）道有請。（許褚云）有請。（劉末做見科，云）丞相，量某有何德能，着丞相置酒張筵，實乃小官之萬幸也。（曹操云）玄德公，蔬食薄味，不成管待，略表寸心。小校擡上果桌來者。（卒子云）理會的。（做擡果桌科）（曹操云）將酒來。玄德公滿飲一杯。（劉末云）丞相先飲。（曹操云）玄德公請。（劉末飲科，云）小官飲。（曹操云）您二將且下樓執料酒餚去。（夏侯惇云）理會的。（曹操背科，云）夏侯惇、許褚，你兩個把住樓門，休放閒雜人上樓來。（許褚云）得令！（曹操云）可無人與玄德公遞一杯酒。小校，與我喚將楊修來者。(卒子云)理會的。楊修安在?(正末扮楊修上,云)某楊修是也。丞相呼喚,須索走一遭去。今日丞相請玄德公飲酒,必無好意。某想玄德公是仁德之人,俺丞相要殺害他。丞相也,量你何足道哉!某到筵前,自有個主意也。(唱)

【中呂·粉蝶兒】曹丞相伏虎機籌,他待要使心術覓人歹鬥,則在這石榴園飲酒登樓。安排着那打鳳的機,牢龍智,鋪謀成就。他用這般徽倖因由,我則待扶持着漢家的這宇宙。

【醉春風】將一個八面虎狼威,困在這百尺的凝翠樓。(帶云)這裏面,(唱)又無個硬衝席樊噲,願英雄我學陳平佐斟酒、酒。今日我秉正行直,安邦定國。(帶云)我便死呵,(唱)落得個光前絕後。

(正末云)將軍報復去,道有楊修在於門首。(許褚云)楊修來了也。(曹操云)玄德公,某執料茶飯去。(劉末云)不敢。(曹操做出門科,見正末云)楊修,你知我喚你來的意麼?(正末云)楊修知道。(曹操云)你知道些甚麼?(正末云)敢是要擒玄德公一事麼?(曹操云)好好好,不枉了我喚你來。替玄德公遞一杯酒,到劉備根前滿斟十分,到我跟前淺斟半杯。灌的劉備醉了呵,正意則是羅織他些風流罪過[1]。你記者。(正末云)理會的。(曹操做入門科,云)楊修,你與玄德公相見咱。(正末做見科,云)久聞元帥大名,如雷貫耳。今日得見尊顏,實乃楊修萬幸也。(劉末云)將軍恕罪。(曹操云)楊修,你與玄德公遞一杯酒。(正末云)理會的。將酒來。(正末做遞酒科,云)玄德公,滿飲此杯。(劉末云)劉備不敢先飲。(正末云)是是是,丞相先飲。(曹操云)楊修,我怎生先飲?(正末云)丞相,待客之禮,爲人生死不懼,何怕酒肉乎?(曹操云)楊修,這杯酒斟的滿了也。(正末云)丞相,君子不吃凹面鍾。(曹操云)楊修言者當也。(做飲酒科)(正末云)將酒來。玄德公滿飲此杯。(曹操云)楊修,我吃了你一滿杯酒,這杯酒如何則斟八分?(正末云)丞相,這杯酒雖然是八分,着玄德公十分的吃了。頭裏那一杯酒,丞相留下一半;玄德公這杯酒,雖然八分,可着他都吃了,也則一般。(曹操云)言者當也。(正末云)玄德公滿飲此杯。(劉末飲酒科)(曹操云)楊修,將那一簽兒下飯,割與玄德公食用咱。(正末云)理會的。(造下飯科)(曹操云)玄德公,無甚麼管待,這一簽兒下飯,楊修,你當面親手製造。某多飲了幾杯酒,覺我酒上來了。我搭扶着這桌子,暫時歇息咱。玄德公勿罪。(曹操做睡科)(正末云)丞相,下飯有了也。(劉末云)楊將軍,可怎生一隻家鵝,一隻野雁?休說這只家鵝,且則說這只野雁,你可是下窩弓射來的,可是網索上打

來的?(正末背云)我雙關二意説着,看他曉的不曉的。元帥,這只野雁,他則為一口水食,因此上打在網裏也。(唱)

【醉高歌】他再不能够銜蘆花紫塞優遊,他自撞在天羅裹頭。(劉末云)他不有六梢翎麽?(正末云)便有那六梢翎雖快無門路。(劉末云)便怎生拿的住他?(正末唱)他自己傷身為口。

(劉末云)是好石榴園凝翠樓。時遇秋天,你看那花果凋零,花瓣也吹謝。可惜了花紅錦繡也!(正末唱)

【紅繡鞋】你道是便可惜了花紅錦繡,俺主人家便棄嫌你葉密枝稠,待將他剪草除根不存留。(劉末云)我有花方飲酒,無月不登樓。(正末唱)你怕不待有花時方飲酒,無月不登樓;我則怕你醉時節怎的走?

(正末云)野花村務酒,知味便何休?(劉末做起身科,云)我知道了也。(曹操醒科,云)楊修,你説甚麽哩?閒言剩語的。靠後!玄德公,某多飲了幾杯酒,有失道理,休怪。可不道筵前無樂,不成歡樂?玄德公,咱閒口論閒話,古往今來,有那幾個英雄好漢?説的是,吃三杯酒;説的不是,罰三碗涼水。楊修,你做個明府者。(正末云)理會的。(曹操云)玄德公,且休説別的,則説漢朝誰是英雄好漢。(劉末云)丞相道如今誰是英雄好漢,俺想吕布是英雄好漢。(曹操云)吕布怎生為之好漢?(正末云)丞相,那吕布他是好漢。(曹操云)吕布怎麽是好漢?(正末唱)

【迎仙客】那吕布他横擔着方天畫杆戟,馬跨着南海赤奔彪。(帶云)忽然間門旗開處,不刺刺戰馬相交。兩陣之間,兜住胭脂馬,叫道大將軍臨陣。(唱)喝一聲衆軍都待走。(帶云)丞相,俺漢朝聚十八路諸侯,(唱)虎將有五千員,無一個便敢做他對手,威鎮了十八路諸侯。(帶云)休道是贏那吕布[2],(唱)得他半根家折箭難能够[3]。

(曹操云)住者!他怎生做的英雄好漢?想吕布先拜丁建陽為父,令他濯足。丁建陽左足生一痣必貴。吕布暗思,某足生雙痣,將某家奴看之。吕布大怒,綽金盆在手,打死了丁建陽,盜了赤兔馬。後拜董卓為父。王允定美女連環計,吕布殺了董卓。這吕布端的姓丁姓董姓吕?三姓家奴,他怎生是英雄好漢?(正末云)説的是,丞相飲三杯酒。(曹操云)是。將來我吃。(做飲酒科)(正末云)玄德公輸了,吃三碗涼水。(劉末云)是。小官吃三碗水。(劉末做飲水科)(曹操云)玄德公,則説古來誰是英雄好漢?(劉末云)想古來項羽是好漢。(曹操云)項羽怎生是好漢?(正末云)是霸王,他是好漢。(曹操云)他怎生是好漢?(正末唱)

【紅繡鞋】那霸王馬跨着北海烏騅蛟獸[4]，槍横着朱纓丈八神矛。喝一聲樊噲在這馬前休。上陣時天地慘，臨軍陣鬼神愁。端的是論英雄無對手。

（曹操云）那項羽他怎生做的英雄好漢？當日與沛公指鴻溝爲界，先入關者王之。次後鴻門會罷，九里山大會垓，張子房散了八千子弟兵，被韓信追至烏江，自刎身亡。爭帝圖王勢已傾，八千兵散楚歌聲。烏江不是無船渡，耻向東吳再起兵。他怎生爲之英雄好漢？（正末云）丞相説的是。將酒來，丞相再飲三杯。（曹操云）這廝無禮！我説一椿，他破一椿；我説一句，他破一句。我可是麽養着家生哨。小校拿出楊修去，與我殺壞了者。（卒子做拿正末科，云）理會的。（劉末云）丞相息怒。怎生看小官的面皮，饒了楊修者。（曹操云）拿回來。若不看玄德公面皮，將這廝殺了多時也。小校，打上四十背花，搶下樓去。（卒子做打科，云）一十二十三十四十。出去。（許褚云）楊修也，我説不要你多嘴多言，這裏那裏有你説的話？伏定[5]！（正末云）丞相，打了楊修不打緊，你若不放玄德公回去呵，他那兩個兄弟知道，九牛許褚、夏侯惇，你可怎了也？曹丞相也，你休小覷他弟兄每也！（唱）

【尾聲】那關雲長武藝高，張車騎情性獟。他殺的你神嚎鬼哭悲風吼，你準備着亂擔東西望風也兒走。（下）

（曹操云）張遼、許褚，把住胡梯，不要放閒雜人上樓來。慢慢的飲酒也。（劉末云）丞相，小官告回。（曹操云）玄德公，今日盡醉方歸，滿飲一杯。（劉末做飲酒科[6]）（曹操云）頭裏我與玄德公兩個共話，被楊修打攪了。且休説古往今來的將軍，則説俺兩個誰是英雄好漢？（劉末云）丞相，曹劉好漢。（曹操云）玄德公差了也。你好漢，則説你好漢；我好漢，則説我好漢。怎麽曹劉好漢？你待説我好漢來，恐怕某滅了你；你待説你好漢來，恐怕我怪你。我想來，漢家十八路諸侯，都不敢與我作對，惟有你敢與某作對。（做怒拍桌科）（劉末做掩耳科）（曹操云）玄德公，你怎的？（劉末云）小官平生有些懼雷。（曹操云）你看他説謊。晴天白日，萬里無雲，那得雷來？（夏侯惇云）是有雷響，我也害怕。（曹操云）我也有些懼雷。將酒來，我再與玄德公遞一杯。（劉末云）小官酒够了也。（曹操云）玄德公，是何道理？輕呵輕君子[7]，重呵重小人。我歹殺者波，官拜大漢左丞相之職，不在你之下，怎生這般放肆傲慢？夏侯惇等衆將，快與某將樓門把住，著七重圍子手，圍了石榴園，休放閒雜人上樓。劉備插翅也飛不出俺這石榴園去。再傳令與樓下甲士，擺列的嚴整者。（夏侯惇云）得令！張遼、許褚，俺傳丞相的將令去來。

忙傳將令排軍隊,圍住玄德不放回。(同下)(曹操云)玄德公,你少待,某更衣去便來。(下)(劉末云)曹丞相將我困在這樓上,他推更衣去了。我怎生得下這樓去?若得我那兩個弟兄來,可也好也。我酒上來了,方便處暫且歇息一時咱。(下)。

校記

[1] 羅織他些風流罪過:"織",原本作"惹"。孤本改,今從。
[2] 休道是贏那呂布:"贏",原本作"贏"。孤本改,今從。
[3] 得他半根家折箭難能够:"折",原本作"拆"。今從孤本改。
[4] 烏騅蛟獸:"騅",原本作"錐"。孤本改,今從。
[5] 伏定:孤本改作"快走",王本從。
[6] 劉末做飲酒科:"科"字,原本漏。孤本補,今從。
[7] 輕呵輕君子:"呵",原本作"可"。孤本改,今從。

第 四 折

(曹操同張遼、净夏侯惇、許褚領卒子上)(曹操云)密排七重圍子手,困住英雄怎奈何。某乃曹孟德是也。頗奈劉備無禮,某好意請他飲酒,他放肆將某傲慢。某今將此人困在樓上,不放他回去。小校將酒來,再與他飲幾杯。他若不從,決無干罷。玄德公安在?(劉末上,云)丞相,小官有。(曹操云)玄德公,某無歹意。我和你慢慢的再飲數杯,怕做甚麼?(劉末云)丞相,小官酒够了也。

(正末扮張飛同關末領卒子上)(正末云)某乃張飛是也。同二哥往石榴園接應哥哥走一遭去也。(唱)

【越調·鬥鵪鶉】也不索領將驅兵,又不曾披袍擐甲;不曾將虎眼鞭懸,則將這龍泉劍插。曹丞相定計鋪謀,則我這張飛狡猾。到那裏休問他,我和他歹鬥咱;休道是許褚、張遼,遮莫他天蓬也那黑煞。

(關末云)兄弟也,那凝翠樓上,詐設筵會,其間必有謀害之心也。(正末唱)

【紫花兒序】休道是凝翠樓安排着宴會,遮莫是虎窟龍潭,(正末云)張飛到那裏呵,(唱)則我這丈八矛怎肯饒他?施逞我英雄的這手段,我將那逆賊來活拿。不是我自奬自誇,遮莫他擺列着軍兵,也則是談笑耍。我和他必無干罷,我則待要立漢興劉,爲國於家。

（正末云）可早來到也。兀那夏侯惇,你放俺兩個上樓去。（夏侯惇見科,云）老三,你那裏去？有丞相的鈞旨,不敢放閒雜人上樓去。（正末唱）

【調笑令】這廝每惱咱,這惡氣怎收殺？你看他放黨行兇將俺來壓[1]。（夏侯惇云）老三,你不能够上這樓去。你家去了罷,你不要來這裏撞席。（正末做打夏侯惇科）（夏侯惇云）哎約！老三不要打,你上樓去罷。（正末唱）那去一隻手緊把咽喉掐,將這廝衣領牢拿；莽拳頭望着嘴縫上打,恰便似小鬼兒撞見那吒。

（關末云）校刀手圍了石榴園者。（夏侯惇云）丞相,老關和三叔來了。俺慢慢的拿他。（正末見曹操科,云）曹丞相不得無禮！俺哥哥吃不的酒。你怎生不放他回去？（曹操把盞科,云）三將軍來了也。許褚將酒來,三將軍滿飲此杯。（正末做打杯兒科）（正末唱）

【禿廝兒】手摑了金波玉斗,誰吃您這浪酒閒茶！則這張飛故來歹鬥咱。（關末見科,云）丞相勿罪。三兄弟少要躁暴。（曹操云）二將軍也來了也。（正末唱）二哥哥當攔咱,不是我村沙。

（劉末云）兩個兄弟都來了也。曹丞相,劉備也不是怕人的。（曹操云）三將軍,我也不會有甚麼歹意也。（正末唱）

【聖藥王】不由我嗔怒發,恨轉加,掣龍泉三尺劍離匣[2]。哎,你個曹孟德,你可休小覷咱,我着你三魂七魄臥黃沙。（正末做扯曹操科）,（唱）看今夜宿誰家！

（曹操云）三將軍饒性命！想我有好處來。（劉末云）張飛休躁暴,放了丞相者。（正末扶劉末下樓科）（正末云）哥哥請先行。（關末云）兄弟,既然曹丞相怕了俺也,咱回私宅中去來。（正末唱）

【尾聲】頗奈這曹公心膽有天來大,俺則待忠心兒扶持着國家。你若是再要使心機,舉起我虎眼鋼鞭,將你個逆賊打！

（同劉末、關末下）（夏侯惇云）丞相,拿一個也,拿兩個？（曹操云）遲了。我也的用盡自己心,笑破他人口。設會排筵凝翠樓,一心則待報冤仇。夜臥丸枕千條計,日服鴆酒飲三甌。五府宰相皆歸某,三人德性立炎劉。早知不聽吾節制,怎肯舉薦見龍樓？（同下）

    題目 曹孟德定計凝翠樓
    正名 莽張飛大鬧石榴園

校記

［1］你看他放黨行凶將俺來壓："放黨",孤本改作"放蕩",王本從。非是。"放黨",《戲曲詞語彙釋》釋爲結黨,此詞在這裏意通,似可不改。故不從。

［2］掣龍泉三尺劍離匣："掣",原本作"扯"。孤本改,今從。

曹操夜走陳倉路

無名氏 撰

解 題

　　雜劇。元明間無名氏撰。《今樂考證》著録正名"曹操夜走陳倉道",《也是園書目》著録正名"曹操夜走陳倉路",《曲録》亦著録,均未署作者。劇寫劉備取西川,奪取了陽平關。曹操統領大軍追襲劉備,命張魯攻戰陽平關。張魯被張飛擒獲,諸葛亮不殺,題詩於其面,放其歸。曹操見張魯面上詩,怒而殺魯。魯弟張恕催糧草回,知兄被殺大怒,即率十萬軍並帶所催四十萬糧草投降劉備。曹操與劉備相持不利,欲退兵,食雞肋而嘆。楊修知其意,命小校準備班師。曹操忌楊修才智,恐久後洩漏軍情,將其殺之。曹操軍無糧草,下令退兵。諸葛亮分派衆將沿途襲擊、劫營、截殺。曹軍損兵折將,夜走陳倉路。馬超伏於路口,大敗曹軍,曹操割鬚棄袍而逃。事見《三國志·魏書·武帝紀》與《張魯傳》以及元刊《三國志平話》卷下《黄忠斬夏侯淵》《張飛捉于昶》《諸葛亮計退曹操》,但故事情節與本劇有很大差異。今存版本有《脉望館鈔校本》。另有王季烈《孤本元明雜劇》本(簡稱孤本)、王季思主編《全元戲曲》本(簡稱王本)。今以《脉望館鈔校本》爲底本(簡稱原本),參閲孤本校勘,擇善而從。

頭 折

　　(冲末曹操領卒子上)(曹操云)文武奇才氣質雄,干戈數戰亂縱横。機謀有智安基業,漢祚堪堪掌握中。某姓曹名操字孟德,沛國譙都人也。自出仕以來,與漢朝建立功勳,加某爲丞相之職,掌握軍國重事。後進爵爲魏王,加某九錫。天下諸侯藩鎮者,無不瞻仰。某手下雄兵有一百萬,戰將有二千員。頗奈劉備無禮,我在聖人前舉保他,封爲裏王之職,誰想仗諸葛之勢,二弟關、張之勇，累累與某交戰。今取西川，又奪了陽平關，其志非小。我統大勢雄兵，追襲殿后。今諸葛得了陽平關，紮下營寨，未知有多少人馬。我今又收了東川二將張魯、張恕。左右與我喚將張魯來者。（卒子云）理會的。張魯安在？（淨扮張魯上，云）我做大將有英雄，偏能廝殺建其功。外名喚做真傻廝，則我便是夾腦風。自家是東川張魯。今佐於曹公麾下，爲大將之職。我兵書不通，戰策不會，武藝不熟，諸般不濟，聽的廝殺，則在帳房裏推睡。今日正在帳後閒耍，曹公呼喚，須索走一遭去。小校報復去，道有張魯來了也。（卒子云）理會的。（報科，云）喏，報的丞相得知：有張魯來了也。（曹操云）着他過來。（卒子云）理會的。過去。（做見科）（張魯云）主公呼喚小將，那裏使用？（曹操云）張魯，如今撥與你五千人馬，一來到陽平關下觀看諸葛營寨，料他有多少人馬；二者與他交戰，小心在意，幹事成功者。（張魯云）得令！出的這門來。大小三軍，聽吾將令：領着五千人馬，與孔明交戰走一遭去。領軍馬便上平陽，準備著短劍長槍。一個個威風糾糾[1]，一個個志氣昂昂。若和他臨軍交戰，諕的我手脚慌忙。一定是丟了頭盔，連鎧甲脫了衣裳。不得見我妻兒老小，又不見我父母爺娘。若還我死歸冥路，放心到陰司告他一場。（下）（曹操云）張魯去了也。我料玄德公手下，能有多少人馬！常言道：寡不敵衆。則今日整捌三軍，觀他營寨走一遭去。馬壯人強似虎狼，鋪謀定計顯高強。饒你孔明多妙計，我着這大勢雄兵戰一場。（下）（劉備引卒子上，云）大樹樓桑是本鄉，織席編履姓名揚。有人問我宗和祖，四百年前帝業昌。某姓劉名備字玄德，乃大樹樓桑人也。自桃園結義之後，破黃巾賊、戰呂布有功，加某爲越殿裏王。自從請軍師諸葛孔明下山，曹操統八十三萬雄兵，與俺遞相仇殺，要與某交戰。某聞知曹兵勢大，棄樊城而走，至三江夏口。某遣軍師過江，結好於孫權，拜周瑜爲帥，遣黃蓋、程普等戰於赤壁之間，將曹操八十三萬雄兵，一炬煨燼。某今鎮守西川之地，量曹操不敢正目而視之，皆賴軍師、二弟之能也。不想曹操今又下將戰書來，搦俺交戰，不免請將軍師來商議。小校與我請將軍師來者。（卒子云）理會的。軍師安在？主公有請！（諸葛上，云）腹隱經綸濟世才，胸中豪氣捲江淮。六月彈琴霜雪降，吟詩驅得鬼神來。貧道覆姓諸葛名亮字孔明，道號臥龍先生。自主公三顧茅廬，不以卑猥，詔以當世之策。如今天下，可謂三分已定。主公待我甚厚，委託至重[2]，我當竭力效忠[3]。我今統領三軍，先取荆州爲本，後圖西川爲利。今已率衆當敵，奪關斬將，頗得其意。今已收了陽平關，在此安營下寨。今日陞帳。營盤安吉地，寨柵列平川。埋鹿角挨牌弓矢,守轅門短劍長槍。急颺颺五方旗映,日輝輝八卦陣張[4]。前後列千隊敢勇征夫,左右隨百餘個英雄戰將。休言人敢帳前喧,鴉鵲過時不啅噪。今有主公呼喚,須索見主公去來。小校報復去,道有諸葛亮來了也。(卒子云)理會的。(做報科,云)喏,有軍師來了也。(劉備云)道有請。(卒子云)理會的。有請。(諸葛做見科,云)主公,諸葛亮來了也。(劉備云)軍師來了也。軍師不知,今有曹操下將戰書來,單搦俺交戰,特請軍師來商議也。(諸葛云)主公且少待。衆將來時,一同商議。小校,衆將來時,報復我知道。(卒子云)理會的。(趙雲上,云)曾向軍前敢戰敵,英雄膽量有誰及?一心忠孝扶明主,萬年簡册姓名題。某姓趙名雲字子龍,乃真定常山人也。我英雄膽量,志氣軒昂。佐於玄德公麾下,爲其大將之職。今俺軍師定計鋪謀,收取西川。我多得守邊之策,今已得了陽平關。今日師父陞帳,見軍師走一遭去。報復去,道有趙雲來了也。(卒子云)理會的。(做報科,云)喏,有趙雲來了也。(諸葛云)着他過來。(卒子云)過去。(見科)(趙雲云)軍師,趙雲來了也。(諸葛云)將軍且一壁有者。小校門首覷者,若衆將來時,報復我知道。(卒子云)理會的。(黃忠上,云)志氣凌雲貫斗牛,老當益壯鬢霜秋。幾回臨陣功勞大,丹心耿耿侍龍樓。某姓黃名忠字漢昇。幼而能文,長而習武。每回臨陣,無不幹功。今佐於玄德公麾下,爲其大將之職。俺軍師用計,今已收了陽平關,安營下寨。軍師今日陞帳,須索見軍師去。可早來到也。小校報復去,道有黃忠來了也。(卒子云)理會的。(做報科,云)喏,有黃忠來了也。(諸葛云)着過來。(卒子云)過去。(見科)(黃忠云)軍師,黃忠來了也。(諸葛云)老將軍,且一壁有者。小校門首覷者,衆將來時,報復某知道。(卒子云)理會的。(麋竺、麋芳同上)(麋竺云)武略精熟多踴躍,相持對壘決輸贏。既食君祿當報本,留取芳名照汗青。某乃麋竺,兄弟麋芳。先佐於陶謙麾下爲將,後從玄德公。今軍師支撥衆將,收其西川,今已得了陽平關。師父今日陞帳,見師父走一遭去。可早來到也。令人報復去,道有麋竺、麋芳來見。(卒子云)理會的。喏,有麋竺、麋芳來了也。(諸葛云)着他過來。(卒子云)理會的。着過去。(二將見科)(麋竺云)軍師,麋竺、麋芳來了也。(諸葛云)將軍且一壁有者。馬孟起將軍安在?(卒子云)巡邊境去了也。(諸葛云)少誰哩?(卒子云)止少三將軍張飛哩。(諸葛云)若來時,報復我知道。(卒子云)理會的。(正末扮張飛上,云)某姓張名飛字翼德,涿州范陽人也。今俺二哥鎮守荆州。俺孔明師父,統領人馬,收取西川,今得了陽平關。想俺鏖兵血戰,投至到今日,非同容易也呵!(唱)

【仙吕·点绛唇】则爲那漢室傾危,豪傑並起,那個肯行忠義?那曹操待不軌謀爲,相戰鬥施權勢。

【混江龍】俺哥哥合當承繼,他是那漢家枝葉理合宜。孫權他仗父兄之力,曹操他竊命朝儀。我則待立國安邦扶社稷,除危定亂保華夷。想俺便結會在桃園內,俺哥哥功成名就,也是他福力相催。

(正末云)可早來到也。小校報復去,道有張飛來了也。(卒子云)理會的。(做報科,云)喏,報的軍師得知:有張飛來了也。(諸葛云)着他過來。(卒子云)理會的。着過去。(見科)(正末云)師父,張飛來了也。(劉備云)軍師,大小衆將都來了也。軍師,怎生支撥衆將,調遣三軍也?(諸葛云)大小衆將您聽者:今曹操攪擾中原[5],生民受其殘暴。他知俺得了陽平關,統領大勢雄兵,追襲殿后。我今鋪謀定計,務要擒拿了許褚、張遼,逐其曹操。務要您奮身不顧,破陣衝圍。但得太平,着您蔭子封妻,自有加官重賞也。(劉備云)軍師,此一場征戰,全在吾師神機妙策也。(正末唱)

【油葫蘆】則這曹操專征失道理,佔中原廝戰敵,則他那逆天背理可鈇刈。我則待要剿除亂掠扶家國,長驅席捲安邊地。(諸葛云)曹兵犯着我的境界,我着他片甲不歸。(正末唱)軍師你有智謀,俺可也能武藝。(諸葛云)想您衆將苦征惡戰,多受辛勤。(正末唱)俺也曾眠霜臥雪驅軍隊,博一個千載姓名題。

(諸葛云)曹操手下,有九牛許褚、百計張遼,更有那足智多謀的楊修也。(正末唱)

【天下樂】你道是曹將張遼有百計,許褚爲魁有見識,楊修善觀天地理。(諸葛云)則怕貧道一時不能對敵。(正末唱)師父你休要謙,張飛我便言最直。(帶云)軍師定計,張飛出馬。(唱)我可便覷曹兵如垢泥!

(劉備云)軍師聊展雄才,量曹兵何足道哉也!(諸葛云)那曹操如此奸雄,爭奈俺兵微將寡。(正末云)軍師,俺漢家這五虎將非輕也。(諸葛云)你說一遍,我試聽咱。(正末唱)

【那吒令】關雲長更美,黃漢昇誰比。趙子龍志氣,有膽量見識。若論着馬孟起,更和這翼德。俺保山河日月昌,扶助的江山麗,保炎劉穩勝磐石。

(劉備云)三兄弟言者當也。俺雖是兵微將寡,論五員虎將,真乃是萬夫難敵也!(諸葛云)想您東蕩西除,南征北討,端的是多有功勞也。(正末唱)

【鵲踏枝】俺可便敢争馳有雄威,一個個敢勇當先,扯鼓奪旗。下西川成功有期,盡封官列鼎而食。

（劉備云）識氣色善變風雲，支撥衆將，調遣三軍，多虧了師父一人。在茅廬一論，今日鼎足三分也。（正末唱）

【寄生草】軍師你畫八卦安天地，定三分立業基。俺那裏糧儲足用皆全備，雄兵百萬排陣勢，他可便須知五虎忠良輩。我可也一心保護錦江山，則願俺大哥哥早早登龍位。

（卒子報科，云）喏，報的軍師得知：有曹操搦戰。（正末云）軍師，我與曹操對戰去。（諸葛云）三將軍，可矣可矣。與你三千人馬，小心在意。（劉備云）兄弟，此一去則要你着志者。（正末云）哥哥放心也。（唱）

【尾聲】我可也十載苦相持，九戰雄威勢。八陣圖編排整齊，七禁令嚴乎軍令隨。六韜書妙策神機，五方旗四面周圍。天數三分已定期。兩軍對壘，殺的他忙奔回避。我則待一心扶立漢華夷。（下）

（諸葛云）主公，三將軍去了也，必然得勝而回也。憑着他驍勇爲魁，領雄師耀武揚威。若是他得勝回還，就營中做一個喜慶筵席。（同下）

校記

[1] 一個個威風糾糾："糾糾"，孤本改"赳赳"。
[2] 委託至重："至"，原本作"之"。孤本已改。今從。
[3] 我當竭力效忠："效"，原本作"于"。今從王本改。
[4] 日輝輝八卦陣張："張"字，原本無。孤本補。今從。
[5] 今曹操攪擾中原："操"，原本作"公"。孤本已改。諸葛亮稱"曹操"爲"曹公"，不妥，故從。下文，凡劉備一方稱"曹公"的，皆改，不再出校。

第 二 折

（淨張魯躧馬兒領卒子上，云）某乃張魯是也。大小三軍，擺開陣勢。兀的不是軍馬來了也！（正末躧馬兒領卒子上，云）大小三軍，擺佈的嚴整者。（唱）

【中呂・粉蝶兒】統領戈矛，鬧垓垓征騧馳驟，五方旗招展風飄。馬如龍，人如虎，槍刀緊輳。則見這地慘天愁，則看這張翼德不辭生受。

【醉春風】擒賊子在軍前，將奸臣碎銼首。則我這一心分破聖人憂，立勳業久、久。我則待漢祚重興，炎劉復立，山河依舊。

（正末云）那壁厢曹將來者何人？（張魯云）我乃曹公手下大將張魯。爾

乃何人？（正末云）則我是張翼德是也。（張魯云）你敢廝殺麼？（正末云）交馬來！（戰科）（正末唱）

【十一月】蕩起這黃塵偶陡，則他殺氣凝眸。這廝好心粗膽大，（張魯云）你看我的武藝！（正末唱）賣弄你武藝滑熟。快早早歸降叩首，我着他命喪荒丘。（戰科）（唱）

【堯民歌】呀，你便會混天術，縱地法，也難留。（張魯云）這環眼漢的槍法，倒有些意思。我不濟了，把都兒救我！（正末唱）我着你登時鮮血便澆流，刀來槍去幾時休？我這裏輕舒猿臂將戰袍揪。（正末做拿住科[1]）（張魯云）好老子，饒了我罷！（正末云）門旗下收了人者。（張魯云）把都兒拿繩子來。呸，倒綁了我也。（正末唱）怎肯道干休，便將車內囚，重寫入功勞又。

（正末云）生擒了張魯也。小校執縛了此賊，見軍師去來。（拿張魯下）（劉備引卒子上，云）擒賊捉將挾人勇，皆託軍師智量能。某乃劉備是也。昨日軍師差三兄弟擒拿張魯去，未知勝敗。小校門首觀者，眾將來時，報復某知道。（卒子云）理會的。（諸葛上，云）筆頭掃出千條計，腹內包藏七子書。貧道孔明是也。張飛與曹兵交戰去了。可早來到也。小校報復去，道有貧道來了也。（卒子云）理會的。（報科，云）喏，報的主公得知：有軍師來了也。（劉備云）道有請。（卒子云）理會的。有請。（做見科）（劉備云）軍師，張飛此一去，不知勝敗若何？（諸葛云）主公，三將軍英勇過人，此一去必然得勝還營也。小校望者，若張飛來時，報復我知道。（卒子云）理會的。（正末引卒子拿張魯上，云）小校拿着這廝，見軍師去來。可早來到也。小校報復去，道有張飛擒拿了曹將來了也。（卒子云）理會的。（做報科，云）喏，報的軍師得知：有張飛下馬也。（諸葛云）道有請。（卒子云）理會的。有請。（正末做見科，云）師父，張飛活拿將曹將來了也。（諸葛云）壯哉！壯哉！三將軍，你說那陣上之事，我是聽咱。（正末唱）

【普天樂】兩陣上緊追逐，相爭鬥。則我這槍拖銀蟒，則他那刀法如流。門旗開處齊操鼓，陣面上征塵驟。兩家交鋒相敵鬥，將軍兵一掃皆休。戰敗了逆賊，生擒了曹將，都將來剮做骷髏。

（諸葛云）曹將安在？（正末云）小校，拿過來。（拿張魯見諸葛科）（張魯云）我死也。（做跪科）（諸葛云）你是誰？（張魯云）則我是張魯。（諸葛云）莫不是東川張魯麼？（張魯云）然也，然也。（諸葛云）我不殺你，放你回去。（張魯云）謝了軍師！（正末云）怎麼不殺他？（唱）

【快活三】惱的我怒忿忿冷汗流，惡狠狠在心頭。不殺了張魯甚情由，

你對我先言透。(諸葛云)休要躁暴。(正末唱)

【鮑老兒】我是個越嶺爬山錦尾彪,倒把我這山猿誘。則我這志氣衝霄貫斗牛,將勳業傳之後。你道是鋪謀定計,他那裏言詞支對,(劉備云)兄弟,你依着軍師。(正末唱)俺哥哥順水推舟。

(諸葛云)張飛,你不知計策。(正末云)我看你怎生發落?(諸葛云)張魯,不殺你,寄一信去與曹操。小校將筆硯來。(做寫在張魯臉上科)(諸葛云)你寄到了呵,萬事罷論,寄不到呵,再拿住你呵,碎屍萬段!(張魯云)既然如此,我能可寄一信去與他。在我臉上寫了許多字,我又不敢洗臉。罷罷罷!我做將軍沒意思,不曾見這稀奇事。我又不曾做賊盜,怎麼臉上刺著偌多字?(下)(劉備云)軍師這一計,怎生用也?(諸葛云)主公放心。他這一去,我又有十萬兵來降。三將軍,你還有功勞在後哩。你準備與曹兵交戰去。(劉備云)三兄弟,你則聽師父指教。(正末云)哥也,放心也。(唱)

【尾聲】在軍前奪一籌,注功勳萬代留。那曹兵若是軍來到,我著他綽見我容顏望風兒走。(下)

(諸葛云)主公,我務要曹操不敢犯我地界。定計鋪謀用盡心,攻城掠地苦相侵。扶危救困安天下,留取功名冠古今。(下)(劉備云)軍師去了也。安排酒餚,與軍師、三兄弟慶功飲酒去來。速備佳餚後帳中,大開筵會慶奇功。孔明略展安邦策,再整劉朝帝業興。(下)

校記

[1]正末做拿住科:孤本、王本改作"做拿住張魯科"。

第 三 折

(曹操領許褚、張遼、卒子上)(曹操云)苦征惡戰爭疆土,何日從容定太平?某曹操是也。誰想孔明,真個有神鬼不測之機,着我進退兩難。我差張魯與他交戰,被張飛活拿了張魯。某想來如之奈何?(張遼云)主公,非人力而爲之,乃天之數也。(曹操云)左右,喚將楊修來者。(卒子云)理會的。楊修安在?(正末扮楊修上,云)某乃楊修是也。佐於曹公麾下。今俺主公與劉玄德交戰,數年未定,何日是了也呵!(唱)

【正宮・端正好】都待要分疆土,霸山川,尋戰討,相攻拒。出來的道寡稱孤。我想這貧窮富貴前生注,成敗也是天之數。

【滾繡球】俺曹公用智謀,劉玄德才有餘,孫仲謀他是那當朝人物。孔明他定三分,一論茅廬。一個個志氣迂,有見覷。俺如今遠馳途路。想赤壁間那一陣虧輸[1]。都待要爭馳奪取荆州地,不去中原競帝都。則待要詐力奸謀。

(正末云)可早來到也。小校報復去,道有楊修來了也。(卒子云)理會的。喏,報的丞相得知:有楊修來了也。(曹操云)着他過來。(卒子云)理會的。着過去。(見科)(正末云)主公呼喚楊修,那廂使用?(曹操云)楊修,你是個足智多謀的人。我數番與劉備交戰,不能取勝,可是如何?(正末云)主公雖然兵多將廣,不如諸葛一人也。(曹操云)諸葛便怎的?(正末唱)

【倘秀才】則他那諸葛亮有神機妙術。觀氣色呼風喚雨,善布營盤八陣圖。他可便安日月,定寰區,真乃是擎天的玉柱。(曹操云)那諸葛如此手策,除他一人之外,再有幾個?(正末唱)

【滾繡球】有一個趙子龍膽氣雄,馬孟起敢戰賭[2]。有一個黃漢昇你須知他名譽,張翼德驍勇誰如?當陽橋顯虎軀,石亭驛那氣舉,關雲長緊緊的輔助。這五員將收取西蜀,都是些安邦定國忠良將,扶立炎劉大丈夫。一個個志氣雲衢。

(曹操云)我待要領兵而回,又怕人耻笑。(正末唱)

【倘秀才】則待要統干戈雄兵萬旅,過了些關津古渡。你則待定計鋪謀施略武,則不如收軍士早歸歟。請丞相自主。(曹操云)楊修,且一壁有者。看有甚麼人來。(淨張魯上,云)自家張魯的便是。我和張飛交戰,拿了我。孔明師父把我放了,着俺寄信與俺曹公。來到也。小校,說張魯在於門首。(卒子云)理會的。(報科,云)喏,有張魯來了也。(曹操云)着他過來。(卒子云)理會的。着過去。(見科)(張魯云)主公,我被張飛拿住。孔明勸了,着我寄個信來與主公。(曹操云)將來我看。(張魯云)他不曾寫書,寫在我臉上哩。(曹操云)你近前來。(做看科,云)霸業山河有定期,何勞將士苦相持。大將却折三十萬,始覺豪傑心已灰。(曹操怒云)將張魯拿下去,斬了者!(正末云)主公息雷霆之怒,罷虎狼之威。今張魯不幸敗師,則怕孔明使的計麼。若斬了張魯,必然受孔明之智。小將不敢冒瀆,乞主公尊意不錯。(唱)

【呆骨朵】告主公暫息雷霆怒,聽小將細說從初。非張魯知情,這的是孔明智謀。望免他雲陽罪,且放他還營去。(曹操云)爲何饒他?(正末唱)我則怕軍中變了事情,我則怕急難回許都。

(曹操云)不聽你言。刀斧手斬了者!(卒子云)理會的。(張魯云)罷罷罷！自我做事沒來由，不想今番惹場愁。一刀削了精腦袋[3]，罷了，我身體安康要甚頭？（下）（張恕上，云）久鎮東川氣勢雄，弟兄兩個顯威風。近來投順曹丞相，差某催糧頗建功。某張恕是也。乃張魯之弟。我催糧草回來，見丞相去。來到門首也，聽的説殺了我哥哥。小校，怎生斬了我哥哥來？（卒子云）不知爲甚麽來。（張恕云）哥哥也，苦痛殺我也！罷罷罷！我則今日引着原來的十萬人馬，並四十萬糧草，降劉玄德去。若用了我呵，那其間報仇，未爲晚矣。紛紛怒氣夯胸膛，可惜家兄一命亡。若還投降劉玄德，不報冤仇不姓張。（下）（卒子報科，云）喏，報的主公得知：今有張恕領着十萬人馬，並四十萬糧草，投降劉玄德去了也。（曹操云）嗨，人馬不打緊，可惜這四十萬糧草！似此怎了也？（正末唱）

【伴讀書】不聽我忠言語，早反了一張恕。將俺那糧草軍儲都將夫，投降了西蜀。

【笑歌賞】他他他，見孔明先告訴；俺俺俺，軍情事機關露；是是是，這戰討何時住？我我我，請主公休暴怒；你你你，細躊躇；來來來，請心下深思慮。

（曹操云）楊修，是我一時間少了機謀，終成大怨也。（正末唱）

【尾聲】則他這交鋒戰討年年禦，怎得匆匆心意舒？知休咎存亡識時務，何日安寧罷軍旅？（下）

（曹操云）楊修去了也。果應楊修之言，更待干罷！明日再與他交戰。統三軍禦備相持，爭地面各霸邊陲。展志氣龍韜虎略，與孔明鬥使神機。（同下）

校記

［１］那一陣虧輸："虧輸"二字，原本作"輸虧"。孤本、王本改。今從。
［２］馬孟起敢戰賭："賭"，原本作"睹"。孤本、王本改。今從。
［３］一刀削了精腦袋："袋"字，原本作"戴"。孤本、王本改。今從。

第　四　折

（劉備、諸葛、衆將領卒子上）（諸葛云）安排捉將挾人智，搜盡妙策鬼神機。貧道諸葛亮是也。自俺三將軍擒了張魯，俺將他面皮上書了四句詩，寄信與曹操，必然斬了張魯，然後可破曹軍[1]。主公，你見這一陣風麽？（劉備云）軍師，此風如何？（諸葛云）是陣信風。此風過，必有一將來投降。小校,轅門首覷者。但有一切軍情事,報復我知道。(卒子云)理會的。(張恕上,云)惟有報冤並雪恨,千年萬載不生塵。某乃張恕是也。頗奈曹操好生無禮!想俺弟兄二人,不得已投降了你[2],則合撫恤安養。今日無故,將俺哥哥殺壞!可不道恨小非君子,無毒不丈夫。我領着十萬人馬,又將四十萬糧草,投降劉玄德去。來到也。小校報復去,道有曹操手下張恕來降。(卒子云)理會的。(報科,云)喏,報的主公、軍師得知:有曹操手下張恕來降。(諸葛云)我道有降將來麼。着他過來。(卒子云)理會的。着過去。(做見科)(諸葛云)兀那張恕,為何來降?(張恕云)主公在上,軍師聽小將說一遍。俺弟兄二人,在於東川,不得已投降了曹操。他則合撫恤安養。他無故將俺哥哥張魯殺壞。我想曹操,陰謀奸雄之輩。想那壁主公,乃漢之宗室,仁德寬厚;況軍師治政以明,賞罰最公。小將帶領十萬人馬[3],又有曹操四十萬糧草,特來投降。我想背暗投明,古之常理。說兀的做甚!小人一一說緣由,背暗投明志已酬。權將糧草為呈獻,我則待忠心竭力助炎劉。

(諸葛云)兀那張恕,你聽者:俺主公非比曹操,乃仁德之君。你今在於麾下,務要竭力盡忠,自有重爵加封。左右,一壁廂看酒飯管待張恕。(卒子云)理會的。看酒飯管待新降的將軍。(諸葛云)主公,今曹操被張恕將此糧草獻與俺,常言道"無糧不聚兵",他必然班師而回。若大營起呵,我着他終身不能回去。(劉末云)軍師,倘若走了曹兵,如之奈何?(諸葛云)主公,貧道自有小智。趙雲安在?(趙雲上,云)軍師呼喚小將,那廂使用?(諸葛云)趙雲,撥與你二千人馬,你在陽平關夾道之處,你待曹操的大營起,要你頻敲戰鼓,廣磨征旗[4]。您一齊吶喊,與他交戰,作個伴輸詐敗。那曹兵大營,必然奔走;不許你追趕,則許你遠襲。你在後偃旗息鼓。與你這個紙帖兒,看計行兵。(趙雲云)小將得令!我出的這門來。則今日奉着軍師將令,埋伏人馬,與曹兵交戰走一遭去。大小三軍,聽吾將令:我着你逞英雄揚威耀武,能戰將如狼似虎。則要您悄語低言,不要你語笑喧呼。隄防處硬弩彎弓,臨陣處闊刀大斧。推詐敗引誘曹兵,放心試着俺偃旗息鼓。(下)(諸葛云)趙雲去了也。糜竺、糜芳安在?(糜竺、糜芳上,云)主公,軍師,呼喚俺二將,那廂使用?(諸葛云)與您二千人馬,你在那密林裏埋伏。等候曹操至天晚,他必然紮住營寨。你到三更時分,用細作之人,入他營寨,一齊吶喊,放起信炮。那曹兵害慌,定然人躧人,馬躧馬,着他自相殘害[5]。與你這個紙帖兒,小心在意者。(糜竺云)得令!出的這門來。我點就人馬,走一遭去。統領三軍敢戰敵,人人英勇使心機。一聲信炮驚天地,曹兵自殺不能回。

（下）（糜芳云）哥哥去了也。大小三軍，聽吾將令：各守信地，不要有失。準備交鋒走一遭去。勇耀前征志氣揚，三軍支撥暗埋藏。半夜一聲信炮響，人馬縱橫自毀傷。（下）（諸葛云）黃忠安在？（黃忠上，云）軍師，呼喚小將，那廂使用？（諸葛云）黃漢昇，與你一千人馬。你在大道，等候曹兵人馬慌張，截殺曹兵去。與你個紙帖兒，看計行兵，小心在意者。（黃忠云）得令！則今日領着人馬，截殺曹兵走一遭去。大小三軍，聽吾將令：刀劍出鞘，併力相攻。若有違令，決不輕恕。戰鼓敲時可進兵，銅鑼一舉便收營。截殺曹兵若得勝，三軍齊唱凱歌聲。（下）（諸葛云）主公，衆將這一去，我着曹兵四十萬，片甲不歸！（劉備云）倘若走了曹操，可怎了？（諸葛云）主公，常言道"兵無盡殺"，惟曹操他私奔而走，往陳倉路去；再差馬孟起，當住陳倉路，又要贏他一陣。我料曹操不能擒住。此非人力，乃天之數也。定計鋪謀已建功，奈緣天數要縱橫。管若一陣曹操喪[6]，誰代三分魏國中？（同下）（曹操同許褚、張遼引卒子上）（曹操云）舉意安邦立業成，紛紛戈甲不曾停。如今且養英雄志，何日風雲建太平？某乃曹孟德是也。自殺了張魯，誰想張恝將我四十萬糧草，獻與劉備去了，着我進退無門。如之奈何？（許褚云）主公則一件：俺精兵一百萬，戰將二千員。此非人力，乃天數如此。常言道"計毒無過斷糧"。今糧草俱乏，怎生交戰？望主公問早班師，庶免軍士勞苦。小將不敢自專，乞主公尊鑒不錯。（曹操云）你也說的是。此事休要洩漏。許褚，今楊修善能料我心中之事，等他來時，看他識我之意麼。楊修這早晚敢待來也。（正末上，云）某乃楊修是也。自俺主公不聽我勸，斬了張魯，被張恝將俺四十萬糧草，獻與劉玄德。我料俺主公，必然班師回程也。我想來這幾年苦征惡戰，何日是了也！（唱）

【南呂·一枝花】數年苦戰爭，十載干戈動。人人多勇耀，個個顯威風。想當日楚漢爭鋒，霸業山河貢，圖王勢已傾。那其間攘攘縱橫[7]，到今日個紛紛亂冗。

【梁州第七】幾時得休兵罷戰，何時國泰民豐，漢朝誰肯相尊奉？出來的英雄似虎，志氣如虹。鋪謀定計，對壘相攻。經了些戰討交鋒，聽了些鼓振金轟。則見那孫仲謀霸江東，三世疆封。劉皇叔取西蜀，四川路通。曹孟德據中原，百計奸雄。見如今南陽臥龍，則他那神機廣大真梁棟。吟詩處鬼神動，頃刻彈琴降雨風。則他那妙策無窮！

（正末云）可早來到也。小校報復去，道有楊修來了也。（卒子報科，云）喏，報的主公得知：有楊修來了也。（曹操云）着他過來。（卒子云）過去。

（正末做見科，云）主公，楊修來了也。（曹操云）楊修，我想來，今與劉備交鋒，累累不能取勝，未知可是怎生？（正末云）主公，論俺雄兵百萬，戰將千員，可不能取勝，主公不解其意？（唱）

【隔尾】則他這天時人事相兼用。自從那赤壁之時，你可早運不通。（正末云）主公，你依着小將。（唱）緊請班師早行動。（曹操云）誰敢話多也！（正末唱）不是我話冗唧噥。（云）主公，離了許都偌遠的路途，倘若有些疏失呵，（唱）我則怕失了中原，你可便怎時節恐。

（曹操云）將飯來我吃。（曹操吃科，云）這雞肋兒好有味也。雞肋乎，雞肋乎，吃之無肉，棄之有味。（正末云）我知也。小校收拾班師。（曹操云）那裏這般喧鬧？（卒子云）楊修傳令着班師。（曹操云）喚將他來。（卒子云）楊修，主公喚你哩。（見科）（正末云）喚小將有何事？（曹操云）誰着三軍班師來？（正末云）恰纔見主公食其雞肋，主公道："食之無肉，棄之有味。"我就知丞相班師也。（唱）

【隔尾】恰纔膳食美味庖廚供，酒泛玻璃色正濃。將一塊雞肋嘗着嗟頌，道食了不中，棄之可便味充。主公你有意要班師，我可便意先懂[8]。

（曹操云）楊修，且一壁有者。楊修好無禮也！凡我動作，他便知道。恐久後洩漏了軍情大事，怎了？我決殺了此將！左右，將水來，我洗手。（卒子捧水盆科）（曹操將手巾搭在車上科）（正末云）主公，小將無罪，怎生要斬了楊修？（曹操云）我未曾舉言，你便知道？（正末云）我有甚不知道？（唱）

【牧羊關】主公你洗手回身轉覷了咱，可又早變了容。（曹操云）你可也能略我。（正末唱）將手巾搭在車中。（曹操云）你可怎生得知？（正末云）主公尋思，（唱）是一個"斬"字分明，我可辨其中[9]，可便意通。（曹操云）你為何略我，不能略孔明？（正末唱）能略你心間事，我可便不能略孔明公。皆因是楊修限，今朝一命終。

（曹操云）你說，我聽。（正末云）主公不嫌絮繁，聽小將說一遍。（唱）

【罵玉郎】停嗔息怒勞尊重，試聽我話從容。想當日交鋒赤壁先折重[10]，則不如罷戰攻。軍士擁，都不如班師動。

（曹操云）我覷劉備，何足道哉！（正末云）你如何近的劉備也？（曹操云）那大耳漢有何奇能？他手下有何名將？（正末唱）

【感皇恩】劉玄德漢室宗枝，諸葛亮定策施功。有一個趙雲强，張飛勇，馬超雄。見如今陽平關路通，又收了葭萌。俺如今糧儲盡，軍馬疏，智先窮。

【採茶歌】你那裏氣衝衝，恨匆匆，不如班師急早到關中。須待天時人事轉,自然氣旺有興隆。

（曹操云）更待干罷！刀斧手,將楊修斬了者！（正末云）罷罷罷！（唱）

【尾聲】則我這一聲長嘆心酸痛！不想今朝命已終,半世爲人一場夢。他將我前推後擁。見他手執着刀橫,天也,則我這七尺身軀可原來葬荒冢。

（卒子斬正末下）（曹操云）張遼、許褚近前來。今日就統領雄兵百萬與劉備交戰去。聽號令便要回程,不須用鼓響鑼鳴。不許您語笑喧呼,夜奔馳用意撞營。（同下）

校記

[1] 然後可破曹軍:"曹軍"二字,原本無。孤本、王本補。今從。
[2] 不得已投降了你:"已",原本作"倚"。孤本、王本改。今從。下同。
[3] 小將帶領十萬人馬:"帶",原本作"軍"。孤本、王本改。今從。
[4] 廣磨征旗:"磨",孤本、王本改作"摩",二字同義,今仍舊。
[5] 着他自相殘害:"相",原本作"傷"。今依王本改。
[6] 管若一陣曹操喪:"若",原本作"著"。今依王本改。
[7] 那其間攘攘縱橫:"攘攘",原本作"穰穰"。孤本、王本改。今從。
[8] 我可便意先懂:"懂",原本省作"董"。孤本、王本改。今從。
[9] 我可辨其中:"辨",原本作"便"。孤本、王本改。今從。
[10] 赤壁先折重:"折",原本作"拆"。孤本、王本改。今從。

楔　　子

（趙雲領卒子上,云）某乃趙雲是也。奉軍師將令,領二千人馬,在陽平關上,哨着夾道深溝之處,等曹兵大營起時,引戰追襲在後,偃旗息鼓。大小三軍,小心禦備。兀的曹營起也。（曹操、許褚、夏侯惇同上）（曹操云）大小三軍,今日起營。張遼,來到那裏也？（張遼云）來到陽平關上,哨着夾道去也！（曹操云）不許大驚小怪的,與我行動些。（趙雲云）曹操慢來,某在此久等多時！（曹操云）怎了也？（夏侯惇云）主公,不妨事,我與他拒敵,你看我活拿了他來。你來者何人？（趙雲云）某乃趙雲是也？你呢？（夏侯惇云）某乃夏侯惇是也。交馬來！（戰科了）（趙雲云）奉軍師將令,特來與您拒敵。大小三軍,走走走！（下）（夏侯惇云）量他到的那裏！（曹操云）來到那裏也？（夏侯惇云）到馬盤山下也。（曹操云）張遼,追兵稍退了也。天色晚了也。

與我紮下營者。夏侯惇,你傳令去:刀劍出鞘,弓弩上弦;不許解衣卸甲,好生提鈴喝號,轉箭支更;待天明擔營前進。你說去。(夏侯惇云)大小三軍,主公將令:都要解衣卸甲,也不要提鈴喝號。大家睡到天明,起來說話。您都得了令者。(曹操云)我歇息去者。(睡科)(糜竺、糜芳上云)某乃糜竺、糜芳是也。奉軍師將令,領着三千人馬,着俺二人在密林中埋伏;三更時分,入曹營劫寨去也。兄弟也,兀的不三更了也。我入的這營來。放起信炮來。(卒子放炮科,云)三軍吶喊。(卒子吶喊科)(曹操云)兀的不有劫營的來了也!(張遼云)大小三軍,上馬!(夏侯惇云)不好了。殺殺殺!(卒子云)殺殺殺!(卒子亂殺科)(糜竺云)劫了營也。軍師行報功去來。(同下)(曹操云)兀的不天明了也?我試看咱。嗨,誰想傷折太半!擔營走走走。(黃忠領卒子上,云)曹操慢來。你那裏去!(曹操云)你是何人?(黃忠云)某乃老將黃忠是也。(曹操云)兀那黃忠,交馬來!(張遼云)我近不的他。主公,我又折了一陣。怎了也?(曹操云)這事不中。咱奔走陳倉路去來。(同下)(黃忠云)曹操領着人馬走了也。我去報功去來。(下)(正末扮馬超領卒子上,云)某乃馬超是也。今俺軍師差眾將追襲曹操。着我在陳倉路口,夜至三更時分,在此等候曹兵。這早晚敢待來也。(曹操同張遼、許褚、夏侯惇同上)(曹操云)張遼,誰想諸葛亮定下這等計策,軍馬十分折其九分。(張遼云)這個是天數如此。咱必索逃命。到於許都,領兵再與他交戰。主公行動些。(正末云)兀那曹兵慢來,某馬孟起久等多時也!(曹操云)張遼,三更時分,兀的不是馬超截住咽喉之路?可怎了也?(張遼云)主公,我說說的馬超回去。(曹操云)你小心在意者。(張遼見正末科,云)將軍,某曹操手下大將張遼是也。小將有話,特來分訴。(正末云)你有何話說?(張遼云)公乃世之才子,名揚天下,響振京師。今俺曹公不幸,十分人馬,去其九分,喪師敗將,此乃天之數也。今俺主公與小將等兵不滿萬,知其天命,夜奔陳倉。不略遇着將軍,如虎視羊。怎生待取了救軍來,再來交戰,有何不可?(正末云)兀那張遼,你也說的是。想你曹操,傾危漢室,將我父母滿門良賤誅盡殺絕,正要雪父母之仇,此言如何準信?三軍操鼓來,今日務要擒拿了曹操。眾將看俺步戰曹操。(唱)

【賞花時】則你那大勢曹兵夜過關。(曹操云)張遼等用意保我。(夏侯惇云)不妨事,有我哩。(正末唱)他那裏步戰交鋒何足難!(夏侯惇云)不濟!不濟!(正末唱)則見他無計怎遮攔?殺的身虛膽寒,骨碌碌人頭落血斑斑。

【幺篇】我這裏耀武揚威戰馬奔，殺的他上嶺登山下水灘。（正末云）小校傳令：着曹操那殘兵敗將，一個個都往我這槍底下過，放他逃命；若有髯鬚者，即是曹操，便與我拿住。（卒子云）得令！大小三軍，着曹操那敗殘軍將，都往元帥槍下過；但有髯鬚的，便是曹操，休教走了者。（曹操驚科，云）張遼，你聽的說麼？他傳着將令，則拿曹髯子。似這般可怎了也？我亂軍中怎得走了？可也好也，曹孟德也，我大軍四十萬，折其九分。天喪吾也，天殺吾也！罷罷罷！勢到今日，我換上小軍的衣裳，更改了我這形容，將我這髯鬚，將寶劍截斷，放在這漫汗石上。張文遠，你衆將保着我逃命去來。罷罷罷！百萬雄師統戈矛，千員猛將盡皆休。許褚、張遼成何濟，不聽郭嘉共楊修。空領雄兵一百萬，不如關張共武侯。縱有四海三江水[1]，難洗今朝臉上羞。（同下）（卒子云）敗殘的曹兵過盡了。漫汗石上剃下髯鬚一綹[2]。（正末云）嗨，這曹賊斷鬚走了也！（唱）則見他丟器械，漾旗幡，我也不用前追後趕。（正末云）衆軍校跟我見軍師去來。（唱）我可也先去報平安。（同下）

校記

[1] 縱有四海三江水："縱"，原本作"總"。孤本改。今從。

[2] 漫汗石上剃下髯鬚一綹："剃"，原本作"刺"；"綹"，原本作"柳"。"柳""綹"元曲中混用，孤本、王本改。今從。

第五折

（諸葛亮引卒子上，云）除危定亂安天下，驅兵領將輔華夷。貧道諸葛孔明是也。自收陽平關西蜀地界，有曹操得知，統大勢雄兵，追襲殿后。貧道頗用機謀，曹操果然斬了張魯，有張郃將四十萬糧草，歸降俺主公麾下。曹操心生疑慮，又斬了楊修。曹操已見糧草俱乏，領兵起營奔走。貧道已知曹操兵勢微弱，我支撥衆將，調遣三軍：差趙雲引戰，糜竺、糜芳劫營，黃忠截殺，馬超伏路。衆將都皆成功，聞知今日班師回程。貧道奉主公之命，在此帥府，等候犒勞衆將加官賜賞。小校，轅門首覷者。衆將來時，報復我知道。（卒子云）理會的。（正末馬超同黃忠、趙雲、糜竺、糜芳引卒子上）（正末云）某乃馬孟起是也。奉軍師將令，統領人馬，埋伏於各處，將曹操大勢人馬，殺的大敗虧輸。今會合趙雲、黃忠、糜竺、糜芳衆將，班師回營。趙子龍，俺軍師行報功去來。(趙雲云)馬孟起將軍,端的好個有智謀的軍師也!(正末云)委的好軍師!夜半時曹兵果走陳倉路,被某截住,又大殺一陣。子龍將軍,這其間曹操心中,敢有些後悔麼。(趙雲云)可知後悔哩。(正末云)曹操也,你這其間悔後遲了也呵!(唱)

【雙調・新水令】殺的那敗殘軍半夜走陳倉,怎隄防率敵兵把他攔當。不剌剌催動坐下馬,足律律輪動手中槍。殺的那將士心慌,恰便似風中葉亂飄蕩。

(正末云)來到帥府門首也。左右接了馬者。小校報復去,道眾將得勝回營也。(卒子云)理會的。(報科,云)報的軍師得知:有眾將得勝回還。(諸葛云)道有請。(卒子云)理會的。有請。(眾見科)(正末云)軍師,俺眾將奉軍師將令,各領人馬,拒敵曹兵,俺得勝成功也。(諸葛云)呀呀呀,眾位將軍,鞍馬上勞神也!(正末云)軍師執掌兵權,嚴明號令,不容易也。(諸葛云)眾位將軍,這一場征戰,一來是玄德公之福,二來是眾將英雄,累敗曹兵,使曹操喪膽亡魂,知俺將勇兵強。奉主公之命,在此帥府,與您論功陞賞。(正末云)不敢不敢。有何功勳,敢受如此重恩也。(唱)

【沉醉東風】又不曾坑趙卒長平陣上,逼重瞳自刎烏江;又不曾即墨城縱火牛,馬陵道排軍將。又不比漢將軍大鬧昆陽,止不過夜當住曹兵列戰場。(諸葛云)今日奉主公之命,與眾將加官賜賞。(正末唱)怎消的受天命加官賜賞?

(云)軍師之智,令眾將引戰伏兵劫營。某在陳倉,曹兵敗走而來,被某截住,傳令不殺曹兵,則拿鬍賊奸雄曹操。不想他更了衣服,斷鬚而走。某若拿住,怎肯干休也。(諸葛云)將軍,想曹操欲行霸道,曾使奸雄;統無名之師,起滅漢之意。多虧您眾將引戰伏兵,劫營截殺,戰曹兵敗走陳倉。眾將鏖戰一陣,殺死者甚多,自傷其太半。我兵得勝,彼士着傷。從此他便有戰爭之心,終是懷懼怯之意也。(趙雲云)軍師,這一場大敗,怎肯干休?擬定要整搠人馬,必來興兵攻戰也。(諸葛云)量他到的那裏!他若不領兵來便罷;若領兵來呵,我自有妙策也。(正末云)他便興師來搦戰,上有俺主公和軍師,下有俺關張並眾將哩。(唱)

【沽美酒】小可如博望坡那一場,鏖兵戰在三江。也須知能戰黃忠膽氣剛,非是我自獎,使燕擷世無雙[1]。

【太平令】數百員英豪勇將,更那堪傑士關張;赤心兒扶持主上,有軍師神謀智量。(諸葛云)不才諸葛亮,豈能當此大事也?(正末唱)你端的是棟梁、將相，扶持着廟廊。則願的輔聖主千年興旺。

（諸葛云）您大小衆將，望闕跪者。聽主公的命：漢家派高帝留傳，託忠良文武英賢。繼明君二十四主，統華夷四百餘年。堪恨那奸雄曹操，仗兵權獨霸中原。陽平關出師大戰，漢軍營前後相連。先遣那趙雲引鬥，伏兵於夾道之前；糜竺等三更劫寨，曹將敗數十餘員；老黃忠衝圍截殺，顯英豪奮勇當先；莽張飛活挾張魯，馬孟起靜息征烟。陳倉路曹操逃難，鼎三分各處山川。五虎將盡封爲統兵之職，賜千金大設華筵。我貧道展神機復興漢室[2]，保皇圖億萬斯年。（同下）

    題目 孔明收取陽平關
    正名 曹操夜走陳倉路

校記

[1] 使燕擷世無雙："燕擷"，原本作"烟擷"，孤本已改。今從。
[2] 復興漢室："室"，原本作"世"。孤本、王本改。今從。

陽平關五馬破曹

無名氏　撰

解　　題

　　雜劇。元明間無名氏撰。《今樂考證》著錄正名"陽平關五馬破曹",《也是園書目》《曲錄》亦著錄,均未署作者。劇寫曹操欲收取西川,先遣軍把守定軍山、陽平關,自領四十萬大軍隨後,征伐劉備。諸葛亮用計,命黃忠打敗夏侯淵,奪取定軍山;又命張飛到陽平關誘敵,命趙雲詐打曹將傅亮旗號,賺取陽平關。曹操親率大軍,欲復奪關,令張魯來關前挑戰。諸葛亮命馬超迎戰,活捉張魯。諸葛亮不殺張魯,在其臉上寫字回覆曹操,放之。曹操見張魯臉上字,受到羞辱,怒殺張魯。曹操在進退兩難之際,食雞肋而嘆。楊修揣知操意,告三軍準備班師。曹操以扇惑軍心詐傳軍令之罪欲殺之,經衆將求情,乃杖四十逐之。曹操用張遼之議,連夜退軍。諸葛亮早已料定,命趙雲、張飛分頭埋伏,沿途截殺曹軍。又命馬超、馬良、馬忠、馬謖、馬岱五將(即五馬)伏於陳倉古道,將曹操敗軍包圍。曹操驚恐,脫袍換騎,僥倖逃走,蜀軍大獲全勝。劉備遣使,封賞參戰諸將。事見元刊《三國志平話》卷下《黃忠斬夏侯淵》《張飛捉于昶》《諸葛使計退曹操》等則,但情節多有增飾變化。該劇與元明間無名氏雜劇《曹操夜走陳倉路》題材近似,但情節有所不同,曲文大異。版本今存《脉望館鈔校本》。另有《孤本元明雜劇》本(簡稱孤本)、王季思主編《全元戲曲》本(簡稱王本)。今以《脉望館鈔校本》爲底本(簡稱原本),參閱孤本、王本校勘,擇善而從。

楔　　子

　　(冲末外扮曹操領卒子上,云)幼習韜略展經綸,除危定亂立功勳。常驅鐵甲軍百萬,官封九錫掌權衡。某姓曹名操字孟德,沛國譙郡人也。自破黄巾賊，剿除董卓，斬呂布，息平草寇，累建大功，官封大漢左丞相之職。因劉備倚關張之勇，不從某調用。論劉備兵微將寡，不足爲難；奈有諸葛亮有機謀妙策，善能調兵。某統八十萬大軍，到於新野。劉備棄城而走，被某直趕至三江夏口。劉備遣孔明過江，問江東孫權借軍。孫權遣周瑜爲帥，令黃蓋作先鋒，戰於赤壁之間，火燒某八十萬大軍，片甲不歸。有此冤恨未報。想劉備乘其勢而取荆州，又取西川巴郡，劉璋獻了西川，劉備稱主於西蜀。某今欲要統兵征伐劉備。小校，與我喚將張文遠來者。（卒子云）理會的。張文遠安在？丞相呼喚。（外扮張遼上，云）幼小曾將武藝習，南征北討慣相持。臨軍望塵知敵數[1]，對壘嗅土識兵機。小官姓張名遼字文遠。某在呂布手下爲八健將，次後降於曹丞相麾下爲將。多蒙丞相顧愛，累授遷除，言聽計用，但有事便與小官商議。今有丞相呼喚，不知有甚事，須索走一遭去。可早來到也。小校報復去，道有張遼在於門首。（卒子云）理會的。喏，報的丞相得知：有張遼在於門首。（曹操云）着他過來。（卒子云）理會的。過去。（見科）（張遼云）丞相呼喚張遼，有何事商議？（曹操云）喚你來別無甚事。只因劉備倚關張之勇，仗諸葛之能，借孫權軍兵，同周瑜火燒我八十萬大軍，此恨未報。今劉備又得荆州。某欲要統兵，與他交鋒，收取西川。特喚你來商議也。（張遼云）丞相，劉備雖得了西川，蜀人未伏，丞相要取也容易，領兵去便可取勝。若川人稍定，諸葛乃智謀之士，則怕勞而無益也。（曹操云）你說得是[2]。蜀人雖降，反覆未定。趁此機會，若不征伐，恐後難圖。（張遼云）既丞相要去，可先差一人去，把住定軍山；然後統大兵，把住陽平關。出奇兵哨瞭，若得一城守一城。蜀人若聽的軍馬到，蜀人自亂。外則兵強，內則民慌。那其間大兵齊舉，覷西川一鼓而下，有何難哉！（曹操云）張文遠，你說的是。我已自安排定了。我今先差夏侯淵、韓温二將，領兵先去，把住定軍山。又差傅亮、楊豹，守住陽平關。某親率四十萬大軍，着曹仁爲先鋒，曹熊、曹虎爲左右哨，則今日取巴郡西川，走一遭去。驅兵領將數千員，能征惡戰敢當先。人人奮氣施英勇，放心收蜀一鼓下西川[3]。（同下）

（外扮諸葛領卒子上）（諸葛云）前次春花桃噴火，今日東籬菊綻金。誰似豫州存大志，求賢用盡歲寒心。貧道覆姓諸葛名亮字孔明，道號卧龍先生。自劉玄德弟兄三人，請貧道下山，拜爲軍師。在新野樊城，有曹操遣夏侯惇爲帥，領十萬軍來收新野。貧道使倒城之計，博望燒屯，破夏侯惇十萬大軍。後曹操不舍，親率八十萬大軍，來收新野。某見他勢大，我棄却新野，至三江夏口。主公遣貧道過江,問東吳借軍。貧道與周瑜共拒曹操於赤壁之間,火燒曹兵八十萬,片甲不歸。貧道自得了荆州,主公手下又有數十員上將。貧道著關雲長鎮守荆州,某領兵取西蜀巴郡,收了西川。今有曹操差人把住定軍山,守住陽平關,隨後曹操親率大軍前來。貧道今領十萬雄兵,十員大將,離了益州,今到定軍山不遠。某遣馬超隨後催趲糧草[4]。我今要先取定軍山。聽知的有兩員大將出馬,某差人引戰一遭去。小校,與我喚將糜竺、糜芳來者。(卒子云)理會的。糜竺、糜芳安在?(糜竺、糜芳上)(糜竺云)虎略龍韜腹内藏,臨敵取勝顯英強。胸中志氣衝霄漢,耿耿聲名四海揚。某乃糜竺。這個將軍是糜芳。因曹操領兵前來,主公著孔明軍師,領十萬大軍、十員上將,與曹操拒敵。今日軍師呼喚,俺須索走一遭去。可早來到也。小校報復去,道有糜竺、糜芳來了也。(卒子云)理會的。喏,報的軍師得知:有糜竺、糜芳來了也。(諸葛云)著他過來。(卒子云)理會的。過去。(見科)(糜竺云)軍師喚俺二將,有何將令?(諸葛云)您二將來了。我今先要取定軍山。撥與你一千軍,你去引戰那夏侯淵、韓溫去。你交戰時,則要你輸,不要你贏。與你個紙帖兒,看計行兵。(糜竺云)得令!奉軍師將令,領一千軍引戰,走一遭去。驅兵領將顯英雄,親率三軍不暫停。定軍山下先引戰,須奉軍師將令行。(二將下)(諸葛云)小校,喚將黄漢昇來者。(卒子云)理會的。黄將軍安在?(正末上,云)某姓黄名忠字漢昇。佐於玄德公手下為將。今有軍師呼喚,不知有甚事,須索見軍師去。可早來到也。報復去,道有黄忠來了也。(卒子云)理會的。喏,報的軍師得知:有黄將軍來了也。(諸葛云)道有請。(卒子云)理會的。有請。(見科)(正末云)軍師喚黄忠,那廂使用?(諸葛云)黄漢昇,我今先要取定軍山。我差糜竺、糜芳引戰曹操去了,著他二人賺曹將下山來。你領兵一千,暗轉間道,直至定軍山埋伏。若曹將敗回,你與曹兵緊隨定一處。他若上山去,你也領軍隨他上山,就與曹兵交戰,他必然敗走下山。等他敗兵下山,你休追趕,你則佔了定軍山,四面搠立起旗號,隨後貧道領兵便至也。(正末云)軍師放心。則今日領一千軍,取定軍山去來。(正末唱)

【仙呂·賞花時】師父你那妙策神機難略解[5],端的便指示三軍能布擺。我去那山峪口暗伏埋,我將他邀截等待,穩情取活拿的他這個逆賊來。(下)

(諸葛云)黄忠去了也。貧道此一計,定然成功也。糜竺、糜芳引戰爭,搗虛批吭要施逞。曹操一陣先交敗,試看我接應黄忠奪寨營。(同下)

校記

［1］臨軍望塵知敵數："敵"，原本作"地"。孤本已改。今從。
［2］你說得是：此句原本作"你不知"。與上下文語氣不合。孤本、王本改，今從。
［3］收蜀一鼓下西川："西"，原本作"四"字。孤本、王本改。今從。
［4］某遣馬超隨後催趲糧草："趲"，原本作"儧"。今從王本改。
［5］神機難略解："略"，孤本、王本改"料"，二字通，今仍其舊。

頭　　折

（净夏侯淵領卒子上，云）我是軍健漢，凡事不會幹。聽的敵軍來，諕了一身汗。某乃夏侯淵是也。奉曹丞相的將令，着某與韓溫把住定軍山。今有劉玄德遣諸葛亮領兵，來到此山下搦戰。小校，與我請將韓溫來。（卒子云）理會的。韓將軍安在？（净韓溫上，云）平生性兒傻，上陣不騎馬。一刀砍了頭，且是倒好耍。某乃韓溫是也。奉曹丞相將令，差俺兩員上將，守把定軍山。有夏侯淵請我商議，須索走一遭去。可早來到也。不須報復，我自過去。（見科，云）老夏勿罪。（夏侯淵云）將軍你來了。今有諸葛領兵，來在山下搦戰。咱怎生與他拒敵？（韓溫云）老夏，你則守着營寨，我與他交戰去。（夏侯淵云）韓大兒，既然如此，你則管去。我料着不肯失了營寨。將軍，你吃幾鍾上馬杯。（韓溫云）不必了，我領一千軍下山去。大小三軍，聽我潑說：槍刀魚鱗砌，弓弩兩邊排。當中留大路，輸了呵好走上山來。（下）（夏侯淵云）韓將軍去了也。這一去必然得勝。小校，安排下擂木炮石，那諸葛饒他能飛，也飛不上山來。待韓溫得了勝回來，我自有個主意。小校，跟我上山掠陣去來。（同下）（糜竺、糜芳躧馬兒領卒子上）（糜竺云）大小三軍，擺開陣勢者。兀那塵土起處，敢是曹兵來了也。（净韓溫躧馬兒領卒子上，云）大小三軍，擺開陣勢。來者何人？（糜竺云）俺二將糜竺、糜芳是也。你來者何人？（韓溫云）我乃曹丞相手下大將韓溫。（糜芳云）兀那匹夫，你及早獻與我這定軍山，亦無話說；你若道半個不字，殺你個片甲不回。（韓溫云）你倒說的好話兒。不與你，你敢交戰麼？（做戰科）（糜竺云）我待殺了這廝來，有軍師的將令，則索倒回干戈。走走走。（二將詐敗下）（韓溫云）如何？我道他不濟事。乘勢不得不趕，我索趕將去。（趕下）（糜竺、糜芳再上，云）賺的這厮離營遠了也。三軍倒回干戈等者。（韓溫再上，云）兀那兩個敗將，快下馬受降。（糜竺云）量你個無名的小將，何足道哉！操鼓來。（戰科）（韓溫云）這兩個倒利害，近不的他。我索走走走！（下）（糜竺云）大小三軍，跟着某，不問那裏趕將去來。（同下）（正末躧馬兒領卒子上，云）某乃黃漢昇是也。奉軍師的將令，着我領一千軍，在這定軍山下埋伏，等待曹兵。三軍都聽着某將令也。（正末唱）

【仙吕·點絳唇】也不用雜彩旗摇，助軍鼓操。我向這山城道，馬行似驟雨瀟瀟。俺軍師他憑戰策施韜略。

【混江龍】先差那二將軍前哨，這的是釣鰲魚出水鳥離巢。我將這軍兵擺佈，先把那去路攔邀。準備着布網張羅擒猛獸，搗虛批吭建功勞。則見那紛紛的土雨陰雲罩。施展我挾人捉將的手段，顯耀咱這雄威猛烈的英豪。

（韓溫慌上，云）走走走。兀的不又有軍馬當住了也！（正末云）三軍擺開陣勢。兀那來者何人？（韓溫云）某乃曹丞相手下大將韓溫是也。你乃何人？（正末云）則我是裏王手下黃忠是也。兀那匹夫，你快獻與我這定軍山，亦無話説。你若不投降呵，我殺你個片甲不歸。（韓溫云）獻與你這定軍山？你倒省氣力也。（正末云）三軍操鼓來。（唱）

【油葫蘆】試看我舞劍揮戈惡戰討，顯耀俺膽氣高。（云）交馬來。（戰科）（唱）我直殺的天愁地怒鬼神嚎。只因您那奸雄孟德行殘暴，也是你年該月值災星照。（韓溫云）休發大言。我和你血戰九千合。（正末唱）賣弄你武藝强有計較，量你個無名小將何足道，登時間着你屍首卧荒郊。

（韓溫云）量你到的那裏！我整整的計較了三夜三日，你跑了罷。（正末唱）

【天下樂】縱然你晝夜思量計萬條，枉受了些劬也波勞。我覷你如芥草，我若不生擒了你個匹夫怎氣消？驟征駣馳衝向前，掣霜鋒如電掃。我着你半合兒一命夭。

（韓溫云）休説嘴。你敢再叫？操鼓來。和你再戰三合麽。（正末云）操鼓來。（唱）

【那吒令】你與我助戰威催軍的這鼓操，裂轟雷連天的這銃炮，發喊聲驟雨發箭鑿。您待要決戰敵驅軍校，我這裏縱馬橫刀。

（糜竺、糜芳衝上，云）兀那匹夫，少走！（韓溫云）不好了，又跑出兩個來了。（正末唱）

【鵲踏枝】他那裏痛難熬，眼見的命難逃。（韓溫云）敵不過他，走了罷。

（正末唱）他待要出路尋歸，我這裏左右攔邀。你可也飛不出天涯海角。（韓溫云）好老叔，開個路兒，我家去也，改日再來和你賭歡喜團兒耍罷。（正末唱）我和你駕雲軒同上青霄。

（韓溫云）這個老兒是利害。不中，我索走走走。（下）（正末云）這廝敗了。不問那裏，趕將去來。（趕下）（淨夏侯淵上，云）小校覷者。則怕韓溫得勝回來。（韓溫慌上，云）小校回頭看着，則怕他趕將來。兀那小軍兒，休放冷箭。（正末同衆趕上，云）三軍緊跟着，咱上這定軍山去來。（夏侯淵攔科，云）這個老將軍，你怎生和他的軍馬混在一處？兀那老將軍，你回來。（正末云）你乃何人？（夏侯淵云）我是大將夏侯淵。怎敢侵我的境界？爾乃何人？（正末云）某乃大將黃漢昇。兀那夏侯淵，你快獻與我這定軍山。（夏侯淵云）量你何足道哉！兀那老兒，你見我手中的宣花斧麼？我着你目前見血。你快快兒的去了罷，省的我惱了。（正末唱）

【寄生草】他手持着宣花斧，輕輪金蘸刀，那裏雄威氣勢誇年少。你道我霜髯雪鬢年紀老，咱兩個目前交戰，分個強弱。我這裏連肩帶臂大刀芟，他那裏遮截架解忙哀告。

（夏侯淵敗科，云）這老兒忒利害，我近不的他。丟了營寨，望山下走走走。（下）（正末云）小校鳴金。殺退了曹兵，勿得追趕。俺得了這定軍山。有軍師將令，着衆軍四面搠立起旗號，將擂木炮石，周圍護了者。兀那山坡直下，敢是孔明軍師來了也。若來到時，報復我知道。（諸葛領卒子上，云）貧道諸葛孔明是也。喜得黃漢昇得了定軍山，殺退曹兵。貧道同衆將，來到定軍山也。小校報復去，道有貧道來了也。（卒子云）理會的。喏，有孔明軍師來了也。（正末云）軍師來了也。我接去咱。（見科）（諸葛云）黃漢昇你建了頭功也[1]。得這定軍山，你曾依着我的計上行來麼？（正末云）黃忠依着軍師的計策，截住曹將；黃忠與曹兵厮殺，混在一處，走上山來，果然遇着夏侯淵。交戰不到三合，夏侯淵大敗而走。軍師將令，曾說若夏侯淵敗走，不可追趕，因此上得了這定軍山。皆是軍師之計，非小將之能也。（諸葛云）好好好。我便取陽平關去。喚的趙雲來者。（卒子云）理會的。（趙雲上，云）幼年販馬走西戎，南征北討顯英雄。鴉脚長槍黃驃馬，則我是真定常山趙子龍。某姓趙名雲字子龍。佐於主公手下為將。今有軍師呼喚，須索走一遭去。不必報復，我自過去。（見科，云）師父呼喚趙雲，有何將令？（諸葛云）趙子龍，我撥與你三千軍馬，你取陽平關去。與你個紙帖兒，看計行兵。（趙雲云）得令！某領三千軍馬，取陽平關走一遭去。奉令親率軍校行，鏖鏖戰鼓莫消停。謹依軍師神謀算,奪關斬將顯英名。(下)(諸葛云)喚的三將軍張飛來者。(卒子云)理會的。(張飛上,云)燕項槎牙獨有功,相持猶恨鐵衣輕。當陽長阪坡前立[2],我也曾喝退曹操百萬兵[3]。某乃張飛是也。有軍師呼喚,須索走一遭去。可早來到也。不必報復,我自過去。(見科,云)軍師呼喚張飛,有何將令?(諸葛云)三將軍,有黃漢昇收了定軍山。我今要取陽平關,先差趙雲埋伏去了。我撥與你三千軍馬,你去關下搦戰,將曹兵迤逗的離了陽平關數十里。那其間務要你成功,復奪陽平關。小心在意者。(張飛云)得令!復奪陽平關,走一遭去。忙牽豹月烏騅馬,手持丈八點鋼槍。領兵親到關前去,你看我攪海翻江戰一場。(下)(諸葛云)黃漢昇,你領三千軍,就把住定軍山,休教有失。我親取陽平關去也。(正末云)軍師放心。某在此緊守定軍山也。(唱)

【尾聲】俺軍師運籌策按兵書,衆將帥施謀略,憑戰討將山寨營盤佔了。劍戟槍刀擺列着,四周圍旗幟飄飄。顯英豪,建立功勞,見靄靄征雲殺氣高。將敗殘軍淨掃,饒你那奸雄曹操,怎如俺神機妙策臥龍高!(下)(諸葛云)這兩員將去,必然成功也。貧道領衆將親去觀陣,走一遭去。運籌帷幄統三軍,人人忠勇逞英雄。勝如博望燒屯計,不弱赤壁立大功。(同下)

(淨扮楊豹領卒子上,云)帥鼓銅鑼一兩聲,轅門裏外挂燈籠。衆軍都往菜園走,拔了蘿蔔又偷葱。某乃楊豹是也。奉曹丞相的將令,某與傅亮鎮守着這陽平關。今有諸葛亮遣張飛來索戰。我今先着傅亮與他交鋒去。小校,請的傅將軍來者。(卒子云)理會的。傅將軍有請!(淨傅亮上,云)馬不吃草,餓的瘦了。某乃傅亮是也。陽平關下有張飛搦戰。可早來到也。不必報復,我見楊豹去。(見科)(楊豹云)傅將軍來了也。(傅亮云)將軍,有張飛在關下搦戰,我便與他交戰去。(楊豹云)將軍要多少軍馬?(傅亮云)我用三千軍馬。你緊守着關,休要有失。(楊豹云)你休顧我,你自小心着。這張飛是一員上將,你仔細着。(傅亮云)你放心。我這一去,活拿將那環眼漢來。三軍跟着某拿張飛去來。(下)(楊豹云)傅亮去了也。小校緊守關口。瞭着高,休開門,有我將令便開門。無甚事,我且後山中喝冷酒去也。(下)(張飛躧馬兒領卒子上,云)大小三軍,擺開陣勢。兀的兵馬來了也。(傅亮躧馬兒領卒子上,云)三軍擺開陣勢。來者何人?(張飛云)某乃三將軍張飛。兀那曹將,你及早下馬,獻與我這關。爾乃何人?(傅亮云)我是大將傅亮。你要這關,倒省氣力也。我與你決戰三合。(張飛云)量你個無名小將,何足道哉!三軍操鼓來。(做戰科)(張飛云)這廝武藝高強[4],則兀的是休來趕。(下)(傅亮云)這大眼漢虛得其名,乘勢不得不趕。衆軍跟我趕將去。(下)(張飛上,云)這廝後面真個趕將來了。三軍擺住陣者。(傅亮上,云)兀那大眼漢,及早下馬受降。(張飛云)量你個小將,何足道哉!操鼓來。(戰科)(傅亮云)他是利害。不問那裏逃命,走走走!(下)(張飛云)這廝走了也。三軍跟着某趕將去來。(下)

校記

[1] 黃漢昇你建了頭功也:"建",原本作"見"。孤本改。今從。
[2] 當陽長阪坡前立:"阪",原本作"版"。孤本改。今從。
[3] 喝退曹操百萬兵:"曹操",原本作"曹公"。孤本改。今從。
[4] 這廝武藝高强:"高强"二字,原本無。孤本補。今從。

第 二 折

(淨楊豹領卒子上,云)傅亮領兵下關去,活捉張飛得勝回。某楊豹是也。我着傅亮與張飛交戰去了,未知輸贏勝敗。小校,關上瞭着,則怕傅亮的軍馬回來。(趙雲詐打傅亮旗號上,云)某乃趙雲是也。奉軍師的將令[1],着某詐打着傅亮的旗號,賺他這關去。可早來到也。關上開門!報復去,道傅將軍得勝還營也。(卒子云)喏,報的楊將軍得知:有傅將軍得勝還營。(楊豹云)快開了關,放他進來。(趙雲云)三軍跟着某殺進關去來。(卒子云)不好了!不是俺的人馬,是諸葛亮的軍馬,殺將進來了。(楊豹慌科,云)快將馬來。難與他拒敵,走走走!(下)(趙雲云)這廝走了也。不要追趕。小校關上城門,看有甚麼人來。(傅亮上,云)被那大眼漢殺的我碎屁兒直流。來到關下。開門來!(趙雲云)兀那廝,你聽者:這關我佔了也。(傅亮云)兀的不是諸葛亮的軍馬佔了關也!楊豹不知在何處,怎生是好?(張飛上,云)兀那廝,快下馬受降!(傅亮云)他又趕將來了。不中,走走走!(下)(張飛云)這廝走了也。不必追趕。趙子龍開門來。(趙雲云)三將軍來了也。小校,開了門者。(見科)(張飛云)趙子龍,不枉了好孔明軍師也!依着他神機妙策,果然得了關也。(趙雲云)三將軍,軍師説得了關,休趕殺曹兵。俺整捆軍校,軍師敢待來也。(諸葛領糜竺、糜芳、卒子上)(諸葛云)某着張飛、趙雲取陽平關去,他二人必然成功也。來到關下也。(張飛云)兀那不是軍師來了也。(二將接見科)(諸葛云)你二人成了功也。(張飛云)多虧了軍師神機妙策,非俺二人之功。小校,安排酒果,與師父賀功。(諸葛云)我差馬孟起西川一路催趲糧草去了。若來到時,支撥您眾軍將。這一遭着曹操片甲不歸。小校,馬孟起來時,報復我知道。(正末扮馬超上,云)某姓馬名超字孟起。我父乃馬騰大夫。因與曹操不睦,俺父欲定計破曹;不想曹賊得知,夜間使奸細之人,假作強寇,將某全家老小,誅盡殺絕。某與兄弟馬岱[2],在西涼統二十萬雄兵,與曹操交鋒。某在渭河八戰,曹兵大敗。不想被某手下將邊章、韓遂順降了曹操,裏應外合。我兄弟慌無所歸之處,來到東川,問張魯借軍。不想張魯是一夯鐵之夫,某因此上投降於襄王手下爲將。自俺收川之後,不想曹操領兵前來,要取西川。俺孔明軍師,領十萬大軍,十員虎將,先取定軍山,後破曹操。軍師着我去西川一路趲運糧草已回。見軍師走一遭去也。(唱)

【正宮・端正好】統軍馬恰西除,倒干戈還東蕩,得西川歸伏了劉璋。全憑諸葛運籌施心量,保護的帝業山河壯。

【滾繡球】俺這裏將帥多,軍校廣。心則待要用心開創,苦孜孜臥雪眠霜。聽的道曹操離了許昌,調軍卒離了漢陽。若相逢怎生攔當?憑着俺雄赳赳志氣昂昂,都是些熊心豹膽能征將。怕甚麼虎窟龍潭惡戰場,都則要展土開疆!

(云)可早來到也。小校報復去,道有馬超來了也。(卒子云)理會的。喏,報的軍師得知:有馬將軍來了也。(諸葛云)恰纔說罷。道有請。(卒子云)理會的。有請。(見科)(諸葛云)將軍,鞍馬上勞神也。(正末云)軍師將令,着馬超催趲糧草已回。來見軍師。(諸葛云)馬孟起,這糧草是當緊的事。我爲甚不着別人去?則怕路途上有疏失也。(正末唱)

【倘秀才】催運到軍儲草糧,沿路上心勞意攘。則怕有伏路藏塘賊盜搶[3],又則怕偷營寨竊邊疆,別有甚軍情的勾當。

(諸葛云)馬孟起你不知,我頭一陣差黃漢昇,奪了定軍山;又令三將軍同趙子龍,奪了這陽平關。(張飛云)此一陣多虧了軍師計策也。(正末云)軍師果有神機妙策也。(諸葛云)非貧道之能,皆是您眾將之功也。(正末唱)

【倘秀才】剿捕了凶徒惡黨,眾將校封官受賞,託賴着軍師妙策強。黃漢昇定軍山施英勇,趙子龍陽平關下顯忠良。見張飛便納降。

(諸葛云)您眾將各人準備。見今曹操,統領大勢軍馬,離陽平關不遠也,他必然差人來哨探也。(卒子云)喏,報的軍師得知:曹操差大將張魯領軍前來索戰。（諸葛云）是這東川張魯，他如今新降了曹操。馬孟起，你當初曾問張魯借軍，則說此人好生英雄。（正末云）師父，馬超當初無處投託，要與父母雪冤報仇，問張魯借軍。此人是馬超的仇敵，願與張魯交戰去。（諸葛云）則說張魯好生英勇也。（正末云）軍師，張魯則是個夯鐵之夫，量他何足道哉！（諸葛云）馬超，張魯在東川，有熊虎之猛將，你小心在意者。（正末唱）

【脫布衫】也不索説短論長，也休説他弱咱強。審問道三回五次，使不着一衝一撞。

【小梁州】憑着我耀武揚威勝虎狼，殺敵軍似蕩散群羊。俺是那將門累代鐵衣郎，俺祖上多名望，端的也國士世無雙。

【么篇】你看我雄威若到殺場上，則待要惡哏哏舞劍輪槍。我從來性氣剛，心機壯。殺的他魂消魄散，你看我則一陣定興亡。

（諸葛云）馬孟起，我撥與你三千軍馬，迎敵張魯去，則要你成功而回也。（正末云）軍師但放心。我統領三千軍馬，迎敵張魯走一遭去。（下）（諸葛云）馬超去了也。麋竺、麋芳，你領三千軍馬，謹守陽平關。某領衆將，接應馬超走一遭去。您個個揚威耀武，看人人雄如猛虎。兩陣上二馬相交，看馬超生擒張魯。（下）（淨張魯領卒子上，云）人鎮東川志氣雄，挾人捉將有奇能。今朝歸順曹丞相，試看我建節封侯立大功。某東川大將張魯是也。某手下有二十萬鐵甲軍，在此東川。因為馬超被曹丞相殺了他父母家屬，此人與他兄弟投託某借軍。某借與他十萬兵。誰想馬超背了某，他投降與劉玄德，要領兵與俺交戰。我雖有兵却無將。某想曹丞相領大勢雄兵，來征劉玄德。某領本部軍馬，投降於曹丞相。今有諸葛孔明，奪了陽平關。某奉曹丞相的將令，着某領三千軍馬，與孔明手下名將交鋒。某差人下將戰書去了。則今日統領雄兵，相持廝殺，走一遭去。軍校攛甲與披袍，活拿諸葛獻功勞。陽平關下施勇猛，你看我攪海翻江戰一遭。（同下）（正末躍馬兒領卒子上，云）某馬超是也。領兵與張魯廝殺去。遠遠的望着，是何名將出馬？（張魯躍馬兒領卒子上，云）大小三軍，擺開陣勢。（正末云）來者何人？（張魯云）某曹丞相手下大將張魯是也。爾來者何人？（正末云）兀那匹夫，你認的我麼？則我便是馬孟起。（張魯云）我正要尋你個匹夫。你被曹丞相殺了你父母，來投降於我。某借與你十萬軍，你要報讎。你後來却降了劉玄德。今日相見，我和你決戰千合。（正末云）量你個無名之將，到的那裏！三軍操鼓來。（唱）

【快活三】則聽的春雷般銃炮響,雨點也似箭飛揚。繡旗搖動彩霞長,喊殺聲驚天上。

(張魯云)我近不的他。走走走!(諸葛同張飛、趙雲、馬良、馬忠、馬謖、馬岱上)(諸葛云)衆將圍住張魯,休着走了這匹夫也。(張魯云)怎生是好也?(正末唱)

【鮑老兒】哎,你個小醜無端敢斯强,休惱犯這元戎將。殺的他血海屍山人馬亡,似敗葉狂風蕩。則聽的呼兄喚弟,尋爺覓子,痛苦悲傷。恰便似截瓜砍瓠,芟蒲刈葦,無處潛藏。

(做拿住張魯科)(張飛云)軍師,拿住張魯也。(諸葛云)兀那匹夫,你當初怎生不降俺主公,却順了曹操?今日可怎生被俺擒拿了你那?(張魯云)軍師可憐見,怎生饒了張魯,可也好也。(諸葛云)兀那張魯,你那曹操,領多少人馬來?(張魯云)他領四十萬人馬來。(諸葛云)我待殺了你個匹夫,你則是個執戟夫,我如今不殺你。你替我捎一封書,與曹丞相去。(張魯云)休道是書,不論甚麼,我捎去。(諸葛云)我這軍中又無紙。兀那厮近前來,我去這厮面上寫幾行字。(寫科,云)你休抹了我這字,着那曹丞相看。你説我上覆他。你若抹了我這字呵,我帶你拿過來碎屍萬段。小校放他回去。(張魯云)多謝了軍師不斬之恩。我回去見曹丞相去也。(下)(正末云)軍師,可怎生饒了這厮那?(諸葛云)馬孟起你不知,殺他一個,打甚麼不緊,我要破他這四十萬大軍。曹操若見了我這信字呵,他必然班師回程也。(趙雲云)若曹操回去了呵,怎生擒的住他?(諸葛云)您衆將近前。今夜晚間,曹操必然暗起營也。趙雲,我撥與你三千軍馬,你去前頭路上、密林深處埋伏,等他到時,讓他軍馬過了一半,你却篩鑼擂鼓,吶喊搖旗,跟著他軍馬便走。我與你一計,看計行兵。(趙雲云)得令!領三千人馬,密林中埋伏走一遭去。(下)(諸葛云)趙雲去了也。張飛,我撥與你三千人馬,你去陳倉路上,等着到天明,曹操必走陳倉去也。你截住曹兵,與他大殺一陣。我與你一計,看計行兵。(張飛云)得令!則今日領三千人馬,陳倉路上,等待曹兵走一遭去。(下)(諸葛云)張飛去了也。喚馬良、馬忠、馬謖、馬岱、馬超來。您五將,我先撥與您五萬軍馬。曹操這一回去,他暗傳間道,不往大路上走,必往陳倉古道去。我先着趙雲、張飛埋伏去了。若遇曹兵呵,此二人必然成功也。曹兵折其大半[4],您五將前去那陳倉古道,接續埋伏,這一遭務要擒住曹操。您衆將看計行兵。(馬謖云)軍師,這一場厮殺,俺衆將必然成功也。(正末云)軍師放心。想我父母之仇,這一場相持,我必然要拿了曹操也。

（諸葛云）衆將若得了勝，都到陽平關等。則要您小心在意者。（正末唱）

【尾聲】靖邊烽四海清[5]，捲浮雲霄漢朗。我則待扶持紅日中天上，照耀的百二山河萬民仰。（下）

（馬謖云）俺衆將各領兵，陳倉古道埋伏走一遭去。軍師妙策顯奇才，陳倉古道暗伏埋。不弱赤壁鏖兵戰，九里山前大會垓。（同下）（諸葛云）衆將去了也？（卒子云）去了也。（諸葛云）到來日，喊殺連天古道催，搗虛批吭用心機。偃旗息鼓林中等，張飛那邀截去路緊追襲。馬超帥領五虎能征將，雪冤報恨奈相持。陳倉古道擒賊將，不放曹兵片甲回。（同下）

校記

[1] 奉軍師的將令："師"，原本作"帥"。今從王本改。
[2] 某與兄弟馬岱："岱"，原本作"代"。孤本改。今從。下同。
[3] 則怕有伏路藏塘賊盜搶："藏"，原本作"妝"。今從孤本、王本改。
[4] 曹兵折其大半："折"，原本誤作"拆"。孤本改。今從。
[5] 靖邊烽四海清："靖"，原本作"净"。今從孤本改。

第 三 折

（曹操領張遼、許褚、净夏侯惇、卒子上）（曹操云）鋪謀定計擒蜀將，佈陣排兵捉孔明。某乃曹丞相是也。頗奈這懶夫諸葛亮無禮。某令夏侯淵、韓溫把住定軍山，楊豹、傅亮守陽平關。不想懶夫差黃忠奪了定軍山，張飛奪了陽平關。更待干罷！某統領四十萬大軍，來到此處，離陽平關不遠也。某新收一員大將，乃是東川張魯。此人打聽的某，領本部下人馬，盡皆投降於某。我今先要取陽平關，我就差新降將張魯去搦戰去了，未知勝負如何。（許褚云）丞相，這張魯他是個有名的上將，這一去必然得勝也。（曹操云）許褚，你不知道，若論相持對壘呵，憑著我手下雄兵百萬，戰將千員，量那劉備，到的那裏！爭奈他有這懶夫足智多謀，用兵如神，以此難敵。張文遠，我想某手下空有許多名將，無有一個呈言獻策的也。（張遼云）丞相手下有許多名將，豈無個有才智的人？丞相如今聚的衆將，到於帳下，着各人獻計；如有獻其妙計的，料的諸葛亮的人，丞相便重用他。若如此呵，必然有人物出來也。（曹操云）張文遠，你也說的是。小校，喚將衆將來者。（卒子云）理會的。衆將安在？丞相呼喚。（正末上，云）某乃楊修是也。見在曹丞相手下爲將。今因劉玄德收了西川，不想諸葛亮差黃忠奪了定軍山，殺敗夏侯淵；這張飛奪了陽平關，又遣趙雲連殺數陣。今日丞相聚俺眾將。俺丞相連年用兵，豈知軍士勞苦也。（唱）

【中呂·粉蝶兒】見如今鼎足三分，眾英雄乘時發憤，四海內人馬紛紜。一個他佔了天時，一個據地利，守人和的到頭來他有分。俺主公怕不待將二國平吞，這幾場輸早熊疲虎困。

【醉春風】赤壁下將戰船焚，更和那渭河邊軍將損。怎禁那諸葛手策會拿雲，我心下忖、忖。一來是命運不通，二來是皇天不佑，三來是人心不順。

（云）可早來到也。小校報復去，道有楊修來了也。（卒子云）理會的。喏，報的丞相得知：有楊修來見。（曹操云）着他過來。（卒子云）理會的。過去。（見科）（正末云）丞相喚楊修，有何事也？（曹操云）楊修，想您眾將，枉做偌大的官職，請着許多俸祿。今爲因劉玄德復奪了城池，他自有霸業之志。我今親率三軍，與他交鋒，被諸葛懶夫遣將復奪了定軍山，又收了陽平關。您眾將都不肯戮力建功，致令的他好生無禮也。（正末云）丞相，俺眾將，（唱）

【迎仙客】誰敢將軍令違，他都待要立功勳；都則待要報國盡忠立大功。俺若是遇着敵軍，對着陣門，誰敢道畏避私奔[1]？眾將校竭力皆前進。

（正末云）我想劉備手下有數員虎將，端的是好英雄也。（曹操云）有那幾員虎將？你試說一遍咱。（正末唱）

【普天樂】關雲長善排軍，張翼德能衝陣。馬孟起勇如奔電，趙子龍氣若凌雲。老將黃漢昇他論武藝多英俊，諸葛亮換斗移星，將機策運。更那堪劉玄德是仁德之人。（曹操云）想劉備他挾詐而取益州，自有興霸之志也。（正末唱）見如今威伏郡國，聲傳宇宙，端的是名播乾坤。

（曹操云）若論劉備、關羽、張飛，眾將雖勇，全憑懶夫諸葛也。（正末云）論行兵佈陣，神謀睿算，一人而已。（唱）

【石榴花】諸葛亮在臥龍岡際遇會風雲。他可便揮羽扇，戴綸巾。（曹操云）則說這諸葛亮，知前後之事也。（正末唱）他笑談間知前後定三分。算陰陽有準，盡按着遁甲奇文。他可便玩周天躔度知時運，端的是今古絕倫。揮寶劍呼風雨雷霆震，操瑤琴六月雪紛紛。

【鬥鵪鶉】煞強如陶朱公霸越傾吳[2]，不弱如姜呂望興周滅殷。（曹操云）這諸葛再有何能？（正末唱）有仁人君子的心胸，有英雄慷慨的量品，有義士忠臣節存。我聊將那出處分，用之行宰割山河，捨之藏修真隱遁。

（曹操云）楊修，某差張魯與諸葛亮交戰去了。小校，門首覷者，等張魯來時，報某知道。（淨張魯上，云）自家張魯便是。我拾了個性命，好孔明軍師，他放回我來了。見丞相走一遭去。來到營門首。報復去，道有張魯來見。（卒子報科，云）理會的。喏，報的丞相得知：有張魯來了也。（曹操云）着他過來。（卒子云）理會的。過去。（見科）（曹操云）張魯，你回來了也。你勝敗如何？（張魯云）孔明差馬超與小將交鋒，被諸葛四面埋伏，將我活拿住了。若依着馬超呵，那裏得我那性命來，好個孔明軍師也！（曹操云）怎生好個孔明也？（張魯云）孔明軍師道："休殺了他。我放你回去，你上覆你那曹丞相，你替我捎紙書去。"又無紙，他在我這臉上寫了幾行字。他着我休抹了。若抹了他一個字呵，他拿住我碎屍萬段。我所以上不敢動。我着這手帕兒遮着。丞相看咱。（曹操云）你去了那手帕，我試看咱。（做念科，云）赤壁鏖兵敗，渭河八戰輸。陽平關下死，空留孟德書。（曹操做忿怒科，云）頗奈諸葛亮無禮！他那裏是上覆我，他故意的羞辱我。刀斧手，把這廝推出轅門，斬訖報來。（卒子云）理會的。（張魯云）我躲了攔頭，撞見稅務。早知道是這等，我在孔明手下吃一刀，可不乾淨也。（卒子做斬科，下）（曹操云）頗奈懶夫，將這等言語下將來。似此怎生與他拒敵？我待要進兵來，這懶夫截了我這糧草，好着我進退兩難也。令人，將茶飯來，我食用。（許褚云）小校將茶飯來，丞相食用咱。（卒子托茶飯雞上，安下科）（許褚云）將酒來。丞相滿飲此杯。（遞酒科）（曹操云）我不用酒。（曹操做吃雞肉科，云）雞肋乎，雞肋乎，食之無肉，棄之有味。（做丟骨頭科，云）罷罷罷。（正末做出門科，云）着三軍收拾準備，丞相要班師回程也。（夏侯惇云）傳令：着三軍收拾準備回程。（卒子云）理會的。（曹操云）三軍為何這等喧嘩吵鬧？張遼，你看去。（張遼云）理會的。三軍為何吵鬧？（夏侯惇云）三軍收拾軍裝，丞相要班師回程也。（張遼云）誰着三軍收拾起程來？（夏侯惇云）是楊修說來。（張遼云）我回報丞相去。（見科，云）丞相，三軍收拾軍裝，說丞相要班師哩。（曹操驚科，云）誰傳令說我要班師來？（張遼云）小官聽的夏侯惇說，是楊修說來。（曹操云）喚將夏侯惇來。（張遼云）理會的。夏侯惇，丞相呼喚。（夏侯惇云）喚我做甚麽？敢着我厮殺去？我肚裏害頭疼，痞疾發了。我見丞相去。（見科，云）呼喚夏侯惇，有何事？（曹操云）夏侯惇，你怎敢着三軍收拾什物班師也？（夏侯惇云）丞相，不干我事，是楊修說來。（曹操云）喚將楊修來。（夏侯惇云）理會的。楊修，丞相喚你哩。（正末做見科）（曹操云）楊修，你不曾得

我的言語，敢詐傳軍令？（正末云）丞相息怒。聽楊修説一遍咱。（唱）

【上小樓】我見丞相羅列八珍，烹炰異品。（曹操云）我吃茶飯，不曾有將令也。（正末唱）將雞肋食之無肉，棄之有味，比及評論。小官可便對衆軍號令伸，行裝整頓。我一時間弄聰明，可便失於稟問。

（曹操云）你見我吃雞肋，你料我有班師之意？（正末云）是楊修料丞相有班師之意。（曹操云）你既如此聰明，你料的過諸葛麽？（正末云）丞相，諸葛有神鬼不測之機，用兵如神，楊修不能料也。（曹操云）你原來則能料我，不能料諸葛。似你有何用？你比諸葛如何？（正末唱）

【幺篇】諸葛亮非列仙，非鬼神。他善能斡運造化，指落星辰，撥轉乾坤。動不動有八卦，行八門，圖成八陣。我這斗筲才怎和他比論？

（曹操云）你這等個聰明的人，如何料不的諸葛亮？（正末云）丞相，休説楊修，方今之世，天下英雄，也都不及諸葛之機謀也。（曹操云）你是我手下的人，我着你料諸葛，你道天下英雄，都不能料諸葛。你原來則能料我。這等人要你何用？刀斧手，與我推轉楊修，斬訖報來。（張遼云）衆將跪者。丞相息怒。楊修一時間違了軍令，失於稟問，依軍法理合該斬。俺如今見與劉備相持，未見勝負，先殺一員上將，做的個於軍不利。怎生且饒免他一死，則杖子裏教道。張遼不敢自專，望丞相尊鑒不錯也。（曹操云）據這厮的罪犯，怎生饒的過？他扇惑我軍心，詐傳我軍令，本待斬首；罷罷罷，看你衆將之面，拿過那厮來。（夏侯惇云）拿過楊修來者。（正末見科）（曹操云）據你這厮，詐傳我的將令，本當斬首。某看衆將之面，且寄頭在項，選剥了打四十背花[3]。（卒子打正末科，云）二十、三十、四十。（夏侯惇云）打的好。再來。休多口。（曹操云）這等人我也用不着他。與我搶出去。（正末做出門科，云）頗奈奸雄無禮。我好意勸他，倒要殺壞了我。若不是張文遠同衆將哀告，險被這奸雄殺了我。打我這四十。曹賊也，你若中諸葛亮的計策，那其間悔之晚矣！（唱）

【尾聲】你是個刻薄跋扈的賊[4]，他須是賢良忠孝的臣。則我這忠言逆耳懷仇恨，直殺的你人慌將遁。你久以後到頭來歸向聖明君。（下）

（曹操云）張文遠，我想這懶夫，端的是能。某親自率領雄兵到此，不曾得他半根折箭。枉來這一遭，勞而無功也。（張遼云）張遼曾勸丞相來，休領兵馬。劉玄德新得了西川，人心稍定，手下兵雄將勇，不可征伐也。（曹操云）張文遠，我如今要班師回程。您衆將如何？（張遼云）似丞相這等説呵，不如且班師回程。操兵練士，再領兵來，與劉備交鋒，未爲晚矣。（曹操云）

你説的是。夏侯惇,便傳我的將令:今夜晚間,初更時分,不許喧嘩,着各枝兵暗暗的起了營。爲何如此?則怕諸葛亮那懶夫知道。投至天明呵,可不走百十里地也。夏侯惇傳將令去。(夏侯惇云)得令!大小三軍,收拾什物,不許人語馬嘶,快埋鍋造飯,吃了便要起營哩。快都吃了罷。不吃飯的,吃些炒麵也罷。且收拾鞍馬,各拿兵器在手。聽着號頭,但一聲鑼響,便走。聽着聽着。(吹號頭,三軍起營科)(夏侯惇回報科,云)丞相,三軍起了營也。(曹操云)起了營。俺星夜走走走。(同下)(趙雲躧馬兒領卒子上,云)某乃趙雲是也。奉軍師的將令,領兵在此林琅裏埋伏[5]。等曹操的軍馬過了一半,與我篩鑼擂鼓,吶喊搖旗。等他軍馬走盡了,後面趕殺。小校與我看者。這早晚曹操的軍馬,敢待來也。(曹操同衆將躧馬兒領卒子上)(曹操云)張遼,此計大妙,這懶夫可被我瞞過了也,他豈知我起了營也。(夏侯惇云)那諸葛亮,他那裏知道。這早晚他正好睡哩。(趙雲云)兀的不曹操的軍馬來了也。放一半過去。三軍與我篩鑼擂鼓,吶喊搖旗。(卒子云)理會的。(衆做篩鑼擂鼓吶喊科)(夏侯惇云)不好了!後面有追兵來了。他若趕上,怎麼了?(曹操云)不中,俺走走走!(同下)(趙雲云)這曹賊走了也。三軍與我擂鼓篩鑼,吶喊搖旗,趕將去。(下)(張飛躧馬兒領卒子上,云)某乃張飛是也。三軍擺開陣勢。兀的不曹操的軍馬至也。(曹操同許褚、張遼、夏侯惇、曹虎躧馬兒領卒子上)(曹操云)許褚、張遼、夏侯惇、曹虎快走。(做見科,云)張遼,俺又中這懶夫的計。被他追殺了一夜,前面又有軍馬攔住去路也。(張飛云)曹操慢來。某久等多時,下馬受降,免你一身之禍。(曹操云)兀的不是張飛,又攔住去路也。(夏侯惇云)丞相放心。我和他交戰。操鼓來。(張飛云)量你個久敗之將,何足道哉!(戰科)(曹操云)不中,走走走!(同下)(張飛云)這賊走了也。趕將去來。(下)

校記

[1] 誰敢道畏避私奔:"畏",原本作"猥"。今從孤本改。

[2] 煞強如陶朱公霸越傾吳:"霸",原本作"敗"。與陶朱公事迹不合。今從孤本改。

[3] 選剝了打四十背花:"選",孤本改作"洗"。按"選"爲遍、盡之意,故存舊。

[4] 你是個刻薄跋扈的賊:"薄",原本作"剝"。今從孤本、王本改。

[5] 領兵在此林琅裏埋伏:"林琅"的"琅",原本校筆已將"琅"改爲"瑯"。孤本在"林琅"下,用小字注:"(瑯)原抄不明,趙校改,疑誤。下文同。"陸澹安

《戲曲詞語彙釋》載：林浪，義爲樹林。或作林郎，亦作林琅。並以此劇此句爲書證，故仍舊。

楔　　子

（正末扮馬超同馬良、馬忠、馬謖、馬岱躧馬兒領卒子上）（正末云）某乃馬超是也。奉軍師的將令，着俺午時與曹操相持廝殺。大小三軍，擺開陣勢者。遠遠的塵土起處，敢是曹操的軍馬來了也。（曹操同四將躧馬兒領卒子上）（曹操云）這懶夫好狠也[1]！埋伏下軍馬，追殺我一夜。我兵折其太半。衆將，俺領着軍馬，往這陳倉路上，走走走。（正末云）曹操慢來。快下馬受降。（張遼云）丞相，前面有馬超攔住去路。丞相，他是仇人。他兵勢大，俺怎生與他拒敵？（曹操慌科，云）張遼，我脫了這袍鎧，與曹虎穿着。將小軍的衣服我穿。曹虎，你穿上我的袍鎧者。（曹虎穿科，云）父親放心，我與他拒敵。（張遼云）丞相，我出馬與他打話。兀那馬超，你讓俺小歇小歇，再和你交鋒。（正末云）這匹夫來我根前下說詞。三軍圍住者，休着走了曹操也。（唱）

【仙呂・賞花時】一壁廂傳令分兵四下裏攻。我則見殺氣征塵將日色籠。（曹虎云）兀那馬超，量你到的那裏！（正末唱）忙操鼓便交鋒，俺這裏爭先也那鬥勇。（曹操云）俺近不的他。衝開陣，走走走。（同下）（馬岱云）走那裏去！（做拿住曹虎科，云）哥哥，曹操走了，拿住他手下一員上將也。（正末唱）怎麼來打鬧裏走了奸雄？

【幺篇】見一個小將無名在陣中。（正末云）拿住的是誰？（馬謖云）是曹虎。（正末唱）擒拿住張慌生怕恐。（正末云）小校，與我下在囚車中。（馬忠云）把這廝執縛了也。（正末唱）下在那囚車內緊監封，防護着前遮也那後擁。俺向那元帥府可兀的獻奇功。（下）（馬良云）拿住曹虎也。軍師根前獻功去來。（同下）

校記

［1］這懶夫好狠也："狠"，原本作"哏"。孤本、王本改。今從。

第　四　折

（諸葛領卒子上，云）發號指路驅軍校，運籌帷幄掌元戎。貧道諸葛孔明是也。我差眾將往陳倉路上埋伏,等待曹操去了。眾將必然成功也。小校轅門首覷者,等眾將來時,報復我知道。(趙雲上,云)某乃趙雲是也。奉軍師將令,着某去林琅中埋伏,殺敗了曹兵,得勝回營,見軍師去。可早來到也。報復去,道有趙雲得勝還營。(卒子云)理會的。喏,報的軍師得知:有趙雲得勝還營。(諸葛云)着他過來。(卒子云)理會的。過去。(見科)(諸葛云)趙雲勝敗如何?(趙雲云)趙雲依師父將令,果然到那個時候,曹操領兵來,被趙雲埋伏軍馬,趕殺了他一陣,得勝還營也。(諸葛云)且一壁有者。張飛敢待來也。(張飛上,云)某乃張飛是也。得勝還營,見軍師去。可早來到也。報復去,道有張飛得勝還營也。(卒子云)理會的。喏,報的軍師得知:有張飛得勝還營也。(諸葛云)着他過來。(卒子云)理會的。過去。(見科)(諸葛云)張飛勝敗如何?(張飛云)張飛依軍師將令,在前頭路上,等待曹兵。果然曹操領的敗軍來。不枉了好師父,被張飛大殺了一陣。曹操打鬧裏撞陣走了。張飛收軍回營,來見軍師。(諸葛云)不枉了好將軍。且一壁有者。小校,轅門首覷者,馬超等眾將來時,報復我知道。(正末扮馬超同馬良、馬忠、馬謖、馬岱領卒子上)(正末云)某乃馬超是也。俺五虎將痛殺了曹操一陣,生擒了曹虎,得勝還營。見軍帥獻功那,走一遭去也。(唱)

【雙調・新水令】列旌旗排隊伍凱歌回,助威風滿天殺氣。盡忠扶社稷,竭力定華夷。從今後肅靖邊陲,我這裏忙下馬叩階砌。

(正末云)左右接了馬者。報復去,道有馬超同眾將得勝還營也。(卒子云)理會的。喏,報的軍師得知:有馬超同眾將得勝還營也。(諸葛云)着他過來。(卒子云)理會的。過去。(諸葛云)您五虎將都成功也。馬超,您怎生與曹操交鋒來?你慢慢的說一遍,我試聽咱。(正末唱)

【沽美酒】非是俺能對壘,虧軍師定神機。依師父佈陣排兵在五下裏,曹丞相心忙意急。他見俺五員將怎生支持?

(諸葛云)您五虎將圍住了曹操,他可怎生得逃命走了那?(正末唱)

【太平令】曹丞相混戰中脫袍換騎,解不迭鎧甲頭盔。俺殺的他更衣改袂,竟殘生脫身之計。俺可便逢賊、戰敵,施逞我這虎威。俺擒曹虎,輸情來納罪[1]。(諸葛云)曹操害慌,亂陣中脫袍換騎走了也。您拿的曹虎安在?(馬良云)見在轅門首。小校,將曹虎拿過來。(卒拿曹虎上,見科)(諸葛云)兀那廝,你便是曹虎?拿去殺壞了者[2]。(卒子拿曹虎下[3])(諸葛云)小校轅門首覷者。看有甚麼人來。(外扮使命上,云)萬里雷霆驅號令,一天星斗煥文章。小官乃尚書鄧芝是也。奉玄德公之命,為因孔明軍師,與眾將大破曹兵，差小官直至陽平關，與眾將加官賜賞，走一遭去。可早來到也。小校報復去，道有使命來了也。(卒子報科，云)喏，報的軍師得知：有使命來了也。(諸葛云)小校裝香來。(卒子云)理會的。(諸葛云)道有請。(卒子云)理會的。有請。(見科)(使命云)軍師，小官奉命至此也。(諸葛云)大人，鞍馬上勞神也。(使命云)軍師，坐中軍不易也。因眾將殺退曹兵，復奪定軍山，取了陽平關，累建大功，小官特來與您加官賜賞也。(正末唱)

【殿前歡】今日個望彤闈一齊的揚塵舞蹈，拜丹墀託賴着宗堯祖舜居天位。見如今九五龍飛，拜金鑾拱紫微，保日月光天德。今日個宴享昇平世，則願的山河寧靜，萬萬歲洪福天齊。

(諸葛云)您眾將破了曹操，斬了曹虎，關山寧靜，理當慶賞也。(使命云)您眾將望闕跪者，聽聖人的命：則爲那曹孟德領將驅兵，下西川強霸相吞。黃漢昇英雄老將，定軍山先建頭功，殺敗了曹兵大將，加你爲定遠侯護國將軍。張翼德奪關斬將，封你爲安漢侯車騎將軍。趙子龍權謀掌計，加你爲寧遠侯驃騎將軍。馬孟起生擒曹虎，封你爲興漢侯驍勇將軍。因眾將陳倉路大敗曹將，趕曹操單騎獨身。您四將各受官職，都着您列鼎重裀。聖明主加官賜賞，一齊的望闕謝恩。(同下)

題目　　陳倉路十將成功
正名　　陽平關五馬破曹

校記

[1] 輸情來納罪："輸"，原本作"舒"。今從孤本改。
[2] 拿去殺壞了者：原本無此句。今從孤本補。
[3] 卒子拿曹虎下：原本無此句。今從孤本補。

壽亭侯怒斬關平

無名氏　撰

解　　題

　　雜劇。元明間無名氏撰。《今樂考證》《也是園藏書古今雜劇目録》著録正名"壽亭侯怒斬關平"，《曲録》亦著録，均未署作者。劇寫關羽生辰，劉備命諸葛亮與張飛、趙雲、馬超、黃忠等前往荆州祝賀，返回西川，荆州太守簡雍爲其餞行。適江夏張虎、張彪二寇索戰。張飛等四員老將要求出戰。諸葛亮命五虎將之子關平、張苞、趙冲、馬忠、黃越迎敵。小五虎將獲勝，擒住張虎、張彪。關平馳馬回營報功，途中踏死平民王榮之子。王榮到荆州告狀，州判不敢受理。王榮懷揣狀子欲自殺，遇關羽馬夫，經馬夫指點，到元帥府向關羽狀告關平。關羽大怒，欲斬關平。張苞四小將跪地求免，羽怒而不允。張苞等四小將無奈，求救於張飛等。張飛、趙雲、馬超、黃忠趕來求請，羽仍不允。張飛欲與趙雲等各斬其子，使小五虎將同死。王榮見狀，情願息詞。關羽無奈，饒恕關平。姜維前來宣命：賜王榮黃金百兩，免本地差役。本事於史無徵，亦不見於元刊《三國志平話》，係作者依民間傳說敷演而成。版本今存《脉望館鈔校本》。另有《孤本元明雜劇》本（簡稱孤本）、王季思主編《全元戲曲》本（簡稱王本）。今以《脉望館鈔校本》爲底本（簡稱原本），參考孤本、王本校勘，擇善而從。

頭　　折

　　（冲末扮簡雍領卒子上）（簡雍云）幼小曾將儒業攻，後習吕望六韜文。正判都堂爲太守，行兵帷幄掌三軍。小官姓簡名雍字憲和。自中甲第以來，頗有政聲。所除荆州太守之職。想當日玄德公弟兄三人，自卧龍岡請孔明先生來拜爲軍師，博望燒屯，赤壁鏖兵，剿捕四郡五虎。收川之後，今玄德公坐於西川，三將軍張飛居於閬州，俺元帥雲長鎮守荆州。今因五月十三日，是元帥生辰貴降之日，有玄德公命孔明軍師衆將來至荆州，與俺元帥做生日。今日已回也。元帥命小官在此驛亭中排宴，與軍師衆將餞行。令人請命多時，不見到來。小校門首覷者，若來時，報復我知道。（卒子云）理會的。（外扮張飛同馬超、趙雲、黃忠上）（張飛云）燕頂槎牙多有功，上陣只嫌鐵衣輕。當陽橋上橫槍立，我也曾喝退曹家百萬兵。某姓張名飛字翼德，涿州范陽人也。大哥哥姓劉名備字玄德[1]，大樹樓桑人也。二哥哥姓關名羽字雲長，蒲州解良人也。俺弟兄三人，自桃園結義，五處收川之後，大哥哥玄德公坐於西蜀，某居於閬州，俺二哥哥雲長鎮守荆州爲大帥。今因俺二哥哥五月十三生辰貴降之日，俺大哥玄德公，命孔明軍師并俺衆將，與俺二哥做生日。今日已回。有簡雍太守在此驛亭中排宴，與俺軍師并衆將餞行。可早來到也。小校報復去，說張飛與衆將在此。（卒子云）理會的。（報科，云）喏，報的太守得知：張飛同衆將來了也。（簡雍云）道有請。（卒子云）理會的。有請。（四將同見科）（張飛云）量張飛與衆將有何德能，着太守如此置酒張筵也。（簡雍云）小官奉俺元帥的命，在此驛亭中安排酒餚，與衆位將軍餞行。將軍請坐。小校門首覷者，孔明軍師來時，報復我知道。（卒子云）理會的。（正末扮諸葛亮上，云）貧道覆姓諸葛名亮字孔明，道號臥龍先生，琅琊陽都人也。寓居襄陽隆中。自從劉關張弟兄三人，一年三顧，請貧道下山，拜爲軍師，統領三軍。自博望燒屯，赤壁鏖兵，剿捕四郡[2]，收川之後，群雄各據其境。玄德公坐於西川，張翼德居於閬州，雲長公鎮守荆州。因二公子生辰貴降之日，衆將與貧道同做生日。今日要回於西川去也。有簡雍太守在於驛亭中，與貧道餞行送路。須索走一遭去。想貧道未出茅廬時，在臥龍岡上，修真養性，煉藥燒丹，如此幽哉，倒大來清閒快活也呵！（唱）

【仙吕·點絳唇】我本待要煉性修真，一心待樂閒釋悶。他將我三番請，今日個統領三軍。我可也不比蓬蒿隱。

【混江龍】見如今八方寧静，我則待盡忠輔佐保朝廷。託賴著一人有慶，見如今萬姓安寧。普天下官清詞訟減，慶豐年民樂賀昇平。盖因是法正天心順[3]，民安國泰，海晏河清。

（正末云）可早來到也。小校報復去，道有貧道來了也。（卒子云）理會的。報的大人得知：有孔明軍師來了也。（簡雍云）道有請。（卒子云）理會的。有請。（正末做見科）（簡雍接科，云）師父，小官奉俺元帥將令，與師父餞行送路。左右擡上果桌來者。（卒子云）理會的。（擡果桌上，云）果桌在此。(簡雍云)將酒來。(卒子云)理會的。(正末云)量貧道有何德能,着太守如此般用心也。(簡雍云)師父,蔬食薄味,不堪供用。滿飲此杯。(正末云)太守飲。(簡雍云)師父請。(正末飲科)(簡雍云)衆將軍都飲一杯者。(衆做飲科)(張飛云)量張飛與衆將,有何德能,着太守如此般置酒張筵也[4]。(簡雍云)師父,想簡雍當日,還不曾佐於俺雲長手下,則聽的人説玄德公弟兄三人,相訪師父。怎生請師父下山來,師父説一遍,簡雍試聽咱。(正末云)將軍不知,聽貧道慢慢的説一遍。(唱)

【油葫蘆】若不是三謁茅廬將貧道請,我則在卧龍岡隱姓名。我在那茅庵中,説《道德》,講《黃庭》。若不是區區不避三番請,怎能夠氣昂昂執掌黃金印?(簡雍云)自師父下山來,習兵練士,定計鋪謀,多虧了師父也。(正末唱)見如今將帥賢,您休誇諸葛能。則他這八方四海干戈定,他每都排畫戟,列簪纓。(云)若不請下貧道來呵,(唱)

【天下樂】這其間耕種南陽過一生。若論行也波兵,可也非自能。我便習六壬,畫八卦,通九經。我驅的是水火風,我可便請的六丁。我端的祭風雷將賢聖請。

(簡雍遞酒科,云)左右將酒來。(卒子云)理會的。(簡雍云)師父,請飲一杯[5]。(做風起科)(簡雍云)好是奇怪也!簡雍與師父把着這杯酒,忽然起一陣風。師父,這風主何意也?(正末云)此一陣風過,您衆將聽者:無一時,有來下戰書的來也。(張飛云)師父差矣。自三分已定,俺弟兄各處鎮守。見如今八方寧靜,四海晏然,再有甚麼征伐戰討也?(卒子報科,云)喏,報得軍師得知:今有江夏張虎、張彪二人,領兵來索戰。(張飛云)哦,卦兒還靈哩。(黃忠云)師父,既然今日索戰的來了,軍來將敵,水來土堰。某親率三軍,收捕兩員賊將去。(趙雲云)哥,您不必去。憑着趙雲坐下馬,手中槍,有萬夫不當之勇,量那兩個賊寇,到的那裏!小將趙雲我收捕去。(馬超云)也不必兩個將軍去。憑着馬超兩柄飛撾,百步能取上將首級。我覰那兩員賊將,如掌上觀紋,探囊取物。師父放心,某擒拿走一遭去。(張飛云)也都不用您去。那割雞焉用牛刀。某領十八騎烏馬長槍,直至江夏,活拿此賊。我若拿不住呵,輸我這六陽會首。(正末云)您四位將軍,都休去。量這張虎、張彪,則是個賊寇之將,不用您上將去。(黃忠云)因何不用五虎將去?(正末云)可以差五個小將軍去。(黃忠云)軍師,他每年幼,怎生去的?(正末云)不妨事。貧道自有個主意。你與我喚將五個小將軍來。(黃忠云)既然軍師要他每去,不敢有違。五個小將軍安在?(關平同馬忠、張苞[6]、趙冲、黃越四將上）（關平云）泰山頂上刀磨缺，北海波中馬飲枯。男子三十不立名，枉做堂堂大丈夫。某乃關平是也。今有俺父親鎮守着荆州，為大元帥之職。這個將軍，是俺翼德叔父之子，乃是張苞。這個將軍，是俺漢昇叔父之子，乃是黃越。這個將軍，是俺子龍叔父之子，乃是趙冲。這個將軍，是俺孟起叔父之子，乃是馬忠。俺弟兄五個，做學俺父親三人，桃園結義，一在三在，一亡三亡；俺弟兄五個，一在五在，一亡五亡。俺弟兄五人，正在教場裏習兵練士，挣劍磨刀，演習武藝。有小校來報，道有軍師呼唤。須索走一遭去。可早來到也。不須報復，俺自過去。（關平同四將見黃忠科）（關平云）叔父呼唤您孩兒，有何事分付？（黃忠云）今有張虎、張彪作亂，軍師將令，着您五人剿除此寇去。您可敢去麼？（關平云）叔父，俺弟兄五個，託衆叔父虎威，您孩兒每逐朝每日，操練成武藝。量那兩員賊將，到的那裏！則今日俺弟兄五個，擒拿此賊走一遭去。（黃忠云）軍師，有小五虎將來了也。（正末云）着五個小將軍過來。（關平領四將見正末科，云）軍師，唤俺弟兄五員小將，那裏使用？（正末云）您五個將軍近前來。今因江夏小寇張虎、張彪作亂，撥與您五千人馬，擒拿賊寇。則要您得勝還營。您近前來，聽貧道說與您行兵之法也。（趙雲云）師父，則怕小五虎將敵不住那賊將麼？（馬超云）哥哥言者當也。俺則今日上馬，擒拿賊將，不強似着這小將軍去？（正末云）不索您老將軍費力。這五個小將軍去，内中有一個將軍吃驚。（黃忠云）師父，不知那個將軍吃驚也？（正末云）不必您上將每去。我觀戰討之氣，必然成功得勝而回也。（簡雍云）四位將軍放心。既然師父堅意要這五個小將去呵，必有個主意。（正末云）您將軍每不知，聽貧道慢慢的說一遍咱。（唱）

【節節高】貧道我坐籌帷幄，你與我密排軍陣。咱與那賊兵戰討，您道是教誰去和他決勝？（馬超云）師父，馬超走一遭去。（正末唱）也不用馬孟起，（簡雍云）師父，著俺元帥去，中麼？（正末唱）也不要雲長戰，（張飛云）張飛走一遭去，如何？（正末唱）也不用翼德征。（趙雲云）軍師，趙雲與黃忠走一遭去，可乎[7]？（正末唱）呀，也不用趙子龍黃忠漢昇。（云）五個小將軍近前來。（唱）

【元和令】正當年敢戰爭，你休違拗我的軍令。憑着他氣昂昂年小正崢嶸，保山河，建大功。但見他相持戰討便交鋒，則要您敢當先，敢戰爭。

（張苞云）師父，俺十八般武藝，無有不通也。（正末唱）

【上馬嬌】你將這武藝逞，軍校領，都休得暫消停。（張苞云）俺則待盡忠報國也。（正末唱）盡心兒報國須忘命，你可便應萬古要標名。

（張苞云）俺上陣處活挾猛將，智殺群英也。（正末唱）

【遊四門】馬忠、張苞情性狠，英勇有關平。則要你臨陣各將軍校領。你是花根本艷，源清流净[8]。端的不虛名。

（張苞云）俺五個將軍，端的是將門之子也。（正末唱）

【勝葫蘆】黄越英雄與趙冲，一個個敢相爭。您是那虎體鵷斑將相孫，則要你懸鞭挂劍，人人英勇，個個顯威風。

（張飛云）張苞，您五個小將軍近前來。師父的將令，着你五個將軍，收捕兩員賊將去。若得勝回還，萬事罷論；你若有些兒疏失，你見我這竹節鞭麽？我將您一鞭一個。您則小心者。（正末云）您衆將小心在意，覷賊兵如掌上觀紋。擒拿了時，就來帳前報功來。（唱）

【尾聲】則要您廝殺處立功勳，排隊伍傳嚴令。則您那强將手須無個弱兵，出氣力當年敢戰爭。則要您爲頭兒陣面上交鋒，您去的也不消停，便索長行。我到來日等報功，貧道緊等；則要您鞭敲金鐙，單等您這衆將軍齊和凱歌聲。（同張飛等四將下）

（關平云）師父去了也。俺弟兄五個，奉着師父將令，擒拿張虎走一遭去。大小三軍，聽吾將令：甲馬不得馳驟，金鼓不得亂鳴。不許交頭接耳，不得語笑喧嘩。但有違令者，必當斬首。一刃刀，兩刃劍，齊排雁翅；三股叉，四楞鐧[9]，密砌魚鱗；五方雜彩旗，遮天映日；六沉槍銀纏桿，耀日争光；七叉寶雕弓，三石力大；八楞檀子棒，打碎天靈；九股索結紅繩，挾人捉將；列十層人和馬，好鬥偏争。俺這裏十次九相持[10]，偏能廝殺；正是俺大將軍，八面威風，七層圍刀斧手，擺成陣角；六韜書依吕望，盡按天文；有五百把斬馬刀，在帳前帳後；四周圍挑蹬弩，護列三軍；兩棒鼓震春雷，行營起寨；一聲鑼如霹靂，動地驚人。到來日，衆將軍統領戈矛，將領着五百貔貅，奉着俺軍師將令，直拿住張虎、張彪。（同四小將下）（簡雍云）小五虎將去了也。我覷了五個小將軍，他那刀馬武藝，不在他父親之下。若到江夏，必拿了兩員賊將。小官不敢久停久住，則今日回俺元帥話去。衆賊將心粗膽大，五虎將直至江夏。若拿住張虎、張彪，您那其間却來回話。（同下）

校記

[1] 大哥哥姓劉名備字玄德："字"，原本誤作"守"。孤本改。今從。
[2] 剿捕四郡：孤本句後從上文補"五虎"二字。
[3] 蓋因是：孤本改作"皆因是"。按"蓋"，在這裏可作句首語氣詞，表示要發

表議論。
[4]着太守如此般置酒張筵也："置"，原本作"直"。孤本改。今從。
[5]請飲一杯："請"，原本作"將"。孤本改。今從。
[6]張苞："苞"，原本作"包"。孤本改。今從。下同。
[7]可乎："乎"，原本作"何"。孤本改。今從。
[8]源清流净："净"，原本作"静"。孤本改。今從。
[9]四楞鐧："鐧"，原本作"簡"。孤本改。今從。
[10]俺這裏十次九相持："次"，原本作"欠"。孤本改。今從。

第 二 折

（净張虎同張彪上）（張虎云）我做將軍實是能，相持廝殺世不贏。領出三千人馬去，我剩回一個不是人。某乃張虎是也。這個是我兄弟張彪。自從龐鳳雛收俺四郡之後，教俺二人無處安身，躲於江夏，落草為寇。今有關雲長佔了荆州。我有心待取荆州去，爭奈關雲長鎮守，不敢惹他。他手下兵多將廣，人強馬壯。你看我手下的軍人弱馬瘦。他那邊使槍的，使刀的，使斧的，我這裏的軍見了呵，一個個躺的躺[1]，爬的爬[2]。休言人敢帳前喧，便有那鴉兒過時不則聲。我數日前裏下將戰書去了，單搦關雲長出馬[3]，與某交戰。則今日點就本部下歪揣豆腐老幼軍，與他相持廝殺，走一遭去。大小三軍，則今日瘦馬不得馳驟，破鼓不得亂鳴。三通鼓罷，拔寨而起，都要哈密裏廝等。但違令者，都罰去光祿寺揀棗兒。擺開陣勢。兀那塵土起處，來者不知是何人也。（關平領四將驪馬兒上）（關平云）某乃關平是也。大小三軍，擺開陣勢。看有甚麼人來。來者何人？（張虎云）某乃張虎、張彪是也。你來者何人？（關平云）某乃關平是也。（張虎云）我戰書上寫着單搦你老子與我交戰。原來你父親怕我，不敢來，着你個無名的小將來。你怎敢與我交戰？小校，操鼓來。（做調陣子拿住張虎、張彪科）（關平云）拿住兩個賊將也。您隨後來。我先去軍師前獻功，走一遭去。俺五虎小將氣冲冲，今朝得勝顯英雄。把張虎張彪擒拿住，軍師根前獻頭功。（下）（張苞云）關平去了也。執縛住二賊，見俺師父走一遭去。今朝一日統干戈，全仗軍師智量多。馬離江夏敲金鐙，人望荆州唱凱歌。（同衆下）（孛老兒扮王榮領卜兒、徠兒上）（孛老兒云）急急光陰似水流，等閒白了少年頭。月過十五光明少，人到中年萬事休。老漢是這集賢莊人氏。姓王，是王榮。嫡親的三口兒家屬。婆婆李氏。老漢七十五歲也。止有一個孩兒，喚做福住，年十一歲也。孩兒天性聰明。今春應過嬰童舉，加做天下小解元。這荆州城中，有他個姑姑，是我的妹子。我一來呵賣弄我這孩兒去，道俺這鄉村裏出了個小解元。我領着孩兒慢慢的行。（關平驟馬兒上，云）某乃關平是也。將二賊子一鼓而收，師父根前報喜，走一遭去。催動這馬者。（做撞倒倈兒科，云）蕩倒了個小的[4]。我行動些，走走走。（下）（孛老兒云）兀的不驟死我孩兒也！天也，老漢眼睛一對，臂膊一雙，則觑著這個孩兒。恰纔這個騎馬的，不知他是個甚麼人，驟死我孩兒。兀的不痛殺我也！（做哭科）（張苞同趙冲、黃越、馬忠上[5]）（張苞云）某乃張苞是也。俺弟兄五人，將二賊子一鼓而下。關平先去師父根前報功去了。俺慢慢的行。路旁邊一個小孩兒的屍首，一個老子守着啼哭。兀那老子，這小的兒怎生亡了來？（孛老兒云）告的將軍得知：老漢是集賢莊人氏。姓王，是王榮。我則有這個孩兒，又應過嬰童舉，是天下小解元。恰纔不知是甚麼人，也和將軍一般披挂，他馬驟死了我的孩兒。我不知他名姓，可教誰與我做主也？（張苞背云）三個兄弟，您聽的麼，馬驟殺這小的，正是咱關平來。（馬忠云）咱休管他。咱班師回程去來。（同衆將下）（孛老兒云）踏死我這孩兒的[6]，我知道他名姓也。恰纔那四個將軍，背地裏說來，說是關平驟殺我孩兒。我也不索久停久住，將我這孩兒的屍首，在路旁淺土兒培埋著。我去荆州城裏大大的衙門裏，我則告關平去。孩兒也，則被你痛殺我也！（卜兒同下）（淨扮官人領令史張千排衙上）（官人云）官人清似水，令史白似麵。水麵打一和，糊突做一片。小官是本處州判。自我到任以來，戶口增，詞訟減。家家不關門睡，如常的着人偷了沙鍋去了。（令史云）恰濟事。（官人云）今日陞廳，坐起早衙。張千喝攛箱。（孛老兒上，云）老漢是王榮。來到這荆州衙門首也。我叫一聲冤屈也！（官人云）是甚麼人？拿過來。（張千云）理會的。過去當面。（孛老兒見官人跪科）（官人也跪科，云）請起。（令史云）相公，他是告狀的，你怎麼還他禮？（官人云）你放屁。他是告狀的，都是咱衣食父母。（令史打科）（官人云）但有告狀的，我則不知，全憑着你。（令史云）相公你放心，都在我身上。張千，你把那老子提向前來。你說你那詞因，我試聽咱。（孛老兒云）老漢集賢莊人氏，是王榮，年七十五歲。我孩兒福住，年十一歲，系是應過嬰童舉的。我領着往城中探他姑姑去。來到半路上，撞見一個年小的將軍，驟死我的孩兒。告的大人得知，與老漢作主咱。（令史云）這廝可無禮也？你倚仗着人強馬壯，驟死平人，更待干罷！你說那人的名字，我替你拿去。（孛老兒云）驟死我孩兒的,是荆王之子,是關平來。(令史驚科,云)這個頹老子,你別告一個,我也好替你整理也;你告着關平,誰敢拿他去?(官人云)外郎,這老子告着誰?你便替他整理也。(令史云)相公,他告着關平哩。我則不敢整理他。我則攢造文書去也。(下)(孛老兒云)相公與老漢做主咱!躧死我的孩兒了也!(官人云)咂,老兒也,關平躧死你的孩兒,休道是踏死你的孩兒,便躧死我的老子,我也不敢近他。我自家去也。(孛老兒扯官人科,云)相公,好歹與老漢做主咱!(官人叫冤屈科,云)冤屈也。老兒告狀不好,關平將軍走了。你來我行告狀,我罵你個村漢夾腦。(下)(孛老兒云)原來這大衙門裏,近他不的。我告天來天高,告地來地厚。我往家中收拾些盤纏,我揀著那大大的衙門裏告他去。老漢出的這城來。我尋思來,這等大衙門裏,不敢整理,又近不的他,我那裏告他去?我到家中,怎生見我那婆婆去?我去那池塘邊大樹底下,我痛哭一場,尋一個自盡。我來到這樹下也。看有甚麼人來。(正末扮關西同曳剌牽馬上)(正末云)洒家是個關西漢[7],與壽亭侯元帥喂着這匹兒馬。今日好天氣。衆兄弟每,咱去渲馬去來。一塊兒好馬也呵,兩耳桃花朵,四蹄胭脂抹。行動映山紅,勒住一團火。(唱)

【南吕·一枝花】這些時刷刨的戰馬奔,空閒的精神旺。顏色似火炭赤,皮毛似潑油光。(曳剌云)爲這塊子馬呵,細切草,爛煮料,多曾辛勤也。(正末唱)巴到昏黃,我細切草槽頭放。煮料將硬軟嘗,我先試了這溫凉,一和和親自拌上。

(曳剌云)哥哥用心,刷刨的潑油也似光,案板也似肥,喂的奔牛也似劣。(正末唱)

【梁州第七】俺喂着這將軍戰馬,看待的不比尋常。俺若是刷刨皆能養,豈不聞狗有展草,馬有垂繮?刷刨了鬃尾,洗渲了胸膛,他去那鏡波中來往晃蕩[8]。(曳剌云)哥也,把這塊子馬牽上岸去,柳陰直下,慢慢的刷刨咱。(正末唱)我與你忙牽在裊金綫堤岸垂楊。(曳剌云)哥,咱將這塊子馬,再洗渲一洗渲咱。(正末唱)我着這兩隻手洗渲了皮毛,他案板也似乎鋪着脊梁,恰便似出水蛟立古岸滄浪。(曳剌云)哥也,那馬他去那樹上搶癢,則怕傷着他皮毛麼。(正末唱)那馬害癢向樹上,他靠不着則把這身軀來搶。這馬更精神又好生相,按月關着喂馬賞,無甚麼商量。

(云)俺這裏慢慢的渲馬。(孛老兒做哭科,云)我那屈死的孩兒也!(曳剌云)哥也,那裏這般啼啼哭哭的?一個老人家。你爲甚這般煩惱?(孛老兒云)哥哥,您每不知道,你休問我,你則渲你那馬去。(曳剌云)哥也,兀那老人家煩惱。我問他爲甚麽,他不肯說。哥也,你問他去。(正末云)我問他去。兀那老人家,你爲是麽煩惱也?(孛老兒云)你休問我。我有冤屈的事,要告狀哩。(正末云)你告誰?我試猜你咱。(唱)

【隔尾】你告着的莫不是掌朝綱領頭廳相?(孛老兒云)不是。(正末唱)他怎生顯耀威風情性剛?(孛老兒云)也不是。(正末云)你本告着誰?(孛老兒云)你也猜不着,我說與你咱。我告着小將軍關平。他躧殺我的孩兒來。(正末唱)則一句關連着五虎將。(云)老的也,你多大年紀也?(孛老兒云)老漢七十五歲也。(正末唱)莫不是年紀大混忘,休說的緊口忙。(孛老兒云)正是關平躧殺我的孩兒。我不口忙。(正末唱)我則怕不是俺關平,你慢慢的想。

(孛老兒云)正是關平來。我怎肯說的差了?(正末云)你告不的他。(孛老兒云)小人告官吏每,都近不的他。我懷中揣着這紙狀子,我向這柳陰直下,尋個自盡處。我死後有那解我的人來,見了我懷中的狀子,道是關雲長的孩兒關平,馬躧殺我的孩兒,又逼了他父親性命。見了這個狀子,着他萬代做罵名。(正末云)兀那老的,你告他去來不曾?(孛老兒云)我曾告他來。官吏每不敢近他,說他是壽亭侯之子哩。(正末唱)

【賀新郎】更做道你馬如飛戰討在殺場。你不肯千戰千贏,你則去人身上一衝一撞。我看你怎麽結這一場官司狀[9]。端的便也有一個誤殺誤傷,小將軍那一場身做身當。你則合鑼鳴處披鎧甲,你則合鼓響處用刀槍。誰着你驟征駣飛走你不肯攛頭望?你枉做個虎體鵷斑卿相種,你本是花根本艷鐵衣郎。

(孛老兒云)老漢敢動問哥哥麽,這個關雲長將軍,平生一世,他那性體若何?老漢待告他去,看着他孩兒相持戰討纏回來,則怕饒了時,教老漢可怎了也?我敢去告他麽?(正末云)我說與你咱。(唱)

【牧羊關】俺將軍他生的九尺二神威像,性忠直有紀綱。更生的貌堂堂,志氣昂昂。灞陵橋退却曹兵,刀挑袍威懾了衆將。他也曾誅了文醜,他也曾刺了顏良;他也曾襲了車冑,他也曾鼓三聲斬了蔡陽。

(正末云)你告元帥去。(孛老兒云)哥哥,你說的是也。老漢捨了這個老性命,我告他去也。(正末云)你不曾見俺那老將軍秉性忠直,慷慨英雄。你告去,你告去。(孛老兒云)老漢知道了也。(正末唱)

【尾聲】你告着馬躧殺七步才親生子三魂喪,你試看八面威將養親兒一命償。俺將軍性忠直,有氣像;舉諸直,錯諸枉;有胸襟,有膽量。不管那有

功勳能相持慣戰討威風英勇將，則論那人死在路傍，則與那嬰童的命償。俺將軍怎肯道饒了關平便休想。（同曳剌下）

校記

［１］躺的躺：原本作"倘的倘"。孤本改。今從。
［２］爬的爬：原本作"扒的扒"。孤本失校。今改。
［３］單搦關雲長出馬："搦"，原本作"奈"。孤本改。今從。本劇下同。
［４］蕩倒了個小的："蕩"，原本作"當"。孤本改。今從。
［５］馬忠上："忠"，原本作"中"。孤本改。今從。
［６］蹧死我這孩兒的："蹧"，孤本改作"踏"。今不從。按："蹧""踏"義同，元劇常用"蹧"。故仍其舊。
［７］洒家是個關西漢："洒"，原本作"西"。孤本改。今從。
［８］他去那鏡波中來往晃蕩："鏡"，原本作"緊"；"晃蕩"二字，原本作"荒唐"。孤本改。今從。
［９］我看你怎麼結這一場官司狀："怎麼結"三字，原本作"怎結麼"。孤本改。今從。

第 三 折

（張苞同趙冲、黃越、馬忠上）（張苞云）某乃張苞是也。與三位兄弟得勝已回。誰想關平先走透了消息，那苦主家要入城來告狀。若是伯父知道呵，怎了？俺四位將軍，繞着這城中衙門左右，但尋見那苦主家，我多與他些金銀，圓和此事。休着俺伯父知道，便是俺平生願足。不問那裏，尋着那老的，走一遭去。（同衆下）（正末扮雲長領卒子上）（正末云）某姓關名羽字雲長，蒲州解良人也。俺大哥是大樹樓桑人也，姓劉名備字玄德。三兄弟涿州范陽人也，姓張名飛字翼德。俺弟兄三人，在桃園結義之後，兄弟張飛，今在閬州鎮守。某爲荊州大帥。見今八方寧靜，四海晏然。今有草寇張虎、張彪，搦俺相持。奉軍師將令，差小五虎將擒拿去了。某今等候報功。暗想掌軍權帥府，也非同小可也。（唱）

【中呂・粉蝶兒】俺可便居住中華，捲征旗盡皆都罷。俺也曾戰討征伐。往常我列刀槍，排戈甲，我可便常穿披挂。今日個列簪纓大纛高牙，太平年勝添禾稼。

【醉春風】這些時穩收着三停刀，塵蒙了一副甲。則我這腰懸寶劍不離匣，常則是插、插。我閒時節看一會《春秋》，講一會《左傳》，並無那半星兒牽掛。

（正末云）小校門首覷者，則怕有報功的來也。（卒子云）理會的。（孛老兒上，云）老漢來到帥府門首也。好冤屈也！（卒子云）是麼人叫冤屈？拿住者。（孛老兒云）哥哥，我見元帥，自有說的話。（卒子云）你則在這裏。我報復去。（見正末科，云）報的元帥得知：門首有一老子，特來告狀。（正末云）着他過來。（卒子云）理會的。（做出門科，云）兀那老子過去。（孛老兒做見正末科）（卒子云）當面。（孛老兒跪科）（正末云）兀那老的，我見你那中珠模樣，必是銜冤負屈的也。（孛老兒云）不枉了是掌軍權的元帥。老漢委實冤屈也！（正末唱）

【紅繡鞋】必定踏踐了秋田禾稼。（孛老兒云）不是。有人躧殺我的孩兒也。（正末唱）卻原來傷損了他、親生的子，後代根芽。（云）關西準備着。（唱）便把那欺壓良民的這逆賊拿。（孛老兒云）元帥，他說是權豪之家，十分利害。（正末唱）者莫他是三公位，者莫他是五侯家，他不合把平人馬踐殺。

（正末云）你說你那詞因來，我試聽咱。（孛老兒云）大人可憐見，聽老漢慢慢的說一遍咱。告元帥停嗔息怒，聽老漢從頭分訴。我本是集賢莊人氏，嫡親的三口兒家屬。老漢名本是王榮，俺孩兒喚做福住。他長年一十一歲，應過了嬰童文舉。和孩兒城中探親，正行到半路其途。見一個年小的將軍，他生的一表非俗。跨下騎劣馬一匹，踏孩兒一命身殂。老漢忙向前打聽，說關平是他名目。我年老無人侍養，眼睜睜滅門絕戶。告你個性忠直慷慨的元帥，與俺這無倚無靠王榮做主！（正末云）兀那老的，你一壁有者。等關平來時，某與你親身自問。小校門首覷者，若關平來時，報復我知道。（關平上，云）某乃關平是也。收捕了二賊將已回，軍師行報了功也。見俺父親走一遭去。來到也。接了馬者。小校報復去，道關平得勝已回也。（卒子云）理會的。（做報科，云）喏，報的元帥得知：有關平來了也。（正末云）與我拿過來。（卒子云）理會的。（做拿關平見正末科）（關平云）父親，您孩兒擒拿二賊將回來也。（正末云）關平，你知罪麼？（關平云）您孩兒不知罪。我則有功勞，無有罪犯。（正末云）關平，你好無禮也！你剗的推不知哩那？（關平云）父親，您孩兒入的城來，那百姓每見了您孩兒這等披挂，說孩兒與父親一般威風也。（正末唱）

【石榴花】你怕不戰袍可襯錦團花。（關平云）父親說您孩兒好武藝。

(正末唱)你道你那武藝衆人誇。則你那寶雕弓飛魚袋可堪拿，走獸壺將箭插，劍不離匣。見敵軍立在門旗下。(關平云)論您孩兒，相持厮殺，對壘迎敵，敢戰千合，並無懼怯之心也。(正末唱)你道你戰千合並不身乏。(關平云)您孩兒聽的厮殺呵，便有精神也。(正末唱)你道你相持厮殺精神大，你不怕戰法亂如麻。

(關平云)父親，您孩兒爲將以來[1]，也多曾建功也。(正末唱)

【鬥鵪鶉】你不肯撞陣衝軍，你可便臨崖勒馬。(正末云)你曾馬躧死人家小的來麽？(關平云)您孩兒不曾躧死人家小的。(正末云)小校，着那老的過來。是認他咱[2]。(卒子云)理會的。兀那老的，着你過去認他哩。(孛老兒做見關平認科，云)大王，正是這個將軍，躧殺我孩兒來。(關平云)我道是誰？原來是那官道旁邊蕩倒那小孩兒的父親。父親，不干您孩兒事，是那馬奔劣，您孩兒因報喜信，蕩倒他來。(正末唱)你道是馬硬難騎，你可不用心戰伐？你今日便躧死尋常百姓家，兀的是你的罪麽。那孩兒他在官道上橫屍，關平也你索去雲陽赴法。

(張苞同趙冲、黃越、馬忠上)(張苞云)某乃張苞是也。誰想入的城來，尋不見那告狀的人。不想他告了俺伯父前。則怕見關平的罪麽。俺四將見伯父走一遭去。可早來到帥府門首也。不必報復，我自過去。(四將見正末科)(張苞云)伯父，您孩兒得勝回還也。誰想關平躧殺這老子的孩兒，伯父見關平罪。論着這相持厮殺，對壘迎敵，也將功折過也。(正末怒云)嚛聲！可比我那誅文醜、刺顏良爭多哩也。(唱)

【上小樓】若題起我那相持厮殺，則我那一身披挂，者莫他戰將千員，敵兵百萬，敢我覷的他冷笑呵呵。猛聽的戰鼓摑，喊聲發，諕敵軍心驚膽怕。關平也，你端的可便枉生在俺這大將軍門下。

(正末云)關平你聽者：無故躧殺平人，怎肯干罷！願別却咱父子之情，當可與人償命。(關平云)事到今日，是您兒之罪，望父親息怒咱。(正末云)小校，便與我拿下關平者。道不的個酒肉穿腸吃，王法依正行。(唱)

【尾聲】那老兒怨哀哀來告你，不由我氣撲撲怒轉加。你正是欺良民，無道理，傷風化。(正末云)你躧殺人不償命呵，(唱)枉惹的巨眼目高人將我來唾罵殺。(同衆下)

校記

[1] 您孩兒爲將以來："以"，原本作"已"。孤本改，今從。本劇下同。

[2] 是認他咱:"是",孤本改作"試"。今依《宋元語言詞典》,"是"同"試"。故不從,仍其舊。

第 四 折

　　(黃忠同馬超、張飛、趙雲領卒子上)(黃忠云)歡來不似今朝,喜來那逢今日。某乃黃忠是也。誰想五個小將軍,領軍擒拿張虎、張彪,馬到處一鼓而平收,某甚是歡喜。小校,轅門首看者,若孩兒每來時,報復我知道。(卒子云)理會的。(張苞同馬忠、黃越、趙冲上)(張苞云)某乃張苞是也。今有伯父要斬關平,衆弟兄每,怎生是好?俺今日見了父親,報了喜信呵,説關平之事。可早來到也。不必報復,俺四將自己過去。(張苞同三將做見科)(張苞云)父親,您孩兒將二賊寇一鼓而平收,今日回程,特來報功也。(黃忠云)孩兒每也不枉了。壯哉!壯哉!(張苞同三將跪科)(黃忠云)孩兒每,您有何話説?(張苞云)父親不知,因俺得了勝也,着關平先來父親根前報喜,誰想路途中躧殺人家小的。不期那苦主家來告狀。如今伯父見怒,要殺壞了關平。父親,怎生搭救關平可也好也?(黃忠云)您都起來。我若見了你伯父,我自有主意。(馬超云)哥哥,這小將每如今建了功勞[1]。若是二哥斬了關平,怎生是好也?(趙雲云)三位哥,既然要搭救去,則除是三哥救的關平。(張飛云)兄弟,我怎生救他?(趙雲做打耳喑科,云)則除是恁的。(張飛云)哥哥兄弟您放心。要救關平,都在張飛身上。俺四將也不用披袍貫甲[2],也不索統領雄兵。衆將到元帥府下,看張飛搭救關平。(同下)(王夫人上,云)天下人煩惱,都在我心頭。妾身乃壽亭侯的王夫人是也。有關平孩兒,因征西去得勝,回來報功,馬躧殺平人性命,那苦主人家,告到俺壽亭侯根前。壽亭侯要將關平孩兒殺壞了,與那苦主家償命。便好道腸裏出來腸裏熱,我如今與孩兒送一頓飯與孩兒吃了呵,以表俺子母每心腸。曳剌那裏?(曳剌上,云)夫人,喚曳剌做甚麼?(夫人云)曳剌,喚你來別無甚事。下次小的每將來,曳剌,你將着這酒飯,直至法場上,與關平孩兒送去。這飯是長休飯,這酒是永別杯。關平孩兒若吃了呵,你可來回我的話。關平孩兒也,則被你痛殺我也!(下)(曳剌云)奉夫人的言語,將着這長休飯、永別杯,不敢久停久住,直至法場上,與小將軍送飯走一遭去。老夫人説的叮嚀,淚盈盈思憶關平。將酒飯親身自送,方表他子母之情。(下)

　　(姜維上,云)祖父艱辛立業成,子孫榮襲受皇恩。爲臣輔弼行肱股,保祚皇朝享太平。小官姜維是也。自中甲第以來，累蒙擢用。今佐於玄德公麾下，在此西蜀，爲其太守之職。因五月十三日，是二將軍雲長生辰貴降之日，俺主公命孔明軍師並衆將，直至荆州，與雲長做生日。有孔明軍師言説，江夏二賊寇故來索戰，軍師差小五虎收捕二賊寇，一鼓而平收。有關平先回報喜，行至半途，馬躧殺人家一個小孩兒。如今雲長要將關平殺壞了。小官奉命：一者爲軍情之事，二者將功折過。小官不分星夜，直至荆州，搭救關平，並加官賜賞，走一遭去。我不分星夜到荆襄，小官親身見雲長。將他這躧殺平人罪饒過，免教關平赴法場。（下）（正末領張苞、馬忠、黃越、趙冲、卒子做拿關平上）（正末云）衆關西與我拿過關平來者。（卒子云）理會的。（做拿關平跪科）（關平云）父親，是您孩兒不是了也。可憐您兒咱！（正末云）關平，咱則一時一刻相見，見今可是你的不是了也。（關平云）父親，本是您孩兒的不是了也。（張苞同三小將做跪科）（張苞云）伯父，怎生將功折過。適間拿過關平來，滿城裏人人垂淚，個個發悲。世人尚然如此，伯父想父子之情，怎生饒過了關平者。（正末云）侄兒每，您説的差了也。（唱）

【雙調・新水令】你道是滿城人無一個不悲啼，你道是鐵石人見了呵垂淚。（正末云）他則是乾替他煩惱。（唱）淚不淹丹鳳眼，惱的我緊皺定卧蠶眉。（張苞云）伯父，今日天色，怎生陰暗也？（正末云）您小將軍每試看。（張苞云）伯父，可看甚麼那？（正末唱）你試看那霧慘雲迷。（正末云）他不是雲霧。（張苞云）可是甚麼那？（正末唱）都是那心頭怨，肚中氣。

（張苞云）怎生饒過關平者。（正末云）他的罪犯饒不過。（趙雲上，云）某乃趙雲是也。俺二哥果然要斬關平。我索搭救小將軍去咱。可早來到也。不必報復，我自過去。（做見正末科，云）哥哥，小將軍多有功勞汗馬，看您兄弟面，饒過小將軍咱。（正末云）逆了面皮也罷，我不饒他。（馬超上，云）某乃馬孟起是也。搭救關平走一遭去。不必報復，我自過去。（做見正末科，云）哥哥，看您兄弟面皮，饒了關平者。（正末云）兄弟，我決然不饒他。（馬超云）可怎生不見黃忠來？（黃忠上，云）某乃黃忠是也。二位兄弟先去搭救關平去了。三兄弟，你且慢慢的來。我見二將軍去。不必報復，我自過去。（做見正末科，云）哥哥，想關平有如此一件功勞，你怎生堅意的不饒他？（正末云）我饒不的也。（唱）

【雁兒落】則您這衆將軍來勸伊，想當日四海皆兄弟。有馬孟起、趙子龍，有黃漢昇少張車騎。

（黃忠云）看三位兄弟面，怎生饒了關平者。（正末云）休道是您勸我，

（唱）

【挂玉鈎】便跳出俺七代先靈勸不得。（趙雲云）二哥，想這場厮殺相持，非同小可。便躧殺平人，也則因報喜信來。他又不曾私己走馬，便躧了呵，打甚麼不緊！（正末云）您衆將休鬧。他來報功，躧殺平人，比我昔日魯子敬請我如何？（唱）我當日個獨自赴單刀會，我又不曾袖得春風馬上歸？我更吃的醺醺醉，我尚且慢慢行，緊緊的提着金轡。我也不曾蕩倒個平人，事到今日[3]。

（衆將齊聲云）哥哥饒了關平者！（正末云）我斷然饒不的他。我若是饒了他呵，惹人談論我。兀那老的說見麼，着俺這關平與你那孩兒償命。刀斧手，與我斬了關平者。（卒子云）理會的。（曳剌送飯衝上，云）匹直性快關西漢，跟隨官長效殷勤。洒家關大王府中一個曳剌的便是。奉老夫人的言語，與關平小將軍送飯。可早來到也。（做見關平科，云）兀那不是小將軍？（關平云）關西，你來做是麼？（曳剌云）我奉着老夫人的言語，將着這長休飯、永別杯，着小將軍吃些兒咱。（正末云）關平，你母親與你送酒飯來[4]。孩兒也，你吃些兒。你吃了這長休飯、永別杯，俺父子便是別離了也。（關平悲科）（張飛衝上，云）某乃張飛是也。搭救關平走一遭去。可早來到法場上也。（曳剌卒子慌走科）（張飛云）你那裏去？住者！（做打倒衆卒子科，云）我這裏手批夜叉枒，怨氣逞雄威。丟了長休飯，漾了永別杯。我這裏裸袖忙挪步，手扯豹纛旗。將那關西都打散，誰敢勸張飛。哥哥，你差了也。想咱桃園結義，宰白馬祭天，殺烏牛祭地，對天盟誓：俺一在三在，一亡三亡。他小弟兄五個，一在五在，一亡五亡。他四個若不着關平來報喜呵，怎道的躧殺人？將劍來，俺休勸哥哥，咱各自殺各自的。張苞跪者，來受死。我着你一亡五亡。（黃忠云）張飛也說的是。俺弟兄四人，將這四個小將軍，都殺壞了罷，與關平一處死也。（正末云）這一場怎了也呵！（唱）

【川撥棹】衆將軍叫如雷，見張飛怒從心上起。乍開髭髯，剔竪神眉。按不住風火般雷霆性體，諕的俺刀斧手魂魄飛。

【七弟兄】您都走到這裏，一齊的鬧起，使些狂威。（張飛云）比我那摔袁祥，鞭督郵，當陽橋上喝退曹兵可如何？但有來勸的，呸，我着他一人吃我一鞭！（正末唱）你道當陽橋曾喝的曹兵退，摔袁祥、鞭督郵、那雄威。你氣眼眼走出石亭驛。

【梅花酒】你可便怒些甚的。（張飛云[5]）這老子他欺負張飛也。（正末唱）你不是人善人欺，便怒目厐眉[6]，都唱叫揚疾。且守定波張翼德，我勸趙雲再商議。老黃忠且住者,馬孟起咱好相識。我倒將您勸不的,咱好商量便依隨。

【喜江南】呀,你勸我倒教我死央及,他遭刑犯法待推誰?(張飛怒云)我扯了這豹纛旗。(正末唱)他不由咱扯了豹纛旗。您衆人住者,我饒不饒心下在疑惑。

(趙雲云)二哥,若不饒了關平呵,俺將這四個小將軍都殺了,與關平一處身亡。(正末云)您衆弟兄每面皮須有,爭奈這個原告主家,不肯取和也。(張飛云)狀頭在那裏?與我拿過來。(卒子云)理會的。(卒子拿孛老兒上,云)當面。(孛老兒跪科,云)將軍,則老漢便是原告。(張飛揪住孛老兒科,云)兀那原告,你近前來。你若息了詞,你肯饒過我侄兒關平,我與你千兩黃金。你若不息詞呵,你見麽,我則一鞭就打殺你!我着你死無葬身之地。你尋思咱。(孛老兒云)老漢情願息詞。(張飛云)您衆人聽的麽,他饒了關平,息了詞也。可不是我唬嚇他也。(姜維衝上,云)小官姜維是也。可早來到荆州也。兀的不是法場斬關平哩。左右接了馬者。且留人!您一行人聽聖人的命:則爲您五虎小將,擒拿賊子,多有功勳。有關平班師回程,躧殺平人。一來軍情之事,將功折過。將這苦主家賜黃金百兩,免本處差役。您衆將聽者:則爲您護國顯忠良,捨命保朝綱;今日個收捕二賊子,苦戰在殺場。張苞是擎天白玉柱,馬忠是架海紫金梁;趙冲是赤心扶社稷,黃越是英勇世無雙。一個關平功勞大,免教赴法場。今日個加官並賜賞,一齊的望闕謝吾皇。(同下)

  題目 集賢莊王榮告狀
  正名 壽亭侯怒斬關平

校記

[1] 如今建了功勞:"建",原本作"見"。孤本改。今從。
[2] 俺四將也不用披袍貫甲:"貫",孤本改作"摜"。
[3] 事到今日:"事",原本作"世"。孤本改。今從。
[4] 你母親與你送酒飯來:"你",原本作"似"。孤本改。今從。
[5] 張飛云:"張",原本無。孤本補。今補。
[6] 便怒目厖眉:"厖",原本作"瞇"。字書無"瞇",《漢語大詞典》有"厖眉"一詞,義爲"花白眉毛。形容人的老態"。故改。

周公瑾得志娶小喬

無名氏　撰

解　題

　　雜劇。元明間無名氏撰。《今樂考證》《也是園藏書古今雜劇目錄》著錄均題正名"周公瑾得志娶小喬"，《曲錄》亦著錄，均未署作者。劇寫周瑜爲布衣時，窮困潦倒，好友魯肅竭力相助，願助財禮三千斛麥，爲之求喬公之次女小喬爲妻。喬公知瑜文武全才，欣然允諾。但以先功名而後妻室爲由，執意待周瑜有功名之後再允其成親。周瑜心喜，奮發進取，棄文習武，在魯肅幫助下，求喬公薦舉，孫權拜瑜爲兵馬大元帥，孫權並贈以金銀珠翠表裏緞匹，使瑜與小喬成婚。英雄美人，終結良緣。本事《三國志·吳書·周瑜傳》有記載，但劇情虛構較多。版本今存《脉望館鈔校本》。另有《孤本元明雜劇》本（簡稱孤本）、王季思主編《全元戲曲》本（簡稱王本）。今以《脉望館鈔校本》爲底本（簡稱原本），參考孤本、王本校勘，擇善而從。

頭　折

　　（冲末扮孫權領卒子上）（孫權云）虎略龍韜膽氣雄，人强馬壯顯威風。三分其地傳天下，威名獨霸佔江東。某姓孫名權字仲謀，乃吳郡富春人也。孫武之後。祖乃孫鍾，父乃孫堅，兄乃孫策。自父堅起義，兄策嗣業，某承祖志，建國武昌，遷都建鄴。某威鎮江東八十一郡錦繡江山。某手下雄兵百萬，戰將千員，掌東吳之地。聞知喬公所生二女，乃是大喬、小喬。此二女子，皆有國色，善曉兵書戰策，通達文理，美貌過人。某下財禮娶大喬做夫人。今選吉日良辰，娶親過門，排筵慶會，豈不樂乎！某無甚事，且回後閣去也。異品時新設大筵，笙歌絃管樂聲喧。新親慶賀成姻眷，滿堂和氣喜團圓。（下）（外扮喬公領净家童上）（喬公云）白髮刁騷兩鬢侵，老來灰盡少年心。等閒贏得食天祿，但得身安抵萬金。老夫姓喬名玄字仲華，江東吳國人也。自漢建寧中，曾爲司空太尉之職。因老夫年邁，致仕閒居。夫人劉氏。所生二女，皆有國色，名號曰大喬、小喬。深通文墨，頗看詩書，聰明智慧。今有吳侯下財治禮，娶大喬爲妻。老夫甚喜。選吉日良辰，過門婚配。家童，着梅香轉報後堂中，請將兩個小姐來者。（淨家童云）理會得。梅香，後堂中請出二位小姐來。（二旦扮大喬、小喬、淨梅香上）（大喬云）蘭堂畫閣玳瑁排，繡裙飄蕩拂香階。金縷仙裳宜禁步，寶髻雲鬟金鳳釵。妾身大喬。妹子小喬。俺姊妹二人，多蒙父母嚴教，久習文墨，頗看詩書。今有江東吳侯，下財治禮，娶妾身爲妻，選吉日良辰，配合過門。有妹子未曾婚配。俺正在繡房中看書，梅香來報，父親呼喚。須索走一遭去。（小喬云）姐姐，父親呼喚咱姊妹二人，則爲姐姐這門親事未完也。（大喬云）妹子説的是。（淨梅香云）您姊妹二人，大喬姐姐有了親事了，則有二喬姐姐未曾有親事哩。也則在早晚。看梅香幾時是了？如今天道冷了也，要個溫腳的。（淨家童云）梅香，你不棄嫌，家童情願與你溫腳罷。（大喬云）兀那家童，你怎敢多言！（淨家童云）我在下家童不敢。（大喬云）報復去，道有俺姊妹二人來了也。（淨家童云）理會的。有二位姐姐來了也。（喬公云）着兩個孩兒過來。（淨家童云）理會的。二位姐姐，着你過去哩。（做見科）（大喬云）父親，喚您孩兒來，有甚事也？（喬公云）喚您來別無甚事。自從吳侯下財治禮，娶你做夫人，老夫不勝之喜。止有小喬未曾婚配，老夫務要尋個對門，方許成親。我自有個主意。吳侯擇吉日良辰，娶親過門。着下次小的每，便安排筵席，與孩兒慶喜宴會。（小喬云）父親一壁收拾妝奩[1]，陪送姐姐，選吉日良辰過門。您孩兒的事，父親不必憂慮。想姻緣婚配之理，豈非偶然也？（喬公云）孩兒説的是，老夫自有個主意。您二人且回繡房中去。（大喬云）妹子，俺回繡房中去來。月下老前生註定，天配合今世姻緣。婚姻事非同小可，遵典禮上古流傳。（同小喬、淨梅香下）（喬公云）兩個孩兒回繡房中去了。老夫想來：郎才女貌兩相宜，婦貴夫榮福祿齊。美滿姻緣天註定，開筵慶賀捧金杯。（同淨家童下）

（正末扮周瑜上，云）小生姓周名瑜字公瑾，廬江舒城人也。幼習先王典教[2]，後看韜略遁甲之書，學成文武兼濟。爭奈時運未遂，困此布衣之中[3]，因遊學到此。江東有一故友，乃魯子敬。此人才德兼備，常與小生談話。想周瑜空學成滿腹文章，何日是我那崢嶸發達的時節也呵！

【仙吕·點絳唇】則爲我幼習殷勤，頗蒙師訓。行忠信，善武能文。兀的不困殺周公瑾!

【混江龍】雖然是高談闊論,不能够趁鵬搏九萬步青雲。空受了些齏鹽歲月,閒居在白屋寒門。我則怕老了這渭水磻溪姜吕望,誰肯似尊賢好士信陵君,好教我無投奔!想着那蕭丞相三番舉薦,那個學漢高皇捧轂推輪?

(正末云)小生無甚事,看幾行詩書。看有甚麽人來。(外扮魯子敬領淨興兒上)(魯子敬云)頗看先賢遁甲書,胸懷志氣有誰知?異日時來當奮發[4],方顯男兒大丈夫。小生姓魯名肅字子敬,本貫江下臨淮人也。幼習先王典教,頗曉吕望之書。祖宗積德,頗有錢財。小生平昔之間,有一故友,姓周名瑜字公瑾。此人文武兼濟,爭奈時運未通。小生常與公瑾談話,結爲昆仲之交。今日無甚事,探望賢弟走一遭去。可早來到也。無人報復,自己過去。(做見科)(正末云)哥哥來了也。哥哥請。(做施禮科)(魯子敬云)公瑾兄弟,您哥哥無甚事,特來探望賢弟也。(正末云)哥哥,量兄弟有何德能也。哥哥請坐。(魯子敬云)兄弟也,似這等清貧自守,何不求其舉薦?但得一官半職,可不强似你在於布衣之中也。(正末云)哥哥,您兄弟怕不要爲官?無人舉薦,焉能自進也。(魯子敬云)憑兄弟文武全才,必有峥嵘之日也。(正末唱)

【油葫蘆】您兄弟才已包含德潤身,況時乖歲月緊。(魯子敬云)自古以來,則不兄弟受貧,至如齊國管仲,在於布衣,多虧鮑叔舉薦也。(正末唱)想着那齊國管仲受清貧,那裏取鮑叔薦引多才俊?(魯子敬云)您哥哥爲兄弟功名未遂,拳拳在念,未曾下懷。兄弟,俺二人比漢順帝時雷義陳重,有何差別也。(正末唱)咱倣學那陳雷膠漆相親近。(魯子敬云)可惜埋没了兄弟文武之才也。(正末唱)空學的三略法,枉廢了孔聖文。爭奈我時乖運拙難前進,幾時能够朝帝闕受君恩?

(魯子敬云)想伊尹長於空桑,後來耕於有莘之野,湯聘之爲相。您哥哥想來,似你學成將相之才,必有顯達之日也。(正末唱)

【天下樂】想當時伊尹甘貧耕有莘[5],到後來殷也波湯就將基業新,他可便受阿衡相佐居上品。扶持的日月安,輔助的天下穩。不枉了立功勳,作大臣。

(淨興兒云)我説子敬老官兒,你則勸别人做官,你也是白衣人。前日誤了巡夜,兵馬司着牌子弓兵拿你,諕的碎屁兒直流。(魯子敬云)這厮靠後!兄弟,便好道奮發有時。見今吴、魏、劉招賢納士,三分天下,各有文武賢才輔佐。且待時守分,異日必有峥嵘發迹之日也。(正末云)哥哥也説的是。

（唱）

【那吒令】您兄弟自忖，爲功名事緊。一會家暗忍[6]，奈窮途受窘。空教我暗哂，奈天公未允！（魯子敬云）見今三國爭雄，何愁進身之日也。（正末唱）見如今吳、魏、劉，各霸國，據州郡。我道來須有個安身[7]。

（淨興兒云）休說公瑾叔，我興兒也要做個總甲，怕難吹噓之力。等周叔做了官，興兒替周叔夾鞍籠頂道。（正末唱）

【鵲踏枝】劉先主，漢宗親。曹孟德，是奸臣。見如今吳國孫權，當代爲君。我若是但進身功名事准，你看我立吳邦龍虎風雲。

（魯子敬云）兄弟，您哥哥聞知喬公有二女：大喬、小喬。二女皆有國色。大喬嫁與吳侯孫策，止有小喬未曾招嫁。據兄弟文武英才，何不娶小喬爲妻也？（正末云）哥哥說差了。（魯子敬云）可是爲何也？（正末唱）

【醉扶歸】我怕不文武多才俊，爭奈我貧苦受艱辛。我怎做的攀高接貴人？（魯子敬云）見今吳侯娶了大喬，據兄弟娶小喬，有何不可？（正末唱）教人道怎敢教魚龍混？（魯子敬云）您哥哥舉此一椿美事，兄弟如何不納也？（正末唱）非是我心中未肯，我則怕弄巧翻成笨。

（淨興兒云）公瑾叔也説的是。常肯便好，若不肯時，差的不如偷驢的。（魯子敬云）靠後！兄弟但若允納，您哥哥不才，願成此一椿事。兄弟意下如何？（正末云）既然如此，多謝了哥哥！（淨興兒云）你原來假乖弄虛頭，草繩兒你休拽脱了。（正末唱）

【金盞兒】哥哥你肯爲人，您兄弟已消魂。我則怕乾支剌未肯成秦晉。（魯子敬云）兄弟但放心。您哥哥自有個主意也。（正末唱）哥哥你心懷妙策善經綸。（魯子敬云）若喬公但言財禮，您哥哥一面承當也。（正末唱）哥哥你志高如周公旦，量寬似孟嘗君。果然是姻親同配偶，恁時節答報你個大恩人！

（魯子敬云）兄弟放心。您哥哥到來日，親自到於喬公宅上，問這門親事。論兄弟文武才能，必然允納。那其間您哥哥助三千斛麥與兄弟，必然成其配偶也。（正末云）多謝了哥哥！此恩必當重報也。（魯子敬云）兄弟但放心。（淨興兒云）好好好！別的不打緊，一表好人物。（魯子敬云）你在那裏見他來？（淨興兒云）你不知，那一日家裏小姐，着我問大喬討鞋樣兒去。我到的大喬房裏，他姊妹兩個，正搭伏着肩膀看書哩。（魯子敬云）這廝胡説！（正末唱）

【尾聲】從今後打叠起腹中憂，空着我咭題着心頭悶[8]。全憑着月下老殷勤配準，休教這紅綫錯拴了腳後跟。（魯子敬云）兄弟，您哥哥這一去，必然成就了這門親事。（正末唱）您兄弟又不犯寡宿孤辰，有一日配紅裙酒泛金樽，那其間畫閣春深蘭麝薰。（魯子敬云）兄弟，若成了這門親事，久後吳王必有重用也。（正末唱）久後若身驅着大軍，腰懸着金印，恁時節意殷勤，須報你個大恩人！（下）

（魯子敬云）兄弟去了也。恰纔談論之間，説起小喬一事，小生必索盡心竭力，幹此一件事[9]。今日且還家中，到來日親至喬公宅上問親，走一遭去。小生舉意去求親，女貌郎才作對門。未遇之間成配偶，久後當爲人上人。（同下）

校記

[1] 一壁收拾妝奩："妝"，原本作"裝"。孤本改。今從。
[2] 幼習先王典教："王"，原本作"生"，孤本改。今從。下同。
[3] 困此布衣之中："困"，原本空缺。孤本補。今從。
[4] 也是我奮發在貧寒之際："奮發"二字，原本作"憤發"，孤本改。今從。
[5] 想當時伊尹甘貧耕有莘："甘"字，原本脱，據校筆補。
[6] 一會家暗忍："會"，原本作"爲"。孤本改。今從。
[7] 我道來須有個安身："來"，原本作"求"。孤本改。今從。
[8] 空着我咭題着心頭悶："咭題"一詞，孤本、王本改作"恬題"。二詞通用。
[9] 幹此一件事："幹"，孤本改作"幹"。原通，故仍其舊。

第 二 折

（喬公領淨家童上，云）老夫喬公是也。自從將大喬與吳侯，過門之後，官員人等將老夫國老之稱。止有小喬孩兒，未曾許聘他人。今日無甚事，在於私宅中閒坐。家童，門首覷者，看有甚麼人來。（淨家童云）理會的。（魯子敬上，云）小生魯子敬是也。去喬國老宅上，與周公瑾題親走一遭去。可早來到也。家童報復去，道有魯肅特來拜見。（淨家童云）理會的。（做報科，云）報的國老得知：有魯肅特來拜見。（喬公云）道有請。（淨家童云）理會的。老官看有井。（魯子敬云）敢是有請？（淨家童云）你倒説的是。（做見科）（魯子敬云）國老支揖哩。（喬公云）子敬勿罪。有勞貴步降臨也。（魯子敬云）不敢。小生此一來別無甚事，今有周瑜，央浼小生前來，所求小姐這門親事，未知國老意下如何？（喬公云）老夫聞知周瑜有經濟之才，文武兼備，久後必有崢嶸之日。老夫將次女小喬，許聘此人。豈不聞先功名而後妻室？等周瑜爲官之後，方可成親也。（魯子敬云）謝了國老！既然許了這門親事，小生告回。與周瑜説知，走一遭去。（喬公云）子敬，可以與他説知也。（魯子敬云）國老胸懷志量高，周瑜年少顯英豪。今朝許聘爲姻眷，待他平步上青霄。（喬公云）魯子敬去了也。誰想周瑜來求親，老夫爲何允納？此人久後，必然爲官。老夫陪緣房斷送，準備慶喜筵會。小子周瑜非等閒，今朝許聘結姻緣。異日昇騰時必遂，自然獨步上青天。（同下）（正末上，云）小生周公瑾，央浼魯子敬哥哥，到喬國老宅中問親去了，未知如何？雖然如此，着小生放心不下也。（唱）

【中呂・粉蝶兒】我如今活計煎熬，又攬下不明白這場焦躁，則被這陋巷中困殺英豪。往常我論黃公，習呂望，干休了龍韜虎略。爭奈我命寒緣薄，幾時得配鸞凰一雙年少？

【醉春風】空就了雲雨夢巫山，虛傳了桃源謁故交。爭奈我一貧如洗困紅塵，弄甚麼巧、巧。這的是天地栽排，也是俺弟兄情分，須有個姻緣着落。

（正末云）小生在此閒坐。則怕哥哥到來。（魯子敬領淨興兒上）（魯子敬云）小生魯子敬。爲周公瑾娶小喬一事，到於喬公宅上，求此一門親事。不想喬公欣然許諾。喬公所言：論周瑜文武全才，必有崢嶸之日。時間未成就。等周瑜爲官之後，方纔許聘。小生不敢久停，報與兄弟得知。可早來到也。無人報復，我自過去。（見科）（正末云）哥哥來了也。這親事如何？（魯子敬云）兄弟也，賀萬千之喜！您哥哥已見了喬公，説此一椿事，甚是允諾。兄弟，皆因你有秦晉之喜也。（淨興兒云）叔叔且喜且喜！興兒聽的説了，喜不自勝。聖人有言，子張學趕鹿，爲人何不捉兔兒？（魯子敬云）興兒靠後！（淨興兒云）我周叔喜的臉兒一掇沙糖，則在鼻子尖兒上。（魯子敬云）興兒休胡説！（正末唱）

【迎仙客】聽言罷説就裏我心下自量度，這姻緣偶然間難配却。（魯子敬云）喬公所言，先功名而後妻室。料着兄弟功名不遠也。（正末唱）投至的跳龍門脱浪濤，我則待乾老了班超。（魯子敬云）兄弟，你的功名有哩，奈時間未遂也。（正末唱）我想這名與利，是人之所好。

（淨興兒云）老叔，你放心。老喬他也有眼。憑着老叔文武兼濟，又生得這等人才，又會唱雜劇，必有高官貴職。我説周叔，你若擡手做了官，你則休忘了我們爹和區區興兒。（魯子敬云）靠後！兄弟休憂心。自古以來，則不

你一人受窘也。（正末唱）

【醉高歌】哥哥，你將前賢仔細評跋，能解釋周瑜意錯，好教我迷留没亂傷懷抱。幾時得朝帝闕丹墀拜表？

（魯子敬云）兄弟乃英才美士，何必魯肅多言。想古者賢人，至於傅説版築之間，孔子厄於陳蔡，陳平宰社，韓信垂釣，後來官居極品，位列都堂。大剛來奮發有時也。（淨興兒云）老兒，你道説與他，等到那個時兒纔好？子丑寅卯，則要凑巧。嬸子過門，方纔是好。（正末唱）

【石榴花】哥哥你談今論古説根苗，我這裏一一鑑分毫。想着那大賢人版築受劬勞，殷高宗夢覺卜圖彩丰標[1]；遇賢人國祚興王道，立殷商六百其高。（魯子敬云）孔宣聖陳蔡絶糧，後爲魯國司寇；誅殺少正卯，爲萬代帝王之師也。（正末唱）若説着宣尼孔聖興儒教，見如今文業輔清朝。

（魯子敬云）至如陳平受窘，到後來扶立漢朝爲相；韓信垂釣，封爲三齊王之職。後來都皆顯達也。（淨興兒云）執迷人難勸。我説周先兒：你吃鹽多似我吃米。這功名富貴，妻財子禄，前生註定的。娶過小喬來，成了親事，周叔必然爲官。那其間纔是功成名就，俺大家吃喜酒兒耍子。（正末唱）

【鬥鵪鶉】若説着漢國陳平，更和那韓侯重爵；到後來漢祖登基，項籍項籍喪却。想着世態榮枯的緣分，教把平生勳業考。（魯子敬云）兄弟，要功成名就，可謁託於人，求其舉薦。待時運亨通，自有顯達之日也。（正末唱）我若是得志爲官，須索要伏低做小。

（正末云）哥哥，既喬公所言，將小喬許與小生爲妻，須索爲官之後，方成此事。況小生貧寒，便怎生得這財禮來？（魯子敬云）兄弟勿憂。你若成這門親事，您哥哥無甚麽，助三千斛麥，與兄弟做財禮，意下如何？（正末云）索是多謝了哥哥！（淨興兒云）興兒無甚麼，娶親時出二斗黑豆，與老叔攔門祭五路。（魯子敬云）這厮靠後！（淨興兒云）是靠後。爹出三千斛麥，興兒没什麽孝順，我就與嬸子擡轎罷。（正末唱）

【要孩兒】哥哥你疏財仗義行仁道，量寬洪寰中是少。投至的碧桃花下鳳鸞交，直等的趁鵬搏直上青霄。那其間洞房花燭成連理，方顯這御酒淋漓宫錦袍。添歡樂，霓裳歌舞，沉醉酕醄。

（魯子敬云）小生想來，兄弟功名不遠也。（淨興兒云）周叔的功名，也則在眼前了。我興兒定來討喜錢，吃喜酒兒。（魯子敬云）兄弟放心，定有高官貴爵也。（正末唱）

【尾聲】雖然是官禄興，也須要命運招，則他這貧窮富貴天之道。（云）

小生異日得志呵,(唱)輔助的吳國江山太平了。(下)

(魯子敬云)兄弟去了也。據兄弟文武韜略,久後必然大用。小喬婚姻之事,如掌上觀紋,有何難哉!小生無甚事,且回私宅中去。兄弟這文武全才曉六韜,異日亨通品位高。三千斛麥成鴛偶,穩取風光配小喬。(下)(淨興兒云)俺子敬爹去了也。我無甚事,光祿寺門前咽骨頭去也[2]。

校記

[1] 殷高宗夢覺卜圖彩丰標:"卜"字,原本空缺。孤本亦空。王本認爲此句採用殷高宗"因夢見傅説"事。唐杜牧《樊川集》卷十八《上周相公啓》云:"是以傅、吕得於夢卜,申、甫隆於山岳。"因而據以補"卜"字。今從。

[2] 光祿寺門前咽骨頭去也:"咽",王本改爲"咽"。非是,不從。

第 三 折

(孫權領卒子上,云)文習孔孟傳天下,武講孫吳韜略書。某乃孫仲謀是也。俺吳國新收一員上將,姓周名瑜字公瑾。此人文武雙全,乃智謀之士;深通三略,廣看六韜。某封爲吳國兵馬大元帥。此人娶小喬爲妻,選吉日良辰,排筵慶賀。某今差四將,押解金銀珠翠、表裏段匹,與周元帥賀喜,有何不可。小校與我喚將魯肅來者。(卒子云)理會的。魯肅安在?(外扮魯肅上,云)將軍馬跨赤鬃蛟,遇水逢橋不憚勞。揚威耀武英雄漢,四海聲傳把姓標。某乃魯肅是也。幼習戰策,頗看兵書。佐於東吳主公麾下爲將。小校來報,主公呼喚,不知有何事,須索走一遭去。可早來到也。小校報復去,道有魯肅來了也。(卒子云)理會的。(報科,云)喏,報的主公得知:有魯肅來了也[1]。(孫權云)着他過來。(卒子云)理會的。過去。(做見科)(魯肅云)主公呼喚魯肅,有何將令?(孫權云)你且一壁有者。小校喚將吕蒙來者。(卒子云)理會的。吕蒙安在?(外扮吕蒙上,云)鐵馬將軍武藝高,六韜三略頗曾學。排兵佈陣依孫武,對壘相持膽氣豪。某乃吕蒙是也。佐於江東吳侯麾下爲將。小校來報,主公呼喚,不知有甚事,須索走一遭去。可早來到也。小校報復去,道有吕蒙來了也。(卒子云)理會的。(報科,云)喏,報的主公得知:有吕蒙來了也。(孫權云)着他過來。(卒子云)理會的。著過去。(做見科)(吕蒙云)主公呼喚吕蒙,那廂使用?(孫權云)你且一壁有者。小校喚將韓當來者。(卒子云)理會的。韓當安在?(外扮韓當上,云)

習演黃公三略法,曾讀呂望六韜文。出馬迎敵常取勝,英雄敢戰大將軍。某乃韓當是也。正在演武場中,操練軍士,小校來報,主公呼喚,不知有甚事,須索走一遭去。可早來到也。小校報復去,道有韓當來了也。(卒子云)理會的。(報復科,云[2])喏,報的主公得知:有韓當來了也。(孫權云)着他過來。(卒子云)理會的。着過去。(做見科)(韓當云)主公呼喚韓當,有何將令?(孫權云)你且一壁有者。小校與我喚將程普來者。(卒子云)理會的。程普安在?(外扮程普上,云)手搭雕翎鵲畫弓,咆哮戰馬勝彪熊[3]。迎敵對陣分強弱,忘生捨死逞威風。某乃程普是也。操兵練士已回[4],主公呼喚,不知有何將令,須索走一遭去。報復去,道有程普來了也。(卒子云)理會的。(報科,云)喏,報的主公得知:有程普來了也。(孫權云)着過來。(卒子云)理會的。過去。(做見科)(程普云)主公呼喚程普,有何將令?(孫權云)喚您四將來,別無甚事。今日周瑜元帥娶小喬爲妻,您四將押解金銀珠翠、表裏段匹,與周瑜元帥賀喜。便索前去,不可延遲。某且回後堂中去也。慶喜排筵滿畫堂,郎才女貌正相當。紅鸞天喜生前注,今朝夫婦願成雙。(下)(魯肅云)俺四將奉主公將令,將此金銀彩段,直至周元帥宅上賀喜走一遭去。周瑜守分樂甘貧,胸懷韜略武和文。恩榮敕賜當酬賀,東吳方表重賢臣。(同下)(正末領卒子上,云)某乃周瑜是也。自從喬國老將小喬許某爲妻,某發憤崢嶸,棄文就武,官封吳國大元帥之職。先功名而後妻室,選吉日良辰,娶小喬過門。周瑜也,誰想有今日也呵!(唱)

【越調‧鬥鵪鶉】我今日位列都堂,受着這元戎帥職。更那堪一品高官,真乃是三台氣勢!駿馬雕鞍,擺列着戈矛劍戟。隨從嚴,虞候齊,託賴着聖主寬恩,仁慈大德。

【紫花兒序】住的是蘭堂畫閣,繡幕珠簾,錦帳羅幃。若不是恩人惠濟,仗義施爲,無及。這其間寂寞孤窮在這陋巷裏,也是我奮發在貧寒之際。皆因是運限通達,仁德扶持。

(正末云)小校門首覷者,看有甚麼人來。(卒子云)理會的。(魯肅同呂蒙、韓當、程普領卒子拿表裏上)(魯肅云)某魯肅是也。今因周瑜元帥,娶小喬爲夫人。某奉主公之命,着某同三位將軍,押解金銀珠翠、表裏段匹,與元帥先來慶喜。可早來到也。小校報復去,道有魯肅等四將,奉主公命,齎慶賀喜財物在此也。(卒子云)理會的。(報科,云)喏,報的元帥得知:有魯肅等四將,奉主公命,齎慶賀喜禮物在此。(正末云)小校裝香來,道有請。(卒子云)理會的。有請。(魯肅同衆將做見科)(魯肅云)元帥望闕跪者,聽聖人的命:因爲你娶小喬爲夫人,某等奉命,齎持金銀珠翠、表裏段匹等物,先來與元帥慶喜。謝了恩者!(正末做拜科,云)感謝聖恩!(吕蒙云)元帥,主公之恩,非輕也。(正末云)量周瑜有何德能也!(唱)

【小桃紅】我這裏遥瞻北闕,跪在階基。寶鼎焚香細,頓首誠惶盡忠義。(韓當云)聖人之恩,如泰山之高。元帥須要忠誠報國,效力殷勤也。(正末唱)我道來不輕微,設若便捐軀殞首當出力。(程普云)元帥,聖主所賜羅錦段匹、金銀珠翠,慶賀元帥也。(正末唱)敕賜與錦繡段匹,金銀珠翠。(魯肅云)聖人與元帥姻親之禮,自然當受也。(正末唱)你道是戚畹理當宜。

(正末云)將軍請坐。小校,看酒餚來者。(卒子云)理會的。(吕蒙云)不必飲酒。元帥,賀萬千之喜!某等四將,便索回主公話,走一遭去。(正末唱)

【調笑令】您雖然賀喜莫空回,俺須索蔬酒三杯權當禮。(韓當云)元帥尊意,某等四將,豈敢輕慢?某等不敢久停久住,便索回主公話,走一遭去。(正末唱)您可便因公遣差無私意,某應當執盞擎杯,也不索謙辭太過不做美。(程普云)元帥,某等四將,乃元帥治下,何勞如此動意?(正末唱)我須索做小伏低。

(云)小校,擡果桌來者。(卒子云)理會的。(做擡果桌上科)(正末云)小校,將酒來。(卒子云)理會的。(魯肅云)元帥,某等斷然不敢飲酒,便索回主公話去也。(正末唱)

【禿廝兒】又無甚孟嘗君珍羞玳瑁,公孫弘東閣筵席。(吕蒙云)俺四將乃元帥治下,焉敢受其席面?(正末唱)某雖然官居重職須用禮,我欽敬理當爲,須要誠實。

(韓當云)元帥厚意,某等須要分個尊卑次序也。不敢延遲怠慢,便索回奏主公去也。(正末唱)

【聖藥王】這一個心意歸,那一個疾便回,恰便似風吹勁草不停息。(魯肅云)元帥,某等不敢怠慢,要回報主公哩。(正末唱)這一個去路慌,那一個行色催[5],猶如那雲中雁影去如飛。(程普云)元帥,休見俺四將之過,便索回去也。(正末唱)我和你目下各東西。

(魯肅云)元帥,俺四將回了主公話;來日國老,必然送夫人過門。俺衆將準備花紅羊酒、表裏金銀,專賀元帥也。(正末云)您四將休怪。某來日安排酒餚慶賀,謝主公賞重之恩也。(唱)

【尾聲】到來日錦堂佳宴香風細,列一派簫韶韻美。(吕蒙云)今日君聖

臣賢，士馬永息，三國永無爭戰也。（正末唱）今日個龍虎會風雲，則願的吳國清平萬萬里。（下）

（魯肅云）元帥回去了也。俺四將送賞已畢，不敢久停久住，回主公話走一遭去。排筵設會捧金甌，慶賞風光美眷酬。今朝贈賞周公瑾，四人回報見吳侯。（下）

校記

［1］有魯肅來了也。"魯肅"二字，原本作"曾蕭"。今改。
［2］報復科云：原本作"報復去"。孤本改，王本從。今從。
［3］咆哮戰馬勝彪熊："咆"，原本作"跑"。孤本改。今從。
［4］操兵練士已回："已"，原本作"以"。今改。
［5］一個行色催："色"，原本作"氣"。孤本改。今從。

第 四 折

（外扮諸葛瑾領卒子上）（諸葛瑾云）直正堅心立汗青，於民潤國掌權衡。三分天下民歸順，保助吳邦享太平。小官諸葛瑾是也。輔佐江東吳王麾下，官拜宛陵侯之職。昆仲三人：弟乃諸葛亮，佐於劉玄德麾下，官封丞相之職；次弟諸葛誕，佐於曹操麾下，官封司空之職。某想吳主乃孫武之後，自父堅起義，兄策嗣霸，權藉餘烈，建國武昌，後遷都建鄴。己酉稱帝，國號東吳。勇鷙剛果。自孫策卒，主上繼之。俺主公有雄兵百萬，戰將千員。衆將皆為股肱之臣，卒成鼎峙之業。有喬公曾在漢朝為司空太尉之職，今因年邁致仕，閒居在此江東。他有二女，皆有國色也。大喬聘與吳王；止有小喬，今聘與周公瑾，成其配偶。今日會親筵宴。有周公瑾舉薦魯子敬有文武全才。今奉聖人的命，差某直至周公瑾宅上，與他三人加官賜賞走一遭去。則為這：周公瑾志氣軒昂，懷韜略智勇難量。聖明主擢才選用，保吳國地久天長。（下）（喬公領淨家童上）（喬公云）歡來不似今朝，喜來那逢今日。老夫喬國老是也。自從將第二個女孩兒與周瑜為妻，未曾婚配。誰想此人棄文就武，官拜吳國大元帥之職。自從選吉日良辰，老夫陪奩房斷送，配與周公瑾，可早數日光景。周元帥安排慶喜筵席，請某赴會，須索走一遭去。（淨家童云）老相公且喜且喜！家童聽的嫁與周元帥，欣喜兒無限。（喬公云）家童，跟隨老夫走一遭去。（淨家童云）硫黃裏少了疥藥。（外云）得也麽[1]，顛倒了。(喬公云)令人將馬來,直至周元帥宅中飲酒走一遭去。排筵慶會設佳餚,列鼎重裀顯貴豪。喜酒相迎當痛飲,拚却沉醉樂陶陶。(下)

(正末同小喬領卒子上)(正末云)某周公瑾是也。自從娶夫人過門,不覺數日光景。今日安排慶喜筵會。我在聖人根前,所言魯肅贈三千斛麥,此人文武雙全,才德兼備,當可陞用,聖人必有封官賜賞。周瑜,我今日功成名就,正當慶賀也呵!(唱)

【雙調·新水令】今日個賀巫山神女會襄王,準備下翠模糊繡幃錦帳。真乃是芸窗生瑞氣,畫閣靄祥光。若不是國老賢良,妻宮運不承望。

(小喬云)元帥,似你官高極品,位列三公,妾身與你配合姻眷,享如此富貴,俺正是夫妻福齊也。(正末云)某若不是夫人,豈有今日也!令人門首覷者,等魯子敬哥哥來,報復我知道。(卒子云)理會的。(魯子敬上,云)小生魯子敬。今日周元帥安排慶喜筵會,小生慶賀走一遭去。可早來到也。小校報復去,道有魯子敬來了也。(卒子云)理會的。(報科,云)喏,報的元帥得知:有魯子敬來了也。(正末云)道有請。(卒子云)理會的。有請。(做見科)(正末云)哥哥,有請!有請!(魯子敬云)元帥今日大開筵會,小生特來赴席,理當慶賀也。(正末唱)

【沉醉東風】若不是大恩人寬洪大量,枉教這窮書生半世乾忙。(魯子敬云)論元帥奮發有時,今日夫婦團圓也。(正末唱)慶賀風流美眷姻,成就了國色嬌模樣[2]。今日個謝仁兄匹配鸞凰!(魯子敬云)元帥休如此說,皆因你官祿妻宮顯達也。(正末唱)今日個命運亨通當顯揚,畢罷了眠思夢想。

(正末云)小校門首覷者,岳丈來時,報復我知道。(卒子云)理會的。(喬公領家童上)(喬公云)二喬國色成佳配,一門好事自天來。老夫喬公是也。自從將小喬配與周瑜,誰想他做了兵馬大元帥,老夫甚是歡喜。今日周瑜安排慶喜筵席,請老夫並魯子敬飲酒。可早來到也。小校報復去,道有老夫來了也。(卒子云)理會的。(報科,云)報的元帥得知:有國老來了也。(魯子敬云)呀呀呀,國老來了也。(正末云)道有請。(卒子云)理會的。有請。(正末接科,云)某親自迎接岳丈去。(見科)(喬公云)周元帥,老夫來了也。(正末云)岳丈請府堂中坐。(喬公云)小喬[3],老夫特來赴宴也。(小喬云)父親,您兒若不是父親,豈有今日也!(拜科)(喬公云)魯子敬,周公瑾這一椿親事,多虧你圓美也。(魯子敬云)國老,非干魯肅之事,皆是國老才德深厚,量寬似滄海,仁厚如泰山也。(喬公云)不敢不敢。老夫特來慶賀也。(淨家童云)理當理當。下次小的每,把酒釃熱着。(正末唱)

【慶東原】多謝這老泰山臨宅院,(喬公云)非干老夫之能,皆是吳主之言,重用你文武也。(正末唱)託賴着聖明君選棟梁。(喬公云)這一椿親事,多虧了子敬用心也。(正末唱)則俺這大恩人用心施才量。(喬公云)皆因聖主仁慈,子敬寬厚周給。老夫趁此良姻,須當配合也。(正末唱)一來是聖恩慈紀綱,二來是感尊兄顯昂,三來是託泰山周方。成就了十年苦用工夫,方稱了一世兒成名望。

(云)左右,擡上果桌來者。(卒子云)理會的。(擡果桌科)(正末云)左右,將酒來。(卒子云)理會的。(小喬云)妾身執壺,元帥行酒。(淨家童云)我鋪菜兒罷[4]。(斟酒科)(正末云)一壁廂動着樂者。(動樂科)(正末云)這一杯酒,岳丈先飲。(喬公云)先從子敬大人來。(正末云)岳丈先飲。(淨家童云)這麼個好女婿,喜酒兒正好吃三鍾。(飲酒科)(正末云)再將酒來。(小喬云)理會的。(斟酒科)(正末云)這一杯酒哥哥飲。(魯子敬云)小生理會的。(魯子敬飲酒科,云)小生回元帥一杯咱。(淨家童云)是爹吃一鍾好熱酒。家童也吃一鍾。(遞酒科)(正末云)小官飲。(飲酒科,云)再將酒來。(斟酒科)(正末云)這一杯酒夫人飲。(小喬云)妾身理會的。(淨家童唱科)笑吟吟的慶喜!(外云)得也麼,這厮!(小喬做飲酒科)(正末云)再將酒來。(小喬云)理會的。(斟酒科)(正末云)岳丈再飲一杯。(喬公云)老夫理會的。(做飲酒科,云)看了如此受用,非比其餘也。(正末唱)

【喬牌兒】看了這畫堂筵會爽,更和這春色美佳釀。拚今朝痛飲寬洪量,聽簫韶音韻響。

(正末云)慢慢的飲酒。看有甚麼人來,報復某知道。(卒子云)理會的。(諸葛瑾上,云)爲臣輔弼行肱股,保助皇朝享太平。某諸葛瑾是也。奉聖人的命,直至周公瑾宅上,加官賜賞走一遭去。可早來到也。左右接了馬者。(卒子云)牢墜鐙。(諸葛瑾云)小校報復去,道有諸葛瑾奉命加官賜賞來也。(卒子云)理會的。喏,報的元帥得知:有諸葛瑾奉命加官賜賞來了也。(正末云)左右,裝香來。道有請。(卒子云)有請。(正末見科,云)有請!有請!(做見科)(諸葛瑾云)元帥,某奉聖人命,特來與你加官賜賞也。(正末唱)

【滴滴金】我這裏款下階基,躬身叉手,忙施謙讓。怎消的聖主賜周郎!擺列着畫燭明晄,沉檀細裊,遥瞻北向。託賴着仁勝堯湯[5]!

(諸葛瑾云)元帥,您衆人望闕跪者,聽聖人的命。(正末同衆跪科)(諸葛瑾云)魯肅,因爲你才德兼備,文武雙全,周瑜舉薦你,封你爲吳國上大夫之職。周公瑾,封你爲兵馬大元帥護國大將軍。你妻爲賢德夫人。喬國老賜御拄杖一條,每月支三品俸禄養老。您聽者:公瑾英才苦志勞,威名膽氣有誰學?官封兵馬都元帥,畫戟門排氣勢豪。舉保魯肅爲太宰,紫袍金帶作臣僚。每人賜金三千鎰,綾羅段匹一千條。重裀列鼎食天禄,大纛高牙爵位高[6]。文英武烈安天下,永祚皇圖萬萬朝。(同下)

    題目　魯子敬仁厚助英賢
    正名　周公瑾得志娶小喬

校記

[1] 得也麼:"麼",原本作"末"。孤本改。今從。
[2] 成就了國色嬌模樣:"成就了"三字前,原本有一"早"字,原本校筆已删。孤本恢復。今從原本校筆删。
[3] 小喬:原本作"二喬"。孤本改。今從。下同。
[4] 我鋪菜兒罷:"鋪",原本誤作"捕"。今從王本改。
[5] 託賴着仁勝堯湯:"堯湯",孤本改作"堯唐"。
[6] 大纛高牙爵位高:"牙",原本作"衙"。孤本、王本改。今從。

今存殘曲

周瑜謁魯肅

高文秀　撰

解　題

　　雜劇。元高文秀撰。天一閣本《錄鬼簿》著錄，題目"孫權娶大喬"，正名"周瑜謁魯肅"，簡名"謁魯肅"；《説集》本《錄鬼簿》、孟本《錄鬼簿》、《太和正音譜》、《元曲選目》著錄，簡名"謁魯肅"；曹本《錄鬼簿》、《今樂考證》、《曲錄》著錄，正名"周瑜謁魯肅"。《詞林摘艷》今存《謁魯肅》第二折。《盛世新聲》《雍熙樂府》均收，《盛世新聲》少【牧羊關】一曲，《太和正音譜》《北詞廣正譜》各收【蝦蟆序】一曲。劇寫周瑜的窮困及濟世抱負。當周瑜知魯肅是孫權手下主要謀士時，曾去拜謁，遭到白眼。本事見於《三國志·吳書·周瑜魯肅呂蒙傳》，劇情有創新。《謁魯肅》第二折，今以《詞林摘艷》本爲底本，參閲趙景深《元人雜劇鉤沉》本（簡稱趙本）、王季思主編《全元戲曲》本（簡稱王本）校勘，擇善而從。

　　【南呂·一枝花】蒼天老後生，白髮添新恨；旱苗未得雨，枯木未逢春。東走西奔。自古道難求進。我如今三十也不立身，空着我謁遍朱門，到處裏難尋個主人。

　　【梁州】無一個舉賢才漢朝蕭相，那裏也那養窮民齊國田文！胸懷四海三江悶，陋巷中消磨日月，破窗下守待風雲。詩句裏包含天地，書卷内費盡光陰，酒杯中浸潤乾坤，自古來不辨一個清渾。宰社處豈重陳平？乞食後誰憐韓信？今日個得官也纔識蘇秦。滿衣，土塵，東吳人誰識周公瑾！直待得等時運，一日登壇受主恩，那其間車馬迎門。

　　【牧羊關】則恁諸卿相，更和這萬乘君，繫着那虎符金印。你道是恐後無憑，我須是言而有信。我受貧時親借你麥，我得官後便還你銀。我則教孔夫子寫借契，我則教姜太公做保人。

【賀新郎】養三千劍客孟嘗君,越教我報怨十分。我這裏罵他一頓,他見一般財主忙趨進,相接罷連忙動身問,偏和咱兩等兒看承。不借與我幾斗塵爛麥,到與他一錠雪花銀。古人言今日方纔信,端的是"敬愚不敬賢,追富不追貧"。

【隔尾】你這等不學海量只學慳吝,只敬衣衫不敬人。這富漢輕人,好教我氣不忿。懷揣着怨恨,出的他這府門,待不罵着周瑜氣難忍。

【牧羊關】他雖然手裏無攀蟾藝,臀邊有坐馬紋,一肚皮草節牛糞。可知道物斛難賒,本生黍麥不分。廣詩書無衣飯,不識字有崇門。無手足天教富,拿云的却受貧。

【蝦蟆序】自量忖,自議論,想混沌初分,耕田隱姓伊尹,聚螢讀書車胤,會稽擔柴買臣,淮陰乞食韓信,太公垂釣渭濱[1],相如題橋發忿,蕭何司吏出身,樊噲屠户得運,高祖原是庶民,光武居住村鎮。自古來登基明君,開國功臣,閫外將軍,他每都誰不生長在白屋寒門[2]!當初蘇秦,須不曾胎胞裏便挂黃金印。千丈志,一跳身,獨步青雲。詔爲宰相,定立功勳。

【三煞】暗思韓信十年困,不抵周瑜一日貧。求人不濟慢傷神!今世之中男子人,休得遭貧困,無限氣受不盡。富漢每不下馬,傲殺窮民[3]。

【二煞】年紀大小都休問,世事高低且莫論,衣衫新者便爲親!特地投他借與是人情,不借是本分。孔子道:不義而富貴,於我如浮雲。

【尾聲】一天風雪捱饑困,千里關山勞夢魂。魯子敬哥哥行去投奔。染塵埃一身,伴日月兩輪,遥望着鵬程去心緊。

校記

[1] 垂釣渭濱:"垂"字,原本作"重"。今從王本改。"渭濱"之下,《太和正音譜》《北詞廣正譜》另有四句"伍員吹簫吳郡,孔子絕糧在陳,顏回甘貧守分,王陵沽酒待賓"。趙本校錄,可參考。

[2] 自古來登基明君……白屋寒門:這四句《太和正音譜》《北詞廣正譜》作"自古來朝中賢人,閫外將軍,登基明君,開國功臣,誰不生在白屋寒門"。趙本校錄,可參考。

[3] 傲殺窮民:"傲",原本作"熬"。今從王本改。

諸葛亮秋風五丈原

王仲文　撰

解　　題

　　雜劇。元王仲文撰。王仲文,大都(今北京)人,生平不詳。著有雜劇十種,今存《不認屍》一種全本、《五丈原》殘曲,《七星壇諸葛祭風》等八種佚。《錄鬼簿》著錄,全名"諸葛亮秋風五丈原",簡名"五丈原",一作"諸葛亮軍屯五丈原"。事見《三國志·蜀書·諸葛亮傳》:"(建興)十二年(234)春,亮悉大衆由斜谷出,以流馬運,據武功五丈原,與司馬宣王對於渭南。亮每患糧不繼,使己志不申,是以分兵屯田,爲久駐之基。耕者雜於渭濱居民之間,而百姓安堵,軍無私焉。相持百餘日。其年八月,亮疾病,卒於軍,時年五十四。"元刊《三國志平話》卷下有《秋風五丈原》一節,寫諸葛亮臨死前,"左手把印,右手提劍,披頭點一盞燈,用水一盆,黑鴨子一個下在盆中,壓住將星"。劇本佚,劇情不詳。《太和正音譜》存殘曲一支,題第四折。趙景深《元人雜劇鈎沉》輯存第四折【雙調·挂玉鈎序】一支曲。今據此迻錄。

第 四 折

　　【雙調·挂玉鈎序】越越睡不著,轉轉添煩惱。我這老病淹淹,秋夜迢迢。拋策杖,獨那腳,好業眼難交!心焦。助鬱悶,增寂寞,疏刺刺掃閒階落葉飄,碧熒熒一點殘燈照。一更纔絕,二鼓初敲。

虎牢關三戰呂布

武漢臣　撰

解　　題

　　雜劇。元武漢臣撰。武漢臣，濟南人，生平不詳。著有雜劇十一種，今存《老生兒》《生金閣》兩種，《三戰呂布》僅存殘曲一句，其餘八種均佚。此殘句録自《北詞廣正譜》。該書卷一【黄鐘宫】於【古水仙子】一曲録第五句三格，題"武漢臣《三戰吕布》劇"僅此六字。據《録鬼簿》著録，此劇在元代有兩個本子：一爲武漢臣撰，一爲鄭德輝撰，二本題目、正名全同。曹楝亭本《録鬼簿》在武作此劇目下注云："鄭德輝次本"，在鄭作此劇下注云："末旦頭折，次本"，其他本《録鬼簿》僅《説集》本和孟稱舜本在鄭作此劇目下注云："末旦頭折"。趙景深《元人雜劇鈎沉》因兩劇劇名全同，未收此殘句。此劇今僅存脉望館鈔校本，題鄭德輝撰。但此本頭折無旦角，而聯套順序爲仙吕、雙調、中吕、正宫四套，没有黄鐘宫。據此，則似可認爲：今存脉本爲鄭德輝所撰，今存殘句本爲武漢臣所撰。至於武本故事情節，因劇本佚失，難以詳述。本事亦當出於《後漢書·劉焉袁術吕布列傳》與元刊《三國志平話》卷上。今據《北詞廣正譜》迻録。

【黄鐘·古水仙子】雙股劍左右着

相府院曹公勘吉平

花李郎　撰

解　　題

　　雜劇。元花李郎撰。花李郎，一作花李郎學士，生卒里居不詳。教坊劉耍和婿。著有雜劇四種，今存《相府院曹公勘吉平》《釘一釘》二劇殘曲。與馬致遠合著《黃粱夢》，他作第三折，今存。《酷寒亭》佚。天一閣《錄鬼簿》著錄。劇寫太醫令吉平欲毒死曹操，因人告密而敗露。曹操嚴刑拷打，問其主謀與同黨，吉平寧死不屈。事見元《三國志平話》。劇本已佚。今存殘曲【聖藥王】、【鎮江回】殘曲及【叨叨令】殘句，載《北詞廣正譜》。《太和正音譜》僅載【鎮江回】曲，注明第三折。趙景深《元人雜劇鉤沉》收錄。王季思主編《全元戲曲》據此迻錄。今據趙景深《元人雜劇鉤沉》迻錄。

　　【越調·聖藥王】揪的你寶帶斜，身趔趄，則今番不和你調喉舌。休當者，莫憏撇，早送出相府門者，我和你同離虎狼穴。

第　三　折

　　【越調·鎮江迴】一脚高來一脚低，心驚顫，步剛移。覷不的我這喬喬怯怯慌張勢，煞大身子不查梨，你甚麽脚踏實地！

　　【正宮·叨叨令】中……你早則諱不的也波哥，諱不的也波哥……

千里獨行

無名氏　撰

解　題

　　雜劇。元無名氏撰。《元曲選目》《太和正音譜》《今樂考證》著錄,皆作簡名"千里獨行"。今見明趙琦美《脉望館鈔校本古今雜劇》收錄的元無名氏雜劇《關雲長千里獨行》爲旦本;《雍熙樂府》所錄本套《千里獨行》爲末本,兩劇內容相同,而曲文迥異,顯然是題材相同的不同作者的劇本。事見元刊《三國志平話》。《錄鬼簿》有無名氏《斬蔡陽》一目,趙景琛疑本套即《斬蔡陽》的第一折。版本今存《雍熙樂府》本。另有趙景琛《元人雜劇鈎沉》本(簡稱趙本)、王季思主編《全元戲曲》本(簡稱王本)。今以《雍熙樂府》本爲底本,參考趙本、王本校勘。

　　【仙呂·點絳唇】[1]我則待創立劉朝,替天行道,誅奸暴。水米無交,立大節全忠孝。
　　【混江龍】恰離了奸雄曹操,休愁我獨行千里路途遥。我丹心耿耿,似水滔滔。昨日在相府修書封府庫,今日在霸陵刀挑絳紅袍。曹公失色,戰將魂消;險驚殺許褚[2],幾諕死張遼。憑着我立國安邦三尺鐵,不怕他曹兵圍縱五千遭。殺的他殘雲般敗走,有命難逃。
　　【油葫蘆】憑着我坐下渾紅偃月刀,不怕他武藝高,若遇着英雄且敵豈擔饒。他更有韓信般暗度陳倉道,準備着大會垓十面將軍調[3]。他憑着百萬兵,咱仗着一將驍。咱雖然飄零四海無人靠,量奸雄一似小兒曹。
　　【天下樂】這林內是杜宇啼歸客恨消,你休得心焦,過小橋,嘆行人盼路遥。望天涯雲漢間,覷長空日影高,若得會俺仁兄忘了驅勞[4]。
　　【那吒令】過溪邊小橋,見垂楊樹梢。脱征衣錦袍,解獅蠻甲條。把車兒且住着。啼鳥在林間噪,怎聽上絮絮叨叨。
　　【鵲踏枝】似這等風飄飄,雨瀟瀟,雲慘慘,路迢迢,盼不見舊日桃園,生死相交。共侄兒嫂嫂,把曹公謝了,受驅馳水遠山遥。

【寄生草】嫂嫂你,休憂慮,得相逢不避遥。我不怕天涯海角都遊到,我心如日月乾坤照,真誠不改全忠孝。想當初中興光武走南陽,今日俺漢皇叔撞入檀溪道。

【幺】俺哥哥寬仁義,性謙謙智見高。端的有湯肩禹背君王貌,寬洪海量無強暴,皇天不絕咱宗廟。他憑着英雄文武藝雙全,便教乾坤宇宙皆安樂。

【後庭花】我正是敬哥哥奉嫂嫂,便是俺關雲長全忠孝。也是俺弟兄每多不幸,到徐州失散了。因此上被曹操,閃的俺英雄零落。漢乾坤不定交,陣雲飛未消,踐紅塵路境遥。

【青歌兒】呀,四下裏干戈、干戈攘鬧,八面兒旌旗、旌旗作號,處處烟塵將士馬招,都只待擐甲披袍,仗劍提刀,不離鞍轎,到處征討。也待把漢國江山漸漸消,恨不得兵傾倒。

【尾】心中憶故交,千里終須到。眼看着古城兒堪堪的近了,只見那樓邊竪着旗號,上寫着快活年國泰民饒。四面周遭,列着槍刀。則見那金鎖堤邊纜吊橋,城墻接碧霄,門傍擺襄陽大炮,這裏是藏龍穴栖鳳巢。

校記

[1]【仙吕・點絳唇】:"仙吕",雍熙樂府無此調名。今從趙本補。
[2] 險驚殺許褚:"險",原本作"顯"。趙本失校。今從王本改。
[3] 準備着大會垓十面將軍調:"調",原本作"吊"。趙本失校。王本從。今依文意改。
[4] 驅勞:原本作"軀勞"。趙本失校。王本從。今據文意改。按:據《宋元明清曲辭通釋》"驅勞"意爲奔走辛苦;"軀勞",意爲身段,模樣,擺弄身段。

斬蔡陽

無名氏 撰

解　題

　　雜劇。元明間無名氏撰。明賈仲明《錄鬼簿續編》著錄，簡名"斬蔡陽"，題目、正名不詳。《雍熙樂府》有【仙呂宮】【點絳唇】一套，主唱關羽。莊一拂《古本戲曲存目匯考》認爲"此套可能即《斬蔡陽》之第一折"。此折寫關羽身在曹營，深受曹操厚待，而關羽思念兄弟，不爲金錢、美女所動，暫居許昌，等待時機。事見元刊《三國志平話》卷中《關公斬蔡陽》。今依明嘉靖刊本《雍熙樂府》爲底本校點整理。

　　【點絳唇】國祚靈長，本朝興旺。俺驅兵將，竭力勤王。久已後圖寫在雲臺上。
　　【混江龍】自從那秦嬴天喪，東西兩漢祖高光。保障着山河錦繡，城郭金湯。想當日四百載華夷歸正統，到後來兩三番跋扈立朝綱。纔除宦官近習，早寵外戚專權。恰誅了強梁董卓，又遇着奸詐曹瞞。只爲董承種輯泄機謀，到惹的衣帶中密詔添愁況。逗引起群雄逐鹿，空叫我獨自亡羊。
　　【油葫蘆】有德服人世必昌。怎得亡。俺哥身材七尺貌堂堂，氣昂昂命世英雄像，性謙謙德重寬洪量。俺哥哥仁義又純，智慮又長。他生的手垂過膝奇形狀，少不得位至漢中王。
　　【天下樂】子這暗地裏謀人不算強。便將他殺傷，有甚麽好智量。我怎肯爲劫賊做刺客的歹勾當。我子待播英風萬古傳，立芳名百世揚。憑着羽取群雄如運掌。
　　【那吒令】想曹公養士呵，把賊擒寇攘。想曹公立節呵，正三綱五常。想曹公盡忠呵，肯勤王定邦。我爲甚露丹衷將美女辭，却厚惠把黃金讓，這的是於曹公寵愛增光。
　　【鵲踏枝】你休要苦相央，我和你好商量。你教我痛飲黃封，醉倚紅妝。

你子待掉三寸舌尖伎倆,絮叨叨數黑論黃。

【寄生草】列羅綺排佳宴,擁笙歌到畫堂。新酷綠蟻玻璃漾,滿斟玉液葡萄釀,高擎春色珍珠漾。我是個飄零孤館客中人,一任他闌珊竹葉樽前唱。

【醉中天】囑付酒盞休重燙,醉後早抬羊。休子顧指點銀瓶索酒嘗。多謝恁曹丞相,何必黃金滿箱。子俺客中情況,休想咱匹配鸞凰。

【金盞兒】細裁量,自參詳。三回五次難敵當。浮名薄利受何妨。我子是守誠心思故主,怕甚麼受虛位在朝堂。好着我嘆孤忠隨日落,悲離恨與天長。

【醉扶歸】自結義平原相,誰承望有參商。子俺生死之交不可忘,盟誓難虛誆。空教我望斷愁雲故鄉,都攝在雙眉上。

【金盞兒】不是我自誇強,敢承當。直等我立功名以報曹丞相。轟轟烈烈尚鷹揚。試看我金槍明曉日,寶劍掣秋霜。一任他延津屯沮授,怕甚麼官渡有顏良。

【賺尾】憑著我扶持社稷功,包括乾坤量。一片心天青日朗。我不比跋扈奸雄黑肚腸。我子待立功勳盡節朝綱,守忠良青簡傳芳。雄赳赳威風膽氣剛。我如今暫留許昌,心情悒怏。我子怕困塵空自老干將。

諸葛亮挂印氣張飛

無名氏　撰

解　　題

雜劇。元無名氏撰。《也是園藏書古今雜劇目錄》《今樂考證》《曲錄》著錄正名"諸葛亮挂印氣張飛"，《寶文堂書目》著錄簡名"氣張飛"，均未署作者。劇本今存二折曲文，收入《群音類選》續編卷一北腔類，題"氣張飛雜劇"，下有《張飛走范陽》《張飛待罪》。《張飛走范陽》叙劉備請諸葛亮爲軍師，張飛受氣，心中不服，遠走范陽，欲重操舊業。途中想起桃園結義之情，重立炎劉之志，如今壯志未酬，與兄弟分手，頓生悲慨。《張飛待罪》叙張飛與諸葛亮賭頭争印，奉命追趕曹軍夏侯惇殘敵，追至松林，中了夏侯惇之計，讓殘敵走脱，始服諸葛亮神算妙策，回營請罪，獲軍師赦免，張飛表示認罪悔過。事見《三國志平話》卷中。今以《群音類選》本爲底本，進行校勘整理。

張飛走范陽

【雙調·新水令】揚鞭策馬走如飛，想桃園頓生悲慨。丹心照日月，盟誓封神祇，生死同歸。相拆散，成虚廢。

【駐馬聽】不憚驅馳，回首關山路徑迷。故鄉迢遞，遠觀家舍白雲低。連天曙色草萋萋，滿堤烟霧柳依依。聽流鶯枝上啼。忽聽得叫聲頻，待咱勒馬遥瞻視。

【喬木查】你道我早忘了白馬烏牛，對天盟呪。只爲咱弟兄們重立了炎劉。這的是誰生受，何苦與我相窮究。

【步步嬌】只爲着這村夫，將兄弟恩愛反爲仇，致使我手足不相投。大哥呵,你爲人寬洪大度,納諫如流。好教我一片心懷着國家恨,兩道眉鎖着帝王憂。

【折桂令】這村夫,初相見便爲仇,一似相逢話不投。你教咱拜他爲軍師,咱也罷休。屢受不過村夫氣,實難禁受。到於今閃得我有家難奔,有國難投。

【攪箏琶】你道分金義,做了刖足仇。你道我因甚的走范陽,塞不住使牛的耕夫口。大哥哥,你是個爭帝圖王,跟着個懶漢狂徒,朝夕裏盤桓不休。俺老張要去,一心心也難留。

【雁兒落】這的是扶助大哥不到頭。你二人且休憂。我今日回范陽涿州,依舊去宰猪賣酒。俺回去守着兩頃田,乘着挂角牛。俺呵,只落得千自在,百無憂。

【慶宣和】比不得姜子牙扶周立着周,學不得張子房扶劉立着劉。受不過這潑村夫,對人前誇大口,要與我老張不相投。俺指望屯兵聚將,立了炎劉。俺也呵無虛謬,何故苦苦與我相窮究。

【甜水令】我曾在戰場上列着貔貅,擺着戈矛;也曾殺老將陶謙讓了徐州。我也曾破黃巾解了青州。戰吕布虎牢關,衆英雄誰不拱手。到今日反拜村夫爲了軍師參謀,倒使參商卯酉。他自來按兵不動,着甚來由。吃咱們現飯,何苦與我結冤仇。論將來我比他在戰場上,決殺敵,逞風流。他比我在南陽壟,會耕田,慣使牛。

【幺】你道我武官出不得文官手。雖則文官把筆定乾坤,我武將也曾持刀安宇宙。他本是卧龍岡一個農叟,我是個大丈夫,怎落在他人後。你是個耕田鋤地一村牛,怎比我開疆辟土金精獸。

【得勝令】你只管絮叨叨無了無休。又恐怕傷了弟兄情,笑破多人口。夏侯惇,正是諸葛亮的對手,他領兵來怎罷休。你省憂愁,你教俺回去話兒一筆勾,却把那桃園誓盟成虛謬。我和你平生結契弟兄情,今朝在此一旦丟開手。

【絡絲娘煞尾】只爲桃園結義,免不得包羞掩恥回歸。

張　飛　待　罪

　　【雙調・新水令】遠追敗將到松林。正遇着百個殘兵，旗槍有數隊，夏將走如雲。我命難存，到軍前從頭訴論。

　　【步步嬌】聽說回營心懊惱，決勝負曹兵掃。吾心早預知，翼德行兵，勝敗應難料。牌印却如何，賞罰多顛倒。

　　【折桂令】奉將令統領三軍，驀然間直至松林。正遇着百個殘兵，被咱們擋住難行。他道是乏足兔，有何能。待咱去飽食着，與你決個輸贏[1]。誰知他將我哄，用計脫去逃生。我是愚人，乞饒咱一命存。

　　【江兒水】衆將聽他語，都是假巧言，他無端將我來輕賤。誰知他今日難相見，爭印輸頭難免。斬首轅門，免使得衆軍心變。

　　【雁兒落帶得勝令】俺也曾在桃園把誓盟牽，俺也曾奮威勇破黃巾兵百萬。俺也曾擒呂布鎮徐州扶危漢，俺也曾助戰鼓把追兵斬。俺也曾在古城中把兵糧辦，俺也曾到茅廬受風寒。只圖興王業，受皇宣。誰知俺粗魯漢，今日裏遭刑憲。伏望哀憐，乞饒咱，圖補天，乞饒咱，圖補天。

　　【僥僥令】你爲人真勉強，到如今知神算。曹兵洶湧難旋轉，管教西蜀，決相連。教西蜀，決相連。

　　【收江南】呀！早知道敗兵逃散呵，俺張飛合受刑憲。只爲我村人莽撞見多偏，無謀執拗怎回言。階前情慘、夕陽蟬。

　　【園林好】你如今聽咱每言，再休頑定遭刑憲。今後休強來言辨，饒你命，我垂憐。饒你命，我垂憐。

　　【沽美酒】謝軍師，赦罪愆。謝軍師，赦罪愆。今番受計決交戰，從此英雄不似前。謹領着鬼神機變，再不敢強言來辨。豈敢違神算。我呵，要山河保全，社稷永遠。呀，這的是從人心願。

　　【餘文】忠心一點扶危漢，若得功成奏凱還，管取孫曹反掌間。

校記

［1］與你決個輸贏："贏"，原本作"嬴"。今改。

今存劇目

終南山管寧割席

關漢卿　撰

雜劇。元關漢卿撰。賈本《錄鬼簿》著錄，簡名"管寧割席"，正名"終南山管寧割席"。《太和正音譜》《元曲選目》著錄簡名。劇本已佚，故事情節不詳。事見《三國志·魏書·管寧傳》：寧"與平原華歆，同縣邴原相友，俱遊學於異國"。又《世說新語·德行》："管寧、華歆共園中鋤菜，見地有片金，管揮鋤與瓦石不異，華捉而擲去之。又嘗同席讀書，有乘軒冕過門者，寧讀如故，歆廢書出看。寧割席分坐曰：'子非吾友也。'"

徐夫人雪恨萬花堂

關漢卿　撰

雜劇。元關漢卿撰。賈本《錄鬼簿》著錄簡名"萬花堂"，題目"孫太守錯疑三虎將"，正名"徐夫人雪恨萬花堂"。《太和正音譜》著錄簡名。劇本佚。劇當演丹陽太守孫翊妻徐氏爲夫報仇事。本事出於《三國志·吳書·孫翊孫韶傳》及裴注引《吳曆》：孫權弟翊領丹陽太守，屬下大都督督兵媯覽、郡丞戴員使其從人邊洪殺之，復歸罪於洪，斬之。衆將皆知覽、員所爲，而力不能討。媯覽趁勢悉取翊嬪妾及左右侍御，又欲逼翊妻徐氏從己。徐氏佯許之，唯言須待晦日爲翊設祭除服之後。覽聽之。徐氏潛使親信與翊舊將孫高、傅嬰密謀。至晦日，徐氏爲孫翊設祭哭畢，乃除服，薰香沐浴，更作盛裝，命孫高、傅嬰等伏於府內，待媯覽入府成親時，孫、傅二將突出殺之，衆人復斬戴員。徐氏乃重着喪服，奉覽、員首以祭翊墓。

曹子建七步成章

王實甫　撰

　　雜劇。元王實甫撰。王實甫,名德信,易州定興(今屬河北)人,約生於1255—1260年,卒年約在1336—1337年間。著有雜劇《陸績懷橘》《七步成章》等十四種,今存《西廂記》等三種全本和兩種殘曲。曹本《錄鬼簿》著錄正名"曹子建七步成章",《今樂考證》同。賈本《錄鬼簿》又著錄簡名"七步成章"。《太和正音譜》《元曲選目》著錄簡名。劇本已佚,劇情不詳。曹子建名植,曹操子,曹丕同母弟。事見《三國志·魏書·陳思王傳》:"(曹植)年十歲餘,誦讀《詩》《論》及辭賦數十萬言,善屬文……每進見難問,應聲而對,特見寵愛……黃初二年,監國謁者灌均希指,奏'植醉酒悖慢,劫脅使者'。有司請治罪,帝以太后故,貶爵安鄉侯。其年改封鄄城侯。三年立爲鄄城王,邑二千五百戶。四年徙封雍丘王……(太和)三年,徙封東阿……(六年)二月,以陳四縣封植爲陳王。"又《世說新語·文學》:"文帝(丕)嘗令東阿王七步中作詩,不成者行大法。應聲便爲詩曰:'煮豆持作羹,漉菽以爲汁。萁在釜下燃,豆在釜中泣。本自同根生,相煎何太急?'帝深有慚色。"後《三國志通俗演義》卷十六《曹子建七步成章》寫其事,可參考。

作賓客陸績懷橘

王實甫　撰

　　雜劇。元王實甫撰。賈本《錄鬼簿》著錄簡名"陸績懷橘",正名作"作賓客陸績懷橘"。《太和正音譜》《元曲選目》《今樂考證》著錄簡名。劇本已佚,劇情不詳。本事見於《三國志·吳書·陸績傳》:"績年六歲,於九江見袁術。術出橘,績懷三枚,去,拜辭墮地。術謂曰:'陸郎作賓客而懷橘乎?'績跪答曰:'欲歸遺母。'術大奇之。"

七星壇諸葛祭風

王仲文　撰

雜劇。元王仲文撰。曹本《錄鬼簿》著錄正名"七星壇諸葛祭風",《今樂考證》同。賈本《錄鬼簿》著錄簡名"諸葛祭風",正名作"破曹瞞諸葛祭風"。《太和正音譜》《元曲選目》著錄簡名。劇本已佚。諸葛祭風,史無其事。事見元刊《三國志平話》卷中《赤壁鏖兵》:赤壁決戰前,周瑜會集衆將商議破曹之計,命衆人各寫己意於掌心。衆人皆書"火"字,唯諸葛亮寫"風"字,謂火攻曹軍,須靠東南風,願助其風。"軍師度量衆軍到夏口,諸葛上臺,望見西北火起。却説諸葛披著黄衣,披頭跣足,左手提劍,叩牙作法,其風大發。"後《三國志通俗演義》卷十《七星壇諸葛祭風》,詳寫其事,可參考。

東吳小喬哭周瑜

石君寶　撰

雜劇。元石君寶撰。石君寶,平陽(今山西臨汾)人,生平不詳。著有雜劇十種,今存《秋胡戲妻》《曲江池》二種。石君寶和另一元戲曲家戴善甫均有《紫云亭》雜劇,今存《紫云亭》不知當屬何人所作,姑從王國維所説繫於石君寶名下。《東吳小喬哭周瑜》等七種佚。本劇曹本《錄鬼簿》著錄正名"東吳小喬哭周瑜",《寶文堂書目》《今樂考證》俱同。賈本《錄鬼簿》著錄簡名"哭周瑜",正名"孫權哭周瑜"。《太和正音譜》《元曲選目》均著錄簡名。劇本已佚,劇情不詳。本事見於《三國志·吳書·周瑜傳》:"策欲取荆州,以瑜爲中護軍,領江夏太守,從攻皖,拔之。時得橋公兩女,皆國色也。策自納大橋,瑜納小橋";周瑜欲取蜀,"權許之。瑜還江陵,爲行裝,而道於巴丘病卒,時年三十六。權素服舉哀,感慟左右,喪當還吳,又迎之蕪湖"。又元《三國志平話》卷下《龐統謁玄德》一節,寫周瑜率兵欲取蜀,"前至巴丘城,周瑜伏病不起,數日飲食不能進,頭面腫,叫故人魯肅,哭而言曰:'吾巴丘已死也。

大夫帶骨殖却歸江吳,倘見小喬,再三申意。'言盡,滿城皆哭"。

司馬昭復奪受禪臺

李壽卿　撰

雜劇。元李壽卿撰。李壽卿,太原人。曾官將仕郎,除縣丞。與紀君祥、鄭廷玉爲同時代人。著有雜劇十種,今存《度柳翠》《伍員吹簫》兩種、《嘆骷髏》殘曲。《受禪臺》等七種佚。本劇曹本《錄鬼簿》著錄正名"司馬昭復奪受禪臺",《今樂考證》同。賈本《錄鬼簿》著錄簡名"受禪老(臺)",正名略作"復奪受禪老(臺)"。《太和正音譜》《元曲選目》俱著錄《復奪受禪臺》,並注有"二本"。按李取進有同名雜劇(詳後)。劇本已佚。劇當演司馬氏取代曹魏故事,具體情節不詳。事見《三國志·魏書》。據《文帝紀》載,延康元年(220),漢獻帝迫於魏王曹丕威勢,"乃召群公卿士,告祠高廟。使兼御史大夫張音持節奉璽綬禪位……乃爲壇於繁陽"。是爲"受禪臺"。又據《三少帝紀》,魏末,司馬懿父子相繼專權。至司馬昭,勢焰熏天,魏主已成傀儡。魏咸熙二年(265)八月,司馬昭死,其子司馬炎嗣位。十二月,魏主曹奐被迫"禪位於晉嗣王,如漢魏故事"。是即"復奪受禪臺"。《三國志平話》亦載其事,還有詩諷曹丕與司馬炎受禪臺事:"曹家欲襲千載業,司馬依前襲帝基。"後《三國志通俗演義》卷二十四《司馬復奪受禪臺》詳寫其事,可參考。

白門樓斬呂布

于伯淵　撰

雜劇。元于伯淵撰。于伯淵,平陽(今山西臨汾)人。生平無考。著有雜劇《白門樓斬呂布》等六種,均佚。本劇曹本《錄鬼簿》著錄正名"白門樓斬呂布",《今樂考證》亦著錄此正名。賈本《錄鬼簿》著錄簡名"斬呂布",又著錄正名。《太和正音譜》《元曲選目》均著錄簡名。劇本已佚。本事見於《三國志·魏書·呂布傳》:建安三年(198),曹操親征呂布,圍之於下邳。"布遣人求救於(袁)術,自將千餘騎出戰,敗走,還保城,不敢出。術亦不能救。布雖驍猛,然無謀而多猜忌,不能制御其黨……太祖塹圍之三月,上下離心,其將侯成、宋憲、魏續縛陳宮,將其眾降。布與其麾下登白門樓。兵圍急,乃下降。遂生縛布,布曰:'縛太急,小緩之。'太祖曰:'縛虎不得不急也。'布請曰:'明公所患不過於布,今已服矣,天下不足憂。明公將步,令布將騎,則天下不足定也。'太祖有疑色。劉備進曰:'明公不見布之事丁建陽及董太師乎?'太祖頷之。布因指備曰:'是兒最叵信者。'於是縊殺布。"元《三國志平話》卷上《水浸下邳擒呂布》一節,在史事基礎上,虛構了侯成盜赤兔馬、殺楊奉等情節。後《三國志通俗演義》卷四《白門樓曹操斬呂布》詳敘其事。

試湯餅何郎傅粉

趙天錫　撰

雜劇。元趙天錫撰。趙天錫,名禹珪,汴梁(今河南開封)人,生卒年不詳。曾任江南行大農司管勾,鎮江府判官。至順三年(1332)致仕。著有雜劇《試湯餅何郎傅粉》《賈愛卿金錢剪燭》二種,均不存,有散曲行世。該劇《錄鬼簿》《今樂考證》著錄,題"試湯餅何郎傅粉"。《太和正音譜》著錄,題簡名"何郎傅粉"。均署趙天錫撰。劇本佚。事見《世説新語·容止》:"何平叔(晏)美姿儀,面至白。魏明(文)帝疑其傅粉,正夏月,與熱湯餅。既噉,大汗出,以朱衣自拭,色轉皎然。"該劇當以此為題材敷演。宋元戲文亦有《何郎傅粉》。

司馬昭復奪受禪臺

李取進　撰

雜劇。元李取進撰。李取進,曹本《錄鬼簿》作李進取,大名(今屬河北)人,官醫大夫。生平不詳。著有雜劇三種,今存《樂巴噀酒》殘曲,《受禪臺》等二種佚。本劇《錄鬼簿》著錄正名"司馬昭復奪受禪臺"。劇本已佚。事見

《三國志·魏書》中的《文帝紀》《三少帝紀》。本劇與元李壽卿雜劇《司馬昭復奪受禪臺》同名,當據同一題材敷演,可參看。

莽張飛大鬧相府院

花李郎　撰

雜劇。元花李郎撰。曹本《錄鬼簿》著錄正名"莽張飛大鬧相府院"。《今樂考證》著錄此正名,下注《選目》作"勘吉平"。賈本《錄鬼簿》未載。劇本已佚。本事不見於史傳。元《三國志平話》亦無類似情節,唯在卷中《曹操勘吉平》則後云:"無數日,曹丞相請玄德宴會,名曰'論英會',諕得皇叔墜其箸骨。"《三國志·蜀書·先主傳》亦有類似情節。據莊一拂《古典戲曲存目彙考》云:"《曲錄》於《勘吉平》外,復列《莽張飛大鬧相府院》。按話本與演義,曹操勘吉平,祇請劉備赴宅,無張飛鬧院事。惟演義中曹操與劉備煮酒論英雄則有關、張鬧院一事,或係作者緣飾成之。疑《鬧院》別係一本,似與《勘吉平》無涉。"可參考。元明間無名氏雜劇《莽張飛大鬧石榴園》似演同一題材,亦可參考。

燒樊城糜竺收資

趙慶善　撰

雜劇。元趙慶善撰。趙善慶,字文寶(一作文賢),饒州樂平(今屬江西)人。善卜術,任陰陽學正。生卒年不詳。著有雜劇《燒樊城糜竺收資》等八種,今皆不存。本劇曹本《錄鬼簿》、《今樂考證》著錄正名"燒樊城糜竺收資"。賈本《錄鬼簿》、《太和正音譜》、《元曲選目》均著錄簡名"糜竺收資"。劇本已佚。事見干寶《搜神記》卷四《糜竺遇天使》:"糜竺字子仲,東海朐人也。祖世貨殖,家貲巨萬。嘗從洛歸,未至家數十里,見路次有一好新婦,從竺求寄載。行可二十餘里,新婦謝去,謂竺曰:'我天使也。當往燒東海糜竺家。感君見載,故以相語。'竺因私請之。婦曰:'不可得不燒。如此,君可快去，我當緩行。日中，必火發。'竺乃急行歸，達家，便移出財物。日中而火大發。"《三國志·蜀書·麋竺傳》裴松之注曾引此條。本劇當據此敷演而成，但"燒樊城"一語則不知何據。按本傳作"麋竺"，而本劇作"糜竺"。

蔡琰還朝

金仁傑 撰

雜劇。元金仁傑撰。金仁傑，字志甫，杭州人。生年不詳。與鍾嗣成爲望年交。天曆元年（1328）冬，授建康崇寧務官。天曆二年（1329）春卒於任，三月歸葬於杭。著有雜劇七種，今存《追韓信》一種，《蔡琰還朝》等六種皆不存。本劇各本《錄鬼簿》均著錄簡名"蔡琰還朝"，曹本注"次本"。《今樂考證》著錄此簡名。《太和正音譜》《元曲選目》著錄題"蔡琰還漢"。劇本已佚。事見《後漢書·列女傳·董祀妻》："陳留董祀妻者，同郡蔡邕之女也，名琰，字文姬。博學有才辯，又妙於音律。適河東衛仲道。夫亡無子，歸寧於家。興平中，天下喪亂，文姬爲胡騎所獲，没於南匈奴左賢王，在胡中十二年，生二子。曹操素與邕善，痛其無嗣，乃遣使者以金璧贖之，而重嫁於祀。"

卧龍崗

王曄 撰

雜劇。元王曄撰。王曄，字日華，又字南齋，杭州人。生平不詳。作雜劇三種，今存《桃花女》一種，《卧龍岡》《雙賣華》二種佚。有散曲行世。另著有《優戲錄》，今不存。本劇曹楝亭刊本《錄鬼簿》著錄簡名《卧龍崗》，題目正名無考。劇本佚。事見《三國志·蜀書·諸葛亮傳》與元《三國志平話》卷中《三顧孔明》。《諸葛亮傳》載："亮躬耕隴畝，好爲《梁父吟》。身長八尺，每自比管仲、樂毅……時先主屯新野。徐庶見先主，先主器之，謂先主曰：'諸葛孔明者，卧龍也，將軍豈願見之乎？'先主曰：'君與俱來。'庶曰：'此人可就見，不可屈致也。將軍宜枉駕顧之。'由是先主遂詣亮，凡三往，乃見。"《三顧孔明》寫徐庶因老母在許昌被迫離開劉備，備戀戀不捨，庶向劉備薦諸葛亮："諸葛者，臥龍也。見在南陽臥龍岡蓋一茅廬，覆姓諸葛，名亮，字孔明。行兵如神，動止有神鬼不解之機，可爲軍師。"劉備大喜，與關羽、張飛三訪臥龍岡，遂得諸葛亮出山輔助。因劇本佚，具體情節不詳。

馬孟起奮勇大報仇

無名氏　撰

　　雜劇。元無名氏撰。《寶文堂書目·樂府》著錄正名"馬孟起奮勇大報仇"。劇本已佚。事見元刊《三國志平話》卷下《曹操殺馬滕（騰）》《馬超敗曹公》二節。曹操召平涼府節度使馬滕入京，欲使其對付劉備。因馬滕朝見獻帝時斥罵曹操，操當夜派兵殺之。滕於馬超、馬大（應即馬岱）得知，舉兵報仇，連敗曹操八陣，殺得曹操割髯換衣而逃。

趙子龍大鬧塔泥鎮

無名氏　撰

　　雜劇。元無名氏撰。《寶文堂書目·樂府》著錄正名"趙子龍大鬧塔泥鎮"，題目不詳。劇本已佚。劇情、本事不詳。

劉玄德私出東吳國

無名氏　撰

　　雜劇。元無名氏撰。《寶文堂書目·樂府》著錄正名"劉玄德私出東吳國"，題目不詳。劇本已佚。事見元《三國志平話》卷中《吳夫人回面》一節。劉備娶孫權之妹後，夫婦同到東吳回門。孫權本欲殺備，太夫人勸之，又見備相貌堂堂,於是"子母皆喜。後管待二十餘日,皇叔拜辭……太夫人令孫權齎發二人"。據此,劉備夫婦出入東吳是明來明去,而此劇正名有"私出"二字,可見劇情與《平話》已有不同,惜不得其詳。

諸葛亮火燒戰船

無名氏 撰

雜劇。元無名氏撰。《寶文堂書目·樂府》著錄正名"諸葛亮火燒戰船",題目不詳。劇本已佚。事見元刊《三國志平話》。有人疑此劇與元無名氏雜劇《諸葛亮赤壁鏖兵》爲前後劇,亦可能同一題材的不同劇本。

張翼德力扶雷安天

無名氏 撰

雜劇。元無名氏撰。《寶文堂書目·樂府》著錄正名"張翼德力扶雷安天",題目不詳。劇本已佚。本事不詳。

破　黃　巾

無名氏 撰

雜劇。元無名氏撰。《寶文堂書目·樂府》著錄簡名"破黃巾",題目正名不詳。劇本已佚。事見元刊《三國志平話》卷上《張飛見黃巾》《破黃巾》二節。黃巾起義爆發,漢靈帝命皇甫嵩爲元帥,率軍鎮壓。劉備、關羽、張飛前往投效,嵩命備爲先鋒,屢破黃巾軍。本劇與元無名氏雜劇《張翼德大破杏林莊》爲同一題材,可參見。

董卓戲貂嬋

無名氏　撰

　　雜劇。元無名氏撰。《寶文堂書目·樂府》著錄正名"董卓戲貂嬋"。劇本已佚。事見元刊《三國志平話》卷上《王允獻董卓貂嬋》一節，劇情關目不詳。其題材與元無名氏雜劇《錦云堂美女連環計》相同，可參見。

志登仙左慈飛杯

無名氏　撰

　　雜劇。元無名氏撰。《寶文堂書目·樂府》著錄正名"志登仙左慈飛杯"。劇本已佚。事見《神仙傳》卷五"左慈"條。左慈字元放，有道術。"魏曹公聞而召之，閉一石室中，使人守視，斷穀期年，乃出之，顏色如故。曹公自謂生民無不食道，而慈乃如是，必左道也，欲殺之。慈已知，求乞骸骨。曹公曰：'何以忽爾？'對曰：'欲見殺，故求去耳。'公曰：'無有此意，公却高其志，不苟相留也。'乃爲設酒。曰：'今當遠曠，乞分杯飲酒。'公曰：'善。'是時天寒，溫酒尚熱。慈拔道簪以撓酒，須臾道簪都盡，如人磨墨。初，公聞慈求分杯飲酒，謂當使公先飲，以與慈耳，而拔道簪以畫，杯酒中斷，其間相距數寸，即飲半，半與公。公不善之，未即爲飲，慈乞儘自飲之。飲畢，以杯擲屋棟，杯懸搖動，似飛鳥俯仰之狀，若欲落而不落。舉坐莫不視杯，良久乃墜，既而已失慈矣。尋問之，還其所居。"其後尚有化羊、分身等情節。

三氣張飛

無名氏　撰

　　雜劇。元無名氏撰。《寶文堂書目》著録簡名"三氣張飛"。題目正名不詳。劇本已佚。本劇與元無名氏雜劇《諸葛亮挂印氣張飛》當演同一題材,可參見。

關大王月夜斬貂蟬

無名氏　撰

　　雜劇。元明間無名氏撰。《也是園藏書古今雜劇目録》著録正名"關大王月下斬貂蟬"。《今樂考證》著録正名爲"關大王月夜斬貂蟬"。《遠山堂劇品》在"具品"中著録簡名"斬貂蟬",注:"北五折"。劇本已佚。本事於史無據。《遠山堂劇品》引云:"《莊岳委談》云'斬貂蟬不經見,自是委巷之談'。然關公傳注稱:關公欲娶布妻,啓曹瞞。曹疑布妻有殊色,因自留之。則非全無謂也。"此爲一説。《三國志・蜀書・關羽傳》裴注引《蜀記》曰:"曹公與劉備圍吕布於下邳,關羽啓公,布使秦宜禄行求救,乞娶其妻,公許之。臨破,又屢啓於公。公疑其有異色,先遣迎看,公自留之,羽心不自安。"此説謂關羽所欲娶者乃吕布部將秦宜禄之妻,非布妻。

諸葛亮石伏陸遜

無名氏　撰

　　雜劇。元明間無名氏撰。《也是園藏書古今雜劇目録》著録正名"諸葛亮石伏陸遜"。《今樂考證》著録此劇正名,"伏"作"伐"。題目不詳。劇本已佚。故事情節不詳。事見元《三國志平話》卷下《先主託孔明佐太子》

一節：劉備於白帝城託孤後，諸葛亮命人在城東二十里壘起八堆石頭，每堆石上有六十四面旗，按八卦之象。吳軍元帥陸遜見了大驚，諸葛乘機打敗吳軍。

壽亭侯五關斬將

無名氏　撰

　　雜劇。元明間無名氏撰。《也是園藏書古今雜劇目錄》著錄正名"壽亭侯五關斬將"。《今樂考證》著錄此劇正名。劇本已佚。事見《三國志・蜀書・關羽傳》："曹公即表封羽爲漢壽亭侯……羽盡封其所賜，拜書告辭，而奔先主於袁軍。左右欲追之，曹公曰：'彼各爲其主，勿追也。'"後《三國志通俗演義》卷六《關雲長五關斬將》，可參考。

老陶謙三讓徐州

無名氏　撰

　　雜劇。元無名氏撰。《今樂考證》著錄正名"老陶謙三讓徐州"，《也是園藏書古今雜劇目錄》著錄此正名。劇本已佚。事見《三國志・蜀書・先主傳》。初平四年(193)，曹操攻徐州牧陶謙，劉備領兵救謙。"謙表先主爲豫州刺史，屯小沛。謙病篤，謂別駕麋竺曰：'非劉備不能安此州也。'謙死，竺率州人迎先主……先主遂領徐州。"元《三國志平話》卷上叙吕布殺了董卓，逃出長安之後，有"老將陶謙臨死，三讓徐州與玄德"一語，但無具體情節。本劇當由此生發敷演而成。

關雲長古城聚義

無名氏 撰

　　雜劇。元明間無名氏撰。《今樂考證》《也是園藏書古今雜劇目錄》著錄正名"關雲長古城聚義"。劇本已佚。事見元《三國志平話》卷中《關公斬蔡陽》《古城聚義》。劉備與趙雲離開袁紹，在古城與張飛相遇。備告飛，關羽已降曹操，飛大怒。適逢關羽保護二嫂來到古城，斬曹將蔡陽以明志。飛乃與羽以禮相見，同入城中與劉備相會。"三人大喜，每日設宴，名曰古城聚義。"

摔　袁　祥

無名氏 撰

　　雜劇。元無名氏撰。《也是園藏書古今雜劇目錄》著錄簡名"摔袁祥"。劇本已佚。事見元刊《三國志平話》卷上《張飛摔袁襄》一節。袁術命其子袁襄引兵取徐州，劉備使張飛爲接伴使，至石亭驛接袁襄，置酒相待。席罷，袁襄要劉備讓出徐州，張飛不從，襄乃謾罵劉備；飛回罵袁術，欲還徐州。襄欲打張飛，飛抓住襄，摔死於石亭上。本劇音假改"袁襄"爲"袁祥"。元雜劇《雙赴夢》《博望燒屯》《黃鶴樓》《千里獨行》都曾提及張飛摔袁襄事，可見本劇所演當是元代盛傳故事。

米伯通衣錦還鄉

無名氏 撰

　　雜劇。元明間無名氏撰。《也是園藏書古今雜劇目錄》在"三國故事"劇目中著録正名"米伯通衣錦還鄉"。《今樂考證》亦著録此劇正名,並置於"三國故事"劇目中。劇本已佚。本事不詳。

黄鶴樓

無名氏 撰

雜劇。元無名氏撰。《遠山堂劇品·具品》著録簡名"黄鶴樓",注"北三折",引云:"淺近亦是詞家所許,但韻致不遒上耳。北詞有一定之式,後二折刪去數套,當不得爲全調。"題目正名不詳。劇本已佚。此劇與元朱凱《劉玄德醉走黄鶴樓》雜劇當係同一題材。有人疑其或爲朱作,待考。

陳思王洛浦懷舊

無名氏 撰

雜劇。元明間無名氏撰。《紅雨樓書目》著録正名"陳思王洛浦懷舊",題目不詳。劇本已佚。事見《三國志·魏書·文昭甄皇后傳》和《文選·洛神賦注》,參見宋元戲文《甄皇后》題記。

勘問呂蒙

無名氏 撰

雜劇。元明間無名氏撰。《紅雨樓書目》著録簡名"勘問呂蒙",題目正名不詳。劇本已佚。劇情、本事不詳。

烏林皓月

無名氏 撰

　　雜劇。元無名氏撰。據陳翔華《先明三國戲考略》載,元孫季昌【正宮·端正好】套曲《集雜劇名詠情》有簡名"烏林皓月",沈璟《集雜劇名》翻吳昌齡【八聲甘州】套曲後所附雜劇名目亦載有此簡名。題目正名不詳。劇本已佚。劇情似寫赤壁之戰敗曹操事。元刊《三國志平話》寫赤壁之戰時雖沒有敘及烏林戰役,但在"玄德黃鶴樓私遁"中却提到"烏林破敵,赤壁鏖兵"。還有劉備讚周瑜語"烏林一分銼滅摧剛"。

金 院 本

今存劇目

赤壁鏖兵

無名氏　撰

　　金院本。作者不詳。元陶宗儀《南村輟耕錄》"諸雜大小院本"類著錄：《赤壁鏖兵》。劇本已佚。該劇當演諸葛亮與周瑜赤壁破曹操事。事見《三國志》《資治通鑒》中有關孫劉聯盟赤壁大破曹軍的記載。如《三國志·蜀書·先主傳》載："先主遣諸葛亮自結於孫權，權遣周瑜、程普等水軍數萬，與先主併力，與曹公戰於赤壁，大破之，焚其舟船。"

刺董卓

無名氏　撰

　　金院本。作者不詳。元陶宗儀《南村輟耕錄》"諸雜大小院本"類著錄：《刺董卓》。劇本已佚。故事情節不詳。事見《三國志·魏書·董卓傳》："(初平)三年(192)四月，司徒王允、尚書僕射士孫瑞、卓將呂布共謀誅卓。是時，天子有疾新愈，大會未央殿。布使同郡騎都尉李肅等，將親兵十餘人，偽著衛士服守掖門。布懷詔書。卓至，肅等格卓。卓驚呼布所在，布曰'有詔'，遂殺卓，夷三族。"又《呂布傳》載："卓性剛而褊，忿不思難，嘗小失意，拔手戟擲布。布拳捷避之，爲卓顧謝，卓意亦解。由是陰怨卓。卓常使布守中閣，布與卓侍婢私通，恐事發覺，心不自安……時(王)允與僕射士孫瑞密謀誅卓，是以告布，使爲内應。布曰：'奈如父子何？'允曰：'君自姓呂，本非骨肉。今憂死不暇，何謂父子？'布遂許之，手刃刺卓。"

襄 陽 會

無名氏　撰

　　金院本。作者不詳。元陶宗儀《南村輟耕錄》"拴搐艷段"類著錄:《襄陽會》。劇本已佚。具體故事情節不詳。事見《三國志·蜀書·先主傳》裴注引《世語》:"備屯樊城,劉表禮焉,憚其爲人,不甚信用。曾請備宴會,蒯越、蔡瑁欲因會取備。備覺之,僞如廁,潛遁出。所乘馬名的盧,騎的盧走,墮襄陽城西檀溪水中,溺不得出。備急曰:'的盧,今日厄矣,可努力!'的盧乃一踴三丈,遂得過,乘桴渡河,中流而追者至,以表意謝之,曰:'何去之速乎!'"元雜劇有《劉玄德獨赴襄陽會》,可參考。

大 劉 備

無名氏　撰

　　金院本。作者不詳。元陶宗儀《南村輟耕錄》"拴搐艷段"類著錄:《大劉備》。劇本佚,故事情節不詳。

罵 呂 布

無名氏　撰

　　金院本。作者不詳。元陶宗儀《南村輟耕錄》"拴搐艷段"類著錄:《罵呂布》。劇本佚,故事情節不詳。

宋元戲文

今存殘曲

貂嬋女

無名氏　撰

解　題

　　宋元戲文。作者不詳。未見著錄。《九宮正始》引或題"貂嬋女"，或題"王允"。俱注云"元傳奇"。錢南揚《宋元戲文輯佚》輯錄今存殘曲二支。貂嬋其人，《後漢書》《三國志》均不見。《三國志·魏書·呂布傳》云："（董）卓常使布守中閣，布與卓侍婢私通……後布詣允，陳卓幾見殺狀。時允與僕射士孫瑞密謀誅卓，是以告布使爲内應……布遂許之，手刃刺卓。"刺董卓事，又見《三國志·魏書·董卓傳》與《後漢書》王允、董卓、呂布各傳。貂嬋其人當由"卓侍婢"敷演而來。元《三國志平話》稱貂嬋"本姓任，小字貂嬋，家長是呂布，自臨洮府相失，至今不曾見面"。元無名氏《錦云堂美女連環計》雜劇亦云貂嬋姓任，小字紅昌，曾被選入宮中掌貂嬋冠，故以"貂嬋"爲名。後配與呂布爲妻，在陣上失散。平話與雜劇均寫貂嬋與呂布本爲夫妻，因遭世亂，夫妻失散，流落入王允府中，王允假意將貂嬋獻與董卓，激起呂布憤怒，乃刺殺董卓。本劇所寫故事，當大致與此相近。今存錢南揚《宋元戲文輯佚》本、《九宮正始》本。另有王季思編《全元戲曲》本。今將錢南揚《宋元戲文輯佚》本所輯錄的佚曲二支，迻錄於此。至於《全元戲曲》本從《玉谷新簧》補錄的三支佚曲，皆題《呂布戲貂嬋》，但難以考實此三支曲系宋元戲文，故不收。

　　【雙調引子·紅林檎】園苑飄紅雨，燕子銜春去，嘆息韶華虛度。春事已闌珊，春愁知幾許？鶯慵蝶困春將暮，春去也，甚情緒？《正始》册七，題"貂嬋女"，注云"元傳奇"。

　　【南呂過曲·針綫箱】嘆光陰迅速如箭，任將奴挫過朱顔。没方没便，没情没緒，怎生消遣？妝台懶傍慵畫眉，和那個針綫箱兒懶去拈。《正始》册五,題"王允",注云"元傳奇"。

甄 皇 后

無名氏 撰

解 題

宋元戲文。作者不詳。未見著録。《九宫正始》存《甄皇后》戲曲一支。錢南揚《宋元戲文輯佚》據以輯録。據《三國志·魏書·文昭甄皇后傳》載:甄皇后,逸女,初爲袁熙婦,曹丕納之於鄴。生曹睿(魏明帝)。後失意,曹丕賜之死。但是後世戲曲故事不取材於此。本劇本事當出於《文選·洛神賦》注。注引《記》云:魏東阿王(曹植)漢末求甄逸女,既不遂,太祖回與五官中郎將(曹丕)。植殊不平,晝思夜想,廢寢與食。黄初中入朝,帝示植甄后玉縷金帶枕。植視之,不覺泣,時已爲郭后讒死。帝意亦尋悟,因令太子留宴飲,仍以枕賚植。植還,度轘轅,少許時,將息洛水上,思甄后。忽見女來,自云:"我本託心于王,其心不遂。此枕是我在家時從嫁,前與五官中郎將,今與君王,遂用薦枕席。歡情交集,豈常辭能具。爲郭后以糠塞口,今被髮羞將此形貌重睹君王爾。"言訖,遂不復見所在。遣人獻珠於王,王答以玉珮,悲言不能自勝,遂作《感甄賦》。後明帝見之,改爲《洛神賦》。明汪道崑《洛水悲》雜劇、清黄燮清《凌波影》雜劇,均據此敷演。今依《宋文戲文輯佚》本迻録。

【仙吕過曲·三疊排歌】似奇花,肌體温,比玉還滋潤。如月瑩無塵,如柳更精神。據他國色,回頭一笑,嫣然百媚生。天香豈可世間聞?假饒今世有昭君,怎比他髫綰巫山一段雲?人初静,酒半醺,昭陽宫殿閉重門。流蘇帳,鴛被温,今宵誰夢楚臺雲?《正始》三,題"甄皇后"。注云"元傳奇"。

銅　雀　妓

無名氏　撰

解　題

　　宋元戲文。作者不詳。未見著錄。《九宮正始》存《銅雀妓》殘曲一支。錢南揚《宋元戲文輯佚》據以輯錄。事見《三國志・魏書・武帝紀》；建安十五年(210)"冬，建銅雀臺"。《三國志集解》卷一引曰："(曹操)臨終遺令：'施總帳於銅雀臺上，朝晡使宮人歌吹帳中，望吾西陵。'西陵，操葬處也。"南朝以來，詩人每每吟詩詠懷之。如謝朓《銅雀悲》："落日高城上，餘光入總帷。寂寂深松晚，寧知琴瑟悲。"張正見《銅雀妓》："……人疏瑤席冷，曲罷總帷空。可惜年將淚，俱盡望陵中。"王勃《銅雀妓》二首之二："妾本深宮妓，層城閉九重。君王歡愛盡，歌舞爲誰容。錦衾不復襞，羅衣誰再縫。高臺西北望，流涕向青松。"杜牧《赤壁》："東風不與周郎便，銅雀春深鎖二喬。"這些詩或感慨歌妓，或嘲諷曹操，當爲戲文所推衍。明無名氏有《銅雀春深》雜劇，清李玉有傳奇《銅雀臺》。當爲同一題材。今依《宋元戲文輯佚》本迻錄。

　　【南呂過曲・東甌令】教人恨，俏冤家，錫做釵環都是假……《正始》册五，題"銅雀妓"，注云"元傳奇"。

今存劇目

何郎敷粉

無名氏　撰

　　宋元戲文。作者不詳。《傳奇彙考標目》別本（寶敦樓珍藏本）著錄。劇本已佚。故事情節不詳。事見《世說新語·容止》："何平叔（晏）美姿儀，面至白。魏明（文）帝疑其傅粉，正夏月，與熱湯餅。既噉，大汗出，以朱衣自拭，色轉皎然。"元趙天錫有雜劇《試湯餅何郎傅粉》。

瀘江祭

無名氏　撰

　　宋元戲文。作者不詳。《傳奇彙考標目》別本（寶敦樓珍藏本）於無名氏下著錄《瀘江祭》。劇本已佚。劇本當寫諸葛亮南征班師渡瀘水事。參見《三國志通俗演義》卷十九《孔明秋夜祭瀘江》。清楊潮觀有雜劇《諸葛亮夜祭瀘水》、清無名氏雜劇《祭瀘江》。事見《三國志·蜀書·諸葛亮傳》。裴注引《漢晉春秋》，較詳述南征及七擒孟獲事。作者據以生發敷演。

關大王獨赴單刀會

無名氏　撰

　　宋元戲文。作者不詳。簡名"單刀會"。未見著錄。南戲《宦門子弟錯立身》第五段中【哪吒令】詠傳奇名云："這一本是《關大王獨赴單刀會》。"劇本已佚。事見《三國志·吳書·魯肅傳》："肅住益陽，與（關）羽相拒。肅邀羽相見，各駐兵馬百步上，但諸將軍單刀俱會。肅因責數羽曰：'國家區區本以土地借卿家者,卿家軍敗遠來,無以爲資故也。今已得益州,既無奉還之意,但求三郡,又不從命。'語未究竟,坐有一人曰:'夫土地者,惟德所在耳,何常之有!'肅厲聲呵之,辭色甚切。羽操刀起謂曰:'此自國家事,是人何知!'目使去之。"本劇當依此增飾敷演。可參見關漢卿雜劇《關大王單刀會》。

劉先主跳檀溪

無名氏　撰

宋元戲文。作者不詳。未見著錄。南戲《宦門子弟錯立身》第五段【鵲踏枝】詠傳奇名中有《劉先主跳檀溪》。劇本已佚。事見院本《襄陽會》題解,參見元高文秀雜劇《劉先主襄陽會》。

劉　　備

無名氏　撰

宋元戲文。作者不詳。清《傳奇彙考標目》據李氏《海澄樓藏書目》補充著錄元傳奇十四目,其中有《劉備》,注云:"一册,抄本。"劇本已佚,劇情不詳。

斬　蔡　陽

無名氏　撰

宋元戲文。作者不詳。《海澄樓藏書目》著錄。《傳奇彙考標目》別本著錄。劇本已佚。事見《三國志·蜀書·先主傳》:建安五年"紹遣先主將本兵復至汝南,與賊龔都等合,衆數千人。曹公遣蔡陽擊之,爲先主所殺"。又《三國志·魏書·武帝紀》記載:"建安六年九月,(紹)使劉備略汝南,汝南賊共都等應之。(操)遣蔡陽擊都,不利,爲都所破。"

周小郎月夜戲小喬

施　惠　撰

　　宋元戲文。元施惠撰。施惠，字君美（又作均美），杭州人。以坐賈爲業。鍾嗣成、趙良弼、陳彥實等常至其家劇談，施多有高論。詩酒之餘，惟以填詞和曲爲事。與范冰壺等人合著《鷫鸘裘》雜劇，劇本佚。又一説南戲《拜月亭》爲其作，原本已佚，今存改本《幽閨記》。另據《傳奇彙考標目》施著有南戲《芙蓉城》（殘本）、《周小郎月夜戲小喬》（佚）兩種。有散曲今存。本劇《傳奇彙考標目》著録。劇本已佚。事見《三國志·吳書·周瑜傳》："瑜長壯有姿貌……吳中皆呼爲周郎……（孫）策欲取荆州，以瑜爲中護軍，領江夏太守，從攻皖，拔之。時得橋公兩女，皆國色也。策自納大橋，瑜納小橋。"裴松之注引《江表傳》云："策從容戲瑜曰：'橋公二女雖流離，得吾二人作婿，亦足爲歡。'"本劇當以此生發增飾而成。按：該劇作者《傳奇彙考標目》繫於施惠名下，書《周小郎月夜戲小喬》，有學人云"不知所據"。但亦無否定證據，似可暫歸其名下。待考。

圖書在版編目(CIP)數據

三國戲曲集成·元代卷/胡世厚主編;胡世厚校理.—上海:
復旦大學出版社,2018.6
ISBN 978-7-309-13343-1

Ⅰ.三… Ⅱ.①胡… Ⅲ.戲曲文學-劇本-作品綜合集-中國-元代　Ⅳ.I230

中國版本圖書館 CIP 數據核字(2017)第 264482 號

三國戲曲集成·元代卷
胡世厚　主編　胡世厚　校理
總　策　劃/張蕊青
責任編輯/吳　湛
裝幀設計/馬曉霞

復旦大學出版社有限公司出版發行
上海市國權路 579 號　郵編: 200433
網址: fupnet@fudanpress.com　http://www.fudanpress.com
門市零售: 86-21-65642857　團體訂購: 86-21-65118853
外埠郵購: 86-21-65109143　出版部電話: 86-21-65642845
浙江新華數碼印務有限公司

開本 787×1092　1/16　印張 32.25　字數 502 千
2018 年 6 月第 1 版第 1 次印刷

ISBN 978-7-309-13343-1/I·1075
定價: 150.00 元

如有印裝質量問題,請向復旦大學出版社有限公司出版部調換。
版權所有　　侵權必究